TRUSTING *was the* HARDEST PART

RABIA DOĞAN

TRUSTING *was the* HARDEST PART

CARLSEN

VORBEMERKUNG FÜR DIE LESER*INNEN

Liebe*r Leser*in,
dieser Roman enthält potenziell triggernde Inhalte. Aus diesem Grund befindet sich hier eine Triggerwarnung. Am Romanende findest du eine Themenübersicht, die demzufolge Spoiler für den Roman enthält.
Entscheide bitte für dich selbst, ob du diese Warnung liest. Gehe während des Lesens achtsam mit dir um. Falls du während des Lesens auf Probleme stößt und/oder betroffen bist, bleib damit nicht allein. Wende dich an deine Familie, Freunde oder auch professionelle Hilfestellen.
Wir wünschen dir alles Gute und das bestmögliche Erlebnis beim Lesen dieser besonderen Geschichte.
Rabia und das Carlsen-Team

Für alle jungen Mädchen, die ›erwachsen für ihr Alter‹ waren und sich dabei in den Händen abscheulicher Männer wiedergefunden haben. Es ist nicht eure Schuld, und ihr seid nicht allein.

&

Für anne, die mich lehrte, grenzenlos, tief und empathisch zu lieben. Wegen dir tue ich heute das, was mir am wichtigsten ist.
Ez ji te hezdikim.

EINS | YEK

Zelal

»Einfach zur Koserstraße?«

»Du hättest mich echt nicht fahren müssen.«

Talhah winkt ab und parkt seinen Twingo aus, den er immer noch nicht aufgeben mag, egal wie oft ich ihn angebettelt habe. Als Wohngemeinschaft hatten wir sogar vorsorglich Geld zusammengelegt, weil wir davon ausgegangen waren, dass das Auto den TÜV nicht noch einmal überstehen würde. Zum Schrecken der WG hat Talhah die Plakette für zwei weitere Jahre bekommen.

Lauthals dürfen wir uns nicht beschweren … er ist die einzige Person mit einem Wagen, den wir netterweise ausleihen dürfen, falls wir ihn brauchen sollten. Trotzdem weiß ich nicht, wie das Auto überhaupt fährt, wenn das Armaturenbrett wie ein Weihnachtsbaum leuchtet.

»Das ist echt kein Problem. Ich muss Evren sowieso aus der Bibliothek abholen. Die ist ja in der Nähe. Dann musst du nicht spät am Abend mit der Bahn fahren.«

Die Freie Universität war dieses Semester so *nett* und hat die vielversprechendsten Seminare auf die schlimmsten Zeiten gelegt. Ich habe fast jeden Tag Veranstaltungen, zwischen denen mehrere Stunden liegen, in denen ich nichts tun kann. Es ist irgendwo auch meine Schuld, ich wollte unbedingt etwas belegen, wovon ich halbwegs Ahnung habe und das Herr Heller nicht lehrt. Er ist das größte Arschloch und starrt sich jeden Morgen mindestens eine Stunde im Spiegel an. Da bin ich mir sicher. Anders kann ich mir das aufgeplusterte Verhalten und den halbstündigen Monolog vor den Vorlesungen nicht erklären.

Irgendein neuer Dozent soll ein Seminar übernehmen, das ich mir in der Hoffnung ausgesucht habe, gute Noten zu schreiben. Oft sind neue Lehrende freundlicher in ihren ersten Kursen und benoten dementsprechend kulanter.

»Startet die Uni früher, oder musst du arbeiten?«, fragt Talhah und blinkt rechts.

»Wir räumen ein Büro für den neuen Dozenten um, der jetzt anfängt. Ich soll helfen, und ich brauche das Geld sowieso, also warum nicht?« Donnerstagabends kurz vor Semesteranfang hatte ich eh nichts Besseres vor, außer zu stricken. Lukrativer ist es, ein paar Euro mehr zu verdienen, damit ich durch das unbezahlte Praxissemester komme, das ich ans Ende meines Studiums geschoben habe.

»Spannend.« Talhah grinst. Es passt überhaupt nicht zu seinen Augenringen und dem Kasack, den er nicht ausgezogen hat, nachdem er von seiner Schicht gekommen ist. »Hast du ihn schon kennengelernt?«

»Nein, noch nicht. Aber die Erwartungen sind zu einem Minimum heruntergeschraubt.« Ich rümpfe die Nase, als ich mich an den letzten Doktoranden erinnere, dem ich bei seiner Literaturrecherche helfen musste. Er war einundfünfzig und so großkotzig, dass ich jede Minute in seinem Büro verabscheut habe.

»Dann kann man nicht enttäuscht werden«, sagt Talhah.

Ich nicke lustlos. »Dann kann man nicht enttäuscht werden.«

Auf den wie immer überfüllten Straßen bekomme ich ein schlechtes Gewissen, weil Talhah weitere zwanzig Minuten fahren muss, anstatt direkt nach Hause zu gehen.

»Was habt ihr zwei heute vor?«, frage ich, während die Berliner Szenerie an uns vorbeizieht und ein Farbenspiel aus Grautönen auf der Fensterscheibe hinterlässt. Nach dem Sommer ist es in dieser Stadt besonders trist.

Er zuckt mit den Schultern. »Mal schauen. Wahrscheinlich einen Film gucken und nach den ersten zehn Minuten einschlafen, weil wir beide todmüde sind.«

So endet es jedes Mal, wenn die zwei bei uns in der WG sind. Was mich nicht wirklich überrascht. Als Medizinstudentin und Assistenzarzt sind ihnen Freizeit und Ruhe Fremdwörter.

»Wie romantisch«, säusle ich.

»Heute habe ich auch keine Körperflüssigkeiten auf meiner Kleidung. Sexyer geht es wohl kaum.«

»Da wird Evren ganz bestimmt aus dem Häuschen sein.«

»Sie wird über mich herfallen«, sagt er lachend.

Die gute Laune ist seiner Stimme anzuhören, was Wärme durch mich strömen lässt. Seitdem die zwei sich kennengelernt haben, ist Talhah glücklicher denn je. Früher war er reserviert und still, jetzt blüht er auf – innig und allumfassend.

»So …« Er parkt vor dem Geschichtsinstitut. »Viel Spaß?«

»Werde ich *definitiv* haben.« Ich seufze. »Danke fürs Fahren.«

»Für dich doch immer«, sagt Talhah sanft.

Ich will nicht aus dem Auto. Es ist warm und gemütlich. Trotzdem schnalle ich mich ab und atme tief durch, bevor ich die Wagentür öffne. Kälte und Dunkelheit empfangen mich, was mich ungemein stört. Dabei ist der Herbst in der Theorie die beste Jahreszeit. Die Vorfreude auf Schnee und Weihnachtsmärkte, Spekulatius und heißen Tee ist die schönste Freude. Bis man einen Fuß vor die Tür setzen muss und am liebsten wieder umdrehen würde, weil es eisig und die meiste Zeit über finster ist.

Vor mir erhebt sich imposant das Friedrich-Meinicke-Institut, dessen Fenster sich endlos aneinanderreihen und Blicke in Büros erlauben, die längst leer stehen. Um diese Zeit arbeiten die Wenigsten. Ein paar Doktorierende und Lehrende, die sich alleinig über ihren Job identifizieren.

Talhah hupt, bevor er mit quietschenden Reifen weiterfährt. Die Philologische Bibliothek, in der seine Freundin neben dem Studium arbeitet, ist nicht weit weg. Sie freut sich bestimmt genauso wie ich auf eine gemütliche Autofahrt statt der anstrengenden Öffis und der kalten U-Bahn-Schächte.

Um diese Zeit öffnen sich die Gleittüren noch, und im Foyer lungern vereinzelt Menschen. Die Arbeit in einem universitären Institut hört nie auf, auch wenn Studierende während der vorlesungsfreien Zeit nur die Bibliotheken besetzen.

Vor einem Jahr habe ich die Stelle als studentische Hilfskraft am Geschichtsinstitut aus Verzweiflung angenommen, als die in der Germanistik gestrichen wurde. Plötzlich war es vorteilhaft, als Lehramtsstudentin zwei Fächer zu belegen.

Damals habe ich bei meiner Linguistikprofessorin gearbeitet und ihre Folien aufgehübscht. Nachdem sie von der Uni gegangen ist, bin ich zur Geschichte übergesprungen und unterstütze seitdem Dozierende dort. Letztes Semester war ich auch Tutorin für Bachelorstudierende, die mit dem geschichtlichen Stoff nicht klarkamen. Dieses Semester übernimmt jemand Neues die Aufgabe, weil die leitende Professorin mir mehr Arbeitsstunden am Geschichtsinstitut selbst versprochen hat. So gern ich auch einmal die Woche das Tutorium geführt habe, war es viel Arbeit für das wenige Geld. Da setze ich mich lieber ein paar Stunden vor den Computer und beantworte E-Mails.

»Zelal!« Cecil lächelt breit und legt die zwei Ordner in ihrem Arm um, sodass sie mir zuwinken kann, als ich in den Büroflur trete. »Schön, dass du es noch geschafft hast! Herr Jakab übernimmt Büro sieben. Ich bring das Zeug schnell weg und komme zu dir.«

Herr Dr. Jakab. Das war der Name – und Titel –, der auf der Campus-Management-Seite aufgeführt war, als ich sein Seminar zur kolonialen Kunstgeschichte ausgewählt habe.

»Schön, dich zu sehen!« Ich hebe die Hand und steuere auf die Tür hinten rechts zu. Das Büro ist eines der kleineren, aber ist gesegnet mit einem Ausblick auf den nahe gelegenen Park, was die Größe wettmacht. Vor allem im Sommer.

Der braune, platt getretene Teppich wurde frisch gesaugt, und vor der linken Wand stapeln sich Akten über Ordner und Haufen von bedruckten Blättern.

»Schlosser hat alles hiergelassen.« Cecil stößt genervt die Luft aus und kreuzt die Arme vor der Brust. Sie arbeitet seit fünf Jahren als Sekretärin am Institut. Jedes Mal, wenn ich ihr Lächeln und ihre perfekte Aufmachung sehe, frage ich mich, wie sie es in dieser testosterongeschwängerten Luft aushält.

»Der Didaktikkurs war auch für den Arsch. Klar, dass er nach seiner Promotion keine Festanstellung bekommen hat«, gebe ich schulterzuckend zurück.

Ich musste mich um seine Mails kümmern und habe mitbekommen, wie häufig Studierende wegen seiner Erwartungen und des Stoffs verzweifelt sind.

Cecil eilt auf die Ordner zu und greift nach so vielen, wie sie tragen kann. »Er hat konstant sexuelle Anspielungen gemacht. Ich konnte für Wochen keinen Rock mehr tragen, ohne mich beobachtet zu fühlen.«

Mit *solchen* Meldungen wurde das Institut regelrecht überschwemmt. Studentinnen, die sexistische Äußerungen beklagt oder sich in seinen Kursen unwohl gefühlt haben. Überrascht hat es mich damals nicht. Der Mann hat einen praktisch mit den Augen ausgezogen. Jede Minute, die ich mit ihm allein verbringen musste, war eine zu viel.

Am Ende wurde sogar die Fachschaft eingeschaltet, wodurch der Dekan sich gezwungen sah, Fabian Schlosser zu entlassen, nachdem er promoviert hatte. Besser so.

Ich stelle meine Tasche ab und ziehe die Jacke aus, um Cecil zu helfen. »Mal schauen, ob der Neue dir auch einen Strich durch die Outfits und Dekolletés macht.«

Wenn man der hübschen Frau etwas nicht nehmen kann, dann ihre eng anliegenden Bleistiftröcke und der gewagte, aber noch immer professionelle Ausschnitt.

Ein schelmisches Grinsen stiehlt sich auf ihre pinken Lippen, und sie pustet sich ein paar Strähnen aus der Stirn, die sich aus dem Knoten in ihrem Nacken gelöst haben. »Ich glaube nicht. Diesmal kriegen wir jemand Jungen.«

Ich folge ihr aus dem Büro ins Archiv, wo wir die Ordner auf einem Wagen abstellen, damit die Mitarbeitenden schauen können, ob etwas Brauchbares drin ist oder alles weggeworfen werden kann.

»Ach echt?«

»Aber so was von«, sagt sie und richtet ihr Oberteil. »Ende zwanzig. Hat in den USA promoviert. Wollte einen Tapetenwechsel.«

»Und sein Alter hindert ihn daran, ekelhaft zu sein?«

Cecil verdreht die Augen. »Natürlich nicht, Spielverderberin, aber er kriegt wenigstens jemanden ins Bett und muss sich nicht wie Schlosser die Augen aus dem Kopf schauen. Das hat er wahrscheinlich nicht nötig mit dem Bewerbungsfoto, das ich sehen durfte.«

»Er ist Geschichtsdoktor. Bist du dir sicher?«

Das Lachen können wir uns auf dem Weg zurück ins Büro beide nicht verkneifen.

»Spätestens am Montag werden wir es ja wissen.«

Das Ausräumen dauert länger, als ich zu Anfang erwartet habe. Eigentlich wollte ich um zwanzig Uhr wieder auf meinem Bett sitzen und mit Atlas und Yousef eine Serie schauen, doch erst nach einundzwanzig Uhr lehne ich mich angestrengt gegen die Wand des jetzt ausgeräumten Büros.

»Der Mailserver außerhalb des universitären VPNs ist seit heute Nachmittag down«, sagt Cecil. »Es kann sein, dass Mails eingeflattert sind, die du zu Hause nicht einsehen konntest.«

»Oh.« Ehrlicherweise habe ich heute nicht versucht, in mein Postfach zu schauen. »Meinst du, du schaffst es, die letzten Dinge wegzubringen, damit ich ins Büro flitzen kann?«

»Klar.« Sie scheucht mich mit einer knappen Handbewegung aus dem Raum und bückt sich nach den wenigen Ordnern, die noch übrig sind.

Das Miniaturbüro, das für die studentischen Hilfskräfte gedacht ist, befindet sich schräg gegenüber. Der Schlüssel klemmt immer, weswegen ich an der Klinke ziehen muss, damit sich das Zimmer aufschließen lässt. Zurzeit schaukeln Felix, Safiya und ich die Hilfskraftstellen allein und teilen uns zwei Schreibtische. Ich schmeiße einen der alten Computer an und gebe meine Zugangsdaten ein, um in das interne Mailprogramm zu kommen. Tatsächlich habe ich eine ungelesene Nachricht. Professorin Bucher, deren Schwerpunkt auf Frauen in der Neuzeit liegt, hat mir heute Mittag eine Mail geschickt.

Zelal,

Du hattest erwähnt, dass Du ein paar mehr Stunden in der Woche arbeiten möchtest. Ich habe mit unserem neuen Postdoc Herrn Dr. Jakab Absprache gehalten. Er braucht eine Hilfskraft für seine nächste Forschungsarbeit. Falls Du Dich noch immer dafür interessierst, kannst Du ihm eine Mail schreiben. Ich habe natürlich ein gutes Wort für Dich eingelegt.

Liebe Grüße
Jana

Bei ihren Worten muss ich schmunzeln. Jana ist eine der besseren Lehrenden, die sich immer die Zeit für Kritik nimmt. Seitdem Schlosser nicht mehr da ist, hat sie die Didaktik übernommen. Für sie habe ich ein paar Monate gearbeitet, und keiner der Geschichtsprofessoren war je so nett, wie sie es ist.

Ich bedanke mich bei ihr, kopiere die E-Mail-Adresse Herrn Jakabs aus der Mail, schicke ihm eine Anfrage und verweise auf Jana. Sicherheitshalber hänge ich meinen Lebenslauf an. Hoffentlich sieht er das als Bonus, sodass ich mehr Stunden in der Woche arbeiten kann. Zwar sucht das Institut nach neuen studentischen Hilfskräften, weil ich die Einzige bin, die um Extrastunden gebeten hat, aber bis die gefunden sind, kann ich meine Chance nutzen. Außerdem habe ich im letzten Jahr so viel Recherche betrieben, dass er mich nehmen *muss*. Für Quelleninterpretation findet er niemand Besseren!

Zu meinem Glück warte ich nicht lange auf eine Antwort. Der Benachrichtigungston tönt schrill durch das halbdunkle Büro.

Sehr geehrte Frau Korkmaz,

ich danke Ihnen für die Anfrage. Ich habe mit Professorin Bucher ein kurzes Gespräch darüber geführt und würde mich freuen, Sie kennenzulernen.

Ab Montag bin ich im Büro und halte um elf Uhr ein Seminar. Wenn Sie davor Zeit haben, können Sie gerne bei mir vorbeischauen.

Mit freundlichen Grüßen
Dr. Levi Jakab

Dann weiß ich, was Anfang der Woche zu tun ist. Vielleicht sollte ich früh aufkreuzen und ihm einen Kaffee bringen? Erhöht das meine Chancen? Oder ist das zu dick aufgetragen, und er bietet mir die Stelle nicht an?

Ich muss mir dringend etwas einfallen lassen, damit ich mit größter Sicherheit diese Extrastunden bekomme.

ZWEI | DU

Zelal

Montag kommt viel zu schnell um die Ecke. Ich muss um neun beim Institut auf der Matte stehen, damit ich bei dem neuen Postdoktoranden vorbeischauen kann, bevor ich seine Veranstaltung besuche. Danach habe ich eine Deutschvorlesung und ein dazugehöriges Seminar. Die vorlesungsfreie Zeit und die weit auseinanderliegenden Hausarbeiten haben mich faul gemacht. Gegen Ende der freien Tage bin ich vor elf Uhr vormittags nicht mehr aus dem Bett gekommen.

Aber heute habe ich die Motivation, früh aufzustehen. Zwar wird das Studieren über die Jahre immer anstrengender, doch ich versuche, mich an meine Vision der Zukunft zu klammern. Wenn ich die letzten drei Semester zu Ende gebracht habe, darf ich an Schulen lehren. Mit Jugendlichen arbeiten, ihnen etwas beibringen und ein gutes Vorbild sein. Das ist alles, was ich will. Alles, was ich nie hatte. Ich möchte die Lehrerin sein, bei der sich jedes Kind wohlfühlen darf. Kinder, die häufig schlechte Erfahrungen gemacht haben, anstatt an einem sicheren Ort lernen zu dürfen.

Nur zwei Semester plus das Praxissemester, dann bin ich fertig. Dann kann ich endlich ins Referendariat und mich für eineinhalb Jahre überarbeiten und unterbezahlen lassen. Trotzdem wird das der Anfang der schönsten Zeit meines Lebens sein. Es kann nur bergauf gehen.

Die Unordnung auf dem Boden ist heute überschaubar. Wenn man das kleinste Zimmer und viel zu viel Krimskrams hat, dann wird es zwangläufig eng. Die halb fertig gestrickte Decke und Nadeln räume ich aus dem Weg und gehe zum Schreibtisch, auf dem meine Kleidung liegt, die ich abends rausgelegt habe. Sie ist gehobener als meine normale Pullover-und-Hosen-Kombi, schließlich habe ich ein Vorstellungsgespräch vor mir. Zwar gestalten diese sich im Institut angenehm, aber ich muss gut auftreten, um mir den Job auf alle Fälle zu sichern.

Ich kämme meine Haare und streiche sie hinter die Ohren. Bereits vor Monaten hätte ich sie schneiden sollen, jetzt liegen sie in meinem Kreuz, und es ist zu schade, die Schere in die Hand zu nehmen. Die grünen Vordersträhnen sind längst ausgeblichen, weswegen meine beste Freundin Safiya sie die kommenden Wochen nachfärben will.

Ich stecke meinen dünnen Rollkragenpullover in die weite schwarze Stoffhose und ziehe einen Blazer über. Den kann ich nach dem Gespräch einfach im Büro lassen. Mit der gepackten Tasche und meiner Lederjacke mache ich mich auf den Weg zur Uni. Frühstück hat mir Felix heute versprochen – ein Croissant vom Bäcker unweit vom Institut und der selbst gemachte Latte macchiato. Er hat sich einen Kaffeevollautomaten zugelegt und hört nicht auf, davon zu schwärmen. Als jemand, der eher Milch mit Kaffee trinkt statt andersherum, besitze ich wahrscheinlich nicht den Gaumen, um die Maschine wertzuschätzen wie er, aber gegen ein leckeres Heißgetränk habe ich trotzdem nichts einzuwenden.

Die dreißigminütige Fahrt und das Umsteigen, um zum Geschichtsinstitut zu kommen, zehren vor allem während der kalten Jahreszeit an meinen Nerven. Zu viel will ich mich aber nicht beschweren, weil die Wohnung und ihre Lage es mir erst erlauben, in Berlin zu leben. Außerdem liebe ich Wedding für den originalen Stadtcharme. Keine neuen, hippen Cafés, die Mieterhöhungen vorhersagen, sondern kleine *bakkals*, die günstig Obst verkaufen, und fremde Sprachen, die einem nach Jahren vertraut sind.

Die Fahrradständer am Institut sind vollgepackt, aber die Gesichter, die mir entgegenkommen, leer. Das FMI behaust mehr als die Geschichte, wodurch es gigantisch und tagsüber brechend voll ist. In der Jacke, mit dem Schal und zwischen den Menschen, die die richtigen Seminarräume suchen, wird mir beim Treppensteigen ganz warm.

Ich kann die Wolle erst von meinem Hals nehmen, als ich in den ruhigen Büroflur trete, der in neuer Farbe erstrahlt. Die Türen zu den Räumen sind aufgerissen, und Professoren unterhalten sich rege, während ich sie alle grüße und dann im Büro der studentischen Hilfskräfte verschwinde. Am Anfang des Semesters wird eine Willkommensrunde veranstaltet, in der wir den Lehrenden zugeteilt werden – je nachdem, was sie zurzeit brauchen. Am Germanistikinstitut war das mit Pizza und einer netten Spielrunde verbunden. Hier verlief es das letzte Mal sehr unterkühlt. Vielleicht wird es diese Woche ja besser.

»Na, Maus?«, begrüßt mich Saf. Sie ist schon im Büro und hat es sich vor dem linken Schreibtisch gemütlich gemacht. Ihre kupferrot gefärbten Locken hat sie vor zwei Wochen auf Kinnlänge geschnitten. Wir können uns bis heute nicht entscheiden, ob sie ihrem Charakter Ausdruck verleihen wollte oder ob der Stress der zwanzigseitigen Hausarbeit auf ihr gelastet hat.

»Hey«, seufze ich und lege meine Tasche auf dem anderen Schreibtischstuhl ab. Die Jacke und der Schal folgen. »Sehe ich in Ordnung aus? Ich wollte es mit der Schminke nicht übertreiben.« Was ungewohnt für mich ist, da ich das Haus nie ohne dicken Eyeliner und dunkle Lippen verlasse.

Der Computerbildschirm spiegelt nur ein verschwommenes Bild von mir wider. Mit dem Finger fahre ich um die Konturen meines Mundes, um mögliche Lippenstiftschmierer zu entfernen. Der Kaffee und das Croissant stehen schon auf dem Platz, weshalb mir das Herz schwer wird. »Ist Felix hier vorbeigekommen?«

»Dreimal darfst du raten«, antwortet Saf vielsagend.

»Das hätte er nicht tun müssen. Das ist von seiner Englischvorlesung aus eine halbe Weltreise.« Wir hatten abgemacht, dass er mir mein Frühstück zu unserem gemeinsamen Geschichtsseminar mitbringt.

»Ja, warum wohl?«, murmelt meine beste Freundin, und ich presse die Lippen aufeinander. *Dieses* Gespräch bin ich leid. »Zurück zum Thema: Du siehst super aus. Brauchst dir echt keinen Kopf machen.« Safiya stellt sich zu mir und hebt mein Kinn an, um einen genaueren Blick auf mich zu werfen. »Ich habe Jakab heute Morgen flüchtig gesehen. Cecil hatte recht. Er sieht jung und verdammt gut aus.«

Meine Augenbrauen schießen in die Höhe. »Was meinst du mit ›verdammt gut‹?«

»So gut, dass ich mich gefragt habe, ob er nicht doch irgendein Männermodel ist, das sich auf dem Weg zur Berliner Fashion Week verlaufen hat.«

»Ich nehme dich beim Wort«, sage ich und hebe warnend den Zeigefinger, den sie, begleitet von einem kurzen Lachen, wegschlägt.

»Los, geh zu ihm und erkämpfe dir die Extrastunden!« Sie drückt beide Daumen und verfolgt mich, bis ich aus der Tür bin.

Übers Wochenende habe ich Safiya von meinem Plan erzählt. Sie war der festen Überzeugung, dass es klappen wird, weil weder sie noch Felix mehr arbeiten wollen. Die Unsicherheit begleitet mich trotzdem, als ich mich zum Ende des Flurs vorkämpfe. Cecil hat mich vorgewarnt, dass die Stellenausschreibungen für die neuen Hilfskräfte bald auf der Homepage hochgeladen werden. Das bedeutet: Konkurrenz, die ich nicht gebrauchen kann.

Ich setze ein Lächeln auf und klopfe zaghaft gegen die Tür.

»Herein«, kommt es gedämpft von der anderen Seite, woraufhin ich die Klinke herunterdrücke.

Das Büro ist nicht mehr leer wie letzte Woche. An der linken Wand neben den Aktenschränken stehen zwar Unmengen an Kartons, aber sie sind alle penibel aufeinandergestapelt, wodurch es wie ein durchdachtes Chaos wirkt. Die Glaswand mir gegenüber erlaubt eine sonnige Aussicht auf den Park, und der Schreibtisch rechts ist diesmal besetzt.

Auf dem Stuhl hat Dr. Jakab Platz genommen. Mir fallen mehrere Dinge gleichzeitig auf: dunkle Haare, die zurückgekämmt sind, ein perfekt sitzendes helles Hemd, dessen erster Knopf geöffnet ist, und schieferblaue Augen, die er keine Sekunde von mir abwendet.

»Zelal Korkmaz.« Ich gehe auf ihn zu, und er richtet sich auf, um mich zu begrüßen. Sein Händedruck ist fest, während meine Hand in seiner verloren geht. »Wir hatten einen kurzen E-Mail-Austausch.«

Er nickt und zeigt auf den Stuhl vor mir. »Wegen der Hilfsstelle, wenn ich mich recht entsinne?«

Ich setze mich ihm gegenüber und muss laut schlucken, als er sich kurz seinem Laptop zuwendet, bevor seine Aufmerksamkeit wieder auf mir liegt. Saf hat recht, er sieht aus wie ein Männermodel, das falsch abgebogen ist. Die breiten Schultern strafft er, während er die Ellbogen auf den Schreibtisch stellt, um sein Kinn zu stützen. Seine Armbanduhr reflektiert das Licht, und das enge Hemd lässt vermuten, dass er seine freie Zeit beim Sport verbringt. Was sucht er bitte in diesem Institut?

»Genau«, sage ich leise, um meine Überraschung zu überspielen. Das Letzte, was ich will, ist, dass er meine Gedanken erahnt. Ich bin schließlich nicht die erste Studentin, die sich das denkt. Er ist verdammt attraktiv – das muss er wissen.

Dr. Jakab schenkt mir ein Lächeln, das sich in seine Augenwinkel gräbt und weiße Zähne aufblitzen lässt. »Entschuldigen Sie. Ich habe die letzte Woche so viele Mails erhalten. Es ist schwer, den Überblick zu behalten.«

Ich schenke ihm einen ähnlichen Gesichtsausdruck. »Gar kein Problem. Das kann ich nachvollziehen.«

Er lehnt sich in seinem Sitz zurück. Das Lächeln verwandelt sich in einen amüsierten Blick. »So, was führt Sie zu mir? Warum wollen Sie mir bei meiner Forschungsarbeit helfen?«

Wegen des Geldes. Das kann ich nicht sagen, also setze ich mich auf. Seine Doktorarbeit habe ich gestern überflogen – mich durch das Inhaltsverzeichnis geklickt und die Diskussion am Ende gelesen, wenn ich ehrlich bin. *Deutscher Kolonialismus und seine Implikationen im einundzwanzigsten Jahrhundert – Fortleben des Kolonialdenkens im Zusammenleben der Mehrheitsgesellschaft.*

»Ich habe Ihre Dissertation gelesen, fand sie sehr interessant und habe mir erhofft, dass Sie in dem Themenfeld bleiben. Da ich letztes Semester sehr viel Literaturrecherche für Herrn Schlosser …« – bei der Erwähnung des Namens zieht er die Augenbrauen zusammen, aber lässt sich nicht aus der Ruhe bringen –, »für Herrn Schlosser betrieben habe, bin ich geübt darin und kann Zusammenfassungen und Interpretationen der Quellen mit Selbstbewusstsein erstellen.«

Er nickt anerkennend, bevor er mich taxiert. »War das auch der Grund, warum Sie sich für mein Seminar eingeschrieben haben, oder sollte mir das lediglich schmeicheln?«

Seine Worte lassen mich stocken, und ich blinzle mehrmals, bis ich überhaupt weiß, was ich darauf antworten soll. »Ich … ich habe mich für Ihr Seminar eingeschrieben, bevor mir Jana … Frau Bucher … Professorin Bucher Bescheid gesagt hat, dass … dass die Stelle –«

Er unterbricht mich durch sein Lachen, das mich völlig aus der Bahn wirft, die aktuell aus zusammengeklaubten Wörtern und Angstschweiß im Nacken besteht. »Ich habe mir einen Spaß erlaubt, Frau Korkmaz. Kein Grund, sich zu erklären.«

Sehr witzig, Scherzkeks.

Er hat meinen Nachnamen richtig ausgesprochen. Mit rollendem R und dem betonten Z. Ich presse die Lippen zusammen und versuche, meinen rasenden Herzschlag zu beruhigen. Ich hätte mir denken müssen, dass auch er einen Haken hat. Er kann nicht attraktiv *und* nett sein. Wir sind schließlich im Geschichtsinstitut.

Als nichts von mir kommt, beugt er sich über den Tisch hinweg zu mir. »Sie interessieren sich also für den Kolonialismus, habe ich das richtig verstanden?«

Ich nicke.

»Sehr gut. Dann haben Sie wahrscheinlich den Imperialismus im Bachelor oder Master durchgenommen?«

Wieder nicke ich und versuche, die angenehme Tiefe seiner Stimme zu ignorieren.

»Meine jetzige Forschungsarbeit wird sich mit dem Imperialismus als Ganzem beschäftigen. Dabei liegt das Augenmerk auf der Selbstwahrnehmung, die er in der deutschen Bevölkerung nach dem Ersten Weltkrieg mitbedingt hat.« Für einen Moment hält er inne, als warte er auf eine Antwort meinerseits. »Was halten Sie davon? Interessiert es Sie?«

Ich nicke erneut – für Worte bin ich viel zu überrumpelt.

»Das beantwortet meine erste Frage nicht, Frau Korkmaz. Was halten Sie davon?«

»Ähm … das hört sich sehr vielversprechend an. Sehr interessant«, krächze ich und will das enge Büro verlassen. Das scheint ihm nicht Antwort genug zu sein, weswegen ich mich gezwungen fühle, weiterzusprechen. Die Stille zwischen uns wäre unangenehmer als seine Fragen. Ich soll kompetent rüberkommen, nicht überfordert. »Es wirkt so, als wollen Sie Rassismusforschung betreiben, ohne sie direkt als solche zu benennen.«

Als seine Augen für einen Moment groß werden, bin ich mir sicher, dass ich durch das Vorstellungsgespräch geflogen bin. Das war's. Was fällt mir auch ein, *so* etwas zu sagen? Ich habe es neutral gemeint, aber ich bin mir sicher, dass er es als Angriff aufgefasst hat. *Die billige Studentin denkt, ich sei nicht Manns genug, mich Kritik zu stellen.* Dabei war das nicht meine Absicht! Ade, mehr Stunden und mehr Geld. Hallo, Für-immer-unweit-der-Armutsgrenze-Tänzeln.

Er verschränkt seine Finger und lässt die Hände dumpf auf das dunkle Holz des Schreibtischs fallen. Die Kaffeetasse wackelt für wenige Sekunden, weshalb ich zusammenzucke. *Du hast es echt verhauen, Zelal.* Wunderbar. Ich kann mich direkt aus seinem Seminar ausschreiben. Er wird mich hundertprozentig durchfallen lassen.

»Sind Ihre Antworten immer so ehrlich?«

Ich weiß nicht, ob ich *jetzt* wahrheitsgemäß reagieren soll. Alles, was ich sage, kann er gegen mich verwenden. Dann bin ich die Stelle wirklich los.

»Wie haben Sie es geschafft, ein Jahr für Dozierende dieses Instituts zu arbeiten? Mit so einem Mundwerk?« Er streut Salz in die Wunde.

Ich beiße mir auf die Lippe, atme dreimal durch die Nase, bevor ich zu einer Antwort ansetze. Diesmal darf ich nicht aufmüpfig und voreilig sein. Ich muss sein Gemüt besänftigen und sein Ego streicheln, in der Hoffnung, wenigstens nicht seine böse Seite kennenzulernen.

Er kommt mir jedoch zuvor: »Aber da Sie, ähnlich wie ich, wissen müssen, dass Forschung harscher Nachfragen bedarf: Willkommen in meinem kleinen Team.« Er schmunzelt, bevor er sich wieder auf seinen Laptop konzentriert und anfängt, zu tippen. »Schicken Sie mir bis Ende der Woche Ihren Stundenplan, und ich schaue mal, wo noch Platz ist. Je eher Sie ihn mir zukommen lassen, desto früher können Sie anfangen. Sind acht Stunden die Woche ausreichend?«

»Ja, völlig«, antworte ich perplex, während meine Gedanken sich überschlagen. Hat er mir zugesagt? Habe ich den Job? War er nicht beleidigt? Er wirkte beleidigt. Mit dem Daumen fahre ich über die Nagelhaut an meinem Ringfinger, dabei beruhigt sich mein rasendes Herz nicht. Es scheint das Jobangebot nicht mitbekommen zu haben.

»Worauf warten Sie?« Jakab wendet sich wieder an mich. »Ich würde Ihnen gern einen Kaffee anbieten, aber der aus dem Automaten hier ist grässlich. Wir sehen uns um elf Uhr.«

Ich springe wie von der Tarantel gestochen auf und glätte meine Hose. »Entschuldigung … ich … wir sehen uns um elf.«

Mit diesen Worten gehe ich auf die Tür zu, möchte ihm winken, aber er beachtet mich nicht mehr. Als ich wieder im Flur stehe, könnte ich vor Freude quietschen.

Die Arbeit mit Levi Jakab wird, so wie er jetzt aufgetreten ist, anstrengend, doch das ist mir recht. Ich werde mein Bestes geben und das Geld verdienen, um in Berlin bleiben zu können. Um mit Jugendlichen zu arbeiten, die die Hilfe kriegen sollen, die sie brauchen. Das kann mir niemand nehmen. Nicht einmal ein arroganter Dozent.

DREI | SÊ

Zelal

Das Seminar ist für Geschichtsverhältnisse überlaufen. Studierende suchen sich panisch Plätze, und als keine zu finden sind, setzen sie sich auf die Treppen.

»Da hat sich wohl jeder das Gleiche gedacht«, flüstert Felix mir ins Ohr.

»Ich sage doch, niemand hat Bock auf Heller.« Bei dem Gedanken, dass das Seminar zur nordamerikanischen Geschichte gähnend leer sein muss und er seine vollgepackten Vorlesungsfolien den Geistern des Instituts vorstellt, kann ich mir die Genugtuung nicht verkneifen.

Felix fährt sich durchs Haar, bevor er seinen Laptop hervorholt. Wir konnten zwei Plätze in der ersten Reihe ergattern, weil wir früher losgegangen sind.

Dr. Jakab lehnt an seinem Pult und hat die Stirn in Falten gelegt, als immer mehr Studierende in den kleinen Seminarraum strömen. Hier haben vielleicht dreißig Leute Platz, heute sind wir mindestens fünfzig.

Felix beugt sich zu mir, und seine blauen Augen strahlen. »Ich verwette meinen Hintern darauf, dass er die Anmeldungsgrenze nicht gecheckt hat.«

Wir studieren seit dem Master zusammen. Vorher hat er in Düsseldorf seinen Bachelor gemacht und ist seiner Freundin nach Berlin hinterhergezogen. Sie hat sich drei Monate nach Semesterbeginn von ihm getrennt, sodass Felix sich eine WG suchen musste, weil seine Freundin ihren Neuen bei sich einziehen lassen wollte. Das erste Semester war nicht ideal für ihn.

Ich zucke mit den Schultern. »Solange er nicht unfair ist und Leute rausschmeißt, ist das okay für mich. Weniger Aufmerksamkeit auf einer einzelnen Person.«

Es gibt nichts Schlimmeres, als ungefragt aufgerufen zu werden, um etwas zu erklären. Neue Dozierende sind gut darin und denken, dass sie uns wie Schüler und Schülerinnen behandeln können, weil manche von uns Lehrende werden wollen.

Jakab betrachtet kurz seine Armbanduhr und stößt sich danach vom Pult ab. Das Hemd ist mittlerweile am Gürtel leicht zerknittert und die Haare nicht mehr perfekt zurückgekämmt, aber das tut seinem stoischen Ausdruck keinen Abbruch.

»So … hallo zusammen.« Er räuspert sich und lässt den Blick über die Menge gleiten. »Ich glaube, ich habe bei der Belegung etwas verhauen. Auch wenn ich keine Mathematik studiert habe, kann ich sagen, dass hier eindeutig mehr Menschen sitzen als erlaubt.«

Ein kurzes Raunen geht durch die Menge, und Felix schnaubt. »Einen Witzbold haben wir bekommen, wow.«

»Besser als einen Sexisten.«

Darauf erhalte ich keine Antwort, was in seiner Welt Zustimmung bedeutet. Auf Schlosser ist niemand gut zu sprechen.

»Ich müsste schauen, wie ich das am besten kläre, weil der Raum eindeutig zu klein und das Seminar zu groß ist, um es weiterhin als Seminar bezeichnen zu können«, fängt Jakab an und umrundet den Tisch, um sich vor seinen Laptop zu stellen. »Vielleicht entfallen auch viele von Ihnen, wenn Sie den Lehrplan sehen.«

»Rosige Aussichten«, kommentiert Felix.

Ich rutsche in meinem Sitz herum und ziehe einen Block aus meiner Tasche. Das fängt schon mal gut an. Wenigstens ist er sich seiner selbst bewusst und weiß, dass sein Unterricht schlecht ist. Jede dozierende Person, die ihre Lehre so anfängt, hat die Studierenden nicht im Hinterkopf.

Eine Präsentation in Weiß und mit dem Universitätsemblem in der oberen rechten Ecke wird gegen die Wand geworfen.

»Mein Name ist Levi Jakab.« Er hebt den Kopf und dreht sich leicht zur Slide, bevor er wieder in die Menge schaut. »Ich habe sowohl meinen Bachelor als auch Master an der Freien Universität in Geschichte und Kunstgeschichte gemacht. Zur Promotion bin ich an die Brown University in Rhode Island gegangen. Und jetzt schließe ich den Kreis, indem ich für die nächsten Jahre hier als Postdoc tätig sein werde.«

Es ist still im Raum, nur die zwei Mädchen neben mir unterhalten sich rege, was Jakab nicht zu stören scheint. Er klickt sich in seiner Präsentation weiter, und der Syllabus erscheint vor uns.

»Ich bin ein großer Verfechter der amerikanischen Lehrweise, deswegen werde ich viel Wert auf Ihre Teilnahme legen und plane wöchentliche Abgaben.«

Einige Leute stöhnen auf. Die Ersten packen ihre Taschen, weswegen er eine beruhigende Handbewegung macht, bevor er sich wieder vor seinen Tisch stellt.

»Immer mit der Ruhe. Es werden keine schwierigen Aufgaben sein, aber ich möchte ein ständiges Auseinandersetzen mit dem Inhalt anregen. Es wird ein sogenanntes Midterm geben. Ein Exposé zu Ihrer Hausarbeit, die dann am Ende des Semesters Ihre Note sein wird.«

Das überzeugt niemand derjenigen, die ihre Taschen gepackt hatten. Ein Dutzend Leute verlassen den Raum, was Jakab mit einem Schulterzucken quittiert.

»Dieses Seminar ist zudem nur für alle, die das Basismodul *Europäische Geschichte* belegt und bestanden haben. Also falls unter Ihnen jemand ist, der dies nicht getan hat, bitte ich Sie, den Raum zu verlassen.«

Wieder verlassen eine Handvoll Leute das Seminar.

»Gut, dann sind wir zwar trotzdem ein paar mehr, aber das sollte nicht schlimm sein. Ich werde mich um einen neuen Raum kümmern.«

Er klickt sich erneut in der Präsentation weiter, um uns den Inhalt der nächsten Wochen zu zeigen, und bleibt bei einem lila unterlegten Text stehen. »Außerdem möchte ich mit Ihnen gern Ende November in die Gemäldegalerie. Ihre Aufgabe wird darin bestehen, ein Werk auszuwählen und seinen kunsthistorischen und vielleicht kolonialen Kontext aufzuarbeiten und vorzustellen.«

»Na, das wird ja ein Heidenspaß.« Aus Felix' Stimme ist kein Hauch der Belustigung zu hören, und ich stimme ihm zu. Dieses Semester wird unvergesslich anstrengend.

* * *

Ich dachte immer, dass die Uni von Halbjahr zu Halbjahr einfacher werden würde. Dass man sich an den Rhythmus gewöhnt und einem Dinge leichter fallen. Dem ist nicht so. Obwohl ich den Stoff von drei Semestern auf vier gestreckt habe, bekomme ich manchmal keine Verschnaufpause mit den Nebenjobs, die es mir erst erlauben, in Berlin zu leben.

»Du siehst aus, als hätte man dich überfahren«, sagt Atlas, nachdem er aus seinem Zimmer in den Flur kommt.

Mit einem Seufzen lasse ich meine Tasche auf den Boden fallen und versuche, aus meinen Schuhen zu kommen, ohne mich zu bücken.

»Deine Liebe rührt mich zu Tränen«, murmle ich wenig begeistert. »Ich verstehe eh nicht, wie du immer die Gelassenheit in Person bist. Als Jurastudent!«

Bis jetzt habe ich nicht erlebt, dass er durch irgendeine Prüfung gefallen ist oder wegen des Stresses völlig außer sich war. Klar hat er sich schon öfter mehrere Stunden am Stück zum Lernen verbarrikadiert, aber zum Abendessen war er trotzdem anwesend und hat sich nie lauthals über eine dozierende Person beschwert, wie ich es über Schlosser etliche Male getan habe.

Atlas zuckt mit den Schultern und geht in die Küche, in der es kracht. Irgendein Teller macht Bekanntschaft mit dem zerkratzten Laminatboden. »Man muss halt einmal verstehen, wie man zu einer Lösung kommt. Dann kann man das für alles andere anwenden.«

Das sagt er so leicht, nichtsdestotrotz bin ich mir sicher, dass sich hinter den dunklen Haaren ein Megamind versteckt. Alles andere wäre mir unerklärlich.

»Solange du uns wegen des Wasserschadens in Talhahs Zimmer die Miete endlich herunterhandelst, stelle ich keine Fragen mehr.«

»Hab die Mail schon vor Wochen abgeschickt«, antwortet er, und ich folge ihm in die Küche. Yousef macht sich ein Sandwich, dessen Hälfte Atlas stibitzt. Mehr als eine grimmige Miene erntet er als Küken der WG nicht. »Er wollte erst nicht. Als ich ihn mit Gerichtsurteilen bombardiert habe, ist er zehn Prozent runter, aber da Talhahs Zimmer das Kinderzimmer ist, haben wir uns auf zwanzig Prozent Mietminderung geeinigt.«

Er beißt gelassen von dem Sandwich ab, während Yousef und mir die Augen aus dem Kopf fallen. »Ist da Mayo drin?«, fragt er mit vollem Mund und gerümpfter Nase.

»Alter, das sind fast vierhundert Euro«, krächzt Yousef und ignoriert dabei Atlas' Frage.

»Hab mir auch mehr erhofft, aber ja …« Atlas seufzt.

»Bist du durch?«, frage ich außer mir. »Das ist supergut, verdammt!« Ich reiße ihn an mich und drücke ihm einen Kuss auf die Wange, weswegen er das Gesicht verzieht. »Ich liebe dich und den Fakt, dass du Jura studierst!«

»Wenn du das noch mal machst, breche ich ab.«

Ich gebe ihm einen weiteren Kuss, und er schiebt mich angeekelt von sich. »Ich meine das ernst, Zel.«

Er ist die einzige Person, die mich so nennt. Als ich vor eineinhalb Jahren notgedrungen diese Männer-WG angeschrieben habe, war ich der Überzeugung, es würde schrecklich werden. Meine alte Wohngemeinschaft hatte sich wegen einer Mietverdopplung aufgelöst. Zeitgleich war meine Stelle im Germanistikinstitut gestrichen worden. Dementsprechend stand ich vor einem großen Nichts. Ich hatte nicht den Luxus, wählerisch zu sein. Und wurde völlig überrascht. Das Interview haben Atlas und Yousef geführt, weil Talhah wie immer an der Uni war. Die beiden waren von Anfang die Freundlichkeit in Person. Ich musste bei meinem Einzug nicht einmal einen Mülleimer ins Bad stellen, weil zwischen Waschbecken und Toilette schon einer stand!

»Sei froh, dass dich überhaupt eine Person anfassen möchte.« Ich schlage ihm halbherzig gegen die Schulter und schiebe die silberne Brille sein Nasenbein herunter.

Er zeigt mir den Mittelfinger, richtet seine Brille und beißt mehrmals von dem belegten Brot ab. »Ich geh lernen.«

»Ich muss auch los«, sagt Yousef und streicht sich seine Locken hinters Ohr. »Malik will eine Tour von der Hochschule, wir haben uns verabredet.« Er drückt sich an mir vorbei zur Küchentür.

»Ist er schon hergezogen? Ich dachte, erst nächste Woche.«

»Nee, seine Kurse fangen nächste Woche an. Bis dahin spiele ich den großen Bruder.«

Bei den Worten muss ich schmunzeln und lehne mich gegen die Theke. »Was hält der echte große Bruder davon?«

Yousef dreht sich zu mir um und beißt von seiner Hälfte des Brotes ab. »Der liegt meist im Bett, bevor ich ihn darauf ansprechen kann.« Er schnaubt. »Außerdem kann er Malik eh nicht behilflich sein. Was will er ihm zeigen? Den Operationssaal? Ich kenne mich an der Hochschule aus.«

Talhahs Bruder wurde zu diesem Wintersemester an der gleichen Kunsthochschule zugelassen, an der Yousef studiert. Ich habe mich darüber gefreut, als wäre ich seine ältere Schwester, weil er sich nichts sehnlicher gewünscht hat. Sein Talent hat es verdient.

»Grüß ihn von mir!«

»Warum?« Yousef schüttelt belustigt den Kopf. »Damit der arme Junge sich wieder Hoffnungen macht?«

»Er ist achtzehn!«, antworte ich entrüstet. Er ist ein Baby und nutzt jede Gelegenheit, mir zu sagen, wie toll ich doch sei, seitdem er sich vollends von seiner Freundin getrennt hat.

»Das interessiert ihn doch nicht«, ruft Yousef, als er endlich aus der Tür ist.

»Okay, grüß ihn nicht!«

Spätestens, wenn er uns besuchen kommt, werde ich ihn wiedersehen, und Talhah wird ihn mit seinen Blicken erdolchen.

Es ist ganz schön niedlich.

VIER | ÇAR

Zelal

Ich könnte mich nicht mehr freuen, als Jakabs Mail bei mir eintrudelt.

> Ihrem Stundenplan zufolge haben Sie zurzeit frei. Könnte ich Ihre Zeit in Anspruch nehmen?

»Rate mal, wer einen guten Grund hat, die Linguistikvorlesung nicht nachbereiten zu müssen?«, flüstere ich Saf zu, damit niemand in der Bibliothek von mir gestört wird.

Sie stöhnt und hört auf, aggressiv auf ihrem MacBook zu tippen. »Warum?«

Ich zeige ihr meinen Bildschirm, und sie presst die Lippen zusammen. »Ich hoffe, du musst Texte kurz nach Christus lesen, du Miststück.«

»Hey!«, sage ich.

»Du lässt mich hier allein! Wäre das irgendjemand anderes gewesen, würdest du nicht zusagen. Gib doch zu, du machst es, weil er heiß ist.«

Zum Teil hat sie recht. Ich würde diese Mail nicht einmal öffnen, wäre sie von Schlosser. Aber bei jedem anderen stünde ich schon längst vor dem Büro.

»Weißt du, was heißer ist als er?« Ich schalte mein Handy aus und schiebe es in meine Hosentasche. Laptop und Block landen in dem Körbchen, und den Studierendenausweis lege ich zwischen zwei Seiten des Lehrbuchs. »Das Geld, das ich dabei verdienen werde.«

Saf wedelt abwesend mit der Hand. »Erzähl mir, was du machen musstest und ob ich dich aus den Fängen eines notgeilen Scheißers retten muss, oder ob er auszuhalten ist.«

»Ist versprochen.«

Den Korb gebe ich unten bei den Spinden ab und hole meine Tasche, in die ich notdürftig alles hineinquetsche, um so schnell wie möglich aus der Bibliothek zu kommen.

Die Flure des Instituts wimmeln von Studierenden verschiedenster Bereiche, aber mein Weg führt wie immer in die Abteilung der Geschichte. Hier ist es viel ruhiger, lediglich Jana steht im Flur und schließt ihr Büro auf.

»Zelal! Schön, dich zu sehen!« Sie hebt ihre Kaffeetasse zum Gruß.

»Hey«, begrüße ich Jana und bleibe neben ihr stehen. »Noch mal danke für die Empfehlung bei Dr. Jakab. Ohne dich hätte ich den Job bestimmt nicht bekommen.«

»Ach, das stimmt doch gar nicht.« Ihr Gesicht hellt sich auf. »Du bist eine Bereicherung für dieses Institut. Die Bachelorstudierenden letztes Semester haben dein Tutorium geliebt. Das weiß ich zu schätzen, und ich bin mir sicher, dass es Levi auch tun wird.«

»Hoffentlich«, sage ich mit einem aufgezwungenen Lächeln.

Ich hoffe es wirklich, denn das könnte bedeuten, dass ich nächstes Semester auch für ihn arbeiten und zum Referendariat hierbleiben könnte, weil ich nicht mit Geldnot zu kämpfen habe. Alles, was ich zurzeit verdiene und nicht zum Überleben brauche, geht auf ein Sparkonto. Unterstützung kriege ich von meinen Eltern keine. Für sie hätte ich nichts Enttäuschenderes als Lehramt wählen können. Etwas, das – ihrer Meinung nach – jeder studiert, der nichts mit seinem Leben anzufangen weiß. Es hat ihnen besonders sauer aufgestoßen, nachdem meine zwei Jahre ältere Schwester sich dazu entschieden hat, an einer englischen Exzellenzuniversität Rechtswissenschaften zu studieren.

Jana dreht sich wieder zu ihrem Büro. »Ich halte dich nicht länger auf. Vergiss das Meeting Ende der Woche nicht!«

»Werde ich nicht«, verspreche ich.

Freitagabend wäre ich lieber in meinem Zimmer und würde an meiner Decke weiterstricken, als im Institut zu sitzen und die Aufgaben für das Semester zugeteilt zu bekommen, aber ich werde trotzdem auftauchen. Ich muss.

Die Tür zu Büro sieben ist geschlossen, also klopfe ich an. Wenige Sekunden später werde ich hineingebeten.

»Ich bin wegen Ihrer Mail vorbeigekommen.«

Jakab sitzt hinter seinem Schreibtisch und überfliegt einen Stapel Blätter. Ein roter Stift klemmt zwischen seinen Zähnen, den er herausnimmt, bevor er spricht.

»Ich weiß, das gehört wahrscheinlich nicht in Ihren Aufgabenbereich, aber könnten Sie sich um den Aufbau der Regale kümmern?« Er zeigt auf drei Kartons, die übereinandergestapelt sind und seit letzter Woche vor der linken Wand stehen. Ein kleiner Wagen, der dem Archiv entnommen wurde, ist überfüllt mit Büchern und Ordnern.

Ich muss mich für einen Moment sammeln, weil ich davon ausging, dass sich die Aufgabe auf die Forschungsarbeit beziehen würde. Als Handwerkerin wurde ich bis jetzt nicht einberufen.

»Leider habe ich gerade keine Zeit dafür und wäre um jede Hilfe dankbar.« Er schenkt mir ein aufrichtiges Lächeln und lässt den Stift zwischen seinen Fingern hin und her wandern.

»Klar, warum nicht?« Ich zucke mit den Schultern. »Das sollte einfach sein.«

Als Felix aus der Wohnung seiner Freundin aus- und in eine WG eingezogen ist, haben Safiya und ich ihm beim Einräumen und dem Aufbau von Möbeln geholfen. Ich habe mir sogar Talhahs Auto geliehen, damit wir einkaufen gehen konnten. Man kann zwar vieles in den Bahnen Berlins transportieren – eine in ihre Einzelteile zerstückelte Couch gehört allerdings nicht dazu.

»Ich danke Ihnen, Frau Korkmaz.« Er konzentriert sich wieder auf den Blätterstapel vor sich. In der Vorlesung, die er hält, gelten zwar dieselben Anforderungen wie in seinem Seminar, deren Aufgabe diese Woche war jedoch eindeutig größer.

Ich schlüpfe aus meiner Jacke und stelle die Tasche neben der Tür ab. Regale habe ich in der Vergangenheit genug zusammengeschraubt, eins sollte ich hinbekommen, bevor meine Veranstaltung bei ihm startet.

»Würde es Sie stören, wenn ich nebenbei Musik laufen lasse?«, frage ich.

»Gerne.« Er schaut nicht einmal auf. »Solange ich mich weiter auf das Lesen fokussieren kann.«

Ich shuffle meine Playlist für klassische Musik und halte die Lautstärke im Rahmen. »Was lesen Sie?« Der erste Karton ist schon aufgerissen, und ich hole die Anleitung mit der Tüte voller Schrauben hervor.

»Eine kurze Abfrage der allgemeinen Geschichtskenntnisse der Bachelor-Erstsemester. Ich kümmere mich dieses Semester um die Einführung.«

Hätte er die erste Vorlesung meines Lebens gehalten, hätte ich damals viel größere Angst vor dem Studium gehabt.

Am Studienanfang hatte ich einen unfassbaren Tatendrang. Meiner Meinung nach war ich die geborene Lehrerin. Das erste Praktikum belehrte mich auf knallharte Weise eines Besseren – ich habe öfter vor und nach Unterrichtsstunden geweint, als mir lieb war.

»Und wie schlagen sie sich?«

»Herausragend schlecht« – er seufzt und fährt sich über das Gesicht –, »wenigstens können sie sagen, wer Hitler ist und wann der Zweite Weltkrieg stattgefunden hat. Sonst wäre ich völlig verzweifelt.«

Ich verkneife mir ein Lachen und hole die Spanplatten aus der Packung. »Immerhin ein Anfang. Die Einführung bringt bestimmt alle auf einen guten Stand.«

»Das ist der Plan.« Jakab steht von seinem Platz auf, nimmt seine Kaffeetasse mit und öffnet die Tür.

Viele wissen nicht, was sie studieren möchten, und greifen häufig auf Lehramt zurück, weil es dem ähnelt, womit sie vertraut sind – Schule. Dabei wird vergessen, wie fordernd und schwierig dieses Studium ist. Man studiert schließlich zwei separate Studiengänge. Und dann sitzt man in einem Fach, von dem man keine Ahnung hat. Zum Wehleiden der Dozierenden, die das mittlerweile gewohnt sein müssten. In meiner ersten Deutschvorlesung waren wir bestimmt mehr als dreihundert Menschen, die erwartungsvoll ihre Laptops aufgeklappt haben, um an Ende mit fünfzig Leuten die Klausur zu schreiben.

Ich habe zwei Platten für den Rahmen aneinandergeschraubt, als Jakab wiederkommt. Diesmal mit zwei Tassen in den Händen. Mir reicht er die blaue.

»Ich wusste nicht, wie Sie Ihren Kaffee trinken, aber da er hier sowieso zum Heulen ist, habe ich viel Milch reingeschüttet.« Die Tasse ist warm, doch seine Finger sind es, die eine brennende Spur hinterlassen, als sie meine Handflächen streifen. »Zucker habe ich auf meinem Tisch, falls Sie ihn benötigen.«

Ich schenke ihm ein Lächeln. »Danke.«

»Kein Problem.« Er setzt sich auf seinen Platz und nimmt einen Schluck vom eigenen Getränk.

»Sie sind also ein Kaffeesnob?« Ich nippe an der Tasse. Für meinen Geschmack fehlt ein großer Schluck Milch, aber ich ignoriere den bitteren Nachgeschmack. »Mir ist nie aufgefallen, dass er schlecht ist.«

»Mit irgendetwas muss man sich ja brüsten können«, sagt er amüsiert.

»Reicht es nicht, dass Sie jung an der Brown promoviert haben?«

Sein Blick schnellt in meine Richtung. »Jung?«

»Also Sie sehen …« Sofort halte ich inne. Wenn das wieder irgendein Satz wird, der sein Ego verletzt, sollte ich ihn mir zweimal überlegen. Aber das Kompliment, jung auszusehen, möchte doch jeder bekommen, oder nicht?

Sein heutiges Hemd ist ein gebrochenes Weiß, das in einer grauen Anzughose steckt. Diesmal trägt er sogar eine Krawatte, die locker um seinen Hals liegt.

»Ja, Frau Korkmaz?« Er macht eine ausladende Handbewegung, als er sich in seinem Schreibtischstuhl zurücklehnt. »Fahren Sie ruhig fort.«

»Ich … äh …« Mir bleiben die Worte im Hals stecken, also konzentriere ich mich wieder auf die Platten, die ich gekonnt zusammenbaue. Ich kann es mir nicht erlauben, ins nächste Fettnäpfchen zu treten.

»Siebenundzwanzig, bald achtundzwanzig.«

Als ich die Augenbrauen zusammenziehe, fährt er unbeirrt fort.

»Ich bin siebenundzwanzig und werde am ersten Weihnachtstag achtundzwanzig.«

Bevor ich es mir anders überlegen kann, sage ich: »War das Absicht, dass Sie sich den wichtigsten Geburtstag in der westlichen Welt ausgesucht haben?«

Meine Augen werden groß und mein Hals trocken. O Scheiße. Was habe ich gesagt? Durchatmen und nicht ins Fettnäpfchen treten. *Hast du richtig toll gemacht, Zelal, wirklich wunderbar.*

Zu meiner Verwunderung – oder meinem Glück – fängt Jakab an, zu lachen. Ein richtiges, herzhaftes Lachen. Er legt den Kopf in den Nacken, wodurch sein Adamsapfel prominent hervortritt.

Als er den Blick erneut auf mich richtet, zeichnen sich Lachfalten um seine Augen ab. »Gut, ich habe mich immer darüber aufgeregt, dass meine Geburtstagsgeschenke auch als Weihnachtsgeschenke gegolten haben. Aber so kann man es natürlich auch sehen.«

Ich streiche ein paar lose Strähnen hinter meine Ohren, während sich eine unbarmherzige Hitze in meiner Brust ausbreitet.

»Soll ich die Regale später auch einräumen?«, frage ich erstickt, um die Stille zu durchbrechen, die einzig von Bach und dem Kratzen seines Stifts gefüllt wird. Alles, um das Thema zu wechseln.

»Brauchen Sie nicht. Das mache ich. Ich habe meine eigene Ordnung.« Seine Stimme ist stoisch wie zuvor. Würde in diesem Moment jemand reinkommen, könnte derjenige nicht erahnen, dass Jakab vor wenigen Sekunden Spaß hatte.

Vielleicht hat er einen guten Grund, selbstsicher zu sein, während die meisten in seiner Position alles daransetzen, von den Studierenden gemocht zu werden. Dass er mit siebenundzwanzig den Doktor und eine Postdoktorandenstelle hat, die den Weg zur Professur ebnet, ist beachtlich. Wenn er so weitermacht und genug Forschung publiziert, könnte er Anfang dreißig habilitieren.

Er ist gut darin, Studierende aus dem Sattel zu werfen. Das macht er nicht nur bei mir, er hat seine Sticheleien auch im Seminar unter Beweis gestellt. Nachdem eine Kommilitonin gesagt hat, sie glaube, es gebe keinen Unterschied zwischen dem Kolonialismus und Imperialismus, hat er gefragt, ob sie es glaube oder wisse. Die Arme ist erstarrt. Verübeln kann ich es ihr nicht, mir wäre es ähnlich ergangen, hätte er mich vor dreißig anderen Menschen vorgeführt.

Als das erste Kallax-Regal fertig ist, versuche ich vergeblich, es aufzurichten. Es gleitet mir aus den Fingern und landet mit einem dumpfen Aufschlag auf dem Teppichboden.

»Warten Sie …« Jakab umrundet den Tisch und stellt sich mir gegenüber. »Ich helfe Ihnen.«

Zusammen rücken wir das Regal in die Ecke zwischen der Fensterfront und der Wand. Der weiße Lack verschmilzt mit der Wand. Sie müssen das Büro vor seinem Einzug gestrichen haben, die Farbe war vorher einem Gelbton näher als Weiß.

»Danke fürs Aufbauen.« Jakab fährt sich durch das dunkle Haar. Er überragt mich um gute zwanzig Zentimeter, aber bei meiner Größe von eins fünfundsechzig ist das auch kein Meisterwerk.

»Nicht der Rede wert, ich werde schließlich dafür bezahlt.«

Er schnalzt mit der Zunge und kreuzt die Arme vor Brust. »Das hätte ich ja fast vergessen, so schnell wie Sie das aufgebaut haben.«

»Ich gebe mein Bestes«, seufze ich. »Vielleicht hätte ich es in die Länge ziehen müssen, um mehr Stunden rumzubekommen, bevor ich die Literaturrecherche übernehme.«

»Was? Ich bin davon ausgegangen, dass Sie die Recherche lieben. Schließlich besteht die Geschichte zu neunzig Prozent aus Quellenfindung und -interpretation.« Jakab geht wieder zu seinem Tisch und sammelt Laptop, Stift und ein paar Blätter ein.

»Deswegen übergeben Sie die auch gerne an Hilfskräfte. Weil das die tolle Arbeit in der Geschichte ist«, sage ich spitz.

Die Uhr an der Wand verrät mir, dass in zehn Minuten das Seminar anfängt, weshalb ich meine Jacke über meine Schultern streife und nach meiner Tasche greife.

»Sie haben mich durchschaut.« Er öffnet die Tür. »Nach Ihnen.«

»Einen Moment …«, flüstere ich und linse in den Flur, der leer ist. »Ihre Krawatte sitzt schief.«

»Oh, Mist.« Jakabs Augen werden groß, und er versucht, seine Habseligkeiten unter einen Arm zu quetschen, was ihm misslingt – die Stifte und die Blätter fallen zu Boden.

»Ich kann sie richten.« Bevor er verneinen kann, liegen meine Hände auf dem Stoff. Er ist weich unter meinen Fingern, und die graue Farbe hebt sich von seinem Hemd ab. Für einen Moment wirkt es, als würde ihm der Atem stocken.

So dicht vor ihm, steigt mir sein Geruch in die Nase. Tabak und Vanille.

Ich ziehe die Krawatte enger und richte sie, sodass sie über den durchsichtigen Knöpfen des Oberteils liegt. Er macht einen halben Schritt zurück, wodurch meine Arme schlapp zu meinen Seiten fallen, und sammelt die auf dem Teppich liegenden Gegenstände auf.

»Wollen wir los?«, presse ich hervor.

»Nach Ihnen«, wiederholt er perplex und zeigt auf den Flur.

Ich bin mir sicher, ich werde das ganze Seminar über nicht aufpassen können, während meine Hände vor Scham brennen.

FÜNF | PÊNC

Zelal

Die Philologische Bibliothek ist überrannt, weil die Bücher fast aller Studiengänge sich in diesem Gebäude befinden – auch die der Germanistik. Außerdem lässt es sich hier in Ruhe arbeiten. Über meinem Zimmer ist neuerdings das Kinderzimmer einer Familie, deren Baby den ganzen Tag durchschreit. Wegen des Geräuschpegels komme ich nicht zum Lernen oder Hausarbeitenschreiben. Ich muss jeden Satz dreimal lesen und habe in meinen Vorlesungen konstant ein leises Geschrei im Ohr.

»Du kannst in den Pausenraum, da ist wenigstens Platz«, sagt Evren an der Rezeption, während sie abzugebende Bücher von Studierenden entgegennimmt. »Meine Packung Schokobons steht auf dem Tisch. Bedien dich.«

Das lasse ich mir nicht zweimal sagen und öffne die Tür, die hinter die Rezeption und in den besagten Raum führt. Manchmal sind die Freundinnen und Freunde meiner WG-Mitbewohner doch zu mehr nütze als das morgendliche Blockieren von Bädern. Wobei Evren bis jetzt meine Liebste ist – sie hat nie das Bad unnötig lang für sich beansprucht und verbringt Zeit mit mir, weil sie es will, nicht weil sie sich gezwungen fühlt.

»Danke, dass du Talhah für uns erträgst«, rufe ich, ernte daraufhin jedoch einen bitterbösen Blick.

Der Raum ist leer und dunkel, weswegen ich das Licht anschalte. Wenn alle Stockwerke überfüllt sind, findet man mich häufig hier.

Das Letzte, was ich machen möchte, ist, an der Hausarbeit zu tippen, also greife ich nach der Plastikpackung und reiße sie auf, um das erste Stück Schokolade zu essen. Theoretisch würde es reichen, wenn ich meine Literatur heraussuche, aber sogar dafür bin ich zu faul.

Meine Gedanken wandern ungewollt zu heute Mittag. Zu dem federleichten Gespräch und den etlichen Fettnäpfchen, in die ich nicht aufhören kann zu treten. Als meine Finger anfangen, zu brennen, weil ich Jakabs Brust unter ihnen spüre, verschlucke ich mich an dem Schokobon.

Es war ein flüchtiger Moment und hatte nichts zu bedeuten. Auf dem Weg zum Saal war er reserviert und hat danach unbeirrt sein Seminar über die koloniale Kunstgeschichte gehalten. Was richtig war. Ich hätte seine Unterlagen halten und nicht direkt an seiner Krawatte fummeln sollen wie ein Schulmädchen, das heiß auf ihn ist. Was ich *definitiv* nicht bin. Ekelhaft. Der Gedanke, dass ich mich genauso anstelle wie die Darstellerinnen aus Schlossers schmutzigen Filmen, die er einmal zu oft auf seinem Computer offen gelassen hat, löst einen Würgereiz aus. Ab jetzt heißt es, fünf Meter Abstand halten.

»Warum ist dein Gesicht so lang? Ist die Uni schlecht gelaufen?« Evren setzt sich mir gegenüber und greift nach der Tüte. Ähnlich wie Talhah zeichnet sich die Übermüdung in ihrem Gesicht ab. Wie beide das aushalten, ist mir ein Rätsel. Ich stoße bei Lehramt schon an meine Grenzen.

»Alles gut. Nur lustlos«, sage ich seufzend.

»Davon kann ich ein verdammtes Lied singen«, murmelte sie. Sie rutscht ein ganzes Stück im Stuhl nach unten und reibt sich die Schulter.

»Ich verstehe gar nicht, warum du dich mit einem Job quälst. Talhah kriegt genug an der Uniklinik, sogar in Ausbildung. Er sollte dich einfach durchfüttern.« Würde mein Freund im mittleren vierstelligen Bereich verdienen, dann würde ich mich zurücklehnen und versuchen, mein Studium zu überstehen. Der Feminismus würde meinen Körper verlassen, wenn ich einfach weniger arbeiten könnte.

Evren verengt die Augen. »Gut, dass meine Schwester nicht hier ist, sonst hätte sie dir bei diesen Worten den Arsch aufgerissen.«

»Deswegen ist einer meiner besten Freunde Assistenzarzt in der Chirurgie«, antworte ich schulterzuckend.

»Seit zwei Monaten.« Evren schnalzt mit der Zunge. »Sicher, dass er dir helfen kann, oder hält er einfach irgendwelche Werkzeuge und hofft ängstlich darauf, keins fallen zu lassen?«

Bei diesen Worten kann ich nicht anders und muss auflachen. »Du hast recht. Gut, dass deine Schwester nicht hier ist.«

»Die liegt mir sowieso in den Ohren, und könnte sie, würde sie mich dauerhaft in eure WG schicken, damit sie aus unserem Zimmer ihr eigenes machen kann.« Sie rollt mit den Augen, und irgendetwas Kleines zerbricht in meiner Brust. Die Beziehung, die die zwei miteinander haben, ist rein und liebevoll. Meine Schwester Ena und ich halten es keine Sekunde zusammen aus, ohne dass alles in Geschrei untergeht.

Ohne dass alles in *ihrem* Geschrei untergeht.

Sie ist genauso wie mein Vater: narzisstisch und egozentrisch. Einmal habe ich mich mit siebzehn auf eine Party geschlichen und mich dort mit meinem Ex so stark betrunken, dass ich Ena am Telefon anbetteln musste, mich abzuholen. Heute bin ich mir sicher, dass er mir irgendetwas in das Getränk gemischt hat. Sie hat widerwillig ihr Zimmer verlassen und mich gezwungen, mich bei unserem Vater für mein Verhalten zu entschuldigen, weil sie das Geheimnis nicht für sich behalten wollte. Egal wie sehr ich sie angefleht habe, das nicht zu tun, hat sie ihm von meiner Beziehung erzählt.

Statt mich aus dieser missbräuchlichen Situation zu holen, hat er mich niedergemacht. *Wie kannst du nur? Du schadest unserem Familiennamen! Ist dir nichts peinlich? Du Schlampe.* Ihm war das Bild unserer Familie immer wichtiger als das Wohlergehen seiner Töchter. Solange der Damm intakt war, hat es ihn nicht interessiert, ob der Fluss dahinter gewütet hat.

»Talhah würde sofort zustimmen, das weißt du.«

»Er würde eine neue Wohnung suchen, wenn ich ihn lieb fragen würde«, sagt Evren leise, aber die Röte in ihren Wangen verrät sie. Diese Art von Liebe und Zuneigung, wie sie sie bekommt, ist selten. Talhah nimmt sich konstant Zeit für Evren, egal was bei ihm los ist. Sie weiß, sie muss nur fragen, und er *macht*. Weil er sie glücklich sehen will. Die ersten zwei Monate ihrer Beziehung hat er nonstop von ihr geredet. Die Jungs und ich hatten die Nase voll. Trotzdem möchte ich Evren nicht missen – sie ist über die Zeit zu einer sehr guten Freundin geworden.

Manche Menschen haben einfach viel Glück und müssen nicht lange suchen, um die richtige Person zu finden. Bei Evren hat eine schlecht gelaufene Beziehung mit fünfzehn gereicht, bevor sie Talhah kennengelernt hat. Ich habe als Jugendliche ältere Männer gedatet. Mit meinem Ex habe ich meine einzige *richtige* Beziehung geführt, und er hat mich nach Strich und Faden ausgenutzt. Aus heutiger Sicht würde ich das nicht einmal Beziehung nennen, denn ich war siebzehn und er fünfunddreißig. Danach habe ich mich quasi aus der Datingszene zurückgezogen, bis auf die wenigen Treffen, nach denen mein Interesse nie für mehrere Dates ausgereicht hat, sondern nur für das ein oder andere Mal semiguten Sex. Ich war zu traumatisiert und verängstigt.

»Was soll ich sagen, ich habe eine echt gute Wahl getroffen.« Sie schlägt mir gegen die Hand, als ich mit den Augen rolle. »Warum meldest du dich nicht bei Felix? Wir wissen doch alle, dass er auf dich steht. Vielleicht ist er dein Ticket in eine tolle Beziehung.«

Ich bereue es, ihr je von dieser Vermutung erzählt zu haben. Nachdem seine Freundin mit ihm Schluss gemacht hatte, haben Safiya und ich ihn unterstützt, wo wir konnten. Umzug, Einzug, abendliche Cafétreffen. Sogar seine Freunde haben wir kennengelernt, weil sie sich Sorgen um ihn gemacht haben und wir sie beruhigen wollten.

Einer hat nach meiner Nummer gefragt. Nachdem wir hin und her geschrieben hatten, hat er mir gebeichtet, dass sein Typ ›exotische‹ Frauen seien. Bei dem Satz ›Die Türkei bietet zwei geile Dinge: Essen und Frauen‹ schüttelt es mich heute noch. Mal davon abgesehen, dass ich keine Türkin bin, sondern Kurdin, aber er hätte den Unterschied sowieso nicht verstanden.

Warum ich ihn blockiert habe, konnte ich Felix nicht erklären. Er hat sich nichtsdestotrotz gefreut, und das ist komisch bei Saf und mir angekommen. Wir haben es jedoch ignoriert, bis zum Frühjahrsfest der Uni, an dem er einen über den Durst getrunken und versucht hatte, mich zu küssen. Meine erste Reaktion war, mich zurückzuziehen, und die nächste, mir ein Uber zu rufen. Er hat sich übermäßig entschuldigt, und seitdem haben wir nie wieder darüber gesprochen.

»Niemals. Zwischen uns kann nichts passieren.« Ich stehe nicht auf ihn, das hat mir meine Antwort auf den versuchten Kuss deutlich gemacht.

Evren wirft sich eine Schokokugel in den Mund. »Ich werde dich nicht zu deinem Glück zwingen, aber ich finde ihn als Mensch nett.«

Nett ist kein Grund, jemanden zu daten. Jede Person sollte freundlich sein, das ist das Mindeste. Warum müssen Männer lediglich *nett* sein, um ein Anrecht auf eine Frau anzumelden? Nur weil er vielleicht auf mich steht, bin ich ihm keine Anziehung schuldig. Das Einzige, was mich zweifeln lässt, ist die Tatsache, dass ich mit ihm befreundet bin. Manchmal frage ich mich, ob er sich dadurch Hoffnungen macht, auf die ich ihn nicht plötzlich ansprechen kann, ohne dass es merkwürdig wirkt. Falls er nicht mehr auf mich steht, wäre es peinlich, ihn danach zu fragen. Dann denkt er, ich würde mir etwas auf einen Fast-Kuss einbilden. Vielleicht lag es wirklich am Alkohol, und er ist überhaupt nicht interessiert.

Als hätte Felix gehört, dass wir uns über ihn unterhalten, ploppt eine Nachricht von ihm auf meinem Handy auf.

Felix: Hast du Lust, die Tage etwas essen zu gehen?
Bevor wir im Stress ertrinken?

»Na toll, hast du ihn heraufbeschworen oder so?«, frage ich Evren, die sich über den Tisch zu mir beugt, um auf den Bildschirm zu schauen.

»Er hat es geahnt«, sagt sie lachend. »Wirst du Ja sagen?«

Eigentlich unternehmen wir nichts zu zweit. Seit dem Frühjahrsfest habe ich mich das nicht mehr getraut. Aus Angst, dass er es falsch aufnehmen könnte. Es waren also stets er, Saf und ich. Aber diesmal fühle ich mich gezwungen, zuzusagen, damit mir niemand vorwerfen kann, dass ich ihn hinhalte. Oder schlimmer, dass ich ihm eine Chance geben sollte, weil er nett ist.

Ich rolle mit den Augen. »Natürlich sage ich Ja, weil wir *befreundet* sind, und Freunde gehen zusammen etwas essen, ohne dass es komisch wird.« Ich tippe schnell meine Antwort. »Warum? Weil sie *Freunde* sind.«

SECHS | ŞEŞ

Zelal

Freitags habe ich zu meinem Glück nur einen Didaktikkurs, was im Normalfall heißt, dass ich früher zu Hause bin. Heute lohnt es sich nicht, da die Besprechung am Abend stattfindet. Safiya und ich haben uns entschieden, das Café in der Nähe des Instituts zu besuchen, um Zeit totzuschlagen.

»Wenn es nach mir ginge, würde ich gar nichts mehr machen«, beschwert sie sich, als wir vor dem Eingang zum Stehen kommen. Die pinken Fensterrahmen und Kissen, die davor gestapelt sind, wirken einladend. Auf einer Schiefertafel, die im Schaufenster hängt, stehen die Herbstspecials und ein kleiner Aufruf, dass sie nach neuen Mitarbeitenden suchen.

»Aber das Geld«, murmle ich und öffne die Tür. Sie hat zwar keine Geldsorgen, möchte trotzdem nicht mehr auf ihre Eltern angewiesen sein.

Das Innere ist warm und nicht sonderlich groß. Die Wände sind von Büchern gesäumt, auf die pastellfarbenen Sitze und Stühle verteilen sich Studierende, die auf Laptops tippen.

Hinter der pinken Bar steht eine Anfang Zwanzigjährige. »Hey. Wie kann ich euch behilflich sein?«

»Zwei Cappuccinos mit Karamellsirup, bitte.« Für einen Moment frage ich mich, ob Jakab bei dieser Bestellung die Nase rümpfen würde, weil zu viel Milch und Zucker drin ist.

»Zum Hiertrinken oder Mitnehmen?«

»In To-go-Bechern«, antworte ich und zwinge mich, den Gedanken an ihn abzuschütteln. Was ist falsch mit mir? Seit dem Krawattenvorfall war ich nicht bei ihm, wobei er den nächsten Termin für Montag angesetzt hat. Diesmal geht es wirklich um Recherchearbeit. Und *diesmal* werde ich meine Pfoten bei mir behalten.

Ich bezahle die Getränke, und Saf nimmt beide Becher an sich, um sie auf dem leeren Tisch in der rechten Ecke abzustellen. Dank der Kaffeebar wird der Bereich von draußen und anderen Gästen abgeschirmt.

»Felix und ich gehen heute essen, nach der Besprechung«, sage ich zwischen zwei Schlucken und lecke den Milchschaum von meinen Lippen.

Safs Augen werden groß, und sie stellt abrupt den pinken Becher ab, von dem sich ihre feuerroten Nägel abheben. »Hast du zugesagt? Ich dachte, du –«

Ich unterbreche sie schnell: »Er hat mich gefragt.«

»Ihr, zu zweit? Allein?« Sie beugt sich zu mir und umgreift ihren Kaffee mit beiden Händen. »Was ist los mit dir? Hattest du deinen Eisprung? Wir haben nicht einmal Valentinstag! Ist es wegen der Weihnachtsmärkte? Die sind erst im Dezember.«

»Nein. Dürfen Freunde nichts mehr miteinander unternehmen?«, frage ich schulterzuckend.

Ihre Augen versengen jeglichen Willen in mir, weiter darüber zu reden. Die eingerahmten Kunstwerke neben uns sind eine willkommene Ablenkung.

»Du bist solchen Treffen komplett aus dem Weg gegangen, seitdem er versucht hat, dich zu küssen!«

Ich spiele mit der Bechermanschette und stecke mir ein paar lose Strähnen hinters Ohr. »Das ist jetzt Monate her.«

»Ja, sechs, um genau zu sein.« Safiya rümpft die Nase und kreuzt wie ein bockiges Kind die Arme vor der Brust. Der Ansatz eines Shakespeare-Tattoos schmückt ihre dunkelbraune Haut: *good is often interred with their bones.* Sie hat es sich stechen lassen, als ich die kurdische Sonne auf meinem Brustbein habe machen lassen – die Außenlinien mit einer feinen Nadel.

»Vielleicht muss ich ihm eine Chance geben.« Meine Stimme ist panisch, und die Wörter verheddern sich. Mir ist selbst nicht bewusst, was ich mit dieser Aktion bezwecken will! Hätte ich mich nicht auf Evrens Anstachelungen einlassen sollen …

»Und wenn das nach hinten losgeht, hast du den Salat. Dann wird es merkwürdig.«

Sie hat recht, es würde merkwürdig werden. Aber ich würde es nicht als Date darstellen, sondern als einfaches Treffen deklarieren.

»Ich habe nicht gesagt, dass es ein Date wird. Wir gehen nur essen.« Ich nehme mehrere Schlucke, um mich nicht weiter in die Misere zu reden.

»Na, hoffen wir mal, dass er es auch so sieht.«

Ihren scharfen Unterton ignoriere ich. Es bringt sowieso nichts. Ich habe längst zugesagt und werde mit Felix in einen kleinen Drei-Euro-Italiener im Prenzlauer Berg gehen. Das ist kein Ort, an dem man sein erstes Date hätte. Wir sind Freunde.

Ich nippe still an meinem Kaffee, während Safs anschuldigender Blick mich nicht verlässt.

»Wollen wir langsam los? Nicht, dass wir uns verspäten«, schlage ich kleinlaut vor.

Safiya sagt nichts weiter zur Situation, in die ich mich freiwillig gebracht habe. Denn egal was sie sagt, ich werde mich mit Felix treffen.

Sie nickt, und zusammen machen wir uns auf den Weg ins Institut. Die Tiermediziner und Tiermedizinerinnen sind im Eingang versammelt und unterhalten sich über OPs, bei denen sie dabei sein durften. Ich werde nie verstehen, wie dieses Institut Geschichte, Medizin und die Künste gleichzeitig behausen kann.

»Bin schon gespannt, wie viele neue studentische Hilfskräfte wir haben«, trällert Saf.

»Cecil meinte, sie hätten erst vor Kurzem die Stellen ausgeschrieben.«

Normalerweise bewerben sich nicht viele, meistens eine Handvoll, aber vielleicht überraschen uns die Erstsemester dieses Halbjahr. Im Winter ist es immer voller, da die diesjährigen Abiturienten und Abiturientinnen die Studienplätze füllen.

Der Konferenzraum ist klein und fensterlos. Die Wände hätten mit Jakabs Büro gestrichen werden können, denn die Stuhlrücken haben auf Hüfthöhe dunkle Schlieren hinterlassen. Vor dem großen

Tisch sitzen Jana, zwei weitere Professoren und drei neue Gesichter. Das blonde Mädchen unter ihnen hat seine Haare zu einem strengen Zopf gefasst. Der Block in ihren Händen zittert, während sie förmlich an Hellers Lippen hängt, der langweiliger nicht sein könnte.

»Hey, ihr zwei!« Jana winkt uns mit einem breiten Lächeln zu und zeigt auf die Neulinge. »Wir haben Zuwachs im Team. Es fehlen zwei weitere, die wahrscheinlich erst nächste Woche dazustoßen. Wir werden alles Besprochene protokollieren und ihnen schicken.«

Fünf neue Hilfskräfte? So viele waren wir nicht mal im Germanistikinstitut.

»Kommen die anderen?«, fragt Safiya und setzt sich neben den Jungen mit großer Brille und Locken, durch die er sich viel zu häufig hindurchfährt. Felix muss unterwegs sein. Er hat andere Seminare als sie belegt, obwohl sie beide Englisch studieren.

Jana blättert durch das Klemmbrett vor sich und legt die Stirn in Falten. »Manuel, Sara, Cecil und Levi haben sich eingetragen.«

Bei dem letzten Namen macht mein Herz einen Sprung. Ich muss alles daransetzen, nicht das Gesicht zu verziehen, als ich wieder an *den* Vorfall denke. Wie es aussieht, werde ich mich ein Leben lang dafür schämen.

Nach wenigen Minuten schlendern Cecil und Dr. Jakab zusammen in den Raum. Cecils Lachen wird leise, und den zufriedenen Ausdruck verliert sie auch nicht, nachdem sie sich neben Jana gesetzt hat. Jakab hat die Lippen zusammengepresst, als könnte ihn nichts zum Lachen bringen. Außer wenn ich wegen ihm in ein Fettnäpfchen trete …

»Was habt ihr denn für einen Spaß?« Herr Schneider ist einer der ältesten Professoren, der mittelalterliche Geschichte lehrt. Sehr nett und wie ein Opa, aber todeslangweilig. Das haben sehr viele Dozierende an diesem Institut so an sich.

Jakab hat die Ärmel seines Hemdes bis zur Mitte der Unterarme hochgekrempelt und spielt mit dem Leseband seines Notizbuches, das in seiner Hand ruht. Er muss lange am Schreibtisch gesessen haben, denn seine Haare sind völlig durcheinander, und er hat rote

Striche am Handrücken. Wie häufig er bei der Genauigkeit seiner Korrekturen wohl einen Stift aufbraucht?

»Hey.« Felix setzt sich neben mich.

Bevor ich antworten kann, kommt mir Safiya zuvor: »Hi.«

»Hallo«, füge ich leise hinzu, ohne ihn zu beachten, da ich auf etwas anderes fokussiert bin. Jakab scheint mich bemerkt zu haben, denn er hat sich aus der Unterhaltung mit Schneider ausgeklinkt und schaut unverfroren in meine Richtung. Seine Mundwinkel zucken kurz, bevor Cecil wieder seine Aufmerksamkeit auf sich lenkt, indem sie ihm auf die Schulter tippt.

Meine Brust entkrampft sich, und ich muss mehrmals tief einatmen. Anscheinend nimmt er sich den Vorfall nicht zu Herzen – Gott sei Dank. Was ist los mit mir, verdammt? Vielleicht hat Safiya recht, und ich habe meinen Eisprung. Es kann doch nicht sein, dass mich ein semiattraktiver Mann dermaßen aus dem Konzept bringt.

»Hab ich was verpasst?«

»Nein, wir warten auf Frau Wagner und Herrn Bender.«

Felix nickt und spreizt leicht die Beine, bis sein Knie meins berührt. Der Wunsch, es einfach wegzuziehen und das Essen abzusagen, durchzuckt mich augenblicklich. Das war eine schlechte Idee. Was habe ich mir dabei gedacht, mich auf Evrens Provokation einzulassen? Genau, nichts.

Zu meinem Glück kommen die fehlenden Lehrenden, und Jana übernimmt das Gespräch.

»Jetzt, wo alle da sind, können wir eine kurze Vorstellungsrunde machen. Dann kann jeder die neuen studentischen Hilfskräfte und Herrn Jakab kennenlernen.«

Sie macht eine Handbewegung in seine Richtung, woraufhin er nickt, bevor er sich aufsetzt und kurz durch die Runde blickt. Ähnlich wie in unserem Seminar leiert er seinen Namen und Werdegang herunter. Seine Worte entfliehen mir, aber wie er mit dem Leseband spielt, tut es nicht. Die Krawatte fehlt heute, und das Hemd ist adrett bis nach oben zugeknöpft. Ob er je mit einem Fleck auf der Hose das Haus verlässt, oder sieht er immer perfekt aus?

Alle stellen sich vor, doch ich bekomme einzig den Namen des neuen Mädchens mit, dessen Stimme unentwegt zittert. Lara.

»Gut, wenn jeder dran war, können wir ja weitermachen.« Jana schaut zu Cecil, die nervös auf ihrer Unterlippe kaut. Das bedeutet nichts Gutes. »Da wir jetzt acht studentische Hilfskräfte sind, werden die typischen Stunden vergeben –«

»Sind meine extra Stunden gestrichen?«, unterbreche ich sie wenig galant. Sofort presse ich die Lippen aufeinander und spüre Wärme meine Wangen hochsteigen.

Jana streicht verlegen über den Stoff ihrer Hose. »Es tut mir leid, Zelal.«

»Aber –«

»Du bleibst für dieses Semester erst mal bei Herrn Jakab. Falls doch mehr Stunden anfallen sollten, werde ich mich bei dir melden. Vorrangig hat hier jedoch jede Hilfskraft ein Recht auf mindestens dreißig Stunden im Monat.«

Das war so nicht abgesprochen. Ich brauche diese Stunden! Ich dachte, dieses Meeting wird wieder ähnlich langweilig wie alle davor. Ich habe sogar gehofft, dass ich mein restliches Soll bei Jana abarbeiten darf. Sie hatte sich das auch gewünscht. Jetzt sitze ich fest und verdiene weniger als letztes Semester! Ich brauche einen weiteren Job. Dringend. Mehr Geld, so viel mehr Geld, als ich jetzt kriege.

Meine Schwester hat mir immer wieder gesagt, dass ich es in Berlin sowieso nicht schaffen werde, weil mein Vater keine erfolglose Tochter unterstützen möchte. Ihre Semesterbeiträge, Miete und Unterhaltungskosten in London hat er natürlich komplett übernommen. Zu mir meinte er, ich solle was Besseres studieren, dann würde er aushelfen. In meiner Familie hat alles seinen Preis, sogar Zuneigung und Hilfe.

»Mach dir keinen Stress«, flüstert Saf und legt ihre Hand auf meinen Oberschenkel, aber es beruhigt mich keineswegs. Das Herz klopft mir unnachgiebig gegen die Rippen. Die Luft in diesem Raum wird von Sekunde zu Sekunde dünner. Ich kann nicht *atmen*.

»Genau, das wird schon.« Felix' Knie streift wieder meins, und ich will nur noch kreischen. Das alles sagt sich verdammt einfach, wenn man den Job nicht macht, weil man gezwungen ist, sondern weil man möchte.

Felix stockt damit sein Taschengeld auf, da seine Eltern sowohl für die Miete als auch seine Versorgungskosten aufkommen. Safiya hat es sich ausgesucht, in eine WG einzuziehen, obwohl ihre Familie hier lebt. In Notfällen bekommt sie genug Unterstützung, ohne eine einzige Nachfrage. Atlas' Vater zahlt alles, Talhah hat einen guten Job, und Yousef das beste Stipendium, das man als Künstlernachwuchs an der Universität der Künste bekommen kann.

Viele Stipendien sind elternabhängig, sodass ich nie genug Geld bekommen würde, auch wenn ich mich bewerben sollte. Meine Eltern würden lieber auf der Stelle tot umfallen, als ihrer verhassten Tochter zu helfen. Ich bin auf mich allein gestellt. Ich kann nicht gelassen bleiben. Das ist schier unmöglich. An dem Geld hängt *alles* – die Wohnung, meine Studiengebühren, mein monatlicher Einkauf. Die acht Wochenstunden hier reichen gerade einmal für meine Miete aus, mehr ist nicht drin.

»Scheiße …«, murmle ich und werde das Gefühl nicht los, dass die Welt sich ohne mich weiterdreht. Niemand bleibt stehen, alle unterhalten sich, als wäre nichts. Nur ich bleibe in der Negativschleife stecken. Ich werde nichts mehr bezahlen können. Die Jungs müssen mich durchfüttern, bis ich mich hoch verschuldet habe und einpacken kann. Raus aus Berlin. Wieder zurück nach Dortmund. Zu meinen Eltern, die nichts lieber wollen, als dass ich versage. Denn als das sehen sie mich: eine Versagerin, eine Enttäuschung.

»Zelal.« Die Stimme kommt verzerrt bei mir an.

Mit wackligen Beinen stehe ich auf und presse ein kurzes »Bis Montag« zwischen den Lippen hervor.

Das kann nicht wahr sein. Das kann verflucht noch mal nicht wahr sein. Jana hatte mir versprochen, dass ich mehr Stunden bekomme!

Mit einer Hand stütze ich mich an der kalten Wand des Bürotraktes ab, während mich eine alles versengende Übelkeit überkommt.

Ich muss jede Hirnkapazität daransetzen, mich nicht auf den hässlichen Linoleumboden zu übergeben.

Vielleicht kann ich beim Rewe anrufen, bei dem ich in den Semesterferien arbeite, und nachfragen, ob ich in eine Filiale versetzt werden könnte, die Aushilfen sucht? Das ist auch der Grund, warum ich nur in den Semesterferien dort jobbe: Sie brauchen jemanden, den sie mindestens für Teilzeit einstellen können. Ich verstehe mich gut mit dem Filialleiter, es besteht die Chance, dass er mir den Gefallen tun würde. Wenn es funktionieren sollte, muss ich in der Woche viel Zeit für die Hin- und Rückfahrt einplanen ... Zeit, die ich in die Findung meines Masterarbeitsthemas stecken könnte. Dieses Semester ist wichtig, denn nächstes schreibe ich nur die Arbeit, für die ich langsam das Thema sowie eine betreuende Person brauche. All das frisst Zeit, die ich bei einem weiteren Job nicht habe.

Scheiße.

»Frau Korkmaz?« Die Stimme ist so weit entfernt, dass ich mir nicht sicher bin, ob ich sie mir vorstelle, um nicht umzukippen, oder ob tatsächlich jemand nach mir ruft. Selbst wenn ... was bringt mir das? Niemand kann mir mein Leben erleichtern, außer derjenige schenkt mir ein paar Tausend Euro.

»Frau Korkmaz!«

Der Nebel um mich herum wird undurchsichtiger und die bröckelige Wand unter meinen Fingern weich.

»Zelal!«

Eine warme Hand legt sich um meinen Arm und reißt mich aus der alles verschluckenden Angst. Dr. Jakab umrundet mich und bückt sich zu mir herunter. Ich schaue ihm geschlagen in die Augen.

Die Scham, die ich wie einen alten Freund erwarte, tritt nicht ein. Vielleicht ist meine Angst einfach viel zu hoch dosiert, weswegen sich alle anderen Emotionen hintanstellen, in der Hoffnung, auch mal dranzukommen.

»Geht es dir gut?«, flüstert er.

Ich nicke, aber am liebsten würde ich weinen. Mich auf den Boden setzen, den Kopf zwischen den Knien vergraben und hemmungslos heulen, als könnte das meine Probleme lösen. Als könnte ich wie ein Kind vor meinen Sorgen abhauen, während sie mir unheilvoll in den Nacken atmen.

»So siehst du nicht aus, wenn ich das sagen darf.«

Das leichte Lächeln, das sich auf Jakabs Lippen formt, ist ansteckend. Ich ahme es kläglich nach. Seit wann ist er zum Du übergegangen? Das ist zwar der Standard, wenn man zusammen im Institut arbeitet, aber bis jetzt hat er den professionellen Abstand groß gehalten.

Einatmen. Ich muss nur einatmen, dann geht es mir besser.

»Willst du dich hinsetzen?«

Wieder nicke ich und möchte mich lieber auflösen. Steht das zur Auswahl?

Jakab zieht mich langsam an den geschlossenen Türen zu seinem Büro. Nachdem er aufgeschlossen und mich hineingelassen hat, umhüllt mich sein Geruch. Er setzt mich vorsichtig auf einen der zwei Stühle vor seinem Schreibtisch. Als seine warme Hand meinen Körper verlässt, finden der Nebel, die Angst, der Schwindel wieder Raum in mir. Ich muss ein Würgen unterdrücken. Alles ist zu viel.

»Hey«, raunt er und lehnt sich neben mir gegen seinen Schreibtisch. »Bitte kotz mir nicht den Boden voll. Ich habe die alten Flecken gerade erst rausbekommen.«

Ich ziehe die Augenbrauen zusammen und antworte mit belegter Stimme: »Wie das? Manche sind älter als ich.«

»Ich bin mir ziemlich sicher, einer war schon seit der Nachkriegszeit hier.«

»Ist die FU so alt?«, frage ich, weswegen Jakab empört die Miene verzieht.

»Das ist Geschichte, auf der du stehst.« Er schnaubt. »Als Studentin des Faches sollte dich diese Frage mit Scham erfüllen, bis du überläufst … aber bitte nicht auf meinen Teppich.«

Ich kann mich nicht zurückhalten und fange an, zu lachen, als hätten sich meine Probleme zwischen seinen Worten in Luft aufgelöst – verschwunden durch das Fenster, das auf Kipp steht. Als wäre ich wirklich ein Kind, das vor seinen Problemen abhauen kann. Als wäre es mir vergönnt, glücklich zu sein.

»Mit Backpulver und Waschmittel«, sagt er kleinlaut.

»Was?«

»Ich habe die Flecken mit Backpulver und Waschmittel rausbekommen«, murmelt er. »Das Internet ist eine der besseren Erfindungen des letzten Jahrhunderts.«

Eine Stille legt sich um uns, in der sich meine Schultern verspannen, denn der Gedanke an das fehlende Geld wird darin wieder lauter.

»Weißt du …« Jakab nimmt mir gegenüber auf dem freien Besucherstuhl Platz, während sein Blick über mein Gesicht wandert und rote Flecken auf meinem unbedeckten Hals hinterlassen muss. »Wenn du die Stunden wirklich dringend brauchst, kann ich bestimmt ein paar Überstunden eintragen.«

Bei dem Vorschlag kann ich befreiter einatmen. »Aber –«

Er macht eine wegwerfende Handbewegung. »Die Uni wird das bisschen Geld aufbringen können.«

Zwar ist er unprofessioneller geworden, aber darauf sollte ich nicht anspringen. Nicht nach der Krawattensache. Also sieze ich ihn weiterhin: »Ein paar Stunden retten mich da leider nicht, trotzdem danke. Das ist sehr zuvorkommend von Ihnen.« Ich weiß seine Versuche zu schätzen, aber der Fakt, dass die Uni die fünfhundert Euro tatsächlich nicht missen würde, macht mich wütender, als er sollte. Für sie ändert es nichts, mir würde das Angst und Ärger ersparen.

Jakab schüttelt den Kopf. »Wie unhöflich von mir … ich habe dich geduzt, ohne zu fragen, ob das in Ordnung ist. Du kannst verlangen, dass wir uns siezen. Aber wenn es für dich okay ist, können wir beim Du bleiben.«

Als ich nicht darauf reagiere, zeigt er auf den Boden. »Jetzt, wo du mir fast den Boden vollgereihert hättest, ist das Du angebracht.«

Ich schnaube, aber kann den Anflug der Erleichterung darüber, dass die erste Panik verschwunden ist, nicht ignorieren. Wenn er es direkt anspricht, kann ich schlecht Nein sagen. »Du hängst richtig am Teppich, oder?«

Er zuckt mit den Schultern und lehnt sich in seinem Stuhl zurück. »Ich mag es ordentlich.«

Wir werden von einem Klopfen unterbrochen. Levi schaut mir kurz ins Gesicht und steht auf, bevor er ein lautes »Herein« ruft. Er umrundet den Tisch und setzt sich auf den eigenen Sessel. Safiya und Felix stolpern ins Büro.

»Wir haben dich gesucht«, sagt meine beste Freundin atemlos.

»Herr Jakab war so schnell aus seinem Sitz, wir wussten gar nicht, was passiert ist.« Felix schaut zu unserem Dozenten. Ich kenne den Blick. Die zusammengezogenen Augenbrauen und der abschätzige Ausdruck – er mag ihn nicht.

»Sie sind ja jetzt da, dann kann ich wieder zurück ins Meeting.« Levi geht schnurstracks auf die zwei zu und tritt an ihnen vorbei in den Flur. »Wenn Sie fertig sind, bitte ich Sie, die Tür hinter sich zu schließen.«

»Wird gemacht«, sagt Saf.

Er nickt kurz, bevor er sich wieder umdreht und auf den Konferenzraum zugeht.

»Findet den auch irgendjemand komisch?« Felix verzieht das Gesicht, und damit steht fest: Ich möchte nicht mehr mit ihm essen gehen.

SIEBEN | HEFT

Zelal

»Und dann stand ich da … völlig planlos.« Er lacht so laut auf, dass sich der Nebentisch zu uns umdreht, weswegen ich mein Gesicht hinter meiner mittlerweile erkalteten Pasta vergrabe.

Ich will weg. Ich will die nächste Bahn nach Hause nehmen und mich bei den Jungs ausheulen. Nicht mit Felix in diesem stickigen Restaurant sitzen. Alles, nur nicht das.

»Bei euch zweien ist alles okay?« Die Kellnerin mit dem knallig pinken Lippenstift und dem Kaugummi im Mund bleibt an unserem kleinen Holztisch stehen.

»Alles super«, sage ich schnell und nehme einen Schluck aus meinem schlechten Mocktail. Seit der *einen* Woche habe ich Alkohol abgeschworen.

»Kann ich euch noch etwas bringen?« Unablässig klopft sie mit ihrem Stift gegen den uralten Notizblock, der nie dünner geworden ist, seitdem ich vor vier Jahren angefangen habe, hier zu essen. Vielleicht ist er auch mehr Requisit als alles andere.

»Nein danke«, antwortet Felix, und ich glaube, zu sehen, dass sie die Augen verdreht. Sicher bin ich mir nicht, dafür ist sie viel zu schnell weg. Felix streicht über meine Hand, was mich augenblicklich zu ihm schauen lässt.

Krampfhaft versuche ich, meine Finger nicht wegzuziehen, aber sein Blick und das halbe Lächeln auf seinen Lippen machen es mir schwer.

Ich will *definitiv* weg. Jetzt.

Was habe ich mir hierbei gedacht? Anscheinend nicht allzu viel. Bei mir springt *nichts* über.

»Ich … mich richtig gefreut … zugesagt hast. Wir zwei … lange nichts allein … überfällig, oder?« Seine Stimme ist viel zu leise, um sie in dieser Geräuschkulisse – klirrende Gläser, Gegröle und lautes Lachen anderer Gäste – richtig auszumachen. Das passt mir gut in den Kram, ich will ihn nicht hören, will meine Lügen, die ich ihm auftischen muss, nicht auf der Zunge liegen und den bitteren Geschmack meiner Fehlentscheidung im Mund haben.

»Mhm«, summe ich und nehme, um nicht reden zu müssen, einen großen Bissen von den Nudeln, die durch die kalte Sahnesoße zusammenklumpen.

»Ich habe das hier vermisst.« Er beißt von seiner Pizza ab. »Ich habe *dich* vermisst.«

»Ja, total. Mit Freunden essen zu gehen, ist immer schön«, sage ich beiläufig und ziehe *endlich* meine freie Hand vom Tisch. Die Betonung lege ich absichtlich auf »Freunde« und muss dabei zusehen, wie das Licht in seinen Augen gedimmt wird. »Ich hatte Saf gefragt, ob sie mitkommen möchte, aber sie hat wegen eines Dates abgesagt. Zu dritt ist es ja am schönsten, habe ich mir gedacht.« *Das ist dick aufgetragen, Zelal. Fuck.*

»Oh … findest du?« Er hat sich tatsächlich etwas anderes vorgestellt. Und ich werde ihm das Herz brechen müssen.

»Ja, total«, murmle ich und nehme einen weiteren Schluck von meinem Getränk. Mein Handy leuchtet auf, und ich reiße es an mich. *Danke, Gott, oder was auch immer da oben ist.*

Eine Nachricht von Safiya ploppt auf.

Safiya: Naaaaaaa, wie läuft es? Schon rumgemacht und den Romeo in ihm entdeckt?

Zelal: Rette mich.

Keine Sekunde später klingelt mein Handy.

Ohne zu zögern, gehe ich ran und fange mir dafür einen verwirrten Blick von Felix ein. »Hallo?«

»O mein Gott, Zelal!«, kreischt Saf und hört sich an, als würde sie seit Stunden weinen. »Das Date war schrecklich! Bitte komm sofort!«

Sie schreit so laut, dass sogar Felix das Weinen mitbekommt und fragend die Augenbrauen zusammenzieht.

»Was ist los?«, flüstert er, doch ich zucke nur mit den Schultern, als hätte ich wirklich keine Ahnung.

»Sie hat mich hässlich genannt und allein in der Bar stehen lassen!« Das Schluchzen, das folgt, ist zu viel des Guten, aber Felix schiebt die Unterlippe vor, was ich als Zeichen sehe, abzuhauen.

Ich halte den Hörer zu und wispere: »Ihr geht es nicht gut, irgendetwas mit dem Date. Wäre es okay, wenn ich zu ihr fahre?«

Er räuspert sich. »Äh … klar, klar … soll ich mit?«

Ich rümpfe die Nase und stehe vom Tisch auf. »Ich glaube, das brauchst du nicht.«

»Oh … okay … äh … geh du, ich bezahle das.«

»Sicher?«

»Ja, klar. Los!« Er nickt bestätigend. »Die Arme hört sich echt nicht gut an.«

»Danke!« Ich greife nach meinem Mantel und der Tasche, während ich mir das Handy weiterhin gegen das Ohr drücke. Der Anflug des schlechten Gewissens schmerzt tief in meiner Brust, aber ich bin viel zu froh, dem stickigen Raum zu entkommen, um dem Ganzen Beachtung zu schenken.

»Bist du draußen?«, fragt Saf am anderen Ende des Hörers.

»Ja.« Ich seufze. »Und fühle mich schlecht.«

Die Prenzlauer Straßen platzen aus allen Nähten. Studierende, die sich schwerlich auf den nackten Beinen halten können und von einer Bar in die nächste schlendern, als gäbe es kein Morgen. Die erste Semesterwoche in Berlin ist besonders hektisch. Genervt schnaubend quetsche ich mich an ihnen vorbei, nachdem eine hübsche Blondine ihr halbes Bier über meine Schuhe gekippt hat.

»Solltest du auch!«

»Fuck … ich …« Ich bin froh, dass die Flüssigkeit von meinen Stiefeln abperlt, aber die Sohle bleibt bei jedem Schritt schmatzend auf dem Asphaltboden kleben. »Das war eine Schnapsidee.«

Der herbstliche Wind wirbelt die bunten Blätter durch die Gegend und bläst meine Jacke auf, deren Reißverschluss ich versuche mit einer Hand zuzuziehen.

»Mhm, gut, dass du es endlich kapierst.«

»Ich weiß auch nicht, was ich mir dabei gedacht habe.« Die Treppen zur Station sind überfüllt, und in solchen Momenten ist mir die Großstadt zu viel. Zu voll. Zu laut. Zu unübersichtlich.

»Dass du der Wahrheit nicht ins Gesicht sehen wolltest?«

Safs Worte stechen und lösen Übelkeit in mir aus. Nicht weil ich es mir nicht vorstellen könnte, sondern weil sie ins Schwarze getroffen hat. Weil ich mir erhofft habe, dass wir einfach Freunde sein können, ohne dass Felix mehr erwartet. Dass ein Mann mich als Mensch mit Gefühlen, Meinungen und Persönlichkeit sieht und nicht wie die potenzielle nächste Partnerin. Dass ich eine Freundschaft wert bin und man nicht mit mir abhängt, weil man auf eine Beziehung oder Sex abzielt.

»Ich weiß manchmal nicht, ob Männer nicht fähig sind, in mir etwas anderes als ein Objekt zu sehen, oder ob ich einfach vor der Möglichkeit einer Beziehung abhaue«, sage ich über das Lachen der Partymeute hinweg, die aus der Straßenbahn flutet. Ich hatte an jedem Mann, der mir im Erwachsenenalter je begegnet ist, etwas auszusetzen. Ausnahmslos. Weil ich die Fehler, die ich als Teenagerin gemacht habe, nicht wiederholen wollte.

Talhah hat immer behauptet, es liege an meinen Bindungsängsten, und hat mich wegen meines Vaters ausgefragt. Ich dachte dabei, dass er eine Therapiesitzung zu viel hatte und sich nicht nur als Arzt sieht, sondern auch als Psychotherapeut. Aber vielleicht hat er ja recht. Vielleicht haue ich ab, weil ich Angst habe, mich wieder an einen schmierigen Narzissten zu binden. Und mich dadurch zu verlieren.

»Das Zweite«, seufzt Safiya. »Definitiv das Zweite.«

»Und wann fühl ich mich endlich bereit dafür?«

»Niemals. Also nicht, wenn du nicht in Therapie gehst.«

Ich verdrehe die Augen, obwohl sie es nicht sehen kann. »Ich bitte dich«, spotte ich. »Du hast gerade mal deine zweite Stunde und benimmst dich wie Talhah! Ich habe keinen Grund –«

Sie unterbricht mich eiskalt, während ich endlich in die Bahn einsteige. »Wann hast du das letzte Mal mit deinem Vater geredet?«

»Ich … Safiya … du weißt …« Ich komme nicht über die paar Silben hinaus.

»Exakt.«

Die U2 ist wieder mal komplett überfüllt. Ich möchte mich ins Bett hauen und heulen. Der heutige Abend war beschissen. Ich kann nicht einmal entscheiden, ob es an mir oder Felix lag. Es ist wie bei jedem Treffen, das ich in meinen Zwanzigern je hatte: Ich finde den Typen toll, und in dem Moment, wo es ernst wird, weil wir auf einem offiziellen Date sind, sehe ich nur die Mängel – das egozentrische Von-sich-Erzählen, die schiefe Nase, die Erwartungshaltung, die er hat, weil er das Essen bezahlt. Die mögliche Kappung meiner Unabhängigkeit. Ein Gefängnis, wo doch ein sicherer Hafen existieren sollte. Für mich fühlt es sich an, als würde mich jemand vom Steg in gefährliches Gewässer schubsen, mit dem Ziel, dass ich ertrinke.

Warum schmerzt Liebe, wenn sie doch das Schönste sein soll, was existiert?

ACHT | HEŞT

Zelal

Heute ist es schlimmer als sonst, zur Uni zu fahren und so zu tun, als wäre alles in Ordnung und nichts würde zerbrechen. Dass ich gestern Abend die ganzen Studierendenjobs im Internet durchgeklickt habe, bleibt ein Geheimnis zwischen mir und meinem Suchverlauf. Viel gab es nicht, was ich neben meinem Studium und den acht Stunden, die ich im Institut bin, machen könnte. Alles ist entweder zu weit weg oder um die unpassendste Uhrzeit.

Vorerst habe ich etwas Gespartes, das mir maximal zwei Monate reicht. Dann ist Schluss, und ich kann meine Sachen packen, um mir was Neues zu suchen. Im schlimmsten Fall muss ich zu meinen Eltern nach Dortmund. Mein Vater wird mir damit in den Ohren liegen und mich für meine Entscheidungen belächeln. *Berlin und Lehramt. Das wollten wir eh nicht. Aber Besseres hast du mit deinem Abiturschnitt nicht bekommen.*

»Guten Morgen.«

Abrupt bleibe ich vor Dr. Jakab … Levi stehen und muss mich für einen Moment fangen. Ich wäre fast in ihn reingelaufen, hätte er mich nicht gegrüßt.

»Alles okay?«

Ich presse meine Lippen zusammen und nicke. Wenn ich rede, dann werde ich weinen, also sage ich nichts. Ich kann mir nicht das Gleiche wie am Freitag erlauben. Das war im Nachhinein peinlich genug.

»Das Wochenende gut überstanden?«, fragt er. Die oberen Knöpfe seines Hemdes sind geöffnet, und ich kann nichts dagegen tun, dass ich die dünne Silberkette anstarre, die eng um seinen Hals liegt.

»Ja«, sage ich kurzatmig und streiche mir ein paar verirrte Haare aus meinem Gesicht zurück.

»Sicher?« Er zieht die Augenbrauen zusammen, bis sich zwischen ihnen eine steile Sorgenfalte bildet. Damit sieht er noch attraktiver als sonst aus, falls das überhaupt möglich ist. Mein Blick schnellt automatisch zu den Studierenden um uns, nur um ihn nicht weiter anzuglotzen. Was ist plötzlich in mich gefahren?

»Total.«

Das Date mit Felix hat mich einfach verwirrt. Ich hätte nichts gegen eine liebende Beziehung – einen Mann, dem ich mich anvertrauen kann. Aber ich habe Angst. Zu viel Panik davor, keinen sicheren Hafen vorzufinden. Somit ist es einfacher, attraktive Männer anzuschauen und Gedankenspiele durchzugehen, die nicht von der bitteren Realität eingeholt werden können. Auch bei Levi. Das hallt einfach vom Freitag nach. Bald geht das weg. Ganz bald.

»Ich tue mal so, als würde ich dir glauben.« Sein Schnauben zieht meine Aufmerksamkeit wieder auf ihn. »Wir sehen uns gleich?«

»Mhm.«

»Super.« Levi geht an mir vorbei und richtet seine Tasche. »Ich erwarte das gleiche Engagement wie sonst auch. Keine Ausnahmen für niemanden. Auch nicht für dich, Zelal.«

Bei den Worten kann ich sogar lächeln. Seine Erwartungen sind hoch, und würde ich ihn nicht ein klein wenig kennen, würde ich ihn verabscheuen. Wie jeder andere Studierende. Keiner mag derartige Anforderungen. Das Studium ist schwer genug, warum es komplizierter gestalten? Solche Dozierenden sind allseits bekannt und verhasst – vor allem wenn sie jung sind. Man erwartet von ihnen, dass sie lockerer und verständnisvoller handeln, eben weil sie erst seit Kurzem ihre Position innehaben. Aber Überflieger sind schlimmer als alte Hasen, was ihre Lehre angeht.

Mit einem Seufzen gehe ich in den Büroflur und schließe die kleine Hilfskraftkammer auf, um meine Jacke und Tasche abzulegen. Einer der wenigen Vorteile, hier zu arbeiten.

Ich muss da jetzt durch. Ich muss in das Seminar, das ich mit Felix habe, und es überstehen. Seit dem fatal schlimmen Date habe ich mich nicht mehr bei ihm gemeldet. Ich muss. Wie immer muss ich. Einfach durch, um am Ende nicht komplett zu verzweifeln.

Ich packe meinen Laptop aus und fahre mir durch das Haar. Ein Tag nach dem anderen. Ich schaffe das. Ich schaffe dieses Seminar, diesen Job, dieses Leben. Das wird. Irgendwie.

Am liebsten würde ich in dem Büro bleiben. Mich mit einem Kaffee – grässlichen Kaffee – auf den Schreibtischstuhl setzen und für einen Tag keine Sorgen haben. Nur für einen gottverdammten Tag abschalten.

Aber das geht nicht, also reiße ich mich zusammen und mache mich auf den Weg ins Seminar. Schlucke meine Panik herunter und setze einen desinteressierten Ausdruck auf – fürs Lächeln habe ich keine Kraft.

Levi steht schon vorne und sortiert Blätter, während sich der Raum füllt. Von Termin zu Termin werden es immer weniger Menschen. Übel kann ich es keinem nehmen. Wäre ich nicht seine studentische Hilfskraft, wäre ich auch abgesprungen und hätte mich lieber bei Heller eingeschrieben. In alle benoteten Seminare, die zwar langweiliger, aber weniger Arbeit wären. Jetzt kann ich das nicht mehr bringen, deswegen setze ich mich in die hinterste Reihe und hoffe, dass ich schlafen kann, ohne die Augen zu schließen.

Dass es so nicht kommen kann, wird klar, als Felix durch die Tür spaziert und mich ansteuert. Natürlich tut er das – er denkt noch immer, dass es Safiya schlecht ging. Nicht, dass ich vor ihm und seiner Nähe abgehauen bin.

»Hey«, murmelt er und lässt sich neben mich fallen. »Wie war das Wochenende?«

»Ganz okay.« Ich ignoriere den gleißenden Blick, mit dem er mich erdolcht, und starre geradewegs Levi an, der sich mit den Unterarmen gegen das Pult gelehnt hat und weiterhin Blätter sortiert.

»Saf geht es gut?«

»Die Frau war ein Arsch.« Eine weitere Lüge, die mir normalerweise schwerfällt. »Aber alles okay bei ihr. Es war lediglich das erste Date.«

»Gut … sehr gut.« Felix wird von Wort zu Wort leiser, und die nächsten sind nunmehr ein Flüstern: »Hatte am Samstag auch eine bei mir … zum Frühstück war da nichts mehr. Nicht mal eine Nummer.«

»Dating ist immer eine Enttäuschung.«

»Beziehungen generell«, sagt er, bevor Levi sich endlich aufrichtet und uns begrüßt. Wenn man es nicht besser wüsste, würde man denken, dass er alle Studierenden persönlich kennt, so erwartungsvoll wie er allen in die Augen schaut.

»Willkommen zum Seminar.« Das Lächeln auf seinen Lippen versteckt die Arroganz in den Mundwinkeln. Dass deswegen mein Puls höherschlägt und ich auf meinen Laptop hinunterblicken muss, nervt mich. Warum finde ich Unerreichbarkeit anziehend?

»Ich habe Ihre Aufgaben von letzter Woche benotet.« Als ein Stöhnen durch die Menge geht, macht er eine beruhigende Handbewegung. »Die Note fließt nicht in die endgültige mit ein. Ich wollte nur, dass Sie sehen, wie ich bewerte, damit Ihre Hausarbeitsnote Sie nicht überrascht.«

Levi geht durch die Reihen und gibt jedem seine Hausaufgaben zurück. Der Fakt, dass er sie so geordnet hat, wie heute alle sitzen, entgeht mir nicht.

»Ich will niemanden am Ende des Semesters vor meiner Bürotür stehen haben, der oder die mit mir über die Note diskutieren möchte.« Er bleibt in der zweiten Reihe stehen. »Das ist eine Diskussion, die Sie nicht gewinnen würden.«

»Gott, er ist so eingebildet«, beschwert sich Felix, und ich nicke – halb anwesend. Levi wandert die Sitze ab, bis er endlich bei uns ankommt.

Er bleibt direkt vor mir stehen, sodass mein Blick auf einer unangenehmen Höhe ist, weswegen ich ihn auf meine Tastatur richte. Levi beugt sich zu mir herunter und legt das Blatt vor meine Nase. »Gute Leistung, Zelal.« Ohne auf meine Antwort zu warten, übergibt er das letzte Blatt Felix. »Herr Müller.« Er nickt ihm kurz zu und geht endlich die Treppen runter zum Pult.

»Alter. Eine 4,0 hat er mir reingedrückt!«

Ich lege meine Hand auf meine 1,3 und lasse mir meine Haare ins Gesicht fallen. *Gute Leistung, Zelal.* Meine Wangen sind warm, und ich muss alles daransetzen, damit Felix es nicht sieht. Ich war in der Schule nie besonders gut, immer eher im Mittelfeld als anderswo, aber Geschichte war seit der ersten Stunde mein Lieblingsfach. Darin bin ich aufgegangen – einer der Gründe, warum ich überhaupt angefangen habe, es zu studieren.

»Die Note ist sowieso egal«, sage ich mit beiläufigem Ton und versuche, mich auf Levis Seminar zu konzentrieren. Mit einem Laserpointer zeigt er auf einen kleinen Teil der Landkarte und gestikuliert bedacht beim Erzählen.

»Trotzdem …« Felix tippt mit dem Zeigefinger gegen das alte Holz des Tisches. »Ich habe jetzt schon keine Lust mehr auf seine Hausarbeit.«

»Das wird«, beschwichtige ich ihn.

»Ja, für dich«, sagt er schnaubend und zwingt mich mit seinen Worten, ihn anzusehen. »Du arbeitest für ihn und …« Er presst die Lippen zusammen, als hätte er sich gegen das Sprechen entschieden.

»Und?«

Er seufzt. »Ein kurzer Rock oder einmal über seine Witze lachen – schwups, du hast die Eins.« Die Worte sind leise, ich bin mir nicht sicher, ob ich sie richtig verstanden habe. Bis Felix sich mit roten Wangen von mir abwendet und mit seinem Stift spielt.

Mir bleibt die Luft weg. »Was?« Ich muss mehrmals tief durch die Nase atmen, damit ich nicht aufstehe und anfange, zu schreien.

»Männer sind scheiße«, murmelt er und fährt sich durch das Haar. »Und verdammt einfach.«

Das ist mir bewusst. Das habe ich in etlichen Bars, Clubs, sogar auf dem Campus erlebt. Aber dass Felix es auf *so* eine Art anspricht, ist ähnlich widerlich wie die Hand eines Vierzigjährigen auf meinem Hintern während einer Party für Studierende. Ich fühle mich dreckig. Als wäre das wirklich mein Plan und nicht irgendwelche sexistischen Worte eines Mannes, den ich offensichtlich verletzt habe. Als wäre es mehr als ein eifersüchtiges Flüstern, das mich niedermachen soll. Trotzdem kann ich nichts gegen die Flashbacks tun. Nichts gegen die Erinnerungen an eine Jugend, in der ich in Männern Aufmerksamkeit und Bestätigung gesucht habe. Beides Dinge, die ich bis dato von niemandem bekommen habe.

Ich möchte sagen, dass ich gute Noten verdiene. Dass ich es kann. Dass ich nicht mit den Wimpern klimpern muss, um zu bestehen, und dass ich nicht glaube, dass es Levi überhaupt interessieren würde. Aber ich kann nicht. Ich bleibe still. Lasse die Worte auf mich einschlagen, als hätte Felix recht.

Er hat es nicht. Ich würde meine Arbeitsbeziehung niemals für eine bessere Benotung ausnutzen. Meine Lippen sind jedoch mit Erinnerungen verklebt, die mir heute die Luft zum Atmen stehlen, sich dabei kaputtlachen und mit meinem Selbstvertrauen im Gepäck verschwinden.

Dass das sein erster Gedanke ist, ist meine Schuld. Er sieht mich als etwas, das ich nicht bin. Jemand, der leicht zu haben ist. Dabei war ich nichts als ein verletztes *Kind*.

»Wie …« Ich komme nicht weiter. Ob es ist, weil ich es nicht kann oder weil Levi mich unterbricht, weiß ich nicht.

»Was ist dahinten los?«, fragt er laut und dreht sich von seinen PowerPoint-Folien weg. »Irgendetwas, das wichtig für das Seminar wäre, Frau Korkmaz?«

Ich schüttle augenblicklich den Kopf und starre unentwegt auf den dunklen Bildschirm meines Laptops. Ich will weg. Ich will nicht hier sein. Nicht in diesem Raum, nicht neben Felix oder Levi. Einfach weg, ohne jeglichen Stress oder Sorgen, die von anderen belächelt werden, weil sie sie nicht kennen.

»Wenn das so ist … aufpassen, Frau Korkmaz und Herr Müller.« Levi wendet sich wieder dem ganzen Seminar zu, als wäre nichts. Der Boden soll sich bitte unter mir spalten, damit ich verschwinden kann. In ein tiefes Versteck, wo meine Sorgen, böse Worte und Angst nicht existieren. Wo *ich* nicht existieren muss. Denn gerade fühlt es sich wie ein Zwang an. Alles ist ein *Muss, Jetzt, Sofort*. Ich komme nicht mehr hinterher, verdammt! Mein eigenes Leben hängt mich ab, dabei kann ich nur leise zuschauen und hoffen, dass es mich nicht vollends hinter sich lässt.

»Der englische Kolonialismus ist kein Zustand, der im luftleeren Raum betrachtet werden kann, sondern kritisch unter die Lupe genommen werden muss.« Levi schaltet eine Folie weiter, und etliche Flaggen tummeln sich auf dem Blatt, dessen Farbe durch die Überladung kaum erkennbar ist. »Denn er betrifft fast ein Fünftel der Erde und hat dadurch sehr viele Kulturen und natürlich die Kunst beeinflusst.«

Manche Professoren und Professorinnen lesen von ihren Folien ab und erwarten von den Studierenden vertieftes Verständnis, indem sie sich selbst weiterbilden. Am besten durch die uralten Bücher der Dozierenden, die ihren Kontostand positiv beeinflussen.

Levi ist definitiv nicht so. Er verlangt seinem Seminar viel ab, aber gibt mindestens genauso viel zurück. Er starrt nicht auf seine Präsentation, sondern erzählt mehr, als dass er predigt. Seine Folien sind sauber und ordentlich. Für all seine erklärten Punkte verlinkt er am Ende Ressourcen und gibt sich Mühe, darauf zu achten, dass alle entweder kostenfrei im Internet oder in der Uni-Bibliothek verfügbar sind.

»Natürlich nicht nur Kulturen und Kunst, sondern auch die Wirtschaft. Aber wir werden uns auf Erstere fokussieren, da sie Geschichte mitunter auf eine sehr präzise und nachverfolgbare Weise beeinflussen.« Er schnaubt kurz und es hallt im Mikro wider, das ihm locker um den Hals hängt. »Außerdem durchleben Kultur und Kunst tatsächlich die interessanteste Entwicklung. Ich möchte Sie hier nicht zu Tode langweilen. Dafür müssten Sie BWL oder VWL belegen.«

Ein kurzes Lachen geht durch die Menge, und ich muss alles daransetzen, um mich nicht zu schütteln. Er ist nicht witzig, aber anscheinend weiß er es nicht. Würde es seinem Ego Abbruch tun, wenn er es täte?

»Es tut mir leid«, flüstert Felix.

Es gibt drei Arten, zu reagieren, wenn das eigene Leben in Gefahr ist. Kämpfen, abhauen oder einfrieren. Ich bin schon immer eingefroren. Habe nie gelernt, zu schreien, um mich zu schlagen, sondern habe die Flammen an meiner Kleidung, meinen Beinen, meinen Fingern züngeln lassen. Sich zu wehren, hieß immer, zu verlieren. Ich konnte keinen Kampf zu Hause gewinnen, also habe ich alles über mich ergehen lassen, bis ich mich in meinem Zimmer einschließen durfte.

Darin bin ich gut. Lautlos zu weinen. Alles in mich hineinzufressen und mir den Schmerz nicht anmerken zu lassen.

»Du weißt … ich habe es nicht so gemeint«, redet Felix weiter, weil ich nicht antworte. Er soll aufhören. Ich kann seine Stimme nicht mehr hören. »Männer sind scheiße und einfach. Nicht du.«

Nicht ich, aber du dachtest, ich würde mir Noten erflirten.

Ich beiße mir auf die Lippe und schalte meinen Laptop an, um wenigstens so zu tun, als würde ich mich auf das Seminar konzentrieren. Dabei schwirren die Worte meines Freundes unaufhörlich in meinem Kopf umher. Ich versuche, mir einzureden, dass es eine Kurzschlussreaktion war. Dass er sich unglücklich ausgedrückt hat. Aber es fällt mir schwer, denn diese Worte fallen gegenüber einer Frau nicht zum ersten Mal.

»Ich verpasse das Seminar«, wispere ich und hasse mich dafür, dass meine Stimme zittert. Ein Wort mehr, und ich werde weinen. Nicht vor Trauer. Es ist meine Wut, die mich unbarmherzig würgt und hinter meinen Augen brennt.

Levi fragt, ob jemand weiß, welche die letzte Kolonie ist, die vom Vereinigten Königreich beherrscht wurde. *Hongkong.* Aber ich kann mich nicht melden, starre mein leeres Dokument an, auf dem der Cursor anschuldigend flimmert.

»Hongkong«, fährt er fort, als niemand reagiert. »Wurde vom UK 1997 an China übergeben.«

Seine Haare fallen ihm wieder in die Stirn. Lohnt es sich für ihn überhaupt, sie zurückzukämmen, wenn sie wenige Stunden später aussehen, als wäre er gerade aus dem Bett gerollt? Er spielt mit seiner Krawatte, schaut alle einzeln an und spricht erst dann weiter. Ich kann ihm nicht mehr zuhören. Bin völlig abgekapselt von meiner Umwelt, weil ich sie nicht mehr erleben möchte. Weil alles zu viel ist.

Alles ist einfach zu viel.

NEUN | NEH

Draußen zerrt der Wind wieder an meiner Kleidung, und die bunten Blätter, die den Gehweg schmücken, knistern unter meinen Docs. Safiya wollte sich unbedingt zum ›Lernen‹ in dem pinken Café treffen, bevor wir arbeiten. Lernen heißt bei ihr, sich über ihre Mitstudierenden aufzuregen und einen Karamell-Latte nach dem anderen zu schlürfen. Mir ist jedoch jede Ablenkung recht. Wenn ich allein mit meinen Gedanken bleibe, werden sie mich zerfleischen.

Auf dem Weg zum Café tummeln sich Studierende und Lehrende auf den Straßen und nippen an Heißgetränken. In dieser Kälte hilft nichts anderes. Vielleicht das warme Bett nicht zu verlassen. Das würde ich mir wünschen. Aber das geht nicht, ich bin viel zu alt, um vor Verantwortung abzuhauen. Also gehe ich auf die Tür zu und ziehe sie auf, doch in dem Moment klingelt mein Handy.

Verwirrt hole ich es hervor und starre den Namen auf dem Display an, weil ich ihn mir einbilden muss. Wann hat er mich zuletzt angerufen?

»*Baba*?« Der Unglauben verätzt jegliche Freude, und ich muss sie herunterschlucken. Die Angst, die mir sonst bei jedem Gespräch mit ihm in den Knochen sitzt wie eine längst eingefleischte Reaktion auf alles, was er tut, kämpft sich durch meinen Körper. Mit ihm zu telefonieren gleicht dem Tanzen auf einem Minenfeld.

»Hallo«, begrüßt er mich mit einem Räuspern. »Deine Mutter hat bald Geburtstag.«

Bei den Worten bleibt mir der Atem weg, und meine Hand rutscht von der Türklinke. Er hat sich in den fast dreißig Jahren Ehe kein einziges Mal an ihren Geburtstag erinnert. Niemals. So weit ich zurückdenken kann, haben sich meine Schwester und ich um den Kuchen gekümmert. Damit sie sich wenigstens einen Tag im Jahr besonders fühlt. Ihr hat nie jemand das Gefühl gegeben, mehr als eine Mutter und Ehefrau zu sein. Vor allem nicht mein Vater.

»Okay«, antworte ich, nicht wissend, was mich erwartet. Er ruft nie an. Außer er hat etwas zu schimpfen. Er schnauft auch dann, wenn ich einmal im Jahr bei ihm zu Hause bin. *Willst du, dass wir dich durchfüttern, weil du dir das Leben in Berlin nicht leisten kannst?*

»Ich möchte ihr eine Geburtstagsparty organisieren, und du sollst dabei sein.« Er atmet laut auf. »Das letzte Jahr warst du schon nicht da.«

Die Geburtstage davor bin ich sonst nur wegen ihr zurückgefahren. Um sie zu besuchen und ihr zu zeigen, dass sie nicht allein ist. Dass ich existiere und an sie denke – sie nicht vergessen habe. Letztes Jahr ging es nicht, weil das der Anfang meines Masters war und ich mir die Zeit nehmen wollte, die Menschen kennenzulernen.

»Wie?« Die Verwirrung muss mir ins Gesicht geschrieben stehen, denn die Studierenden, die sich an mir vorbeiquetschen, um ins Innere des Cafés zu gelangen, schauen mich dabei an, als wäre ich eine Kuh auf einem Einrad.

»Was meinst du, Zelal?«, fragt er aufgebracht. »Ich habe mir was Nettes für deine Mutter überlegt und will, dass du dabei bist. So einfach ist das. Ende des Monats. Kommst du, oder soll ich ihr ausrichten, dass du kein Interesse hast?«

Mir liegt die Frage ›Seit wann interessiert dich deine Frau?‹ auf der Zunge, doch ich schlucke sie mit meiner Wut herunter. Es bringt nichts. Es bringt rein gar nichts. Er würde wütender werden und mich beschimpfen. Ich hätte schlechte Laune und würde mich selbst fertigmachen. Ein Zyklus, der schon immer existiert hat. Ich möchte mich nicht mehr im selben Kreis drehen. Nicht für diesen Mann.

»Ich … ich komme, schätze ich.«

»Schätzt du?«

Ich nicke, obwohl er es nicht sehen kann. Tränen stechen hinter meinen Augen. Gott, wann hört das je auf? Wann fühle ich mich ihm gewachsen? Wann bin ich *genug*?

»Ich … ich komme, ich werde kommen«, stammle ich und fahre mir durchs Haar.

»Bis dann.« Damit legt er auf, bevor ich das Handy von meinem Ohr nehmen kann.

»Tschüss«, flüstere ich in die Leere.

Seine Stimme hallt nach. Normalerweise ruft er nie unangekündigt an. Dafür wäre sein Tag zu voll. Stattdessen macht seine Sekretärin, die er einmal zu oft gevögelt hat, einen Termin mit mir aus. Ich habe nicht genug Zeit, mich auf diese Shitshow vorzubereiten. Was passiert gerade? Warum interessiert ihn meine Mutter plötzlich? Er muss irgendein verborgenes Motiv haben, das ich nicht herausfinden möchte. Sonst hätte er mich niemals kontaktiert, um mich so schnell wie möglich abzuwimmeln. Dank ihm fühle ich mich wieder wie das Kind, das sein Bestes gegeben hat, um von ihm geliebt zu werden, es aber nie geschafft hat.

»Kommst du?« Die kleine Klingel über der Tür macht ein Geräusch, und mein Blick zuckt zu Safiya. »Du stehst seit fünf Minuten vor der Tür. Alles okay?«

»Ja, alles in Ordnung«, sage ich erstickt und stecke mein Handy in meine Jackentasche.

»Dann komm.« Sie winkt mich herein, woraufhin ich ihr folge. »Mit wem hast du telefoniert?«

Ich zucke mit den Schultern. In dem überfüllten Café hören sich die Gespräche der anderen an wie unter Wasser. Es scheint, als existiere ich neben mir. Außerhalb meines Körpers. Ich bekomme jedoch genug mit, um mich gegenüber von Safiya auf den Sessel fallen zu lassen.

»Yousef«, lüge ich. Über meinen Vater möchte ich nicht reden. Nicht mit ihr. Ich liebe Saf, aber eins kann sie nicht: verstehen, dass es okay ist, eine schlechte Beziehung zu der Familie zu haben. Man muss seine Familie nicht lieben, nur weil sie Familie ist. Oder ihre Fehler akzeptieren. Aber für jemanden, der fünf Geschwister und Eltern hat, die sie vergöttern und bis ans Ende der Welt für sie gehen würden, ist das nicht nachvollziehbar. Und manchmal wünsche ich mir dasselbe – eine Familie, die mich liebt.

»Oh.« Sie hebt überrascht die Augenbrauen und es kommt mir vor, als würde sie mich mustern. »Ihm geht es gut?«

»Mhm ... ja, total.« Ich schäle mich aus meiner Jacke.

»Hat er keine Uni?«

»Er ist heute zu Hause«, antworte ich und starre die Gemälde gegenüber an. Alles, um ihr nicht ins Gesicht schauen zu müssen. »Hat den Mixer gesucht.«

Ich hasse es, zu lügen. Vor allem Menschen anzulügen, die mir etwas bedeuten. Ehrlicherweise war ich nie gut darin, aber wenn ich mich nicht erklären möchte, dann muss ich flunkern. Damit mache ich mir das Leben leichter, obwohl es nur für einen Moment ist.

»Und du stehst neben dir, weil ...?« Safiya schaut mich weiterhin verwirrt an und winkt die Kellnerin zu uns. »Zwei Milchkaffees mit Karamellsirup, bitte.«

»Ich möchte nichts trinken, danke«, lehne ich ab.

»Doch, du wirst was trinken. Es ist arschkalt, und du hast dir draußen die Beine in den Bauch gestanden.« Sie lächelt dem Mädchen zu. »Der geht auf mich.« In ihrer Stimme ist nichts zu finden. Kein Mitleid, keine Entschuldigung oder Trauer. Sie legt ihre Hand auf meine und drückt sie.

Ein riesiger Kloß bildet sich in meinem Hals. Ich kann ihn nicht herunterschlucken, während er meine Luftröhre blockiert und mich in den Panikmodus schubst. Wenn sie mich fragt, wie es mir geht, werde ich wie ein billiger Gartenstuhl in mich zusammenklappen. Ich brauche bloß einen Tag, der erträglich ist. Er muss nicht gut oder besonders sein. Nur verdammt noch mal aushaltbar.

Safs Hand ist warm, der Tumult im Café ankernd. Vielleicht wird doch alles okay. Nichts gerät aus dem Ruder. Was mein Vater *wirklich* vorhat, kann mir egal sein. Es liegt nicht in meiner Verantwortung, ihn oder meine Mutter zu retten. Das tat es nie. Auch nicht jetzt, wo er plötzlich eine Hundertachtziggradwende gemacht hat. Sonst hat er keinen Gedanken an meine Mutter verschwendet. Sie war mehr Mittel zum Zweck als eine Frau, die er liebt. Wahrscheinlich irgendwann mal ... ganz früher. Aber jetzt sind sie zwei Fremde, die sich ein Bett teilen.

»Bist du gleich bei Jakab?«, reißt mich meine beste Freundin aus den Gedanken.

»Ja … er meinte nach dem Seminar, dass ich ein paar Quellen durchgehen muss.« Es könnte länger dauern, hat er mich vorgewarnt, aber das ist mir schnuppe. Je mehr Ablenkung, umso besser.

Saf verzieht das Gesicht und spielt mit einem ihrer etlichen Ringe – ihre andere Hand ruht noch immer auf meiner, und ich wüsste nicht mal, wie ich meine Dankbarkeit ausdrücken könnte, wenn ich müsste.

»Felix hat sich beschwert, dass er als Dozent richtig scheiße ist.« Safiya lacht auf, und ich kann mir ein halbes Lächeln abringen. »Natürlich hat er einen Haken. Jeder im Geschichtsinstitut hat einen.«

»Wir hatten mit seinem Alter und dem Aussehen schon viel zu viel Glück«, murmle ich.

Safs Augenbrauen schießen in die Höhe, und mir wird augenblicklich warm im Gesicht. »Dass ich mal erlebe, dass du einen Mann attraktiv findest …«

Ich presse die Lippen zusammen und sende ein Stoßgebet gen Himmel, als die Kellnerin mit unserem Kaffee an den Tisch eilt. Safiya kennt meine Vergangenheit nicht. Meine Jugend ist für sie ein schwarzes Loch, und das soll so bleiben. Ich bin heilfroh, diesen Teil meines Lebens hinter mir gelassen zu haben und niemanden aus der Zeit mehr zu kennen. Dass ich das in einer betrunkenen Nacht Felix erzählt habe, ist schon schlimm genug, denn er konnte es mir ins Gesicht schleudern, ohne mit der Wimper zu zucken. Berlin war und ist ein Neuanfang, der nicht durch meine Jugend verfärbt werden soll. Deswegen bin ich hierhergekommen. Ich wollte frisch starten.

»Soll auch mal vorkommen.« Meine Stimme bricht mitten im Satz, und ich nehme den Kaffee entgegen. »Danke schön.«

»Gerne.« Die Kellnerin lächelt und reicht mir den Keks in der kleinen Plastikverpackung.

»Hey, sucht ihr eigentlich noch nach Mitarbeitenden?«, frage ich sie, als sie Safs Kaffee auf den Tisch stellt. Ich kann mich an den Aushang erinnern, auf den ich heute dank meines Vaters nicht mehr geachtet habe.

Sie atmet erleichtert auf. »O Gott, ja! Wir haben niemanden gefunden, und uns wird die Bude eingerannt. Hast du Interesse?«

»Ja, voll«, sage ich.

Sie drückt den Rücken durch, und ihre Augen werden groß. »Sehr gut!«, sagt sie begeistert. »Ich bringe dir mal ein Bewerbungsformular.«

Die Erleichterung braucht nur wenige Sekunden, um mich zu übermannen. Heißt das, ich habe eine Chance, einen Nebenjob in Uninähe zu ergattern? Einen Job, dessen Arbeitszeiten in mein Leben passen könnten?

»Wie ist die Bezahlung?«, frage ich.

»Vierzehn Euro die Stunde, und Trinkgeld darfst du behalten.«

»Okay, ich bin dabei.«

Sie klatscht sich in die Hände. »Super! Füll das Formular aus, und der Chef ruft dich für einen Probearbeitstag an.«

»Hört sich gut an«, antworte ich und spüre ausnahmsweise ein Herzklopfen, das nicht von Panik herrührt. Eine wirklich gute Nachricht heute.

»Falls du hier anfangen solltest, kriege ich dann Kaffee umsonst?«, fragt Safiya und zaubert mir ein ehrliches Grinsen ins Gesicht. *Ich hoffe, es klappt.* Vierzehn Euro und Trinkgeld hören sich nach einem Traum an! Tausendmal besser als alles andere, was zurzeit in meinem Leben passiert.

»Wenn ich darf.« Ich nehme einen Schluck meines Kaffees und kann nicht aufhören, zu lächeln. Nicht einmal die Nachricht von Felix, die auf meinem Bildschirm auftaucht, ruiniert mir die Laune.

Felix: Hey, wegen eben ... das tut mir leid. Wollen wir kurz reden? Hast du Zeit? Du warst so schnell weg.

Ich bin nach dem Gespräch mit Levi aus dem Raum geflohen. Keine Sekunde länger wollte ich neben Felix sitzen und mir mögliche Anschuldigungen oder Vorwürfe anhören. Mir ist klar, dass er es anders meinte. Er ist wahrscheinlich beleidigt, dass ich ihn beim Italiener sitzen gelassen habe, aber ich kann nichts dafür. Ich kann mich nicht zwingen, ihn *so* zu sehen.

»Felix?«, fragt Safiya, als sie meinen Gesichtsausdruck bemerkt.

»Leider.«

»Er hat mich heute Morgen in der Vorlesung schon angesprochen.«

Ich hebe die Augenbrauen.

»Hat nach meinem Date gefragt, um mich dann darüber auszuquetschen, ob du mit mir über euer Essen geredet hast.«

Schnell trinke ich einen Schluck von meinem Kaffee. »Was hast du geantwortet?«

»Was denkst du?«, meint sie sarkastisch. »Ich habe gesagt, dass du nichts erzählt hast und dass ich ja total gern dabei gewesen wäre wie sonst auch, aber wegen des Dates nicht konnte.«

»Danke.« Ich beiße mir auf die Lippe und spiele mit der Tasse. »Ich weiß es zu schätzen.«

»Verklickere ihm doch, dass du nichts von ihm willst! Daran ist nichts falsch«, fährt sie fort und streicht sich ihre Locken hinter die gepiercten Ohren. »Du bist sonst offen und nicht auf den Mund gefallen.«

»Ich weiß auch nicht, was mein gottverdammtes Problem ist«, antworte ich. »Bei ihm fällt es mir schwer.«

»Und ihm Hoffnungen zu machen, ist einfacher?«

Wenn ich nicht auf den Mund gefallen bin, dann ist Safiya die Schlagfertigkeit in Person. Sie nimmt kein Blatt vor den Mund. Hat sie nie. Bei unserem ersten Aufeinandertreffen während der Orientierungswoche am Anfang des Studiums hat sie mir gesagt, dass mein Lippenstift nicht zu meinem Outfit passe und mein Make-up definitiv zwei Nuancen zu hell sei. Die darauffolgende Woche sind wir zusammen zu Sephora und seitdem unzertrennlich. Sie darf mir alles sagen, ohne eine Zurückweisung zu fürchten. Ich kann es einstecken – bin schließlich mit einem Vater aufgewachsen, dem nichts genug war.

»Aber was, wenn er nicht so fühlt und ich es mit dem Ansprechen komisch mache?«, flüstere ich, als die Kellnerin zurückkommt und mir das Formular und einen Stift reicht.

Nachdem sie gegangen ist, zischt Saf: »Kann es komischer werden, als es jetzt ist?«

Das lässt mich sprachlos zurück. Sie hat recht. Ich zögere nur das Unvermeidliche hinaus, weil ich mich unwohl fühle.

Um das Gespräch zu beenden, fülle ich alle wichtigen Informationen auf dem Formular aus. Wenn ich noch einmal zu Safiya schaue, wird sie weitermachen, bis ich Felix anrufe und mit ihm rede. Dafür bin ich nicht bereit. Ich will ihn nicht verlieren, auch wenn der einzige Grund, warum er mit mir befreundet ist, wahrscheinlich die Chance auf eine Beziehung ist.

ZEHN | DEH

Das Vorstellungsgespräch mit dem Besitzer des Cafés lief besser als gedacht. Er war zwar hundertprozentig auf irgendeiner Droge, aber wenigstens sympathisch. Ich durfte danach sogar Probe arbeiten und habe mir zwei Lattes zum Mitnehmen gemacht. Die hübschen Herzen und Blätter soll mir Kiara die Tage beibringen – meine heutigen Versuche sind alles andere als ansehnlich.

Als Kleinkind wollte ich immer Kassiererin sein oder im Restaurant arbeiten. Beides Dinge, die ich getan habe, um über die Studienzeit Geld zu verdienen. Und beides purer Horror. Ich hoffe, das Café wird angenehmer. Zu Stoßzeiten ist auch das rappelvoll, aber wenigstens mit jungen Menschen, die häufig geduldiger sind. Außerdem darf ich mir kostenfrei so viel Kaffee machen, wie ich trinken kann.

Ich muss morgen ins Landesarchiv Berlin, weil Levi Auszüge aus einem spezifischen Buch aus dem zwanzigsten Jahrhundert möchte und mich nach Reinickendorf schickt. Eigentlich könnte er das selbst erledigen, aber ich kriege die Fahrtzeit bezahlt … und werde das Gefühl nicht los, dass er es absichtlich macht. Denn damit überschreite ich definitiv die Acht-Stunden-Grenze diese Woche.

Die Treppen zum Büroflur kommen mir mit den beinahe überschwappenden To-go-Bechern steiler vor als sonst, trotzdem schaffe ich es vor Levis Büro, ohne etwas überlaufen zu lassen. Dieses ist zu meinem Pech verschlossen. Vor dem Vorstellungsgespräch bin ich ins Büro der studentischen Hilfskräfte gegangen, um einen Arbeitslaptop zu holen. Da Cecil es hinbekommen hat, viel zu viele Leute einzustellen, konnte man nicht einmal darin stehen. Da zu arbeiten ist also keine Option.

Ich versuche, mit meinem Ellbogen gegen das Holz zu klopfen und die Klinke herunterzudrücken, aber nichts hilft. Also stelle ich die Becher auf den Boden, um die Hände frei zu bekommen. Als ich mich aufrichten will, wird die Tür aufgerissen.

»Zelal?« Levi bleibt abrupt stehen und verfehlt mit seiner Schuhspitze knapp die Becher. »Was machst du da?«

»Hi.« Mein nervöses Lachen ist viel zu laut, während ich die Becher wieder aufhebe. »Ich habe Kaffee mitgebracht und wollte fragen, ob ich bei dir im Büro arbeiten kann.« Ein Heißgetränk reiche ich ihm. »Ich hoffe, Latte macchiato ist in Ordnung?«

Er zieht fragend die Augenbrauen zusammen und schaut verwirrt auf den Becher vor seiner Brust. »Klar … äh … du hättest mich nicht mit Koffein bestechen müssen, um mich zu überzeugen. Ich habe das Gedrängel vor eurem Büro schon heute Morgen gesehen.« Er rückt zur Seite, um mich ins Zimmer zu lassen.

»Ach, das ist wirklich gar kein Problem. Außerdem habe ich die nicht gekauft.« Ich ziehe meine Jacke aus und hänge sie an den Haken neben der Tür. Den hat Levi selbst angebracht, weil Jacken über Stuhllehnen eine chaotische Atmosphäre im Raum auslösen – seine Worte, nicht meine. »Das waren meine Übungslattes. Ich sollte Herzen mit Milchschaum aufgießen.«

Levi setzt sich auf seinen Stuhl, immer noch auf den Kaffee konzentriert. »Das soll ein Herz sein?«, fragt er entrüstet. Die Röte, die seine Wangen hochwandert, macht mir deutlich, dass die Latte-Kunst *alles* andere als ein Herz ist.

Verwirrt gehe ich auf ihn zu und beuge mich über den Becher. »O Gott.« Jetzt, wo er es erwähnt, beiße ich mir peinlich berührt auf die Lippe. »Nimm meinen.« Schnell schiebe ich das weniger anstößige Getränk in seine Richtung. Der Milchschaum sieht darauf auch nicht wie ein Herz aus, aber wenigstens wirkt es nicht so, als hätte ich versucht, einen mikroskopischen Penis mit übergroßen –

»Nein, nein, ist Ordnung.« Levi schaut grinsend zu mir auf. »Ich hatte kurz Angst, dass ich sexuelle Belästigung bei der Personalabteilung melden muss, aber du bist einfach eine schlechte Barista.« Er lacht und nimmt sogar einen Schluck. Auf dem Schaum ist nun kein Motiv mehr zu erkennen. Das Bild, wie er sich den Milchbart von der Oberlippe leckt, gräbt sich dafür verräterisch in meinen Magen. »Arbeitest du in einem Café? In diesem bunten bei uns in der Nähe?«

»Mhm«, nuschle ich, viel zu verlegen, um richtig zu antworten. Vielleicht habe ich sogar meine Zunge verschluckt. Warum ist mir der Penis nicht vorher aufgefallen? Laufe ich mit diesem Mann nur in Fettnäpfchen?

Er nickt beeindruckt und nimmt einen weiteren Schluck vom Kaffee. »Geht das mit dem Studium und der Hilfskraftstelle? Ist das nicht zu viel?«

Mir war schon von Anfang an klar, dass Levi ein privilegiertes Leben führen muss, um seinen Doktor in den USA zu absolvieren, aber diese Frage setzt dem Ganzen das Sahnehäubchen auf. Hätte ich die Wahl, hätte ich neben dem Studium natürlich keine zwei Jobs.

»Ja, ist machbar«, murmle ich. Mit meinem Becher setze ich mich auf den Lesesessel, den er vor die Bücherregale gestellt hat, als wäre dies ein Raum in seiner eigenen Wohnung. Er macht das Büro tatsächlich heimeliger, und mit dem Laptop kann man hier ganz gut arbeiten. Es ist ein zweites Zuhause für ihn – wenn ich abends zur Bahnstation laufe, sehe ich häufig, dass das Licht noch an ist und er vor seinem Schreibtisch hockt.

»Falls es doch zu viel werden sollte …« Levi nippt erneut am Kaffee und wendet sich der Fensterfront zu, die uns regnerisches Wetter offenbart. »Ich kann mit Cecil und Jana reden, wenn du willst. Vielleicht können wir hier ein paar Stunden mehr für dich aushandeln.«

Ich ziehe den Arbeitslaptop aus meiner Tasche. »Danke für das Angebot, aber ich kriege das schon hin.«

Ich muss – mir bleibt keine andere Wahl. Ich kann mir nicht einmal den Gedanken erlauben, es womöglich nicht hinzukriegen. Aufgeben und verlieren ist nicht gestattet, vor allem dann nicht, wenn ich es so weit geschafft habe. Ich muss es einfach aushalten, egal wie hoch die Wahrscheinlichkeit ist, daran zu zerbrechen. Noch ein Jahr.

»Okay, wie du magst«, antwortet Levi, bevor er sich zu seinem Laptop dreht und mir somit die Erlaubnis gibt, dasselbe zu tun.

Ich habe schon eine Liste mit Themen bekommen, die wichtig für seine Forschungsarbeit sind, und soll heute nach passenden wissenschaftlichen Arbeiten suchen. Er hat mir sogar ein genaues Sortierungssystem als Excel-Tabelle geschickt – vorgefertigt. Dass er seine eigene Ordnung hat, überrascht mich nicht. Das Positive daran ist, dass es weniger Arbeit für mich bedeutet und er am Ende zufrieden ist.

»Scheiße«, seufzt er und klickt auf der Tastatur vor sich herum, als müsste er die Lösung für die Welthungerkrise aus ihr herausprügeln. »Ist das E-Mail-Programm ein allgemeines Problem an der Uni, oder macht es lediglich mir zu schaffen?«

Bei seinen Worten verdrehe ich genervt die Augen. »Letztes Semester ist die Uni auf ein neues System umgestiegen, und seitdem haben wir konstant Probleme damit.« Ich lege meinen Laptop auf dem Sessel ab und gehe auf Levis Schreibtisch zu. »Man muss sich erst aus dem Postfach abmelden, dann vom Uni-Server und danach den Computer herunterfahren.«

Das Programm setzt häufiger aus, als es funktioniert. Beschwerden wurden schon Tausende eingereicht, aber das IT-Team wiederholt in Rundmails immer wieder, dass nicht genug Tickets gesendet werden und sie den erneuten Wechsel auf ein anderes Programm nicht rechtfertigen können.

»Es ist tatsächlich auch eher ein macOS-Problem. Also falls es an deinem Laptop nicht funktioniert, solltest du Zugriff über den Computer haben.« Ich zeige auf den uralten Windows-Monitor, der auf seinem Schreibtisch ruht. Mit zusammengezogenen Augenbrauen betrachtet er ihn. »Für den Übergang, bis die IT drüberschaut.«

»Einfach abmelden?«, fragt er, und ich nicke.

Damit ich mir den Laptop anschauen kann, stelle ich mich zu ihm und bücke mich. Er meldet sich vom Mail- und Uniserver ab, schaltet den Laptop aus und schenkt mir einen kurzen Blick, der sich in meine Wange brennt, als er das Gerät wieder hochfährt.

»Jetzt einfach wieder anmelden?«, fragt er.

»Genau«, sage ich heiser und kann die Hitze, die er ausstrahlt, nicht ignorieren. Sein rauchiger Vanillegeruch steigt mir abermals in die Nase, und ich muss alles daransetzen, ihn nicht tief einzuatmen. Er riecht himmlisch und so herbstlich, dass ich sein Parfüm als Kerze haben möchte, um sie schamlos den ganzen Tag in meinem Zimmer brennen zu lassen, während ich stricke.

Trotzdem ist mein Blick starr auf seinen Laptop gerichtet. Ich kann mir kein weiteres Fettnäpfchen bei ihm erlauben. Er hat schon viel zu viele durchgehen lassen. Erst als er die Website des Mailprogramms öffnet, richte ich mich auf, damit er in Ruhe sein Passwort eingeben kann. Die Seite bleibt jedoch wieder hängen, weswegen Levi stöhnend den Kopf in den Nacken wirft.

»Okay … keine Panik«, sage ich und wende mich dem Laptop zu. »Darf ich kurz?«

»Nur zu.« Er hört sich geschlagen an. Verübeln kann ich es ihm nicht. Vor allem als dozierende Person ist dieser Bug nervig, weil minütig Mails eintrudeln, die man am besten gestern zu beantworten hat.

Ich lehne mich an Levi vorbei über die Tastatur und öffne den Task-Manager, um das Programm komplett rauszuschmeißen. Manchmal läuft es im Hintergrund und verursacht Schwierigkeiten, weil der Computer so eingestellt ist, dass beim Hochfahren spezifische Programme automatisch mit hochgefahren werden. Es ist einfach ätzend.

»Ich würde an deiner Stelle der IT trotzdem mal ein Ticket schicken, damit die Bescheid wissen«, sage ich.

»Mach –« Levi kann nicht einmal seinen Satz beenden, da das Handy auf dem Schreibtisch klingelt. Automatisch rutscht er nach vorn und ist mir plötzlich nahe. Viel zu nahe. Meine Haare streifen für einen Moment sein Knie und seinen Arm, und ich schmelze zu einer einzigen peinlichen Lache. Wie kann jemand so gut riechen?

Er ist dein Dozent und Chef, verfickte Scheiße, Zelal!

Levi greift zum Handy neben mir und lehnt sich augenblicklich zurück, um aus seinem Sitz zu kommen. »Hallo? Clara?« Er geht an mir vorbei, bevor er in den Flur schlüpft. »Erledigst du das? Ich bin sofort wieder da.« Das entschuldigende Lächeln und die Art, wie er mit seiner Krawatte spielt, während er der Person am anderen Ende zuhört, erschweren mir das Atmen.

»Äh … Klar«, antworte ich und drehe mich augenblicklich wieder zum Laptop. Alles, um ihn nicht ansehen zu müssen. Was ist in mich gefahren?

Männer waren und sind diese riesige Baustelle, der ich nicht zu entkommen scheine. Vielleicht haben Safiya und Talhah recht. Vielleicht brauche ich eine Therapie, die mir diesen Scheißvaterkomplex ausprügelt. Ich habe keine Lust mehr, an jemanden gebunden zu sein, der alles daransetzt, mich aus seinem Leben zu verbannen. Einmal bin ich über die Semesterferien nach Hause gefahren, um ihn zu besuchen, und er hat sich darüber aufgeregt, weil ich seinen Urlaub gestört habe. Mein Vater soll keinen Einfluss mehr auf mich haben.

Levi Jakab ist nur ein Dozent. Eine unschuldige Schwärmerei nebenbei, weil er attraktiv ist und ich eh keine Chance habe. Deswegen finde ich ihn toll – ich brauche keine Ablehnung fürchten, denn zwischen uns wird nie etwas passieren. Es ist einfacher, mit einer Träumerei zu liebäugeln, als eine *echte* Beziehung aufzubauen und zu pflegen. Das hier braucht kein richtiges Commitment, keine Verletzlichkeit und Vertrauen, sondern einzig das Tratschen mit der besten Freundin, während man einen Kaffee schlürft. Das hier ist einfach, und ich liebe es unkompliziert.

Der Task-Manager ist überfüllt. Auch das RAM scheint am Ende seiner Kapazitäten angekommen zu sein, doch das ist nicht mein Problem. Ich schließe das Mailprogramm im Manager und stelle in den Systemeinstellungen alles so ein, dass das Programm nicht automatisch hochfährt, wenn der Computer eingeschaltet wird. Nach dem Neustart sollte es endlich funktionieren, sonst müssen die IT-Angestellten sich den Laptop vorknöpfen, und ich weiß nicht, ob sich Levi von dem Gerät lösen kann. Sie scheinen verwachsen zu sein. Nicht einmal den Computer, den die Uni ihm bereitstellt, nutzt er. Ausschließlich seinen Laptop, auf dem Tausende Tabs geöffnet sind, die nach dem Neustart wieder aufploppen. Der Laptop scheint das einzig Unordentliche in seinem Leben zu sein. Sogar seine Kugelschreiber sind akribisch nebeneinandergereiht, und kein Blatt liegt schief auf dem anderen.

Levi öffnet die Tür. »Sorry fürs Verschwinden.« Ein leichter Zug aus dem Flur weht in den warmen Raum. »Das war ein wichtiges Telefonat …« Er zeigt auf das Handy, das er in seine Hosentasche schiebt.

Ich schüttle den Kopf und wedle mit der Hand. »Alles gut.«

»Hat es geklappt?«, fragt er und kommt auf mich zu.

»Ich hoffe. Schau, ob du dich anmelden kannst, sonst müssen sich die aus der IT deinen Laptop ansehen.« Ich möchte mich gerade wieder auf den Sessel setzen, als er vor mir stehen bleibt und mir den Weg versperrt.

»Ich brauche den.« Levi schließt genervt die Augen und lässt den Kopf nach vorn fallen, was dafür sorgt, dass sein Gesicht ungeheuer nahe an meinem ist. Seine Lippen sind gefährlich pink, als hätte er während des Telefonats unentwegt auf ihnen herumgekaut, und der Dreitagebart lässt auf lange Abende und unausgeschlafene Morgen schließen …

Zelal, um Gottes willen, reiß dich zusammen!

»Daumen sind gedrückt«, sage ich atemlos und dränge mich an ihm vorbei, um Luft in meine Lungen zu bekommen.

Ich steigere mich in eine Schwärmerei hinein. Ich steigere mich in eine Schwärmerei hinein. Ich steigere mich in eine Schwärmerei hinein … und das sollte mir ganz und gar nicht passieren. Nicht mit meinem Dozenten. Nicht mit meinem Chef.

Scheiße.

ELF | YAZDEH

Zelal

»Wie wäre es, wenn wir zusammen ins Landesarchiv gehen?« Levi schaut mich bereits an, als mein Blick vom Arbeitslaptop hochschnellt. »Noch heute? Dann müssen wir beide morgen nicht extra an die Uni kommen.«

Theoretisch habe ich den Didaktikkurs, aber den kann ich mir sparen, wenn ich nicht aus dem Haus gehe.

»Jetzt sofort?«, frage ich und möchte ein ›Bitte‹ hinterherwerfen, weil ich mich nicht mehr durch wissenschaftliche Arbeiten klicken will, um die Abstracts in die Excel-Tabelle zu kopieren. Es ist extrem langweilig, und mit Levi auf engem Raum zu sein, macht mich nervös. Sogar wie er auf seiner Tastatur tippt, zeugt von einer gewissen Autorität, die mir den Schweiß in den Nacken treibt. Ich muss die Abstracts und Diskussionen der Paper mehrmals lesen, um mir sicher zu sein, dass es auch etwas ist, das er sucht. Das Letzte, was ich will, ist, dass er meine Arbeit ungenau findet. Bei Schlosser war das nie ein Problem – ich habe mir keine Sorgen gemacht, weil er am Ende seines Doktors und viel zu beschäftigt mit *anderen* Dingen war, um qualitativ hochwertige Arbeit einzufordern.

Im Landesarchiv können wir uns aufteilen und müssen uns nicht nahe sein. Und ich kann endlich aufatmen. Dort muss ich die richtigen Bücher heraussuchen und ihm bringen. Kopien machen die Angestellten, wenn es überhaupt gestattet ist, oder er tippt alles Wichtige ab. Ich kann zwischen den Regalen verschwinden und so tun, als wäre ich beschäftigt.

»Wenn es okay für dich ist? Ich würde sofort anrufen und uns einen Tisch reservieren.«

»Klar«, sage ich.

Wir stehen zeitgleich auf, und ich packe meine Sachen in den

Rucksack, während Levi seinen schwarzen Mantel über die Schultern zieht und den Laptop unter seinen Arm klemmt.

»Wenn wir jetzt losfahren, dann können wir gute zwei Stunden vor dem Seminar arbeiten«, sagt er konzentriert. »Und du hast ein paar mehr Stunden diese Woche gearbeitet … ganz zufällig.«

Ich nestle an meiner Jacke und kann nicht von meinen Stiefeln hochschauen. »Ist das wirklich okay?«, frage ich leise. Am Ende macht die Uni Probleme wegen der Bezahlung, was ich nicht gebrauchen kann. Mir fehlt nur noch ein Jahr, bevor ich mit dem Studium fertig bin – abgesehen vom Praxissemester. Bis dahin will ich mir keine Hürden in den Weg legen, sondern unterm Radar bleiben.

»Das ist kein Problem. Und selbst wenn … ich habe deine Stunden schlampig zusammengerechnet.« Levi macht eine wegwerfende Handbewegung und zwinkert mir zu. »Habe ja einen Geschichtsdoktor und keinen in Mathe.«

»Sicher?« Meine Wangen werden heiß. Ich möchte die Hände darauflegen, um sie abzukühlen, aber das sähe komisch aus, also schultere ich meine Tasche und schlüpfe in den Flur.

»Hundertprozentig«, flüstert er, und ich bin mir sicher, dass meine Wangen nicht mehr heiß sind, sondern glühen.

»Wo geht es hin?«, fragt Jana, die vor ihrem Büro steht.

»Landesarchiv«, antwortet Levi und schließt die Tür ab. Er nickt ihr knapp zu und hebt die Hand, um die anderen zu grüßen, bevor er ohne Weiteres an ihnen vorbeigeht.

»Danach ist noch eine Veranstaltung, wir müssen schnell los«, füge ich als Erklärung hinzu.

»Viel Erfolg.«

Wir verlassen den vergleichsweise ruhigen Flur und mischen uns unter die Meute Studierender, die von einer Veranstaltung zur nächsten hetzen.

»Bist du dir sicher, dass wir zwei Stunden arbeiten können?«, frage ich. »Von hier dauert es mit den Öffis eine halbe Ewigkeit nach Reinickendorf …«

Levi bleibt mitten im Flur stehen. Verwirrt legt er die Stirn in Falten und ignoriert dabei, wie sich Studierende genervt an ihm vorbeiquetschen. »Wir fahren nicht mit der Tram. Ich habe ein Auto.« Als wolle er mir diesen Fakt demonstrieren, zieht er einen Schlüssel aus der Hosentasche und hält ihn mir auf Augenhöhe hin.

»Oh …« Mehr bekomme ich nicht raus. Der heutige Tag verläuft nicht schlimm, aber ich bin genervt von mir selbst. Alles zieht sich. Der Gedanke, später in Levis zweiten Seminartermin der Woche zu gehen, wiegt schwer auf meiner Brust.

»Also … du musst natürlich nicht mit mir fahren, wenn du das nicht willst.« Er steckt die Schlüssel wieder in seine Hosentasche und geht die Treppen runter. »Aber das Angebot steht. Ich nehme dich gern mit.«

Mit dem Auto zu fahren, ist verlockend. Es ist warm darin, man wird nicht von Menschenmassen eingequetscht, allem voran muss ich nicht mehrmals umsteigen, um am Ziel anzukommen.

Aber ich bin auf engem Raum mit meinem Dozenten. Das ist etwas, das ich eigentlich vermeiden wollte … oder sollte. Ist das überhaupt erlaubt? Ich kann mich erinnern, dass so was bei den Lehrenden in der gesamten Schule die Alarmglocken ausgelöst hätte, weil es gemauerte Grenzen überschreitet. An einer Hochschule ist es anders, nicht? Jeder ist erwachsen. Ich kenne Studierende, die mit ihren Professoren und Professorinnen auf Tinder gematcht haben. Eine Autofahrt ist *nichts* dagegen.

»Ich werde dich nicht entführen, versprochen.« Sein kurzes Lachen lässt meine Sorgen verblassen, und ich folge ihm hinunter bis zum Foyer.

»Das Gegenteil würde mich eher überzeugen, mitzukommen«, murmle ich mehr mir selbst als ihm zu.

Levi schnalzt mit der Zunge, und meine Augen werden groß. Hat er das gehört? In diesem Tumult? »Ich bin gekränkt. Wie kannst du an meinem Kunstgeschichteseminar nicht teilnehmen wollen?«

»Ich …« Ich komme nicht weiter, mein Hirn ist eine leere Blase, die nichts produziert, obwohl ich mich anstrenge.

Sein Seminar ist in Ordnung, aber ich habe es nicht gewählt, weil es das Ansprechendste des Moduls war, sondern weil ich mir den Welpenbonus erhofft hatte, den Levi garantiert nicht vergibt.

»Dabei dachte ich, dass es interessant wäre. Wir sprechen immerhin viel von gestohlener Kunst und der Rolle des Kolonialismus in der Kunst von Größen wie Picasso.« Er schmollt, weshalb ich mich schlecht fühle. Sein enttäuschter Blick brennt auf meiner Haut.

Die Fettnäpfchen um ihn herum werden nicht weniger, egal wie lange ich mit ihm arbeite.

»Es ist auch interessant«, widerspreche ich meiner eigentlichen Aussage, als er die Tür aufhält. Endlich kann ich frische Luft einatmen. Für einen Moment schließe ich die Augen und beruhige meinen Herzschlag, der sich in Levis Nähe nicht gesund verhält. Seine Aura ist viel zu fordernd.

»Aber?«, fragt er mit gehobener Augenbraue.

»Aber …« Ja, was denn? Warum will ich nicht? Das ist das eine Seminar, das ich mit ihm habe, das nicht nur Geschichtsstudierende belegen und in dem ich Felix sehe. Seine Nachrichten ignoriere ich auch. Statt ein schlechtes Gewissen deswegen zu haben, tut sich in mir nichts.

Ich entscheide mich für Ehrlichkeit. »Es hat nichts mit dir zu tun, sondern vielmehr mit meiner Faulheit.«

»Faulheit?« Er hört sich überrascht an, was wiederum mich überrascht. Die letzten Monate war ich faul, habe nur das Nötigste getan, um die Kurse zu bestehen. Im Bachelor habe ich voller Elan studiert, aber mittlerweile ist die Aufregung abgeklungen, und eine chronische Müdigkeit hat sich eingeschlichen.

Ich zucke mit den Schultern und manövriere mich aus der Menge von Studierenden, die den ganzen Bürgersteig einnehmen. Kein einziges buntes Blatt ist mehr zu finden – jedes Gerippe ist gebrochen, und sie haben sich unter den Füßen aller in einen braunen Matsch verwandelt.

»Ich glaube nicht, dass du faul bist«, sagt Levi. »Du bist ausgelaugt.« Er biegt rechts in die Straße ab, in der sich ein Parkplatz befindet.

»Was meinst du?« Wenn ich etwas nicht hinbekommen habe, hieß es immer, dass ich es könnte, wenn ich wollen würde. Jede andere Person in meinem Leben bekommt es hin. Talhah hat Medizin in Regelstudienzeit studiert, Atlas hat sich keinen Tag über einen der schwersten Studiengänge in Deutschland beschwert. Yousef erlebe ich stets in einem Zustand der völligen Ruhe.

Ich bin das Problem.

»Du hast zwei Nebenjobs. War das immer so?« Levi bleibt vor einem schwarzen Auto stehen und lehnt sich gegen den Kofferraum, während er mich abwartend anschaut.

»Also …« Ja, es war immer so, aber ich habe es nie als zu viel wahrgenommen. »Ich hatte während der Semesterferien einen Werkstudentenjob im Rewe, ein bisschen habe ich auch unter der Woche in einem Restaurant gejobbt und die Stunden im Tutorium eben, nichts groß –«

»Neben dem Studium?« Seine Augenbrauen schießen hoch. »Das ist verdammt viel. Deine Semester sind so konzipiert, dass die Uni ein Vollzeitjob ist. Kein Wunder, dass du keine Lust mehr hast.«

Ich bleibe unschlüssig hinter dem Auto stehen. Bis dato habe ich die Regelstudienzeit eingehalten. Das war nicht weiter schwierig. Weil ich keine andere Wahl hatte. Schließlich war es das Mindeste, was meine Eltern von mir erwartet haben. Dass ich jetzt ein Semester verlängere, weil ich mein Praktikum ans Ende des Studiums schiebe, habe ich ihnen nicht verraten. Aus Angst, sie weiter zu enttäuschen.

Levi schließt das Auto auf. »Steigst du ein?«

Die Kälte umfasst mich feindlich, als wolle sie mich daran erinnern, dass nur sie meine Haut umhüllen darf. Zusammen mit der Sicherheit, dass es nicht besser wird. Dass ich in dieser Situation eingefroren bleiben werde. Unfähig, mich zu bewegen.

»Ich komme«, flüstere ich – unsicher, ob mich Levi überhaupt gehört hat.

Das Auto bläst mir warme Luft entgegen. Es ist eine gemütliche Abwechslung zur Bahn und Talhahs Twingo. Sogar der Sitz wird heiß unter mir, während Levi mithilfe seiner schicken Rückwärtskamera ausparkt.

»Du kannst dir für heute gern freinehmen. Ich kontrolliere die Anwesenheit nicht … ganz zufällig.« Er wirft mir einen kurzen Seitenblick zu.

»Nein, das kannst du nicht machen. Das ist nicht fair.«

»Warum nicht?«, fragt er, als wäre er *wirklich* ahnungslos, dabei ist er intelligenter als die meisten aus unserem Institut.

»Das ist gegenüber allen unfair, die das Seminar belegt haben«, protestiere ich.

Er seufzt. »Na gut. Dann erwarte ich, dass du die Aufgabe für heute wie jeder andere bearbeitest.«

Berlin zieht wie ein Schwarz-Weiß-Film an uns vorbei. Der Herbst taucht alles in Trauerfarben. Früher habe ich dem Winter entgegengefiebert. Sehnsüchtig auf die kalten Monate und Mäntel und Tees und Weihnachtsmärkte gewartet. Früher, als Familie mehr als eine erzwungene Bindung durch Blutsverwandtschaft bedeutet hat, haben wir Weihnachten gefeiert. Einfach so.

Ich habe mich gefreut, abends die Geschenke auszupacken und Kakao zu trinken. Damals glichen meine Eltern etwas Gesundem. Etwas, das sich liebt und sich nicht bloß erträgt. Meine Kinderaugen haben mich getrogen, und die rosarote Brille … habe ich mir nicht einmal vom Weihnachtsmann gewünscht, die habe ich durch meine Naivität geschenkt bekommen. Manchmal vermisse ich es.

»Was wird das heutige Thema sein?«, frage ich, um die negativen Gedanken abzuschütteln.

Levi schnappt theatralisch nach Luft, weshalb ich für einen Moment Angst habe, dass er eine Vollbremsung hinlegt, um mich fassungslos anzugucken. »Du hast dir den Syllabus *nicht* wie eine gute Studentin angeschaut?«

»Sollte ich … äh …«

»Ich bin enttäuscht.« Die hochgezogenen Augenbrauen und zusammengepressten Lippen bringen mich eher zum Lachen, als dass ich mich für mein Verhalten schlecht fühle.

»Auch wenn du toll bist«, sage ich schulterzuckend, »ich kriege zwar zehn Creditpoints für dieses Seminar, aber alles hängt an einer Hausarbeit. Toll hin oder her; ich tue so wenig, wie ich zurzeit muss, und schiebe das Arbeiten deswegen auf den spätmöglichsten Termin.«

Als der erste Stau sich vor uns anbahnt, sehe ich es kommen: Wir stecken hier fest und können direkt umdrehen, weil die zehn Minuten im Landesarchiv zu nichts zu gebrauchen sind.

»Dein vorlautes Mundwerk … werde ich nie verstehen.« Das Auto kommt zum Stehen, und er schaut mich fragend an. »Einerseits bist du extrem leicht aus dem Konzept zu bringen, andererseits wartest du auf den Moment, in dem du einem, allen voran mir, auf die Füße treten kannst.«

»Mein Sternzeichen ist Zwilling«, antworte ich. »Falls das irgendetwas erklärt.«

Levi schaut mich für einen Augenblick verwirrt an und schnaubt dann belustigt. »Wow. Das erklärt natürlich *alles* und ist die einzig logische Antwort darauf.«

Auch ich muss grinsen, froh um die Ablenkung. Der Stau bewegt sich, und Levi folgt – die Belustigung noch immer in seinem Lächeln sichtbar, das nicht zu verschwinden scheint.

»Das würde natürlich ein Steinbock sagen.« Ich habe keine Ahnung von Sternzeichen. Überhaupt keine.

»Ach so.« Ein lachender Laut will seinen Lippen entweichen, aber er unterdrückt ihn. »Zwillinge können sich nicht in ihrer Persönlichkeit entscheiden, und Steinböcke glauben nicht an Astrologie?«

»Jap. In dieser Reihenfolge.«

»Aha.« Er trommelt mit dem Daumen auf das Lenkrad. »Scheint so, als wären Steinböcke die Intelligenteren.«

Jetzt bin ich damit dran, entrüstet zu schnauben. »Das hast du nicht gesagt!«

»Ich meine ja nur …« Er zieht unschuldig die Schultern hoch. Ich kann mich nicht davon abhalten, ihm gegen den Arm zu schlagen.

»Hey, hey, hey.« Um mir zu entkommen, rutscht er nach links und fährt über die Spur, was mich in meiner Bewegung innehalten lässt. »Wenn du willst, dass wir heile am Archiv ankommen, prügle mich bitte nicht.«

»Ich habe nichts getan.« Der bockige Unterton rutscht mir so raus.

»Übernehmen Zwillinge nie Verantwortung?«

»Sind Steinböcke immer gemein?«

Endlich verfallen wir beide in schallendes Gelächter, und plötzlich möchte ich das heutige Seminar nicht mehr schwänzen.

ZWÖLF | DOZDEH

Zelal

Das Gespräch über die Sterne und Astrologie ist am Ende sogar unterhaltsam. Tatsächlich schaffen wir es frühzeitig ins Archiv, sodass wir konzentriert arbeiten können. Der Plan, Abstand zu Levi zu halten, geht nicht auf, weil er die benötigte Literatur schon angekündigt hat. Die Mitarbeitenden haben sie dementsprechend für uns zusammengetragen und im Leseraum gestapelt.

»Ich lache zwar über Astrologie, aber im kunsthistorischen Kontext trägt sie eine gewisse Bedeutung«, flüstert er hinter mir.

»Oh, wirklich?«

Die Frau an der Rezeption war kurz davor, uns nicht reinzulassen, als wäre dieses Gebäude ihr Haus und wir hätten uns mitten im Wohnzimmer auf ihren Teppich gepflanzt. Levi habe den Termin viel zu kurzfristig ausgemacht, und die Kollegin, die er am Telefon erwischt habe, sei längst nach Hause gefahren. Er hat bis zum Überdruss mit ihr diskutiert, sie auf die herausgesuchte Literatur hingewiesen, bis sie einen Blick in den Raum geworfen, aufgegeben und uns reingelassen hat.

Er bleibt am Tisch stehen, schaltet die Lampe darauf ein und lehnt sich gegen das alte Holz. »Schon … auf eine gewisse Art.«

»Wie genau?«

Um uns herum stehen Regale voller Bücher, die anscheinend keinen großen Wert haben, sonst hätte man nicht, ohne nachzufragen, Zugriff auf sie. Ich schnappe mir eins und setze mich auf den ungemütlichen Stuhl gegenüber von Levi.

»Früher haben Bauern die Sterne genutzt, um ihren Ernteertrag vorherzusagen oder auszumachen, wann die Ernte beginnen soll.« Er lässt sich auch auf den Stuhl fallen. »Die großen Denkenden der Zeit haben häufig Astrologie in ihrer Kunst genutzt, die nicht so leicht von dem Durchschnittsmenschen erkannt werden sollte. Sie haben damit versucht, untereinander geheime und karmische Nachrichten auszutauschen.« Er macht eine kurze Pause, starrt auf meine Hände, die mit dem Einband des Buches spielen. Der Inhalt verliert an jeglicher Bedeutung. »Im Endeffekt wurde somit auch die Interpretation der Werke für Kunsthistoriker und -historikerinnen erschwert.«

»Du hast also ein ganz persönliches Problem damit? Weil du nicht erkennen kannst, was alles bedeutet?«

Er wiegt den Kopf und verzieht den Mund. »Ich mag Kunsthistorie ganz gern. Aber eher als Hobby. Damals habe ich es im Bachelor studiert, weil ich an der Freien Universität nicht reine Geschichte machen konnte.«

Ich hebe fragend die Augenbrauen. »Mittel zum Zweck?«

»Ja«, er hält inne, »nein … also irgendwo schon. Früher hat es mich nicht sonderlich interessiert, aber ich fand den kolonialen Aspekt daran faszinierend. Wie Kunst von einem Ort zum anderen wandert. Was für klassistische Elemente sie eigentlich in sich trägt. Auch das mit der Astrologie … das hat Menschen in ihre Gruppen aufgeteilt, unterstrichen, wie anders sie alle sind. Alles Dinge, die heute noch relevant sind.«

»Ich finde es richtig gut, dass du dich für diese Themen interessierst und sie auch unterrichtest«, murmle ich. Meine Wangen werden warm, und ich könnte schwören, dass sich rote Flecken auf meinem Hals abzeichnen. Wie immer eigentlich, wenn ich aufgeregt bin. Ich muss mich davon abhalten, mit der Nagelhaut meines Ringfingers zu spielen.

Levi fragt mit geschürzten Lippen: »Was genau findest du gut daran?«

Ich zucke mit den Schultern. »Es sind Themen, die nicht häufig gelehrt werden, weil sie nicht neutral rübergebracht werden können. Als neuer Dozent ist es ein Balanceakt, für die eigene Wahrheit einzustehen und zeitgleich der erwarteten Lehre gerecht zu werden. Das muss Nerven kosten.«

»Es kostet nicht nur Nerven, sondern auch Geld. Weil das Nischenthemen sind, sind meine Forschungsgelder gering für jemanden, der zwei akademische Abschlüsse und einen Doktor mit Bestnote vorzuweisen hat, falls du das meinst.« Er seufzt. »Aber ich bin mir meiner Privilegien bewusst. Akademikerhaushalt, Vater, der ordentlich was gescheffelt und an renommierten Universitäten unterrichtet hat, was mir einiges erleichtert hat. Sonst hätte ich das niemals geschafft.«

»Mein Vater könnte eine ähnliche Geschichte erzählen.«

»Und da musst du so viel arbeiten?«, fragt er mit gehobenen Augenbrauen.

Ich fahre wieder über den Einband des Buches, um meine Finger zu beschäftigen. »Er hat mehr von seiner Tochter erwartet, als ich ihm bieten kann.«

Sein Blick schweift für einen Moment weg von mir zu den kleinen Fenstern über uns, die mehr Dekor als Lichtquelle sind. »Hast du deswegen zwei Nebenjobs, um über die Runden zu kommen, obwohl dein Vater anscheinend genug verdient, um dir unter die Arme zu greifen?«

»So ungefähr«, sage ich und kaue auf der Unterlippe.

Er schnalzt mit der Zunge. »Was hast du angestellt, dass er so von dir denkt?«

Die Frage trifft mich wie glühende Kohlen. Unbarmherzig, schnell und erschreckend heiß. Was habe *ich* angestellt? Als wäre ich schuld an der Kälte meines Vaters. Als wäre es nicht seine Aufgabe gewesen, mich zu akzeptieren, weil ich seine Tochter bin. Egal ob ich seinen Erwartungen entspreche oder nicht. Als versuche ich nicht jedes Mal, wenn ich wieder zu Hause bin, ihn von mir zu überzeugen. Ihm zu zeigen, dass ich es wert bin, geliebt zu werden. All die Versuche, mich anzupassen, meine Haare zu überfärben, die Piercings zu entfernen und nur zu sprechen, wenn ich angesprochen werde, enden nichtsdestotrotz in bitterbösen Mienen und enttäuschten Erwartungen.

»Das Gleiche wie du«, sage ich. »Geschichte studiert.«

Levi beißt sich auf die Lippe und lässt für einen Moment den Kopf hängen, bevor er schnaubend aufblickt. »Touché.«

Ich erkenne den Sarkasmus in seinen weichen Zügen und dem

Lächeln, dem mein feuriger Gesichtsausdruck keinen Abbruch tut. Trotzdem kann ich diese an mir knabbernde Wut nicht ignorieren. Sie gräbt sich sengend in meine Brust.

Er weiß nicht, wie es ist, die Tochter meines Vaters zu sein. Wie schwer es ist, ihn zufriedenzustellen. Levi meinte es nicht anschuldigend, trotzdem trifft es mich.

»Und Germanistik … Brauchbareres als Kunstgeschichte«, füge ich bissig hinzu.

Ich überschreite damit eine Grenze. Eine, die mich diesen Job und die gute Beziehung kosten könnte, die ich langsam zu Levi aufgebaut habe. Aber ich bin und war nie gut auf meinen Vater zu sprechen. Für mich wäre es vielleicht angenehmer, wäre er nicht da. Dann könnte er mir nicht konstant entgegenschleudern, was für eine verdammte Enttäuschung ich bin. Oder mich vor die Tür setzen, weil ihm irgendein Verhalten wieder nicht passt. Wie oft ich bei Freundinnen übernachten musste, bis er sich beruhigt hatte, kann ich nicht einmal aufzählen. Vielleicht wäre meine Schwester nicht zum Arschloch mutiert, hätte sie nicht den Drang, in den Augen unseres Vaters die Beste zu sein.

»Autsch.« Levi lehnt sich in seinem Sitz zurück. »Von einem Fettnäpfchen ins andere, Korkmaz.«

Für einen Moment ist es still zwischen uns, nur das leise Geräusch meiner Finger, die nervös über den Bucheinband fahren, ist zu hören.

»Falls es dich aufmuntert«, sagt er amüsiert, »mein Vater ist tot.«

Die Luft wird augenblicklich dünn, das Geräusch setzt abrupt aus, und meine Augen können sich nicht von Levis Gesicht trennen. In diesem ist nichts zu lesen. Keine Trauer, keine Fragen, kein Hass. Er schaut völlig neutral drein. Die Lippen aufeinandergepresst und die Haare, die ihre morgendliche Ordentlichkeit verloren haben, in der Stirn.

»Das muntert mich natürlich nicht auf … das tut mir leid.«

Er rollt mit den Augen. »Muss es nicht. Ich habe meiner Therapeutin genug bezahlt, damit ich mich nicht völlig miserabel fühle, weil er mich damals mit meiner Mutter allein gelassen hat. Und meine … ehemalige beste Freundin war eine unglaubliche Stütze, ohne die ich völlig aufgeschmissen wäre.«

Bei diesen Worten atme ich erleichtert auf. Ich bin nicht erneut in ein Fettnäpfchen getreten. Das ist beinahe Standard geworden, wenn es um Levi geht.

»Ehemalige?«, frage ich.

»Wir sind noch immer befreundet, aber … es ist so viel vorgefallen, dass es komisch ist.« Er zuckt mit den Schultern. »Sie hat sich mehr erhofft, als ich ihr geben konnte. Wütend kann ich aber nicht sein, weil ich die Zeit ohne sie nicht überstanden hätte. Der Verlust hatte mich echt getroffen.«

Von Freunden, die mehr wollen, kann ich ein verdammtes Lied singen …

»Wenigstens hast du bereits abgeschlossen. Mein Vater ist das größte Arschloch, das diese Erde je zu Gesicht bekommen hat, und ich habe ihn weiterhin an der Backe.« Ich will nicht wissen, wie viel mich die Therapie kosten würde, sollte ich jemals eine in Anspruch nehmen.

»Ich spüre … die Zuneigung bis hierher«, sagt er mit einem Schmunzeln auf den Lippen.

»Ja, die Liebe geht *unglaublich* tief.«

Auf meine Ironie kann er nichts mehr antworten. Er spielt mit dem Verschluss seiner Armbanduhr, bevor er mich anschaut.

»Um auf das vorige Thema zurückzukommen, weil das hier viel zu deprimierend ist«, setzt er an, »du hast recht, wahrscheinlich kann man in dieser Welt mit Sprachen mehr anfangen als mit Kunst.«

Für den Themenwechsel bin ich ihm unfassbar dankbar.

»Ich glaube, Geisteswissenschaften sind in einer kapitalistischen Arbeitskultur allgemein nicht gern gesehen. Genauso wie jeglicher Spaß.« Ich schüttle den Kopf. »Entschuldige … ich will dich nicht mit solchen Meinungen langweilen.« Für einen Moment möchte ich mir gegen die Stirn klatschen, weil ich Atlas' Gesicht vor mir sehe.

Die enttäuschte Miene, bevor er irgendetwas erklärt, dem ich nur mit halbem Ohr zuhöre. *Marktwirtschaft. Kapital. Die oberen ein Prozent.* Am abendlichen Esstisch ist es immer dasselbe.

»Kapitalismuskritik zu betreiben, ist eins meiner liebsten Hobbys.« Levi richtet sich etwas auf, und das Grinsen, das um seine Mundwinkel zuckt, ist eins, das ich bisher nie an ihm gesehen habe. Eins erfüllt von Begeisterung. »Unterschätze meinen Hass gegen den Kapitalismus nicht, Zelal.«

»Du würdest dich unglaublich gut mit meinem Mitbewohner Atlas verstehen.«

»Regt er sich auch über ›die da oben‹ auf?« Sein Lachen ist hell in dem düsteren Leseraum.

»So ungefähr«, murmle ich. »Er hat eine progressive Lesegruppe in Wedding und sich bei den Linken für das Studierendenparlament aufstellen lassen, glaube ich.«

Levi schürzt die Lippen. »Wow, ich bin erstaunt. Ist er genauso nervig, wie mich alle in meiner Studienzeit fanden?«

»Wie nervig warst du genau?«, frage ich und rümpfe dabei die Nase.

»So absolut … mit allem Drum und Dran. ›Habt ihr linke Theorie gelesen? Habt ihr Marx gelesen? *Das Kommunistische Manifest* ist echt einfach zu verstehen! Versucht doch mal …‹«, äfft er sich selbst mit einer quietschenden Stimme nach.

Ich kann das Bild von Atlas nicht abschütteln. »Ihr seid eine *exakte* Kopie.«

»Verstehst du dich gut mit ihm?«, fragt Levi neugierig, und ich bin froh, ihn so locker zu sehen. Die sonstige Ernsthaftigkeit hat ihn endlich verlassen.

»Schon.« Atlas weiß es zwar nicht, aber ich würde wahrscheinlich Tränen vergießen, sollte er die WG verlassen. »Er ist der Einzige, der mir einen Spitznamen gegeben hat. Zel.«

Levi beißt sich kurz auf die Unterlippe. »Zel also?«

»Mhm«, sage ich nickend und starre auf das schwarze Cover des Buches, das am Tischrand liegt. Es muss älter als wir beide zusammen sein. Auf einem kleinen Post-it steht, welche Seiten kopiert werden müssen.

»Irgendeine Geschichte dahinter, oder ist er besonders?«

Mit einem Scheppern zieht er mehrere Akten auf einmal zu sich und entfernt gekonnt die weißen Zettel, die zwischen die Buchdeckel gelegt wurden. Er ordnet sie so akribisch, dass die Ecken genau übereinanderliegen.

»Würde ich ihm je sagen, dass er besonders ist, würde er angeekelt das Gesicht verziehen und augenblicklich ausziehen.« Manchmal ist Atlas so kindisch, dass ich sein Alter hinterfrage. »Ich glaube aber, ich mag ihn einfach gern, weil wir uns wirklich verstehen. Er und sein Vater stehen auch auf Kriegsfuß.«

»Verbunden durch Traumata …« Levi atmet laut aus. Sein Gesicht zeigt keinerlei Regung. Ich weiß nicht, ob ich das oder die Absurdität der Situation lustig finde. Aber ich lache. Laut und mit voller Kraft. Meine Hände klatschen vor meinem Mund aufeinander, können das Geräusch jedoch nicht dämpfen.

Überrascht schießen Levis Augenbrauen in die Höhe, und ich bin mir sicher, dass sie unter seinen Haaren verschwinden würden, würde er sich diese nicht konstant aus der Stirn schieben. Und das bringt mich noch mehr zum Lachen. Ich kann es einfach nicht unterdrücken.

Das Gelächter verlässt meinen Hals kratzig. Als wäre er diesen Schuss Dopamin selbst nicht gewohnt.

»Dass du das lustig findest, bereitet mir mehr Sorgen als alles, was du davor gesagt hast.« Levis ernster Gesichtsausdruck bröckelt nicht, obwohl ich nicht aufhören kann, zu kichern. Tränen stehen mir in den Augen, und er schaut nach wie vor mit besorgter Miene zu mir. Die Akten sind vergessen.

»Es tut mir leid«, presse ich zwischen zwei Atemzügen hervor, kann das Gelächter trotzdem nicht abschütteln. Es hat mich fest im Griff und krallt sich unbarmherzig in meine Venen, durch die seit Langem keine pure Freude mehr geschossen ist. Wie eine Droge, von der ich nicht genug bekommen kann. Die mir Ewigkeiten verwehrt blieb.

»Alles okay?«, wispert Levi. Die Besorgnis hat sich von seinem Gesicht in seine Stimme geätzt, was der Grund ist, warum ich abrupt aufhöre. Er soll sich keine Sorgen machen. Nicht um mich, seine Studentin und Mitarbeiterin.

»Ja … sorry … ich …« Ich komme nicht weiter, werde von dem Trauermonster in mir verschluckt. Die Scham legt sich wie eine zweite klebrige Haut um meine Arme.

O Gott, was mache ich hier? Ich sollte arbeiten. Das tun, wofür ich bezahlt werde. Nicht mein Trauma mit meinem Chef teilen und auf Verständnis hoffen. Oder lachen, als gäbe es nichts Lustigeres, als meinen Vater zu hassen.

Meine halbherzige Entschuldigung reicht Levi jedoch nicht. Er steht auf und umrundet den Tisch, um sich neben mir auf den Stuhl zu setzen. Die Beine kratzen über den alten Holzboden, und ich traue mich nicht, in sein Gesicht zu schauen. Seine Knie berühren fast meine. Ich weiß nicht, was mich als Erstes trifft. Sein rauchiger Vanillegeruch oder die Hand, die er mit Vorsicht auf mein Knie legt – ohne Druck, federleicht und warm.

»Hey«, Levi beugt sich so, dass ich in seine schieferblauen Augen schauen muss. »Eltern können verdammt scheiße sein, und das ändert sich nicht, wenn man älter wird. Du magst deinen Vater nicht, ich hasse meine Mutter.«

Bei seinen Worten steigt die Belustigung erneut in mir auf. »Deswegen der linke Einschlag während deiner Jugend? Um deine Mama auf die Palme zu bringen?«

Ihm entweicht ein kurzer Lacher, und sein Griff um mein Knie wird fester. Mein Herz stolpert. Ich verschlucke mich an dem warmen Gefühl in meiner Brust. O nein. O nein. *O fucking nein.*

»Sie hat es gehasst«, flüstert er mit einem Lächeln, das seine Zähne aufblitzen lässt. Er ist mir so nahe, ich erkenne, dass eine kleine Ecke seines Schneidezahns abgebrochen ist. Nicht auffällig und von Weitem gar nicht erkennbar, davon lenkt sein Aussehen viel zu sehr ab. Aber hier, jetzt … ganz nah und unter dem kalten Licht des Landesarchivs Berlin … brennt sich das Bild in mein Hirn.

DREIZEHN | SÊZDEH

Zilal

»Reich einfach die Hausaufgabe nach, ja?«, sagt Levi, nachdem er das Auto neben dem Institut geparkt hat. Um diese Uhrzeit sind nicht mehr viele Studierende unterwegs. Die Dunkelheit scheucht alle in die eigenen vier Wände.

»Ich kann –«

Er schnallt sich ab und öffnet seine Tür. »Du brauchst eigentlich gar nichts machen. Ehrlich. Es ist okay, wenn du heute nicht da bist.«

»Sicher?«

Die Beleuchtung im Auto geht aus, lediglich das Mondlicht spielt sein eigenes kleines Theater auf den markanten Zügen seines Gesichts.

»Total«, murmelt er. »Falls du Probleme dabei haben solltest, schreib mir eine Mail, und ich bin mir sicher, dass sich das regeln lässt.«

»Okay.« Meine Stimme ist genauso leise wie seine. Verunsicherter als seine. Er ist wie ein Felsen, der sich in seinem Gesagten nicht beirren lässt. Der ganz genau weiß, was er zu tun hat, derweil bringen mich die einfachsten Wörter durcheinander.

Während dieser Gedanke sich formt und die Luft zwischen uns aufbläst, kann ich das flaue Gefühl in meinem Magen nicht ignorieren. *So fängt es jedes Mal an …*

»Super.« Levi seufzt und schaut auf seine Armbanduhr. »Ich muss langsam rein, sonst bin ich zu spät. Du kommst von hier gut nach Hause?«

Die Frage ist unnötig. Ich bin fast jeden Tag hier – bis jetzt ohne Probleme. Er will das Gespräch aufrechterhalten, will nicht aus dem Auto steigen, das immer kälter wird. Und mir geht es genauso. Das bedeutet nichts Gutes. Nie.

»Ja, die …« Ich muss laut schlucken und würde nichts lieber tun, als die Augen zu schließen, um der Situation zu entkommen, aber ich verkrampfe meine Hände im Gurt. »Ich nehme einfach die Bahn.«

»Sehr gut.« Er steigt endlich aus, und der Fluch fällt von mir ab. Sein Parfüm erdrückt mich nicht mehr.

Ich folge ihm und schließe mit einem Krachen die Tür hinter mir. Die Kälte ist erbarmungslos, und das Institut spendet durch die großen Fenster der Büros nur sporadisches Licht. Nach Hause möchte ich nicht mehr. Nicht, wenn Levi mir gegenübersteht, in den Tiefen seiner Manteltaschen kramt und sich zeitgleich seinen Laptop mit den ausgedruckten Seiten unter den anderen Arm klemmt.

»Ich hätte meine Tasche mitnehmen sollen«, murmelt er eher sich selbst als mir zu, was *etwas* in mir auslöst. Etwas, das ich mir nicht eingestehen möchte. Das ich mir nicht erlauben kann.

»Ich … ich sollte gehen.« Warum höre ich mich unsicher an? Das ist das zigste Mal, dass ich mit ihm rede. Ich sollte nicht so klingen, wie ich es bei meinem Vorstellungsgespräch getan habe.

Nachdem er das Gesuchte aus seiner Manteltasche zieht, macht er eine wegwerfende Handbewegung. »Geh ruhig, ich halte dich nicht länger auf.« Es ist eine zerknitterte Packung Tabak. »Ich gehe auch gleich rein.«

Mit dem an sich gedrückten Arm versucht er, notdürftig die Packung zu öffnen, und bekommt es hin, ohne seinen Laptop fallen zu lassen.

»Ich kann die Sachen kurz halten«, schlage ich vor und reiche ihm meine Hand. Ich habe aus meinen Fehlern gelernt. Diesmal handle ich nicht übereilig und greife ihm an die Krawatte. Oder schlimmer, drehe ihm eine Zigarette.

»Das wäre lieb.« Levi nimmt die Packung zwischen die Zähne. Er reicht mir sowohl den Laptop als auch die Seiten, die er in eine Klarsichthülle geschoben hat. »Danke.«

»Ich hätte nicht gedacht, dass du rauchst.« Jetzt, wo er vor mir steht, mit schnellen Fingern den Tabak ins Papier legt und dieses zudreht, überrascht es mich trotzdem nicht.

Ein schiefes Lächeln legt sich auf sein Gesicht. »Man mag es kaum glauben, aber auch ich bin nicht perfekt.« Er führt die Zigarette vor seinen Mund, und als seine Zungenspitze über den kleinen Rest des Drehpapiers fährt, bin ich mir sicher, dass ich das Sprechen verlernt habe.

Ich muss mich für ein paar Sekunden sammeln, bevor ich rede. »Niemand hat behauptet, dass du perfekt bist.«

Levi hält mitten in der Bewegung inne. »Niemand? Oder nur du nicht?« Er steckt den Tabak wieder in seine Tasche und holt ein Feuerzeug hervor, dessen Flamme er mit seiner Hand schützt, während er versucht, die Zigarette zwischen seinen Lippen anzuzünden.

»Ich glaube kaum, dass jemand zu dir gesagt hat, dass du –«, fiepse ich.

»Meine Doktormutter«, grätscht er dazwischen. Er legt den Kopf in den Nacken, um den Zigarettenrauch auszupusten. »Sie wollte mich an der Brown behalten, aber ich glaube, es gibt keinen langweiligeren Ort als Providence.«

»Alles ist langweilig, wenn man es mit Berlin vergleicht.« Ich bin in Nordrhein-Westfalen groß geworden. Von Dortmund aus konnte man beinahe jede Stadt im Bundesland erreichen, aber alle verblassen neben Berlin.

»Urberlinerin?«, fragt er mit vom Rauch kratziger Stimme. Meine Augen können sich nicht von seinem Daumen trennen, der gekonnt die Asche wegschnipst.

»Fürs Studium zugezogen.«

Er schnalzt mit der Zunge, als wäre er enttäuscht von mir, wodurch es tief in mir knistert. Für einen Moment überkommt mich Scham, bis er grinst. Ich möchte ihn nicht enttäuschen. *Was ist los mit mir?*

»Du weißt, man mag euch hier nicht«, sagt er mit einem sarkastischen Unterton.

Ich hebe abwehrend beide Arme – der Laptop fest in meinem Griff. »Ich lebe in einer Vierer-WG in Wedding. In einem Plattenbau, der einen riesigen Wasserschaden hat, aber den niemand saniert, weil die

Miete für das Gebäude nicht erhöht werden darf. Weiter weg von der Gentrifizierung kann man nicht sein.«

Levi zieht so stark an der Zigarette, dass seine hohen Wangenknochen betont werden, weswegen mir beinahe der Computer aus der Hand gleitet.

»Ach ja … mir ist entfallen, dass dein Vater ein reiches Arschloch ist, das dir nichts abgibt.«

Für den Bruchteil einer Sekunde flimmert die Luft zwischen uns, bevor ich auflache. »Das darfst du nicht vergessen … das ist ein wichtiges Detail!«

»Entschuldige«, sagt er und legt eine Hand auf seine Brust, »fürs nächste Mal behalte ich es im Hinterkopf.«

»Und du? Bist du von hier?«

Er nickt und lässt seine ausgebrannte Zigarette auf den Boden fallen. »Geboren und aufgewachsen.« Mit der Schuhspitze drückt er den Stummel aus und steckt beide Hände in seinen Mantel. »Es war ganz amüsant mit dir, aber ich muss langsam rein.«

Ich räuspere mich, um aus der Trance zu kommen, in die mich Levi versetzt hat. »Ja … ja, total. Äh …« Ich stelle mich völlig daneben an. »Bis Montag.«

Ich möchte mich umdrehen, als er auf meine Hand zeigt. Erst jetzt realisiere ich, dass ich noch seine Habseligkeiten an mir habe.

Zelal, reiß dich zusammen, verdammt!

»Bis Montag, Zel«, wispert er, nachdem er alles entgegennimmt.

Berlin erstarrt um mich herum. Das Rauschen der Autos verschwimmt zu einem Nichts, das Gebäude unweit von uns ist ein zweidimensionaler Schatten. Die Kälte kann mir plötzlich nichts mehr anhaben. Alleinig Levis Worte nehme ich wahr. Sie sind grell, beanspruchen jeglichen Platz in meinem Hirn. Ich vergesse für einen Moment, wie man atmet. Meine Lungen kreischen. Ich kann nicht mehr Luft holen.

Zel.

Er hat mich Zel genannt.

Meine Wangen müssen schon wegen des Wetters rot sein. Er darf nicht erkennen, dass sie das einzig Warme an mir sind … wegen ihm.

Levi sagt nichts mehr, hebt seine Hand zum Abschied und macht sich auf den Weg zum Institut. Erst als er genügend Abstand zwischen uns geschaffen hat, kann ich durchatmen. Entferntes Gehupe durchdringt die Watte, in die mich seine Worte gepackt haben. Das Gelächter von Studierenden holt mich ein. *Alles* holt mich ein, außer dass Levi Jakab mich Zel genannt hat. Mein Dozent. Mein Chef.

O Gott. Nein, nein, nein.

Das Erste, was mir einfällt, ist, Safiya anzurufen. Sie gibt mir in solchen Situationen Halt, ist die Stimme der Vernunft. Das hier ist nichts.

Nach dem zweiten Klingeln hebt sie ab – die Angsttränen stehen mir längst in den Augen.

»Saf, ich stecke in tiefer Scheiße.«

Es knackt kurz in der Leitung, und ich könnte schwören, dass das den Anfang des Weltuntergangs bedeutet. »Was hast du gemacht?«

Ich beiße mir auf die Lippe, weil ich meine Gedanken nicht aussprechen möchte. Aber sie nicht auszusprechen, macht sie nicht weniger wahr. Für einen Moment begleitet das Knirschen meiner Schritte uns, während ich den Universitätsradius verlasse.

»Mich in Jakab verknallt.«

VIERZEHN | ÇARDEH

Zelal

»Blau oder rot?«

Saf hebt beide Haarfarbentöpfe in die Höhe, und ich zucke mit den Schultern. Das Bleichmittel im Haaransatz meiner einzelnen Strähnen stinkt und brennt schrecklich.

Mit einem Seufzen lässt sie nicht nur die Hände sinken, sondern auch die Schultern. Sie hat aufgegeben. Sonst ist mir die Farbe, die ich alle zwei Monate in meine Haare klatsche, nicht egal. Ich suche sie mit allergrößter Sorgfalt aus. Das Färben ist ein Ritual zwischen mir und meiner besten Freundin. Wir machen uns einen schönen Abend, schauen einen Film und hoffen, dass heute nicht der Tag ist, an dem meine Haare abbrechen. Danach flechten wir bis in den Morgen dünne Braids in Safs Locken.

»Zelal …« Sie stellt die Döschen auf den Nachttisch und setzt sich zu mir. »Das ist ein kleiner Crush … mehr nicht. Der Typ ist heiß und erfolgreich! Mich überrascht es nicht, dass du ihn gut findest.«

»Ja, aber …« Das sollte so nicht sein. Diese Gedanken und Gefühle sollte ich nicht haben. »Ich will einfach fertig mit dem Studium sein und nicht mit so was … Unnötigem meine Zeit verschwenden.«

»Maus.« Safiya rollt mit den Augen. »Das ist doch okay. Niemand sagt, dass du ihm einen Heiratsantrag machen sollst, weil du ihn attraktiv findest.«

»Aber was, wenn ich mich in ihn verliebe?«, flüstere ich unsicher.

»Okay … und? Das ist doch nicht schlimm! Dann machst du dein Seminar bei ihm fertig und fragst ihn im nächsten Semester nach einem Date.«

Den neckenden Ausdruck möchte ich ihr vom Gesicht wischen, aber ich belasse es bei einem Schubser gegen den Arm. »Ich werde garantiert nicht mit ihm ausgehen!«

»Warum nicht?«

»Warum nicht?«, frage ich ungläubig und mache eine ausladende Armbewegung. »Weil ich vielleicht im Geschichtsinstitut arbeite? Weil ich für *ihn* arbeite? Weil er vielleicht vergeben ist? Er hat kein Interesse bekundet oder mit mir geflirtet! Ich bin eine weitere Studentin, die ihn gut findet. Wie gefühlt jede aus all seinen Veranstaltungen!«

»Beruhig dich …« Saf greift nach meinen Armen und zieht sie aus der Luft. »Du darfst deine Kollegen daten, das ist nicht verboten. Außerdem hat irgendein Soziologieprof eine Studentin geschwängert, während er verheiratet war. Niemand hat was gemacht«, entgegnet sie nüchtern.

»Die ganze Uni hat sich für das Semester das Maul zerrissen!«

»Erstens ist Jakab nicht verheiratet, und zweitens wirst du dich ja nicht von ihm schwängern lassen, während du bei ihm das Seminar hast, Zelal!« Sie atmet laut aus. »Und wenn er vergeben sein sollte, wird er dir das schon sagen! Nächstes Semester arbeitest du dann für jemand anderen aus dem Institut, und gut ist.«

Ich schüttle vehement den Kopf, greife nach der blauen Farbe und drücke sie gegen ihre Brust. »Weniger reden, mehr machen. Das Thema ist für mich gegessen.«

Niemals werde ich Levi nach einem Date fragen, wenn ich meine Abgabe bei ihm hatte. Ich bin doch nicht lebensmüde! Allein der Gedanke, dass er ablehnen könnte, bringt mich fast dazu, mich zu übergeben. Wie peinlich wäre das …

Saf greift nach der Farbe und zieht die Alufolie aus meinen Haaren. »Wasch das Bleichmittel aus, und ich mische schon mal das Blau an.«

Ihre volle Unterlippe ist gefährlich nach vorn geschoben, während sie mich aus dem Zimmer scheucht. Das deutet in neunundneunzig Prozent der Fälle auf Genervtheit hin. Dass ich daran schuld bin, wäre nicht das erste Mal, trotzdem knabbert das schlechte Gewissen an mir.

Männer waren schon immer mein Problemthema. Seit meinem

letzten Freund habe ich es aufgegeben, jemanden zu finden, weil ich mir immer die Falschen aussuche. Ich ziehe das Toxische an wie das Licht die Motten. Was, wenn mein Unterbewusstsein Levi deswegen gut findet? Weil er schlecht und unerreichbar für mich ist.

Der Flur ist um einiges kälter als mein Zimmer, das von unserer Diskussion erhitzt wurde. Alle Türen sind fest verschlossen, aus Yousefs Zimmer kommt leise Musik. Metal, um genau zu sein.

Dass wir in der Wohnung nur ein Bad haben, wird uns an manchen Tagen zum Verhängnis, vor allem wenn es jemand stundenlang besetzt – das trifft meistens auf die Jungs zu. Heute aber habe ich Glück, sodass die alte Tür nach einem kleinen Rütteln aufspringt. In der Badewanne steht ein Wäscheständer mit Pullovern und Socken.

Ich habe Atlas schon tausendmal gesagt, dass er seine Kleidung in seinem Zimmer aufhängen soll, weil das kleine Fensterchen im Bad nicht hilfreich fürs Trocknen ist.

Es bringt bei ihm nichts. Er macht, was er will.

Die zwei großen Strähnen über meinen Ohren lassen sich schnell auswaschen, der Gestank treibt mir jedoch die Tränen in die Augen. Ein Blick in den Spiegel verrät mir, dass ich aussehe, als hätte ich den ganzen Tag geweint. Ich war heute mehrmals kurz davor, was es nicht besser macht.

Ich sollte mich nicht so anstellen. Wie Safiya sagt: Es ist nur eine Schwärmerei. Im schlimmsten Fall behalte ich sie für mich, und das wars. Es ist nicht schlimm, Levi attraktiv zu finden. Das bedeutet nicht, dass ich in alte Muster verfalle. Ganz im Gegenteil. *Jeder* findet ihn attraktiv … dass ich es auch tue, zeigt, dass mein Geschmack nicht mehr fragwürdig ist.

Mit meinem Handtuch, das über der Heizung hängt, rubble ich meine Haare trocken und atme tief ein. *Das wird. Es ist okay. Ich bin okay.*

Der alte Parkettboden dieser Wohnung knarzt unter schweren Schritten. Nachts zur Toilette zu gehen, ist ein Akt, wenn man niemanden im Haus aufwecken möchte. Deswegen weiß ich, dass Atlas im Türrahmen steht, bevor ich aufblicke.

»Bist du fertig? Wäre wirklich nett, wenn du das Bad nicht ewig besetzen würdest«, äfft Atlas für all die Male, die ich mich beschwert habe, meine Stimme nach. »Ich möchte, dass die geteilten Orte auch wirklich geteilt werden. In diesem Haus herrscht schließlich kein Kapitalismus.«

»Ach, halt doch die Fresse«, zische ich und will mich an ihm vorbeiquetschen, bevor ich innehalte. »Du würdest dich gut mit einem meiner Dozenten verstehen. Ihr seid beide genau gleich.«

Er verschränkt die Arme vor der Brust und bückt sich so weit zu mir runter, dass ihm die Brille das Nasenbein herunterrutscht. »Wenn du Jakab meinst, kenne ich ihn.«

»Was?«

Atlas zuckt mit den Schultern. »Während seines Bachelors hat er die Linke Liste im Studierendenparlament mitbegründet. Er war bei der letzten Senatssitzung dabei und hat danach mit uns aus dem Vorstand geredet.«

»Also ist er aktiv?« Während er davon erzählt hat, wirkte er so, als hätte er längst damit abgeschlossen. Eine Jugendsünde, die ihn heute nicht mehr betrifft …

»Nicht direkt aktiv, aber …« Atlas kratz sich am Kiefer. »… noch interessiert? Er ist nicht in die universitäre Politik eingebunden, was natürlich nicht heißt, dass er nicht mehr dieselbe Meinung hat. Ich glaube, er zeigt sie eben nicht. So ganz offiziell als dozierende Person.«

Ich nicke und möchte diesmal wirklich an ihm vorbei, aber er fährt mir über die Haare. »Welche Farbe wirds?« Die Belustigung ist aus seiner Stimme gewichen, und er schaut mich mit Interesse in den dunklen Augen an.

»Blau.«

»Wird dir bestimmt stehen, Zel.« Er drückt sich vom Rahmen ab und geht ins Bad, um Sekunden später die Tür hinter sich abzuschließen.

Atlas ist der Bruder, den ich mir gewünscht hätte – interessiert an dem, was ich tue, und daran, wie es mir geht. Nicht wie die Schwester, die ich habe. Sie behandelt mich, als wäre ich Luft, wenn sie nicht aufgefordert wurde, meine Existenz wahrzunehmen. Auch jetzt meldet sie sich bloß gezwungenermaßen.

Ena wollte immer die Nummer eins sein, weil das der einzige Weg war, die Anerkennung unseres Vaters zu bekommen. Jedes Mal, wenn sie mit mir verglichen wurde, hat sie die blauen Augen verdreht, die sie von *baba* geerbt hat. Auf die ich, seit ich denken kann, eifersüchtig war, weil ich die Einzige in unserer Familie mit grünbraunen bin.

Einzig unsere Mutter hat versucht, uns gleich zu behandeln – hat mich wahrgenommen –, und ihr war egal, wie durchschnittlich ich in allem war. Das hat Ena nicht gefallen, denn unser Vater hat ihr beigebracht, dass man sich alles verdienen muss. Zuneigung, Liebe, Verständnis.

Es hat sie wütend gemacht, dass Mama sich um mich gesorgt hat, nachdem die Beziehung zu meinem Ex-Freund rauskam. Mama hat mich nicht wie unser Vater niedergemacht, sondern mich umarmt. Ganze drei Monate hat Ena nicht mehr mit mir gesprochen, und danach ist sie fürs Studium nach England gezogen. Während ich Fußball gespielt habe, hat sie fürs Golfen gelebt, damit sie mit unserem Vater Zeit verbringen konnte, unabhängig davon, wie sehr sie die Sportart hasste. Für sie verdiente ich *nichts*, weil ich nichts tat, um geliebt zu werden.

Ich atme tief durch, um die Enge in meiner Brust loszuwerden. Sie hat ihren Auftritt immer dann, wenn es schlimmer nicht sein könnte. Zerquetscht meine Luftröhre zu den unpassendsten Zeiten und füllt meinen Schädel randvoll mit Katastrophengedanken, die dort nichts zu suchen haben.

Tief ein- und ausatmen. Den Sauerstoff kann mir niemand stehlen. Meine Familie ist ganz weit weg. Ich habe hier in Berlin meine richtige Familie. Blut ist eben *nicht* dicker als Wasser – obwohl es mir die meiste Zeit schwerfällt, das zu glauben. Ich habe Safiya, Atlas, Talhah, Yousef … und Felix. Bei ihm muss ich mich endlich mal melden.

Saf reißt die Tür meines Zimmers auf. »Kommst du?«

»Ja«, sage ich nickend. »Ich bin sofort da.«

Sie wartet schon mit der angemischten Farbe auf meinem Bett. Die alte Keramikschüssel, die wir auf dem Kunstflohmarkt an der Museumsinsel gekauft haben, hat alle Farben des Regenbogens gesehen und einen Sprung über der handgemalten Sonnenblume.

»Diesen Ton hattest du schon lange nicht mehr«, sagt meine beste Freundin.

Ich setze mich neben sie und stecke meine Haare zusammen. Die Strähnen, die mein Gesicht umrahmen, sind stechend blond, um das Blau bestmöglich aufzunehmen.

»Eine Veränderung ist immer gut.« Die Worte sind nicht mehr als ein leises Flüstern.

Veränderungen haben früher mein Leben bestimmt. Ich konnte nie die perfekte Tochter sein, habe alles darangesetzt, geliebt zu werden. Die Version zu sein, die meine Familie wollte. Bis ich realisiert habe, dass das niemals geschehen wird. Dass ich die Perfektion niemals erreichen kann. Also habe ich in Berlin angefangen, das zu tun, was *ich* wollte. Seitdem färbe ich meine Haare und muss mir beim jährlichen Treffen anhören, wie sehr sie es hassen. An meinen guten Tagen möchte ich nicht einmal, dass sie mich mögen. Denn das, was sie lieben, ist meist die verdorrte Version eines Menschen, und ich möchte blühen. In unterschiedlichen Farben leuchten.

Saf stellt sich auf und pinselt die Farbe in langen Strichen auf die hellen Haare. »Hast du mit Felix geredet?«

Meine Schultern sacken zusammen. »Nein, aber ich sollte …«

Ihm das Herz zu brechen, ist das Letzte, was ich will. Er hat sich schwer aufgerappelt, nachdem seine Freundin sich von ihm getrennt hatte. Ich will ihm nicht das Gleiche antun.

»Vor allem wenn du jetzt auf deinen Dozenten stehst … der Arme hat da doch keine Chance mehr.«

Sie macht einen Witz, um die gedrückte Stimmung aufzulockern, aber ich kann das flaue Gefühl in meinem Magen trotzdem nicht ignorieren.

»Du bist doch scheiße.«

»Nur zu dir.«

»Ich hab dich auch lieb«, seufze ich.

Saf kann manchmal gemein sein. Ihre Sticheleien sind jedoch nie verletzend gemeint. Sie weiß, wann es zu viel ist, wann sie aufhören soll. Wird auch ernst, wenn die Situation es erfordert. Ohne sie wäre Berlin halb so schön. Sie ist die Erste, die es mir ins Gesicht sagen würde, wenn ich Scheiße baue. Safiya ist mein Lichtlein am Ende des Tunnels.

FÜNFZEHN | PANZDEH

Zelal

Die Arbeit im Café macht mehr Spaß als erwartet. Dass ich mich überhaupt beworben habe, war eher der Not als meinem Interesse geschuldet, aber bereuen tue ich es nicht. Im Gegenteil, der Job nimmt mir eine riesige Angst von den Schultern, sodass ich nachts besser schlafen kann.

Vor und nach den Vorlesungen füllt sich der Laden wie eine engbepackte Sardinenbüchse, aber das legt sich innerhalb von fünfzehn Minuten. Ehrlich gesagt verhalten sich die Studierenden wirklich nett und haben vollstes Verständnis, wenn ich in den Kühlraum rennen muss, um die nächsten Sandwiches und Bagels zu holen, weil diese viel zu schnell über die Theke gehen. Allein vorne zu stehen, ist natürlich anstrengender, aber Kiara – die Person, die mir das Bewerbungsformular gegeben hat – schreibt momentan an ihrer Bachelorarbeit, wodurch ich die nächsten Wochen größtenteils einsam durchhalten muss.

»Wo war die …«, flüstere ich mir selbst zu und knie mich unter die Theke, auf deren Regalböden sich die haltbaren Produkte wie Zucker, Stevia und die kleinen Packungen Kaffeesahne befinden, die ich seit zehn Minuten suche.

»Jemand da?«

Beim Klang der vertrauten Stimme schrecke ich so ruckartig hoch, dass ich mir den Hinterkopf am Tresen stoße. Meine Hand schießt sofort an die Stelle über meinem Nacken, wo sich der pochende Schmerz in wenigen Sekunden breitmacht.

»Scheiße« – Levi lehnt sich über die Kasse und schaut mich besorgt an –, »alles okay?«

Ich presse die Lippen zusammen und räuspere mich. »Nur den Kopf gestoßen und mir vielleicht eine Gehirnerschütterung zugezogen, aber sonst ist alles okay. Was darfs sein?« Das Ziehen wandert in den Kiefer und zu meinen Augenbrauen – die Kopfschmerzen sind fast vorprogrammiert.

Levi sieht außerhalb seines Büros anders aus mit dem langen Wintermantel, der Lederumhängetasche und den Büchern unter dem Arm, die nicht mehr reingepasst haben müssen.

»Einen großen knochentrockenen Cappuccino mit Hafermilch zum Mitnehmen.« Er schaut wieder zu mir. »Und bitte keine Gehirnerschütterung für dich.«

»Auch zum Mitnehmen?«, frage ich belustigt.

»Wenn möglich«, sagt er. »Neue Farbe?« Er zeigt über seine Ohren, und ich ziehe fragend die Augenbrauen zusammen, bis ich verstehe, was er meint.

»Oh …«, murmle ich und fahre durch meine gefärbten Strähnen. »Ich dachte, es ist Zeit für eine kleine Veränderung.«

Sein Blick wandert über meine Haare zu meinem Gesicht und in Lichtgeschwindigkeit wieder zurück. »Steht dir.«

Ich schiebe meinen langen Pony hinter die Ohren und starre auf das iPad vor mir, in das ich seine Bestellung eintippe. »Hast du einen weiteren Wunsch?«

»Nein, das wars«, antwortet er mit belegter Stimme.

»Vier Euro fünfzig macht das dann.«

Levi reicht mir einen Zehneuroschein. »Den Rest kannst du behalten.«

Ich beiße mir auf die Lippe. »Danke.«

Trockene Cappuccinos werden nicht häufig bestellt. Die Vorannahme, die ich ihm gegenüber hatte, bestätigt sich also: Er ist ein Kaffeesnob. Wer mag bitte Espresso ohne richtige Milch, aber mit Schaum obendrauf? Nur Leute, die sich was auf ihre Kaffeevorlieben einbilden.

Die zwei riesigen Siebträgermaschinen reichen über den kurzen Teil des Tresens und können zu Stoßzeiten bis zu vier Espressoshots gleichzeitig brühen. Da ich das Café in den nächsten fünfzehn Minuten schließen werde, ist eine Maschine schon ausgeschaltet und gesäubert. Um diese Uhrzeit kommen nur noch wenige neue Gäste herein – nach Levi räume ich auch das Geschirr ab und wische die freien Tische.

»Wie gefällt es dir hier bis jetzt?« Er wartet am anderen Ende der Theke und spielt mit den Tausenden Flyern verschiedener Studierendengruppen und -partys.

Ich zucke mit den Schultern. »Es ist ganz okay.«

An die grelle Farbe der pinken To-go-Becher gewöhnt man sich recht schnell. Weil Levi mir ein nettes Trinkgeld hinterlassen hat, setze ich über das I seines Namens sogar ein Herzchen. Ich schütte den Espresso hinein und schäume die Milch auf, um den Schaum ganz oben auf die Shots zu löffeln. *Kaffeesnob.*

»Wir sehen uns morgen?«, fragt er, als ich den Pappbecher in seine Richtung schiebe, woraufhin ich nicke. »Okay, dann pass bitte auf deinen schönen Kopf auf, ich brauch ihn fürs Durchkämmen der Literatur.«

Levi klopft zum Abschied mit seiner freien Hand kurz gegen die Theke, bevor er sich zur Tür dreht.

Hat er das wirklich gesagt? *Deinen schönen Kopf.* Ich bin heilfroh, dass er mir den Rücken zugekehrt hat und den Laden verlässt. So kann er die warme Röte in meinen Wangen nicht sehen, die nicht einmal das Rouge verdeckt. Erst die Haare und jetzt das. Was ist los mit ihm? Als hätte er mein Geständnis gegenüber Safiya gehört … Das kann aber nicht sein, weil er längst im Institut war, während wir telefoniert haben.

Meine Gefühle verlieren sich zwischen seinen im Scherz gesagten Worten und meinen ehrlichen, die ich vor meiner besten Freundin losgeworden bin. Diese Sache wird nicht bei einer Schwärmerei bleiben, wenn er *so* mit mir umgeht. Levi meint es nicht ernst, das weiß ich. Trotzdem kann ich nichts gegen das wilde Herzklopfen unternehmen, dem nicht klar ist, wie es mit seinen Worten umzugehen hat. Schließlich gab es bei mir in den letzten Jahren nie mehr als ein Verknalltsein, das sich nach spätestens ein paar Monaten legte. Zu mehr war ich nach meiner Beziehung nicht fähig. Vielleicht ist das hier dasselbe. Ein kleiner Zeitvertreib, bevor mich die Realität einholt, weil ich dafür nicht gemacht bin. Nicht fürs Lieben oder Geliebtwerden. Weil es nicht meine Aufgabe in diesem Leben ist. Ich weiß nicht, was ich im letzten angestellt habe, aber es scheint nichts Gutes gewesen zu sein. Vielleicht war ich eine Serienbetrügerin.

Ich seufze und fange an, die Tortenstücke und belegten Brote aus dem kleinen Kühlregal zu nehmen, um sie entweder zu entsorgen oder in den Kühlschrank zu legen – Anweisung des Chefs. Die Sachen sind meist noch gut, wären am nächsten Tag jedoch ausgetrocknet, also nehme ich sie einfach mit, um sie an der Bahnstation wohnungslosen Menschen zu geben. Das habe ich die letzten zwei Male auch getan, nachdem Kiara gesagt hat, dass sie es so handhabt.

»Wir schließen gleich«, sage ich laut genug, dass der eine besetzte Tisch vor dem Fenster für einen Moment leise wird.

Die zwei Mädchen nicken und bringen mir ihre leeren Tassen.

»Ich hoffe, alles war in Ordnung?« Mein Lächeln ist am Ende des Tages aufgesetzt, aber ich zeige es ihnen trotzdem.

»Alles war super«, sagt die mit dem Nasenpiercing, und die andere verabschiedet sich knapp.

Ich schließe hinter ihnen die Tür ab, bevor ich das Schild von *Geöffnet* auf *Geschlossen* drehe, damit niemand mehr reinkommt. Bis ich die Maschinen gesäubert, alles gewischt und für morgen vorbereitet habe, wird mindestens eine halbe Stunde vergehen. Aber das ist okay. Es gibt anstrengendere Jobs. Wie der im Rewe. Da musste ich riesige Lager leeren und die Produkte in Regale einräumen. Mit meiner Größe bin ich nicht einmal an die oberen rangekommen und stand deshalb mit einer kleinen Leiter mitten im Laden. Es war alles andere als angenehm.

Die Tische sind übersät mit Krümeln und Kaffeeflecken. Normalerweise versuche ich, jeden abzuwischen, nachdem die Kunden und Kundinnen aufstehen, aber wenn ich allein bin und es zu voll ist, komme ich leider nicht hinterher.

»Hey.«

Jemand klopft gegen das Schaufenster, weshalb ich den Waschlappen in meiner Hand auf einer der pinken Tischoberflächen liegen lasse. Draußen ist es längst dunkel, und das Licht im Inneren spiegelt sich in den Fenstern. Die Person klopft wieder, und ich seufze genervt. Wenn es jemand ist, der einen Kaffee möchte, dann werde ich ihn zurückweisen, auch wenn die eine Maschine noch nicht ausgeschaltet ist. Wir haben nach Ladenschluss.

Erst vor der Eingangstür erkenne ich, dass es nicht irgendein Student ist, der seinen letzten Koffeinfix möchte, sondern Felix. Felix, dem ich viel zu lange aus dem Weg gehe, obwohl ich es nicht sollte. Felix, der mir das Herz mit seinen Worten und ich ihm seins mit meinen Taten gebrochen habe.

Ich öffne die Tür, woraufhin ein kalter Wind hereinweht. »Hi«, murmle ich laut genug, dass er mich neben den Autos hören kann. Irgendwo zwischen meinen Schuldgefühlen und dem Druck ist meine Stimme erstickt.

Felix kratzt sich am Hinterkopf. »Meinst du, ich könnte rein?«

»Klar, willst du einen Kaffee?« Ich mache einen Schritt zur Seite, und er bringt den eisigen Herbst mit sich.

Er steckt beide Hände in seine Pufferjacke. »Du bist schon am Abräumen, ich möchte dir keine Umstände machen.«

»Das wären echt –«

»Wann wolltest du mir eigentlich erzählen, dass du hier angefangen hast?«, unterbricht er mich so abrupt, dass ich vor ihm stehen bleibe. Die sonst große Ladenfläche fühlt sich plötzlich winzig an, während er die Kaffeebar hinter uns anvisiert.

»Ich dachte …« Lügen wird nichts bringen. In dieser Situation macht es alles schlimmer. »Es war komisch zwischen uns … ich wusste nicht, wie oder wann.«

Warum *ich* mich schlecht fühle, kann mein Hirn nicht nachvollziehen. Immerhin hat er mich als jemanden abgestempelt, die mit ihrem Dozenten schlafen würde, um eine gute Note zu bekommen!

»Es tut mir leid.« Diesmal ist er derjenige, der nichts weiter als ein Hauchen über die Lippen bekommt. Er beugt sich zu mir herunter und sucht mein Gesicht nach einem Zeichen ab, dass ich ihm verzeihe. Aber es fällt mir schwer, obwohl mir alles, was passiert ist, wie Blei auf der Brust sitzt.

Ich friere ein, richte meinen Blick auf meine Schuhe, um seinem auszuweichen. Meine Docs sind an den Kappen abgenutzt, und das schwarze Leder hat jeglichen Glanz verloren. Ich habe sie mir damals mit meinem ersten Geld gekauft, nachdem ich nach Berlin gezogen bin.

»Zelal.« Er kommt mir näher, und ich wünsche mich weg. So weit weg. »Es tut mir leid, das … das musst du mir glauben.«

»Ist okay«, presse ich hervor, weil ich nach Hause möchte und mich nicht streiten kann.

»Ist es nicht!« Die Lautstärke seiner Worte lässt meinen Blick zu ihm zurückhuschen. Felix rauft sich die Haare. »Du akzeptierst die Entschuldigung, weil du dich gezwungen fühlst.«

»Nein, ich wollte sowieso –«

»So wie das Essen! Und alles andere davor. Du fühlst dich gedrängt und willst es eigentlich nicht«, sagt er.

»Mit dir essen zu gehen, wollte ich.« Das stimmt. Nur wie es verlief, war nicht ideal. Aber das kann ich ihm nicht sagen, ohne die Situation schlimmer zu machen.

»Warum bist du nicht einfach ehrlich?«, fragt er frustriert und kommt auf mich zu. »Ich könnte dich jetzt küssen, und egal ob du willst oder nicht, du würdest es zulassen!«

»Felix –«, versuche ich, doch er ist für alles unzugänglich außer der Wut, die glühend von seinen Lippen sickert.

»Du bist so scheißharmoniebedürftig, dass du alles hinnimmst. Schrei mich an, Zelal! Brüll! Ignorier mich nicht erst und verzeih mir dann einfach, weil du den Streit nicht willst.«

Ich beiße mir auf die Lippe, um die Tränen zu unterdrücken, die hinter meinen Augen brennen. »Das ist nicht fair. Das ist verdammt noch mal nicht fair.«

»Willkommen in der realen Welt«, flüstert er, und mein Hirn ist leer. Als hätte jemand auf den großen roten Knopf gedrückt, der auf keinen Fall betätigt werden darf. Jetzt blinkt die riesige Fehlermeldung, und ich weiß nicht, wohin mit mir. Was ich fühlen soll, was ich sagen soll. Nur diese unerklärliche Leere, die definitiv deplatziert ist.

»Es tut mir leid, dass ich dich ignoriert habe. Das war nicht in Ordnung«, antworte ich mit zittriger Stimme, die sich nicht beruhigt, obwohl ich mehrmals durchatme. Ich balle die Hände zu Fäusten, damit Felix meine Aufregung nicht sieht. »Aber deine Worte im Seminar haben mich verletzt. Ich wusste nicht, wie ich dich darauf ansprechen soll, ohne mich schlecht zu fühlen.«

Erleichtert stößt er einen Atemzug aus und lacht kurz auf. »War das jetzt so schwer?«

Ja, schon. Irgendwie. Ich bin kein Mensch, der streiten kann, der laut werden darf, der seine Meinung unbekümmert sagt. Denn alles, was ich tue, hatte immer Konsequenzen. Ich bin es nicht gewohnt, dass man mir mit Geduld begegnet. Deswegen habe ich mich nie gewehrt …

»Ich …« Mehr fällt mir nicht ein. Es fühlt sich an, als wäre ich im Überlebensmodus – nichts als das Nötigste wird eingesetzt, alles andere unterliegt der Angst.

»Zelal.« Er macht einen Schritt auf mich zu. »Mir tun die Worte aus dem Seminar ungemein leid. Das war nicht okay. Ich hätte sie nicht sagen sollen. Eifersucht hat mich in dem Moment gepackt … es tut mir leid.«

Die Entschuldigung ist wie ein lauwarmer Tropfen Wasser auf meiner riesigen Brandwunde, aber ich nicke. Denn er hat recht. Ich bin harmoniebedürftig. Auch wenn ich verletzt bin, das mache ich im stillen Kämmerlein mit mir selbst aus. Die Angst, dass er mich links liegen lässt, ist größer als die unsichtbaren Verletzungen, die er auf meiner Haut hinterlassen hat.

»Du weißt, ich will dich«, wispert er, während sein Blick über mein Gesicht wandert – er betrachtet es, als wäre es ein Kunstwerk, als könnten meine dunklen Augen genug Licht einfangen, um ihm mein Inneres zu offenbaren.

Ich nicke wieder, denn ich kann nicht antworten. Die Wörter schaffen es nicht über meine Lippen. Meine Fingernägel, die sich in die Handballen graben, erinnern mich daran, dass ich im Café stehe und das hier das reale Leben ist, aus dem ich mich nicht wegwünschen kann.

Felix kommt einen weiteren Schritt auf mich zu, und seine Winterjacke quietscht bei jeder Bewegung. In einer anderen Situation hätte ich gelacht. Jetzt ist mir zum Weinen zumute.

»Sei ehrlich. Willst du mich auch? Hast du das beim Essen auch gespürt? Sag mir die Wahrheit.« Er schluckt und legt seine kalten Hände um meine Wangen. »Beweis mir, dass ich falschliege. Dass ich mit meiner Vermutung nicht recht habe.«

Lange bleibt es zwischen uns still, nur die Autos, die gelegentlich am Laden vorbeifahren, hinterlassen ein Licht- und Geräuschspiel, das diese einengende Situation unterbricht. Das pastellfarbene Innere des Cafés verblasst. Seine Hände auf meinem Gesicht werden augenblicklich warm – verbrennen meine Haut.

»Bitte …«, flüstert er und beugt sich zu mir. Seine blauen Augen werden von langen Wimpern umrahmt, für die ich ihn sonst beneide. Er schließt sie und kommt mir näher. So verdammt nah, dass mein Kopf nicht aufhören kann, Alarm zu schlagen.

Menschen sind nichts anderes als Tiere, und irgendwann *muss* sich der Selbstschutz einschalten. Bei mir passiert es, als sich sein Atem mit meinem mischt und sich explosiv auf meine Lippen legt.

»Nein«, kommt es notgedrungen von mir, und ich zucke zurück. »Nein, hör auf!«

Felix öffnet abrupt die Augen. Ich weiß nicht, wessen Wangen roter sind.

»Siehst du?«

Verwirrt ziehe ich die Augenbrauen zusammen.

»Du kannst Grenzen setzen, wenn du willst.«

Ich muss mehrmals blinzeln, bis ich verarbeitet habe, was er gesagt hat. Die Aufregung pumpt unnachgiebig durch meine Venen, sodass ich mich an fünf Sachen klammere, die ich sehen kann, vier Dinge, die ich anfassen kann …

»Was?«

»Du kannst ablehnen, wenn du willst«, erklärt er mir, als wäre ich ein Kleinkind.

»Dafür musst du nicht so tun, als würdest du mich küssen«, zische ich, schaffe Abstand zwischen uns und knalle dabei gegen einen Tisch. »Was, wenn ich eingefroren wäre? Hättest du mich trotzdem geküsst? Wir haben uns kurz davor noch gestritten!«

Mein Atem geht stoßweise. Sollte man meinen Körper fragen, würde er behaupten, dass ich Felix nicht die Meinung gesagt, sondern den Mount Everest erklommen habe. Alles, was er berührt hat, fühlt sich schmierig an, alles, was für ihn sichtbar ist, ist zu viel. Ich möchte mich unter die Dusche stellen und meinen Körper von ihm reinwaschen.

»Dann wäre ich davon ausgegangen, dass du es willst«, sagt er, als läge die Antwort auf der Hand. Als wäre das ein Fakt. Vielleicht ist das in einer normalen Situation so, mit einem durchschnittlichen Menschen. Aber ihm ist klar, wie es um mich steht. Wie viel ich aufarbeiten muss. Wie schwer es mir fällt, Nein zu sagen. Wie unsicher ich wegen meiner eigenen Gefühle und Männern werde.

»Geh.« Mehr bekomme ich nicht heraus. Alles in mir hat sich zusammengezogen und versteckt sich hinter der Wut, der Angst, der Trauer – ich kann sie längst nicht mehr voneinander unterscheiden.

»Zelal.« Felix macht einen Schritt auf mich zu. »Du weißt, wie ich das meine.«

Ich beiße mir auf die Lippe und atme tief durch, um meine nächsten Worte in einem Atemzug auszustoßen. »Du hast gesagt, ich soll nicht harmoniebedürftig sein, und das ist das zweite Mal, dass du dein Gesagtes nicht so meinst. Aber *ich* meine es exakt so. Geh!«

Er schnaubt. »Okay … ich habe es versucht. Komm aber bitte nicht an, wenn du es dir anders überlegst.«

Ich möchte ihm ein ›Werde ich nicht!‹ hinterherwerfen, aber halte mich zurück. Es bringt sowieso nichts. Ich wünsche mir, dass er geht und ich den Laden aufräumen kann, um nach Hause zu fahren. Weiter mit ihm zu diskutieren, würde das nur hinauszögern.

Felix rauscht aus dem Café und knallt die alte Tür hinter sich ins

Schloss. Ich atme erst befreit auf, als ich mich endlich einschließen kann.

Beziehungen haben mir zwar meine Jugend versaut, aber nicht heute. Nicht mehr. Das Lovebombing von Männern, die nichts mit Teenagern hätten zu tun haben sollen, hat mich eines Besseren belehrt. Die Überschüttung mit Liebe ist der klägliche Versuch, die Person bei sich zu behalten, egal ob es gut für sie ist oder nicht. Jetzt mit Mitte zwanzig will ich nichts mehr mit ihnen zu tun haben.

Das werde ich mir niemals anders überlegen.

SECHZEHN | ŞAZDEH

Zelal

Ena: Wann fährst du morgen los? Nimm dir was Schönes zum Anziehen mit.

Die Nachrichtenblase schaut mich fast schon erwartungsvoll an. Als wäre ich meiner Schwester eine Antwort schuldig. Ich drehe das Handy mit dem Display nach unten und konzentriere mich wieder auf meinen Schal, den ich angefangen habe zu stricken. Eigentlich sollte ich an der Abgabe für Levis Seminar arbeiten und die Hausarbeit für Deutsch und mal die Vorlesungen für Linguistik zusammenfassen und –

Das nimmt nie ein Ende. Ich muss gezielt Pausen einlegen. Mich zu überarbeiten, bringt nichts. Dann stehe ich wieder an der Klippe eines Burn-outs wie im Bachelor. Nur um damals die Regelstudienzeit einzuhalten, damit ich meinen Eltern etwas beweisen konnte. Wirklich beeindruckt hat es sie nicht. Dafür sind sie die Erfolge meiner Schwester zu gewohnt, die vor Kurzem ihr Studium am King's College beendet hat und generell die Welt rettet – wie es unser Vater erwartet.

Die dunkelbraune Acrylwolle fühlt sich rau unter meinen Fingerkuppen an, und mein Handgelenk schmerzt durch die immerwährend gleiche Bewegung. Drei rechte und drei linke Maschen. Es muss mit rechten Maschen anfangen und enden, damit sich der Schal nicht einrollt und einen ordentlichen Abschluss hat.

Ich habe meiner Mutter geschrieben, um sie zu fragen, was sie sich zum Geburtstag wünscht. *Dass du kommst.* Meine Anwesenheit ist jedoch nie genug. Sie sagt das, um den Sturm in mir zu beruhigen. Damit ich mich überhaupt traue, vor ihrer Haustür aufzukreuzen.

Sie gibt ihr Bestes, auch wenn es in den Momenten, wo es darauf ankommt, ein riesiger Haufen Apathie ist. Wenn der Sturm in mir sich nach außen kehrt, um gehört zu werden.

Also habe ich mich entschieden, diesen Schal zu stricken und ihn ihr zu schenken. Sie hat sich letzten Winter darüber aufgeregt, dass sie keinen hat. Wahrscheinlich hat sie einen teuren von meinem Vater bekommen, damit sie sich nicht über seine Kälte aufregt, aber dieser hier ist selbst gestrickt. Das muss auch etwas wert sein.

Es macht sowieso keinen Unterschied, was ich ihr kaufe oder für sie tue, ich werde Missbilligung ernten. Wenn nicht von ihr, dann von *baba*. Mit Herzen aus Stein und Mienen aus Stahl ist auch schwer etwas anderes möglich.

Die Haustür wird aufgeschlossen, und jemand kommt mit schleppenden Schritten in die Wohnung. Ich mache mir nicht die Mühe, aufzuschauen, um zu sehen, wer es ist.

»Was machst du auf dem Flurboden?«

»Nach was sieht es aus?«, frage ich und drücke den fast fertigen Schal gegen meine Brust. Talhahs verschiedenfarbige Socken gelangen in mein Blickfeld. Er hat die Hände auf den Hüften und schaut mit verwirrtem Gesicht zu mir runter.

»Ist das überhaupt gemütlich?« Seine erschöpfte Stimme wird von dem dumpfen Geräusch seines Rucksacks begleitet, den er zu Boden gleiten lässt.

Ich klopfe neben mir aufs Parkett. »Probiers aus. Wir zahlen schließlich Miete, um die Wohnung so nutzen zu können, wie wir wollen.«

Er setzt sich langsam. Als ich an seinem Ärmel zupfe, legt er sich zu mir. Für einen Moment ist es still zwischen uns, während der Geruch nach Latexhandschuhen und Desinfektionsmittel meine Nase füllt. »Die Ecken oben an der Decke sind echt verstaubt.«

Talhah hat recht. Die Decke ist zeitgleich auch der weißeste Ort in der Wohnung. Keine schwarzen Schlieren von Betten oder Stühlen, die hin und her geschoben wurden. Keine Löcher an Stellen, wo Spiegel oder Bilderrahmen hingen.

»Vielleicht sollten wir Atlas fragen, ob er das sauber macht. Er ist der Größte unter uns.«

»Der wirft am Ende mit irgendeinem Gesetz um sich, dass er genau das nicht tun kann«, antwortet Talhah. Er hört sich müde an.

Ich drehe den Kopf zu ihm, was er mir gleichtut. »Wie war die Arbeit?« Seine Augenringe sind tief. Er hat aufgehört, seinen Nasenring zu tragen, weil er für den OP-Saal zu unhygienisch ist.

Talhah steckt seine Hand in die Vordertasche seines Hoodies und holt einen klobigen Pager hervor. »Bin heute Nacht für den Notdienst eingeteilt.«

»Wie fühlt es sich an, keinen Schlaf mehr zu bekommen?«

Das Grinsen zaubert ihm sein Grübchen ins Gesicht. »Ich habe mir heute von der Assistenzärztin in der Psychiatrie sagen lassen, dass eine Psychose nicht mehr weit entfernt ist.«

Ich nicke gespielt beeindruckt. »Rosige Aussichten.«

»Was soll ich sagen … Ich lasse es auf mich zukommen, schätze ich.«

»Wenn du was vom guten Zeug bekommst, kannst du ja teilen.« Ich spiele mit der Stricknadel in meiner Hand. »Teilen ist bekanntlich ein großer Teil kollektivistischer Kulturen.«

Etwas vibriert, und Talhah zieht seufzend sein Handy aus der Hosentasche. »Merk ich mir«, murmelt er abwesend, während er auf dem Touchscreen tippt. »Evren hat mich zum Abendessen bei sich eingeladen.«

»Oh, schön, jemand, der sich heute nicht von Fertigpizza ernähren muss.«

Er fährt sich übers Gesicht und deckt die Augen mit dem weiten Ärmel seines Pullovers zu. »Hört sich eigentlich wirklich nett an, aber ich will mich nicht fertig machen, dahin fahren und wieder zurückkommen, wenn ich jede Sekunde zum Dienst gerufen werden könnte.«

Ich zucke mit den Schultern. »Das Leben ist unfair. Ich fahr morgen auch nach Hause und habe keinen Bock.«

»Ekelhaft.« Er rümpft die Nase. »Wann bist du aus der Hölle wieder da?«

Plötzlich ist der Boden ungemütlich, die Luft zu dünn, und das Flurlicht flackert auffällig. »Am Montag.« Ich bleibe eine Nacht – länger halten wir es zusammen sowieso nicht aus.

Die Tickets habe ich gestern gekauft, was völlig kurzsichtig von mir war. Hätte ich sie früher geholt, hätte ich Geld gespart. Jetzt bin ich achtzig Euro ärmer und kann mich nicht einmal auf zu Hause freuen.

»So kurz wie möglich«, sagt Talhah, und ich nicke. Dabei wünsche ich mir, dass es anders wäre. Dass ich voller Vorfreude wäre und endlich relaxen könnte, weil ich meine Familie sehe. So wie Talhah es tut, wenn er zu seiner Mutter fährt oder Malik bei uns in der Wohnung steht. Ich habe ihn schon immer um die Beziehung beneidet, die er zu seinem Bruder hat. Auch wenn sie sich necken und Malik gar nicht damit aufhören kann, ihn aufzuziehen, ist eine Liebe da, die durch die Luft flimmert, während sie sich um den letzten Donut auf dem Küchentisch streiten. Oder wenn es darum geht, zu entscheiden, wen ihre Mutter mehr liebt. Jedes Mal, wenn ich in Dortmund bin, ignoriert mich Ena, so gut es geht.

»Ich sollte mich auf den Weg machen.« Er richtet sich auf und massiert sich die Schultern. »Ich will Evren nicht zu lange warten lassen.«

Bei seinen Worten muss ich schmunzeln. »Also gehst du doch?«

»Der Abend sollte nach den schlimmsten OPs überhaupt doch einen guten Ausklang haben, oder?« Er steht auf, steckt seinen Pager und das Handy in die Vordertasche. »Außerdem will ich sie nicht enttäuschen. Ihr Bruder ist auch da, und wir kommen jetzt ganz okay miteinander zurecht?« Er hört sich an, als wüsste er es selbst nicht. Sie hatten einen riesigen Streit, als Evrens Bruder aus dem Nichts wieder aufgetaucht ist. Kurzzeitig haben sich Talhah und Evren auch deswegen getrennt, aber das sind Wochen, über die beide nicht gern reden.

Dass ich auf dem Rücken liege und er sich so dicht vor mich stellt, dass seine Füße meine Rippen berühren, damit ich ihm ins Gesicht schauen kann, stört uns beide nicht. »Du stehst unter Evrens Pantoffel. Ich würde mich totlachen, wäre es nicht knuffig.«

Er stößt mir in die Seite, und ich schlage reflexartig gegen sein Schienbein. »Hey!«

»Hau dich ins Bett, Zelal. Dein Tag morgen wird lang«, sagt er neckend.

Ich würde ihm den Mittelfinger zeigen, aber er hat leider recht. Morgen warten eine vierstündige Zugfahrt und die Geburtstagsfeier am Abend auf mich. Heute wird auch lang. Ich muss diese gottverdammte Aufgabe für Levi eigentlich diese Nacht abgeben. Dass ich nicht einmal angefangen habe, wird mich bald heimsuchen. Ich hätte sein Angebot, die Hausaufgabe ausfallen zu lassen, annehmen sollen. Aber nein, ich musste ja die gute Studentin vorspielen. Als würde er am auf eine Minute vor Mitternacht datierten Abgabestempel nicht sehen, wie sehr ich es hinausgezögert habe.

Mit einem Stöhnen stehe ich auf und ziehe den gestrickten Schal auf dem Boden hinter mir her. Ich hoffe, Yousef hat gewischt, das war seine Aufgabe gestern. Sonst trage ich den Staub in mein Zimmer, das sowieso unordentlich ist. Nachdem ich das Licht angeschaltet habe, möchte ich es direkt wieder ausschalten. Auf dem Boden liegt die dreckige Wäsche, die ich längst hätte waschen können. Mein Bett ist ungemacht, und auf meinem Schreibtisch stapeln sich Tassen. Vielleicht sollte ich erst aufräumen und dann anfangen. Wenn es ordentlich ist, kann ich mich besser konzentrieren.

Alles, um nicht an der Hausarbeit schreiben zu müssen. Oder irgendetwas für die Uni zu erledigen, wenn der morgige Tag schrecklich wird.

Nichtsdestotrotz öffne ich den Onlinekurs zu Levis Seminar, schaue mir die Aufgabenstellung an und rufe seine PowerPoint-Präsentation für die Stunde auf. Wie immer sind die Folien nichtssagend und spärlich beschriftet. Er erzählt viel, weswegen ich mir normalerweise am Rand der Slides Notizen mache, aber diesmal war ich nicht dabei. Ich habe keine Ahnung, was von mir erwartet wird oder wie ich die Aufgabe zu lösen habe.

Vielleicht sollte ich ihm eine Mail schreiben und so lange sauber machen, bis ich eine Antwort bekomme. Ob ich wochenends eine erhalte, ist fraglich. Wobei … Er ist ein Workaholic, wahrscheinlich hat er auch auf dem privaten Handy Zugriff auf seine Uni-Mail-Adresse. Auf eine Antwort kann ich trotzdem nur hoffen, also tippe ich ihm schnell eine Mail, schicke sie ab und mache mich an den großen Wäschestapel, den ich längst hätte abarbeiten sollen.

Die Musik, die ich dabei anschmeiße, ist rockig genug, um mich wach zu rütteln. Ich husche ins Bad, werfe die Kleidung in die Maschine, räume die Tassen in die Spülmaschine, wische. Und mein Handy piepst.

Levi hat geantwortet.

Ruf mich an, ich erkläre es dir.

Seine Nummer ist unten angehängt, und zeitgleich kriege ich eine Benachrichtigung vom Onlineserver, dass die Abgabefrist bis Montag verlängert wurde. Hat er mir wirklich seine Nummer gegeben? Ist das nicht einfach irgendeine Aneinanderreihung von Zahlen, die zusammen keinen Sinn ergeben sollten?

Der Grund, warum ich die Nummer in mein Handy eingebe und den grünen Hörer drücke, ist nicht einmal der Wunsch, die Aufgabe abzugeben, damit ich bestehe. Es ist die schiere Neugier, ob er wirklich am anderen Ende der Leitung sitzt.

Auf die Antwort muss ich nicht lange warten, denn nach dem zweiten Piepsen wird abgehoben.

»Hey …« Levi räuspert sich. »Das ging schnell.«

Ich weiß gar nicht, was ich sagen soll. Es fühlt sich an, als wäre meine Zunge an meinem Gaumen festgewachsen. Alles an dieser Situation ist ein verdammter Scherz.

»So kompliziert, dass du mir das nicht in der Mail erklären konntest?«, antworte ich mit hoher Stimme und möchte mir selbst eine verpassen. Warum höre ich mich nervös an, wenn ich bereits etliche Male mit ihm gesprochen habe?

»Ich wollte zuvorkommend sein …, weil ich im Seminar dazu tendiere, auszuschweifen. Da ist es einfacher, dir das alles schnell zu erklären, als abends um neun E-Mails hin- und herzusenden.«

Ich lasse mich auf den Stuhl fallen und spiele mit einem der vielen Kulis, die nicht mehr auf dem Schreibtisch liegen, sondern in einer alten Fußballtasse stehen, die einem der Jungs gehören muss.

»Und mir deine Nummer zu schicken, ist einfacher?« Die Worte sind gehaucht, begleiten mein Herz in seinen sicheren Untergang. Das hier tut mir und meiner eigentlich kleinen Schwärmerei nicht gut.

»Ich hätte dich auch anrufen können, aber wollte nicht unheimlich wirken«, antwortet er kleinlaut.

»Wie denn das?«

»Dein Lebenslauf.« Er hält kurz inne, als wolle er mir mein Unwissen vorführen. »In der ist deine Rufnummer hinterlegt.«

»Oh.« Das Zimmer ist plötzlich zu heiß, alles ist zu eng, und Levis Stimme perfekt rau. Ob er eine Zigarette geraucht hat, bevor ich ihn angerufen habe? Bevor er die Abgabe für alle geändert hat, damit ich es rechtzeitig schaffe …

Ich bekomme nur am Rande meines Bewusstseins mit, dass er mir von der letzten Seminarstunde erzählt, erklärt, wie ich die Aufgabe zu lösen habe, und wiederholt, dass ich sie eigentlich nicht abgeben brauche.

»Warum hast du mir dann die Möglichkeit gegeben, dich anzurufen?« Ich mache die letzte Notiz auf meinem vollgekritzelten Blatt und schiebe den Stift an seinen rechtmäßigen Platz. »Wenn du mir hättest sagen können, dass ich es nicht erledigen muss.«

»Liegt das nicht auf der Hand, Zel?«

Meine Welt bleibt stehen. Atlas' Musik kommt gedämpft bei mir an. Das Geräusch der Waschmaschine ist ohrenbetäubend laut. Aber ich kann mich nicht bewegen. Lediglich Levis Worte wiederholen sich im Wirbelsturm meines Inneren. Der Wirbelsturm, der alles mitnimmt und mich mit meinen Gefühlen zurücklässt.

»Ich will nicht, dass meine studentische Hilfskraft vor allen anderen ahnungslos dasteht.«

Seine Worte nehmen mir jeglichen Wind aus den Segeln. Ich hätte nichts anderes erwarten sollen. Er ist schließlich immer noch mein Dozent. Natürlich kann er es nicht so meinen, wie ich im ersten Moment dachte.

»Gut, dass die Aufgaben nur auf deinem Tisch landen«, kommt es erstickt von mir. Ich fahre über das alte Holz des Schreibtisches und möchte auflegen. Seine raue, tiefe Stimme nicht mehr hören. Nicht die Hoffnung spüren, die irgendwo in meiner Brust wie ein zweites Herz schlägt.

»Ich bin mir sicher, dass du wieder am besten abschneiden wirst.« Sein Ton verliert an Stärke, als wüsste er selbst nicht, was er sagen soll. »Das tust du immer.«

Jedes einzelne Wort, jedes Gefühl, sogar der kleine Knacks in meinem Herzen verstopft meinen Rachen, erlaubt es mir nicht, auszuatmen oder etwas zu sagen. Mit Mühe schlucke ich den Kloß herunter. »Ich dachte, die Abgaben werden nicht benotet.«

Levi lacht kurz auf. »Nein, werden sie offiziell auch nicht. Aber ich liebe es, deinen Gedankengängen zu folgen. Sie sind erfrischend.«

Warum sagt er so was, wenn er Sekunden zuvor mein Herz zertrümmert hat? *Er will nichts von dir, Zelal.*

»Dann mache ich mich mal an die Aufgabe, damit du was Tolles zu lesen hast.« Jedes Wort fällt mir schwer. Es brennt auf meiner Zunge, hinterlässt versengte Spuren auf meinen Lippen.

»Wir sehen uns nächste Woche?«

»Mhm.« Mehr bekomme ich nicht raus.

»Es war schön, mit dir zu reden, Zel.«

Ich habe mich in größere Scheiße geritten als anfangs gedacht.

SIEBZEHN | HEVDEH

Die Fahrt nach Dortmund ist schnell vorbei. Ich hätte nichts dagegen gehabt, ein paar weitere Stunden im gemütlichen ICE zu sitzen und der Stille zu lauschen. Das hätte mich vielleicht auf das Chaos vorbereiten können, das zu Hause ausbrechen wird.

Kann man einen Ort überhaupt Zuhause nennen, der sich nicht mehr so anfühlt? Der an deinem Körper zerrt, an den Haaren zieht, das Gesicht zerkratzt? Wegen dem man aus der eigenen Haut steigen möchte, um einen neuen Wohnort für die Seele zu finden? Dieser Platz, diese Menschen … die können es einfach nicht sein. Denn geliebt zu werden, sollte einem nicht so fremd sein.

Als Kind waren meine Freundinnen erstaunt, wenn wir bei mir zu Hause gespielt haben. Der riesige Garten und Pool, in dem man Bahnen schwimmen kann, waren der Sommerhit. Irgendwann hat mir die Villa als Versteck für Alkohol und Gras gedient. Sie war groß genug, um unterzutauchen, ohne dass jemand nach mir sucht, während ich auf der Rückbank eines zwielichtigen Typen saß.

Das schwere Metall der Tür ist kühl unter meinen Fingern, und die Klingel ist zugefroren. Als hätte seit Jahren niemand mehr draufgedrückt. Ich atme tief durch, schließe die Augen und sammle all meinen Mut. Heute brauche ich jeden Fetzen. Der Klingelton ist schrill. Lange muss ich nicht warten, bis aufgemacht wird.

»Hi.« Meine Mutter steht vor mir. Ihre großen Augen schauen mich schockiert an, als würde sich vor ihr ein Geist materialisieren und nicht ihre jüngste Tochter.

»Hey«, nuschle ich.

Ich linse an ihr vorbei in den riesigen Flur, dessen Marmorböden glänzen. Man könnte auf ihnen zu Abend essen, ehrlich gesagt besser als am selben Tisch wie meine Familie.

Meine Mutter macht einen abrupten Schritt zur Seite und bedeutet mir, reinzukommen. »Wie war die Fahrt?«

Ihr sonst schulterlanges glattes Haar ist heute lockig. Es umrahmt die prallen Filler-Wangen, die sie sich über die letzten Jahre zugelegt hat, um ihre Falten zu kaschieren.

»Ganz okay.«

Die Fußbodenheizung wärmt mich, nachdem ich meine Schuhe ausgezogen habe. In meiner Jacke wird mir ganz heiß, und meine Tasche zieht mich zu Boden. In den Abgrund. Das Lachen, das aus dem Esszimmer kommt, quietscht in meinen Ohren. Am liebsten möchte ich kein Wort mit niemandem wechseln. Möchte umdrehen und einfach gehen.

»Wir haben schon angefangen«, sagt meine Mutter mit einem entschuldigenden Unterton. Er umschmeichelt die Vokale ihrer Wörter, aber ist unehrlich. Wie eine Schutzhülle, um ... um was genau? Um mich nicht zu enttäuschen? Mir nicht das Gefühl zu geben, dass ich nicht wichtig bin? Nicht willkommen? Dieses Gefühl könnten selbst eine Million nette Worte nicht aus mir herausspülen. Wie ein Rotweinfleck auf einer weißen Hose klebt es an mir.

»Nicht schlimm«, antworte ich schmallippig und versuche, ein Lächeln aufzusetzen. »Alles Gute zum Geburtstag.«

Ihre Gesichtszüge erweichen, ich erkenne fast die Frau, die sie einmal war – die ich aus den alten Analogbildern kenne. Da schien sie noch glücklich und voller Lebensfreude.

»Danke, Zelal.«

Sie geht vor, und ich folge ihr, als wäre mir das Haus fremd, in dem ich aufgewachsen bin. Als wären die Mahagonitüren neu. Als würde die Treppe nicht in das Stockwerk mit den Schlafzimmern führen, in denen ich mich vor den Schikanen meiner Schwester versteckt habe.

Das Esszimmer kam mir schon immer gigantisch vor. Mit den hohen Decken, den dunkle Möbeln und der Deko hat es einen imposanten Eindruck hinterlassen. Aber in diesem Moment schrumpft es vor meinen Augen. Der Raum quillt mit Leuten über, die mir allesamt unbekannt sind. Außer ein paar wenigen, die engere Familie sind … die ich seit meinem Umzug nach Berlin nicht mehr gesehen habe.

»Zelal!«, ruft mein Vater und löst sich aus einer Traube Menschen, die gespannt in meine Richtung blicken.

Er ist groß. Früher kam er mir wie ein Riese vor. Da habe ich mich an sein Hosenbein geklammert, wenn ich Angst hatte, und er hat wiederholt, wie nervig es ist, den Anzug in die Reinigung geben zu müssen.

Das aufgesetzte Lächeln verschwindet, nachdem er vor mir zum Stehen kommt. Ich muss durchatmen und zähle bis fünf, bevor er spricht.

»Warum bist du so spät?«, zischt er. Das ist keine echte Frage. Die scharf zusammengezogenen Augenbrauen und die zu einem Strich gepressten Lippen zeugen von seinem unterdrückten Schreien. Er ist leicht reizbar. Aber nicht vor diesen Menschen, nicht wenn alle sehen können, was er wirklich ist. Denn so egal wie ich ihm bin, so wichtig ist ihm sein Ruf.

Der Griff um sein Weinglas wird fester. Meine Mutter steht wie versteinert neben mir und versucht gar nicht erst, dazwischenzugehen. Ich bin eher überrascht, dass meine Schwester ihn nicht anfeuert. Sie hat sich wahrscheinlich unter seine Freunde und Freundinnen gemischt, um zu networken.

»Ich … es tut mir leid«, flüstere ich und stecke nichtexistente Strähnen hinter mein Ohr. Die letzten dreißig Minuten der Fahrt habe ich mich im Bad des Zuges verbarrikadiert und versucht, mich herzurichten. Die gefärbten Haare unter den dunklen zu verstecken. Meine Ohrpiercings rauszunehmen, obwohl bei den neuen die Sorge besteht, dass sie innerhalb von verdammten drei Sekunden wieder zuwachsen. Meinen Septumring habe ich hochgedreht, damit mein Vater sich nicht darüber beschwert.

»Geh ins Bad, schmink dich richtig und zieh dir was Gescheites an.« Er setzt ein Schlangengrinsen auf, durch das die Szene um uns plötzlich wieder an Farbe gewinnt. Als hätte jeder den Atem angehalten und darauf gewartet, was Faysal Korkmaz zu sagen hat, auch wenn ihn niemand außer meiner Mutter und mir hören kann. »Es war schon peinlich genug, dass du die Gäste hast warten lassen.«

»Entschuldige«, versuche ich es noch mal, doch das kommt bei ihm nicht an. Seine harte Miene wird nicht weicher, er schlägt keinen netteren Ton an oder entschuldigt sich für die scharfen Worte. Darauf kann ich lange warten, denn hinter seinen tiefblauen Augen verbirgt sich kein Verständnis, egal wie sehr ich danach suche.

Jeder behandelt mich zwar, als wäre ich eine Gästin in meinem eigenen Haus, aber ich finde den Weg ins Bad problemlos. Ich bin ihn schließlich Tausende Male gegangen, weil wir uns vor und nach dem Essen immer die Hände waschen mussten.

Mein Eyeliner ist dick und lang, etwas verlaufen, aber nichts, was ein Wattestäbchen nicht beheben könnte. Der Lippenstift ist um einiges mitgenommener. Meinem Vater geht es jedoch nicht um den Zustand des Make-ups, sondern darum, welches ich benutze. Ich sehe in seinen Augen nicht elegant genug aus. Mir sieht man an, dass ich mich geschminkt habe. Etwas, das er nicht abhaben kann, denn man schaue nicht ›stilvoll‹ aus, sondern wie eine ›Hure‹. Obwohl ich bereits versucht habe, seinen Erwartungen gerecht zu werden. Mein Lidstrich ist dünner als sonst, der Lippenstift nicht dunkel. Für meine Verhältnisse ist das natürliches Make-up. Aber ich hätte wissen müssen, dass weniger mehr ist. Ich hätte mich besser auf meine Familie vorbereiten müssen.

Mit ein bisschen Seife und Toilettenpapier wische ich den Lippenstift weg und schmälere den Eyeliner. Der Spiegel wirft mir ein Bild entgegen, das ich seit Jahren versuche, zu ignorieren. Die Version von mir, die ich nicht mehr sein möchte. Die ich sein muss, damit der Abend heute erträglich wird. Damit mein Vater in mir mehr als eine Enttäuschung sieht.

»Nur heute«, flüstere ich mir selbst zu. Nur heute, morgen fahre ich wieder zurück. Dann muss ich sie für das ganze nächste Jahr nicht sehen. Muss mir die missbilligenden Blicke nicht antun, auch wenn das Einzige, was ich will, eine einfache Umarmung ist.

Fürs Umziehen hatte ich in der Hektik keine Zeit mehr, aber ich habe Kleidung eingepackt, die mein Vater befürworten würde. Ich tausche meinen Pullover gegen ein Satinhemd aus meinem Rucksack ein und fühle mich augenblicklich nicht mehr wie ich.

Ein Klopfen reißt mich aus den Gedanken, und ich atme tief durch, in der Hoffnung, dass meine Stimme nicht versagt. »*Anne* hat gesagt, dass ich dir Schuhe bringen soll.«

Ena. Sie wird die Firma unseres Vaters übernehmen, wenn es so weit ist.

Ich öffne die Tür, und sie reicht mir hohe Lackschuhe. Ihr Lächeln ist antrainiert und falsch. Das Gesicht gerade einmal geküsst von einem Hauch Farbe. Nicht wie meins. Ihre Haare haben nie die chemische Hitze von Bleichmittel erleben müssen. Sie war schon immer perfekt.

»Danke.« Sogar dieses eine Wort schmeckt giftig. »Wie geht es dir?«

Ihr Lächeln wird breiter, und sie legt den Kopf schief. »Bleibt der Eyeliner?«

Ich beiße mir auf die Lippe und spiele mit den schmalen Riemen der Schuhe. »Eigentlich schon. Ist er immer noch zu dick?«

Ihr Blick versteinert. Mehrere Sekunden verstreichen, in denen niemand von uns etwas sagt. Ist vor ihren Augen ein riesiges *Error404* aufgeploppt, oder warum antwortet sie nicht?

»Er ist definitiv … erkennbar.« Sie nickt und entfernt sich vom Türrahmen. »Mama öffnet gleich die Geschenke. Beeil dich.«

Kein »Mir geht es gut, wie geht es dir?« oder »Schön, dass du da bist«. Nichts dergleichen. Jede Sekunde ist besser, wenn ich nicht dabei bin, weil sie so tun kann, als wäre sie ein Einzelkind.

Ich schlüpfe in die Schuhe, atme tief durch, nehme die Geschenktüte aus dem Rucksack und gehe endlich ins Esszimmer. Je schneller ich da bin, desto eher gewöhne ich mich daran, und der Abend kann reibungslos verlaufen.

»Soll ich Ihnen das abnehmen?« Eine fremde Frau streckt ihre Hände nach der Tüte aus und zeigt auf den Tisch, auf dem sich bereits Geschenke stapeln. »Dann kann ich es dazustellen.«

»Danke, aber ich übergebe es ihr jetzt sowieso«, antworte ich.

Ich kann mich nicht erinnern, dass mein Vater sich je so viel Mühe für meine Mutter gegeben hat. Die Party ist riesig, doch gefüllt mit Gästen, die er einladen würde. Meine Mutter ist introvertiert. Sie hatte nie viele Freunde und Freundinnen. Als die Firma meines Vaters gewachsen ist, meine Eltern umgezogen sind, ist ihr sozialer Kreis kleiner geworden. Heute sehe ich niemanden hier, den sie kennt.

Sie steht im Wintergarten, der Küche und Esszimmer vereint. Die Leute haben sich in kleinen Gruppen im ganzen Raum verteilt und unterhalten sich. Kellner und Kellnerinnen laufen durch die Menge und bieten Häppchen an.

»Ich habe ein Geschenk für dich«, sage ich und bleibe neben ihr stehen. Die Blumen und Pflanzen, die sie großzieht, zieren die Fensterfronten, und mittendrin steht ein kleiner Brunnen, um den herum gemütliche Stühle platziert sind.

Meine Mutter schreckt für einen Moment zusammen, bevor sich ein Lächeln auf ihren Lippen ausbreitet. »Du hättest mir nichts bringen müssen.«

»Es ist nichts Großes, aber selbst gemacht«, erkläre ich.

Das Material hat zwanzig Euro gekostet. Ich weiß nicht einmal, ob es ihr gefallen wird. Mittlerweile ist sie ganz anderes gewohnt.

Sie öffnet die Tüte und holt den braunen Schal hervor. »Ach …« Ihre Finger graben sich in die Wolle, und die Mundwinkel wandern nach unten. Gefällt er ihr nicht? »Danke, mein Schatz.« Sie drückt ihn gegen ihre Brust und umarmt mich mit einer Plötzlichkeit, die mich überrumpelt. In meiner Familie wird Zuneigung nur selten in Form von Zärtlichkeiten zur Schau gestellt. Ich kann an einer Hand abzählen, wie oft mein Vater mich umarmt hat.

Vorsichtig lege ich auch die Arme um sie und könnte in dem Moment losheulen. Hemmungslos und wahrscheinlich für die nächsten Stunden. Oder Tage.

»Was ist hier los?« Mein Vater baut sich in Lichtgeschwindigkeit vor uns auf, weswegen ich mich der Umarmung entziehe. Der Wärme meiner Mutter.

»Zelal hat mir ihr Geburtstagsgeschenk gegeben.« Mit einem stolzen Lächeln hält sie den Schal hoch. Dieses Lächeln habe ich vielleicht von ihr bekommen, als ich klein war. Als ich nicht wusste, was Fehler sind.

Mein Vater reißt ihn an sich und mustert die Wolle wie einen außerirdischen Gegenstand. »Du wirst dich bestimmt über unsere Geschenke freuen. Jetzt, wo deine Erwartungen nicht mehr allzu hoch sind.«

Das Grinsen auf seinen Lippen ist so falsch, dass nicht einmal meine Mutter Freude schauspielern kann, obwohl sie sonst gut darin ist. Darin, ihn glücklich zu machen. Ihn ruhig zu halten.

»Er ist selbst gestrickt«, kontere ich leise, weil ich mich mehr nicht traue. Neben ihm schrumpfe ich, bis ich mich selbst nicht mehr erkenne. Alles in mir zieht sich in Erwartung dessen zusammen, was jetzt kommen wird. Ich möchte hier nicht mehr sein. Gott, alles, nur nicht das.

Er drückt mir den Schal in die Arme, sodass die kratzige Wolle im Angesicht seiner folgenden Boshaftigkeit mein einziger Halt ist. »So wie alles, was du deiner Mutter auf den Kühlschrank geklatscht hast, seitdem du gehen kannst? Das macht es sentimental, nicht schön.«

Manchmal frage ich mich, was ich getan habe. Denn egal was es ist, es kann nicht so schlimm gewesen sein. Es kann nicht sein, dass mein eigener Vater mich genug hasst, um solche Sachen zu sagen. Ich möchte die Zeit zurückdrehen und genau das nicht tun. Genau das verhindern. Was auch immer es war. Denn *ich* kann es mir beim besten Willen nicht erklären.

»Es reicht«, flüstere ich, den Tränen nahe – wie immer, wenn ich hier bin. »Ich kann das nicht mehr.«

Mein Vater zieht die Augenbrauen zusammen, als verstünde er wirklich nicht, was ich meine.

»Konstant versuche ich es mit euch. Weil ich will, dass es funktioniert. Dass wir eine Familie sind.« Meine Stimme zittert. Ich wünschte, sie täte es nicht. Sie wäre stark, denn vor diesem Mann darf ich keine Schwäche zeigen. Er sieht sie nicht als Einladung, seine Tochter zu beruhigen und zu trösten, sondern als Bestätigung seiner Vermutungen: Ich bin schwach und anders als er.

»Zelal …« Meine Mutter kommt auf mich zu und will mich in ihre Arme ziehen, aber ich möchte weg. Weit weg. Zurück nach Berlin, raus aus diesem stickig großen Haus. Ich möchte befreit einatmen können.

»Canan, du hältst dich da raus«, spuckt mein Vater in Richtung meiner Mutter. Mein Respekt ihr gegenüber verpufft, als sie die Arme vor der Brust verschränkt und sich weiter von mir trennt. Immer macht sie sich klein, um ihn glücklich zu sehen. Immer muss sie zurückstecken, damit er nichts zu meckern hat. Immer wir, nie er.

»Du veranstaltest diese Party für dich und dein schlechtes Gewissen«, zische ich, wodurch sein amüsierter Gesichtsausdruck augenblicklich erstirbt. »Wer war es diesmal?«, frage ich. »Hast du sie mit deiner Sekretärin betrogen und musstest es wiedergutmachen, damit sie dich nicht verlässt und die Hälfte deines Vermögens mitnimmt?«

»Es reicht.« Er ist ruhig, lässt sich nichts anmerken außer der Ader, die verräterisch an seiner Schläfe pocht.

»Das war schrecklich kurzsichtig von dir, die Firma mit ihrem Namen zu gründen, oder?« Jedes Wort schmeckt bitter, aber ich schlucke und ignoriere die Warnsignale, die in meinem Hirn angehen. »Sie hat die Oberhand, und du musst es einfach hinnehmen. Der ach so große Faysal ist neben seiner Frau ein winziger Wurm.«

Das Glas fällt aus seiner Hand und zersplittert in Abermillionen kleine Kristalle, die das gedämpfte Licht brechen. Es knirscht unter seinen teuren Schuhen. »Du bist eine verzogene Göre, Zelal. Dabei habe ich nichts getan, als *dich* hinzunehmen«, schimpft er leise.

Ich möchte etwas erwidern. Ihm sagen, dass es besser gewesen wäre, er hätte mich nicht hingenommen, statt mich zu schikanieren. All das liegt mir auf der Zunge, brennt sich ein, hinterlässt unsichtbare Narben, denn mein Mut verlässt mich in dem Moment, in dem er mit aller Kraft nach meinem Oberarm greift.

»Ich habe dich großgezogen, als wärst du –«

»Hör auf!«, geht meine Mutter dazwischen und schenkt ihm einen so unterwürfigen, flehenden Blick, dass ich ihnen vor die Füße kotzen könnte.

»Ich habe keine Lust mehr, wie der Böse dazustehen.« Er richtet die Augen wieder auf mich. Der Ekel, in denen sie schwimmen, schmälert meine Wut. Pure Angst fließt durch mich. »Du beschuldigst mich immer und immer wieder wegen der gleichen Scheiße. Seit Jahren. Habe ich sie betrogen? Ja. Natürlich. Warum auch nicht, wenn deine Mutter das Spielchen begonnen hat?«

Ich muss mehrmals blinzeln, bevor ich registriere, *was* er von sich gibt. Meine Mutter legt eine Hand über ihren Mund. Das leise Weinen kommt nicht bei mir an. Nichts kommt richtig an. Die Party scheint ein weit entferntes Versprechen.

»Mein Fremdgehen hatte wenigstens keine langjährigen Folgen, ist dir das klar, Zelal?« Er lacht auf, und ich weiß … ich weiß, das hier wird der Todesstoß. »Ich habe kein Balg in unsere Ehe gebracht, das nicht ihres ist.«

»Nein«, wispere ich. Zu mehr bin ich nicht imstande. Mehr ist einfach nicht drin, während alles um mich dunkler, jede Person ruhiger wird, bis die Party zum Stillstand kommt. Die Musik stoppt, und ich schmecke die Pfefferminzbonbons in meinem Mund, die ich als Kind geliebt und mein Vater gehasst hat.

»O doch.« Er nickt mehrmals und lässt mich los, aber ich spüre meinen Arm längst nicht mehr.

»Faysal.« Die Stimme meiner Mutter bricht genauso wie das Rotweinglas, das den Boden ziert.

»Nein, ich halte das nicht mehr aus«, flüstert er in ihre Richtung, bevor er mich wieder anschaut. »Vielleicht sind wir uns ähnlich. Du hast nämlich recht, ich habe dich hingenommen, weil ich so kurzsichtig war, meine Arbeit, meinen Fleiß in die Hände deiner Mutter zu legen, als ich Anfang zwanzig war.«

Ich bin mir sicher, ich ersticke. An seinen Worten, meinen Worten, an der dünner werdenden Luft. An allem, was sich wie klebriger Honig um mich legt. Ich breche, zersplittere. Und es gibt nichts, was mich wieder zusammenkitten könnte.

ACHTZEHN | HEJDEH

Zelal

Der letzte Zug nach Hause – mein echtes Zuhause – war teuer. Das war mir egal, ich wollte einfach aus der Villa. Meine Mutter hat mich angefleht, zu bleiben, darüber zu sprechen und den Abend nicht abrupt zu beenden. Aber ich konnte nicht mehr. Ich konnte neben den Gästen nicht so tun, als wäre nichts. Lachen, wenn etwas Unlustiges gesagt wurde. Mein Vater hat die Lüge meines Lebens vor mir offenbart, und ich habe genau das getan, was er wollte: Ich bin gegangen und habe ihn und seine Familie alleingelassen. Die Familie, die er anderen vorzeigen kann, während er mit mir immer zu kämpfen hatte.

Jetzt weiß ich auch, wieso. Warum ich nie in das reinweiße Bild gepasst und immer aus der Reihe getanzt habe, indem ich als Kind schon rebellisch war. Seine Wünsche nicht hinnehmen konnte wie meine Schwester, die wegen ihm Jura studiert hat, obwohl sie früher Soziale Arbeit machen wollte. Er ist durch sie gedrungen, hat sie nach seinen Wünschen geformt, und bei mir ist er auf Widerstand gestoßen. Ich habe versucht, ihn, meine Familie zu lieben, aber ich darf sie nicht mehr lieben als mich selbst. Ich kann mich nicht komplett verändern, weil sie es wollen. Mich so lange verbiegen, bis ich zu etwas zerbreche, das ich nicht bin.

Um halb sechs am Hauptbahnhof zu stehen und die immer wieder aufsteigenden Tränen zu unterdrücken, ist um keinen Preis der Welt wiedergutzumachen.

Trotz der Uhrzeit ist es voll, und ich weiß nicht, wohin mit mir. Talhah ist mit Evren weggefahren, Atlas hat irgendeine mehrtägige Konferenz, und Yousef ist bei seinen Eltern. Der Einzige unter uns, der beide hat oder mag.

Bleibt noch Saf. Safiya, die ich mit meinen Problemen nicht nerven möchte, weil ich sie erschrecken würde, wenn ich um diese Zeit vor ihrer Tür auftauche. Was sich im ersten Bachelorjahr häufte. Ich kann mir nicht erklären, wie sie mich überhaupt ausgehalten hat.

Mit tränenverschleiertem Blick und nassen Wangen tippe ich in der Liste vergangener Anrufe trotzdem auf ihren Namen und drücke das Telefon gegen mein Ohr. Ich habe sonst niemanden.

Es piept einmal, bevor sie abnimmt, was ich zum Anlass nehme, um völlig zusammenzubrechen.

»Saf, er ist nicht mein Vater.« Die Worte reißen mir die Brust auf. »Und das Schlimmste? Ich weiß nicht, wie ich mich fühlen soll.«

»Zel, ist alles in Ordnung?«

Nicht die süßliche Stimme meiner besten Freundin hallt in meinen Ohren wider. Nein. Levis verschlafene, kratzige.

Das ist der Tropfen, der das Fass zum Überlaufen bringt. Ich schluchze so laut auf, dass ich mich selbst verängstige. Nicht mal die richtige Nummer kann ich auswählen. Das hat mein Vater mit mir angestellt … mein Ziehvater? Ich habe keine Ahnung, was alles noch schlimmer macht.

Ich möchte auf Levis Frage antworten und auflegen. Mich in meinem Bett vergraben und nie wieder aufstehen. Meine Tränen wegwischen und mich freuen, dass ich *endlich* von diesem Mann befreit bin. Und zeitgleich weinen, weil jeglicher Versuch, mich anzupassen und geliebt zu werden, nichts gebracht hat. Er wollte mich sowieso nie. Egal wie sehr ich mich angestrengt habe, es hätte nie funktioniert.

»Zelal, du machst mir Angst.« Plötzlich klingt er hellwach. »Bist du an einem Bahnhof? Ich höre die Ansagen.«

Obwohl er mich nicht sehen kann, nicke ich. Mehrmals muss ich Luft holen, bevor ich Wörter aneinanderreihen kann. »Am Hauptbahnhof.«

Es raschelt in der Leitung, und einzig Levis nervöser Atem kommt bei mir an. »Ich bin in fünfzehn Minuten am Taxistand beim Eingang.«

»Du brauchst nicht –«

»Nein, warte auf mich und komm dahin. Ich bin gleich da.«

Die Leitung ist tot. Das Piepsen erinnert daran, dass ich wirklich mit Levi gesprochen und es mir nicht eingebildet habe. Ich habe ihn morgens aus dem Schlaf gerissen, und jetzt holt er mich ab. Was dann? Was will er tun? Er hätte nicht einmal ans Telefon gehen müssen. Ich wünschte, er hätte nicht abgehoben. Dann würde er mich nicht in diesem Zustand sehen. Völlig verheult, noch immer die Bluse von gestern Abend an. Die hohen Schuhe habe ich im Bad gelassen, als ich meine Tasche genommen habe und regelrecht aus dem Haus geflohen bin. Mein Augen-Make-up muss überall sein, nur nicht auf meinen Lidern, und meine Haare gleichen einem Vogelnest.

Das schlechte Gewissen macht sich wie ein Fegefeuer in meiner Brust breit, aber ich gehe trotzdem die Treppen hinunter, um zum Taxistand zu kommen. Lange darf man dort nicht stehen, also vertreibe ich mir die Wartezeit in einer der Buchhandlungen. An Bahnhöfen ist die Auswahl immer limitiert, aber die Ablenkung ist jetzt vorrangig. Ich möchte nicht an meine Familie denken. Nicht an meine Schwester, die eigentlich meine Halbschwester ist, nicht an meinen Vater, der mich geduldet hat, um sein Geld zu behalten, nicht meine Mutter, die es meinetwegen mit ihm ausgehalten hat.

Ihre genaue Wortwahl lautete: *Er war kalt und nie da. Ich habe Zuneigung in jemand anderem gesucht. Dein Vater hat dich aufgenommen, weil ich ihm mit einer Scheidung gedroht habe, die ihn die Firma und sein Vermögen gekostet hätte. Das Einzige, was ich wollte, war, dass du eine liebende Familie hast statt einer alleinerziehenden Mutter.*

Ich bin der felsenfesten Überzeugung, dass meine Kindheit um einiges liebevoller gewesen wäre, hätte sie mich allein großgezogen. Vielleicht wäre meine Schwester dann nicht hasserfüllt. Unser Vater hat mir viel mehr kaputtgemacht als gegeben. Mein innerer Kompass ist angeschlagen, und ich habe konstant Angst. Angst davor, in allen Lebensaspekten zu versagen. Diese Situation wäre vermeidbar gewesen.

Ich verlasse den Laden, ohne etwas gekauft zu haben, um an die frische Luft zu treten. Das gläserne Gebäude des Hauptbahnhofs reflektiert die Lichter der Stadt, die die Sterne ersetzen müssen, weil man sie hier selten sieht. Gelbe Autos haben sich am Straßenrand direkt vor dem Bahnhofsplatz wie Entenküken aufgereiht, die auf ihre Mutter warten. Es sind nicht allzu viele wie sonst, trotzdem lehnen sich Frauen und Männer gegen ihre Autos und lauern geduldig Reisenden auf, die sie mitnehmen können.

Vor mir macht ein schwarzes Auto halt, das Levi gehört. Er parkt blitzschnell auf einem der freien Plätze ein. Der erste Fahrer geht genervt auf ihn zu. Hier ist das Halten für alle anderen strengstens verboten – es hindert Taxifahrende daran, ihren Job effektiv zu machen.

Ich eile auf das Auto zu, damit wir sofort wegfahren können. Als Levi aussteigt, steht der Typ schon vor der Tür, aber Levi interessiert das nicht. Unbeirrt visiert er mich an.

»Du darfst hier nicht parken«, keift der Fahrer, sodass mich das schlechte Gewissen überkommt. So viel Aufruhr wegen mir …

Levi schiebt sich an ihm vorbei. »Alter, gib mir eine Scheißminute. Ich bin gleich weg.«

Der Mann will zu einer Antwort ansetzen, aber Levi lässt es nicht zu und nähert sich mir. »Siehst du nicht, wie beschissen es ihr geht?« Er sagt es in einem ruhigen, fast ängstlichen Ton.

Ich denke nicht, dass der Taxifahrer es überhaupt gehört hat. Aber ich schon – die Wörter drücken automatisch auf meine Tränendrüsen. Mir geht es miserabel, und ich bin erleichtert zugleich. Und jetzt steht mein Dozent in grauer Jogginghose und schwarzem Mantel vor mir. Weil er sich nicht mal Zeit nehmen konnte, um sich umzuziehen.

»Hi«, kommt es gebrochen von mir. Nachdem sich sein Gesicht zu einer traurigen Miene verzieht, fange ich wie ein Schlosshund an, zu weinen.

»Komm her«, flüstert er und umarmt mich, sodass seine Wärme mich vor der Morgenkälte schützt.

Die Umarmung ist stark. Als versuche er, den Schmerz, die Trauer und die Angst aus meinem Inneren zu wringen und auf den verdreckten Berliner Boden fließen zu lassen. Er gräbt eine Hand in meine Haare, weswegen ich nicht mehr aufhören kann, sein Oberteil vollzuheulen. Ihm ist das egal, er drückt mich fester gegen sich, was mir gelegen kommt. Ich möchte mich nicht von ihm trennen. Nicht, wenn er mir eine Sicherheit schenkt, deren letzte Überreste mir gestern Abend brutal aus den Händen gerissen wurden. Das Gesicht vergrabe ich tiefer an seiner Brust, wo ich den bekannten Duft einatme.

»Es tut mir leid, Zel«, flüstert er. »So verdammt leid.«

Der Kontext ist irrelevant – Levi versteht meinen Schmerz auch so. Er sieht ihn in den Rissen meiner sonst starken Mauer, hinter der ich das kleine Mädchen viel zu lange versteckt habe.

»Mein Vater ist nicht mein Vater. Er hat sich gezwungen gefühlt, mich großzuziehen, damit er sein beschissenes Geld nicht verliert.« Wo soll ich anfangen, um es ihm verständlich zu machen? Sollte ich das überhaupt? Ich möchte nur, dass er mich hält und nicht loslässt. Mich allein gegen die Welt zu stellen, fühlt sich gerade nicht machbar an. Der geringste Gegenwind könnte mich von den Füßen reißen.

»Das hast du nicht verdient«, flüstert er. »Niemand hat das verdient, aber allen voran nicht du.«

»Und ich weiß nicht, ob ich traurig sein soll oder endlich aufatmen darf«, nuschle ich, während die Tränen nicht aufhören, zu fließen. Betrauere ich die Vergangenheit, die anders hätte sein können, wenn meine Mutter sich getrennt hätte? Schlägt die Gegenwart mir in den Magen, weil ich diesmal *wirklich* ohne Familie bin? Habe ich Angst vor einer Zukunft, die ich sowieso hätte allein bestreiten müssen, aber die von einer kindlichen Hoffnung genährt wurde? Ich habe keinen blassen Schimmer.

»Es tut mir leid«, flüstert Levi.

Ich lehne mich leicht von ihm weg und schaue in sein Gesicht. Die Müdigkeit ist noch immer in seinen Augen zu sehen, die Haare sind komplett durcheinander, und er ist unrasiert.

»Sorry, ich wollte dich nicht aus dem Schlaf reißen, ich habe versucht, Safiya anzurufen«, sage ich schniefend.

Er beugt sich zu mir herunter und wischt mit den Daumen Tränen aus meinen Augenwinkeln. »Frau Bakari ist dir bestimmt dankbar.«

Seine Lippen umspielt ein ehrliches Lächeln. »Es ist okay, dass du mich angerufen hast. Ich wäre um sechs eh aufgestanden. Wollte zum Sport, also danke für die Ablenkung.«

Ich lache. »Du machst freiwillig Sport? Ekelhaft.«

Seine Finger verlassen meine Haut nicht. Können wir nicht genau so verharren? »Muss das Rauchen und Am-Schreibtisch-Sitzen ja irgendwie ausgleichen.«

»Wirklich?«, frage ich rhetorisch. »Ich lass mich von den Nacken- und Schulterschmerzen übermannen und hoffe aufs Beste.«

Die Sorge in seinen Zügen nimmt allmählich ab, weshalb er von meinem Gesicht ablässt. Kälte wandert in meine Knochen, und ich werde wieder an den Hauptbahnhof teleportiert, den ich zwischen Levis warmen Händen längst verlassen hatte. »Lass uns ins Auto und was frühstücken.«

Ich fahre über mein Gesicht, um die letzten Tränen wegzuwischen, und folge ihm zum Wagen.

»Das war länger als eine ›Scheißminute‹«, äfft der Taxifahrer das letzte Wort nach, während Levi das Auto aufschließt und die Beifahrertür für mich öffnet.

Mit fahrigen Bewegungen fährt er sich durchs Haar und knallt, nachdem ich eingestiegen bin, die Tür ins Schloss. Er umrundet das Auto und bleibt vor der Windschutzscheibe stehen. »In der Minute hättest du Kundschaft machen können, anstatt mir auf den Sack zu gehen.«

Ich erlebe Levi zum ersten Mal so aufgebracht. Er schreit nicht, gestikuliert nicht wild oder sieht wütend aus. Bloß die Sprache, die er benutzt, ist anders als sonst. Ich erinnere mich, wie er *Mundwerk* mir gegenüber benutzt hat. Fast habe ich erwartet, dass auch *töricht* dazukommt, aber er scheint sich besser im Griff zu haben als manch anderer Historiker.

Er dreht sich weg, obwohl der Fahrer noch etwas sagt, das das Glas und die Entfernung für mich dämpfen. Levi reißt wütend die Tür auf, setzt sich ins Innere und startet den Motor.

»Die sind hier immer so scheißpenetrant«, regt er sich leise auf.

Ohne lange vor- und zurückzufahren, parkt er aus. Das muss das Attraktivste sein, was er je getan hat. Ich bin eine Niete im Autofahren und würde dreimal in Ohnmacht fallen, wenn ich in Berlin parallel einparken müsste.

»Sie machen ihren Job.«

Er rollt mit den Augen. »Ich nehme keinem den Job weg, wenn ich für genau zwei Minuten bei ihnen parke. Um sechs Uhr morgens!«

»Vielleicht ist es auch einfach aus Prinzip.« Wenn sie es jedem erlauben, dann können sie es gar nicht mehr managen und verlieren wirklich Kundschaft.

»Verstehe ich ja auch. Aber sie sollen sich ein Herz fassen und kurz geduldig sein, wenn sie sehen, dass man sich um jemanden kümmert, dem es anscheinend gar nicht gut geht.« Sein Blick huscht für eine Sekunde von der Straße zu mir, was in mir wieder den Drang zum Weinen auslöst.

»Danke«, flüstere ich und spiele mit dem Riemen meines Rucksacks. »Du hättest nicht kommen müssen. Das war nicht deine Aufgabe.«

»Ich habe das Gefühl, wir haben uns die letzten Wochen über viel zu oft in Aufgaben verstrickt, die nicht in unsere Bereiche fallen …« Er lässt den Satz in der Luft hängen, und ich weiß nicht, wie ich ihn deuten soll. Ihm muss es genauso gehen. Denn er sitzt hier, ist wegen mir aus dem Haus geeilt und möchte zusammen frühstücken.

»Ist das schlecht?« Eigentlich sollte das ein Gedanke bleiben. Ein Gedanke, über dem irgendwo tief in mir drin mein schwärmendes Ich brütet. Den ich in mir widerhallen lasse, dem ich aber niemals erlaube, nach draußen getragen zu werden. Weil er meine Gefühle echt … greifbar macht. Das hier kann nicht mehr als eine kleine Schwärmerei sein, der ich in ein paar Wochen, spätestens Monaten entkomme. Zwischen mir und Levi darf nichts passieren.

»Willst du meine ehrliche Meinung?« Er hält an einer roten Ampel und blickt zu mir.

Ich nicke vorsichtig.

»Ich habe keinen blassen Schimmer.«

»Vorgestern am Telefon hast du dich anders angehört«, sage ich verwirrt.

Er seufzt und fährt wieder an. »Du weißt bestimmt, was ich eigentlich sagen wollte. Ich habe am Ende die Kurve gekriegt, weil ich nicht wollte, dass das hier geschieht.«

Uns beiden ist klar, was er meint. Aber ich kann nichts sagen, dafür bin ich viel zu verängstigt. Das Was-wäre-wenn schnürt mir die Luft ab. Ich möchte nicht, dass hieraus mehr wird. Dass er genauso empfindet wie ich. Denn das würde bedeuten, dass wir vielleicht, ganz vielleicht einen Schritt weiter gehen, und ich traue meiner Einschätzung nicht.

Ich vertraue *mir* nicht.

Was ist, wenn ich Gefallen an ihm habe, weil er eine Autoritätsperson ist, obwohl es sich nicht so anfühlt? Weil er älter und erfolgreicher ist? Nicht, weil ich seine sarkastische und zugleich trockene Art mag. Nicht, weil er unglaublich intelligent ist, das aber nicht wie ein Aushängeschild um den Hals trägt. Nicht, weil er manchmal großkotzig ist, das aber attraktiv wirkt, da er es sich leisten kann. Nicht, weil er alles stehen und liegen lässt, um mir einen Seminar-Crashkurs am Telefon zu geben und mich vom Bahnhof abzuholen, weil es mir schlecht geht. Nicht, weil er sich offensichtlich und ohne etwas im Gegenzug zu verlangen um mich sorgt.

»Zimtschnecken würden mir gerade richtig guttun«, lenke ich vom Thema ab. Ich bin nicht im richtigen Headspace, um mich um potenzielle Gefühle zu kümmern. Mein Vater ist nicht mein Vater. Das ist das große Problem, das wie ein Fluch auf mir lastet.

»Ich will jetzt nicht den großen Hafermilch-Bio-Granola-Gentrifizierer raushängen lassen, aber hättest du Lust auf *Zeit für Brot*?«

Meine Stimmung hellt sich auf. »Oh, immer! Was ist das für eine Frage?!« Nichts ist besser als die Bio-Bäckereikette, die halb Berlin erobert hat.

»Okay.« Er nickt sich selbst zu und biegt links ab. Ich bin heilfroh, dass er eingelenkt hat. Ich kann nicht über ihn oder meine Gefühle nachdenken. »Also Zimtschnecken und Kaffee.«

»Haben die überhaupt schon auf?«

»Bestimmt.« Er wirkt unsicher. Wir haben erst Viertel nach sechs. Um diese Zeit würden mich keine zehn Pferde aus dem Bett kriegen, aber mit Levi zusammen zu sein, während Berlin erst aufwacht, ist schön. Sein Parfüm umhüllt mich, und die Wärme, die er ausstrahlt, schmilzt für diese Momente meine Trauer.

Fünfzehn Minuten vom Hauptbahnhof ist eine Filiale, in der ich schon etliche Male zum Sonntagsfrühstück war, wenn ich übers Wochenende mit Safiya weggefahren bin. Die Zimtschnecken sind buttrig, und die Milch hat die perfekte seidige Konsistenz. So einen Schaum könnte ich nicht einmal zaubern, würde ich zwanzig Jahre als Barista arbeiten.

Levi hält endlich vor einem kleinen Laden, in dem zwei Bäcker Hefeteig ausrollen und ein junger Mann mit größter Vorsicht Bleche voller Gebäck ins Schaufenster schiebt.

»Sieht so aus, als hätten sie zu.«

»Ich schau mal.« Er schnallt sich ab und steigt aus dem Auto.

Wahrscheinlich öffnen sie erst um sieben. Da kommen die meisten vor der Arbeit hereingeschneit.

Levi ruckelt an der verschlossenen Tür, lässt die Schultern hängen und steigt kopfschüttelnd wieder ins Auto. »Sie öffnen erst in einer halben Stunde. Wollen wir zu dem am Ku'damm? Der hat bestimmt auf, bis wir da sind. Dann können wir direkt zum Institut fahren. Oder willst du nach Hause?«

»Ich möchte nicht allein sein«, antworte ich.

Ablenkung kann nicht schaden. Und mit ihm im Büro zu sitzen, hört sich besser an, als einsam im Bett zu liegen.

So viel besser.

NEUNZEHN | NOZDEH

Zelal

»Deine Arbeit, die du am Samstagabend abgegeben hast …«, setzt Levi an.

Am liebsten möchte ich mein Gesicht im Kissen des Lesesessels vergraben. »Wie schlecht war sie? Sei ehrlich.« Ich nehme einen Bissen von meiner Zimtschnecke und spüle ihn mit einem großen Schluck des milchigen Kaffees herunter.

»Überhaupt nicht!«, beschwichtigt er. »Dafür, dass du nur den Crashkurs per Telefon hattest, war sie unglaublich gut durchdacht. Nette Ideen. Aber deine Kommasetzung ist katastrophal.«

Ich atme resigniert auf. »Als Germanistikstudentin sollte mich das mehr beschämen, als es in Wirklichkeit tut.«

Er trinkt aus seinem Becher und löst dabei nicht den Blick von mir. Das Kompressionsshirt, das er anhat, liegt eng um seinen Oberkörper. Mit meiner Vermutung, dass er Sport macht, habe ich ins Schwarze getroffen. Nicht, dass es in den Hemden nicht deutlich wäre … aber das Oberteil bringt seine starken Arme zur Geltung.

»Man hat gemerkt, dass du vor der Abgabe nicht mehr drübergeschaut hast.« Er spielt mit dem Viertelreißverschluss des Oberteils und fährt ihn vom Hals herunter und wieder hoch.

Ein Klopfen an der Bürotür lässt ihn in der Bewegung innehalten. Fragend schaut er zu mir, woraufhin ich mit den Schultern zucke.

Er steht auf und bleibt unweit von mir stehen, um die Tür einen Spaltbreit zu öffnen. Von hier habe ich einen besseren Blick auf sein Schlüsselbein, das freiliegt. Kleine schwarze Linien zieren es … Sind das Tattoos?

»Was machst du so früh hier?« Das ist Cecils Stimme. Was macht *sie* so früh hier? Sie ist sonst eine chronische Zuspätkommerin.

Levi kratzt sich am Hinterkopf. »Äh … ich muss Midterms benoten.«

»Ende Oktober?«

»Die Ersti-Vorlesung ist riesig. Damit die Studierenden vor Weihnachten ihre Ergebnisse bekommen, habe ich sie vorgezogen.«

»Das klingt nach viel Arbeit.« Sie hört sich nicht überzeugt an. »Lust auf einen Kaffee?«

Levi atmet zischend ein. »Ich würde supergern, muss aber echt an die Benotung.«

»Oh, okay.«

»Entschuldige. Das nächste Mal bestimmt.« Damit schließt er die Tür und dreht sich mit verwirrtem Ausdruck zu mir. »Ich habe sie montags noch nie um diese Uhrzeit im Institut gesehen«, sagt er, woraufhin ich lache.

»Erlebe ich auch zum ersten Mal, und ich bin seit einem Jahr studentische Hilfskraft«, antworte ich.

Ihr geht es wahrscheinlich wie mir – sie steht auf den neuen Postdoktoranden.

Er bleibt mitten im Raum stehen und schaut mich an, als würde ihm eine Frage auf der Zunge brennen, die er am Ende nicht stellt. »Ich sollte mich langsam umziehen. Mit Jogginghose kann man schlecht dozieren.«

Meine Finger sind klebrig, also lecke ich mir den Zuckerguss vom Daumen. Die Augen hat er weiterhin auf mich gerichtet. Sie verfolgen jede meiner Bewegungen, sodass mein Herz einen Schlag aussetzt.

»Ich würde dich nicht aufhalten.«

Während ich den Daumen vom Mund nehme und meinen Becher an meine Lippen führe, ist er leise. Seine konfrontative Art bleibt aus. In der Stille liegt eine Spannung, die so dick ist, dass ich die Hand nach ihr ausstrecken könnte.

Das ist nicht gut. Ganz und gar nicht. Aber ich bin viel zu tief drin, um umzudrehen. Ich laufe ins offene Messer. Freiwillig. Um zu erfahren, was er denkt. Was er von mir hält. Ob das Herz ihm auch gegen die Brust hämmert?

Er beißt sich auf die Lippe und wendet sich von mir ab. »Dir würde es gefallen, wenn meine Autorität von irgendwelchen Achtzehnjährigen untergraben wird?« Aus seiner Tasche holt er eine sauber gefaltete Hose hervor. »Wie nett von dir.«

»Du trägst Ersatzkleidung mit dir?« Ich schaue an meiner Bluse herunter, die ich dringend wechseln muss. Zum Glück ist in meinem Rucksack der Pullover von gestern.

»Ich habe meine Sachen abends rausgelegt und schnell in die Tasche geworfen, als du angerufen hast … man weiß nie.«

Levi ist ein ordnungsliebender Mensch, aber dass er seine Kleidung am Vortag aussucht, ist die Krönung, wegen der ich lauthals lache. Er wirft mir einen verwirrten Blick zu, als könne er nicht glauben, dass das auch nur ansatzweise witzig ist. Ich bin mir sicher, ihm würde der Kopf platzen, wenn er wüsste, dass ich neunzig Prozent der Zeit in gemütlicher Kleidung herumlaufe.

»Falls es dich belustigt … ich habe im Schrank neben den Regalen auch einen Dampfglätter. Für den Fall der Fälle.«

Es belustigt mich tatsächlich so sehr, dass ich mich vor Lachen kaum noch halten kann. Auf seine Lippen legt sich ein zufriedenes Grinsen, und zum ersten Mal seit gestern Abend ist nicht alles miserabel. Nicht grau und regnerisch.

Hier, in diesem Büro im Institut, steigt die Sonne auf und wärmt mein erkaltetes Herz. Neben Levi kann mir das echte Leben nichts anhaben. In diesem klitzekleinen Moment bin ich von meiner Familie befreit. Von meinem Vater.

»Für den Fall, dass deine Anzughose am Saum zerknittert?« Ich lache immer noch, aber das scheint ihn nicht zu stören.

Er bleibt vor mir stehen und klemmt die Kleidung unter seinen Arm. »Ja, oder wenn meine studentische Hilfskraft völlig verweint morgens um sechs Uhr anruft und ich für sie da sein möchte, aber auch nicht wie ein Gym Bro in meine Geschichtsvorlesung latschen will.«

Bei dem Begriff *Gym Bro* aus seinem Mund muss ich heftiger lachen. Es ist ungewohnt, aber eine willkommene Abwechslung. Ihn locker und entfernt von dem Postdoc-Getue zu sehen, ist fast erleichternd.

Und es sorgt dafür, dass sich mein Herz zusammenzieht und mein Magen ein paar Etagen tiefer rutscht.

Das sind keine guten Anzeichen. Das weiß ich. Das habe ich mir schon an dem Abend mit Safiya bewusst gemacht. Aber ich komme nicht drum herum. Er macht es mir viel zu einfach, Gefallen an ihm zu finden.

Irgendwann steht man vor einem Kipppunkt, an dem man sich entscheiden muss. Entweder dreht man um oder geht die letzten Meter weiter. Einmal losgegangen, gibt es kein Zurück mehr, egal was auf einen zukommt.

Ich bin an dieser Stelle angekommen und weiß, was ich tun muss. Das ist jedoch so weit von dem entfernt, was ich tun *möchte*, dass ich mit dem Kopf voraus ins Unbekannte springe.

»Na ja, für die meisten wärst du in einem Kompressionsshirt wahrscheinlich interessanter als *Geschichte 101*.« Ich muss schlucken, um seinem Blick standhalten zu können. Seine Augen werden groß, und er hält in der Bewegung inne. Erstarrt so abrupt, dass sich glühende Reue in mir ausbreitet. Was habe ich mir bei diesem Satz gedacht? Meine Klappe war schneller als mein Verstand … mal wieder.

Er öffnet den Mund, als wolle er etwas sagen, aber schließt ihn sofort wieder. Mit dem Stoff in seinen Händen spielend, beißt er sich auf die Lippe.

Für diesen einen gottverdammten Moment möchte ich Gedanken lesen können. Wissen, was in seinem Kopf vor sich geht, als er mich anschaut und seine Lider für eine halbe Sekunde schwerer werden, bevor er sich fängt.

Er räuspert sich und geht auf die Tür zu. »Bin gleich wieder da.«

Ich weiß, was *mir* durch den Kopf geht, und das ist nichts Vernünftiges.

Seufzend lasse ich mich in den Lesesessel zurückfallen. Der Zauber von eben verschwindet mit Levi durch die Tür, wodurch alles, was ich gesagt habe, wie eine Sintflut über mich hereinbricht. Meine

Worte, seine Reaktion, was zu Hause passiert ist überschwemmen mich mit solch einer Kraft, dass ich nach Luft schnappe.

Was habe ich getan?

Einen Mann, der mir beigestanden hat, von der Seite angemacht wie all diese Typen in Clubs und Bars, die man abgrundtief hasst. Ich bin nicht besser als sie. Deswegen halte ich mich normalerweise von Gefühlen, Beziehungen und Männern fern. Sie tun mir nicht gut. Ich schlage immer über die Stränge.

Vielleicht hätte ich Felix eine Chance geben sollen. Vielleicht bin ich dazu verflucht, bis in alle Ewigkeit nach dem Richtigen zu suchen und dabei alles zu versauen. Wie ein Kleinkind, das mit Fingerfarbe weiße Wände anmalt. Ich mache etwas Gutes kaputt, verderbe es in der Hoffnung, dass es besser wird.

Und zerstöre mir dabei *alles*.

»Hast du was zum Umziehen da?« Levi kommt mit sicheren Schritten wieder ins Büro. Seine gemütliche Kleidung hat er zusammengefaltet auf dem Arm. Ersetzt wurde sie durch eine altbekannte Stoffhose und ein Hemd. Er sieht wie immer aus, aber fühlt sich nicht mehr so an.

Ich zeige auf den Rucksack zu meinen Füßen. »Ich ziehe mich auch kurz um.« Die Anspannung in mir ist nichts Schönes mehr. Es ist nicht die kribblige Aufregung, die man vor einem ersten Date spürt, sondern die Übelkeit, die einen jedes Mal vor Prüfungen erwartet.

Die Luft im Flur ist frischer und kälter. Die ersten Professoren schließen ihre Büros auf, aber mich beachtet zum Glück niemand. Auf den Büroetagen sind die Toiletten einzeln abschließbar, sodass ich das Bad für mich habe.

Ich sehe furchtbar aus. Würde man den Spiegel fragen, würde er vermuten, dass ich für achtundvierzig Stunden im Berghain getanzt habe und meine einzig feste Mahlzeit LSD-Tabletten waren. Mein Eyeliner und die Wimperntusche sind überall, außer auf meinen Augen. Der Lippenstift sammelt sich in den Lippenfältchen, und meine Augen sind weiterhin rot und angeschwollen.

Es wäre lustig, wäre es nicht so verdammt scheiße.

Ich wasche mein Gesicht, schminke mich ordentlich neu und schlüpfe in einen gemütlichen Pullover. Fünf Minuten im Bad, und ich sehe nicht mehr aus, als hätten meine Eltern mir die schrecklichsten Nachrichten überhaupt mitgeteilt. Sehe nicht mehr aus, als hätte ich meinen Dozenten lasziv angeschaut und versucht, mit ihm zu flirten, weil ich mich nicht zu benehmen weiß. Weil ich es nie lernen musste. Weil genau dieses Verhalten die Leere in mir temporär gefüllt hat. Diese tiefe, in jede Zelle eindringende Leere, die nichts und niemand *wirklich* füllen kann. Auch Sex oder Beziehungen sind nur Billigpflaster auf Schusswunden.

Ich atme tief durch und fahre mir durch die Haare. Das Blau ist nicht mehr versteckt, meine Lippen erstrahlen in einem Dunkelrot, meine Ohren schmücken wieder ein Dutzend Piercings und mein Septumring ist sichtbar. Das bin ich. Es ist okay, dass meine Eltern mich so nicht akzeptieren wollen. Das macht mich nicht weniger wert. Ich bin ich. Und ich bin glücklich. Ich mag meine Freunde und Freundinnen, ich mag mein Studium, ich mag meine Tattoos.

Es ist auch okay, *mich* zu mögen. Lieben ist momentan vielleicht schwer, aber da komme ich noch hin. Irgendwann, wenn es nicht mehr schmerzt.

Das Lächeln auf meinen Lippen ist zum ersten Mal seit Langem nicht aufgezwungen, während ich mich auf den Weg zurück ins Büro mache. Ich überlege, wie ich mich bei Levi entschuldigen soll, doch mein Hirn gleicht einem der leeren Schreibdokumente, vor denen ich schon viel zu häufig saß. Der Cursor blinkt erwartungsvoll, aber ich weiß nicht, wie ich mit ihm sprechen soll, ohne mich vollends zu blamieren.

Er sitzt an seinem Schreibtisch, völlig vertieft in seinen Computer, und guckt nicht einmal auf, als ich die Tür hinter mir schließe.

»Du hast Cecil also wirklich nicht angelogen?«, frage ich sanft.

Sein Blick ist immer noch auf den Bildschirm gerichtet, und er stützt sein Kinn auf der Hand auf. »Jeder flunkert mal, aber eine geschätzte Kollegin würde ich niemals anlügen.«

Ich nicke, weil ich keine Antwort habe. Weil seine verdammt

wortkarg ist. Als wolle er nicht mit mir reden. Ich habe übertrieben.

»Wie sehr hast du die Erstis gequält?«, frage ich vorsichtig und nehme wieder den Platz auf dem Lesesessel ein. Mein Kaffee steht am Fußende. Ein Schluck aus dem Pappbecher verrät mir, dass er längst erkaltet ist.

Levi rückt näher an seinen Schreibtisch und kritzelt abgelenkt etwas auf ein Blatt, bevor er sich erneut dem Bildschirm widmet. »Nicht wirklich. Es war eine E-Klausur, und sie durften nebeneinandersitzen. Meine Erwartungen sind hoch, aber ich bin kein Unmensch.«

Seine Stimme hat die Leichtigkeit von eben verloren, und seine Augen suchen nicht nach einer Reaktion in meinen. Er will definitiv kein Gespräch mit mir führen. Meine Anwesenheit ist hier nicht mehr erwünscht, und ich möchte mich ihm auch nicht aufdrängen.

»Danke fürs Abholen«, flüstere ich und starre den dunklen Plastikdeckel des Bechers an. Wenn ich jetzt zu ihm schaue, werde ich wieder weinen. »Und fürs Frühstück. Und Hierherfahren. Ich … entschuldige. Wegen eben … ich …«

»Du hast nichts falsch gemacht.« Er hört sich bestimmt an, was meine Aufmerksamkeit einfordert. Nachdem er sich von seinem Computer abgewendet hat, schaut er mich mit weichem Blick an. »Es ist okay. Es war mein Fehler. Ich habe aus dem Ganzen mehr gemacht, als es sein sollte. Als es sein darf. Entschuldigung, Zelal.«

Dass er mich nicht Zel nennt, bricht mir auf eine tückische Art das Herz. Als wäre es aus Keramik und in Millionen Splitter zerfallen, die man nicht mehr zusammensetzen kann. Aber ich schlucke sie wie ein guter Mensch herunter und schiebe mit blutigem Rachen ein Lächeln hinterher. Er hat recht, das hier kann nicht mehr sein. *Darf* nicht mehr sein.

»Ich gehe mal ins Büro für die … für die …« Der Sauerstoff wird mit Gewalt aus all meinen Organen gepresst, und ich muss mich zusammenreißen, damit ich nicht anfange, zu weinen. Diese Beziehung ist die zweite, die ich innerhalb von zwölf Stunden verliere. Eine neu geschlagene Brücke, die in lodernden Flammen steht, die kein Wasser der Welt löschen kann.

»Bis morgen«, sagt Levi. Er hat sich wieder seinen Aufgaben zugewendet, als ich das Büro verlasse und die Schwere meines Rucksacks mich zu Boden zieht.

Ich gehe weder ins Büro der Hilfskräfte noch zu meinen Vorlesungen, sondern zu Saf.

ZWANZIG | BÎST

Zelal

Safiya und ich haben uns schon immer gegenseitig die Haare gemacht. Sie hat das Färben gelernt und ich das Flechten. In Berlin möchte ich für buntes Haar keine hundertfünfzig Euro hinblättern. Saf findet keinen Salon, der auf Schwarzes Haar spezialisiert ist und für schulterlange Braids kein halbes Vermögen verlangt. Also haben wir einen Pakt, die Friseurin der jeweils anderen zu spielen. Im ersten Semester hat uns das die verlängerten Wochenenden gekostet, heute sind wir definitiv schneller.

Mit verheulten Augen habe ich Safiya quasi wieder in ihre WG gezwungen. Sie hat die Schuhe ausgezogen, die sie schon anhatte, um ihre Englischvorlesung zu besuchen.

»Ich weiß nicht, ob ich es mit einem YouTube-Video hinkriege, aber ich kann es versuchen«, murmle ich, als sie die gewellten Haare auf dem Bett auslegt. »Erst mal müssen wir deine Haare scheiteln und dann flechten.«

Das wird schon genügend Zeit einnehmen. Bis dahin kann ich bestimmt mehrere Erklärungsvideos anschauen.

»Die Zöpfe müssen nicht dünn sein, weil die Twists schwer genug sind. Zu viele und das könnte deinen Kopf beschweren.«

Sie setzt sich im Schneidersitz zwischen meine Beine. Ihr kommt es fast gelegen, dass ich sie von der Uni abhalte, obwohl sie nicht weiß, warum. Ich traue mich nicht, es anzusprechen. Wie soll ich ihr denn nur meine Situation erklären, ohne völlig aufgelöst in Tränen auszubrechen?

»Kannst du dich daran erinnern, als ich vor ein paar Monaten eine englische Poesie-Kollektion bei einem Schreibwettbewerb eingereicht habe?«

»Ja.« Ich teile ihre Haare einmal in der Mitte und nehme die eine

Hälfte in die Hände, um sie in große Segmente zu trennen, damit wir sie eindrehen können. »Hast du schon was Neues gehört?«

Damit alles flach und sauber liegt, schmiere ich um die Partien Gel und kämme dieses durch die Haare. Meine Finger sind über die Jahre schneller geworden, sodass ich in Kürze mehrere Zöpfe fertig habe. Zu meinem Glück hat sich Safiya die Haare geschnitten, sodass ich sie lediglich in zwei Strähnen trennen und ineinanderdrehen muss, um später ordentliche Twists zu haben.

»Ja …«, antwortet sie verheißungsvoll, sodass ich in meiner Bewegung innehalte. »Sie fanden sie so gut, dass sie mir ein Stipendium angeboten haben.« Ihre Stimme verliert an Stärke, aber die Worte schlagen umso mehr bei mir ein.

»O mein Gott!«, kreische ich und rücke von ihr ab. »Seit wann weißt du es?«

Sie dreht sich lachend zu mir. »Hatte es heute Morgen im Mailfach.«

»Und du hast mir nichts gesagt?!« Ich wäre zwar nicht in der Lage gewesen, die tollen Nachrichten zu verarbeiten, aber ich hätte es versucht. Für sie würde ich es immer versuchen.

»Ich wusste nicht … ich dachte, du kommst erst heute Abend wieder!«, wehrt sie sich. »Du warst bei deinen Eltern, ich wollte dich dort nicht stören.«

»Du hättest mich nie gestört!«, empöre ich mich.

Sie zieht mich an meinem Hosenbein wieder zu sich, und ich rutsche ungelenk über die Tausenden Strähnen, die wir akribisch zusammengelegt haben, um sie in ihre Haare zu drehen.

»Warum bist du überhaupt schon da? Du sahst eben schlimm aus«, fragt sie mit einem besorgten Unterton. Sie weiß, dass es so nicht sein sollte. Dass etwas faul an der Sache ist. Aber ich kann es ihr nicht erzählen. Wie denn auch? Ich würde ihren schönen Tag versauen, und eine schlechte Freundin will ich nicht sein.

»Habe extra den frühen Zug genommen«, sage ich und beiße mir auf die Lippe. Ich mag es nicht, Safiya anzulügen, aber ehrlich zu sein, ist schlimmer. Dann muss ich ihr das mit Levi erzählen, was es wahr machen würde. Ich habe es mir mit ihm versaut. Wie ein Auffahrunfall auf der Autobahn, der zehn weitere Autos in den Totalschaden befördert.

»Wie war es?« Ihre Stimme verliert an Farbe.

Ich zucke mit den Schultern und drehe die engen Locken immer weiter ineinander. Alles, um die Gedanken von meinem Leben wegzulenken. »Ganz gut. Meine Mama hat sich gefreut.«

Saf fährt sich über den Arm und spielt mit dem Ärmel ihres Pullovers. Ich bin froh, dass sie mir nicht ins Gesicht sehen kann. Die Wärme in meinen Wangen würde mich augenblicklich verraten, und sie ist jemand, der es aus mir herausgequetscht bekäme.

»Wie war es mit deinem Vater?«

»Lass uns über etwas anderes reden.«

Wenn ich an ihn denke, kommt mir das Kotzen. Und das Heulen. Eigentlich alles dazwischen. Mein Körper weiß nicht, wie er mit der neuen Information umgehen soll. Als wäre sie ein Fremdkörper, der sich durch jegliche Zellen frisst und ihre Hüllen zurücklässt.

»Okay.« Sie seufzt und streckt die Beine aus. »Felix war ganz komisch still in der Englischvorlesung am Freitag …«

Heute bekommt Safiya es wirklich hin, alle schrecklichen Themen aus der Schublade zu kramen und mir vor die Nase zu setzen.

»Haben wir dieses Wochenende an Halloween was vor?«, wechsle ich abrupt das Thema und löse die andere Hälfte der Haare aus dem Knoten.

»Seit wann gehst du wieder aus?«, fragt sie skeptisch, woraufhin ich mit den Schultern zucke.

»Ab und zu sollte auch ich locker lassen können, nicht?«

Meine Wörter überzeugen sie nicht. Erst als ich lächle, glättet sich ihre gerunzelte Stirn. »Ich habe nicht einmal ein Kostüm!«, beschwert sie sich stöhnend.

»Wir haben noch die Daphne- und Velma-Kostüme, oder?«

Im ersten Semester haben wir uns kurzerhand als die Charaktere aus *Scooby Doo* verkleidet, was am Ende ein total nachhaltiger Einkauf war. So was ist Safiya wichtig. Meinen roten Rock und den orangen Pullover ziehe ich heute immer noch gern an. Nur die hohen Schuhe versauern in meinem Schrank.

Sie nickt und entreißt mir dadurch ihre Haare. »Dann gehen wir als die zwei. Hat die Fachschaft was vor, oder ziehen wir einfach los?«

Ich war lange nicht mehr feiern. Das letzte Mal muss zu Beginn des Masters gewesen sein. Seitdem ich mich vollends aufs Studium und Arbeiten konzentriere, bin ich ruhiger geworden. Ich glaube aber, dass ich dieses Wochenende brauche. Ruhe im Kopf – wenigstens für diesen einen Abend.

»Wie du willst«, sage ich. »Am Ende ist es sowieso überall ähnlich voll.«

»Spaßbremse«, antwortet Safiya. »Ich finde schon was Gutes. Sei am Samstag für die Nacht deines Lebens bereit.«

Früher haben wir jedes Wochenende in irgendwelchen Clubs und Bars verbracht – unsere Drinks wurden immer bezahlt, also war es nicht einmal teuer. Obwohl ich nach durchzechten Nächten nicht schlafen kann. Ich habe Alkohol vollends den Rücken gekehrt, nachdem ich *jene* schlimme Woche hatte. Aber was soll schon an einem Abend passieren? Ich brauche dieses Wochenende, um mich von meiner Verantwortung entfernt frei zu fühlen. Weg von den schlechten Nachrichten, die versuchen, mich zu ertränken – das soll lieber der Alkohol übernehmen.

»Du bist dir sicher, du willst mir das mit Felix nicht erzählen?«, fragt sie kleinlaut. Von ihrer Begeisterung ist nichts mehr übrig. »Es scheint dich echt zu bedrücken.«

Ich lasse die Schultern hängen. »Er hat mich vor ein paar Tagen im Café besucht und wollte mit mir reden.« Das ist zurzeit mein kleinstes Problem, aber das Einzige, von dem ich ohne Sorge erzählen kann. »Da hat er versucht, mich zu küssen, wir haben uns gestritten, und jetzt reden wir nicht mehr miteinander.«

Manchmal frage ich mich, wie es möglich ist, einen so großen Teil meines Lebens in winzige Wörter und knappe Sätze zu packen. In wenigen Silben ist das Geschehen für alle Außenstehende abgehandelt, doch in mir rumort es. Wie ein Sturm, der nicht zu ruhen weiß.

Der immer und immer mehr mit sich reißt. Zu viel ist in den letzten Tagen passiert. Wie kann ich überhaupt noch aufrecht stehen?

Verdrängung. Verdrängung ist die Antwort. Ist der einzige Selbstschutz, den ich wirklich gemeistert habe. Auf den ich von klein auf vertrauen konnte.

»Du regst dich darüber auf, dass ich nichts von dem Stipendium erzählt habe, und du sagst mir nicht, dass Felix versucht hat, dich zu küssen? *Wieder,* wohlgemerkt?!«, kreischt sie. Diesmal löst sie sich vollends von mir und schaut mich aus ungläubigen Augen an. Die eine Hälfte ihrer Haare ist perfekt gescheitelt und zu kleinen Zöpfchen geflochten, während die andere auf ihr Styling wartet. Wäre Safs Blick nicht tödlich, müsste ich lachen. Sie hat die Arme vor der Brust gekreuzt und faltet ihre Beine zum Schneidersitz, um näher an mich heranzurücken. »Was ist los bei dir?«

Meine Hände fallen hilflos in meinen Schoß. Am liebsten würde ich überall hinschauen, nur nicht in ihre Miene. »Keine Ahnung«, flüstere ich. »Momentan ist einfach alles scheiße.«

Für das glückliche Herz ist immer Frühling, pflegte meine Mutter zu sagen. Ein altes kurdisches Sprichwort, das ich nie hinterfragt habe. Aber heute, in diesem tristen Berliner Herbst und mit der Kälte in mir, frage ich mich, ob es konstant eisig sein kann. Ob es Herzen gibt, die nie den Frühling zu Gesicht bekommen und sich von einem Frostmorgen in den nächsten kämpfen. Auf Biegen und Brechen versuchen, durch den Winter zu kommen.

So fühlt es sich an.

Als würde ich bloß überleben.

»Das tut mir leid.« Safiya hat ihre Haare längst vergessen und setzt sich zu mir aufs Bett, um mich in den Arm zu nehmen. »Entschuldige, dass ich es nicht vorher gesehen habe.«

Ich schüttle augenblicklich den Kopf und vergrabe mein Gesicht in ihrer Halsbeuge. »Du hast genug um die Ohren. Ich wollte dich ausgerechnet heute nicht damit nerven. Du hast viel, über das du dich freuen kannst. Wegen mir ist die Laune wieder im Keller.«

Sie schlägt mir halbherzig gegen die Schulter. »Wer hat dir bitte ins

Hirn geschissen, Maus? Ich habs lieber, dass es uns zusammen kacke geht, als dass du allein durch alles durchmusst.«

»Danke.« Ich kann richtig aufatmen, als ihr warmes Parfüm mir in die Nase steigt.

»Außerdem gibst du mir am Samstag einen Sekt aus, und schon haben wir genug gefeiert, was das Stipendium angeht.« Ihre Stimme, ihre Hand, die liebevoll über meinen Arm fährt … *sie* ist weich. Alles an ihr ist sanft, und ich wünsche mir, dass die Welt sie niemals bricht, ihr keine harten Ecken und scharfen Kanten verpasst.

»Versprochen.« Die Summe der vergangenen Ereignisse brodelt unter meiner Haut und droht überzukochen. Wo das Ende oder der Anfang ist, weiß ich nicht. Ich bin irgendwo in der Mitte, versuche, mich nicht im Sog zu verlieren, sondern nach Luft zu schnappen.

»Noch was, das ich verpasst habe?«

Ich atme tief durch und verneine schweren Herzens. Die Erinnerung an Levi schlägt mir jedoch auf den Magen. Weil ich ihn enttäuscht habe, weil ich eine ehrliche Verbindung zu ihm gekappt habe wegen meiner Selbstsucht und alten Verhaltensmuster, denen ich nicht entkommen kann.

Die Worte meines Vaters sitzen mir wie ein Messer zwischen den Rippen, jedoch wurde die Stelle schon etliche Male von ihm verletzt. Sie ist vernarbt. Wenn ich mit den Fingern darüberfahre, spüre ich die Kerben und Erhöhungen, aber meine Haut registriert keine Berührung. Ich habe bereits verletzt am Boden auf den Todesstoß gewartet. Seit Jahren.

Irgendwie ist es sogar erleichternd, weil mir jetzt bewusst ist, dass ein *echter* Vater seine Tochter niemals so behandeln würde. So grausam. Ich war nie ein Teil von ihm, bin nicht seiner Genetik entsprungen und kann niemals werden wie er. Kalt, skrupellos, hasserfüllt.

Ich bin nicht er. Nie zuvor war die Erkenntnis so beruhigend.

EINUNDZWANZIG | BÎST Û YEK

Zelal

Die Nachrichten meiner Schwester und Mutter füllen seit Tagen meinen Bildschirm. Ich ignoriere sie geflissentlich. Ihr Inhalt reicht von Sorge bis Anschuldigungen. Meine Schwester wirft mir vor, den Geburtstag unserer Mutter versaut zu haben. Sie hat mich als ›großkotzige Göre‹ bezeichnet und mir verdeutlicht, dass ich ›die schlimmste Blamage dieser Familie‹ sei. So einen fatal schlechten Abend habe mein Vater zum ersten Mal gehabt, und die Gäste hätten sich bis zum Ende nicht mehr von meinem Rausstürmen erholt.

Was für scheißfragile Menschen das doch sein müssen, dass nicht mal Kaviar-Canapés sie beruhigen konnten.

»Habt ihr Hafermilch da?«, fragt mich der Student mit einem breiten Lächeln, und ich nicke.

»Was darf es denn sein?« Ich würde gerade nichts lieber tun, als in meinem Bett zu liegen und zu stricken. Ich habe einen neuen Pullover angefangen, den ich fertig bringen möchte. Und die Decke, die kein Ende zu nehmen scheint.

Ich laufe auf Autopilot, gebe die Bestellung des Kunden in das iPad ein und bereite sie mechanisch vor. Zwei Stunden, dann kann ich hier raus. Zwar muss ich in Levis Seminar, dem ich gekonnt aus dem Weg gehe und schon spontane Arbeitsstunden abgesagt habe. Aber da kann ich für eineinhalb Stunden die Augen halbwegs schließen.

Mein Handy vibriert, als ich das Getränk über die Theke schiebe und ins Lager gehe. Er war der letzte Kunde, der in der Schlange gewartet hat. Die Vorlesungen haben vor fünf Minuten angefangen – frühstens in vierzig Minuten sollten sich erst wieder Menschen hierher verirren.

Baba: Ich möchte heute Abend mit dir reden.

Ich muss mir die simple Nachricht mehrmals durchlesen, bis überhaupt durchsickert, was darin steht. Er schreibt mir sonst nie, außer er möchte etwas Spezifisches von mir. Falls er die Zeit nutzen will, um mich runterzumachen, kann er es sich sparen. Ich bin ihm nichts schuldig – vor allem jetzt nicht mehr.

Das Handy stecke ich in die Vordertasche meiner Halbschürze und stelle mich wieder vor die Kasse. Vielleicht sollte ich ein paar extra Stunden übernehmen. Ich würde mehr Geld verdienen und müsste weniger nachdenken. Ein weiterer Vorteil: Je mehr ich hier arbeite, desto seltener muss ich Levi begegnen.

* * *

Das Seminar ist wie immer überfüllt, und Felix sitzt am anderen Ende des Raums. Nicht einmal ein Hallo kam von ihm, aber ich bin froh drum. Ich wüsste nicht, wie ich darauf reagieren sollte.

Levi steht am Pult und tippt konzentriert auf dem Laptop. Das ist das erste Mal, dass ich ihn nach Montag sehe, und es fühlt sich beschissen an. Ich will in meiner Scham versinken und nie wieder auftauchen. Einen anderen Namen, eine andere Stadt, eine andere Identität wählen. Was habe ich mir dabei gedacht?

Du hast dir keine Gedanken gemacht, Zelal, das ist das Problem.

»Schön, dass Sie so zahlreich erschienen sind.« Für Außenstehende schwankt sein Lächeln vermutlich zwischen überheblich und kompetent. Wenn man ihn näher kennenlernt, merkt man, dass er nicht arrogant ist, sondern echt gut in seinem Job.

Ich verstehe keins seiner Worte. Die Informationen kommen bei mir nicht an. Stattdessen konzentriere ich mich auf die Bewegungen seiner Lippen. Auf sein Lachen, als eine Studentin etwas sagt. Das begeisterte Gestikulieren. Sein Blick huscht wenige Male zu mir in die erste Reihe. Wie bei allen anderen Teilnehmenden. Er bleibt nicht länger an mir hängen, schaut mich nicht erwartungsvoll an.

Meine Gefühle sind einseitig, und ich würde alles daransetzen, sie loszuwerden. Die Freie Universität hat vierzigtausend eingeschriebene Studierende. Wie kann es sein, dass ich mir nicht einen von denen aussuche, sondern mich in meinen Dozenten verknalle?

Weil Unerreichbarkeit in deinem Gehirn mit Begehren gleichgesetzt wird.

Die Stunde zieht sich wie Kaugummi. Am Ende weiß ich nicht mehr, wo mir der Kopf steht. Das Seminar fühlt sich wie ein verlangsamter Schwarz-Weiß-Film an, der körnig und alt ist. Alles ist verschwommen, als die Studierenden gegen den Tisch klopfen und damit Levi verabschieden. Auf unsere Aufgabe für nächste Woche erhasche ich nur einen kurzen Blick, bevor er die Folien schließt und seinen Laptop vom Beamer trennt.

Im Schneckentempo checke ich meine Mails, um sicherzugehen, dass meine Professorin für Linguistik auch meine Hausarbeit erhalten hat. Jana habe ich bezüglich der Masterarbeitsbetreuung geschrieben und warte seitdem auf ihre Antwort. Vielleicht sollte ich ihr noch eine Mail schreiben? Ich tue alles, um nicht ins Institut zu gehen. Um Levi nicht zu begegnen.

Der steht gegen sein Pult gelehnt da, während ein Typ auf ihn einredet. Levi nickt mehrmals, schielt auf seine Armbanduhr und nickt einige Male mehr. Als er sich zurücklehnt und den Laptop in seine Umhängetasche schiebt, wird klar, dass er überall sein will, außer in diesem Raum.

Ich kenne den Studierenden nicht, aber so, wie er gestikuliert und nicht aufhört, zu sprechen, muss er für das Thema leidenschaftlich brennen. Meinen eigenen Computer fahre ich endlich runter und packe die Thermotasse ein. Ich bin die Einzige, die noch da ist. Schnellstmöglich raus und in die Mensa eilen ist mein Plan, der jäh von den Worten des Typen unterbrochen wird.

»Deswegen verstehe ich gar nicht, warum Sie sagen, dass der Kolonialismus grundsätzlich schlecht war.«

O nein. Er will des Teufels Advokat spielen, und das ist etwas, das Levi nicht abkann. Er hat mal erklärt, dass es sinnfrei sei, für die Gegenseite zu argumentieren, wenn diese schon das ganze Narrativ für sich eingenommen hat. Die Geschichtsbücher seien von den Kolonialmächten geschrieben worden, also warum sie stützen, auch in einer hypothetischen Situation? Sie hätten schon mehr beansprucht, als ihnen zustehe.

»Wollten wir nicht essen gehen?«, unterbreche ich die Unterhaltung und schaue zwischen dem Provokateur und Levi hin und her, die beide einen ähnlichen Ausdruck aufgelegt haben – Verwirrung. »Du meintest doch, dass die Profs und Hilfskräfte heute zusammen zu Mittag essen, oder nicht? Sie warten bestimmt auf uns.«

Levi fällt es wie Schuppen von den Augen, und er nickt, als hinge sein Leben davon ab. »Ja, genau. Total vergessen!« Er blickt auf seine Uhr und zuckt mit den Schultern. »Das Gespräch war toll, Herr …«

»Heidemann.« Dieser scheint gar nicht erfreut. Er hat die Arme vor der Brust verschränkt und die Augenbrauen zusammengezogen. Die Diskussion hat für ihn erst angefangen.

Levi setzt ein falsches Lächeln auf und nickt abermals. »Das nächste Mal können wir gern weiter darüber sprechen, aber meine Kollegen und Kolleginnen warten auf mich.«

»Dr. –«, möchte der Typ gegenreden. Levi hat jedoch schon seine Sachen gepackt und schultert unverblümt die Tasche.

»Sie können mich gern während meiner Sprechzeiten besuchen.« Seine Tonlage ist nett und zuvorkommend. Dass er keine Lust auf dieses Thema hat, merkt man erst, als wir den Raum verlassen und das aufgezwungene Lächeln erlischt.

»Danke«, sagt er mit belegter Stimme, während wir uns durch den breiten Flur kämpfen, in dem sich Studierende tummeln.

Ich stecke ein paar lose Strähnen hinter meine Ohren. »Kein Problem.«

Die meisten Tage ist es laut, hell und überwältigend. Neben Levi, der mit selbstbewussten Schritten durch die Menge eilt und nicht mitzubekommen scheint, wie stickig und überfüllt es ist, ist mir das auch egal.

Vor den Treppen angekommen, möchte ich runter zum Ausgang gehen, als er mich stoppt.

»Hey … äh …« Er richtet seine Tasche und fährt sich beinahe unbeholfen durchs Haar. »Kommst du mit ins Institut?«

Ich zeige nach unten. »Ich wollte wirklich essen gehen.« *Und dich meiden, weil ich mich schäme.* Aber das sage ich natürlich nicht.

Er beißt sich auf die Lippe, bevor er antwortet. »Ich habe mir zum Mittag nichts eingepackt. Meinst du, es wäre okay, wenn ich mitkomme?«

Eine Sekunde lang bin ich sprachlos. Die ganze Woche über habe ich versucht, Levi nicht zu begegnen. Mir war das Geschehene peinlich, vor allem, nachdem er mich abgewiesen hat. Warum will er überhaupt etwas mit mir zu tun haben? Wäre ich in seiner Position, würde ich alles daransetzen, mich nicht mehr sehen zu müssen.

»Mit mir?«, frage ich perplex, was ihn kurz auflachen lässt.

»Wen sollte ich sonst meinen?« Er schaut an mir vorbei, aber ich bin die Einzige, die auf den Treppen steht.

Bevor ich es mir anders überlegen kann, antworte ich: »Natürlich.« Wenn ich jetzt Nein sage, dann wird es noch komischer zwischen uns, was ich vermeiden will.

Levi nickt und folgt mir zur Mensa. Da wir kurz nach eins haben, ist es rappelvoll. Laute Gespräche und lange Schlangen an den verschiedenen Ausgaben erwarten uns, als wir bei den ausgehängten Menüs stehen bleiben.

»Ich war das letzte Mal vor fünf Jahren hier.« Levi lässt den Blick von den Tischen zu dem Kaffeeautomaten und den Arbeitenden hinter den Theken wandern.

»Und hat sich viel verändert?«

»Nicht wirklich.« Er hält kurz inne. »Aber ich glaube, das Essen ist teurer.«

»Für dich sowieso«, sage ich neckend. »Du musst als Lehrperson jetzt mehr zahlen.«

Zusammen stellen wir uns bei der veganen Option an, und Levis plötzliche Nähe fühlt sich warm auf meinen Armen an. Ich möchte nicht, dass mein Herz stolpert, mein Atem flacher wird und ich mich freue, dass wir zusammen hier sind. Aber ich kann es nicht aufhalten, also beiße ich mir auf die Unterlippe und hoffe, dass ich irgendwann über ihn hinwegkomme.

Die Bratlinge mit Soße und Gemüse hatte ich schon öfter – irgendwann wiederholt sich das Essen, aber das stört mich nicht. Nicht für den Preis. Die Schlange an der Kasse ist zu unserem Glück kürzer. Ein Tisch wird frei, als wir in den Saal treten, der von einer halben Wand getrennt wird.

»Ernährst du dich vegetarisch?«, frage ich ihn und spieße das erste Bällchen auf meine Gabel. Ich meine, mich zu erinnern, dass er seinen Kaffee mal mit Hafermilch gekauft, aber auch den getrunken hat, den ich ihm mit Kuhmilch zubereitet habe.

Er zuckt mit den Schultern, während er sich die Jacke auszieht und seine Tasche neben sich auf den Stuhl legt. »Ich war ganz lang Pescetarier, dann bin ich auf vegetarisch umgestiegen, und jetzt esse ich so oft wie möglich vegan.«

»Sehr umweltfreundlich von dir.« Ich würde lügen, wenn ich sagen würde, dass ich nicht wegen Talhah auf meine Ernährung achte, der im ersten Jahr total der Moralapostel war.

»Ich gebe mein Bestes«, sagt er mit belegter Stimme und schaut nicht von seinem Teller auf. Wüsste ich es nicht besser, würde ich denken, man hätte ihn gezwungen, mit mir zu kommen, aber er hat es selbst vorgeschlagen. Ich habe zögerlich zugestimmt, damit es nicht merkwürdig zwischen uns wird. Jetzt werde ich das Gefühl nicht los, es ist schlimmer geworden.

Das Essen lasse ich mir trotzdem nicht versauen, also konzentriere ich mich darauf. Schließlich bin ich dafür hergekommen.

Als ich fast fertig bin, platzt es aus ihm heraus. »Warum hast du Jana für die Masterarbeitsbetreuung angefragt?«

Ich schaue überrascht auf und treffe auf Levis erwartungsvollen Blick. Er spielt mit der abgenutzten Mensagabel und lässt sich nicht in die Karten schauen. An seiner Stimmlage erkenne ich nicht, ob er enttäuscht oder wirklich an einer Antwort interessiert ist.

Mit einer Serviette tupfe ich meine Mundwinkel ab und forme einen Ball aus dem Papier, damit meine Finger beschäftigt sind. »Keine Ahnung … ich … du hast schon viel mit der Forschungsarbeit zu tun und …« *Weil ich nicht weiß, was das in mir heraufbeschwören würde*, wäre die einfache Antwort auf die Frage. Aber die Konsequenzen, die sie auslösen würde, wären bleischwer, also schlucke ich die Worte herunter.

»Du hättest ein Teil der Forschung sein können. In dem Feld einfach die Arbeit schreiben. Bist du nicht interessiert?« Er hört sich ehrlich verwirrt an, als wäre das Anfang der Woche nicht passiert.

»Ich …« Mir fehlen die Worte. Wie soll ich mich erklären, wenn mir nicht klar ist, wo ich beginnen soll? »Montag hat alles einfach komisch gemacht. Ich wollte mich dir nicht aufzwingen«, bringe ich in einem Atemzug hervor.

Jedes Wort schmerzt. Es kratzt sich einen Weg über meinen Rachen frei – ich möchte mich übergeben.

»Warum?«, fragt er völlig entgeistert. »Du solltest dich überhaupt nicht komisch fühlen. Wenn es jemand tun sollte, dann ich. Ich habe keine klaren Grenzen gesetzt und Signale gesendet, das –«

Er wird jäh unterbrochen, als einer der vielen Geschichtsprofessoren neben unserem Tisch stehen bleibt. »Man sieht dich außerhalb des Büros?«

Levi lacht und setzt sofort ein falsches Lächeln auf. »Muss auch mal vorkommen.« Er hört sich erheitert an. Nichts von dem hektischen Redefluss ist mehr übrig. Vielleicht hat er es schnell weit gebracht, weil ihm keine Situation zu schaffen macht und er auf Knopfdruck charmant sein kann. Die meisten wissen nicht mal, wie sie ihre eigenen Gedanken richtig ausdrücken, während ich das Gefühl habe, dass Levi sich durch ganze Gespräche bullshitten könnte, ohne ein Mal ins Straucheln zu kommen.

»Zelal.« Heller nickt mir zu, und ich tue es ihm gleich.

Nachdem er endlich gegangen ist, atmet Levi auf. »Was ich damit sagen will: Nichts muss komisch sein, wenn wir es nicht komisch machen. Ich könnte mir keine kompetentere Studierende vorstellen, die ihre Masterarbeit bei mir schreibt.«

Für einen Moment weiß ich nicht, was ich tun soll. Ihm danken? Ablehnen? Ich finde seinen Forschungsschwerpunkt interessant. Auch seine jetzige Arbeit ist wertvoll, und die Literatur liest sich gut. Will ich bei ihm die Masterarbeit schreiben? *Kann* ich das? Ich will mich nicht noch tiefer in die Scheiße reiten, solange ich mich aus diesem Schlamassel retten kann.

Wen willst du verarschen, Zelal? Dafür ist es viel zu spät.

»Danke fürs Angebot«, antworte ich wenig galant und könnte mir gegen die Stirn schlagen.

Levi nickt – die Unsicherheit in seinen Zügen evident –, aber sagt nichts, sondern spießt eine Salzkartoffel mit seiner Gabel auf. Meine Antwort war das … Unnötigste, was ich hätte sagen können. Aber ich weiß nicht, wie ich mich neben ihm verhalten soll. Wie ich diese Gefühle, die in mir toben, und die Realität unter einen Hut bekommen soll.

Er sagt, dass es nicht komisch werden muss, wenn wir es nicht komisch machen. Aber wie soll ich das bitte verhindern? Wie soll ich mich normal verhalten, wenn ich mich weit entfernt davon fühle? Wenn ich die Umarmung, in die er mich am Hauptbahnhof gezogen hat, einfach nicht vergessen kann? Oder möchte.

Mein Handy vibriert, und ich hole es aus meiner Hosentasche. Mir vergeht augenblicklich der Appetit. Eine weitere Nachricht meines Vaters springt mir entgegen.

Baba: Antworte mir.

Was will er von mir? Kann er mich nicht in Ruhe lassen? Ich bin davon ausgegangen, dass mein Fehlverhalten mir mindestens bis Weihnachten Zeit schenken würde. Aber natürlich lässt mein Vater es sich nicht nehmen, mich zu schikanieren. Ich kann mit so einem Verhalten nicht ungestraft davonkommen. Dabei ist es egal, dass meine Mutter und Schwester mich schon mit Nachrichten bombardiert haben.

»Alles okay?«, fragt Levi.

Ich blicke verwirrt auf. Für einen Moment habe ich vergessen, dass ich an der Uni, in der Mensa bin und mich nicht in meinem Kinderzimmer vor *babas* lauten Worten verstecke.

Ich zucke mit den Schultern und schiebe das Handy wieder in meine Hosentasche. »Ist mein Vater.«

Er hat mein Leben sowieso zerstört, warum muss er auch in Berlin zutreten? Sonst kontaktiert er mich nie. Jetzt, wo er sich jeglicher Verantwortung entledigt hat, könnte er mich einfach blockieren und sich nie wieder melden. Das würde mir zugutekommen, es wäre erleichternd. Ich wäre ihn und alles los, was er in mir ausgelöst hat. Aber als wüsste er, wie sehr er mich mit seiner gedanklichen Anwesenheit verletzen kann, schreibt er mir.

»Was wollte er?« Levi stochert in seinem Essen herum und schaut mich dabei besorgt an.

»Keine Ahnung. Er möchte mit mir sprechen.« Ich muss mir auf die Lippe beißen, damit mir keine Tränen in die Augen schießen. Warum passiert das immer, wenn jemand hinter meine Fassade blickt und mir einen mitleidigen Blick schenkt?

»Möchtest *du* mit ihm sprechen?«, fragt er leise, und das ist der Moment, in dem mein Körper wieder streikt.

Ich schüttle den Kopf und kann zeitgleich meine Tränen nicht mehr aufhalten. Sie brennen, als sie einzeln meine Wangen hinablaufen, und mein Versuch, sie mit dem Handrücken wegzuwischen, scheitert kläglich. Levi hat es längst gesehen und lässt seine Gabel abrupt auf das Tablett fallen.

»Lass uns gehen.«

»Nein, es ist okay«, versuche ich, zu widersprechen, aber jedes Wort kommt nur verzerrt heraus.

»Willst du in der Mensa weinen oder lieber in meinem Büro?«

Ich schniefe, und er räumt unsere Teller aufeinander. »Am besten gar nicht.«

Dafür, dass wir erst seit einem knappen Monat zusammenarbeiten, hat mich Levi schon viel zu häufig weinen sehen. Wäre ich an seiner Stelle, hätte ich mich längst gefeuert.

Er zeigt mit dem Kopf Richtung Ausgang. »Das Essen ist sowieso mäßig. Lass uns verschwinden.«

»Okay.« Ich blinzle mehrmals, um die letzten Tränen wegzubekommen, und fahre mir erneut übers Gesicht.

Levi hat die Tabletts genommen, um sie abzugeben. Bis ich bereit bin, zu ihm zu gehen, ist er schon an der Tür. Dort drückt er kurz meine Schulter. Heller ist unweit von uns. Mehr wäre auch nicht möglich. Weil es *komisch* ist. Weil es Levi niemals wollen würde. Weil ich mich in etwas hineinsteigere, das nicht existieren sollte.

Dass mein Herz rast und ich seine Hand auf meiner Schulter spüren möchte, fühlt sich auf eine falsche Weise richtig an. Aber er trennt sich von mir, als wir ins FMI gehen, die Treppen erklimmen, uns an Studierenden vorbeiquetschen.

Sein Büro wird durch die großen Fenster erhellt. Ich möchte nichts mehr, als mich in den Lesesessel zu pflanzen und die Welt um mich zu vergessen. Ich habe mich über die letzten Wochen so sehr an den Platz gewöhnt, ich wüsste gar nicht, wohin mit mir, sollte ich nächstes Semester nicht mehr für ihn arbeiten. Das Büro der studentischen Hilfskräfte ist mittlerweile unter meiner Würde.

»Wie geht es dir?«, fragt Levi vorsichtig und schließt die Tür hinter sich.

»Ganz okay.« Meine Stimme bricht wie ein alter Spiegel. Er muss sehen, wie sich meine Gefühle in den einzelnen Fragmenten spiegeln. Wie zerbrochen ich eigentlich bin. Aber das war ihm bereits in dem Moment bewusst, als ich eine Panikattacke hatte.

»Du kannst dich gern darüber auslassen, wenn du willst.« Er macht sich Sorgen. Seine tiefe, leise Tonlage, der verunsicherte Blick und seine Hände, die endlich auf meinen Schultern ruhen, verraten ihn.

Ich werde in diesem Leben die Anziehung zu ihm nicht loswerden, wenn ich weiter mit ihm arbeite. Seine blauen Augen, die Augenbrauen, die zusammengezogen sind … und seine Lippen, die sündhaft weich aussehen. Er ist wunderschön.

»Es bringt nichts, sich darüber aufzuregen.« Die Tränen laufen wieder. »Ich will nicht wissen, was er zu sagen hat, aber ahnungslos zu sein, macht mir Angst.«

Levi zieht mich mit einer solchen Plötzlichkeit in eine Umarmung, dass ich für den Bruchteil einer Sekunde wieder am Hauptbahnhof bin. Ich weine erneut an seiner Brust, aber das interessiert ihn nicht, denn mir geht es gut. Zumindest körperlich.

Und er ist da, um mich zu fangen.

»Du kannst ihn gern von hier aus anrufen.« Es ist nur ein Satz, aber in ihm schwingen genug Mitgefühl und Verständnis mit, dass Geborgenheit die Ungewissheit in mir verdrängt. Levi ist wie ein kleiner sicherer Hafen in dem grenzenlosen Meer der Wut meines Vaters.

»Danke«, antworte ich schluchzend und vergrabe mein Gesicht in seinem Hemd.

Sein Geruch ist nicht mehr neu oder aufregend, sondern schön und bekannt. Nicht langweilig, vielmehr beruhigend. Er darf mich nicht loslassen. Vielleicht ist auch das mein Problem. Nicht sein Alter, nicht seine Position, sondern dass er mehr Anstand hat, als mir je zuvor entgegengebracht wurde.

Er drückt mich fester gegen sich, und ich tue es ihm nach.

»Das wird«, flüstert er. »Es ist echt scheiße, dass Schmerzen uns verwunden und Narben hinterlassen, während schöne Momente nichts als flüchtige Erinnerungen sind.«

Bei den Worten muss ich trotz der Situation lachen. »Sorry, Poesie ist nicht wirklich mein Ding. Damit holst du mich nicht ab, Pseudoshakespeare.«

Levi schnalzt mit der Zunge, drückt mich leicht von sich, aber löst seine Hände dabei keine Sekunde von mir. »Ich bemühe mich gerade, Zelal.«

Ich blinzle verwirrt. »Was meinst du?«

Sein Gesichtsausdruck verhärtet sich, während sein Griff sich lockert. Er schaut zu mir herab, als könnte er die Antwort in meinem verheulten Gesicht finden. Sein Blick huscht über meine Züge und bleibt für einen Moment an meinen Lippen hängen. Bilde ich mir das ein? Spricht da der Wunsch nach mehr aus mir?

»Das ist mein Versuch, auf schmalem Grat zu wandern.« Seine Stimme übertönt mein rasendes Herz. »Zwischen Aufgeben und Zulassen.«

»Ich … ich verstehe nicht –«

Levi schnaubt trocken, aber die Ernsthaftigkeit verlässt nicht sein Gesicht. »Ich stehe jede Scheißsekunde zwischen den Optionen, Jana zu fragen, ob du nicht für sie arbeiten kannst und ich Frau Bakari zu mir holen kann, und …«

Die Stille dehnt sich zwischen uns aus. Nimmt alles in der Umgebung in sich auf. Nichts bewegt sich, als hätte Levi die Zeit angehalten, um seine Gedanken zu sammeln.

Mein Mund ist trocken. »Und?«, frage ich. Ich bin mir nicht sicher, ob ich die Antwort hören kann oder möchte.

»Dich einfach zu küssen«, sagt er seufzend. »Jedes Mal, wenn du in mein Büro spazierst, ist das eine verdammte Geduldsprobe, und das Schlimmste?« Er hält inne. »Ich kann meine Selbstbeherrschung nicht einmal einschätzen. Wenn du gehst, ist es eine Erleichterung. Jedes *gottverdammte* Mal. Weil ich nicht weiß, was hätte passieren können.«

Levi trennt sich abrupt von mir, bevor ich auf seine Worte reagieren kann. Die Kälte empfängt mich in dem Fünfzehn-Quadratmeter-Büro, während er unbeirrt auf seinen Schreibtisch zugeht. Habe ich das richtig gehört? Er benimmt sich, als wäre es nicht passiert. Seine Tasche stellt er auf den Stuhl, holt seinen Laptop hervor und klappt ihn auf.

»Was hast du gesagt?« Ich bin wie in Watte gepackt – seine Worte kommen verzerrt bei mir an.

Er blickt zu mir, und seine Miene ist gequält. »Zwing mich nicht, die Worte zu wiederholen.«

»Du willst mich küssen?«

»Muss ich es aufschreiben, damit du mir glaubst, oder hat alles andere davor nicht gereicht?«

»Dann tu es«, flüstere ich. Ich kann mich nicht entscheiden, ob der Mut oder die vergossenen Tränen, die einen Grund zu vergessen suchen, aus mir sprechen.

»Ich kann nicht.«

»Aber –«

»Wir dürfen nicht«, sagt er mit einem undurchdringlichen Unterton. »Das wäre beruflicher Selbstmord.«

Er wird sich nicht vom Gegenteil überzeugen lassen. Ich sehe es in seinen strengen Zügen, die alles, was er fühlen muss, hinter meterhohen Mauern versteckt. Denn wir beide wissen, dass ein Funken reicht, um diesen engen Raum zu entflammen. Uns zu entflammen.

Ich beiße mir auf die Lippe, damit ich nichts Falsches sage. Ihm meine Hoffnung nicht noch deutlicher zeige. In mir sieht es aus wie in einem Zirkus, dem die eigenen Tiere entlaufen sind. Es ist durcheinander, wild, laut – das Chaos lediglich eingedämmt durch das Stoffzelt. Wüssten sie, dass man es einreißen kann, würden die Balken nichts mehr zusammenhalten.

Ich bräuchte lediglich einen kleinen Anstupser von Levi, um auszureißen. Etwas, das ich nicht tun sollte. Das wir nicht tun sollten. Er hat recht – es wäre das berufliche Ende für uns beide. Die akademische Welt ist kleiner, als man denkt.

Dass ich still bleibe, verunsichert ihn. Er kaut auf der Unterlippe und seine Schulter sacken zusammen. Mit schnellen Schritten umrundet er seinen Schreibtisch. »Ich hätte nichts sagen sollen«, redet er sich zu und fährt sich schnell durchs Haar. »Scheiße. Was zur Hölle habe ich mir dabei gedacht?!«

Seine Worte befreien mich aus den Fängen meiner Unsicherheit, und ich gehe auf ihn zu. Er bleibt abrupt stehen. Wäre die Situation nicht unbeschreiblich fragil, könnte ich ihn nicht attraktiver finden. Das unordentliche Haar, der ernste Gesichtsausdruck, der erweicht, als ich in sein Blickfeld trete. Für mich gibt es längst kein Zurück mehr, und dass es ihm ähnlich geht, sollte mich nicht so glücklich stimmen, wie es der Fall ist.

»Hey«, flüstere ich und sammle all meinen Mut, um seine Wangen zu umgreifen. Die Bartstoppeln sind kratzig unter meinen Fingern, aber das stört mich keineswegs. »Nichts ist passiert. Du machst dir unnötige Sorgen.«

Für einen Moment ist es still zwischen uns. Niemand bewegt sich, und er antwortet nicht, als hätte er keine Worte, die dieser Ruhe gerecht werden könnten.

Levi fährt unerwartet mit seinem Daumen über meine Unterlippe, weswegen mein Mund einen Spalt offen bleibt. »Das ist das Problem, Zel. Ich kann nicht aufhören, darüber nachzudenken, und fühle mich kein bisschen schlecht dabei.«

»Gut«, antworte ich. »Ich will nicht, dass du dich schlecht fühlst.«

»Was willst du dann?«, wispert er atemlos.

Alles ist zerbrechlich, aber das war es für mich schon immer, also bringt das Warten nichts. Manchmal muss man mit dem Kopf voraus springen und hoffen, dass man gut landet.

»Dass du mich küsst.«

Levi atmet auf. In seinen Augen schwimmt nicht mehr blaue Sorge, sondern etwas Warmes. Etwas, das mich fest umarmt und nicht mehr loslässt. »Scheiß drauf.«

Ohne eine weitere Sekunde abzuwarten, umfasst er mein Kinn und beugt sich zu mir. Seine Lippen sind seidig auf meinen, bewegen sich mit einer Vorsicht, die mir unbekannt ist. Die ich selten gespürt habe. Er ist *zärtlich*. Wie ein kleines Gedicht, das beim Lesen Melancholie und Fernweh zugleich auslöst.

Levi ist kein Sturm, er wütet nicht durch mich hindurch und lässt mich verwundet zurück, sondern ist Regen nach langer Dürre. Er spendet meinem tot geglaubten Vertrauen lang ersehntes Leben.

Ich möchte nicht, dass der Moment endet, sondern ins Rad der Zeit greifen und es an den Speichen festhalten, um ihn länger zu spüren. Denn das Ziehen in meiner Brust verrät mir, dass das eine einmalige Sache sein wird. Wir beide wissen, dass es nicht gut ist,

Arbeit und Gefühle zu mischen. Nicht, wenn er erst vor Kurzem hier angefangen hat und ich in diesem Institut arbeiten und meine Masterarbeit schreiben will.

»Zelal.« Levi löst sich atemlos von mir. Seine Lippen sind rubinrot von meinem Lippenstift. »Das hier … das geht nicht.«

»Ich weiß«, sage ich gebrochen.

Er fährt die Konturen meines Gesichts nach, während sein Blick mich für keine Sekunde verlässt – als versuche er, sich den Kuss und mein Gesicht für immer einzuprägen. Weil es das erste und letzte Mal war.

»Nicht nur hinsichtlich meiner Karriere, sondern auch weil die akademische Welt scheißpatriarchal ist.« Sein Zeigefinger bleibt an meiner Unterlippe hängen. »Du würdest die strengste Ausgrenzung erleben, und das will ich nicht. Nicht wegen mir oder einem Kuss, der nicht unbedingt etwas bedeuten *muss*.«

Er bedeutet mir schon längst etwas. Der Kuss, diese Situation … Levi. Aber es stimmt, wir können das nicht zulassen. Nicht, wenn so viel auf dem Spiel steht.

»Wir tun so, als wäre nichts passiert.« Während ich rede, spüre ich, wie sich der Druck seiner Finger an meinem Mund verstärkt, und möchte nicht, dass er sie jemals wegnimmt.

»Das darf niemand erfahren«, antwortet er, und seine Augen verdunkeln sich. »Niemand. Weder Herr Müller noch Frau Bakari. Niemand, verstanden, Zelal?«

Ich ziehe die Augenbrauen zusammen. »Safiya würde niemals –«

»Es geht nicht bloß um die Arbeit.« Levi presst die Lippen zusammen und lässt mich los. »Da ist viel mehr … ich … Niemand, in Ordnung?«

Ich nicke, weil ich nicht anders reagieren kann.

Die Kälte, die sich um mich legt, als er seine Hände in die Hosentaschen schiebt und mich anschaut, als würde er sich verabschieden, presst mir den Atem aus den Lungen. Aber ich kann nichts sagen, mich nicht wehren oder etwas an der Situation ändern. So ist es besser.

Um unserer Jobs und Herzen willen.

ZWEIUNDZWANZIG | BÎST Û DU

Levi

Die Wohnung ist leer und ruhig, als ich die Tür schließe und meine Tasche zu Boden gleiten lasse. Ich schalte die Security-Kameras aus, die ich habe installieren lassen, nachdem mein Vater mir die Wohnung vererbt hat. Zu große Angst hatte ich, dass jemand einbrechen und seine letzten Habseligkeiten mitnehmen könnte. Wie die Hunderten Sammlereditionen von Schallplatten und der Spieler, den er sich mit seinem ersten Geld holte. Das alles hat zwar mehr sentimentalen Wert als echten, trotzdem hat es noch niemandem geschadet, auf Nummer sicher zu gehen.

Der Stress und Trubel des Jobs haben mich in diesen vier Wänden nicht im Griff, obwohl mich das nicht davon abhalten kann, konstant in meine E-Mails zu schauen. Die Professur zu erlangen, ist intensive Arbeit, die nicht genug bezahlt wird, aber ich habe es mir ausgesucht, also darf ich mich nicht beschweren.

Ich lehne meine Stirn gegen die Haustür und schließe die Augen. »Scheiße.«

Die meisten Tage sind von Stress und Leistungsdruck geprägt. Zweifel, was meine Berufswahl oder mein Können angeht, habe ich nicht. Im besten Fall mit dreißig habilitiert zu sein, hat seine Tücken, klar, aber Angst ist keine davon. Zumindest nicht bei mir. Heute jedoch könnte ich unter ihrer Last zerbrechen.

Was dachte ich mir dabei, Zel zu küssen? Was ging mir durch den Kopf, außer dass ich sie *brauche*? Außer ihre grünbraunen Augen, die mich unentwegt anschauten, als hätte ich eine Lösung für unsere Gefühle. Für das Schlamassel, in dem wir stecken. Das Problem ist: Ich habe *nichts*. Nichts außer den Wunsch, sie nicht zu verlieren. Sie an mich zu ziehen und so lange zu küssen, bis alle anderen Sorgen in Vergessenheit geraten. Dass dabei beide unserer Karrieren bei lebendigem Leib begraben werden könnten, kämpft sich schwerfällig vor all die anderen Gedanken, die durch Zels pure *Existenz* ausgelöst werden.

»Fuck.« Ich fahre mir übers Gesicht und massiere meine Schläfen.

Keine Zeit. Ich habe keine Scheißzeit dafür. Das Kochen wartet auf mich, weil ich Clara, die von einem ihrer etlichen Bewerbungsgespräche kommt, ein Abendessen versprochen habe. Sie sagt, es sei gut fürs Networking, wenn sie zu Gesprächen in andere Städte fährt, was mir zugutekommt. Momentan möchte ich sie so wenig wie möglich sehen. Jede Interaktion mit meiner besten Freundin … ehemaligen besten Freundin ist seltsam, seitdem wir in Deutschland sind. Früher waren wir eingespielt, jetzt sind wir wie Teile verschiedener Puzzles. Egal wie sehr man sich bemüht, sie zusammenzusetzen, das Ergebnis ist ein falsches Bild. Egal wie sehr *ich* versuche, unsere Freundschaft zu kitten, es funktioniert nicht. Alles ist schief.

* * *

»Na, hast du mich vermisst?«, fragt Clara mit hochgezogenen Augenbrauen, während sie in die Wohnung kommt und die Arme ausbreitet.

»Voll«, lüge ich und werfe das Geschirrtuch über meine Schulter, damit ich sie umarmen kann. Es nicht zu tun, wäre unangenehmer, also lasse ich ihre Wärme über mich ergehen und halte sogar den kurzen Kuss aus, den sie mir feucht auf die Wange drückt.

Sie linst zur Kücheninsel, auf der die Teller hergerichtet sind. »Was gibts?«

»Ich hatte Lust auf Mexikanisch«, murmle ich und gehe in die offene Küche, um die letzten Zutaten unter die Salsa zu mischen, damit wir anfangen können. Je schneller wir hier fertig sind, desto eher kann ich mich ins Schlafzimmer verkriechen und Panik wegen Zel schieben. Ich muss das mit ihr klären. Mehr darf das nicht werden. Der Kuss war ein Ausrutscher, der uns nicht wieder passieren wird …

»Oh, lecker.« Clara zieht ihren Mantel aus und tapst mir hinterher. »Die Fahrt war grässlich, ich freue mich, endlich was in den Magen zu bekommen. Dass ich das morgen wiederholen darf, ist scheiße.«

»Was habe ich verpasst?«, frage ich.

Sie lehnt sich gegen den Tresen und spielt mit dem Halsabschluss ihrer Bluse. »Ich fahre morgen nach Magdeburg, weil ich am Montag das letzte Vorstellungsgespräch mit dem medizinischen Institut habe. Über Halloween soll es dort ganz spaßig sein, weshalb mich die Lehrstuhlleitung der Neurologie auf einen Kneipenabend eingeladen hat.« Sie greift nach einer dünn geschnittenen Paprika und schiebt sie sich in den Mund. »Wenn das heißt, dass ich eher den Job kriege, warum nicht? Dann bin ich auch für soziale Outings offen.«

»Meinst du das mit Magdeburg ernst?« Ich war nicht oft in der Stadt, aber habe genug gehört, um sie als nichtweiße Frau dort nicht haben zu wollen. »Ihr Ruf eilt der Stadt voraus.«

»Was soll ich machen? Nicht arbeiten?«, feuert sie zurück.

»Das meinte –«

»Außerdem habe ich Anfang Januar auch das Gespräch mit der Freien Uni … vielleicht wird das ja«, unterbricht sie mich. »Magdeburg ist die nächste Universitätsstadt, ich habe keine andere Wahl, Levi. Da komme ich wenigstens mit dem Auto hin.«

»Okay«, flüstere ich und ignoriere die Sorge, die in mir hochkocht. Sie ist erst seit Kurzem hier, aber ich muss sie nicht schützen. Clara ist ein eigenständiger Mensch, der Schlimmeres gemeistert hat. Nach außen sieht sie zwar immer perfekt aus, aber ich habe Tage erlebt, an denen sie komplett auseinandergebrochen ist. Sei es wegen ihrer Familie, die Tausende Kilometer entfernt war und der sie in Krisen nicht helfen konnte, oder wegen der Doktorarbeit, deren Thema sie einmal komplett umschmeißen musste, ohne mehr Zeit zu bekommen. Trotzdem hat sie sich aufgerappelt und am nächsten Morgen weitergemacht. Sie hat meine Befürchtungen nicht nötig.

»Dauert es noch lange?«

»Eine Sekunde. Lass mich die Salsa fertig machen«, sage ich, kann aber den Blick nicht von ihr lösen.

Der enge Bleistiftrock, die weiße Bluse und die hohen Schuhe sind anders als Zels schwarze weite Hosen, die übergroßen Pullover, bei denen ich nie weiß, ob sie sie so kauft oder die Löcher selbst einreißt. Die Tausenden Ringe in den Ohren und der schwarze Nagellack, der nie perfekt wie Claras Nägel ist, sondern aussieht, als hätte sie ihn nervös abgepult. Der dunkle Lippenstift, von dem am Ende des Tages nichts mehr übrig bleibt, weil sie auf ihrer Unterlippe herumknabbert, während ich mir bei Clara nicht einmal sicher bin, ob sie welchen trägt, da er natürlich aussieht.

»Warum starrst du mich an?«, fragt sie belustigt, was mich aus meinen Gedanken reißt.

Ich zucke mit den Schultern und drehe mich zum Essen. »Nur so.« Die letzte Limette drücke ich über der Salsa aus und wische mir dann die Finger am Tuch ab.

Claras Hand wandert über den Granit der Kücheninsel und hält an meinem Unterarm inne, bis sie an ihm hochfährt. »Sag schon«, flüstert sie.

»Wirklich, es ist nichts«, murmle ich und rücke von ihr weg.

Ihre Hand zuckt zurück, als ich die Schüssel voller Salsa zwischen die anderen mit Jackfruit und Toppings schiebe.

»Verstehe«, sagt sie resigniert.

Obwohl ich die Worte nicht als Abweisung meinte, sticht ihre Reaktion. Sie hat meine Kälte nicht verdient. Manchmal fällt es mir schwer, Nähe zuzulassen, weil für sie die Grenzen viel zu schnell verschwimmen. Grenzen, die seit Jahren gezogen sind und sich meinerseits keinen Zentimeter bewegt haben.

»Wollen wir essen?«, frage ich, statt ihr gut zuzureden. Der Tag war viel zu lang, um sich für gekränkte Gefühle zu entschuldigen. Wenn ich das tue, wird sie es falsch aufnehmen, und wir stehen wieder am Anfang.

Sie nickt, setzt sich auf einen Stuhl und zieht eine Tortilla auf ihren Teller. Während sie leise ihren ersten Taco zusammenlegt, setze ich mich auf den anderen Sitzplatz, obwohl mir der Hunger vergangen ist. Ich weiß nicht, ob es die Aufregung wegen des Kusses oder die

Angst vor den Konsequenzen ist, die mir den Appetit verdirbt, aber ich tue mich schwer, etwas zu essen.

Das mit Zel darf nicht mehr werden, ich darf das nicht erlauben. Meine Karriere kann ich nach der ganzen harten Arbeit nicht in den Sand setzen. Wenn sie auf irgendeine Weise in Mitleidenschaft gezogen werden würde, könnte ich mir das nie verzeihen …

Claras Mund bewegt sich, sie versucht, mir von ihrem Vorstellungsgespräch zu erzählen, aber ich bin mit dem Kopf woanders. Bei Zelal. Ihren Fingern und wie sie über meine Brust gefahren sind, den heiseren Wörtern, die sie mir unsicher zugeflüstert hat, von denen ich heute Nacht träumen werde, und ihren Lippen, die –

»Und …« Sie hält inne und zieht die Augenbrauen zusammen. »Hörst du mir überhaupt zu?«

Ich setze mich im Barhocker auf und greife nach dem Wasser, um einen Schluck zu nehmen und meine Gedanken zu sammeln. »Entschuldige, die Arbeit hat mich Nerven gekostet.«

Eine glatte Lüge, die mir leicht von der Zunge geht. Für jemanden, der in Kindertagen seine Mutter konstant belügen musste, um ein unabhängiges Leben zu führen, ist nichts einfacher als das. In manchen Momenten jedoch holt mich das schlechte Gewissen ein. Zerfrisst mein Inneres und verewigt sich wie eine Narbe. Lässt mich nicht los. Wie jetzt.

»Oh …« Sie nickt langsam. »Sind die Studierenden anders als bei uns? Kommst du mit der Lehre klar?« Sie zieht ihr Glas zu sich und schaut mich erwartungsvoll an, ohne den fertigen Taco zu berühren. Ihr glattes Haar hat sie wie immer hinter die Ohren geschoben, sodass sie ihren schmalen Rücken hinunterfließen. Sie sind professionell gestylt, nie unordentlich, weil sie als Forscherin ernst genommen werden will. Sogar wenn wir allein in meiner Wohnung sitzen, in der es niemanden juckt, was sie von Beruf ist. *Mich* am wenigsten. Ich habe sie immer so genommen, wie sie ist. Aber momentan fällt es mir schwer, hinter ihre Fassade zu blicken. Und ich bin mir nicht sicher, ob ich das Versteckte überhaupt vor Augen geführt bekommen möchte. Die Vorahnung ist beängstigend genug –

der Todesstoß für unsere Freundschaft. Das ist das Letzte, was ich will.

»Levi …«, seufzt sie und legt ihre Hand erneut um meinen Unterarm.

Diese Kücheninsel ist zu klein, erlaubt viel zu viel Körperkontakt. Ich stoße mit meinen Knien gegen die Unterseite, als ich den Arm wegziehe. Seitdem wir in Deutschland sind, ist Claras Nähe verfickt erstickend. Alles verzehrend und einengend. Manchmal frage ich mich, wie wir es überhaupt so lange miteinander ausgehalten haben.

»Die Studierenden sind okay«, presse ich hervor und schaffe Abstand, indem ich mich etwas zurücklehne und mehrere Schlucke nehme. Gott, warum habe ich damals zugestimmt?

Sie presst die Lippen zusammen und zieht ihre Hand schnell an sich, als hätte sie sich an mir … oder meiner Abweisung verbrannt. In mir bewegt sich alles und nichts zugleich. Mein Verhalten tut mir leid, ich sollte mich ihr gegenüber besser benehmen. Schließlich ist sie in einem Land, das sie nicht kennt. Ich bin die einzige Person, die sie hat, trotzdem kann ich nicht anders, als mich zurückzuziehen.

»Wie läuft die Forschungsarbeit?« Ihre zittrige Stimme löst deplatzierte Wut in mir aus. Sie kämpft sich durch meinen Körper und setzt das Herz in Flammen, das Clara eigentlich lieben sollte, es aber längst nicht mehr tut. Egal was für eine Stütze sie während meines Doktors und des Todes meines Vaters war. Egal wie viel ich ihr schuldig bin. Gerade weiß ich nicht, wen ich mehr hasse – sie oder mich.

»Gut«, antworte ich spitz. Dass ich keinen Kopf für die Arbeit habe, weil er randvoll mit Zelal ist, verrate ich ihr nicht. »Ich habe eine studentische Hilfskraft, die mir unter die Arme greift.«

Endlich isst sie weiter. »Wie ist sie so? Besser als die alte?«

Während der Doktorarbeit hatte ich Hilfe an meiner Seite, die das Promovieren ungemein erleichtert hat. Eine Bachelorstudentin, die zu ihrem Master an der Brown bleiben wollte und mir am Ende eine kleine Notiz zugesteckt hat, in der sie nach einem Date gefragt hat.

»Ich kriege diesmal keine Liebesbriefe, so viel ist sicher«, murmle ich belustigt, was Clara auch ein halbes Lächeln entlockt. »Spaß beiseite, Zelal bekommt den Kopf nicht von den wichtigen Texten gehoben. Sie ist extrem intelligent und kompetent. Ich könnte mir niemand Besseren als Aushilfe vorstellen.«

Ich war kurz davor, Jana anzubetteln, Hilfskräfte mit mir zu tauschen. Frau Bakari ist mindestens genauso kompetent wie Zelal, und ich könnte verfickt noch mal neben ihr arbeiten, statt sie wie ein verknallter Schüler anzustarren. Zelal merkt es vielleicht nicht, aber wenn sie in meiner Nähe ist, fällt mir das Konzentrieren unglaublich schwer. Plötzlich sind sie, ihre Lippen, ihr Parfüm alles, woran ich denken kann. Denken *darf*.

»Und als Person?«, fragt Clara beinahe beiläufig, woraufhin ich die Augenbrauen zusammenziehe.

»Keine Ahnung …«, sage ich und spiele wieder mit der Gabel, um meine Finger zu beschäftigen. »Eine durchschnittliche Studentin, die eben Geld dazuverdient. Wir führen keine Gespräche, die über die Arbeit hinausgehen.« Ihr Ton hatte etwas Abfälliges. Allein, dass ich Zelals Intellekt gelobt habe, stößt Clara sauer auf, also muss ich mich zurückhalten. Ich möchte unsere Beziehung nicht angespannter gestalten, als sie sowieso ist.

»Und das Institut so?«

»Alle sind nett. Ich komme gut klar«, antworte ich knapp.

»Schön …« Den ersten Taco hat sie gegessen, bevor ich meinen zusammengestellt habe. »Vielleicht klappt es mit der FU ja wirklich, und wir können uns öfter sehen.«

Mir ist der Hunger vollends vergangen.

DREIUNDZWANZIG | BÎST Û SÊ

Zelal

Ich war nie gut im Lügen, dafür umso besser im Schweigen. Wenn ich etwas geheim halten wollte, dann habe ich keine große Geschichte drum herum gesponnen, sondern es bei Erzählungen ausgelassen. So ist es leichter, sich nicht in ein Netz von Unwahrheiten zu verstricken und sich am Ende erklären zu müssen. Deswegen konnte ich nie streiten – bei hitzigen Gesprächen komme ich ins Straucheln.

Ich schalte einfach ab, tue also nichts anderes, als die Worte meines Vaters auf mich einprasseln zu lassen. Der Mut, den ich auf der Feier mühselig zusammengekratzt habe, ist verschwunden. Zwischen all den kleinen Momenten, in denen ich realisiert habe, was eigentlich passiert ist.

Dass meine Familie ein Theaterstück ist, für das ich nie das Skript bekommen habe. Meine eigene kleine *Truman Show*.

»Und im Endeffekt will ich damit sagen, dass sich nichts ändert. Alles bleibt beim Alten.« Seine Stimme klang nie neutraler. »Ich habe deiner Mutter den Ausrutscher längst verziehen.«

Ausrutscher. Ich bin in seinen Augen ein Fehler. Etwas, das verziehen werden muss, weil ich nicht passieren sollte. Nicht so, wie es geschehen ist.

Und das Schlimmste? In mir herrscht gähnende Leere. Es könnte mich nicht weniger interessieren. Ich will weder ihn noch meinen echten Erzeuger kennen … glaube ich. Das brauche ich nicht. Ich bin mein eigener Mensch, der es bis hierher allein geschafft hat. Den Rest meines Lebens bekomme ich auch geschaukelt.

»Okay.« Mehr kann ich nicht sagen. Mehr *gibt* es nicht zu sagen.

»Gut, dass wir das klären konnten. Ab jetzt ignorierst du die Anrufe deiner Schwester und Mutter nicht mehr.« Er räuspert sich. »Ich möchte nicht, dass sie wegen dir traurig sind.«

Früher habe ich versucht, seine Zuneigung zu gewinnen. Seine Liebe für mich zu spüren. Ich habe aufgehört, Fußball zu spielen, weil das eine ›zu männliche‹ Sportart war. Habe über die Stränge geschlagen, damit er mit mir schimpft und dadurch seine Sorge zeigt. Nichts habe ich unversucht gelassen, um seine Vaterschaft zu verdienen. Es hat alles nichts gebracht.

Ich war auf meiner Abifeier ohne ihn.

Ich bin nach Berlin gezogen ohne ihn.

Ich habe meinen Lebensunterhalt bestritten ohne ihn.

Ich brauche seine Liebe nicht, ich muss lernen, mich genug für alle zu lieben.

Die Leitung ist tot, und das Piepen tut mir in den Ohren weh. Heute Abend sollte ich mich vielleicht doch betrinken.

Das Handy schmeiße ich auf mein Bett, und mein Gesicht vergrabe ich in den Händen. »Es ist egal«, flüstere ich mir zu, aber es bringt nichts. Die Leere in mir ist fast beängstigender als die ganze Trauer, die mich zuvor ausgefüllt hat. Der Frust hat mir die Kraft gegeben, weiterzumachen, aber jetzt bin ich antriebslos. Als hätte mir jemand den Wind aus den Segeln genommen.

Ein Klopfen reißt mich aus dem Selbstmitleid. Ich richte mich sofort auf. »Ja?«

Yousef öffnet die Tür und lehnt sich gegen den Rahmen. »Was machst du heute?« Sein Blick wandert über das Kostüm, das ich anhabe, und bleibt an der kurzen braunen Perücke hängen, die ich in irgendeinem Ein-Euro-Shop gekauft habe.

»Mir die Scheißkante geben, das mache ich heute«, sage ich frustriert und lasse mich tiefer in meinen Stuhl gleiten. Zwar ist es nicht ernst gemeint, trotzdem pumpt der Gedanke für einen winzigen Moment Serotonin durch meine Blutbahn.

Yousefs Brauen schießen besorgt in die Höhe. »Ich dachte, du trinkst seit der einen Woche und den Albträumen nicht mehr?«

O ja, ich weiß nicht, ob das irgendein Bug ist, der mit den Zwanzigern heruntergeladen wird, aber nicht nur die Angst vor mir selbst, sondern den Nächten hat mich eingeholt. Meine Sorge war irgendwann nicht mehr der Kater danach, sondern die wenigen Stunden davor.

»Alte Gewohnheiten sind zählebig«, sage ich schulterzuckend.

»Ich kann dich davon nicht abhalten, oder?«

»Nope.«

Yousef schürzt die Lippen. »Na gut, Velma. Ruf mich an, falls du was brauchst. Ich habe heute Talhahs Wagen.«

»Warum?«

»Muss ein größeres Kunststück vom Töpfer holen«, antwortet er schulterzuckend. »Ich saß da superlang dran, und morgen ist Abgabe. Gehst du allein aus?«

»Mit Safiya. Sie ist Daphne.« Die Vorstellung, wie gut sie aussehen wird, zaubert mir ein Lächeln auf die Lippen. »Wenn was ist, ruf ich dich an.«

»Okay. Passt auf euch auf, ja?«

Ich nicke. Es ist niedlich, dass er sich Sorgen macht. Das muss er nicht. Das muss keiner der Jungs. Seitdem ich mich kurz nach meinem Einzug krankenhausreif betrunken habe, habe ich keinen Alkohol mehr angerührt.

* * *

Saf lässt nicht lang auf sich warten und sieht mit dem lila Kleid umwerfend aus. Der Club, den sie ausgewählt hat, ist normalerweise nicht meins. Elektro war schon immer mittelmäßig, aber heute, wo ich nichts als den Bass unter meiner Haut spüren möchte, ist er perfekt. Alles soll in Vergessenheit geraten, und ich möchte eins mit dem Beat werden.

»Willst du was trinken?«, schreit sie mir ins Ohr. Ich muss mich konzentrieren, um sie überhaupt zu verstehen. Die Musik dröhnt. Menschen drängen sich aneinander, als wäre das hier der einzige Club im Prenzlauer Berg.

»Gerade nicht, danke«, antworte ich mindestens genauso laut, und sie nickt, bevor sie mit einem riesigen Grinsen an mir vorbeitanzt, um selbst an die Bar zu gelangen. Sie war nie eine große Trinkerin, weil sie sich besser im Griff hat als ich.

Am liebsten will ich mich abschießen, so wie ich es Yousef erzählt habe, aber ich kann mir das nicht antun, also reiße ich mich zusammen und hoffe, dass die Lautstärke meine ungesunden Gedanken übertönt.

Nur für diesen Abend.

Ich möchte an niemanden denken. Nicht einmal an Levi, dessen Lippen ich nach Tagen weiterhin auf meinen spüre. Ob es ihm ähnlich geht?

Mein erster Instinkt ist, es zu verneinen. Er hat sich sofort zurückgezogen und sich danach nicht gemeldet. Sogar während meiner Schichten im Café kam er nicht vorbei, obwohl er das regelmäßig tut, weil der Kaffee ihm dort besser schmeckt.

Das Schlimmste daran ist, dass ich es nicht einmal meiner besten Freundin erzählen kann. Ich habe es ihm versprochen, und es ist besser, wenn es niemand weiß. Seinen Job hat er erst seit unter einem Semester, er kann sich solch einen Fauxpas genauso wenig erlauben wie ich.

Was die Situation nicht leichter macht. Ich habe Blut geleckt, wodurch diese verdammte Schwärmerei viel mehr ist – es gibt kein Zurück. Allein der Gedanke an ihn löst verbotenes Herzrasen aus.

Meine beste Freundin kämpft sich einen Weg durch die Masse und wirft mehreren Männern, die versuchen, ihre Aufmerksamkeit zu bekommen, böse Blicke zu. Mit zwei Flaschen kommt sie auf mich zu und reicht mir eine.

»Ist Wasser«, schreit sie, bevor sie an ihrem Bier nippt.

»Ich schulde dir noch einen Sekt!«

Früher war Feiern viel besser, da kam mir die Musik nicht zu laut vor. Es war nicht überfüllt und die Männer nicht in der Mehrzahl. Der See an Kostümen macht es besser.

»Scheiß drauf!«, kreischt Saf und zieht mich in die Menge, um zu tanzen. Das Lied wechselt, und der Bass vibriert unter meinen Füßen, während Menschen um uns grölen. Alles ist dunkel, der Geruch nach Schweiß penetrant. Es ist unfassbar laut, weswegen meine Ohren nach wenigen Minuten piepen.

Trotzdem lasse ich mich von der Musik leiten und bewege den Körper im Takt. Als Teenagerin hatte ich Angst, dass mich andere komisch finden oder auslachen, aber diese Sorge fällt von einem ab, wenn man älter wird und keine Menschen mehr beeindrucken möchte.

Es herrscht eine brütende, stickige Hitze, weshalb ich mein Wasser exe. Safiya zieht mich zu sich. Ich muss lachen, als sie einem Typen auf die Füße tritt, während sie wie wild tanzt, ohne meine Hand loszulassen. Ihn scheint es weniger zu amüsieren.

»Pass auf, wo du hintrittst, Schöne.« Seine Stimme vibriert durch die kleine Traube an Tanzenden, die sich um uns befinden.

»Sorry«, schreit Saf und schiebt die vorderen Twists hinter ihr Ohr.

»Kein Problem.« Das Lächeln auf seinen Lippen ist breit, als er sich zu ihr beugt, um ihr etwas ins Ohr zu flüstern, was im Ganzkörperanzug witzig aussieht.

Die Musik um uns dröhnt, ich bin mir sicher, sie versteht ihn nicht einmal. Als sie kichert und mich mit einer Handbewegung zu sich ruft, bin ich überrascht.

»Ich würde Shots trinken, wenn das in Ordnung für dich ist? Er will uns welche ausgeben!«

Bei den Worten zucke ich die Schultern. »Natürlich. Lass dich von mir nicht aufhalten.«

Sie schenkt mir einen entschuldigenden Ausdruck und schleppt mich am Ärmel mit an die Bar, an der man wie die Sardinen in der Büchse dasteht.

Der Typ hebt die Hand, damit die Barkeeperin mit dunklen Haaren und einem Ledertop auf uns zukommt. »Acht Tequila-Shots.« Er dreht sich zu uns um und lacht, als er meinen schockierten Gesichtsausdruck sieht. »Mein Kumpel kommt dazu, und jeder von uns kann doch zwei mickrige Pinnchen vertragen, oder?«

»Sie trinkt nichts«, sagt Saf laut, bevor ich mir die Worte zurechtgelegt habe. »Und komm gar nicht auf die Idee, sie zu zwingen!«

»Ach komm, Kleines. Zwei Shots? Das ist nichts. Die gehen auf mich«, sagt er schmollend.

Ich seufze. Zwei Shots sind wirklich nicht viel, und ich habe mir versprochen, dieses Wochenende locker zu lassen …

Safiya drückt meinen Unterarm. »Du musst nicht, Maus. Soll ich dir ein Wasser bestellen?«

»Ist schon okay«, ich schenke ihr ein kleines Lächeln, »zwei Shots sind gar nichts. Nach langer Zeit kann ich mir ja etwas gönnen.«

Die Frau braucht nicht lang, um die ersten vier Gläschen rüberzuschieben, und Saf reicht mir vorsichtig eins. »Sicher?«

Ich nicke.

»Eins, zwei, drei«, schreit sie.

Augenblicklich brennt es in meinem Mund, Rachen und Hals. Ich habe das Gefühl, dass der Alkohol mir die Nase hochwandert, und schüttle mich kurz. »Ekelhaft.«

Der Typ lacht und schlägt mir halbherzig gegen die Schulter. »Hab dich nicht so.«

»Sie ist keine große Trinkerin«, kommt meine beste Freundin erneut zu meiner Verteidigung. Ich drücke sie an mich, auch wenn es viel zu warm für Körperkontakt ist.

Der andere Typ stößt dazu und grüßt uns kurz. Er ist groß, blond und hat eine ähnliche Brille auf wie ich. In der Latzhose und dem Pullover muss er ersticken.

»Wer bist du?«, frage ich.

»Jonathan.«

Ich rolle die Augen. »Ich meine das Kostüm.«

Er lacht und greift nach dem Shotglas. »Jeffrey Dahmer.« Ohne zu blinzeln, ext er es und reicht es der Dame hinter der Bar. »Löst du meine Mordfälle, Velma?«

»Ich glaube, das muss ich nicht mehr. Du sitzt längst hinter Gittern«, antworte ich und ziehe den zweiten Shot zu mir, denn die Barkeeperin hat uns die nächste Runde zugeschoben. Ein weiterer wird schon okay sein. Aber das wars für heute Abend. Ich kippe ihn mir in den Mund. Diesmal ist das Brennen halb so schlimm.

»Schade.« Jonathan schmollt und beugt sich zu mir. »Ich hatte immer ein riesigen Crush auf Velma, als ich klein war. Finde die Brille besonders sexy.«

Sein Atem ist warm an meiner Wange und seine Hand auf Entdeckungstour, als sie über meinen Arm fährt.

»Du fällst ja direkt mit der Tür ins Haus«, kommentiere ich den schlechten Flirtversuch.

Seine Finger hinterlassen eine unangenehme Spur auf meiner Haut, aber ich erlaube es, weil es die Ablenkung ist, die ich benötige. Während Saf dem Typen im Ganzkörperanzug aufmerksam zuhört, halte ich Jonathans Berührungen aus. Bis Saf gegen meine Schulter tippt und mich mit großen Augen anschaut, sodass sich mich von Dahmer trenne.

»Vivien hat mir geschrieben. Anscheinend gab es einen Rohrbruch, und unser Keller steht unter Wasser.«

»O Gott, was?«, schreie ich gegen die Musik an.

»Ich glaube, ich muss da mal hin … shit.« Sie drückt sich ihre Tasche an die Brust und schaut mich entschuldigend an. »Die anderen Mädels sind weg, und Viv braucht dringend meine Unterstützung.«

»Gehts ihr gut?«, frage ich. »Soll ich mithelfen?«

Ihr Blick huscht über den Handybildschirm. »Nein, es ist okay. Das Zeug, das im Keller steht, ist nass. Sie meint, sie hat angefangen, alles rauszutragen. Du musst nicht helfen, aber wenn du willst, kannst du mitkommen.«

»Ich bleib noch ein bisschen, ist das in Ordnung?« Heute will ich vergessen. Wenn das bedeutet, dass ich einen blonden Jeffrey-Dahmer-Abklatsch ertrage, dann ist es besser, als an meinen Dozenten und Chef zu denken.

»Sicher?« Sie legt besorgt den Kopf schief. »Ich kann dir auch schnell ein Taxi rufen. Geht auf mich. Ich will nicht, dass du allein bleibst.«

»Alles gut. Ich hatte nur diese zwei Shots.«

Sie zieht mich in eine Umarmung. »Bitte schreib mir sofort, wenn du dich auf den Weg machst und zu Hause bist, ja? Ich schick dir über PayPal das Geld für ein Uber. Fahr nicht allein mit der Bahn.«

»Mach ich nicht, versprochen.« Ich drück sie fest. Dass sie sich Sorgen macht, ist unglaublich niedlich, aber das braucht sie nicht. Ich bin erwachsen und kann selbst auf mich achtgeben. Das habe ich schon lange genug.

»Okay.« Sie schmollt. »Pass auf dich auf und trink nichts mehr.«

»Ist gebongt.«

Sie lässt mich los und bedankt sich beim Ganzkörperanzug-Typ für die Getränke, der unbeholfen versucht, ihr seine Nummer zu geben.

»Du bist bei mir sicher«, sagt Dahmer mit einem Zwinkern, woraufhin ich genervt die Augen verdrehe.

»Ach wirklich?«, frage ich mit monotoner Stimme, was Saf nicht mehr hört. Sie winkt und eilt auf den Ausgang zu.

»Mhm.« Er nickt zur Bar. »Möchtest du was trinken?«

»Noch einen Shot?«

»Klar.« Er holt uns zwei weitere und reicht mir einen.

»Nein danke«, antworte ich.

»Ach komm, ein weiterer ist echt kein Weltuntergang.« Jonathan drückt mir das Gläschen in die Hand.

»Nein.« Ich schiebe es zurück, weshalb er, ohne mit der Wimper zu zucken, beide ext.

»Wollen wir raus? Es ist unnormal stickig«, fragt er.

Hier wird es immer voller, auf der Tanzfläche tanzen nicht mehr Menschen miteinander, sondern bilden eine homogene Masse, die sich irgendwie bewegt. Auch sein Freund hat sich wieder unter die Menge gemischt.

»Lass uns raus.«

Er nimmt mich bei der Hand, und zusammen verlassen wir den Club. Die herbstliche Luft trifft mich mit einem Schlag, weswegen mir der Atem stockt.

»Arschkalt«, flüstere ich.

Der Bass brummt nach wie vor in meinen Ohren. Ich könnte mich dafür schlagen, dass ich meine Jacke nicht mitgenommen habe. Sie im Club für fünf Euro abzugeben und am Ende sowieso nicht mehr zu finden, wäre jedoch schlimmer gewesen.

»Willst du eine?«

Jonathan hält mir seine Zigarettenpackung hin, und ich greife hinein. Wenn ich heute schon Ausnahmen mache, dann kann ich auch über die Stränge schlagen. Eine Zigarette beim Feiern macht im Großen und Ganzen keinen Unterschied.

Wir gesellen uns zu den anderen, die am Rande des Gebäudes stehen und sich gegen die Wand gelehnt haben, um eine zu rauchen. Ein paar Frauen haben sich ihrer hohen Schuhe entledigt und sitzen auf dem Boden.

»Studierst du?«, fragt mich der Typ.

»Ja, Lehramt. Du?« Es sind immer die gleichen Gespräche, die man mit ähnlichen Personen führt. Am Anfang des Studiums war das interessant, aber heute, kurz vor Schluss, fühlt es sich an wie ein Film, dessen Ende man schon zigmal gesehen hat.

»Jura.«

Ich stöhne auf, woraufhin er überrascht die Augenbrauen hochzieht. »Welches Semester und welche Uni?«

»Fünftes und FU. Warum?« Er reicht mir sein Feuerzeug, mit dem ich meine Zigarette anzünde.

»Mein Mitbewohner ist auch im fünften Semester. Atlas Thiele?« Wo ich auch hingehe, begegnet mir der Vollpfosten unentwegt.

Jonathan verdreht die Augen und zieht an seiner Zigarette. »Er hat im Strafrecht mal sechzehn Punkte geschrieben, seitdem zählt er zu den Halbgöttern des Semesters. Und es wird spekuliert, dass er dafür die Professorin flachgelegt hat.«

»Wow, gehöre ich dann zur Adelsfamilie, wenn wir uns Bad und Küche teilen?«, frage ich belustigt, was ihn zum Lachen bringt.

»In welchem Semester bist du?«

»Ich mache meinen Master. Geschichte und Deutsch.« Der Rauch brennt im Hals, und ich muss das amateurhafte Husten unterdrücken.

Jonathan nickt anerkennend und kratzt sich mit der freien Hand am Kiefer. »Hey, hättest du Bock auf einen Billigwein aus dem Späti und draußen zu chillen? Da drin ist es voll. Ich bin wegen Max gekommen und bereue es gerade sehr.« Ach, so hieß der Typ. »Sieht man hoffentlich am akribisch zusammengestellten Outfit.«

Ich zucke mit den Schultern. »Klar, warum nicht?« Dass ich zustimme, heißt nicht, dass ich auch wirklich viel trinken muss. Bloß genug, um Levi und meinen Vater zu vergessen.

VIERUNDZWANZIG | BÎST Û ÇAR

Zelal

Eine geteilte Rotweinflasche später umweht die Kälte nicht länger meine Gliedmaßen.

»Es gibt ehrlich nichts Witzigeres, als high diese Tiervideos zu schauen«, sagt Jonathan lachend.

Mit zittrigen Händen reicht er mir das letzte bisschen, das ich in einem Zug austrinke.

Wir haben den Club längst hinter uns gelassen und irren durch irgendeinen Kiez. Das Viertel ist mit Parks, Spätis und Wohnhäusern gesprenkelt. Menschen sammeln sich in kleinen Gruppen draußen. Ihre Augen sind müde, und die Lippen müssen vom Alkohol brennen, aber das hält sie nicht davon ab, eine gute Zeit zu haben. Mir geht es ähnlich, jedoch ist mein Herz unglaublich schwer. Eine Schwere, die nicht einmal der Alkohol ertränken konnte.

»Ich mag kein Gras.« Meine Zunge ist längst bleiern.

»Du stehst auf Härteres?«

»Überhaupt nich!«, lalle ich entrüstet und drehe mich so schnell zu ihm um, dass ich mich beinahe übergeben muss. Die Straßenlaternen und das wenige Licht des Fitnessstudios uns gegenüber verwandeln sich in einen Strudel. Ich muss innehalten, weil die halbe Flasche und die Shots sich in meiner Blutbahn bemerkbar machen. Mein Magen dreht sich, und würde mich Jonathan nicht festhalten, würde ich vornüberfallen und mich auf den Bordstein übergeben.

»Verdammt, klappsu zusamm'n?« Er zieht mich zu sich.

Seine Züge verschwimmen. Ich muss die Augen schließen, damit mein Kopf sich nicht dreht. »Der lesse Schluck war su viel.«

»O fuck, okay.« Er packt mich an beiden Schultern und führt mich zur nächsten Bank, auf die wir uns setzen. »Willsu dich 'nen Moment ausruh'n?«

Seine Worte gehen genauso wie meine ineinander über. Der Spaß von eben ist plötzlich ganz weit weg. Nie hat sich mein Bett verlockender angefühlt. Warum gehe ich abends aus, wenn es jedes Mal so endet? Ich im Scheißsuff und mit einem Typen, den ich nicht kennen will.

Ich weiß nicht, wo ich bin. Ich weiß nicht, mit wem ich unterwegs bin. Und ich weiß nicht, wie ich nach Hause komme, weil mein Handyakku leer ist.

Die Gedanken schnüren mir die Kehle zu, und egal wie oft ich nach Luft schnappe, meine Lungen expandieren nicht. Ich habe Safiya schon vor einer Stunde geschrieben, dass ich mich auf den Weg mache. Was ich auch vorhatte! Aber Jonathan meinte, dass die Flasche nicht leer sei und dass Spazieren beim morgendlichen Kater helfen würde.

Außerdem wollte ich nicht allein sein. Der Abend war darauf ausgelegt, zu vergessen. Wie geht das besser als mit Alkohol und einem attraktiven Typen?

»Beruhig dich.« Er hört sich ratlos an. »Woll'n wir rüber und 'n Wasser hol'n?«

Ich nicke und halte mich an seinem Arm fest, als er mich hochzieht. »Danke«, flüstere ich.

»Kein Problem. Du wirsich bestimmt revanchier'n könn'n.« Er zwinkert mir zu, und ich weiß nicht, ob es an meinem alkoholisierten Zustand liegt oder die Wahrheit ist, aber die Worte fühlen sich witzlos an. Trotzdem habe ich keine Kapazität, mir Gedanken über das Gesagte zu machen. Berlin dreht sich, die Welt brettert an mir vorbei, während ich alles daransetzen muss, nicht das Bewusstsein zu verlieren.

Die Schritte zum gut besuchten Späti gleichen einem Jakobsweg, dessen Ende ich außer Atem erreiche. Auf den Holzbänken draußen ist kein Platz mehr, und leise Musik kommt aus dem Inneren. Die eine Wand ist von einer Seite bis zur anderen mit Kühlschränken gefüllt, aus denen ich zwei Flaschen Wasser ziehe. Die Angst brodelt unter der Oberfläche. Ich könnte den Mitarbeiter fragen, wo wir sind, und ein Taxi rufen. Warum habe ich mich hierauf eingelassen?

»Zelal?«

Als ich die Stimme höre, könnte ich vor Glück platzen. Sie ist der Rettungsring, den ich gebraucht habe. Er kann mir sagen, wo ich bin und wie ich nach Hause komme.

Ich drehe mich blitzartig um, weshalb mir schwindelig wird. Levi steht in Jogginghose und Jacke vor mir. Schlüssel, Portemonnaie und Sporttasche hat er in der Hand, als wäre er aus dem Fitnessstudio gekommen oder auf dem Weg dorthin.

»Hi.« Ich höre mich erleichtert an, was er auch mitbekommt. Seine Augen werden groß, und seine Miene verhärtet sich.

»Hey …«, sagt er verwirrt. »Was machst du hier?«

»Ich war … Ich war auf 'ner Party im Club und …« Ich muss mich gegen das Glas des Kühlfachs lehnen, um mich nicht zu übergeben.

Levi wirft seine Habseligkeiten in die Tasche, kommt augenblicklich auf mich zu und legt seine Hände um mein Gesicht. »Wie viel hast du getrunken?«

»Lassie in Ruhe, Mann.«

Ich hatte fast vergessen, dass ich nicht allein aufgekreuzt bin. Zwischen den Snackregalen kommt Jonathan hervor, und ich will, dass er geht. In mein Bett will ich auch. Und diesen verfluchten Rausch ausschlafen. Scheiße. Seit Langem ging es mir nicht so miserabel wie jetzt.

Levis Blick huscht zwischen mir und dem Typen hin und her, bis er an mir hängen bleibt. »Kennst du ihn?«

Ich nicke, weil ich mir nicht zutraue, zu sprechen, vor Angst, ich könnte kotzen.

»Wir sind hergekommen … zusamm'n.« Wenn ich versuche, aus dem Augenwinkel Jonathan anzuschauen, wird mir schwindliger, weswegen ich mich auf Levis Gesicht konzentriere. Die dunklen Augenbrauen, die so stark zusammengezogen sind, dass sich eine steile Falte zwischen ihnen gebildet hat. Die blauen Augen, die nicht ozeangleich sind, sondern einem nebligen Regensturm ähneln. Die kleine Narbe über seiner Oberlippe, die mir zum ersten Mal auffällt, weil wir uns noch nie so nahe waren, ohne die Augen zu schließen und uns zu küssen.

»Willst du mit ihm mitgehen?«, fragt er leise.

Das ist das Letzte, was ich will. Ich kenne ihn nicht. Er studiert mit Atlas Jura und hat den Wein für uns gekauft. Und hat angedeutet, dass ich mich für seine Hilfe revanchieren kann. Beim Gedanken daran, wie seine betrunkene Miene dabei aufgeleuchtet hat, zwingt sich Galle meinen Rachen hoch.

Als ich nicht antworte, spricht Levi unbeirrt weiter: »Du kannst auch kurz zu mir, ein bisschen runterkommen, und ich ruf dir ein Taxi nach Hause. Ich wohne direkt um die Ecke.«

Seine warmen Hände verlassen mich nicht, erden meinen mitgenommenen Körper in der Realität.

»Ich will zu dir.« Meine Stimme ist gebrochen. Mir ist schlecht, ich bin müde, und ich will mich sicher fühlen. Mit jemandem durch Berlin zu irren, der genauso betrunken ist wie ich, ist weitaus schlimmer, als zu dem Mann zu gehen, in den ich mich Hals über Kopf verliebe, auch wenn ich ihn heute vergessen wollte.

Levi fährt mit dem Daumen über meine Wangen und nickt. »Okay.« Das kleine Lächeln, das er mir schenkt, verschwindet, als er sich zu dem anderen Typen dreht. »Kommst du hier allein weg, oder soll ich dir ein Taxi rufen?«

»Nimmste sie jetz einfach mit?«

»Ja. Hast du ein Problem damit?« Levi verdreht die Augen. »Willst du ein Taxi? Ja oder nein? Ein weiteres Mal frage ich nicht.«

Jonathan greift nach meinem Arm, was mich unbeholfen nach Luft japsen lässt. »Alter, sie is mit mir hier.« Er reißt mich aus Levis Händen, sodass ich nicht mehr weiß, wo oben oder unten ist. »Sags ihm!«

»Ich …« Mein Hals ist trocken. Die Angst verklebt meine Lippen. Ich will weg.

»Lass sie los«, sagt Levi ruhig. »Ich habe keine Lust, mit einem Kind zu streiten.«

Jonathan schnaubt, und sein Griff um meinen Arm wird fester. »Ich nehme sie mit.«

»Aua«, flüstere ich. »Lass mich los.«

Levi beißt sich auf die Lippe, bevor er einschreitet und Jonathans Hand von meinem Arm zerrt. Die wenigen anderen Kunden und Kundinnen, die an der Kasse stehen, um spätabends ihre Snacks zu bezahlen, blicken von ihren Handys auf. Jetzt ist der Zeitpunkt gekommen, dass ich mich *wirklich* übergeben möchte.

»Fass sie noch mal so grob an, und ich reiß nicht nur deine Scheißhand weg«, zischt Levi.

Der Kassierer entschuldigt sich beim Kunden, verlässt die kleine Kasse und kommt auf uns zu. Ich will weg. »Ist alles okay?«

»Alles bestens«, antwortet Levi und nimmt mich bei der Hand. »Könntest du diesem jungen Mann ein Taxi rufen?«

Der groß gewachsene Typ schaut Jonathan abschätzig an, der innerlich brodeln muss. Die roten Wangen und die zu Fäusten geballten Hände verraten ihn.

Ich hole Geld aus meiner Tasche und reiche dem Verkäufer einen Fünfeuroschein für das Wasser. Eine Flasche habe ich unter meinen Arm geklemmt und die andere fest in der Hand. Die Kälte erlaubt es mir, im Hier und Jetzt zu bleiben.

Gott, warum habe ich so viel getrunken?

»Wollen wir los?«, fragt Levi, und ich nicke. Zu mehr bin ich nicht imstande.

Zusammen gehen wir aus dem kleinen Späti. Ich torkle mehr, als mir lieb ist.

»Soll ich dich tragen?«

Ich möchte lachen, aber er meint seine Worte ernst, denn sein strenger Ausdruck verrutscht um keinen Zentimeter.

»Nee, alles gut«, sage ich mit piepsiger Stimme und will, dass der Erdboden sich öffnet und mich verschluckt. Warum muss ausgerechnet er mich in diesem Zustand sehen?

»Es ist furchtbar kalt draußen. Hier …« Er lässt für einen Moment meine Hand los und schlüpft aus der Jacke aus. »Zieh sie dir über.«

Er selbst steht nun in einem Hoodie da, und bei dem Anblick wird mir warm. Es ist unfair, dass er unverschämt gut aussieht. Kurzerhand legt er die Jacke um meine Schultern, öffnet eine Wasserflasche für mich und reicht sie mir.

»Dan… Danke.«

»Trink etwas, und wenn du dann nicht geradeaus gehen kannst, trage ich dich. Es ist ehrlich nicht weit«, sagt er unbeirrt.

Das Wasser fühlt sich wie ein Geschenk auf meiner vom süßen Alkohol klebrigen Zunge an. »Was machsu überhaupt hier?«

»Du bist stockbesoffen, Zelal.« Levi umgreift meinen Arm, um mich zu stützen. »Ich war beim Sport und wollte mir was zu trinken holen, bevor ich nach Hause gegangen wäre.«

Ich streiche ein paar synthetische Strähnen der Billigperücke zurück. Mir ist plötzlich sehr bewusst, dass ich völlig absurd aussehe. »Danke, dassu mich mitnimmst.«

Die Straßen sind dunkel, wenige Straßenlichter spenden Helligkeit, was mich nicht beruhigt hätte, wäre ich allein.

»Der Typ sah wie ein totaler Creep aus.«

Ich drehe mich ruckartig zu ihm, weil ich nicht aus meinen Fehlern lerne – mir wird erneut schwindelig. »Er is Jeffrey Dahmer!«, sage ich, als hätte ich ihn überführt.

»Warum will man wie ein Serienkiller aussehen?«

Ich massiere meine Schläfe, damit der Schwindel mich nicht übermannt. Levi merkt es sofort und hält inne. »Lass mich dich tragen.«

»Brauchsu nicht«, wehre ich mich.

»Du bist so weg. Die hundert Meter zu mir bekommst du garantiert nicht mehr hin«, antwortet er seufzend.

Er beugt sich zu mir herunter, schiebt einen Arm in meine Kniekehlen und legt den anderen an meinen Rücken, bevor er sich aufrichtet. Mir wird wegen der abrupten Bewegung schlechter, falls das möglich ist, und die volle Wasserflasche fällt unter meinem Arm weg, aber das ist uns beiden egal. Mit zugepressten Augen vergrabe ich mein Gesicht in seinem Hoodie. Je weniger Licht und sich bewegende Umgebung, desto weniger Übelkeit und Schwindel.

»Alles okay?«

Levis Atem streift meine Wange und liebkost meine Haut. Sein Geruch ist so vertraut, dass ich nichts mehr möchte, als mich an seiner Brust vor der Welt zu verstecken.

»Mhm, ja. Ich versuch, nichsu kotzen«, sage ich mit belegter Stimme und kralle mich in sein Oberteil. »Dubis schön warm.«

»Das liegt daran, dass ich einen Pullover und eine Leggings unter meinen Sportshorts trage.« Als hätte ich nicht verstanden, worauf er hinauswill, setzt er einen drauf: »Weil wir fast Winter haben. Es ist arschkalt.«

»Ich hab meine Jacke suhause vergess'n«, antworte ich kleinlaut.

Levi seufzt und drückt mich fester gegen sich. »Als was hast du dich überhaupt verkleidet?«

Bei den Worten muss ich die Augen aufreißen, was mir ganz und gar nicht guttut. Die Übelkeit gräbt sich unbarmherzig in meinen Magen, und ich kralle mich fester in seine Brust.

»Velma von *Scooby Doo*! Wie kannsu sie nich kenn'n?«

»Muss man das?«, fragt er unbeeindruckt.

»Von dir hätt ich's erwartet«, antworte ich. »Sie is superklug, voll was für dich.«

»So denkst du also von mir?« Er bleibt stehen, um mich langsam abzusetzen. »Dass ich auf Frauen mit Intellekt stehe?«

Die Übelkeit lässt langsam nach, während ich mich gegen die Hauswand lehne. Levi fischt seinen Hausschlüssel hervor, um die Eingangstür aufzuschließen. Wäre es heller, würde ich versuchen, mir das Wohngebäude anzuschauen, aber momentan kann ich nicht einmal aufrecht stehen.

»Intelligente und neurotische Frauen«, antworte ich. Meine Stimme ist belegt und der Mund trocken. Alles fühlt sich schmierig an, weil ich trotz der Kälte durch den Alkohol schwitze. Der Abend verhöhnt mich, aber das hätte mir bewusst sein müssen. In dem Moment, in dem ich mich entschieden habe, auszugehen, hätte mir klar sein sollen, dass es wie immer enden würde. Bei irgendeinem Typen auf der Couch und mit der bodenlosen Scham, die sich auf die Brust setzt und die Lungen zerquetscht.

»Neurotisch?«

»So wie du.« Ich muss bei dem Gedanken an seinen prekären Hang zur Ordnung grinsen. Er geht davon aus, dass es andere nicht merken, aber die gezwungene Art, jedes Papier genau aufeinanderzulegen, damit die Ecken sich perfekt treffen, entgeht mir nicht.

»Ich bin nicht neurotisch«, sagt er entrüstet.

»Okay«, antworte ich. »Daran erinner ich dich, wenn du mich ins nächste Schreibwar'ngeschäft schicks, um dir 'nen spezifisch'n Stift zu holen, weil du die gleiche Prüfung nich mit 'nem andern roten Kugel…schreiber korrigier'n kanns, da man's am Ton erkennen könne.«

»Man erkennt das auch!« Der Protest ist halbherzig. Ihm ist bewusst, dass er einen Ordnungsfimmel hat.

Levi drückt die Tür auf. Warme Luft aus dem Eingang umspielt meine erfrorenen Glieder, als er mich ins Innere zu den Treppen zieht.

»Altbau«, seufzt er. »Leider kein Aufzug. Wir müssen zwei Stockwerke hoch. Schaffst du das?«

Ich will tapfer nicken, kriege es aber nicht hin, sondern halte mich am Geländer fest. Die Stufen verschieben sich vor meinen Augen und verschwimmen ineinander. Die alten Lampen spenden genug Licht, dass ich Levis besorgten Blick auf mir wahrnehme. Seine Stirn ist gerunzelt, und die steile Furche zwischen den Augenbrauen gräbt sich immer tiefer in seine Haut.

Er braucht keine Antwort, denn mein Gesicht muss längst grün angelaufen sein. Ohne mit der Wimper zu zucken, hebt er mich vorsichtig hoch, trotzdem muss ich einen Würgereiz unterdrücken.

»Ich mach dir gleich einen Ingwertee. Nicht, dass du mir den Teppich vollkotzt. Schon wieder.« Er presst die Wörter zwischen seinen weichen Lippen hervor, die unweit von meinen sind. Ich müsste mich nur ein wenig zu ihm lehnen …

Wo sind deine Gedanken, Zelal? Verdammte Scheiße, reiß dich zusammen!

»Ich hasse Ingwer«, murmle ich, was ihm ein amüsiertes Schmunzeln entlockt.

»Du bist nicht in der Position, wählerisch zu sein.«

»Wennsu mir Ingwertee aufdrückst, dann werd ich dir hundertprosentig die Wohnung vollreihern.« Ich halte kurz inne, um ihm mit voller Ernsthaftigkeit in die Augen zu schauen. »Das is ein Versprechen.«

Er zuckt mit den Schultern. »Ich werde es darauf ankommen lassen.«

Levi hat keine Mühe, mich hochzutragen, sein Atem wird nicht schneller, seine Brust hebt und senkt sich nicht angestrengter. Aber sein Herz, das unter meiner Wange liegt, das schlägt aufgeregter. Wäre ich nicht in diesem miserablen Zustand, würde ich die Schläge vielleicht zählen.

Aber ich bin mir sicher, es pocht ähnlich emsig wie meins.

Und ich habe einen Kopfsprung ins Verknalltsein hingelegt.

FÜNFUNDZWANZIG | BÎST Û PÊNC

Zelal

Levi hat mir zwar erzählt, dass sein Vater superreich war, trotzdem habe ich nicht diese riesige Wohnung erwartet. Neben dem Eingang führt eine Wendeltreppe in ein zweites Stockwerk. Der Flur verbindet eine offene Küche mit dem Wohnzimmer. Auf der Seite, wo normalerweise ein Fernseher steht, befinden sich deckenhohe Regale, die überquellen und von einem Kamin unterbrochen werden. Über dem Sofa hängen etliche gerahmte Kunstwerke in unterschiedlichen Größen, die wahrscheinlich mehr kosten als ein jährliches Beamtengehalt.

»Setz dich.« Er zeigt auf die samtgrüne Sofalandschaft, die mit den bunten Kissen und der kuscheligen Decke einladend aussieht. »Irgendeinen Tee, den du bevorzugst?«

Ich drehe mich zu ihm um. »Doch anders überlegt?«

»Mein Versuch, gastfreundlich zu sein.« Er stellt seine Sporttasche neben einem Plattenspieler ab.

Ich nicke gespielt beeindruckt. »Das is aber lieb von dir.« Würden mich die Müdigkeit und der verknotete Magen nicht bei Sinnen halten, wäre ich auf ihn zugegangen. Aber das tue ich nicht. Ich setze mich mit allergrößter Vorsicht in die Mitte des Sofas.

»Ich bin immer lieb.«

»Lügen mussu vor mir nich.«

Er lacht laut, was meinen armen Herzschlag in die Höhe schießen lässt. Warum muss ich Gefallen an ihm finden? Es ist total unfair. So viel Auswahl, und ich lande bei meinem Dozenten …

»Welcher Tee?«, fragt er erneut. »Sonst wird es wohl oder übel Ingwer.«

»Kamille, wennu welchen dahast?«

»Für dich bestimmt.« Seine Worte sind harmlos, trotzdem setzen sie sich ungemütlich an mir fest und lassen mich für die nächsten Sekunden, in denen er zur Küche geht, nicht los. Auf dem Weg zieht er den Hoodie aus und schmeißt ihn im Vorbeigehen auf die große Kücheninsel.

Seine starken Arme kommen im T-Shirt zum Vorschein, als er einen der Hängeschränke öffnet. Sind das Tattoos auf seinen Oberarmen? Von hier kann ich es schlecht einschätzen, aber an etwas Schwarzes um sein Schlüsselbein meine ich mich zu erinnern.

Ich wende mich von Levis Anblick ab, sonst höre ich nicht auf, zu starren, und das wäre peinlich. Neben dem letzten Regal ist eine Tür, die auf einen Balkon führen muss. Wie wohl die Aussicht ist?

Die Ruhe wird durch den Wasserkocher, das Aufeinandertreffen der Keramiktasse mit der Arbeitsfläche und Levis leises Summen unterbrochen.

»Brauchst du Zucker?«, fragt er.

»Nein danke.«

Als ich mich wieder zu ihm drehe, kommt er auf mich zu und reicht mir eine warme Tasse. Aus einer weiteren trinkt er. Den scharfen Geruch des Ingwers rieche ich bis hierher und muss die Nase rümpfen.

Die Übelkeit setzt wieder ungehemmt ein. Für einen Moment war sie meiner Neugier gewichen, aber Kamille gemischt mit Ingwer treibt mir Tränen in die Augen.

Ich stelle den Tee fahrig auf den niedrigen Couchtisch und klatsche beide Hände vor den Mund, weil ich nicht weiß, wie ich diesmal den Würgereiz aufhalten soll.

»Zelal …« Levi stellt seine Tasse zu meiner und kniet sich zu mir herunter. »Musst du kotzen?«

Ich nicke, woraufhin er mich hochzieht. An der Küche vorbei reißt er eine Tür auf, die ein grau gefliestes Bad offenbart. Ich habe keine Zeit, die Regendusche zu beneiden, bevor es mir hochkommt.

Levi drückt mich vor der Toilette, deren Deckel er hektisch aufklappt, an den Schultern auf die Knie. Augenblicklich muss ich mich übergeben. Ich schließe angeekelt die Augen und klammere mich an den Sitz, als könnte er mich retten.

»Scheiße«, flucht Levi und zieht mir die kurze Perücke, die längst nicht mehr richtig sitzen muss, vom Kopf. Mit einer Hand klaubt er mein echtes Haar zu einem Zopf zusammen, damit es mir nicht ins Gesicht fällt, und fährt mir mit der anderen beruhigend über den Arm.

Und ich kotze mir die Seele aus dem Leib. Dass ich davor nicht genug gegessen habe, macht sich bemerkbar. Nachdem der erste Alkohol meinen Magen verlässt, muss ich trocken würgen, was gar nichts bringt. Der Brechreiz schwindet einfach nicht.

»Du hast dich echt weggeschossen«, murmelt er, was nicht anschuldigend klingt, eher besorgt.

Ich fahre mir mit einer Hand über die Wangen, die vor Anstrengung tränenüberströmt sind. »Das Leben is momentan nich nett zu mir.«

Levi seufzt und lässt sich gegen die Wand fallen, als ich mich endlich aufrichte und an die Toilettenschüssel lehne. »Sich bis in die Besinnungslosigkeit zu betrinken, ist kein guter Bewältigungsmechanismus, auch wenn das Leben scheiße ist. Das müsstest du wissen.«

»Sind die Zwanziger nicht dafür da, um Fehler zu machen?«

Er schüttelt ungläubig den Kopf. »Von mir aus«, sagt er resigniert. »Das heißt aber nicht, dass du an einer verdammten Alkoholvergiftung verrecken musst, Zelal.«

Die Keramik der Toilette ist kühl an meiner erhitzten Haut. Zum ersten Mal seit dem Späti dreht sich die Welt nicht mehr um mich – die grauen Fliesen des Bades werden klarer, und der scharfe Geruch eines Zitronenreinigers, den ich zuvor nicht wahrgenommen habe, sticht mir in die Nase.

»So schlimm ist es nicht. Mir geht es gut«, murmle ich und versuche, den Geschmack meines Erbrochenen zu ignorieren. Wenigstens so lange, bis ich wieder stehen kann, ohne zu torkeln.

Levi schaut mich wenig überzeugt an und hebt die billige Perücke auf, die zwischen uns liegt. »Sicher?« Sie ist an den vorderen Strähnen feucht – ob von meinem Mageninhalt oder meinen Tränen, kann ich nicht ausmachen.

»Entschuldigung.« Zu mehr bin ich nicht imstande.

Sein Gesichtsausdruck erweicht auf Anhieb. »Dir muss nichts leidtun.«

Die Worte sind nett, aber mir sollte *alles* leidtun: Ich sitze auf dem beheizten Boden in der Wohnung meines Dozenten. Ein Ort, den ich nie hätte kennenlernen dürfen. Verlieben dürfte ich mich am wenigsten, aber mein Blick klebt regelrecht an Levis Armen, die er um seine angezogenen Knie geschlungen hat. Das Schlimmste? Ich fühle mich kein bisschen schlecht.

Schwarze Tinte verteilt sich auf den Oberarmen, ganz wenige Tattoos ziehen sich über die Innenbeuge. Seine Unterarme sind nackt und leuchten im Kontrast.

»Ich hätte nicht gedacht, dass du tätowiert bist.« Meine Stimme versagt auf halbem Weg. Ich möchte die Augen schließen und den Rausch ausschlafen. Nicht einmal aufstehen und mich zumindest auf das Sofa legen erscheint mir möglich. Die Fliesen und der kurze Teppichläufer sollten als Bett ausreichen.

»Warum?«, fragt er amüsiert.

»Weil du neunzig Prozent der Zeit einen Stock im Arsch hast.«

Für einen Moment ist es still, die Luft lädt sich auf, bevor sein Lachen jegliche Anspannung in mir löst. Ich kann mir sogar ein Lächeln abringen.

»Wow …« Er steht mit einem Seufzen auf und macht zwei Schritte auf mich zu, um mir aufzuhelfen. »Sagst du das als die Studentin, die sich durch mein Seminar kämpfen muss, oder als Hilfskraft, die keinen Bock mehr auf die Arbeit hat, die ich ihr erteile?«

Levi packt mich fest am Unterarm, und ich kralle mich in seinen. Mit einem Ruck zieht er mich hoch, sodass uns nur noch wenige Zentimeter trennen … was mich an unseren Kuss erinnert.

Plötzlich fühle ich mich entblößt. Meine Schminke muss katastrophal aussehen. Der dünne Rollkragenpullover ist ganz verdreht, meine Haare sind komplett verknotet, als ich versuche, sie hinter meine Ohren zu schieben. Unkoordiniert fahre ich mir mit dem Handrücken übers Gesicht.

Aber Levi scheint das nicht zu interessieren, denn seine Augen trennen sich nicht von meinen, halten meiner Verunsicherung stand. Sie sind mein Fels in der Brandung. Mein peinlicher Aufzug stört ihn nicht.

»Bleib heute hier … falls du willst«, haucht er, weil die Situation nichts anderes erlaubt. Keine lauten Geräusche, kein Lachen, keine Erwartungen. Sie ist zu fragil, zu neu für all das. Seine Worte triefen zwar vor Sorge, aber ich bilde mir ein, dass es nicht einzig seine Angst um mich und meine missliche Lage ist. Dass da etwas anderes mitschwingt, das er nicht preisgibt. Weil er es nicht darf.

Und ich gebe nach. »Ich bin hundemüde.« Mein Versuch, zu lächeln, scheitert, weil sich mein Gesicht taub anfühlt. »Wenn ich auf dem Sofa crashen könnte, wäre ich dir dankbar.«

Er nickt schnell. »Schlaf dich aus, ich ruf dir morgen ein Taxi. Du kannst mein Bett nehmen.«

Wir sind uns immer noch unglaublich nahe, seine Hand hat meinen Unterarm nicht verlassen, während er die andere an meine Wange legt. Die Wärme, die sie ausstrahlt, ist willkommen. Anscheinend hat sich die Eiseskälte so fest an mich geklammert, dass sie nicht loslassen kann.

»Ich bin Gast –«

Levi unterbricht mich unwirsch. »Ich hol dir Kleidung zum Schlafen. Außerdem habe ich erst heute das Bett frisch bezogen. Was wäre ich für ein Unmensch mit Stock im Arsch, wenn ich dich einfach auf dem Sofa schlafen ließe?«

»Ein ganz normaler, um ehrlich zu sein.«

Er findet meine Antwort bloß halb so witzig wie ich und schüttelt vehement den Kopf. »Warte hier. Ich bring dir was zum Anziehen, und dann kannst du dich hinlegen, okay?«

»Na gut«, nuschle ich.

Mit ihm verschwindet auch die Wärme aus dem Raum. Lediglich die Fußbodenheizung schützt mich vor dem Erfrieren. Seufzend drehe ich mich zu dem großen Spiegel über dem Waschbecken, was keine gute Idee war. Meine Mascara ist überall, außer auf meinen Wimpern.

Vom Lipgloss ist nichts mehr übrig. Lippenstiftschlieren schmücken meine Wangen, über die ich mehrmals gefahren bin. Der orange Pullover hat tiefrote Weinflecken. Das war es wohl fürs nächste Mal mit meinem Velma-Kostüm. In diesem Orange finde ich nie wieder etwas.

Ich drehe den Wasserhahn auf, um meinen Mund auszuspülen und mein Gesicht zu waschen. Das schmierige Gefühl auf meiner Haut bleibt jedoch bestehen, woraufhin ich einen Blick auf die geräumige Dusche werfe. Vielleicht könnte ich Levi um ein Handtuch bitten und mich abduschen, bevor ich schlafe? Dadurch würde ich mich definitiv sauberer fühlen.

»Sooo …« Er steht in der Tür und reicht mir ein weißes Shirt und eine Jogginghose. Eine verpackte Zahnbürste liegt auf dem kleinen Stapel. »Du kannst dich auch gern im Schlafzimmer umziehen.«

Ich nehme die Kleidung an mich. »Meinst du, es wäre in Ordnung, wenn ich kurz unter die Dusche springe?«

»Klar, natürlich«, antwortet er schnell. »In dem Unterschrank sind große Handtücher, bedien dich.«

»Danke«, flüstere ich und klammere mich an den Stoff, als böte er Halt gegen all die Gefühle, die in mir hochkochen. Ich sollte überall sein, nur nicht hier.

»Ich bin solange im Schlafzimmer.« Levi versucht sich an einem Lächeln, das nicht bei seinen Augen ankommt. Die Unsicherheit zeichnet sich deutlich in ihnen ab. Ich erkenne sie sofort, denn das Gleiche empfinde ich, wenn ich mit ihm sprechen muss. Jedes Mal. Weil ich nicht weiß, was ich zu erwarten habe. Was ich erwarten *darf*.

Was das zwischen uns ist und nicht ist.

»Bis gleich.« Ich klinge gebrochen. Meine Worte zerbersten in ihre Einzelteile und verdrecken den Boden des Bades, aber ich weiß mir nicht zu helfen. Sonst bin ich immer unabhängig, mache alles allein, weil ich es kann … muss. Aber in diesem Moment möchte ich, dass mich jemand in den Arm nimmt und mir sagt, dass alles gut wird. Dass Levi mich an sich zieht und mir ins Ohr flüstert, dass ich endlich loslassen darf und nicht mehr versuchen brauche, einen hohen Berg allein zu erklimmen.

Die Welt lastet bleischwer auf mir, sodass ich mich zur Dusche kämpfen muss. Meine Kleidung klebt. Ich stolpere über den kurzen Rock, während ich hinter der großen Glasfront der bodengleichen Dusche verschwinde. Das Wasser ist heiß, als es auf meiner verschwitzten Haut aufkommt, aber ich bin froh darum. Vielleicht kann ich meine Sorgen und die Anspannung wegwaschen.

Eine Regendusche erweist sich als ungeeignet, wenn man die Haare nicht mitwaschen möchte. Mit halbnassem Kopf, aber erholter steige ich aus der Kabine und öffne den Schrank, um mir ein Handtuch zu holen. Shampoo, Rasiergel, Deo und eine geöffnete Packung Tampons reihen sich ordentlich über den Handtüchern. Hat er nicht einmal von einer besten Freundin erzählt?

Das muss es sein. Levi hätte mich nicht geküsst, wenn er vergeben wäre. So wirkt er nicht. Oder? Er würde niemals jemanden betrügen. Die Wohnung sah nicht wie eine aus, in der eine Frau lebt. Unter den Bildern über dem Sofa war keins von ihm und einer Partnerin.

Ich schließe die Türen, bevor ich mir weiter Gedanken um eine hypothetische Situation machen kann. Vielleicht ist er einfach aufmerksam und hat Tampons da. Für Gästinnen, die jeder mal in der Wohnung hat.

Schnell ziehe ich mich um und putze mir die Zähne. Ich fühle mich frischer und sehe auch so aus, als ich das Bad verlasse und auf die einzig weitere Tür in diesem Stockwerk zugehe. Sie ist einen Spaltbreit offen, und leise Musik kommt aus dem Wohnzimmer. Es ist ein epischer Filmsoundtrack, den Levi mitsummt.

Das Bett ist fein säuberlich gemacht. Er steht vor seinem Schrank und räumt Wäsche ein, die halb im Korb und halb auf dem Boden liegt. Seine sonst so gestrafften Schultern sind entspannt. Die Haare sind ungezähmt, ab und an pustet er sich sogar eine Strähne aus der Stirn. Er ist so in die Aufgabe vertieft, dass er mehrere Minuten nicht realisiert, dass ich hinter ihm stehe. Nachdem er mich endlich im Spiegel seines Schrankes bemerkt, dreht er sich sofort um.

»Sorry, ich hatte … meine Sachen lagen hier, und ich wollte sie nach dem Sport einräumen.«

»Es ist schön, dich etwas unperfekt zu erleben.«

Er schmeißt die letzten Socken in eine Schublade und schließt den Schrank hinter sich. »Stets zu Ihren Diensten, Frau Korkmaz.«

»Weißt du … ich war verblüfft, als du meinen Namen das erste Mal richtig ausgesprochen hast.« Die meisten Menschen schaffen das nie, umso überraschender, wenn jemand nicht darüber stolpert.

Er kratzt sich unbeholfen im Nacken. »Ich hatte mit achtzehn Jahren riesiges Interesse am Osmanischen Reich«, sagt er lachend. »Die Kunst und Poesie hat mich sehr interessiert. Dadurch bin ich auf die Themen Kolonialismus und Imperialismus gestoßen. Und mein Schicksal war besiegelt.«

»Kannst du Türkisch?«, frage ich erstaunt.

»Nicht fließend, aber gut genug, um im Türkei-Urlaub nicht über den Tisch gezogen zu werden.«

Ich kann zwar Türkisch sprechen, bin trotzdem wütend auf meine Eltern, die mir nie Kurdisch beigebracht haben. Ich musste meine Kultur allein kennenlernen. Die Tattoos an meinem Oberarm und Brustbein erinnern mich daran, wo ich hingehöre.

»Ich leg mich hin, wenn das in Ordnung ist?« Die Müdigkeit übermannt mich, und ich bin froh, dass die Übelkeit endlich abebbt.

Levi kommt auf mich zu. »Natürlich. Machs dir gemütlich. Ich bin im Wohnzimmer, um das Montagseminar vorzubereiten. Danach gehe ich auch duschen.« Er führt mich ans Bett und schlägt die Decke auf. »Falls du was brauchst, scheu dich nicht, zu fragen, verstanden?«

»Okay«, antworte ich schwach, während ich mich nicht von seinem Gesicht lösen kann.

Er hat sich viel besser im Griff als ich. Ich möchte ihn küssen, mich an ihn kuscheln, aber er drückt mich vorsichtig aufs Bett.

»Gute Nacht, Zel.«

»Nacht.«

* * *

Ich kann nicht schlafen. Nicht, wenn das Bett, die Kissen, das Zimmer nach Levi riechen und er wenige Meter von mir entfernt ist. Meine Gedanken kreisen unaufhörlich um unseren Kuss, und wäre mir nicht unglaublich schwindelig wegen des Alkohols, dann wegen seiner Lippen. Lippen, die ich nicht vergessen kann. Die ich weiterhin auf meinen spüre, als wäre der Kuss nicht Tage, sondern erst Sekunden her.

Das leise Ticken einer Uhr hält mich im Wachzustand. Es tickt und tickt und tickt, bis ich mein Zeitgefühl verliere. Die Glasfront neben dem Bett zeigt mir zwar, dass es dunkel ist und somit nicht viel Zeit vergangen sein kann, trotzdem kommt es mir wie Stunden vor.

Mit einer vorsichtigen Bewegung stehe ich auf, um meine Übelkeit kein weiteres Mal zu triggern. Der Teppich sieht viel zu teuer aus für Kotzflecken. Als ich die Tür öffne, dringt wieder Musik zu mir, und ich folge dem Geräusch.

Levi sitzt auf der Couch und wird von seinem Laptop erleuchtet, während ein Stehlicht neben dem Sofa mir ein schemenhaftes Bild vom Wohnzimmer erlaubt. Eine Platte dreht sich auf dem Spieler.

Und er hat kein verdammtes Shirt an.

Wunderbar.

Die Tattoos auf seinen Oberarmen wandern die Schultern hoch, das Schlüsselbein, die Brust und den Bauch hinunter. Meine Knie werden weich, und plötzlich bin ich aufgeregt, dass ich mit ihm rede.

Bevor ich mir meine Worte zurechtlegen kann, hebt Levi den Blick. »Was machst du hier?«

»Du … äh …« Ich kratze mich am Arm und starre an ihm vorbei auf ein beiges Kissen, damit ich mich konzentrieren kann. »Irgendwie konnte ich nicht schlafen.«

Er schiebt den Laptop neben sich und steht auf. »Hast du Schmerzen? Soll ich dir eine Tablette bringen?«

»Nein, alles gut.« Ich versuche mich an einem Lächeln, aber es funktioniert nicht so recht. Dafür sieht er in tief sitzender grauer Jogginghose und sonst nichts viel zu gut aus.

Sein Oberkörper ertrinkt in Tinte. Mehr als seine Oberarme. Auf seinem Bauch sind zwei brennende Molotowcocktails, deren Hälse überkreuzt sind. Unter ihnen ist ein Schriftzug, den ich in diesen Lichtverhältnissen nicht erkennen kann. Auf der rechten Seite seines Beckens ist ein Rabe, der auf einem Totenkopf thront. Eine Schlange bahnt sich ihren Weg über die andere Seite zu seinem Rücken.

»Wofür die Motte?«, frage ich und zeige auf die Mitte seiner Brust.

Er schmunzelt. »Sie sind die Schwestern von Schmetterlingen, tun das Gleiche und bestäuben Pflanzen.«

Ich gehe auf ihn zu. Mein Herz schlägt mir bis zum Hals, und der Wunsch, ihn zu küssen, durchzuckt mich abermals wie ein unkeuscher Gedanke, den man verdrängen muss.

Er flüstert, nachdem ich vor ihm zum Stehen komme. »Aber sie sind verhasst, weil sie halb so schön sind.«

»Ein Kämpfer für die Schwachen bist du also?«

Das Schmunzeln geht in ein halbes Lächeln über. »Motten sind nicht schwach, sie dienen dem gleichen Zweck wie Schmetterlinge. Ihr Nutzen für das Allgemeinwohl ist wichtiger als alles Oberflächliche. Das ist die Bedeutung.«

»Was ist mit Motten, die sich in Lebensmitteln festsetzen oder Kleidung zerstören?«, frage ich mit gekräuselter Nase und bringe ihn damit zum Lachen.

»So weit habe ich mit zwanzig nicht gedacht«, gibt er zu. Er löst seine Arme und umfasst meine Schultern. »Geht es dir gut? Warum konntest du nicht schlafen?«

Sein Arm trägt mit dem fallenden Ikarus und den Händen aus dem Kunstwerk *Die Erschaffung Adams* Geschichte in sich. Auf dem anderen ist ein Zitat mit einem angezündeten Streichholz verewigt: *Friede den Hütten, Krieg den Palästen.*

Ich zucke mit den Schultern, als ich wieder in seine besorgten Augen aufschaue. »Ich schlafe schlecht, nachdem ich getrunken habe.« Dass ich Albträume habe, wegen denen ich kreischend aus dem Schlaf gerissen werde, darf ich nicht beichten. Der Gedanke an sie allein löst eine eklige Gänsehaut auf meinen Armen aus.

Levi nickt in Richtung des Sofas. »Setz dich zu mir. Vielleicht hilft dir Gesellschaft.«

Ich sollte nicht. Ich sollte mich nicht von ihm zum Sofa führen lassen. Ich sollte mich nicht neben ihn setzen und die Beine an die Brust anziehen. Er sollte sich nicht neben mich setzen und mich mit einem undefinierbaren Blick anschauen. Dieser Blick sollte sich nicht von meinem Gesicht lösen und meinen Körper hinunterwandern.

Er legt den Kopf schief und blinzelt mehrmals, bevor er meinen rechten Ellbogen umfasst und meinen Arm sanft zu sich dreht. »Warum hast du mir nicht erzählt, dass du Kurdin bist?«

Überrascht keuche ich auf. »Woher kennst du *deq*?«

Die traditionellen Muster, die das Überbleibsel einer seit Jahrhunderten unterdrückten Bevölkerungs- und Religionsgruppe sind. Meine Eltern haben nicht viel mit Glauben am Hut. Ich noch weniger. Aber sie haben mir unsere Kultur nie nähergebracht, weswegen ich es selbst versucht habe. Die Sichel, der Vollmond, die Gazelle, das Kreuz mit vier Punkten … alles eine Hommage an die Frauen, die vor mir kamen. Wegen derer ich mein dichtes Haar, meine dunklen Augenbrauen und eine Resilienz habe, die die meisten nicht kennen.

»Du erinnerst dich?« Er hält kurz inne, aber ich weiß nicht, was er meint. »Ich hatte eine Vorliebe fürs Osmanische Reich. Und sie haben Kurden und Kurdinnen in den letzten Jahren ihrer Existenz abgeschoben oder zur Sesshaftigkeit gezwungen.«

Ich kenne die Geschichte. Auch damit habe ich mich befasst. »Deswegen auch der türkische Nachname«, flüstere ich. Ich muss es Levi nicht erklären. Er weiß, dass nach den ersten Entstehungsjahren der Türkei die kurdische Sprache und Namen verboten wurden.

Er schenkt mir ein aufmunterndes Lächeln. »Ich kann nur darauf hoffen, jemals so viel Stärke wie du zu haben.«

Ich schnaube. »Wie eine Dreiundzwanzigjährige, die nichts auf die Reihe kriegt?«

Ernsthaftigkeit kehrt in seine Züge zurück. Er rückt zu mir und fährt mit der anderen Hand über mein Gesicht. Die Berührungen jagen Schockwellen über meine Haut. Ich habe ihn vermisst. So nahe, so *erreichbar.*

»Wie eine junge Frau, die schon immer mehr tragen musste als jeder andere. Die es zu Hause und in der Welt nicht leicht hatte.« Er beißt sich auf die Lippe, als suche er nach den richtigen Worten. »Ich bin ein weißer Mann. Ich habe keine Ahnung, wie es ist, nicht die Nummer eins zu sein. Du hast einen Marathon hingelegt, um da zu sein, wo du bist. Das musste ich nie.«

Er wählt seine Worte mit Bedacht. Sie strahlen ein Verständnis aus, das ich nie von jemandem bekommen habe, der mich geküsst hat. Der mich für meinen Körper und nichts anderes wollte.

Und das sorgt dafür, dass sich das Verlangen nach ihm glühend in meinem Unterleib breitmacht. Oder der Wein, der hochprozentig durch meine Blutbahn zirkuliert. Es ist mir egal. Ich denke nicht zweimal nach, als ich mich zu ihm beuge und ihn küsse. Der Ingwertee liegt schwach auf seinen Lippen, aber auch das interessiert mich nicht. Ich ignoriere meinen Schwindel. Levi umgreift meine Wangen, und ich halte mich an seinen Schultern fest.

Für einen kurzen Moment trennt er sich von mir. »Wir –«

Doch ich lasse ihn nicht aussprechen, sondern dränge mich näher an ihn. In seiner Wohnung sollten uns das *eigentlich* Richtige, die Folgen … die anderen egal sein. Wenigstens für ein paar Minuten. Lange genug, damit ich mir seine Lippen einprägen kann. Damit ich die kleine Narbe genaustens spüre, als ich mit der Zungenspitze darüberfahre.

Levis Widerworte kämpfen gegen unsichtbare Geister an, die uns in diesem Teil Berlins nicht einholen können. Er löst ein weiteres Mal seine Lippen von meinen. Diesmal jedoch zieht er mich mit immenser Kraft auf seinen Schoß und hinterlässt Küsse auf meinem Kiefer, über meine Halsschlagader hinab, bis zu meinem Schlüsselbein. Sie sind schnell und hitzig, als könne er nicht entscheiden, was er zuerst berühren möchte. Als würden wir gejagt werden, und das wäre die letzte Chance, die er mit mir hat. Als würde ich ihn am Leben erhalten.

»Das hier ist falsch«, flüstert er, aber hört nicht auf, seine warmen Lippen gegen meine Haut zu drücken. »So verdammt falsch.«

Ich vergrabe die Hände in seinen Haaren, was ihn aufseufzen lässt. »Niemand muss es erfahren.«

Ich drücke meine Lippen gegen seine Schläfe, bevor er mein Kinn umgreift und mich aus halb geöffneten Lidern betrachtet. Seine Wangen sind pink verfärbt und die Lippen geschwollen. Die Haare liegen ihm in der Stirn, und sein Adamsapfel tritt hervor, als er schluckt. Er könnte nicht attraktiver sein.

»Bleibst du mein Geheimnis, Zel?«, fragt er mit belegter Stimme. »Mein kleines, wunderschönes, atemberaubendes Geheimnis?« Er malt mit dem Zeige- und Mittelfinger Kreise auf meine Wangen, bevor er meine Nasenspitze berührt.

Ich nicke, weil es mein einziger Wunsch ist, seinen Mund wieder auf meinem zu spüren. Niemandem würde ich von heute erzählen.

Seine Hände wandern meine Arme hinab, und er zieht mich an den Hüften näher zu sich. Seine Finger spielen mit dem Saum meines Shirts, und ich will, dass er es mir auszieht. Das ist der Mut, den ich mir angetrunken, der Alkohol, in dem ich meine Vergangenheit ertränkt habe. Normalerweise würde ich mich diesen Berührungen entziehen. Vor allem wenn Gefühle involviert sind. Ich darf mich nicht verletzlich machen, aber Levi zu widerstehen, fällt mir immer schwerer …

Er löst sich atemlos von mir und lässt von meinem Shirt ab. »Halt.«

»Was ist?«

»Du bist betrunken«, sagt er und schiebt mich vorsichtig von sich. »Das hier geht zu weit.«

»Aber –«

Mit einer sanften Bewegung setzt er mich auf dem Sofa ab und zieht den Laptop auf seinen Schoß. *Als hätte ich nicht bereits gespürt, was er versucht zu verstecken …*

»Du musst deinen Rausch ausschlafen, Zel.«

Ich ziehe wütend die Augenbrauen zusammen und kreuze die Arme vor der Brust. »Mir geht es gut! Ich weiß, was ich will!«

Meine Worte kommen bei ihm jedoch nicht an, denn er klappt seinen Laptop auf, als hätte ich nicht vor wenigen Sekunden dort gesessen, wo er liegt. Die PowerPoint-Präsentation leuchtet hell auf, was mir Tränen in die Augen treibt.

Ich will Levi wieder in die Arme fallen und ihn küssen, bis meine Lippen taub werden. Bis er alles einnimmt und mich kein böser Gedanke mehr einholen kann. Ich will Ruhe. Für wenige Minuten.

»Leg dich schlafen«, sagt Levi. Er klingt abwesend und konzentriert. Trotzdem rutscht er hin und her und versucht, unauffällig seinen Hosenbund zu richten. Ich bin vielleicht angetrunken, aber das … das kann sogar ich richtig interpretieren!

Ich will ihn. Das tue ich seit Wochen. Er weiß es. Warum schaltet er nicht ein Mal seinen Verstand aus? Ein verficktes Mal.

Ich verliebe mich unabhängig von meiner Alkoholbenebelung in dich. Warum kannst du das nicht sehen?

SECHSUNDZWANZIG | BÎST Û ŞEŞ

Levi

Egal wie oft ich mir die Folien für das kommende Seminar anschaue, ich behalte nichts. Als hätte mein Gehirn in dem Moment entschieden, auf eine Fehlermeldung umzuschalten, in dem Zelal in meine Richtung schaut.

»Fuck«, stöhne ich und lasse den Kopf so tief in den Nacken fallen, dass ich den Sofarücken berühre.

Es bringt nichts. Nachdem ich ihr klargemacht habe, dass nichts passieren darf, ist sie vor zwanzig Minuten ins Schlafzimmer geflüchtet. Der Kuss, meine Finger, die ihre Haut erkundet haben … sie war betrunken. Das geht zu weit. Ihr ist nicht klar, in was sie hineingerät. Wenn sie die ganze Wahrheit wüsste, wäre sie über alle Berge.

Ich kann ihr in meiner Situation einfach nicht das bieten, was sie erwartet, was ich ihr bieten *will* … Dass ich es überhaupt bis hierhin habe kommen lassen, ist beschämend. *Ich* weiß es besser! Warum habe ich das erlaubt?

Weil du mit deinem verdammten Schwanz agierst.

Jedes Mal, wenn ich denke, dass ich runterkomme, muss ich mir nur ihre Lippen in Erinnerung rufen. Ihr Lachen. Ihre großen Augen, die grünlich glänzen, wenn die Sonne sie trifft oder sie weint. Die sie wie Bambi aussehen lassen. Die Art, wie sie konzentriert mit ihren Haaren spielt.

Und das Einzige, was ich tun möchte, ist, sie endlich unter mir zu haben. Auf mir. Es ist mir scheißegal, Hauptsache, sie stöhnt meinen Namen, der sich aus ihrem Mund nicht schöner anhören könnte. Sie haucht ihm Leben ein. Normalerweise bestehe ich darauf, dass mich jeder mit meinem Titel und Nachnamen anspricht, weil man in der Branche als junger Akademiker nicht ernst genommen wird und ich hart für den Doktor gearbeitet habe. Zelal könnte nur meinen Vornamen sagen, und nichts würde kultivierter klingen. Ich könnte mich nicht erfolgreicher fühlen.

Shit. Shit. *Shit.*

Ich fahre mir übers Gesicht und massiere meine Schläfen, bevor ich aufstehe und auf das Bad zugehe. Ich muss unter die Dusche. Vielleicht werde ich dann diesen Scheißständer los. Es ist peinlich. Mein Körper scheint nicht registriert zu haben, dass ich keine fünfzehn mehr bin. So schlimm hatte ich es schon seit Langem nicht mehr.

Das passiert eben, wenn man über ein Jahr abstinent ist, weil man im Normalfall keine weiblichen Gäste in der Wohnung haben kann. Man benimmt sich wie ein Teenager, dessen präfrontaler Kortex die Größe einer Erbse hat.

Ich klatsche mir gegen die Wangen, um mich wach zu kriegen und runterzukommen. Einfach eine kalte Dusche, und alles ist gut. Dann kann ich mich endlich schlafen legen. Morgen setze ich Zel in ein Taxi und tue so, als wäre all das nicht passiert. Darin bin gut. Schauspielern, bis das Problem sich in Luft auflöst. Nur dieses Semester, dann schreibt sie ihre Masterarbeit und macht danach das Praxissemester. Ein paar Monate, und all das ist vorbei. Somit habe ich weder meine Karriere noch mein Privatleben zerbombt.

Ich lege meine Kleidung neben ihre, die sie gefaltet aufeinandergestapelt und im Bad vergessen haben muss. Der orangene Rollkragenpullover hat einen Weinfleck. Ich sollte alles in die Wäsche tun und dann in den Trockner schmeißen, damit Zelal sie morgen mitnehmen kann.

Mit meiner Jogginghose und Unterwäsche werfe ich ihre Sachen in die Waschmaschine, die neben der Tür steht. Ich lockere die Kleidung auf und lege einen Waschmittel-Pod hinzu, als mir zwischen der hellen Kleidung ihr dunkler BH und Slip auffallen.

Augenblicklich rasen meine Gedanken. Sie schläft in meiner Kleidung. *Nur* in meiner Kleidung. Uns hat extrem wenig Stoff voneinander getrennt, während sie auf meinem Schoß saß. Sie war mir nahe. So verdammt nahe.

Und ich musste sie wegschubsen. Mich von ihrem weichen Mund

zu trennen, war schwieriger, als meine Scheißdoktorarbeit zu schreiben. Das Einzige, was ich wollte, war, ihr das Shirt auszuziehen und meine Hand unter ihren Hosenbund wandern zu lassen. Zu sehen, in was sich ihr harmloses Wimmern verwandelt, wenn ich Küsse zwischen ihren Beinen verteilen würde statt auf ihrem Schlüsselbein. Bis ich meine Lippen nicht mehr spüre. Wer von uns würde zuerst brechen?

Bevor ich etwas völlig Unangebrachtes tun kann, schließe ich die Trommel und schmeiße die Maschine an.

Ich muss unter die Dusche und mich abkühlen. Und Jana fragen, ob sie Zelal und ihre Masterarbeit nicht übernehmen kann. Und meine Forschungsarbeit allein auf die Beine stellen. Und am besten von der Freien Universität verschwinden.

Das Wasser ist eiskalt, als es auf meiner Haut aufkommt. »Scheiße.«

Ich beiße die Zähne zusammen, um sie vom Klappern abzuhalten, und drücke die Augen zu. Aber es bringt alles nichts. Es löscht weder das Feuer in mir noch die schamlosen Bilder, die sich vor meinem inneren Auge abspielen. Ob sie andere Tattoos hat, außer die *deqs* auf ihrem Oberarm? Ob das Nasenpiercing und die an ihren Ohren die einzigen sind?

»Reiß dich zusammen«, flüstere ich mir zu, aber die verdorbenen Gedanken kennen keinen Halt. Jeder Versuch ist zwecklos.

Zelal, wie sie mich erwartungsvoll aus ihren großen Augen anschaut, während ich die Hose von ihren Beinen ziehe. Wie sie meinen Namen stöhnt, nachdem ich in sie eindringe. Wie sie mich völlig im Griff hat, weil ich in meiner Verzweiflung an einem Punkt angekommen bin, wo ich wie ein Scheißhund springen würde, sollte sie es verlangen. Meine Hemmung hängt an einem verfickt dünnen Faden. Meine Geduld wird jedes Mal auf die Probe gestellt, wenn sie vor mir steht. Jedes Mal, wenn sie in mein Büro kommt, lacht, es sich im Lesesessel gemütlich macht. Konstant. Sie ist wie ein Fluch, den ich nicht loswerde. Den ich nicht loswerden *möchte.*

Ich drücke meinen Unterarm gegen die Fliesen und lehne die

Stirn gegen meine erkaltete Haut. Mit den freien Fingern umgreife ich meine Erektion.

Mein erleichtertes Seufzen ist verzweifelt und peinlich. Wenn ich nicht in so einer misslichen Situation wäre, würde ich mir wahrscheinlich selbst eine verpassen. Dass ich von einfachem Rumgemache nicht herunterkommen kann, ohne mir auf meine studentische Hilfe einen runterzuholen, ist blamabel.

Levi, du bist erwachsen, du bist fast achtundzwanzig.

Aber mein Körper schert sich herzlich wenig darum. Meine Bewegungen werden gehetzter und mein Atem schneller. Ich spiele kurz mit dem Gedanken, meinen Job und mein Leben hinzuschmeißen, damit meine Hand durch Zelals ersetzt werden kann. Ihre schwarz lackierten Nägel würden immer wieder aufblitzen, und ich würde mich dazu zwingen, die Augen offen zu halten, damit ich zuschauen kann. Ich stelle mir vor, dass sie meinen Namen genauso verzweifelt flüstert, wie ich mich gerade fühle. Schamlos von Lust getrieben, ohne mich nicht komplett. Dass sie mich braucht wie eine Abhängige ihre Droge. Ich brauche sie so dringlich. Das hier ist ein hoffnungsloser Versuch, Kontrolle über meinen Körper zu bekommen, der sich längst an die Frau mit dem dauergenervten Gesichtsausdruck verloren hat. Der Versuch, Heroin mit Scheißmethadon zu ersetzen.

Sie ist nicht die Erste, die mich attraktiv findet. Viele vor ihr haben mir in meinen Sprechstunden gegenübergesessen und versucht, eine Beziehung aufzubauen. Ich weiß, wie über mich geredet wurde, während ich an der Brown University doziert habe, um meine Doktorarbeit schreiben zu dürfen. Ich weiß, dass ich gut genug aussehe, um in einem universitären Setting Aufmerksamkeit zu erhalten. Deswegen habe ich mich immer zurückgehalten. Weitreichendere, tiefere Grenzen gezogen als die meisten aus meinem Kollegium, die mich dafür belächelt haben. Weil ich genau das hier verhindern wollte. Ich hatte studentische Hilfskräfte vor ihr, und keine hat mich auf diese Art in ihren Bann gezogen.

Wie hast du das angestellt, Zelal?

Ich würde lügen, wenn ich behaupte, dass ich ahnungslos bin. Sie hat mich schon beim ersten Aufeinandertreffen um den kleinen Finger gewickelt. Ihre direkte Art, mit der sie geradewegs durch mich hindurchgesehen hat. *Es wirkt so, als wollen Sie Rassismusforschung betreiben, ohne sie direkt als solche zu benennen.* Ich musste ihr nie etwas vormachen oder erklären. Sie hat meine Vision gesehen. *Mich* verstanden.

Sie formt ihre Zukunft ohne jegliche Unterstützung. Unerschütterlich geht sie ihren eigenen Weg. Sie ist sie selbst – immer, ohne Ausnahmen.

All die Studierenden, die vor mir saßen, die versucht haben, mich von sich zu überzeugen. Sie alle haben eine Fassade der Kompetenz aufrechterhalten, um eindrucksvoll zu wirken. Die Versuche waren reine Farce. Zelal war von Anfang an ehrlich, und es hat sie kein bisschen interessiert, ob ich sie dadurch weniger mochte oder nicht.

»Fuck, fuck, fuck«, zische ich wie ein Mantra und beiße mir in den Unterarm, um Zel nicht aufzuwecken, als ich in meiner Hand komme. Altbauwände sind hauchdünn. Jeder Muskel in mir zieht sich zusammen, und ein tiefes Kribbeln explodiert in meinem Bauch. Es wandert durch meine Mitte bis zu meinen Fingerspitzen. Ich kralle mich an der Duschgarnitur fest, um das Gleichgewicht nicht zu verlieren.

Als ich mich genügend im Griff habe, lasse ich den Kopf hängen, sehe zu, wie die Beweise meiner obszönen Gedanken den Abfluss hinunterrinnen. Gott, wie soll ich ihr je wieder ins Gesicht schauen?

Ich wasche mir die Hände und kämme mir die nassen Haare mit den Fingern aus dem Gesicht. *Du hast dich in tiefe Scheiße geritten, Levi.*

Nachdem ich das Wasser abgedreht habe, legt sich eine Gänsehaut auf meinen Körper. Meine Lippen sind taub, und ich zittere unaufhörlich. Ich hätte nicht einmal kalt duschen müssen, weil es sowieso nichts gebracht hat. Seufzend nehme ich ein sauberes Handtuch aus dem Schrank und wickle es um meine Hüften.

Um frische Kleidung zu holen, muss ich ins Schlafzimmer. Wenn ich leise bin, dann wecke ich Zelal bestimmt nicht auf. Danach werde ich mich schlafen legen und versuchen, diesen Abend tief in meinen Erinnerungen zu vergraben. Sie verdient etwas Besseres als mich. Jemanden, der sein Leben im Griff hat. Der ihr etwas bieten kann, das kein Durcheinander ist. Ich könnte ihr meine Situation nie erklären, ohne dass sie mich zutiefst hasst.

Ich tapse in das Zimmer und bin froh, dass sie die kleine Lampe auf dem Nachttisch angelassen hat. Die Schranktür quietscht beim Öffnen, woraufhin ich zu ihr blicke. Aber sie wacht nicht auf. Ihre Augenbrauen sind zusammengezogen, und der Mund steht leicht offen. Sie sieht überhaupt nicht ausgeglichen, sondern verkrampft aus. Als sie unterdrückt stöhnt und plötzlich um sich schlägt, überströmt mich Sorge wie ein Eimer eisiges Wasser.

»Nein!« Zelal schreit so laut, dass ich zusammenzucke. »Nein, nein, nein!«

Bevor mir klar wird, was passiert, schießt ihr Oberkörper in die Höhe. Ihre geäderten Augen wirken leer, und der gejagte Ausdruck auf ihrem Gesicht bleibt für unendlich lange Sekunden bestehen, bis sie mich sieht. Zelal fährt sich über das Gesicht und durch die Haare. Ihr leises Nuscheln ist hilflos und unnachgiebig, als versuche sie, sich selbst von etwas zu überzeugen.

»Geht es dir gut?«, frage ich sanft und mache vorsichtig einen Schritt auf sie zu, um sie nicht weiter zu verängstigen.

Ihr Schultern sacken zusammen, und die steife Haltung verliert an Stärke, während Tränen lautlos über ihre Wangen fließen. Ich könnte mich für immer in ihren glasigen Augen verlieren, als sie mit größter Vorsicht zu mir rückt. In den braungrünen Schlieren, die sich durch ihre Iriden ziehen.

»Kannst du mich in den Arm nehmen?«, wispert sie.

Ich bin heillos überfordert, aber nicke. Dass ich nass von meiner Dusche bin, scheint sie nicht zu interessieren, denn sie vergräbt ihr Gesicht an meiner Halsbeuge, als suche sie Schutz vor der Situation. Ihr warmer Atem streift meine erkaltete Haut. Ich will sie nie wieder loslassen.

»Was ist passiert?«

Sie schluchzt. »Ich … ich habe immer Albträume … Albträume, wenn ich zu viel … zu viel trinke.« Ihr Weinen wird lauter, und sie krallt sich an meine Brust. Ich drücke sie fester gegen mich und versuche vergeblich, zu ignorieren, dass ich nur in einem Handtuch dasitze. Eine falsche Bewegung, und ich bin nackt vor ihr.

»Es ist okay«, flüstere ich und kraule ihren Kopf, um sie zu beruhigen. »Du bist sicher.« Sie schluchzt lauter, weshalb ich sie enger an mich ziehe. »Du bist in Sicherheit. Hier kann dir nichts passieren.«

»Kannst du … kannst du heute Nacht bei mir bleiben?«

»Natürlich. Ich bin den Flur entfernt im Wohn-«

Sie unterbricht mich. »Nein, ich meine *hier.* Neben mir im Bett.«

Ihre Worte brechen mein Herz entzwei. Ich will nichts lieber, als sie in meinen Armen zu halten, während sie schläft. Sie vor den eingebildeten und echten Monstern schützen. Monster, wie der Typ im Späti, der sie nicht loslassen konnte. Und all die, die sie in ihren Träumen heimsuchen. Monster wie *mich.* Ich will genau das tun, aber ich kann nicht jede meiner Grenzen an einem Abend niederbrennen.

»Bitte«, fleht sie sanft. Zelal trennt sich von mir, um in mein Gesicht zu schauen. Ihres ist rot gefleckt, und sie streicht sich über die Wangen. Ich kann sie nicht allein lassen und dabei selbst problemlos schlafen. Sie sieht absolut fertig aus.

»Okay«, flüstere ich und beuge mich etwas zu ihr. »Okay … lass mich kurz etwas anziehen.«

Sie nickt und schnieft, als sie mich loslässt. Jetzt ist mir kälter als unter der Dusche. Unachtsam greife ich in den Schrank und klaube genug Kleidung zusammen, um mich im Flur umzuziehen. Ich kann sie nicht allein lassen. Ich will sie nicht allein lassen. *Guter Plan mit dem Nichtniederbrennen. Sehr guter Scheißplan.*

Ich werde von einem Strudel mitgerissen, aus dem ich nicht mehr intakt rauskommen werde. Aber will ich das überhaupt noch? Ich kann mich kein bisschen gegen sie wehren, also warum sollte ich es weiter versuchen? Schadensbegrenzung. Ich werde Schadensbegrenzung betreiben. Und hoffen, dass mir das Wasser nicht irgendwann bis zum Hals steht.

Zelal sitzt zusammengekauert auf dem Bett und schluchzt immer noch leise. Es tut weh, sie so zu sehen – hilflos und überfordert.

»Kann ich irgendetwas tun, damit du dich besser fühlst?«, frage ich sanft, aber sie zuckt trotzdem zusammen.

Ihr Blick huscht zu mir, sie schiebt sich gehetzt die blauen Vordersträhnen hinters Ohr. Die Haarfarbe steht ihr unglaublich gut. Ich habe zwanzigmal überlegt, ob und wie ich es ihr sage, ohne dass ich unprofessionell werde. Der Moment im Café war so beiläufig, dass sie wahrscheinlich nicht mitbekommen konnte, *wie* schön ich sie finde. Wie fesselnd sie für jeden anderen Menschen ist.

»Ich will nicht allein sein«, antwortet sie mit gebrochener Stimme, weswegen mir zum Heulen zumute ist.

»Wovon hast du geträumt?« Was kann so schlimm sein, dass sie sich nach Minuten nicht beruhigt hat?

Sie zieht die Beine an die Brust und stützt das Kinn auf den Knien ab. »Es ist immer dasselbe.« Die Tränen fließen erneut, was mich endlich dazu drängt, mich neben sie zu setzen. »Ich möchte nicht darüber reden.«

»Musst du nicht«, sage ich schnell.

Sie lehnt den Kopf an meine Schulter, sodass ihr gebeugter Körper gegen meinen kippt, aber das ist okay. Ich nehme sie in die Arme und werde sie nicht loslassen, bis es ihr besser geht.

Die Wärme, die sich durch meine Venen kämpft, ist leiser und langsamer als die Hitze davor. Sie ist nicht an einem spezifischen Ort in mir verankert, sondern fliegt wie ein Feuerwerk in alle Richtungen, bis es mich ausbrennt. Sie ist sicherer, wie ein Kakao an Wintertagen. Tröstlich, behaglich und keine Momentaufnahme. Lang anhaltend. Das hier fühlt sich schöner an.

Ich ziehe Zelal dichter an mich. Sie wird mich mit Sicherheit ertränken. Ich muss niemandem etwas vormachen, vor allem mir nicht, denn mir steht das Wasser längst bis zum Hals. Aber ich bin an einem Punkt angekommen, wo ich fein damit bin. Wenn sich Untergehen so anfühlt, dann sollen sich meine Lungen endlich mit Wasser füllen. Solange ich in *ihr* ertrinke.

»Können wir uns hinlegen?«, fragt sie kleinlaut.

»Was immer du willst.«

Als wir auf Augenhöhe sind, streiche ich über ihre Gesichtskonturen. Die Tränen nässen brennend meine Finger. Könnte ich, würde ich in ihren Schädel eindringen und jedes Monster darin eigenhändig töten. Sie verdient das nicht. Niemand tut es, aber am allerwenigsten sie. Die Welt ist schon eine Bürde für sie. Warum ist ihr auch ihr eigener Kopf feindlich gesinnt? Ich wünschte, ich könnte ihr diesen Schmerz nehmen.

»Ich … habe ganz viele Fehler gemacht, als ich jung war«, sagt sie und dreht ihr Gesicht von mir weg.

»Die machen wir alle, Zel«, antworte ich und versuche, meine Verwirrung zu unterdrücken.

»Nein, nicht so. Nicht wie ich.«

Ich gebe ihr einen Kuss auf den Scheitel.

»Sie … Sie verfolgen mich, und ich werde sie einfach nicht los. Egal was ich tue. Egal wie sehr ich versuche, besser zu sein. Ich komme immer wieder am gleichen Punkt an.«

»Niemand ist perfekt. Ich bin mir sicher, dass es halb so schlimm ist«, rede ich ihr gut zu, aber es kommt nicht an. Sie schüttelt den Kopf und schluchzt so laut auf, dass ich kurz davor bin, auf die Knie zu gehen und irgendeinen Gott anzubetteln, sie von diesem Leiden zu erlösen. *Bitte.*

»Ich dachte, als Teenagerin finde ich die große Liebe in Männern. In älteren Männern, die stolz auf mich sein können. Die mich akzeptieren, wie ich bin. Für die ich mich nicht verbiegen muss. Die mich ernst nehmen. Sie haben mir das gesagt. Alle. Dass ich besonders bin …« Sie wird immer leiser und ihre Worte verheerender. Wenn ich dachte, dass ihr vorheriges Weinen bereits wehtäte, bricht das jetzige mir die Rippen, die erbarmungslos mein Herz erdolchen. »Ich bin jedes Mal darauf reingefallen, weil ich mir nicht anders zu helfen wusste. Ich war einfach allein, Levi. Scheißeinsam.«

Sofort kommt in mir der Drang auf, die Namen aus ihr zu herausbekommen und jedem gottverdammten Pisser den Schwanz abzureißen. *Ich war einfach allein, Levi.* Eine Wut, die ich nie zuvor gespürt habe, kocht in mir hoch. Sie ist so einnehmend, alles versengend, dass ich die Asche schmecken kann. Ich muss mehrmals schlucken, um nichts Falsches zu sagen, Zel nicht weiter in eine gefährliche Gedankenspirale zu schubsen. Deswegen tue ich das Einzige, was mir einfällt. Was nicht zerstörerisch ist. Ich drücke sie fester gegen mich und höre nicht auf, Küsse auf ihren Haaren zu verteilen, bis sie spricht.

»Ich wollte nur geliebt werden«, flüstert sie. »Für das, was ich war. Ich habe oft zu Dingen Ja gesagt, weil ich die Person nicht verlieren wollte. Im Bachelor habe ich versucht, es mit Alkohol und Partys zu verdrängen.« Vom Weinen fängt sie an zu zittern, woraufhin ich die Bettdecke über uns ziehe, obwohl mir klar ist, dass es nichts bringen wird. Es ist eine Kälte, die von innen kommt. »Aber der Fall aus dem Rausch war viel schlimmer, weil es jeden meiner Fehler zu einem langen Albtraum verflochten hat. Die meiste Zeit fühle ich mich unglaublich eklig.«

»Du hast nichts falsch gemacht. Du hast *nichts* falsch gemacht, Zelal.« Ich atme tief ein, um nicht selbst zu weinen. »Du bist nicht schuld.«

»Ich musste nicht mehr allein sein. Damals habe ich mich toll gefühlt, weil ich geliebt wurde. Aber –« Sie japst laut nach Luft, und ich zerbreche wegen ihrer Worte. »Aber ich wurde ausgenutzt. Es war reines Grooming einer Teenagerin.«

Ich will viel sagen, jedes Schimpfwort möchte ich hinausbrüllen. All das kann ich jedoch nicht, denn es würde nichts bringen. Es wird weder Zelals Schmerz verringern noch meine Wut abmildern. Diese Männer, die denken, sie könnten sich an junge Mädchen ranmachen, weil sie ach so erwachsen sind … Mir kommt die Galle hoch.

»Es tut mir leid, dass dir das passiert ist«, wispere ich. »Es ist nicht deine Schuld, Zel. Bitte, glaub das niemals. Du bist *nicht* schuld.«

Wie oft ich mitbekommen habe, dass uralte Professoren mit jungen Studierenden schlafen, kann ich nicht einmal aufzählen. Auch an der Brown haben diese Männer von ihrer unbefristeten Festanstellung Gebrauch gemacht, um achtzehnjährige Freshmen auszunutzen. Über ihr Verhalten wurde hinter vorgehaltener Hand getratscht. Nie wurde etwas dagegen unternommen. Man hat dort gesessen und durfte zuschauen, solange keine offizielle Beschwerde eingereicht wurde. Und wer beklagt sich über den Professor, der einen eigenen Lehrstuhl innehat? Dagegen haben Studierende zu wenig Macht, also wird es kommentarlos hingenommen.

Im Endeffekt bin ich keinen Deut besser als diese Männer, aber ich tue mich schwer, Zel loszulassen …

»Ich weiß, dass es nicht meine Schuld ist.« Sie hält lange inne, als versuche sie, ihre Gedanken zu sortieren. »Aber an manchen Tagen fühlt es sich trotzdem so an.«

»Nein –«

Zelals Ton wird ernst. »Ich war mit einem Familienvater zusammen, Levi.« Sie vergräbt ihr Gesicht tiefer an meiner Brust. Ich bin so perplex, dass mir die Worte fehlen. Die erste Frage, die mich durchzuckt, ist: *Warum?* Aber ich bekomme den Mund nicht auf. Wie soll ich das fragen, ohne sie zu verletzen? Ihr Zustand ist eh schon fragil.

Als sie weiterspricht, kann ich aufatmen. »Er hat mir das natürlich nicht gesagt. Ich wusste es nicht. Ich war siebzehn und er fünfunddreißig. Eines Tages hat die Frau mich gefunden, und es wurde hässlich.«

Ich fahre ihr beruhigend durch die Haare.

»Sie hat mich beschimpft, an meinen Haaren gezogen, mich geohrfeigt … Ich konnte nur weinen und mich entschuldigen. Levi, ich habe mich extrem dreckig gefühlt.«

»Du wusstest es nicht besser.«

Das schlechte Gewissen ergreift Besitz von mir. Sie erzählt mir das in einem verletzlichen Moment, in einer unvorstellbar intimen Situation, während ich ihr nur die halbe Wahrheit auftische. Ich kann nicht ehrlich mit ihr sein, ohne sie zu verlieren.

Und ich bin selbstsüchtig genug, um das zu tun. Stecke zu tief in dieser Sache drin, um umzukehren. Ich muss die Situation mit Clara klären, bevor sie Wind davon bekommt. Mehr Menschen darf ich nicht verletzen. Allen voran Zel. Ich wünschte, es gäbe einen Weg, über den jeder unverletzt daraus hervorgehen würde. Momentan sehe ich keinen, aber ich *muss* einen finden. Nachdem ich uns in diese Scheiße geritten habe, ist es meine Aufgabe, uns aus dem Loch zu kämpfen.

»Erst dann habe ich realisiert, *was* ich eigentlich tue. Worauf ich mich einlasse.« Sie löst sich von mir und schaut zum ersten Mal seit Langem wieder in mein Gesicht. »Dass ich nicht für mich geliebt werde, sondern für das, was ich repräsentiere … Dass ich nichts weiter als ein austauschbarer Körper bin, der den perfiden Vorlieben mancher Männer in die Karten spielt.«

Das Grün in ihren Augen überwiegt. In diesem Moment wünsche ich mir, es wäre anders. Dass sie tiefbraun vor Glück sind. Dass sie keine Trauer empfindet, keinen Schmerz. Nur Freude. Die echte Welt ist jedoch unfair, also streiche ich über ihre nassen Wangen, um ihr zu zeigen, dass ich da bin. Dass ich nicht gehe. Obwohl es falsch ist.

»Diese abscheulichen Menschen denken das vielleicht über dich«, flüstere ich und fahre über ihre zitternde Unterlippe. »Aber du bist viel mehr als das. Du bist stark, du bist gewillt, zielstrebig, kreativ. Die Dinge, die ich vorher gesagt habe, meine ich nach wie vor so. Ich könnte niemals so viel auf meinen Schultern tragen wie du. So resilient sein.«

Sie umfasst meine Hand, die auf ihrer Wange liegt. »Warum fühle ich mich dann absolut klein? Völlig wertlos?«

»Niemand ist wertlos. Allen voran du nicht. Du hast nichts falsch gemacht. Selbst wenn. Jeder darf Fehler machen, diese einsehen und nach vorne schauen. Wir verzeihen anderen, warum uns selbst nicht?«

Die Defizite anderer zu akzeptieren, fällt uns leicht. Uns selbst gegenüber ist uns diese Nachsicht nicht vergönnt. Plötzlich spielen wir Richtende – verurteilen harsch, statt zu verzeihen. Das darf ich nicht zulassen. Zelal war ein verdammtes Kind, eine Teenagerin. Die Männer hätten es besser wissen müssen, nicht sie. Die Frau hätte ihren Mann zur Rechenschaft ziehen sollen, nicht ein junges Mädchen, das nach Liebe gesucht hat.

Ich weiß nicht, wem ich mehr die Fresse polieren möchte. Diesen Monstern oder ihrer Familie, die sie anscheinend völlig alleingelassen hat.

»Manchmal ist das richtig schwer, Levi.« Erneut steigen ihr Tränen in die Augen, und ich kann es nicht aufhalten. Ich schließe hilflos die Lider. »Deswegen hatte ich im Bachelor hier und da Flirtereien, aber nichts Ernstes. Ich traue mir keine Beziehung mehr zu.«

Wie kann man einen Menschen höchst verunsichert zurücklassen und nicht sehen, was man angestellt hat? Wie können diese Wichser überhaupt mit sich leben?

Als ich etwas runtergekommen bin, antworte ich: »Die richtige Person wird dich mit diesen Erfahrungen lieben. Sie wird dich aufbauen und dir zeigen, dass du mehr bist, als du glaubst.«

Ihr Griff um meine Hand wird fester und mein Herz schwerer. Es pocht schmerzlich gegen meine Brust, weil ich Angst vor ihren Worten habe. Meine sind exakt so gemeint. Sie verdient jemanden, der sie auf Händen trägt. Ich wünschte, ich könnte das sein. Zu viel steht uns dafür im Weg.

»Du zeigst mir das«, wispert sie. Ihr Gesichtsausdruck wird trauriger. »Aber ich habe Angst vor mir selbst. Was, wenn ich dich mag, weil du eine Autoritätsperson bist? Weil es verboten ist und ich nur solche Beziehungskonstellationen kenne?«

Jeder andere Satz hätte mich weniger getroffen als dieser. Was mache ich mir vor? Die Wahrscheinlichkeit, dass sie deshalb so empfindet, ist hoch. Ich bin ein weiterer Mann in ihrem Leben, der Macht über sie hat. Ist das der Grund, warum sie immer wieder versucht hat, Körperkontakt zu initiieren? Bitte nicht.

»Okay …« Meine vorherigen Gedanken unterdrücke ich. Sie bringen nichts, sie verunsichern mich nur. »Lass uns etwas ausprobieren.«

Verwirrt zieht sie die Augenbrauen zusammen.

»Küss mich. Küss mich und achte darauf, was du fühlst. Fühlt sich das wie Gefahr an? Fühlst du dich unwohl?«

Ihr verkrampfter Gesichtsausdruck löst sich allmählich.

»Etwas, das dir guttut, löst keine Angst aus. Aufregung ist normal, aber dein ganzes Nervensystem sollte nicht in Flammen stehen. Wenn es das tut, dann warnt dich dein Körper.«

»Levi –«, versucht sie es schwach, aber ich unterbreche sie.

»Ich meine es ernst, wirklich. Das Einzige, was ich mir wünsche, ist, dass du dich wohlfühlst. Falls du es bei mir nicht tust, ist das okay. Vollkommen okay. Ich will das Beste für dich. Wenn ich es nicht bin, ist das in Ordnung.«

Das sage ich zwar, aber meinen tue ich es anscheinend nicht. Sonst würde ich nicht mit ihr in einem Bett liegen und sie küssen wollen, sondern sie vor dem Herzschmerz schützen, den mein verficktes Leben früher oder später auslösen wird.

SIEBENUNDZWANZIG | BÎST Û HEFT

Zelal

In seinen Armen zu sein, fühlt sich wie Ankommen an. Sie sind warm, liebevoll, vorsichtig. Als könnte ich hier, unter der Decke, in diesem Zimmer, nichts falsch machen. Als wäre ich nicht gebrochen, zersplittert, vom Winde verweht, nicht mehr zusammensetzbar. Als wäre ich *okay*.

»Na gut«, antworte ich und fahre durch sein feuchtes Haar. »Wenn das für dich in Ordnung ist.«

Er ist derjenige, der sich am meisten gegen die Anziehung wehrt. *Weil er es besser weiß.* Ihm ist klar, was auf dem Spiel steht. Ich war schon immer jemand, der erst mit dem Herzen gedacht hat. Mein Hirn bestand aus den Erwartungen meines Vaters, die nichts als eine Aneinanderkettung aggressiver Silben waren. Und den stillen Wünschen einer Mutter, die selbst nicht mehr als ihr eigener Schatten war. Das Überbleibsel einer gebrochenen Frau, die sich längst aufgegeben hat, um einem Mann zu gefallen, dem nichts genügt. Man kann immer besser, immer schöner, immer unterwürfiger sein. Nur nicht genug. Genug kann man *nie* sein.

Levi leckt sich nervös über die Lippen. Er wird bis zur letzten Sekunde überlegen. So ist er. Rational und gewillt, immer die richtige Entscheidung zu treffen. Aber hier gibt es kein Richtig oder Falsch. Es gibt lediglich Kopf oder Herz.

Endlich schließt er die Augen und rutscht auf dem Kissen zu mir. »Küss mich, bis ich nur noch dich schmecke, Zel.«

Das tue ich. Ich lehne mich zu ihm, lege meine Lippen auf seine und nichts explodiert. Nichts kreischt oder bettelt nach Aufmerksamkeit. Mich durchflutet Geborgenheit. Die Hände, die zurückhaltend über meine Haare streichen, wiegen mich in Sicherheit. Seine Lippen reden mir ein, dass mir nichts passieren kann.

Er ist kein Sturm, das wusste ich schon beim ersten Kuss. Dieser hier bestätigt es, weil er nicht von Lust getrieben ist, sondern von purem Vertrauen. Von einem Sich-ineinander-fallen-Lassen, einem Nie-Loslassen. Ich will seine Arme für immer um mich haben. In seinen vier Wänden verweilen, bis sich die Gewitterwolken über meinem Leben verziehen.

Ich würde sogar seinen Ingwertee trinken, wenn es bedeuten sollte, dass ich mit ihm in diesem Bett bleiben kann. Solange ich ihn küssen darf und er durch meine Haare streicht, mit den Spitzen spielt. Es gibt nicht viele Ort, an denen ich mich sicher fühle. In unserer Wohnung, wenn alle Jungs am Esstisch sitzen und sich über etwas Banales unterhalten. Bei Saf, wenn unsere Lieblingscomedyserie läuft und wir uns gegenseitig die Haare machen.

Und hier – zwischen Levis Händen.

Jede seiner Bewegungen ist zart, jede Berührung bedacht. Er wartet darauf, dass ich den Kuss vertiefe, mehr gebe, mehr erlaube. Er hat mir die Zügel überlassen, weil das *meine* Entscheidung ist.

Ich streiche über seine Wangen, fahre mit der Zunge über seine Oberlippe und spüre wieder die Narbe unter der Zungenspitze. Endlich öffnet er seinen Mund, und ich setze mich leicht auf, um mich über ihn zu beugen. Er rutscht im Kissen zurück, während er die Hände um meine Taille legt. Sie sind stark, selbstsicher und warm. Es soll genau so bleiben. Nicht einmal mein Shirt möchte ich ausziehen, sondern nur seine Lippen auf meinen spüren. Damit fühle ich mich wohl, denn mein alkoholisierter Leichtsinn benebelt meine Entscheidungen nicht mehr.

Levi trennt sich ein Stück von mir. Meine Augen flattern unfreiwillig auf. »Und? Schmetterlinge? Übelkeit? Nervosität?«

Ich streiche das Haar aus seiner Stirn, und er steckt mit trägen Bewegungen ein paar lose Strähnen hinter mein Ohr. »Nein, bloß Wärme und Sicherheit.«

Augenblicklich breitet sich ein Lächeln auf seinem Gesicht aus. »Gut. Ich will, dass du neben mir deine Sorgen vergisst. Wenigstens für ein paar Minuten.«

Er zieht mich an seine Brust, wodurch sein Geruch mich wie eine Decke umhüllt. Das ist das, was ich brauche. Seine Nähe, die mir klarmacht, dass ich nicht einsam bin und alles okay werden wird.

Egal was mit uns wird. Egal ob diese Beziehung je klappt oder die Realität uns einholt. In diesem Moment ist meine Hoffnung unsterblich. Die Probleme scheinen meilenweit entfernt. Zum ersten Mal seit Langem trotze ich der Welt nicht allein. Ich habe jemanden, der mich an sich drückt und nicht loslässt.

Meine selbstzerstörerischen Gedanken halten inne. Sie sitzen mir nicht wie Geister meiner Vergangenheit im Nacken. Ich kann aufatmen.

* * *

Das Erste, was ich wahrnehme, sind höllische Kopfschmerzen. Nicht einmal, wo genau sie ihren Ursprung haben, kann ich orten. Sie ziehen sich über meinen Hinterkopf bis zu den Schläfen und das Gesicht hinunter. Alles tut weh und ist paralysiert zugleich.

Ich will vor Schmerz stöhnen, aber mein Mund ist völlig vertrocknet, sodass ich mich in eine Fötusposition zusammenkauern möchte. Davon halten mich jedoch Arme ab, die mich fest im Griff haben.

Verwirrt schlage ich die Augen auf, bis ich realisiere, dass ich nicht zu Hause bin, sondern bei Levi. Um meinen Rücken sind zwei tätowierte Arme geschlungen, die mich fest gegen die zugehörige Brust pressen, welche sich langsam hebt und senkt.

Die Welt wird klarer, da sich der Schlafnebel allmählich lichtet. Levis gleichmäßiger Atem streift mich. Meine Haare klemmen irgendwo zwischen uns. Und ich bin so verkartet wie lange nicht mehr.

»Mist«, flüstere ich und versuche, mich aus dem Klammergriff zu lösen, aber es bringt nichts. Es macht es sogar schlimmer – Levi zieht mich noch enger an sich.

»Eine Minute«, murmelt er. Bei jeder Silbe berühren seine Lippen meine Stirn. Die Gänsehaut breitet sich wie ein Lauffeuer über meine Haut aus. »Dann bring ich dir eine Schmerztablette.«

»Okay«, antworte ich. Ein paar Minuten Aufschub, bevor wir der echten Welt in die Augen schauen müssen, können nicht schaden. Denn in dem Moment, in dem ich aus dieser Wohnung gehe, um in die nächste Bahn zu steigen, wird das hier nichts als eine liebevolle Erinnerung sein. Levi weiß, dass eine Vielleicht-Beziehung kein Grund ist, die eigene akademische Karriere aufs Spiel zu setzen. Dass ich an ihm wegen *ihm* Gefallen finde, hat er mir geholfen herauszufinden, weil er nicht wollte, dass ich verunsicherter bin als generell schon. Weil er Mitleid mit mir hatte.

Ich weiß nicht, ob es das besser macht. Mich von ihm zu verabschieden, wird dadurch nicht einfacher. Ihn zu lieben, ist jetzt eine Möglichkeit, die mir entrinnt. Was, wenn er die richtige Person ist, die zur falschen Zeit vor mir stand?

Es ist nichts Großes passiert, und ich bin schon in meinem eigenen kleinen Film. Dort, wo die Realität nicht beängstigend ist, sondern wunderschön.

»Hab ich dir je gesagt, wie gut du riechst, Bambi?«, fragt Levi schlaftrunken.

Bambi? Okay, er *muss* noch schlafen, anders kann ich mir den plötzlichen Spitznamen nicht erklären.

Ich schmunzle. »Nicht dass ich wüsste.«

»Und wie schön ich deine Haare finde. Ich bin mir sicher, lila Strähnen würden dir stehen«, flüstert er und kuschelt sich näher an mich. »Ich glaube, ich habe mich nie über etwas so sehr gefreut wie über die Cappuccinos, die du mir manchmal mitbringst. Wenn es nicht völlig komisch wäre, würde ich täglich im Café aufkreuzen, weil du einfach niedlich hinter dem Tresen aussiehst.«

»Bist du ein Vielerzähler, kurz nach dem Aufwachen?«, frage ich und kann das leichte Kichern nicht unterdrücken.

»Mhmm … vielleicht.« Er hört sich an, als wäre er wieder halb am Schlafen. In dieser Position kann ich den angebrochenen Schneidezahn erkennen, weil er die Lippen leicht geöffnet hat, während er abdriftet.

Ich dachte, dass Levi ein richtiger Morgenmensch ist und sich nicht aus dem Bett kämpfen muss. Würde das zwischen uns funktionieren, wäre das etwas, das ich öfter mitbekäme.

Haben wir überhaupt Morgen? Sechs Uhr sagt die Wanduhr gegenüber. Vielleicht ist es doch zu früh, um meine Theorie zu testen. Also rücke ich näher an ihn heran und hoffe, dass meine Kopfschmerzen auf magische Weise verschwinden.

»Wie ist das eigentlich mit deinem Zahn passiert?«, frage ich leise, woraufhin sich ein leichtes Lächeln auf seine Lippen legt, während seine Augen geschlossen bleiben.

»War mit elf in einem paläontologischen Museum und derart aufgeregt, ein Stegosaurusskelett zu sehen, dass ich mit dem Gesicht voran gegen eine Glasscheibe gerannt bin.« Er gibt mir einen Kuss auf die Stirn. »Deswegen auch die Narbe auf der Lippe.«

Bei dem Gedanken an Levi als Kind, das sich nicht für Geschichte, aber für Dinos interessiert, geht mir das Herz auf. Ich möchte *diese* Dinge über ihn erfahren. Alles Kleine und Große. Was sein Lieblingsessen ist und wie er als Grundschüler war. Welchen Wochentag er gehasst hat und was seine Hobbys waren. Ich will ihn kennenlernen.

Keine Viertelstunde später klingelt ein Wecker, für den Levi einen Arm von mir zieht, sich weglehnt und stöhnt.

»Fuck.« Er fährt sich müde über das Gesicht, legt seinen Unterarm über die Augen und zieht mich mit dem anderen Arm an seine Brust.

»Guten Morgen.«

Seine Mundwinkel zucken, aber er nimmt den Arm nicht von den Augen. »Wie geht es dir?«

»Ein bisschen verkatert, aber sonst okay.«

Wenn ich an gestern Abend denke, zieht sich alles in mir zusammen. Ich weiß, dass meine Vergangenheit bei Levi sicher ist. Trotzdem kann ich nichts gegen die Scham tun, die unbarmherzig in den Vordergrund rückt. Als könnte er anders von mir denken, weil ich in meiner Jugend einen Haufen Fehler gemacht habe.

»Ich bring dir mal was zu trinken und eine Ibuprofentablette.« Mit einem Ächzen steht er auf und verlässt das Zimmer. Anscheinend ist er doch kein Morgenmuffel. Ich könnte niemals kurz nach dem Aufwachen direkt aus dem Bett hüpfen, dafür ist es viel zu gemütlich und warm. Deswegen wickle ich die Decke enger um mich und versuche, die Kopfschmerzen zu ignorieren.

Kann ich nicht für immer hierbleiben? Bei Levi und weit weg von der echten Welt und noch echteren Verantwortungen.

Ich taste nach meinem Handy, das komplett aufgeladen auf dem Schreibtisch liegt. Saf hat mir gestern Nacht unentwegt geschrieben, und die WG-Gruppe explodiert.

»Oh, Scheiße.« Ich reibe mir die Augen und scrolle schnell durch die Nachrichten. Atlas hat mir im Privatchat etwas geschickt.

Atlas: Wo steckst du? Bitte, stell keinen Unsinn an.

Ich wähle seine Nummer und drücke das Handy gegen mein Ohr.

»Zel?« Atlas' Stimme klingt hellwach. »Wo verdammt noch mal bist du? Saf hat mich gestern angerufen, als sie dich nicht erreichen konnte. Sie meinte, du hättest längst zu Hause sein müssen. Wir waren die ganze Nacht wach und haben auf dich gewartet, verfickte Scheiße! Talhah ist heute nicht mal zur Arbeit gefahren. Evren kommt gleich, um dich zu suchen. Wir wären zum Club gefahren und –«

»Es tut mir leid«, unterbreche ich ihn kleinlaut. Mein Puls rast, während der Schweiß meinen Nacken hinunterrinnt. Die Kopfschmerzen sind vergessen. »Ich … ich war … ich komme.«

»Wo bist du?«, fragt er eindringlicher.

»Bei … ich beeil mich.« Wie soll ich ihm davon erzählen und ihm danach in die Augen schauen? *Ich bin bei meinem Dozenten, weil ich nicht fähig bin, Interesse an Männern in meiner Lebenssituation zu entwickeln.*

»*Wo* bist du?«, fragt er mit fester Stimme erneut. »Ich hol dich ab.« Im Hintergrund höre ich Rascheln, und gedämpfte Stimmen kommen bei mir an, bevor Atlas das Wort an die anderen richtet. »Ihr geht es gut. Ich hole sie.«

Ich seufze. »Okay, ich schicke dir die Adresse.«

»Ruf Safiya an, sie macht sich Sorgen«, sagt er. »Bis gleich.« Damit ist die Leitung tot, und ich ziehe das Handy vom Ohr, um ihm meinen Standort zu senden.

Ich werde eine Versagerin bleiben. Ich werde nie etwas auf die Kette kriegen. Menschen machen sich Sorgen um mich, weil ich das Leben nicht hinbekomme. Levis gestrige Worte kann er nicht ernst gemeint haben. Ich bin nicht so stark oder resilient, wie ich aussehe. Ich versuche nur, nicht zu ertrinken.

»Einmal Schmerztablette und ein Glas Wasser mit Elektrolytepulver untergemischt.«

»Danke.« Ich stehe hektisch auf, ignoriere den Schwindel und greife nach der Tablette, die in Levis Hand ruht. Das Getränk exe ich hinterher. Der überraschend süßliche Geschmack lässt mich das Gesicht verziehen.

»Woher die Eile?« Er zieht verwundert die Augenbrauen zusammen, als ich an ihm vorbeigehe und das Zimmer nach meiner Tasche absuche.

»Ich habe verkackt«, presse ich hervor, wovon er nicht schlauer wird.

»Was ist passiert?«

Ich schaue unter die Decke, auf die Nachttische, hinter das Kissen. Wo ist mein Geldbeutel? Und meine beschissene Kleidung. Wo habe ich die hingelegt?

»Zelal.« Er klingt bestimmter, während er auf mich zukommt und mich sanft am Arm packt. »Warum bist du so auf Achse?«

Ich streiche mir die Haare aus dem Gesicht und schaue endlich in seine fragenden Augen. »Sagen wir mal … ich habe mich in ein Lügennetz verstrickt und dafür gesorgt, dass sich meine beste Freundin und WG Sorgen um mich machen.«

Sein Blick erweicht. »Du warst die ganze Nacht hier. Wissen sie nichts davon?«

»Ich war krass betrunken.« Das klingt nach einer Ausrede. Ich habe Scheiße gebaut. »Meiner besten Freundin habe ich gesagt, dass ich nach Hause fahre, obwohl ich mit diesem Typen mitgegangen bin, weil ich nicht wollte, dass sie sich Gedanken macht.«

»Okay.« Er nickt mehr sich selbst als mir zu. »Okay, ich fahr dich.«

Ich schüttle den Kopf. »Brauchst du nicht. Atlas holt mich ab.«

»Dann ruf Frau Bakari an, damit sie sich beruhigen kann«, schlägt er vor, wodurch ich mich noch mehr für mein Handeln schäme. Ich hätte mich längst bei ihr melden müssen. Gestern war ich mental und körperlich so neben mir, dass ich es vergessen habe. Aber heute wäre es mir auch nicht eingefallen, hätte Levi weiter neben mir gelegen und ich mein Handy ignoriert.

Ich kaue auf meiner Lippe herum, während ich Saf anrufe, die übermüdet ans Telefon geht.

»Zelal?« Sie hört sich fertig an. »Warum hast du dich nicht mehr gemeldet? Ich habe Atlas gestern kurz nach eins angerufen … Wo bist du? Wir haben uns richtige Sorgen gemacht.«

Atlas' Stimme hat vor Angst gebrannt, ihre ist weich … wellenartig und überschwemmt mich mit Trauer. Das schlechte Gewissen breitet sich automatisch in mir aus. Um mich an etwas festhalten zu können, stemme ich mich gegen das Bett.

»Ich bin bei jemandem gecrasht … mir geht es gut«, murmle ich und schaue zu Levi, der im Türrahmen lehnt.

»Bei wem?«, fragt sie. »Du hast doch gesagt, du gehst nach Hause. War es dieser Typ in der Latzhose?«

»Ich …« Levi zieht die Augenbrauen zusammen, und ich spiele mit meinen Haaren. Die Wahrheit kann ich nicht sagen, das habe ich ihm versprochen – schon beim ersten Kuss. »Ja, der Typ. Atlas holt mich jetzt ab.«

»Oh … Zelal.« Sie weiß nicht, was sie sagen soll. Kann ich es ihr verübeln? Ich habe mich längst aus diesem selbstzerstörerischen Verhalten herausgekämpft, um aus ihrer Sicht mit einer Arschbombe wieder hineinzuspringen. »Geht es dir gut?«

Levis Gesichtsausdruck ist versteinert. Eine tiefe Furche gräbt sich zwischen die zusammengezogenen Augenbrauen, und die Lippen sind zu einem Strich gepresst. »Ja, mir geht es gut. Ich erzähl dir alles, wenn ich zu Hause bin, okay?«

»Okay«, sagt sie. »Pass auf dich auf und mach mir nie wieder solche Angst!«

»Ich hab dich lieb«, flüstere ich, bevor ich seufzend auflege.

»Du hast die Menschen um dich echt verängstigt«, kommentiert Levi meine Situation mit monotoner Stimme.

Er lehnt weiterhin im Türrahmen. Die Jogginghose sitzt tief auf seinen Hüften. Kauft er sie extra eine Nummer größer oder ist er einfach zu faul, sie sich gescheit überzuziehen?

»Ich habe diesem Leben« – ich mache eine allumfassende Handbewegung – »längst den Rücken gekehrt. Normalerweise trinke ich nicht, schlafe nicht mit fremden Männern. Seit mehreren Jahren. Würde ich dem patriarchalen Bild Glauben schenken, würde ich behaupten, dass sich in meiner Vagina Spinnweben gebildet haben.« Ich atme frustriert aus. »Ja. Die Leute sind in Aufruhr, wenn sie denken, ich kehre zu alten Verhaltensmustern zurück, weil bei uns in der WG irgendwann wegen mir Alkoholverbot geherrscht hat.«

Levi richtet sich auf und kommt auf mich zu. Der Tabak-Vanille-Geruch hängt wieder schwer in der Luft, und ich frage mich, ob er sein Parfüm neu aufgetragen oder einfach auf dem Balkon eine Zigarette geraucht hat.

»Zel …« Levi schaut mich mit einem undurchdringlichen Ausdruck an. »Ich will nicht, dass du wegen mir in toxische Muster verfällst.«

Ich beiße mir fest auf die Lippe, um die Tränen aufzuhalten, die sich in meinen Augenwinkeln ansammeln. »Wäre ich in alte Muster verfallen, hättest du mit mir bis in die Bewusstlosigkeit getrunken und meinen Zustand ausgenutzt, um mit mir zu schlafen.«

Er sackt in sich zusammen. »Ich wünschte, ich hätte Worte, die dich in Sicherheit wiegen könnten, aber es gibt keine … außer dass ich dich so will, wie du dich mir geben möchtest.«

Mit hektischen Bewegungen streiche ich über meine Augen, um die Tränen wegzuwischen, bevor er sie sieht. Ich kann ihm nicht mehr in das schmerzerfüllte Gesicht schauen, ohne mich schlecht zu fühlen. »Na ja … da das zwischen uns sowieso nicht so laufen kann, wie ich will, weil ich dich ganz möchte … Nicht versteckt, hinter verschlossenen Türen und still. Sondern mit allen kleinen Makeln und deiner liebevollen Vorsicht und der Wärme, die du immer ausstrahlst.«

Levi seufzt und hebt die Hände, als mein Handy klingelt und uns beide aus dem Moment reißt.

»Hallo?«

Es knackst, bevor Atlas' Stimme bei mir ankommt. »Ich stehe an der Straße … soll ich hochkommen?«

»Nein, nein, ich bin gleich unten, bleib im Auto.« Wenn er erfährt, dass ich bei Levi bin … ich weiß nicht, ob es die Situation besser oder schlimmer machen würde.

Ich schiebe das Handy in die Hosentasche. »Atlas ist da. Ich muss los, sonst rennt er die Tür ein.«

Levis Lächeln ist sanft, als er zurücktritt und mir erlaubt, aus dem Raum zu gehen. »Deine Kleidung liegt im Trockner. Ich bring sie morgen mit.«

»Danke.« Die hohen Schuhe sehen mit diesem Outfit witzig aus, aber Atlas hat mich schon in Schlimmerem gesehen.

Levi macht eine wegwerfende Handbewegung. »Nicht dafür.«

Zusammen stehen wir im Flur, und ich will mich keinen Zentimeter bewegen, sondern genau hier bleiben. Vor ihm. Darauf warten, dass er auf mich zukommt, mich in seine Arme schließt und mir all die Versprechen zuflüstert, die ich mir wünsche. Das hier ist jedoch das echte Leben, und das hat nie nach meiner Pfeife getanzt. Also schauen wir uns wortlos an, bis ich die Tür aufmache und so schnell in das Treppenhaus eile, dass Levi sich nicht einmal verabschieden kann.

ACHTUNDZWANZIG | BÎST Û HEŞT

Zelal

Atlas lehnt mit verschränkten Armen an Talhahs Auto. »Das ist nicht dein Scheißernst, Korkmaz«, ist das Erste, was seine Lippen verlässt.

Er sieht genauso aus wie ich – Jogginghose und ein Shirt. Seins spannt jedoch um seine Oberarme, weil er für meinen Geschmack viel zu oft Sport macht. Die Brille sitzt schief auf seiner Nase, und er schiebt sie aufgebracht das Nasenbein hoch.

»Was ist?«

Er drückt sich von der Wagentür ab und kommt auf mich zu. Schnaubend zeigt er auf die Klingelschilder. »Jakab?«

Mein Atem stockt. »Ich –«

Er gibt mir nicht die Möglichkeit, mich zu erklären. »Du vögelst *Jakab*?!«

Ich blinzele. Öffne meinen Mund und schließe ihn wieder – überfordert. Was soll ich ihm antworten? Die Wahrheit ist fast schlimmer als der Glaube, dass ich tatsächlich mit Levi schlafe.

»Zelal«, zischt er und fährt sich aufgebracht durch das Haar. Er benutzt meinen vollen Namen sonst nie. »Das kannst du nicht ernst meinen.«

Der Herbstwind zerrt an meinem Oberteil, weshalb ich die Arme vor der Brust verschränke. Oder weil ich mich vor Atlas' giftigen Worten schützen will. Ich weiß es nicht. »Können wir ins Auto? Ich erkläre dir dann auch alles, versprochen.«

Er seufzt, dreht sich um und öffnet die Beifahrertür für mich. »Ich bin gespannt«, sagt er genervt.

Ich habe der WG mit meinem Verhalten vor eineinhalb Jahren Angst gemacht, das ist mir bewusst, aber sie kennen mich nicht von früher. Da bin ich nie nach Hause gekommen, habe mich in den Wohnungen meiner Freunde und Freundinnen versteckt. Das war alles vor Berlin. Dass plötzlich der Alkohol wie Wasser in der Wohnung lief, nachdem mein Ex sich aus dem Nichts wieder bei mir meldete … das hat ihnen Sorgen bereitet. Diese Situation sieht von außen nicht anders als der Anfang von genau diesem Verhalten aus. Ein Mann, der Autorität über mich hat und mich um den kleinen Finger wickelt.

Atlas steigt endlich auf der Fahrerseite ein und startet den Motor, ohne etwas zu sagen. Deutschrap füllt die Stille zwischen uns, als er ausparkt und geradewegs aus der Windschutzscheibe starrt.

»Ich habe nicht mit Levi geschlafen«, sage ich kleinlaut.

»Das war also eine Übernachtungsparty bei deinem verfickten Dozenten, und ihr habt euch gegenseitig die Haare geflochten, oder wie soll ich das jetzt verstehen?« Seine Worte sind harsch, stechend und scharf an den Silbenenden, auch wenn er sie nicht anklagend meint. Das tut er nie. Er ist es nicht gewohnt, Sorge und Liebe *anders* zu zeigen.

»Gestern …« Ich atme tief durch und spiele mit meinen Ärmeln, um mich von der Nervosität abzulenken, die in mir aufsteigt. »Ich wollte nichts trinken. Aber da waren diese Männer, die uns was ausgegeben haben … und irgendwie habe ich mich in Ordnung gefühlt, weißt du?« Ich pausiere, um meine Gedanken zu sammeln. »Dann hat mich ein Typ auf Wein eingeladen. Alles war okay, bis die Wirkung des Alkohols mir eine reingehauen hat.«

Atlas hält abrupt an der roten Ampel an, und sein Blick huscht über meinen Körper. »Ist dir irgendetwas passiert, Zel? Muss ich irgendeinen Typen ausfindig machen? Oder Jakab? Wenn du willst, dann –«

»Nein, nein … er hat danach komisches Zeug gelabert, bevor mich Levi gefunden hat. Der war lieb genug, mich zu sich einzuladen, damit ich dort crashen kann. Ich war in keinem Zustand, nach Hause zu gehen.«

Atlas zieht die Augenbrauen zusammen. »Warum hast du niemanden von uns angerufen?«

»Mein Akku war leer«, flüstere ich.

»Also keinen Notstand in der Wohnung ausrufen?«

»Nein. Es war ein Ausrutscher. Ich werde für die nächsten zwanzig Jahre nichts mehr trinken.« Beim Gedanken an die Übelkeit und den Schwindel, könnte ich mich glatt wieder übergeben.

»Du darfst alles machen, was du willst.« Er fährt wieder an, als die Ampel auf Grün umschaltet. »Solange du dich selbst dabei nicht verlierst.«

Seine Worte sind wahr, doch ich bin längst verloren. An Levi. Und das ist genauso schlimm wie all das selbstverletzende Verhalten davor. Ich breche mir damit das Herz.

»Kann das unter uns bleiben?«, frage ich. »Ich will nicht, dass die anderen sich unnötige Gedanken machen.«

Atlas seufzt. »Klar … wenn du mir verrätst, wie es war?«

Ich schaue verwirrt zu ihm auf. »Wie war was?«

Er zuckt mit den Schultern. »Die Wohnung von Jakab …«

Das Augenrollen unterdrücke ich. Würde ich es nicht besser wissen, wäre ich der Auffassung, dass nicht nur ich für Levi schwärme. »Schön«, sage ich nichtssagend, und das stört Atlas. Er schürzt die Lippen, aber reagiert sonst nicht.

»Du hattest recht, was seine politische Meinung angeht.« Gedanklich bin ich wieder bei seinen Tattoos und dem Zitat auf seinem Arm, das an manchen Stellen Blowouts hatte, sodass die Buchstaben unter dem über die Jahre entstandenen Schatten untergegangen sind.

»Welche Bücher hatte er da? Hat er dir was gezeigt? Ich habe angefangen, eins von Noam Chomsky –«

»Ich habe es an seinen Tattoos erkannt«, werfe ich dazwischen. Wenn Atlas einmal anfängt, hört er gar nicht mehr auf, zu reden. Er hat Evren das Ohr abgekaut, nachdem er erfahren hat, dass sie Angela-Davis-Fan ist.

»Hat er welche?«, fragt er verwirrt, bis er realisiert, was ich meine. Seine Augen werden größer. »Ich dachte, du hast ihn nicht gefickt?«

»Verdammt noch mal!«, empöre ich mich und schlage ihm halbherzig gegen den Unterarm. »Ich habe nicht mit ihm geschlafen, sondern seinen Oberkörper und seine Arme gesehen.«

Atlas lacht trocken auf. »Genau, ich stelle mich auch immer halb nackt vor irgendeine Studentin, die ich nicht gut genug kenne … oder lasse sie bei mir übernachten.« Er schaut für wenige Sekunden zu mir. »Vielleicht stehst du nicht auf ihn, aber er anscheinend sehr deutlich auf dich. Pass auf dich auf.«

Ich beiße mir auf die Lippe und überschlage die Beine, so gut es in diesem kleinen Auto geht. Alles, um mich kleiner zu machen. »Ich mag ihn.«

Dass zwischen uns etwas gelaufen ist, muss ich Atlas nicht verraten, aber meine Gefühle sind in Ordnung. Die kann ich nicht für mich behalten – irgendwann werde ich wie ein Glas Wasser überlaufen. Streng genommen sagt das auch nichts über Levi aus, denn er kann für meine Gefühle nichts und sollte nicht dafür bestraft werden.

»Magst du ihn oder *magst* du ihn?« Das zweite »magst« betont er extra und zieht es lang, sodass ich nicht weiß, ob ich lachen oder weinen soll. Vor jemand anderem seine Gefühle zu gestehen, ist peinlich und hilflos. Allein über die Schwärmerei mit Saf zu reden, hat mich Kraft gekostet.

»Ich *mag* ihn«, murmle ich. »Nichts ist zwischen uns passiert, weil er dafür viel zu professionell ist, aber ich *mag* ihn sehr.«

»Und? Empfindet er dasselbe?«

Levi mag mich, ja, aber genug, um die gleichen Gefühle wie ich zu haben? Ich bin ein Fass Schwarzpulver, dem ein Fünkchen reicht, um hochzugehen. Er müsste lediglich sagen, dass wir es versuchen können, und ich würde kopfüber ins Ungewisse springen. Levi reißt sich besser zusammen, als ich es je konnte.

»Ich glaube nicht«, flüstere ich. Um ihn und mein Herz zu schützen. »Er ist verantwortungsvoller als ich.«

Atlas streicht kurz über mein Knie, und jegliche Härte ist aus seiner Stimme verschwunden. »Ich muss mir keine Sorgen machen, dass es so ein … Ding ist, oder?«

Ich schmunzle, obwohl nichts daran amüsant ist. »Dass ich versuche, die väterliche Liebe mit einem älteren, über mir stehenden Mann zu ersetzen?«

Atlas atmet zischend ein und wiegt den Kopf. »Hätte ich jetzt nicht so harsch ausgedrückt, aber im Grunde ja.«

»Keine Sorge.« Die Erinnerungen an die Geburtstagsparty meiner Mutter stechen tief. »Da mein Vater nicht mein wirklicher Vater ist … muss ich eine nichtexistente Liebe auch nirgendwo suchen.«

Atlas bremst abrupt und ignoriert das darauf folgende Hupen des Autos hinter uns.

»Was?!«, fragt er kreischend und quetscht das Auto an eine Stelle, an der wir eigentlich nicht parken dürfen. Er drückt das Warnsignal und dreht sich mit blassem Gesicht zu mir. »Du verarschst mich. Wie bitte?«

Um lässig zu wirken, räuspere ich mich, aber meine Stimme bricht schon beim zweiten Wort. »Das Wochenende bei meinen Eltern ist … ist ausgeartet.« Ich starre auf meine unruhigen Finger. »Alles ist schiefgelaufen, meinem Vater ist der Kragen geplatzt, und er hat die Bombe hochgehen lassen.«

Atlas umgreift meine Hände, um sie ruhig zu stellen, und ich schaue zu ihm auf. Er zieht die Augenbrauen hoch und sieht aus, als hätte er selbst keine Antwort auf mein Gesagtes. »Zel … was?«, wispert er baff. »Warum hast du nichts erzählt?«

»Hätte das etwas an den Umständen geändert?«

Die Situation ist keine, die durch blumige Worte und Gutzureden gerettet werden könnte. Scheiße verwandelt sich nicht in Gold, weil man es sich wünscht. Probleme lösen sich nicht in Wohlgefallen auf. Früher, wenn die Luft zu Hause zum Schneiden dick war und man nicht mehr richtig einatmen konnte, hat das meine Familie ignoriert. Nach einem Streit wurde geschwiegen, bis es mein Vater als richtig empfand, wieder heile Familie zu spielen. So auch bei meiner Entscheidung, nach Berlin zu ziehen. Er hat geschrien, mich fertiggemacht, gesagt, wie schwer ich ihm das Leben mache, wie es sein kann, dass ich mich immer querstelle, statt das zu tun, was in seinen Augen logisch ist.

Warum bist du so unglaublich anstrengend, Zelal?, war die Frage, die mir den letzten Stoß gegeben hat. Ich habe mich fremd in meiner

Haut gefühlt, wie eine Bürde, deren Schwere ich niemandem zumuten kann.

Wir haben drei Tage nicht miteinander geredet, bevor er sich entschieden hat, alle an den Esstisch zu verdonnern, damit wir zusammen zu Abend essen können. Das Thema war für ihn abgehandelt, und meine verletzten Gefühle wurden totgeschwiegen.

»Nein, natürlich nicht, aber dann wärst du damit nicht allein gewesen.« Er drückt meine Hände. »Jetzt weißt du wenigstens, dass du das Arschlochgen nicht vererbt bekommen hast.« Es hört sich eher wie eine Frage an, weil er selbst nicht weiß, ob ich gleich heulen oder lachen werde. Mir ist nach nichts zumute. In mir herrscht Leere.

»Ich glaube, ich habe es erwartet«, erkläre ich, als Atlas die Augenbrauen zusammenzieht. »Nichts hat uns je verbunden, er hat mich immer wie einen Fehler behandelt statt wie seine Tochter.« Ich zucke mit den Schultern. »Keine Ahnung … da war keine wirkliche Liebe. Dass ich nicht mit ihm verwandt bin, überrascht mich nicht.«

Atlas atmet laut aus, und der mir bekannte Schmerz blitzt in seinen Augen auf. »Mein Vater ist Beweis genug, dass man miteinander verwandt sein und zueinander trotzdem sadistisch sein kann.«

Ich presse die Lippen zusammen. Er hatte es schwerer als ich. Seine Mutter ist nichtweiß, aber er ist bei seinem narzisstischen Vater im Osten aufgewachsen. Er erinnert sich zwar nicht an seine Mama, aber er sieht mit den dunklen Haaren, den braunen Augen und den kantigen Gesichtszügen nicht unbedingt deutsch aus. Dementsprechend hat er einiges an Rassismus abbekommen, bevor er fürs Studium nach Berlin gezogen ist.

»Meinst du, das ist der Grund, warum wir uns gut verstehen?«, frage ich leise. »Zwei Menschen, bei denen man nicht weiß, wer wen mehr hasst. Sie ihre Väter oder die Väter sie.«

»Ich hasse meinen Vater definitiv mehr als er mich«, kommt es wie aus der Pistole geschossen, und ich muss mein Lachen unterdrücken. Es ist nicht witzig, aber erleichternd. Vor einem Jahr hat Atlas selten über ihn gesprochen. Zeit und Abstand können anscheinend doch Wunden heilen.

»Wie geht es dir damit?«

»Blendend«, antwortet er munter.

»Brennt es dich nicht irgendwann aus?« Mehr Verabscheuung, mehr Ablehnung, mehr Hass. Man glüht kräftiger, trägt so viel Rachsucht und Wut in sich. Ist es nicht einfacher, gleichgültig zu sein?

»Niemals«, wispert Atlas selbstsicher. »Hass ist klar definiert, man weiß, wo er anfängt und endet, was von einem erwartet wird … er erlaubt mir Seelenfrieden.«

* * *

Obwohl keine WG-Intervention geplant war, sitzen alle am Esstisch und halten in ihren Gesprächen inne, nachdem Atlas und ich in die Küche treten. Sogar Evren ist da. Sie spielt mit dem Henkel ihrer Kaffeetasse und starrt mich unentwegt an.

»Hi«, sage ich und setze mich zu den anderen.

Atlas drückt meine Schultern, lässt sich neben mich fallen und greift nach der Schüssel mit Schokopralinen. »Ist jemand gestorben, oder warum diese Stille?«

Das Knistern der Plastikverpackung ist ohrenbetäubend laut, während er sie gemächlich öffnet. Ich könnte derweil vor Aufregung sterben. So egal mir meine Familie manchmal ist, so wichtig ist mir diese Wohngemeinschaft. Diese Menschen, die in den letzten eineinhalb Jahren mehr Familie waren als jeder andere in meinem Leben.

»Wo warst du?«, fragt Yousef spitz.

Talhah wirft ihm einen genervten Blick zu, bevor er sich wieder zu mir dreht. »Geht es dir gut?«

Evren scheint genauso besorgt, als sie die Tasse loslässt, um ihre Finger auf meinen Handrücken zu legen. Sie sind ähnlich warm wie ihr vorsichtiges Lächeln. »Du bist ganz kalt, soll ich dir einen Pullover bringen?«

Atlas murmelt etwas Unverständliches und steht auf, um den Raum zu verlassen. Ich schaue ihm hinterher, bis er aus der Tür ist. Er sollte meine Rettungsleine sein. Ich liebe jede einzelne Person an diesem Tisch, aber ich möchte mich nicht erklären müssen und dabei Levi und mich gefährden.

»Alles gut … mir geht es gut«, antworte ich. »Was machst du hier?«

»Warum?« Sie legt neckend den Kopf schief und zieht die Hand weg. »Willst du mich loswerden, weil du die Jungs besser als mich abwimmeln kannst?«

Ich kreuze perplex die Arme. »Ich … das war überhaupt nicht meine Absicht.«

Doch war es. Aber zugeben werde ich es definitiv nicht.

»Wir machen uns einfach Sorgen, Zelal«, funkt Talhah väterlich dazwischen. Ich könnte ihn nicht mal dafür hassen, wenn ich wollte. Er ist gut darin, alles so zu nehmen, wie es kommt, und kann trotzdem jemanden in die Schranken weisen.

»Das ist nicht nötig!«, zische ich, obwohl ich es nicht so meine. Ich bin nicht wütend auf sie. Ich bin einfach mit dieser Situation fertig. Es fühlt sich falsch an, darüber zu sprechen, wenn mein Shirt nach Levi riecht.

»Du verstehst aber, *warum* wir gerade alle so drauf sind, oder?«, fragt Yousef und beugt sich zu mir. Die Locken hängen ihm wirr in die Stirn, als wäre er extra für dieses Meeting aufgestanden. »Ich habe dir gesagt, dass du mich anrufen kannst, falls was ist. Ich hätte dich sofort abgeholt. Dich *und* Saf. Und wenn du bei jemandem übernachten willst, mach das, aber sag uns Bescheid! Wir alle hatten einen halben Herzinfarkt.«

Ich ringe nach Worten, weil ich keine Ahnung habe, wie ich auf diese Fürsorge reagieren soll. Ich kenne sie nicht. Als ich über eine Woche hinweg auf Sauftour war, hat die WG mir jeden Tropfen abgeknöpft und mich gezwungen, Filme mit ihnen zu schauen und Spiele zu spielen.

Ablenkung war einfacher als Konfrontation.

»Du hattest genug mit deinem Töpferprojekt zu tun. Ich wollte nicht nerven«, sage ich beschämt. »Es wird zwar kein nächstes Mal geben, aber ich werde Bescheid sagen. Versprochen.«

Die Luft knistert vor Anspannung, es saust in meinen Ohren. Ich will weg und mich ins Bett legen.

Atlas schlendert endlich wieder ins Zimmer. Er hat einen Pullover an und reicht mir auch einen. »Diese Wohnung wird nie warm.«

Erst als ich ihn überziehe, merke ich, wie sehr ich zittere.

»Danke.«

Er zwinkert mir grinsend zu und setzt sich wieder. »Was habe ich verpasst?«

»Ich hätte dich trotzdem abgeholt!«, sagt Yousef bestimmt, sich hektisch über das Gesicht fahrend – und ignoriert Atlas dabei vollkommen. »Wir sind hier alle füreinander da, verdammt. Niemand möchte, dass dir etwas passiert. Mach, was du willst, aber achte dabei auf dich!«

Atlas presst die Lippen aufeinander und nickt langsam. »Okay«, sagt er lang gezogen. »*Das* habe ich verpasst.«

»Mir ist nichts passiert!«, rechtfertige ich mich halbherzig und zeige auf Atlas. »Der Typ, mit dem ich was getrunken habe, ist außerdem sein Freund!«

Er schaut mich perplex an, und seine Hand, die nach den Pralinen greifen wollte, bleibt mitten in der Luft hängen. »Wer?«

»Jonathan! Aus deinem Studium!«

Er lacht auf, während er die Schüssel an sich zieht. »Ich studiere Jura, Zel. Bei uns heißt gefühlt jeder Zweite Jonathan.«

»Tut das irgendetwas zur Sache?«, fragt Yousef. »Mir geht es nicht darum, mit wem du deine Zeit verbracht hast, sondern um deine Leichtsinnigkeit, die uns allen Sorgen bereitet.«

»Lasst das arme Mädchen in Ruhe.« Evren schenkt mir einen mitleidigen Blick. »Sie ist jetzt da, und ihr geht es gut. Das ist das Wichtigste.«

Talhah legt einen Arm um ihre Schultern. »Genau. Aber das nächste Mal antworte bitte auf unsere Nachrichten.« Er klingt nicht anschuldigend, sondern besorgt. »Wenn das geklärt ist, würde ich mal auf der Arbeit anrufen und Bescheid sagen, dass ich doch komme.«

»Entschuldige, dass du wegen mir nicht gehen konntest«, flüstere ich. Die Schuldgefühle machen sich in mir breit wie ein alter Freund auf meiner Couch. Eine Last ist das Letzte, was ich sein möchte. Vor allem nicht für die Jungs, die sich so viel Mühe geben. Ich war die erste Frau in ihrer WG, weswegen sie sich zu Anfang wie um einen Hundewelpen um mich gekümmert haben – überfordert, unterstützend, mit allergrößter Vorsicht. Sie haben mich in ihre Mitte aufgenommen, und ich könnte mir keine andere Familie vorstellen, während meine eigentliche vor meinen eigenen Augen zerbricht.

»Zelal«, sagt Talhah mahnend und steht auf. »Das ist nichts, wofür du dich entschuldigen solltest. Ich bin einfach nur heilfroh, dass es dir gut geht.« Beim Vorbeigehen streicht er mir über den Kopf wie ein Vater. Mir kommen die Tränen, die ich gekonnt unterdrücke. Ihnen noch mehr Sorgen zu bereiten, könnte ich mir selbst nicht verzeihen.

Evren beißt sich auf die Lippe, den Blick auf die Tür hinter mir gerichtet, aus der Talhah in den Flur getreten ist. »Ich müsste auch langsam los.«

Atlas schnaubt und wirft sich eine weitere Praline in den Mund. »An einem Sonntag?«, fragt er mit vollem Mund, worauf Evrens Wangen rot werden. »Mach mit deinem Lover im Auto rum und entkomme dieser unnötig angespannten Lage. Im Namen von uns allen.«

»Ich –«, will sie widersprechen, wird jedoch von Talhahs Rufen unterbrochen: »Kommst du, *hayatım*?«

Sie streicht sich nervös die Haare hinter die Ohren und steht fast schon roboterhaft aus. »Dann … bis …«

Mein Türkisch ist gut genug, um Talhahs Kosenamen zu verstehen, und ich finde ihn niedlich. *Mein Leben.* Er war schon immer der hoffnungslos romantisch Veranlagte unter uns. Dass er dabei auf Evren gestoßen ist, die manchmal nicht emotional gehemmter sein könnte, muss Fluch und Segen zugleich sein.

Evrens Wangen färben sich dunkler, falls das möglich ist.

Atlas verzieht das Gesicht. »Ihr seid echt die schmierigsten Romantiker, oder?«

»Bis zum nächsten Mal«, piepst sie, umrundet den Tisch und beugt sich zu mir, um mir einen Kuss auf die Wange zu drücken. Atlas zeigt sie den Mittelfinger.

»Hey!«, reagiert er semibeleidigt, während sich Yousef vor Lachen nicht einkriegen kann.

»Sag doch einfach, dass du eifersüchtig bist, Bruder«, neckt Yousef ihn, weswegen er genervt dreinblickt.

»Bin ich nicht.« Atlas nimmt die Schüssel voller Schokolade mit, als er aufsteht. An der Tür bleibt er stehen und dreht sich ein letztes Mal zu uns um. »Ich will keine Beziehung, ich habe außerdem auch keine Zeit für so was Anstrengendes. One-Night-Stands, das wars.«

Yousef kann es nicht wirklich ernst nehmen. »Mhm … rede dir das ruhig ein.«

Ich falte meine Hände in meinem Schoß und weiß nicht, wohin mit mir. Soll ich aufstehen und gehen? Soll ich mich mit Yousef unterhalten, der sich anscheinend extreme Sorgen gemacht hat? Was ich unbedingt tun muss, ist Saf anrufen.

»Es tut mir leid«, sage ich. »Es war nicht meine Absicht, dir Angst zu machen.«

Augenblicklich lässt er die Schultern sinken. »Ich sorge mich. Immer. Um alle. So bin ich. Ich wünsche mir einfach, dass es dir gut geht. Auch wenn das etwas ist, das du nicht unbedingt willst.«

NEUNUNDZWANZIG | BÎST Û NEH

Zelal

Musik läuft leise im Hintergrund, und Socke liegt gemütlich auf der fertigen Decke, während ich den Pullover weiterstricke.

»Weißt du?«, sage ich. »Du haarst meine Projekte voll. Dein Fell geht nie aus der Wolle raus.«

Mein Gesagtes kümmert ihn jedoch nicht. Er macht es sich gemütlicher und leckt sich frech über die Schnauze.

»Wir sollten dir wieder den Billigfraß geben«, zische ich, obwohl ich es nicht ernst meine und er mich nicht versteht. Vor einem Monat hatte er eine allergische Reaktion auf sein normales Futter, was uns Sorgen bereitet hat. Wir vier standen nie schneller auf der Matte, als Talhah in die Gruppe geschrieben hat, dass Socke Blut kotzt. Nach zwei Trips zum Tierarzt und fünfhundert Euro ärmer haben wir herausgefunden, dass er dramatisch ist und eine Allergie gegen Hühnchen entwickelt hat. Aus dem Nichts. Jetzt bekommt er vom Tierarzt verschriebenes Futter, das sich in alle unsere Portemonnaies gräbt – vor allem Talhahs.

Ich habe Saf versprochen, dass wir uns heute im Café treffen – nach meinem Seminar und den zwei Stunden, die ich bei Levi arbeiten muss. Die letzten Tage habe ich mich zurückgezogen und bin ihr den Kaffee definitiv schuldig. Es passt mir auch gut in den Kram, weil ich danach dort eine Schicht habe. In Levis Büro will ich trotzdem nicht. Weil ich nicht einschätzen kann, was mich erwartet. Wird er wieder wie vorher sein? So tun, als hätte er mich nicht gegen seine Brust gedrückt und mich geküsst? Mir gesagt, wie schön er meine Haare findet und dass ich sein kleines Geheimnis bleiben soll? Es ist peinlich, dass ich auch jetzt Ja sagen würde, sollte er mit dieser belegten, rauchigen Stimme fragen. Weil ich viel zu tief drinstecke, um umzudrehen.

Seufzend lasse ich die Stricknadeln in meinen Schoß fallen und raufe mir die Haare. Das alles bringt *nichts*. Ich kann mich nicht jede gottverdammte Sekunde meines Lebens von irgendwelchen Gefühlsduseleien beeinflussen lassen, während mein Studium und die Jobs an vorderster Stelle stehen sollten. Schließlich habe ich nicht umsonst ein Semester verlängert. Ich wollte während des sechsmonatigen Praktikums nicht ohne Geld sein. Also muss ich mich zusammenreißen und bei Levi aufkreuzen, um zu arbeiten. Ich brauche die Kohle dringender als einen Mann – Ersteres hat mich zumindest nie enttäuscht oder ausgenutzt.

Ich brauche ihn nicht. Ich brauche ihn nicht. Ich *will* ihn nicht.

Das Wochenende war ein riesiger Fehler. Ich gehe normalerweise nicht feiern, ich trinke keinen Alkohol … ich verliebe mich nicht in meinen Dozenten.

Tief durchatmen. Ich schaffe das. Nur drei Monate, in denen ich Levi begegnen muss. Danach werde ich meine Masterarbeit schreiben und Teilzeit arbeiten. Irgendwo. Ich nehme alles, was mich nimmt. Ich muss weder ihm noch mir Steine in den Weg legen. Es sind mickrige zwölf Wochen im Semester übrig. Was kann schon passieren, das sich nicht aufhalten lässt?

Ich stehe vom Bett auf, lege die Nadeln und die Wolle auf die Matratze und reiße Socke dabei aus dem Schlaf. Mit angelegten Ohren schaut er mich an, als hätte ich ihm gesagt, dass ich ihn vor die Tür setze.

»Entschuldige«, murmle ich und streiche kurz über sein Fell, bevor ich mich für die Uni fertig mache. Heute Nacht konnte ich nicht schlafen, was sich anhand tiefer Augenringe bemerkbar macht, die nicht einmal mein dickster Eyeliner oder Concealer je überdecken könnten.

Ich packe die letzten Dinge in meine Tasche, als mein Handy klingelt. *Anne.* Das Letzte, was ich will, ist mit ihr reden. Ich bin meiner Familie und dem Kontakt zu ihr aus dem Weg gegangen, weil ich nicht an den miserablen Abend erinnert werden möchte. Viele mögen das als Vermeidungsverhalten bezeichnen, für mich gibt es keine andere Art, damit umzugehen. Hier in Berlin kann ich vor meinen Problemen abhauen. Vor Problemen, für die es keine Lösung gibt.

Das Klingeln hört nicht auf, sodass ich mich gezwungen sehe, ranzugehen. »Hallo?«

Ich schultere meine Tasche und streiche über Sockes Fell, den meine bekackte Lage nicht zu interessieren scheint.

»Hey«, murmelt meine Mutter. »Wie geht es dir?«

»Den Umständen entsprechend«, presse ich hervor.

Mir geht es gut. Ich bin okay. Ihr Anruf ist völlig unnötig und wird nichts an der Situation ändern. Mein Vater hat mir schon gesagt, dass alles beim Alten bleibt.

»Warum hast du auf keine meiner Nachrichten reagiert? Ena hat dir oft geschrieben.«

»Weil …« Ich halte inne. Soll ich ihr die Wahrheit sagen, wenn sie niemanden interessiert? »Weil es sowieso keinen Sinn hat. Alles bleibt so, wie es war. Ignoriert mich, behandelt mich wie eine Tochter, die ihr nie wolltet. Wie immer.«

Ich setze mich wieder auf mein Bett und kann schwerlich den Kloß herunterschlucken, der sich im Hals bildet. Das ist das, was am meisten wehtut. Mir wurde die schrecklichste Wahrheit meines Lebens offenbart, und nichts hat sich geändert. Ich wurde früher konstant wie ein Kind behandelt, das man nicht wollte. Dass ich einer Affäre entsprang, macht meine jetzige Situation weder schlechter noch besser. Ich bin nach wie vor Zelal. Die Zelal, die nie genug war.

»Schatz«, seufzt meine Mutter. »Du weißt, so empfinden wir nicht.«

Meine Unterlippe zittert. »Nein, nein … das weiß ich nicht.«

Die etlichen großen Geburtstagsfeiern für meine Schwester und meine einsamen am Küchentisch mit *anne* waren Beweis genug.

»Du weißt, so empfinde *ich* nicht«, flüstert sie.

»Was willst du von mir?«

»Du bist meine Tochter. Mein Kind, mein –« Sie stockt, als wüsste sie nicht, was sie sonst sagen kann. Was diese Beziehung kitten könnte. »Ich liebe dich. Und das ändert sich nicht, weil etwas rausgekommen ist, das keine Rolle mehr spielt.«

Ich beiße mir auf die Lippe, um das Zittern zu unterdrücken, und vergrabe meine freie Hand in Sockes Bauch, auf der Suche nach Halt. »Für dich spielt das keine Rolle, aber ich weiß jetzt, warum *baba* mich gehasst hat.«

»Er hasst dich nicht«, widerspricht sie schwach, woraufhin ich trocken auflache.

»Oh? Liebt er Ena einfach mehr? Ist es das?« *Ich brauche seine Liebe nicht, ich brauche seine Anerkennung nicht, ich brauche seine Unterstützung nicht.*

»Er war kein … ist kein guter Vater, das weißt du. Dich hat er aus dem Blick verloren und seine ganzen Erwartungen auf Ena fokussiert. Sie zerbricht unter seinem Druck ähnlich wie du unter Vernachlässigung.«

Socke streckt sich, um von meiner Berührung loszukommen, sodass ich die Hand wegziehe und meinen Arm umgreife. »Was willst du mir damit sagen? Dass du eine schlechte Mutter warst und keine deiner Töchter vor deinem Mann schützen konntest?« Diese Worte gehen zu weit, aber ich habe längst die Grenze des Respekts hinter mir gelassen.

Sie atmet tief durch, bevor sie spricht: »Du hast jedes Recht, wütend auf mich zu sein.«

»Warum hast du ihn nicht verlassen?« Das ist die Frage, die ich mir von klein auf stelle. Warum ging sie nicht, als sie realisierte, dass ihr Mann kein Vater ist, sondern ein Narzisst, der seinen Interessen immer Vorrang geben wird?

Eine ganze Weile ist es still. »Weil … weil … ich wollte, dass es funktioniert! Er hat mir jedes Mal versprochen, dass es besser wird. Er ist euer Vater. Ihr solltet nicht ohne ihn aufwachsen.«

»Er ist nicht mein Vater«, flüstere ich. Die ersten Tränen bahnen sich ihren Weg auf meine Wangen, sodass ich alles daransetzen muss, damit meine Mutter nichts hört.

»Es tut mir leid, Zelal«, sagt sie. »Der Seitensprung war mein Versuch, seiner Kontrolle zu entfliehen. Ich wollte keins meiner Kinder mit reinziehen.«

Ich verstehe das. Mir ist bewusst, dass es nicht einfach ist, mit meinem Vater verheiratet zu sein, aber das entschuldigt nicht ihre Apathie.

»Wer war es?«, frage ich leise.

»Irgendein Typ … ist das wichtig?«

Eigentlich nicht. Eigentlich ist es mir egal. Ich möchte ihn nicht kennenlernen und dem Traum einer möglichen Familie hinterherrennen. Die Wahrscheinlichkeit, dass es ihn interessiert, ist gering. Da ist Hoffnung, die ich auf etwas verschwende, das mir das Herz brechen wird. Meine *richtige* Familie ist hier.

»Was für ein Mensch war er?«, murmle ich. Damit ich weiß, ob er besser als mein Vater ist. Ob ich ihm ähnlicher bin. Ähnlicher als einem egozentrischen, gemeinen Mann, der mich nie gesehen hat.

Meine Mutter seufzt geschlagen. »Er war mein Ex-Freund aus der Uni. Wir hatten uns zum ersten Mal seit Langem wiedergesehen, und eins hat zum anderen geführt.«

»Er war nicht vergeben? Er hat niemanden betrogen?« Vielleicht ist Betrügen einfach in meiner DNA. Deswegen bade ich das heute mit Partnern aus, für die ich nichts weiter als eine nebensächliche Liebelei bin.

»Nein«, nuschelt *anne.* »Es war ein einziges Mal, und ich habe nichts mehr bereut. Ich liebe dich. Dich bereue ich natürlich nicht. Nur diese Umstände.«

Ich wische meine Tränen weg und atme durch. »Ist er ein besserer Mensch als *baba*?«

»Nein«, sagt sie wie aus der Pistole geschossen. »Ich habe keine gute Erfolgsbilanz, was Beziehungen angeht. Er war ein Ausrutscher, nicht du.«

Ich hätte es ahnen müssen. Natürlich lässt mich jeder Mann in meinem Leben im Stich. Auf keinen kann ich vertrauen, aber das muss ich nicht. Wenn ich eins gelernt habe, dann, dass ich mein Leben allein zu meistern weiß. Es gibt Momente, in denen ich ins Stolpern gerate, vor Hürden stehe, die unüberbrückbar wirken. Aber ich schaffe es. Am Ende schaffe ich es ohne einen Vater oder Familie, mit der ich nicht mehr als das Blut in meinen Adern teile.

Ich habe Mitbewohner, die sich solche Sorgen um mich machen, dass sie ein ernstes Gespräch mit allen zusammen organisieren. Die mir den Alkohol abknöpfen, weil sie mich in Sicherheit wissen möchten. Die mich aufhalten würden, sollte ich mich in einer toxischen Beziehung wiederfinden. Die mich deswegen nicht als ›Schlampe‹ abstempeln würden wie mein Vater. Die mich nicht anstrengend finden wie meine Familie.

Blut ist eben nicht dicker als Wasser.

»Okay«, antworte ich. »Wars das?«

»Zelal –«

»Ich muss zur Uni.«

Sie seufzt. »Du weißt, dass ich dich liebe, oder?«

»Ja«, sage ich und meine es auch so. Ich glaube, sie denkt, dass sie mich liebt. Dass eine kaputte ganze Familie besser ist als eine heile halbe. Jetzt bin ich erwachsen genug, um zu erkennen, dass das nicht stimmt. Meine Mutter hat versucht, das Beste aus ihrer Situation zu machen. Ich bin auf halber Strecke liegen geblieben, und das war ein Opfer, das sie hingenommen hat. Sie wusste es nicht besser, aber mit dreiundzwanzig weiß ich es – und angebliche Liebe, die ich konstant hinterfragen muss, ist keine Liebe, die ich verdiene.

Ich möchte ehrlich, innig und *komplett* geliebt werden. Das ist das, was ich verdiene. Wenn meine Blutsfamilie das nicht erfüllen kann, suche ich mir meine Wunschfamilie. Eine Familie, die mich nicht nur mit Konditionen ins Herz schließt, sondern mich *trotz* meiner Fehler liebt.

DREISSIG | SIH

Zelal

Die Fahrt zur Uni fühlt sich zum ersten Mal kurz an. Berlin verwandelt sich von Tag zu Tag mehr in eine Ansammlung gräulicher Gebäude, ausgelöst durch den Frost. Die Menschen drängen sich in das warme Innere der U-Bahn, und ich möchte umdrehen. Mich in mein Bett hauen und das Gespräch mit meiner Mutter aus meiner Erinnerung verbannen.

Das Sahnehäubchen auf diesem miserablen Tag ist, dass ich Levi sehen werde. Das ist alles, was ich will, und zugleich das Letzte, was ich meinem zerbrechlichen Herzen antun könnte. Zu merken, dass für ihn alles zurück beim Alten ist und ich die Einzige bin, die Schwierigkeiten mit unserer Situation hat, würde mich fertigmachen. Aber es führt kein Weg daran vorbei, also steige ich an meiner Station aus, eile mit anderen Studierenden zur Veranstaltung, schlüpfe in den halb leeren Raum und versuche, zuzuhören.

Ich bin schon gestern nicht in Levis Seminar aufgekreuzt, weil ich ihn gemieden habe. Die Arbeitsstunden kann ich jedoch nicht sausen lassen. Einfach durchkämpfen, bis es nicht mehr komisch ist – nicht mehr wehtut. Vielleicht schweigt er, und ich kann so tun, als wäre das Wochenende nicht geschehen. Egal wie sehr es schmerzt. Egal wie sehr ich mir etwas anderes wünsche.

Gedanklich bereite ich mich das ganze Deutschseminar lang auf das Zusammentreffen vor. Wiege mich in dem Glauben, dass ich es schaffen könnte. Bis ich im Büroflur stehe und Levi sehe. Seine Tür ist sperrangelweit offen. Er steht im Rahmen, während er sich mit Jana unterhält. Der oversized Mantel versteckt sein Outfit, aber ich bin mir sicher, dass er ein Hemd anhaben muss. Natürlich steht er nicht oberkörperfrei im Institut …

Die selbst gedrehte Zigarette wandert zwischen seinen Fingern hin und her, und die Kaffeetasse dampft, als er sie an die Lippen führt. Die Lippen, die vor wenigen Tagen auf meinen lagen. An deren Wärme ich mich erinnere.

Ich kann nicht mit ihm in seinem Büro sitzen. Ich kann einfach nicht. Kurzerhand entscheide ich mich, im Büro der studentischen Hilfskräfte zu arbeiten. Ich muss Forschende wegen irgendwelcher Bücher und Quellen anschreiben. Levi hat mir eine Liste geschickt. Das funktioniert auch im anderen Raum. Weit weg von ihm.

Mit klopfendem Herzen und klammen Händen gehe ich auf unser Büro zu. Levi wendet den Blick von Jana ab und richtet ihn für einen Augenblick auf mich. Er strafft die Schultern, und die Hand mit dem Kaffee sinkt. »Zelal«, ruft er mir nach, doch ich ignoriere es.

Ich kann das nicht. Ich *kann* das nicht. Nicht jetzt, nicht morgen, nicht bald. Ich brauche Abstand, um über ihn hinwegzukommen. Das geht nicht, wenn er mir konstant unter die Nase reibt, dass er mir nahe und zeitgleich unerreichbar ist.

Zu meiner Enttäuschung ist das Büro wieder einmal überfüllt, und ich könnte Cecil für die schlechte Organisation anschreien. Drei der neuen Hilfskräfte haben sich an einen Tisch gequetscht, während Felix den anderen für sich einnimmt.

»Hi«, sagt er.

Es hätte nicht schlimmer kommen können. Ich habe die Wahl zwischen Pest und Cholera. Entweder bleibe ich hier mit Felix, den ich nicht mehr sehen möchte, oder gehe zu Levi, an dessen Anblick ich mich nicht sattsehen kann, aber den ich nicht haben darf.

Ich ignoriere Felix' Begrüßung und setze mich neben der Tür auf den Boden. Dadurch sehe ich ihn nicht direkt und kann ihn ignorieren. Vielleicht ist seine Nähe doch angenehmer als Levis. Mein Herz kommt mit Grenzen besser klar als mit Ungewissheit. Mir ist bewusst, wie ich mit Felix umzugehen habe. Levi auf der anderen Seite ist eine Frage, deren Antwort unklar ist. Bei der ich nicht weiß, ob ich sie hören möchte.

Auf meiner Unterlippe kauend ziehe ich den Arbeitslaptop aus meiner Tasche und mache mich an die Dutzenden Mails, die abgeschickt werden müssen. Die neuen Hilfskräfte unterhalten sich mit gesenkten Stimmen. Ob sie die Anspannung zwischen Felix und mir spüren können?

»Zelal«, setzt er wieder an, doch ich unterbreche ihn, ohne aufzuschauen.

»Lass mich in Ruhe.«

Plötzlich legt sich eine einengende Stille um uns alle, aber das könnte mich nicht weniger kümmern. Ich ignoriere sie, weil sie nicht mein Problem ist. Ich bin nicht schuld daran. Felix hätte mich niemals angehen sollen. Außerdem habe ich heute keinen Kopf für die kleinen Unannehmlichkeiten meines Lebens. Dafür sind sie zu unbedeutend im Vergleich zu allem anderen, was passiert ist.

Die Tür neben mir wird aufgerissen, weswegen ich zusammenzucke.

»Zel-« Levi hält abrupt inne und schaut verwirrt in die Runde, bis er sich leicht zu mir herunterbeugt. Er zieht fragend die Augenbrauen zusammen, bevor er weiterspricht. »Hätten Sie eine Minute, Zelal?«

Meine Finger ruhen auf der alten Laptoptastatur, unfähig, ein Wort zu tippen. Wenn ich Nein sage, werden es die anderen auffällig finden. Ich habe schon eine Szene verursacht, eine weitere kann ich mir nicht erlauben. Aber mit Levi zu reden, fühlt sich in diesem Moment genauso schlimm an.

»Bitte?« Er hört sich verzweifelt an.

»Okay.« Ich klappe den Laptop zu und schultere meinen offenen Rucksack. »In deinem … Ihrem Büro?«

»Ja.« Er öffnet die Tür weiter, sodass ich an ihm vorbei aus dem Raum schlüpfen kann.

Mit Vorsicht schließt er die Tür hinter uns. Er geht voraus in sein Büro, das wie immer ordentlich ist. Seine Jacke hängt an dem Haken, der Schreibtisch ist aufgeräumt, und ich hasse mich dafür, dass ich mich hier wohlfühle. Am liebsten würde ich mich auf den Lesesessel pflanzen und in Ruhe arbeiten. Die meiste Zeit darf ich sogar meine Musik laufen lassen, die Levis Tippen begleitet.

»Du hast gestern gefehlt«, sagt er und lehnt sich gegen den Tisch.

»Ja, habe ich.«

»Warum?«

»Keine Ahnung.« Ich weiß ganz genau, warum ich nicht da war, jedoch kann ich ihm das nicht verraten. Nicht, wenn das alles zwischen uns schlimmer machen würde.

»Das ist das zweite Mal. Beim nächsten Fehlen kann ich dir die Credits nicht geben«, stellt er monoton fest.

»Aber …«, versuche ich, zu widersprechen. »Ich habe das letzte Mal meine Arbeit abgegeben … und du … du hast mich nach Hause geschickt!«

Er zuckt mit den Schultern. »Und du hast gesagt, dass ich die Anwesenheitsliste führen soll, weil es sonst unfair den anderen gegenüber wäre. Du hattest recht.« Für einen Moment huscht sein Blick an mir herunter, bevor er mir ausdruckslos ins Gesicht schaut. »Du weißt, ich diskutiere weder Noten noch Creditpoints. Auch nicht mit dir.«

Mein Mund steht offen. »Ich … Levi …« Was passiert hier? »Hast du mich deswegen in dein Büro gerufen? Um mich zu schelten?«

Gerade erscheint mir Felix' Anwesenheit wie ein Gottesgeschenk. Levis gleichgültige Miene und die scharfen Worte schneiden tiefer. Hätte er mich wie immer behandelt, hätte es weniger wehgetan.

»Warum gehst du mir aus dem Weg?«

»Das tue ich nicht«, sage ich überrumpelt. Es ist eine glatte Lüge. Liegt die ehrliche Antwort nicht auf der Hand? Dafür, dass er einen Doktor hat, stellt er sich nicht gerade clever an.

»Zel, lüg mich nicht an«, seufzt er und kommt auf mich zu. »Was ist los?« Er bleibt vor mir stehen, hebt die Hände und lässt sie wieder fallen. Als wäre er unschlüssig, wüsste nicht mit mir umzugehen, obwohl seine Finger das Einzige sind, was ich auf meiner Haut spüren möchte.

»Ist das nicht offensichtlich?«, frage ich heiser und streiche mir fahrig die Haare aus dem Gesicht. »Mir fällt es schwerer, das zwischen uns zu ignorieren.« Was ist *das* überhaupt? Nichts, außer flüchtige Küsse hinter vorgehaltener Hand, versteckt vor fremden Blicken. Vielleicht ist es genau das, was es interessant macht. Das Verbotene, das Falsche, die Gefahr.

Levi sackt in sich zusammen, und sein stoischer Gesichtsausdruck verliert an Stärke. »Denkst du, ich finde es einfach?«

Mein Mund ist schneller als mein Kopf. »Du siehst nicht aus, als würdest du dir Gedanken machen.« Während ich mich mit Bauchschmerzen an die Universität kämpfen musste, wirkt er wie immer gefasst.

»Verdammt, Zel«, zischt er und kommt mir näher, sodass unsere Gesichter nur wenige Zentimeter trennen. »Ich habe die letzten achtundvierzig Stunden an nichts anderes denken können als an dich. Dein Lachen. Deine Scheißtrauer. Ich habe gestern keinen verfickten Satz im Seminar bilden können, ohne über meine Wörter zu stolpern, weil ich gehofft habe, dass du aufkreuzt. Ich habe mir so viele Sorgen gemacht, dass ich kurz davor war, dich anzurufen, bevor ich mich besonnen habe. Ich …« Er schnaubt. »Das hier soll ein ernstes Gespräch sein, und das Einzige, was mir durch den Kopf geht, ist, dass du die gleiche Hose wie bei deinem Vorstellungsgespräch anhast. Und wie unverfroren ich dir hinterhergestarrt habe, als du dich umgedreht hattest. Wie peinlich mir das war. Wie sehr ich dich will, Bambi.«

»Das –«

Er flüstert: »Jede Sekunde mit dir ist eine Geduldsprobe, und der Faden ist kurz davor, zu reißen. Du bist die größte Versuchung, der ich je widerstehen musste, und du realisierst es nicht einmal.«

»Warum können wir es nicht zulassen?«, frage ich mit belegter Stimme. »Es sind ein paar Wochen, bis die Vorlesungszeit vorbei ist. Niemand muss es erfahren und –«

Bevor ich den Satz beenden kann, drückt er seine weichen Lippen gegen meine. Ein Hauch von Minze liegt schwach auf seiner Zunge. Mein Gedankenkarussell hält endlich inne. Die Was-wäre-wenns spuken nicht mehr in meinem Schädel. Ich hinterfrage nicht jeden Gedanken, den ich habe. Nicht jedes Gefühl, das durch meine Adern fließt. Stille beansprucht mein Innerstes für sich, nistet sich inmitten von Zweifeln und Angst ein. Sicherheit umhüllt mich.

Ich grabe meine Finger in sein dichtes Haar, und er zieht mich näher an sich. Vergessen sind die Ängste und Sorgen, die mich plagen. Die mich alles hinterfragen lassen. Die mich heute fast davon abgehalten hätten, an die Uni zu kommen. Die mich gestern dazu gezwungen haben, blauzumachen.

Ich spüre Ruhe, Geborgenheit und Levi. Er zieht mich erneut zu sich, stolpert zurück, aber das interessiert uns beide wenig. Die kleine Narbe an seiner Oberlippe ist mir mittlerweile vertraut.

Abrupt bleibt er stehen und trennt sich kurz von mir, um Platz auf dem Sessel zu finden. »Komm«, raunt er. Mehr muss er nicht sagen. Seine Hände schließen sich um meine und ziehen mich zu ihm.

Ich will nicht, dass er wie sonst aus dem Moment aufschreckt und realisiert, dass wir das hier nicht dürfen. Dass es besser wäre, die Beziehung professionell zu gestalten. Denn genau das passiert jedes Mal, wenn Levi merkt, worin er sich verfährt. Also leiste ich ihm still Folge und setze mich auf seinen Schoß. Schließe die Augen und lege meine Lippen auf seine. Küsse ihn, als wäre es das einzig Richtige. Dieses Hin und Her, das Heiß und Kalt, halte ich nicht mehr aus.

Falls er sich Gedanken macht, lässt er es sich nicht anmerken. Er küsst mich genauso stark zurück, umgreift meine Hüften, und ich spiele mit seiner Krawatte, die sich nicht mehr falsch anfühlt.

Nichts ist mehr falsch. Kein Warnsignal geht in meinem Hirn an und bettelt um Aufmerksamkeit. Doch selbst wenn – ich bekäme es längst nicht mehr mit. Viel zu sehr bin ich auf den Pfefferminzgeschmack, seine Zunge und seinen Herzschlag unter meinen Handflächen fokussiert. Vergessen ist meine zerbrochene Familie. Mein zerbrochenes Innerstes.

Seine Hände halten mich zusammen. Sie verdecken all die Risse, die das Leben in mir hinterlassen hat. Hemingway hat mal gesagt, dass wir alle gebrochen sind, wodurch das Licht in uns hineingelangt. Ich weiß nicht, ob das pure Naivität oder kindliche Hoffnung war. Denn ich hatte immer das Gefühl, dass die Risse nichts als Lecks im

Boden eines Bootes sind. Immer und immer mehr Wasser strömt herein. Egal welches Loch man versucht zu flicken, das nächste lässt die Wellen wie willkommene Gäste eintreten. Egal was man tut, das Ertrinken ist unaufhaltsam. Egal was *ich* tue, ich schlucke Wasser, das meine Lungen flutet.

Zum ersten Mal habe ich das Gefühl, nicht mehr unterzugehen.

Levi trennt sich von mir und lehnt die Stirn gegen meine. Seine Augen bleiben auf mich gerichtet, sein Blick wandert mein Gesicht hinunter, während seine geröteten Wangen das einzige Zeichen für unser Unterfangen sind. »Niemand, okay?«, fragt er atemlos. »Niemand darf das erfahren. Keine Seele.«

Ich lecke mir über die Lippen und nicke hektisch. »Niemand.«

»Versprochen?« Er löst eine Hand von meiner Hüfte und zeichnet meine Gesichtskonturen nach, bevor er eine gefärbte Strähne hinter mein Ohr steckt. »Bitte, Zel. Keine einzige Person, egal wie sehr du ihr vertraust.«

»Versprochen«, antworte ich vorsichtig. »Du bleibst mein kleines Geheimnis.«

Bei diesen Worten muss er lächeln. »Nichts lieber als das.«

EINUNDDREISSIG | SIH Û YEK

Zelal

Die alkoholfreie Sektflasche, die ich aus dem nächsten Discounter gekauft habe, liegt schwer in meiner Hand, als ich in das Café eintrete. Saf wartet schon an einem Tisch auf mich und ist ganz in ihr Handy vertieft.

»Hey«, murmle ich und kräusle die Nase. »Sorry für die Verspätung. Jakab hat mich echt eingespannt.«

Sie seufzt. »Wie immer?«

Ihre roten Twists schimmern warm in der Herbstsonne, und die aufgemalten Sommersprossen könnten bei niemand anderem so gut aussehen, wie sie es an Safs Nase tun. Sie wirkt wie eine kleine Fee mit den verschiedenen Lagen Kleidung und goldenen Piercings.

»Ja … Literaturrecherche«, sage ich schulterzuckend, was eine glatte Lüge ist. Es war eher … Körperrecherche. Jetzt könnte ich im Schlaf Levis Lippen beschreiben und erklären, dass seine Hände nicht ruhen können, wenn man ihn küsst, er sich trotzdem zurückhält, um mich nicht zu verunsichern.

»Hat dieser Typ sonst nichts anderes zu tun?«, fragt sie augenrollend, bevor ihr Blick zur Flasche zuckt. »Zelal …«

Abwehrenden hebe ich die Hände und somit den Sekt. »Alkoholfrei, versprochen!«, wehre ich mich. »Zur Feier deines Stipendiums.«

»Oh … vom ganzen Stress habe ich das total vergessen.« Ihre harten Gesichtszüge erweichen. Ich stelle das Getränk auf den Tisch und spaziere zum Tresen, hinter dem Kiara steht.

»Hi«, sage ich schnell, woraufhin sie mir hektisch zunickt. Das Café läuft wieder einmal über, sodass ich sie nicht in ein Gespräch verwickle, sondern nach zwei Pappbechern greife und zurück zu Saf gehe. »Rate mal, wie viel Bock ich aufs Arbeiten gleich habe?«

Sie öffnet die Flasche, während sie die Lippen zu einem Strich zusammenpresst. »So gar nicht?«

»Exakt«, summe ich wenig begeistert.

»Verständlich. Von Jakab direkt hierhin.« Sie dreht den Kopf zur Tür, die offen steht, da sich die Schlange bis nach draußen erstreckt. »Es gibt definitiv Besseres.«

Ich bin auf Wolke sieben und wäre länger bei ihm geblieben, hätte ich gekonnt. Aber das darf ich meiner besten Freundin nicht verraten, weswegen das schlechte Gewissen sich bemerkbar macht. Ich halte viel vor ihr geheim und verstricke mich immer weiter in ein Lügennetz. Aus diesem Schlamassel komme ich nicht mehr heil heraus, aber das verliert an Bedeutung, wenn ich mir Levis Lippen in Erinnerung rufe.

»Lass uns nicht über meine Misere reden.« Ich setze mich auf den Platz ihr gegenüber und schiebe beide Becher zu ihr, damit sie sie auffüllen kann. »Wir wollen feiern! Willst du vielleicht auch einen Kaffee? Ich kann uns schnell welchen machen.«

Das ist das Gute, wenn man hier arbeitet – immer Zugriff auf ausgezeichneten Kaffee, und das umsonst.

Saf schüttet uns beiden etwas in die Becher. »Ein Espresso wäre nicht schlecht. Ich muss gleich in die Bibliothek, um an einer Hausarbeit für Englisch zu arbeiten.«

Bei diesen Worten möchte ich mir die Ohren zuhalten und mich vergraben. Ich habe so viele Abgaben, die auf mich warten, dass ich nicht weiß, wie ich alles unter einen Hut bekommen soll.

»Lass uns auch nicht über die Uni reden!«

»Okay … was gibt es anderes zu erzählen?« Sie lacht und tippt sich nachdenklich gegen das Kinn. »Ich habe mir wieder Dating-Apps heruntergeladen und treffe mich übermorgen mit einer Kunststudentin.«

Ich muss mit der Sonne um die Wette strahlen, so sehr, wie meine Mundwinkel beim Lächeln wehtun. »Wie schön! Was habt ihr vor?«

Sie nippt an dem Getränk und spielt mit ihren Acrylnägeln, um die ich sie die meiste Zeit beneide. Sie hat gelernt, sie sich selbst zu machen, und ihre Designs sind über die Zeit immer ausgefallener geworden. Tausendmal hat sie mir schon angeboten, mir die Nägel zu machen, aber ich kann mit ihnen nicht tippen, während sie sich davon nicht stören lässt. Also bleibt es für mich beim abgeplatzten schwarzen Nagellack.

»Wir gehen auf den Kunstflohmarkt, und danach töpfern wir Kaffeetassen. Sie meinte, es gibt einen sehr guten Crashkurs in der Nähe ihrer Hochschule.«

Ich nehme auch einen Schluck vom Sekt, der eher nach verdünntem Saft schmeckt. »Das hört sich nach einem richtig schönen Date an. Das hast du dir nach den Erfolgen verdient. Ich will alle Details!«

»Abgemacht.« Ihr Grinsen wird breiter, und ich möchte sie knuddeln. Niemandem gönne ich eine schöne Beziehung mehr als meiner besten Freundin. »Hast du vor, mal wieder in die Szene zu gehen?«

»Ich?«, frage ich überfordert und verstecke mich hinter meinem Becher, was Saf nicht witzig findet, denn ihre Miene wird ernst. »Mir geht es gut … ich brauche niemanden.«

Das ist eine Unwahrheit, die ich mir konstant selbst auftische, als könnte ich nicht meine eigenen Wünsche durchschauen. Natürlich ist das Leben allein schön und lebenswert. Single muss ich mir keine Gedanken darum machen, warum ich die Person liebe – kann mich selbst nicht gaslighten. Aber jeder wünscht sich jemanden an seine Seite, der das eigene Leben besser macht. Ich brauche keinen Mann, um mich vollständig zu fühlen – ich bin gut, wie ich bin. Auch wenn es Momente gibt, in denen ich das nicht immer glaube. Eine Beziehung jedoch könnte die Probleme niemals lösen, die ich mit mir selbst habe. Trotzdem wünscht man sich einen Menschen, der einen mit all den schönen und hässlichen Seiten akzeptiert, die man zu bieten hat. Eine endlose, immerwährende Liebe, unabhängig von der eigenen Vergangenheit.

»Ich meine auch nicht, dass du jemanden *brauchst*«, sagt Saf. »Ich finde nur, dass du jemanden *verdienst*, der dich auf Händen trägt.«

Bei den Worten kann ich ein Lachen nicht unterdrücken. »Das

werde ich in mein Datingprofil packen. Damit jedem klar ist, mit was sie es zu tun haben, wenn sie bei mir rechts swipen.«

»Finde ich auch!«, sagt sie laut genug, dass sich einige in der Schlange zu uns drehen. »Wie war es denn mit diesem Typen von der Party?«

Bei ihren Worten muss ich schlucken. Eine weitere Lüge, die mir im Nacken sitzt und die ich nicht loswerden kann. Die ich weiterspinnen muss, obwohl ich lieber schweigen würde. Um mich und Levi zu schützen. Das bisschen, was zwischen uns entsteht.

Ich zucke abgelenkt mit den Schultern und nehme einen Schluck vom lauwarmen Sekt. »Ganz okay.«

Saf hebt die Augenbrauen. »Mehr Details, bitte.«

»Ich weiß nicht, was ich erzählen soll!«, sage ich. »Nichts ist passiert. Atlas hat mich am nächsten Tag abgeholt. Das wars.«

»So rein gar nichts?«

»Ja«, nuschle ich. »Ist das unglaubwürdig?«

»Im Allgemeinen? Ja.« Sie hält kurz inne und wiegt den Kopf. »Bei dir? Überhaupt nicht.«

Ich verdrehe die Augen. »Danke, das ist lieb von dir.«

Meine Intimitätsprobleme sind weniger beängstigend, wenn wir uns darüber lustig machen können und dabei ignorieren, was wirklich in meinem Leben abgeht. Dass sie wegen einer Familie entstanden sind, die nie Liebe zeigen konnte und mich früh alleingelassen hat. Eine Familie, die so nicht mehr existiert.

»Kriege ich einen Espresso?«, fragt Saf mit leiser Stimme.

»Natürlich.«

Auf dem Weg zur Kaffeebar habe ich das Gefühl, ich könnte nicht einatmen. Als würden meine Lungen sich nicht mehr richtig ausdehnen, weil sich jedes schlechte Ereignis und jede Lüge auf meine Brust setzen – darauf konzentriert, mich zu strangulieren.

* * *

Als ich anfange, zu arbeiten, werden die Schlangen immer länger, bevor sie sich eine halbe Stunde später lichten. Die Studierenden machen sich auf den Weg zu ihren Veranstaltungen, und Kiara ist so schnell aus der Tür, dass sie mir die dreckige Bar hinterlässt. Aber Putzen ist einfach. Ich kann vor meinen Gedanken abhauen und die Siebträgermaschinen abwischen, den Komposteimer mit dem gemahlenen Kaffee wegschmeißen und neuen Cold Brew für den nächsten Morgen aufsetzen. Tische abwischen, Teller und Tassen in die Spülmaschine stellen.

Leider heißt das auch, dass ich genug Zeit habe, um über alles nachzudenken. Alles zu überdenken. All die Nachrichten meiner Schwester, die seit dem Telefonat mit *anne* unbeantwortet blieben, weil ich nicht weiß, was ich schreiben soll.

Ena: Was fällt dir eigentlich ein, so mit Mama umzugehen?

Ena: Dass du dich nicht für dein Verhalten auf der Party schämst, ist eine Sache, aber die Familie auseinanderzureißen, weil du zu egoistisch bist, dich für uns zu zügeln, eine komplett andere.

Ena: Ich verstehe nicht, wie du die Situation nicht einfach vergessen kannst, wenn *baba* gesagt hat, dass sich nichts ändert.

Ena: Schätz dich verdammt noch mal glücklich.

Ena: Du bist verzogen.

Weil es mir irgendwo schlichtweg egal ist … sein sollte. Ich bin dieser Familie nichts schuldig. Sie haben mir das oft genug gezeigt.

All die Lügen und das Ungesagte, das zwischen mir und meinen Freunden und Freundinnen in der Luft hängt. Ich muss wenige Wochen aushalten, und dann kann ich ganz normal darüber reden. Genug Zeit wird verstrichen sein, damit die Situation mit meinem Vater nicht mehr sticht und ich es ihnen erzählen kann. Das mit Levi wäre eine unerwartete Überraschung. Alles wird okay werden, weil ich dann schon meine Abgabe bei ihm hatte. Die Masterarbeit könnte ich bei Jana schreiben, die positiv auf meine Anfrage reagiert hat.

Alles wird okay.

Die Klingel an der Tür läutet, und jemand kommt mit selbstsicheren Schritten herein. Er ist die einzige Person, die das kleine Café füllt. Die lederne Umhängetasche und den schwarzen Mantel würde ich überall erkennen. Levis Gesicht schmückt ein halbes Lächeln, als er vor der Theke zum Stehen kommt.

»Hi«, hauche ich und könnte mich deswegen kneifen. Allein seine Anwesenheit sorgt dafür, dass mein Herz mit Gewalt gegen meine Brust schlägt und das Milchkännchen mir beinahe aus der Hand rutscht.

»Hey.« Seine blauen Augen bleiben für einen Moment auf mein Gesicht gerichtet, bevor er zum Menü über mir schaut. »Ich bin total fertig vom Arbeiten, aber werde gleich mit jemandem ausgehen, und das wahrscheinlich für länger. Was kannst du mir empfehlen?«

Ich muss alles daransetzen, damit mir die Gesichtszüge nicht entgleisen. Die Frage »Wohin und mit wem?« brennt mir auf Zunge, aber ich schlucke sie herunter und starre auf die Kasse vor mir, bevor ich mich zusammenreiße, um ihn anzuschauen.

»Äh … vielleicht einen Dirty Matcha Latte?«

Levi zieht skeptisch die Augenbrauen zusammen. »Schmeckt das?«

Ich zucke mit den Schultern. »Du bist auf jeden Fall wach für das, was du vorhast.«

»Dann zwei Dirty Matcha Lattes zum Mitnehmen, bitte.« Er kramt in seiner Manteltasche und hält kurz inne. »Wann bist du fertig hier?«

»In zehn Minuten schließen wir«, antworte ich. »Danach muss ich aufräumen und putzen.«

»Dann die Getränke für in zehn Minuten«, sagt er.

Ich muss völlig verwirrt aussehen, so wie er auflacht.

»Falls es nicht klar war: Wir gehen aus. Wenn das okay ist? Im Büro hast du mir gesagt, dass du heute … und ich zitiere … ›wie ein Loser zu Hause sitzen und wahrscheinlich stricken‹ wirst.«

Mir fällt bei seinen Worten ein Stein vom Herzen, trotzdem kann ich mich nicht davon abhalten, ihn zu necken. »Was ist falsch daran, ein Loser zu sein?«

Levi hebt abwehrend die Hände. »Nichts. Nur dachte ich, es wäre ganz nett, wenn du heute etwas Schönes unternimmst, bevor du die restliche Woche in deiner Wohnung vergammelst.«

Empört schnappe ich nach Luft. »Machst du etwa was anderes?«

»Na ja …« Er zuckt mit den Schultern und fährt sich beinahe selbstgefällig durchs Haar. »Sport? Seminarvorbereitungen? Freunde und Freundinnen treffen? Tatsächlich habe ich eine Zeit lang auch –«

»Okay, stopp!« Ich greife nach dem Eimer voller Seifenwasser und einem großen Schwamm. »Ich habs verstanden, du bist so viel besser als ich.«

Er schürzt die Lippen. »Du verdrehst mir die Wörter im Mund! Als jemand, der bald eine Forschungsarbeit schreiben wird, ist das sehr gefährlich, weißt du?«

»Falls du willst, dass wir schnell losziehen, kannst du mir ja helfen«, sage ich augenrollend und ignoriere absichtlich seine Stichelei. Wenn ich weiter darauf eingehe, wird er gar nicht mehr aufhören können, mich zu ärgern.

»Das ist ein Ja?«

Ich reiche ihm den Eimer über die Theke hinweg, den er ohne Widerworte annimmt. »Benutz deine Interpretationstalente und komme zu einem Schluss.«

»Ich dachte, dafür habe ich dich eingestellt?« Er legt den Kopf schief. »War das nicht dein Argument dafür? Dass du super interpretieren kannst?«

»Im Geschichtskontext vielleicht.« Das Lächeln kann ich längst nicht mehr unterdrücken. Warum ist es so einfach, mit Levi zu reden? Ihm zu verfallen?

Er zieht die Tasche von seinen Schultern und wirft einen Blick in den Raum. »Einfach die Tische abwischen?«

»Bitte.« Die Schicht vor Ladenschluss ist die schlimmste. Das Saubermachen nimmt einen riesigen Teil des Abends ein, obwohl das Café nicht sonderlich groß ist. »Ich kümmere mich um alles hier und die Drinks. Dann können wir los.«

Er lässt sich das nicht zweimal sagen, sondern macht sich direkt an die Arbeit. Ich tue es ihm gleich – ziehe die letzten vier Espressoshots für unsere Getränke, mische den Matcha in zwei Bechern an und schäume Hafermilch, bevor ich die Maschinen heute zum letzten Mal gründlich säubere. Das restliche Gebäck, das nicht verkauft wurde, bringe ich in den Kühlraum. Dort stelle ich die neu befüllten Krüge voller Cold Brew zum nächtlichen Ziehen ab.

»Es ist echt eisig hier drin.«

Bei diesen Worten schrecke ich zusammen, bis ich kapiere, dass Levi mit hochgekrempelten Ärmeln hinter mir steht.

»Bist du schon fertig mit den Tischen?«, frage ich, woraufhin er ungläubig blinzelt.

»Ich wusste gar nicht, dass ich für Sie arbeite, Frau Korkmaz. Was ist das für eine Art, zu fragen?«

»Vorlautes Mundwerk, meine ich mich zu erinnern«, antworte ich grinsend.

Er kommt einen Schritt auf mich zu, sodass die Kälte des Kühlraums seiner Wärme Platz macht. »Aber ja, bin ich. Fehlt dir noch was, Bambi?«

»Ich muss fegen und den Tresen wischen.«

Die Distanz zwischen uns wird geringer, während ich an Ort und Stelle einfriere. Um Levis Gesichtszüge legt sich eine Ernsthaftigkeit, nicht hart, nicht beängstigend, sondern beruhigend. Seine Hände umfassen meine, und ich kann nicht sagen, welche kälter sind.

»Darf ich?«, fragt er mit heiserer Stimme, nachdem sein Blick von meinem Gesicht zu seinen Fingern wandert.

Ich lege den Kopf schief. »Sonst hast du doch auch nicht gefragt.«

Er zieht die Augenbrauen zusammen und presst die Lippen aufeinander. Es ist ein schmerzlicher Ausdruck, als hätte ich in einer offenen Wunde gepult.

»Ich hätte es tun sollen. Das war mein Fehler«, sagt er mit belegter Stimme. »Meine Berührungen … ich … das sind Entscheidungen, die du treffen solltest. Immer. Einladungen, die du ablehnen kannst.«

»Levi …«, flüstere ich und nehme sein Gesicht in die Hände. In seinen blauen Augen stürmt es so stark, dass die Trauerwellen überzuschwappen drohen. »Ich will das. Ich bin mir sicher. Dass du es tausendmal hinterfragst, wird an meinen Gefühlen nichts ändern.«

Er nickt hektisch. »Das Letzte, was ich möchte, ist, dass du dich unwohl fühlst. Dass etwas passiert, das du nicht willst.«

Es sind zwei Sätze, zwei kurze Sätze, die auch mir die Tränen in die Augen treiben. Die mich in der Realität halten und zeitgleich in eine Vergangenheit zurückschleudern, die ich versuche zu vergessen.

Eine Vergangenheit, die geprägt von Unwohlsein war. Von Schmerz. Von der Suche nach Glückseligkeit, um am Ende zwischen den Händen widerlicher Männer gefangen zu sein. Aber das bin ich längst nicht mehr.

Ich bin vielleicht schneller, schmerzhafter, fehlerhafter erwachsen geworden, aber ich bin nicht mehr die kleine Zelal, die alles über sich ergehen lässt. Die Ja sagt, weil sie keine andere Reaktion gelernt hat. Nein hieß bei meiner Familie immer Wut. Viel Ärger. Geschreie und zerbrochene Gläser.

Aber jetzt, wo ich meine Wunden selbst verbunden habe und versuche, sie abheilen zu lassen, an ihnen gewachsen bin, weiß ich, dass ich Nein sagen darf. Dass es mein gutes Recht ist, für mich einzustehen.

»Ich glaube, dir wäre es bewusst, wenn mir etwas zu viel wird. Du würdest es erkennen.« Ich seufze und stelle mich auf die Zehenspitzen, damit ich ihm direkt in die Augen schauen kann. »Du bist alles, was ich will, Levi.«

Seine Mundwinkel zucken, und ich kann das Lächeln gar nicht aufhalten. »Wollen wir raus?«, fragt er mit rauer Stimme.

»Ja, bitte, es ist arschkalt.«

Levi fegt den Innenraum, während ich die Theke sauber mache und durch den Hinterausgang den Müll wegbringe. Zusammen dauert es zum Glück nicht lange.

»Wo gehen wir denn hin?«

Levi schultert seine Tasche, während ich meine Jacke überziehe.

»Das wird eine Überraschung.«

»Ich bin kein großer Fan von Überraschungen, wie du gemerkt haben musst.« Die Aufregung und Panik sind es nicht wert.

»Planetarium«, sagt er seufzend. »Spielverderberin.«

Verwirrt halte ich inne. »Was wollen wir dort?«

Er folgt mir, als ich meine Tasche von Boden aufhebe und auf den Ausgang zugehe, damit wir das Café endlich abschließen können.

»Zur Sternwarte.«

Davon werde ich nicht schlauer.

»Hast du mir einen Stern gekauft, den du mir unbedingt zeigen möchtest?«, frage ich belustigt.

»Hältst du so wenig von mir? Wenn, dann das ganze Sternenzelt, Bambi«, sagt er abschätzig.

»Ich wusste gar nicht, dass du außer trockenem Sarkasmus auch peinlichen Kitsch draufhast.« Ich mache mich zwar lustig über ihn, aber das Herzklopfen und die heißen Wangen kann ich trotzdem nicht ignorieren.

»Man könnte meinen, ich bin ein Tausendsassa.«

Draußen ist es kälter als im Kühlraum, sodass ich meine Jacke enger um mich ziehe. »Eingebildet, das bist du.«

Mit der Wärme hat sich die Sonne verabschiedet, aber solange Levi neben mir ist, ist das okay. Seine Körperwärme ist genug.

Er schnaubt. »Oder berechtigt selbstbewusst.«

Am liebsten möchte ich seine Hand umgreifen, aber hier darf ich nicht. Nicht an diesem Ort. Dort, wo uns bekannte Gesichter sehen könnten. Denn das wäre beruflicher Suizid. Also konzentriere ich mich auf das abzuschließende Schloss – schaffe Abstand zwischen uns.

»In was für einer Familie bist du aufgewachsen, dass du derart maßloses Selbstvertrauen hast?«

Für einen langen Moment ist es still zwischen uns. Lediglich der Wind zerrt an den nackten Bäumen, und die Gespräche von Studierenden füllen die Luft zwischen uns.

»Mein Vater war nicht wirklich präsent, und meine Mutter hat es sich zur Aufgabe gemacht, das Höchste, Schnellste, Beste von mir zu verlangen.« Er hält für einen Moment inne. »Vielleicht ist es bei mir auch einfach Narzissmus.«

Ich trenne mich abrupt von der Tür und stecke den Schlüssel ein. Unsere Umgebung verwandelt sich in Hintergrundmusik, die ich neben seinen schieferblauen Augen, die trister als das Berliner Winterwetter sind, nicht mehr wahrnehme. »Vielleicht hast du sie als Teenager einfach viel zu sehr mit deinen linken Theorien genervt.«

»Autsch«, sagt er belustigt, aber dass dabei seine Stimme bricht, entgeht mir nicht.

»Wer austeilen kann, muss auch einstecken können.«

Er dreht sich nach vorn, in Richtung des Instituts. »Lass uns los, sonst verpassen wir die Öffnungszeiten.«

Den Bürgersteig eilt er regelrecht hoch, geht am Institut vorbei, und ich stolpere hinterher. Dass wir zusammen gesehen werden, will er genauso wenig wie ich. Trotzdem werde ich das Gefühl nicht los, dass die Augen anderer auf uns gerichtet sind. Als würden wir etwas Verbotenes tun, indem wir zusammen in ein Auto einsteigen.

Im Inneren friere ich immer noch, allein Levis Geruch hängt schwer in der Luft. Er legt sich warm und rauchig um meine Arme und löst eine Leichtigkeit aus, die ich sonst bloß in meinem Zimmer spüre. Dort, wo mich nichts einholen kann. Hier bin ich auch sicher. Vor fragenden Blicken, erstickenden Gedanken und bleischwerer Verantwortung. Wenn auch nur für einen Moment.

»Aber im Ernst«, sage ich, während Levi das Auto anlässt und den Parkplatz verlässt. »Du bist vielleicht selbstbewusst, aber garantiert nicht narzisstisch. Und schon gar nicht wegen deiner Mutter. Wir sind alle mehr als zusammengesetzte Puzzlestücke unserer Elternteile.«

Ich vergrabe meine Finger im Hosenstoff und versuche, mich

selbst von diesen Worten zu überzeugen. Mich macht mehr aus als das, was mir in die Wiege gelegt wurde oder was meine Kindheit geprägt hat. Wir entscheiden jeden Tag, was aus uns wird, welche Menschen wir sind. Niemand muss in die Fußstapfen seiner Eltern treten. Ein losgelöstes Leben von Menschen, an die wir durch unser Blut gekettet sind, ist möglich.

Levi schnaubt. »Ich dachte, du hast nichts für einen Pseudoshakespeare übrig, Zel.«

»Wenn du mir mit poetischen Worten um die Ecke kommst, versteht sich«, sage ich. »Ich als Germanistikstudentin darf mir das erlauben.«

Sein Profil ist schön. Die Stupsnase, die ihm etwas Jugendliches verleiht, die hohen Wangenknochen, die ihn ernst und erwachsen machen. Die Bartstoppeln, die sich auf seinen Wangen verteilen. Ich könnte ihn den ganzen Tag anstarren und mich nicht sattsehen.

»Dir fallen noch die Augen aus dem Kopf«, kommentiert er mein Tun, weshalb mir heiß wird und ich meinen Blick nach draußen richte. »Schone sie, du brauchst sie gleich.«

Ich beiße mir auf die Lippe und sammle für wenige Sekunden meinen Mut. »Was willst du mir denn zeigen?« Die Sternwarte habe ich bis jetzt nie besucht, auch wenn ich mir habe sagen lassen, dass es schön dort ist.

Ein kleines Lächeln umspielt seine Lippen, und er lässt das Lenkrad los, bevor er mein Knie streift und sich ruckartig zurückzieht.

»Es ist okay«, flüstere ich und umgreife seine Hand. »Behandle mich nicht so, als wäre ich aus Porzellan. Ich bin nicht zerbrechlich.«

»Na gut«, murmelt er, aber hört sich nicht überzeugt an. »Ich will nur, dass du dich wohlfühlst.«

»Wenn mich etwas stört, sage ich das schon.«

Ich bin keine Glaspuppe, um die er herumtänzeln muss. Dass er es tut, ist fast unangenehmer, weil es mich *daran* erinnert. An die Momente, in denen ich der Überzeugung war, nie stark genug zu sein, um wieder aufzustehen.

Er räuspert sich und legt seine Hand endlich auf mein Knie. »Sternbilder.«

»Seit wann interessierst du dich für Sterne?«, frage ich stutzig, woraufhin er mit den Schultern zuckt.

»Das Gespräch über Astrologie hat in mir ein neu gefundenes Interesse entfacht.«

Ich kann es nicht fassen, weshalb ich mich leicht zu ihm drehe. »Du willst mir nicht sagen, dass du jetzt an Sternzeichen glaubst, oder?«

»Das habe ich nie behauptet!«, antwortet er empört. »Was ich gemacht habe, ist mein Geburtshoroskop berechnen.«

Mir bleibt die Spucke weg, und meine Augen weiten sich. »*Was?*« Ich bin mir sicher, dass ich mich verhört haben muss. Levi und *Sternzeichen*? Das letzte Mal hat er sich so sehr darüber lustig gemacht, dass er Bauchschmerzen vom Lachen hatte.

»Das Element Erde dominiert bei mir wohl«, fährt er unbeirrt fort, während ich vor Überraschung den Mund nicht zubekomme. »Außer bei Venus, die steht im Skorpion.«

»Du erzählst das der falschen Person. Saf kennt sich damit mehr aus.« Sie ist spirituell, legt Tarotkarten und brennt Salbei in ihrer WG an, um diese zu säubern. »Vielleicht sollte sie dein Horoskop interpretieren, dann kannst du dein Leben danach richten. Entscheidungen treffen, weil die Sonne komisch zu deinem Merkur steht oder –«

»Okay, ich habe es verstanden«, unterbricht er mich lachend. »Wir beide nehmen es nicht allzu ernst, aber das macht die Sterne nicht weniger schön. Sie waren Teil des ersten Versuchs, Zeit und Raum zu verstehen.«

Ich lehne stöhnend den Kopf gegen den Sitz. »Bitte keinen Geschichtscrashkurs. Ich habe keine Lust auf Uni.«

Levi drückt mein Knie, dabei zuckt ein Lächeln um seine Mundwinkel. »Sorry, du hast dir den falschen Typen ausgesucht, Bambi. Bei mir ist es entweder Geschichte oder gar nichts.«

»Hätte ich es früher gewusst …«, murmle ich, was er mit einem Schnauben quittiert.

Um das Planetarium herum ist es im Sommer eigentlich grün. Im Umkreis befinden sich Altbauten, wodurch es den Großstadtcharme verliert, den Berlin normalerweise bietet. Heute ist die Natur jedoch dem Winter zum Opfer gefallen, sodass das riesige Gebäude wie ein bunter Hund auffällt. Auf dem Parkplatz ist das Observatorium zwischen den Bäumen sichtbar.

Der Wagen kommt zum Stehen und Levi schiebt den Mantelärmel hoch, um auf seine Armbanduhr zu schauen. »Wenn wir uns beeilen, schaffen wir es pünktlich zum Beginn der Veranstaltung.«

»Dann nichts wie los.« Ich weiß zwar immer noch nicht, was mich erwartet, aber ich öffne die Autotür und folge Levi, der auf den Eingang zusprintet.

»Ich habe die Tickets online gekauft, wir müssten es schaffen.«

Zusammen laufen wir hinein, haben jedoch keine Zeit, uns die Ausstellungen im Planetarium selbst anzuschauen, obwohl sie interessant aussehen. Ich muss an einem anderen Tag allein vorbeikommen.

Levi nimmt mich wie selbstverständlich an die Hand und zieht mich in einen großen abgedunkelten Raum, in dem schon andere Besuchende Platz gefunden haben. In der Mitte steht ein rundes Objekt und strahlt den Sternenhimmel über uns aus. Ich kann nichts tun, als abrupt stehen zu bleiben und hochzuschauen.

Die Sterne, deren Licht seinen Weg normalerweise nicht nach Berlin findet, sind extrem klar, was meinen Atem stocken lässt. Große und kleine Leuchtpunkte, die über eine riesige Decke wandern und mich in ihren Bann ziehen.

»Wollen wir uns setzen?«, flüstert mir Levi zu, aber ich bekomme es nicht wirklich mit. Ich folge ihm still, während ich die Augen nicht vom Himmel lösen kann. Er sieht so echt aus, dass ich das Gefühl habe, ich könnte nach den Sternen greifen und darin mehr als eine notdürftige Lösung für all meine Probleme finden.

»Alles okay?«

Ich löse mich endlich von dem Anblick über uns, um Levi zu betrachten, der die Sterne zu ignorieren scheint. Sein Blick ist auf mich gerichtet.

»Ja … es ist wunderschön«, antworte ich.

Er bleibt für eine Sekunde leise, ohne dem Himmel Beachtung zu schenken, als wäre er nicht derjenige gewesen, der mich in Eile hierhergeschleppt hat.

»Ich weiß«, haucht er.

»Dir fallen noch die Augen aus dem Kopf«, wiederhole ich seine Worte. »Schone sie, du brauchst sie.« Ich zeige über uns, aber das interessiert ihn nicht sonderlich – er schaut unentwegt zu mir.

Das Knistern in der Luft ist spürbar und übertönt die jämmerlichen Versuche des Angestellten, uns Konstellationen zu erklären. Die Besuchenden rücken in den Hintergrund, sogar die Sterne verlieren an Kraft, wenn ich in Levis Augen schaue, die ich vom Nachtblau nicht mehr unterscheiden kann.

Normalerweise ist mein Körper in Alarmbereitschaft. Ein unentwegt weiterschlagender Beat, der weder schneller noch langsamer wird, der keinen Drop hat, mich jedoch in einen nicht endenden Zustand der Antizipation versetzt. Die Alarmglocken sind nicht mehr schrill, sondern ein dumpfes Klopfen, das an Farbe verliert, während ich Levi anschaue.

Sein Blick wandert quälend langsam von meinen Augen zu meinen Lippen, die er nicht berühren muss, damit sie kribbeln. Mein Körper steht unter Strom, bevor er an meinem Arm hochfährt und seitlich meinen Hals berührt. Er zieht fragend die Augenbrauen zusammen, woraufhin ich nicke und näher trete.

Ich will ihn. Und er will mich. Nichts steht uns mehr im Weg. Keine Angst, keine Scham, keine Scheu.

Levi beugt sich nach vorn, und ich stelle mich auf die Zehnspitzen, um die Arme um seine Schultern zu legen. Endlich liegen seine Lippen auf meinen. Sie sind sanft, warm und vertraut. Ein sicherer Hafen in dem stürmischen Meer, das sich Leben nennt.

Bei ihm können mich die altbekannten Wellen nicht mehr unter sich begraben.

ZWEIUNDDREISSIG | SIH Û DU

Zelal

»Schau ganz unten mittig … das ist die Waage.« Levi zeigt auf eine undefinierbare Stelle am Himmel, für die ich mir den Hals nicht verrenken muss. »Sie sieht aus wie ein gezeichnetes Haus, dem der Boden fehlt.«

»Wo ist der Steinbock?«

Levi lässt den Arm wieder fallen. Seine Finger finden meine problemlos. »Den sieht man nur im Frühling. Ich dachte, vielleicht können wir das Sternbild Zwillinge finden, aber es taucht wohl erst im Dezember auf.«

Ich rücke näher zu ihm und lege den Kopf an seine Schulter. »Also müssen wir wieder hierher?«

»Wenn du Lust hast, natürlich«, flüstert er. »Für dich immer.« Er zeichnet mit dem Daumen Kreise über meinen Handrücken.

»Und? Überzeugt dich das von Sternzeichen? Wirst du jeden Morgen dein Horoskop lesen?«

»Ich dachte, wir haben festgehalten, dass ich zu intelligent dafür bin?«, sagt er. Ich muss nicht aufschauen, um zu wissen, dass er grinst.

Den Drang, ihn aufzuziehen, kann ich nicht unterdrücken. »Etwas, das ein Steinbock sagen würde …«

Für einige Sekunden ist nichts als die leise Stimme des Ausstellungsführers zu hören, der letzte Fragen beantwortet, bevor Levi mit ernster Stimme sagt: »Falls du daran glaubst, lass dir das von mir nicht versauen. Ich schätze, ich habe einfach mit Spiritualität abgeschlossen.«

Ich drehe mich so, dass ich in sein Gesicht hochschauen kann. Er müsste es nur in meine Richtung beugen, dann würden sich unsere Lippen streifen …

»Wie gesagt, das ist nicht mein Ding, sondern Safs.« Manchmal ist es schwer, an *irgendetwas* zu glauben, wenn die Welt zentnerschwer auf einem lastet. Positivität scheint eine Rarität zu sein, und man fragt sich, was man getan haben muss, um all den Schmerz zu verdienen. Da ist es einfacher, mit der Hoffnung abzuschließen und das Leben als das anzunehmen, was es ist – verdammt kompliziert und meilenweit von perfekt entfernt.

»Wollen wir langsam los?«

Die ersten Personen stehen auf, nachdem der Angestellte sich verabschiedet.

»Bitte. Ich sterbe sonst vor Hunger.« Heute war ein voller Tag, weswegen ich mit dem Frühstück und den etlichen Lattes aus dem Café auskommen musste.

Zusammen stehen wir auf, dabei lässt Levi meine Hand keine Sekunde los. Er verschränkt unsere Finger und zieht mich sanft an seine Seite. »Worauf hast du Lust?«

»Ein Döner wäre perfekt«, sage ich, bevor ich mich daran erinnere, dass Levi sich pflanzlich ernährt. »Oder Falafel. Ein *dürüm* mit so viel *toum*, dass du mir danach den Mund zuklebst.«

Daraufhin muss er lachen. »Oder wir riechen einfach beide nach Knoblauch und neutralisieren es gegenseitig.«

»O ja, miteinander reden, während man wie die Hölle stinkt, ist bestimmt spaßig«, antworte ich belustigt, was Levi in seiner Bewegung innehalten lässt.

»Wer hat von Reden gesprochen?«, murmelt er.

»Was meintest du denn?«, frage ich leise.

Ein schelmischer Ausdruck macht sich auf seinem Gesicht breit, bevor er mit vorsichtigen Fingern über meine Wangen fährt und meine Haare hinter meine Ohren steckt. »Ich dachte, wir reden übers Knutschen.«

Ich muss schlucken und meinem Gehirn ein paar Sekunden geben, bevor es versteht, was er sagt. Levi … unverblümt zu erleben, ist neu. »Knutschen?« Meine Stimme ist heiser, weil ich versuche, einen klugen Satz zu finden, doch nichts als Überwältigung durchflutet mich.

Er legt belustigt den Kopf schief. »Keine Lust darauf, Bambi?«

»Ich …« Endlich macht es *klick.* »Bist du nicht ein bisschen zu alt für das Wort?« Ich rümpfe die Nase. »Mit knappen achtundzwanzig.«

»Was soll ich sagen? Rummachen? *Ich will meine Zunge in deinen Rachen schieben? Lass uns mal gegenseitig abschmatzen?*«

Bei dem letzten Satz muss ich lauthals lachen. »Küssen hätte gereicht, aber ich bleibe jetzt beim Abschmatzen.«

Levi verdreht die Augen und zieht mich an der Hand aus dem Vorstellungsraum. Im Foyer erwartet uns eine blendende Helligkeit, obwohl es draußen längst stockdunkel ist.

»O Gott, bitte nicht«, seufzt er. »Ich bereue es, das gesagt zu haben.«

»Abschmatzen«, trällere ich.

»Zel …«

»Lust auf eine Runde Abschmatzen?«

»Hör auf.«

Aus Trotz setze ich einen drauf: »Wie? Hast du keine Lust aufs gegenseitige Abschmatzen?«

»Du bist unglaublich … unglaublich anstrengend.«

Das sorgt dafür, dass ich innehalte. Er meint es nicht ernst. Ich höre es an der leicht höheren Tonlage, in der Ironie, die sich in Form von ausgeatmeter Luft zwischen die Silben quetscht. *Er meint es nicht ernst.* Trotzdem stechen die wenigen Wörter tief. Graben sich wie feindliche Messer zwischen meine Rippen, erschweren mir das Ein- und Ausatmen.

Anstrengend fand mich mein Vater. Mein Ex-Freund. Wenn ich Grenzen gezogen, Wünsche geäußert habe und für mich eingestanden bin. *Anstrengend* war ich, als ich mich zurückzog. *Anstrengend* sind Frauen immer, wenn sie sich wehren.

Ich beiße mir auf die Lippe und recke mein Kinn, um mutig auszusehen, auch wenn ich es nicht bin. So zu tun, ist die halbe Miete. Bis wir in der Kälte stehen, atme ich durch und lege mir den Satz zurecht.

»Ich bin nicht anstrengend.« Meine Stimme zittert wie Espenlaub, trotz der versuchten Vorbereitung.

Levi bleibt abrupt stehen und schaut zu mir. »Zel …« Er hält inne und seine Augen werden groß. »Was?«

»Ich bin nicht anstrengend«, wiederhole ich. »Du meintest das nicht ernst, das ist mir bewusst. Aber ich bin *nicht* anstrengend.«

»Zel … du …«

»Ich bin nicht anstrengend«, wispere ich und kann die Tränen nicht mehr aufhalten.

Levi lässt die Schultern hängen. »Fuck, nein. Das bist du nicht. Du bist nicht anstrengend. Ganz und gar nicht. Überhaupt nicht … ich meinte … meinte das nicht so. Ich …« Er fährt sich überfordert durch die Haare, und ich wische die Tränen aus meinen Augen. »Es tut mir leid, Bambi.«

Ich nicke, weil ich nichts herausbekomme. Wenn ich den Mund öffne, sammeln sich wieder Tränen in meinen Augenwinkeln. Er kann nichts dafür, dass ich kaputt bin. Dass ich *so* reagiere. Die Hälfte der Zeit will ich nicht so sein. Simplen Sätzen anders begegnen. Aber ich kann nicht. Solange meine Wunden bluten, *kann* ich einfach nicht anders.

»Es tut mir verdammt leid«, flüstert er und macht einen Schritt auf mich zu. »Darf ich dich umarmen?«

Wieder nicke ich, da ich zu mehr nicht imstande bin, und er zieht mich in seine starken Arme. Der Vanillegeruch überwiegt heute, als hätte er vergessen, zu rauchen, aber ich heiße ihn willkommen. Lasse mich von der Wärme umhüllen und konzentriere mich auf seine Finger, die sich so stark in meine Winterjacke graben, dass ich sie im Rücken spüre.

Sein Atem streift meine Wange, bevor er spricht. »Du bist nicht anstrengend. Du bist nicht zu viel. Du bist genug, wie du bist, Zel. Ich habe dich so kennengelernt und würde es kein bisschen anders haben wollen.«

»Entschuldige, dass ich … übertreibe«, sage ich schniefend, woraufhin er mich fester gegen sich drückt.

»Du übertreibst nicht. Du bist ein Mensch mit Erfahrungen. Es ist okay, so zu fühlen. Ich sollte besser auf meine Wortwahl achten«, antwortet er mit Selbstsicherheit. »Du bist *nicht* anstrengend. Auch wenn du es wärst … du hättest jedes Recht dazu. Du hast es verdient, auf Händen getragen zu werden. Anstrengend zu sein. Weil du das Beste verdienst.«

Ich weiß nicht, weswegen ich mehr weine. Wegen der Flashbacks in eine Vergangenheit, die ich längst hinter mir lassen wollte – an grabschende Hände, unvorsichtige Beschimpfungen und emotionale Manipulation. Oder wegen Levis Worten, die er mir nicht schuldig ist, die er trotzdem sagt. *Weil du das Beste verdienst.* Meistens glaube ich nicht einmal, dass ich das Mindeste bekomme. Wir kennen uns gerade mal eineinhalb Monate. Er zeigt mir gegenüber mehr Wertschätzung als jeder andere Mann bisher.

»Du hast recht, ich verdiene das Beste.« Es ist an der Zeit, dass ich das auch glaube. Dass mir das nicht jemand anderes einreden muss, sondern dass ich es selbst wahrhaben kann. Denn nicht jeder ist nett und sagt es mir. Andere nutzen meine Schwächen aus.

»Genau«, antwortet Levi erleichtert und drückt mich von sich, um mir ins Gesicht zu schauen.

»Deswegen gehen wir jetzt Döner in diesem *Ayyıldız*-Imbiss essen. Weil ich das Beste verdiene, und das Essen dort gut ist.«

Die Luft um uns lockert sich auf, ich kann sie leichter einatmen, als Levi auflacht und überschwänglich nickt. »Alles, was die Prinzessin will. Schick mir die Adresse, und ich fahre dich bis ans andere Ende von Berlin.«

»Du hast Glück, er ist nicht weit von hier.« Ich schlage ihm halbherzig gegen die Schulter und fahre mir ein weiteres Mal übers Gesicht. »Und als Nachtisch möchte ich *künefe*.«

* * *

Die Fahrt dauert nicht lange. Das kleine Geschäft ist sogar näher, als ich vermutet habe. Mit den grellen Wannenlichtern und dem alten Linoleumboden fällt es zwischen den Neubauten auf. Das hippe Café nebenan, das sich auf Bio-Matcha-Küchlein spezialisiert hat, sieht im

Vergleich zu den abgestumpften Fenstern und dem zerkratzten Plexiglas über dem Gemüse traurig aus.

»Zelal!«, begrüßt mich Burak, dem der Laden gehört, seit sein Vater vor ein paar Jahren verstorben ist. »Lange nicht mehr gesehen.«

Meine alte Wohngemeinschaft war in der Nähe, weswegen ich viel zu oft hier gegessen habe.

Ich zucke mit den Schultern und schaue kurz zu Levi, der verwirrt die Augenbrauen zusammengezogen hat. »Ich bin umgezogen.«

Buraks Blick zuckt zu Levi, und er zeigt unverfroren mit seiner Zange zwischen uns hin und her.

»Nein, nein, nein. In eine neue WG.«

Er presst die Lippen aufeinander und nickt. »Ohhh … okay. Sorry.«

»Habt ihr Falafel da?« Levi schiebt die Hände in seine Manteltaschen und lässt sich keinen Gedanken zu Buraks Annahme anmerken.

»Klar.« Burak wendet sich ab, um etwas aus dem Hinterraum zu holen, bevor er sich wieder zu mir dreht. »Hähnchendöner mit allem, extra Kraut und so scharf, dass einem allein beim Riechen die Tränen kommen?«

Bei den Worten muss ich lächeln. »Du kannst dich erinnern!«

»Natürlich. Du warst alle zwei Tage hier. Schwer, es zu vergessen.«

Ich weiß nicht, ob mir das peinlich sein sollte oder nicht. Burak verschwindet hinter der kleinen Tür, sodass Levi und ich zurückbleiben.

»Döner-Enthusiastin also?«, fragt er leise.

»Connaisseuse hätte ich jetzt gesagt, aber ich stehe mal drüber«, sage ich mit belustigtem Unterton, was ihm ein Schnauben entlockt.

»Was für eine Unterstellung meinerseits, verzeih mir.«

Bevor ich antworten kann, kommt Burak mit gefrorenen Falafeln zurück, um sie in die Fritteuse zu schmeißen. »Als *dürüm* oder Tasche?«, fragt er an Levi gerichtet, den er mit einem neugierigen Ausdruck begutachtet.

Mit seinem Hemd, der Krawatte und Ledertasche sieht er fehl am

Platz aus. Falls er dasselbe Gefühl hat, lässt er sich nichts anmerken. Er gibt seine Bestellung durch und keine zwei Minuten später sitzen wir zusammen an einem Tisch, der älter als ich sein muss. Die Tischdecke ist an den Enden ausgefranst, und die Stühle knarzen bei jeder Bewegung.

»Ist es okay, dass ich Fleisch esse?«, frage ich und könnte mich dafür schlagen, dass mir das nicht vorher eingefallen ist.

Levi rollt die Alufolie auf, um einen Bissen aus seinem *dürüm* zu nehmen. »Natürlich. Ist dein Körper, in den du tote Tiere hineinschaufelst, nicht meiner.«

Ich ziehe die Augenbrauen zusammen, als ich in das Brot beiße. »Rauchst du nicht? Schaufelst du da nicht den Tod selbst in deinen Körper hinein? Ganz streng genommen?«

Er öffnet die Lippen, aber schließt sie abrupt wieder, um danach von seinem Essen abzubeißen. »Ich bin viel zu hungrig für einen Schlagabtausch, Bambi.«

»Langweiler«, sage ich schmollend, aber esse leise meinen Döner.

Nach dem vierten Bissen merke ich, wie sehr mir der Tag zugesetzt hat. Auch wenn er schön war, nach der Uni zu arbeiten und unterwegs zu sein, war zu viel. Vor allem da ich morgen wieder das Gleiche tun muss.

»Alles okay?«

Ich tupfe mir die Mundwinkel mit der Serviette ab. »Irgendwie habe ich das Gefühl, dass du mich das häufig fragst?«

»Du siehst auch konstant so aus, als wärst du kurz vorm Heulen«, antwortet er ehrlich.

»Ich dachte, du bist viel zu hungrig, um gemein zu sein.« Egal wie er drauf ist, einen Spruch kann er mir immer reindrücken. »Wusstest du außerdem, dass deine Flirttechnik scheiße ist?«

Er hebt eine Augenbraue. »Wir flirten?«

Ich blicke durch den heruntergekommenen Laden. »Wie würdest du es interpretieren, wenn jemand mit seiner studentischen Hilfskraft kitschig Sterne bestaunen geht, um danach Döner zu essen, weil sie sonst wie ein Baby heult?«

Für einen Moment ist es still, bevor er sich räuspert. »Das hört sich für mich nach ein bisschen mehr als banalem Flirten an.«

Diese Worte sorgen dafür, dass meine Aufmerksamkeit wieder ganz auf ihm liegt. Auf den schieferblauen Augen, die ich nie verunsichert erlebt habe. Die mich jetzt fragend anschauen, als würde er eine unsichtbare Grenze austesten.

»Da sind wir schon drüber hinweg, oder?«, murmle ich.

»Längst.«

Die Frage, die mir im Kopf spukt, möchte ich nicht stellen, obwohl sie groß an der vordersten Stelle prangt.

Was sind wir dann, Levi?

Ich *kann* die Frage nicht stellen, wenn ich für die ehrliche Antwort nicht bereit bin. Und die besteht nicht aus süßlichen Worten, gefangen im liebesbenebelten Moment. Sie ist eine, die die Zukunft einbindet. Die klar sieht, dass Wochen voller Geheimnisse und Ängste auf uns warten. Dass ich die Masterarbeit nicht bei ihm schreiben kann. Dass ich nicht in seinem Seminar sitzen dürfte. Dass mir die Note aberkannt werden könnte, wenn es der Dekan erfahren sollte.

Dass *das* zwischen uns viel zu zerbrechlich für große Schritte ist.

Wir essen in Stille zu Ende, aber mir ist der Appetit längst vergangen. Wie eigentlich immer bei diesem Thema. Ich muss lange genug darüber nachdenken, bis ich mir wünsche, Levi nicht kennengelernt zu haben. Alles wäre definitiv einfacher gewesen. Die verwirrenden Gefühle, die sich unaufhaltsam mit der Angst mischen, sind keine Kombination, mit der man gute Entscheidungen treffen kann.

»Wollen wir los?«, frage ich, als Levi sich das letzte Stück Brot in den Mund schiebt und die Alufolie zu einem Ball zusammendrückt.

»Wolltest du nicht *künefe* essen?«, fragt er mit halb vollem Mund.

»Können wir das auf ein andermal verschieben? Ich habe keinen Hunger mehr.«

»Nach Hause?«

»Bitte«, murmle ich. »Außer du nimmst mich ganz gentlemanlike mit zu dir?« Ich meine es nicht ernst, aber trotzdem weiten sich seine Augen merklich.

»Äh … zu mir?« Er stolpert über die Worte, während er den Alufolienball zwischen seinen Fingern hin und her wandern lässt. »Ich habe Wasserprobleme in der Wohnung. Ich glaube, da willst du nicht hin.«

»O nein, was?« Es ist nicht lange her, dass ich bei ihm war. Da schien alles in Ordnung. Aber ich war auch sturzbetrunken und habe nichts außer meinem eigenen Leid mitbekommen.

Er zuckt mit den Schultern. »Keine Ahnung … die Spüle hat nicht mehr wirklich Wasser abgelassen, und ich dachte, ich kann das Rohr öffnen, um zu schauen, aber ich habe da irgendetwas Großes kaputt gemacht. Jetzt läuft das Wasser in der ganzen Wohnung nicht mehr richtig.«

Ich muss ein Lachen unterdrücken. »Oh, okay. Also bist du doch nicht perfekt und dadurch gut in allem?«

»Das habe ich nie behauptet«, antwortet er schnippisch. »Was ich mit Sicherheit sagen kann, ist, dass ich *eigentlich* immer gut mit meinen Händen bin. Ich weiß nicht, was da passiert ist.«

»Du bist handwerklich begabt?«

Levi prustet los, sodass ich die Augenbrauen zusammenziehe. »Wir beide wissen, dass das ein Innuendo war, Zel. Verarsch mich nicht.«

»Ich dachte echt, du meinst das ernst!«, empöre ich mich. »Ich bin viel zu müde, um es anders als wörtlich zu nehmen.«

Er scheint mir nicht zu glauben, so wie er sich in seinem Stuhl zurücklehnt, langsam nickt, aber dabei mit den Augen rollt. »Soll ich dich dann nach Hause fahren?«

»Bitte«, sage ich erneut.

Ich muss in mein Bett, Unmengen an Schlaf nachholen, dann bin ich für den nächsten Tag bereit. Vielleicht. In Levis Armen einzuschlafen, hört sich fast verlockender an, aber ich spreche diesen Gedanken nicht laut aus. Weil er offener mit seinen Gefühlen umgeht, heißt das nicht, dass er aus dieser Sache kein Geheimnis mehr machen will.

Obwohl ich das nicht mehr möchte.

DREIUNDDREISSIG | SIH Û SÊ

Zelal

»Ich weiß, du wirst Nein sagen, aber ich frage trotzdem«, flüstere ich, nachdem Levi vor dem Haus angehalten hat. »Willst du mit hoch zu mir?«

Er schürzt die Lippen und streift mit seinen Fingern mein Knie. »Du weißt, ich würde nichts lieber …«

»Keiner von denen studiert an der FU, außer Atlas! Und der macht Jura. Die würden nie etwas sagen …«

»Zel …«

Ich rede ungehemmt weiter, darauf bedacht, ihm nicht in die Augen zu sehen. Überall hinschauen, nur nicht zu ihm. »Und wahrscheinlich hocken sie in ihren Zimmern, weil Talhah sowieso den ganzen Tag im Krankenhaus und Yousef am Zeichnen ist. Er würde nicht mal wissen wollen, wer du bist und …«

»Zelal!«, unterbricht er mich diesmal lauter und umgreift mein Kinn sanft. »Ist das okay?«

Ich nicke, was er als Zeichen sieht, weiterzusprechen.

»Ich würde nichts lieber tun, als Zeit mit dir zu verbringen. Wirklich. Aber du weißt besser als ich, wie gefährlich das ist. Wir haben das beide akzeptiert, nachdem wir das hier eingegangen sind, nicht?«

»Ja, schon …«, möchte ich gegenargumentieren, was Levi abblockt.

»Momentan geht es nicht anders.«

»Was ist in ein paar Wochen? Wenn die Vorlesungszeit vorbei ist? Heißt es dann, wir müssen bis Ende des Semesters warten? Und danach? Ist es noch immer gefährlich, weil du nicht lang genug dabei bist, also warten wir, bis ich fertig mit den Unikursen bin? Oder doch lieber, bis ich das Praxissemester hinter mir habe? Um auf Nummer sicher zu gehen?« Ich werde von Wort zu Wort lauter, was mich wenig interessiert. Mir ist klar, dass wir diese Beziehung für eine gewisse Zeit an der Universität für uns behalten müssen. Nicht bei mir zu Hause, oder? Diese Menschen sind meine *Familie.*

»Ich verstehe deinen Frust, Bambi, leider geht es momentan nicht anders.«

»Warum?«, frage ich kraftlos und lasse mich in den Sitz sacken. »Hier kann nichts passieren.«

Levi lässt mich los und dreht sich zur Windschutzscheibe. »Es geht einfach nicht. Bitte hab Verständnis dafür.«

»Na gut«, flüstere ich und ziehe meinen Rucksack gegen die Brust.

»Zel«, sagt Levi seufzend, während ich die Tür öffne. Er beugt sich über die Mittelkonsole zu mir und möchte nach meinem Arm greifen, jedoch bin ich vollends aus dem Sitz, bevor er mich berühren kann. »Warte eine Sekunde!«

»Bis morgen.«

Ich lasse die Tür in den Rahmen krachen und drehe mich kein einziges Mal zu ihm um. Meine Erwartungen an Levi sind nicht fair, schließlich war diese Situation von Anfang an klar, trotzdem kann ich nichts gegen die Gefühle tun.

Gegen die Gedanken, die in mir hochkochen. Die Erinnerung an meinen Ex-Freund, der mich vor allem und jedem geheim hielt, weil er wusste, dass unsere ›Beziehung‹ moralisch verwerflich war. Der mir tausendmal eintrichterte, es niemandem zu sagen.

Unsere Liebe geht keinen etwas an.

Du bist erwachsen für dein Alter, was andere nicht wissen. Dafür kennen sie dich nicht gut genug. Aber ich kenne dich.

Ich bin die einzige Person, die dich wirklich liebt, deswegen weiß ich, was gut für dich ist.

Levi lässt das Auto erst an, als ich die Eingangstür öffne und ins Innere verschwinde. Es ist schwer, böse auf ihn zu sein. Er hat nichts falsch gemacht, er versucht, uns zu schützen. Das ist meinem rationalen Hirn bewusst, aber das kleine Mädchen in mir, das laut und ehrlich geliebt werden möchte, wehrt sich mit Händen und Füßen gegen diese Situation. Anscheinend bin ich einfach eine Frau, die man im Stillen will. Vielleicht verdiene ich es nicht besser. Vielleicht ist das mein Schicksal. Dazu verflucht, im Flüsterton, zwischen den Zeilen und im Dunkeln, wenn niemand es sieht, begehrt zu werden.

Als ich aus dem Aufzug trete, brauche ich nicht den Schlüssel aus der Hosentasche zu kramen. Atlas steht vor der Wohnungstür und schließt sie auf.

»Wo warst du denn?«, fragt er, nachdem er mich entdeckt.

»Unterwegs.«

Er zieht die Augenbrauen zusammen. »O-kay. Dann halt nicht.«

»Und du warst beim Sport?« Seinem verschwitzten Aussehen und der riesigen Sporttasche nach zu urteilen, hat er die letzten vier bis fünf Werktage dort verbracht, aber was weiß ich schon. Er läuft mittlerweile die meiste Zeit so herum.

»Mhm … Stressabbau.«

In der Wohnung ist es warm, und aus Talhahs Zimmer kommt leise Keyboardmusik. Der Flur sieht wieder einmal so aus, als würden hier zehn Menschen leben statt vier. Mit den Tausenden Schuhen und Jutebeuteln, die nicht mit in die Zimmer genommen wurden. Talhah hatte bestimmt einen halben Herzinfarkt, nachdem er nach Hause gekommen ist.

»Ich war beim Sport, und du warst Jakab vögeln«, sagt Atlas monoton, während er die Schuhe auszieht.

Meine Jacke bleibt mir auf halbem Weg in der Ellenbeuge hängen. »Wie kommst du darauf?«

Er schaut mich mit einer wissenden Miene an. »Ich bin am Auto vorbeigegangen, während ihr geredet habt. Warst du so vertieft in seine wunderschönen Augen, dass du mich nicht gesehen hast? Ich bin hier genau drei Sekunden vor dir angekommen, Zel.«

Ich kann es nicht einmal abstreiten, also ziehe ich in Ruhe meine Jacke aus, hänge sie an die Garderobe und kreuze danach meine Arme. »Wir haben nicht miteinander geschlafen, wie oft noch?«

Mehr kann ich einfach nicht sagen. Mehr habe ich nicht zu meiner Verteidigung vorzubringen. Was soll ich sonst tun? Ihn anlügen, obwohl er mich bereits von Levis Wohnung abgeholt und uns danach wieder zusammen gesehen hat? Atlas ist halber Jurist, er lebt nicht hinter dem Mond.

Er schmollt. »Süß, wartet ihr bis zur Heirat? Oder was ist das für eine Beziehung?«

Sein Sarkasmus geht mir gegen den Strich. Vor allem jetzt, da ich doch selbst nicht weiß, wo wir stehen. Ich möchte Levi näher sein, als er es mir erlaubt.

»Heute … ist einfach kein Tag für deine humorlosen Witze«, antworte ich geschlagen, was Atlas' belustigten Ausdruck in einen ernsten verwandelt.

»Was hat er angestellt?« Seine Stimme ist nicht anschuldigend oder laut, sondern sanft und verängstigt. Das sorgt dafür, dass bei mir die Wasserwerke angeschmissen werden und auf Hochtouren arbeiten, bevor er mich für eine Umarmung erreicht hat.

»Er nichts, sondern ich. Ich *mag* ihn nicht nur, sondern habe mich in ihn verliebt.«

»Was zur Hölle, Zel?«

»Ich wollte … ich wollte das nicht. Nicht *so*. Er –« Ich komme nicht weiter. Nach Luft japsend vergrabe ich das Gesicht an Atlas' Brust.

»Was ist passiert?«

»Nichts«, sage ich. »Das ist das Problem.«

»Lass uns in dein Zimmer.«

Mit vorsichtigen Fingern zieht er mich hinter sich in den Raum. Ich habe anscheinend vergessen, das Stehlicht auszuschalten. Das Bett ist nicht gemacht, aber das interessiert Socke nicht, der es sich direkt in der Mitte gemütlich gemacht hat. Er beachtet uns nicht einmal, als wir reinkommen.

»Was ist passiert? Ich dachte, er steht nicht auf dich?«, fragt Atlas erneut und setzt sich auf den Schreibtischstuhl, während ich mich mit einem Stöhnen auf das Bett lege.

Ich starre die Decke an, damit ich ihm nicht in die Augen schauen muss. Wie soll ich das schaffen, ohne mich komplett zu verlieren?

»Er ist professionell, ja.« So habe ich das Atlas erzählt, und das meine ich weiterhin so. Levi ist sogar *zu* professionell. Sonst wäre ich nicht in diesem Zustand. »Aber ich habe gelogen, was seine Gefühle angeht.«

»Also ist er doch scharf auf dich?«, seufzt er. »Ich bin ja so überrascht.«

»Mann, Atlas!« Meine Stimme bricht vom Weinen, und ich kann nicht entscheiden, ob ich seine Anwesenheit hilfreich oder nervenaufreibend finde.

Der Drops ist gelutscht – er hat es sowieso geahnt. Ich kann es ihm erzählen, auch wenn das etwas ist, das Levi nicht wollen würde.

»Okay, okay, sorry.« Der Stuhl knarzt. Atlas kommt auf mich zu und legt sich neben mich. Dass er dabei Socke stört, interessiert ihn wenig. Er hebt ihn von der Decke und drückt ihn mir gegen die Brust. »Hier.«

Ich wische mir die Tränen vom Gesicht, bevor ich Socke streichle, der es sich auf meinem Oberkörper gemütlich macht. »Wofür hast du mir den Kater jetzt gegeben?«

»Damit er deine Laune hebt.« Er streicht über meinen Unterarm. »Ich kann es echt nicht sehen, wenn du weinst.«

»Sorry … ich –«

Er drückt meine Hand, was mich leise werden lässt. »Entschuldige dich nicht dafür. Es ist einfach scheiße, dabei zuzusehen, weil du nur bei Schmerzen weinst, die *niemand* mildern könnte. Nicht einmal du selbst.« Er beißt sich auf die Lippe. »Ich weiß nicht, wie ich dir helfen soll, und das macht mich fertig.«

»Es tut einfach weh«, flüstere ich.

Vielleicht sind es auch die Hormone – ich bin kurz davor, meine Tage zu bekommen. Aber der Gedanke, auf Levi warten zu müssen, bis er bereit und sich sicher ist … Diese Ewigkeit hinter geschlossenen Türen zu verbringen, ist eine Sache, es aber vor *allen* geheim halten zu müssen, eine komplett andere.

»Ich verstehe, dass er das an der Uni nicht öffentlich machen will, aber er beharrt darauf, dass ihr es auch nicht erfahren sollt.« Die Tränen schnüren mir wieder die Kehle zu. »Und jetzt fühle ich mich schlecht, weil ich das Versprechen gebrochen habe, indem ich es dir erzähle.«

»Hey, hey, hey«, sagt Atlas schnell und dreht sich so, dass er mir in die Augen schauen kann. »Deswegen solltest du dich nicht schlecht fühlen. Was erwartet er? Dass du ihm im Geheimen als seine hübsche, nette, unterwürfige studentische Hilfskraft einen bläst? Und dann natürlich niemandem davon erzählst, weil es ein schlechtes Licht auf ihn wirft?«

Ich schüttle den Kopf, wodurch meine Ohrringe am Stoff der Decke hängen bleiben. »So ist das nicht!«

Atlas hebt eine Augenbraue. »Zel, komm schon … so naiv bist auch du nicht. Er nutzt dich aus.«

»Nein, das tut er nicht.«

»Zel …«

Atlas' Worte kommen nicht mehr bei mir an. Nein, nein, nein, nein. Ich kann nicht auf die gleiche Masche wie mit siebzehn reingefallen sein. *Nein.* So ist das nicht. Ich weiß das. Levi ist nicht *so*. Er hat es mir oft genug bewiesen. Ich bin sicher bei ihm. Er hat dort Grenzen gezogen, wo ich sie längst hinter mir gelassen hätte. Er hat mich vor Entscheidungen gestellt, die ich sonst unachtsam getroffen hätte.

»Wäre er so, wie du denkst, dann hätte er es jedes Mal ausgenutzt, als ich ihm mehr angeboten habe«, sage ich.

Atlas' Blick wird fragend.

»Wenn ich sage, dass wir nicht miteinander geschlafen haben, dann meine ich es auch so. Und er hatte genug Chancen, hat aber jedes Mal Grenzen gesetzt, weil er weiß, dass ich darin nie gut war.«

»Fuck, es ist also *ernst*?«

Ich rolle mit den Augen. »Ich weiß, ist ein Fremdwort für dich. Aber ja, es gibt auch mehr, als mit der nächstbesten Person zu schlafen und dann abzuhauen.«

»Langweilig.« Er streicht über Sockes Fell, bevor er weiterspricht. »Hast du ihn gefragt, warum er nicht möchte, dass wir es erfahren? Angst, dass wir ihn verpetzen?«

»Ja, aber ich habe nichts als schwammige Antworten bekommen.

Ihr würdet ihn nie verpetzen, das habe ich ihm tausendmal gesagt, aber er beharrt darauf.«

»Wahrscheinlich wäre ich genauso. Man geht eben auf Nummer sicher«, sagt Atlas. »Wenigstens bist du keine achtzehnjährige Bachelorstudentin. Sieht am Ende, wenn alles rauskommt, nicht ganz so tragisch für ihn aus.«

Ich schlage ihm gegen die Schulter, was Socke ein genervtes Miauen entlockt, weil ich meinen Oberkörper mitbewege. »Das wird nicht rauskommen.«

Atlas' Mundwinkel zucken verräterisch. »Rede dir das ein und hoffe darauf, dass es erst passiert, wenn du fertig mit der FU bist.«

»Du verrätst es doch niemandem, oder?«, frage ich kleinlaut und verstehe für einen Moment die Angst, die Levi verspüren muss. Mein Herzschlag geht ins Unermessliche, als ich auf Atlas' Antwort warte.

»Nein, warum sollte ich? Ist dein Leben. Anscheinend magst du ihn wirklich, und er mag dich. Ich werde dir nicht die Tour versauen, auch wenn ich besorgt bin.«

»Du brauchst nicht besorgt sein«, versuche ich mich an einer kläglichen Beschwichtigung, aber ich weiß, dass es bei ihm nicht ziehen wird.

»Das hättest du dir überlegen sollen, bevor du als Wrack in diese WG gekommen bist. Jetzt sind wir drei immer besorgt um dich. Ist quasi unser zweiter Job.«

VIERUNDDREISSIG | SIH Û ÇAR

Levi

Eigentlich sind universitäre Ausflüge perfekte Ausreden, um einen Puffer für Lehrende einzubauen und im Semester mal einen Durchhänger zu haben.

Mir ist nach allem zumute, aber nicht danach. Dreißig Mittzwanziger, von denen die meisten nicht abwarten können, in die Gemäldegalerie zu stürmen und die Aufgabe zu erledigen, die ich für sie vorbereitet habe. Bei frei wählbaren Seminaren ist das häufig ein Segen oder ein Problem – die meisten sind *wirklich* begeistert vom Thema. Normalerweise freut mich das, aber jetzt würde ich nichts lieber tun, als Frontalunterricht zu geben und den Kopf abzuschalten.

»Aufmerksamkeit zu mir!«, schreie ich einmal in Richtung der Gruppe, die sich vor dem Eingang versammelt hat. Alle Augenpaare richten sich blitzschnell auf mich, und ich muss alles daransetzen, nicht in die grünbraunen in der zweiten Reihe zu starren. »Wir haben heute den ganzen Vormittag Zeit. Bitte suchen Sie sich zu zweit ein Gemälde aus und arbeiten Sie die Aufgabe ab, die ich gleich auf Blackboard hochlade. Darin wird auch ein Google-Doc sein, in dem Sie Ihren Namen und die Titel der Gemälde hinterlassen. Gegen eins fangen wir mit den Vorstellungen an.« Ich atme einmal durch, schaue durch die Menge, auf der Suche nach verwirrten Gesichtern. »Fragen?«

Es bleibt still, niemand hebt die Hand, sodass ich weiterspreche. »Ich werde irgendwo in der Galerie sitzen und arbeiten. Sollten Sie zu einem späteren Zeitpunkt Fragen haben, können Sie gern auf mich zukommen.«

Als es wieder still ist, schicke ich sie mit einer Handbewegung rein. Wie ein angestoßener Bienenstock schwirren sie zum Eingang, woraufhin ich schmunzle. Egal wie alt sie sind und welches Semester sie besuchen, Studierende verhalten sich immer gleich. Ich sollte froh sein, dass sie begeistert sind und Lust haben. Das haben sie mir auch in der Lehrevaluation zurückgemeldet, obwohl sie meinten, dass es ein forderndes Seminar sei. Sie sollen dazulernen und an ihre Grenzen stoßen, so kann man erst herausfinden, ob es das Richtige für einen ist.

Meine Aufmerksamkeit richtet sich unwillkürlich auf das Mädchen mit der übergroßen braunen Lederjacke und den schweren Stiefeln, die sie immer trägt. Ihre Haare sind im Nacken zu zwei Knoten gefasst, und gefärbte Strähnen umspielen ihr Gesicht. Mein erster Impuls ist es, sie am Arm zu packen und davon abzuhalten, sich unter die Menge zu mischen. Ich will mit ihr reden, ihr erneut sagen, dass mir meine harsche Art im Auto leidtut. Dass ich nichts lieber möchte, als mit ihr zu *prahlen*. Dass ich nicht bin wie die Männer davor.

Aber das stimmt nicht.

Ich bin keinen Scheißdeut besser, und die meiste Zeit ignoriere ich genau diesen Fakt. Die meiste Zeit denke ich mit meinen Gefühlen und lasse ihre außer Acht.

Ich bin ein erbärmliches Arschloch. Aufhalten kann ich das Herzrasen trotzdem nicht, als ich sehe, wie sie am Eingang mit einer Kommilitonin spricht. Sie spielt mit ihren Fingern und fährt mit dem Daumen über den Ringfinger, bevor sie es realisiert. Häufig streicht sie unbewusst über ihren Nagel. Vor allem wenn sie nervös ist.

Ich will sie. Ich will, dass jeder weiß, dass ich sie will. Dass allen voran sie es weiß. Aber ich bin nicht für die Lawine an Problemen bereit, die uns überrollen wird. Und noch weniger kann ich das mit meiner jetzigen Lebenssituation vereinbaren. Ich darf nicht noch mehr Menschen verletzen.

»Dr. Jakab.« Felix trennt sich aus der Traube der Studierenden und kommt auf mich zu. Er schiebt sich blonde Strähnen hinters Ohr und löst genau wie ich widerwillig den Blick von Zelal. Ich mag ihn nicht.

»Wie kann ich helfen?«, säusle ich.

Er rückt Zel auf die Pelle, obwohl sie es ganz klar nicht möchte, was mir gegen den Strich geht. Ich weiß nicht, was zwischen ihnen vorgefallen ist, aber seit Wochen geht sie ihm aus dem Weg, obwohl sie am Anfang des Semesters gut befreundet waren. Dass ich ihn nicht mag, muss er jedoch nicht wissen. Ich habe ein persönliches Problem mit ihm, kein professionelles.

»Wird diese Aufgabe benotet sein?«

»Nein. Ich will nur, dass Sie das Gelernte in fremden Kontexten anwenden können.«

Er nickt, schaut über seine Schulter zu Zelal und der Studierenden, die in die Galerie gehen, und blickt wieder zu mir, als wolle er eine Frage stellen.

»Sonst etwas, mit dem ich helfen kann?«

Wenn er drin ist, muss ich erst mal eine rauchen.

»Nein … danke«, sagt er, schenkt mir ein aufgesetztes Lächeln und geht auf den Eingang zu.

Er muss irgendetwas ahnen. Oder hat Zelal mit ihm über uns geredet? Verübeln dürfte ich es ihr nicht, aber Scheiße, das darf nicht sein. Die ersten Gerüchte reichen, damit sie beim Dekan landen und ich Fragen gestellt bekomme, die ich nicht beantworten kann. Die ich nicht beantworten *will.*

Ich fahre mir übers Gesicht und fische die Tabaktüte aus der Manteltasche. Eine Zigarette, um runterzukommen. Dann ins Gebäude und für die nächsten Stunden so tun, als wäre ich ein kompetenter Postdoktorand und nicht jemand, der sich verliebt hat und dem Mädchen wie ein Dackel hinterhereilen will.

Geübt rolle ich den Tabak in das Zigarettenpapier. Mein Feuerzeug braucht mehrere Anläufe, bis es aufflammt. Ich benötige dringend ein neues. Oder besser: Ich sollte aufhören zu rauchen. Eine scheußliche Angewohnheit, die ich seit dem Abitur nicht loswerde.

Zelal ist wütend auf mich. Verständlich. Ich könnte ihr nicht einmal an den Fersen kleben, wenn ich dürfte. Nach dem Gespräch habe ich sie zwar angerufen, und sie hat mir beteuert, dass alles okay sei, aber das glaube ich nicht. Sie ist nicht gut in Auseinandersetzungen und kann schlecht für sich einstehen. Ich will lieber, dass sie mich anschreit, mir den Mittelfinger zeigt und Abstand nimmt, als zu sagen, dass alles in Ordnung ist, wenn sie es nicht so meint.

Am allermeisten will ich *sie*. Kann ich mit ihr nicht vor der echten Welt abhauen? Vor meinem Leben, das in der Wohnung auf mich wartet? Der Fakt, dass ich sie angelogen habe, was das Ausbleiben des Wassers bei mir zu Hause angeht, tritt mir in den Magen. Das sind Lügen, die ich nicht erzählen will, in die ich mich nicht verstricken möchte. Weil sie Besseres verdient. Weil ich ihr das Herz brechen werde und sie trotzdem nicht in Frieden lassen kann.

Ich atme einmal durch, lasse den Zigarettenstummel auf den Boden fallen und drücke ihn mit der Schuhspitze aus, um mich auf den Weg ins Gebäude zu machen. Wahrscheinlich warten schon irgendwelche Studierenden mit Fragen auf mich. Das wäre wenigstens eine Ablenkung von meinen Gedanken, die seit Langem nicht mehr zur Ruhe kommen.

Das Innere der Gemäldegalerie ist atemberaubend. Der dunkle Parkettboden, die gediegenen Wandfarben unterschiedlicher Ausstellungen strahlen eine Ruhe aus, die man im überfüllten Berlin selten zu Gesicht bekommt. Das ist das Einzige, was ich an Rhode Island vermisse. Das Wasser in der Nähe konnte jeden Stress, jeden Schmerz, jede Sorge wegspülen.

Und meinen Vater. Ich habe ihn zuletzt lebend gesehen, als er mich besuchen kam. Er hat zehn Jahre in Oxford gelehrt, bevor er als Gast an der Brown doziert hat. Deswegen habe ich als ausländischer PhD-Kandidat überhaupt das Gespräch mit dem Geschichtsinstitut bekommen. Es gibt vereinzelte Doktorplätze, und die werden häufig an Menschen vergeben, die gedenken, an der Universität zu bleiben. Mein Vater hat dafür gesorgt, dass der Dekan sich überhaupt mit mir getroffen hat.

Ich bin ihm meine Karriere schuldig. Eine Karriere, die meine Mutter zwar hasst, weil ich ›doch Größeres hätte schaffen können‹, aber das Vertrauen meines Vaters hat mich immer angespornt. Hat mich dazu getrieben, weiterzumachen. Jetzt ist ein Loch in meiner Brust, wo normalerweise er wäre.

* * *

Zu schnell stehe ich mit den anderen Studierenden vor der ersten Gruppe, die von englischen Kolonialmächten spricht und davon, welchen Einfluss diese auf den britischen Maler hatten. Die Auseinandersetzung der Gruppen kratzt häufig nur an der Oberfläche und verliert sich in kleingroßen Details, die keinen bedeutenden Platz einnehmen sollten. Oftmals fokussieren sie sich auf das, was sie klar definieren können. Ein fassbares Böses ist leicht als solches zu deklarieren. Schlägt keine Wellen und bewegt sich im Rahmen der geringsten Kritik. Normalerweise. Jedoch nicht bei mir.

Ich fühle ihnen auf den Zahn, versuche, mehr Nachfragen, mehr Meinungen herauszukitzeln, die ihre sind. Ihre eigenen Gedanken, Gefühle und Einschätzungen. Darum geht es in der Geschichte – Interpretation. Was in irgendeinem Lehrbuch steht und als allgemeingültig gilt, kann jeder herunterbeten. Meine Studierenden sollen sich aber skeptisch mit dem Stoff auseinandersetzen. Nicht nur in meinem Seminar, sondern fortführend das ganze Leben lang.

Bis zur letzten Gruppe. Zelals Gruppe. Sie und Frau Marcu haben sich anscheinend zusammengetan und stehen vor einem Gemälde, das die ganze blaue Wand hinter ihnen einnimmt. Aber ich habe bloß Augen für Zel, die am rechten Rand steht und die Hände in den Jackentaschen vergraben hat.

Die Knoten in ihrem Nacken lösen sich und hinterlassen lange Strähnen um die Schultern. Ihre Wangen sind rot, obwohl es nicht warm ist, und sie stolpert über ihre ersten Worte.

Sie muss zwei Minuten reden, dann übernimmt Frau Marcu.

Fuck, warum habe ich diese Aufgabe gestellt? Anscheinend mag sie es nicht, vor Menschengruppen zu sprechen. Ich hätte sie fragen sollen. Eine andere Aufgabe wäre ausreichend gewesen. Ich hätte –

Stopp. Scheiße, Levi, stopp. Du bist in erster Linie Dozent. *Es ist gut, dass sie aufgeregt ist und es trotzdem macht. Sie soll über ihren Schatten springen. Als Lehrerin wird erwartet, dass sie das jeden Tag meistert. Sie muss es lernen.*

Zel schaut ihre Mitstudierenden an, ihr Blick bleibt jedoch bei niemandem lang genug hängen, weil sie lediglich den *Eindruck* erwecken möchte, als hätte sie keine Angst mehr. Für eine Sekunde schauen ihre großen Augen in meine – ich bin der festen Überzeugung, dass mein Herz stehen bleibt. Die Hände wickle ich um den Riemen meiner Umhängetasche, um Halt zu finden. Sie müsste mich nur eine halbe Sekunde länger mit diesem verängstigten Blick anschauen, und ich würde die Veranstaltung pausieren.

Scheiß auf die verwirrten Studierenden, Fragen und Konsequenzen. Es wäre mir *scheißegal.* Ist es jetzt schon. Mein Wille hängt am seidenen Faden. Ich reiße mich zusammen, weil ich Zel nicht verletzen will. Nicht mehr, als ich es eh tun werde.

»Was bedeutet, dass …« Der starke Unterton ihrer Stimme kämpft sich durch die Aufregung. Ihre Hände graben sich so fest in die Jacke, dass man die Konturen durch das Leder erkennt. Sie ist verdammt aufgeregt.

Alles ist gut, Zel. Niemand wird dich angreifen, du bist kompetent.

Als ihre Kommilitonin weiterspricht, atmet Zel erleichtert auf und beißt sich auf die Unterlippe. Das ist der Moment, in dem ich mich komplett verliere. Kein weiteres Wort kommt bei mir an, und ich muss alles daransetzen, nicht mehr Zelal anzustarren, sondern zu Frau Marcu zu schauen. Doch das bringt rein gar nichts. Meine Gedanken kreisen um Zels bordeauxfarbene Lippen und die blauen Strähnen, mit denen sie spielt. Ihre Augen, die kein einziges Mal in meine Richtung geschaut haben, als wäre jeglicher Kontakt sündhaft. Als könnte jede Person in diesem Raum unsere vorangegangenen Taten in unseren Blicken lesen. In ihren roten Wangen und meinem wild schlagenden Herzen.

Ein kurzes Klatschen geht durch die Runde, was mich zusammenzucken lässt. Die Studierenden schauen mich erwartungsvoll an, nachdem es leise wird. Ich muss Kritik äußern. Oder Lob. Aber Letzteres hören sie von mir selten, weil ich will, dass sie sich verbessern. Nichts ist schlimmer als Stagnation.

»Äh … danke für Ihre Vorstellung«, sage ich mich räuspernd.

Ich habe überhaupt nicht zugehört. Sogar jetzt tue ich mich schwer, *irgendwelche* Worte zusammenzuklauben.

Zelal und Frau Marcu schauen sich gegenseitig fragend an, was bedeutet, dass jede Person hier realisiert, dass etwas nicht stimmt.

»Gut strukturierte Einordnung, vor allem Frau Marcus Teil hatte einen roten Faden.«

Zel zieht die Augenbrauen zusammen.

»Frau Korkmaz, können Sie vielleicht kurz zu mir? Alle anderen sind für heute entlassen.«

Ein kurzes Raunen geht durch die Menge, aber das ist mir egal. Sollen sie sich fragen, warum. Sollen sie denken, dass ich Zelal unter vier Augen sprechen möchte, weil ich ihren Teil schlecht fand, nicht weil ich es nicht mehr aushalte, sie so zu sehen.

»Danke für den erfolgreichen Tag, wir sehen uns nächste Woche!«, sage ich diesmal lauter, was für die Studierenden das Zeichen ist, auszuschwärmen. Zelal steht als Einzige vor dem Gemälde und schaut mich verloren an.

»Was ist los?«, fragt sie, als ich auf sie zugehe. »War ich schlecht?«

»Nein, also ja … nein. Scheiße … ich habe nicht zugehört, ehrlich gesagt.«

Sie sieht verwirrter aus. »Was meinst du?«

»Ich war …« Der professionelle Abstand zwischen uns lässt von außen nichts erahnen. Die Armeslänge rettet uns vor fragenden Gesichtern, aber schützt Zel nicht vor meinem. Mein Blick wandert über ihre Arme, ihren Hals, zu ihren Augen und hinunter zu den vollen Lippen, die mich bei jedem Kuss in die Knie zwingen. »… abgelenkt.«

Sie beißt sich auf die Unterlippe und nickt langsam. »Oh, okay.« Ihr Blick verliert sich irgendwo hinter mir.

»Ich wollte mit dir reden«, sage ich ernster, was dafür sorgt, dass sie mich wieder anschaut. »Und mich entschuldigen für –«

»Darüber haben wir schon gesprochen, und ich habe gesagt, dass es in Ordnung ist.«

»Du hast es gesagt, aber hast du es auch so gemeint?«

Sie blinzelt und steckt mit einer fahrigen Bewegung die blauen Strähnen hinters Ohr. »Ja … ich verstehe dich. Es ist schade, dass du nicht zu mir kommst, weil das mein Ruheort ist. Der Ort, an dem ich mich am wohlsten fühle. Ich würde ihn gern mit dir teilen.«

»Tu mir das nicht an, Zel«, flüstere ich, obwohl ich weiß, dass meine Worte wie ein Tropfen auf dem heißen Stein sind.

»Was?«, fragt sie heiser.

Ich seufze und rücke näher an sie heran. Es ist mir völlig egal, wer uns sieht. »Sag so was nicht und erwarte, dass ich mich nicht in dich verliebe.«

Für eine Ewigkeit ist sie still. Als hätte mein Satz sie in seiner Ehrlichkeit ertränkt. Meine Muskeln sind zum Zerreißen gespannt, ich spüre in jeder Faser die Last, die diese Worte ausgelöst haben. Die schwer auf mir liegen, meine Lunge, mein Herz unter ihrem Gewicht erdrücken.

»Levi …« Mein Name von ihren Lippen ist süchtig machend. Ich *brauche* sie. Jetzt.

»Lass uns verschwinden. Lass uns gehen. Ich komme auch mit zu dir. Scheiße. Ich gehe ans Ende der Welt. Hauptsache, du bist da.« Ich will nach ihrem Arm greifen, halte mich aber im letzten Moment zurück.

»Okay«, murmelt sie mit großen Augen und schaut sich um. »Aber wir können hier nicht weg, ohne dass uns jemand sieht.«

Ich bin an einem Punkt angekommen, wo mich das weniger interessiert, als es sollte. Sie hat recht. Wir dürfen nicht gesehen werden. Nur ein paar Wochen, bis dieses Höllensemester in die vorlesungsfreie Zeit übergeht. Bis dahin muss ich mich zusammenreißen.

»Folg mir.«

Ich warte nicht auf ihre Antwort, sondern drehe mich um und gehe auf die Aufzüge zu, die uns ins Untergeschoss bringen. Die Einzeltoiletten habe ich das letzte Mal benutzt, als ich im Bachelor war und mich unsterblich in eine Kunststudentin verliebt hatte. Wir haben uns den ganzen Universitätsausflug über dort versteckt, statt die Gemälde zu analysieren.

Erst als ich die Badtür im engen Raum schließe und meine Tasche unachtsam auf den Boden fallen lasse, kann ich aufatmen.

»Ist alles okay?«, fragt sie vorsichtig.

»Ja.« Ich nicke, kann meine Augen nicht von ihren Lippen trennen. Das schlechte Gewissen meldet sich versetzt. »Alles bestens.«

Sie wird merklich lockerer und legt ihre Hände auf meine Brust. Das kleine Lächeln, das sich auf ihrem Gesicht bildet, könnte ganze Stürme in mir beruhigen. Oder auslösen. Je nachdem, was Zel erreichen will. Ich bin nichts als Knete zwischen ihren Fingern.

»Woher die … Dringlichkeit?«

Ich fahre über ihren Arm, streiche über ihren Kiefer, bevor ich an ihren Lippen innehalte. »Darf ich?«

»Ja«, seufzt sie, was mir den Kopf verdreht. Das *muss* sie wissen. Ihre Atemlosigkeit, ihre Augen, die mich unschuldig anschauen, als wäre ihr nicht bewusst, was sie mit mir anstellt.

Mit dem Daumen berühre ich ihre Unterlippe, während ich sie näher zu mir ziehe. »Ich habe dich vermisst, deswegen.«

Mein moralischer Kompass verliert sich, ist nicht mehr rechtweisend, sondern zeigt mir lediglich eins: Zelal Korkmaz. Egal wie sicher ich mir bin, dass sie in meinen Händen zerbrechen wird, egal wie sehr ich genau das nicht will – ich kann nichts dagegen tun und küsse sie. Drücke meine Lippen gegen ihre, schmecke den süßlichen Kaffee, den sie liebt. Spüre ihre weichen Wangen unter meinen Fingern. Rieche ihr sommerliches Parfüm, das nicht in diese Jahreszeit passt, aber zu ihr.

Ihre Zunge kämpft sich als Erstes einen Weg frei, was ich zulasse. Sie soll mir näher sein. Ich beuge mich zu ihr herunter, umgreife ihre Oberschenkel und hebe sie schnell hoch, woraufhin sie sich erschrocken von mir trennt. Automatisch schlingt sie ihre Beine um meine Hüften, und ich vergrabe das Gesicht in ihrer Halsbeuge, um dort Küsse zu verteilen.

»Levi«, stöhnt sie und legt den Kopf schief, um mehr Haut freizulegen.

»Sag meinen Namen nicht so, bitte.« Ihre Haare kitzeln meine Nase, was ich ignoriere, und ich verteile Küsse bis unter ihr Ohr. Eine Gänsehaut legt sich auf ihre Haut. Ich habe die richtige Stelle gefunden.

»Wa…« Ich drücke die Lippen gegen den Punkt zwischen ihrem Ohrläppchen und Kiefer. Das Wimmern, das sie verlässt, sorgt fast dafür, dass ich in meine verdammte Hose komme.

»Warum?«, fragt sie schnell und atemlos.

Ich trenne mich von ihr, schaue in ihr gerötetes Gesicht. »Weil ich nicht mehr viel Beherrschung habe, was dich angeht, Bambi.«

Die Heiterkeit, die sich auf ihrem Gesicht ausbreitet, ist teuflisch. Wenn es mir bisher nicht klar war, dann spätestens jetzt: Diese Frau hat mich um ihren kleinen Finger gewickelt, und sie weiß das genauso gut wie ich.

»Wie viel ist noch da?«, fragt sie gespielt naiv und fährt mit den Händen meine Brust hoch bis zu den Knöpfen meines Hemdes. Sie öffnet den obersten, spielt mit der Silberkette und schaut zu mir auf. Das ist der Moment, in dem es kein Zurück mehr gibt. Ich bin ein Todgeweihter und damit einverstanden, dass die Finger mit den schwarz lackierten Nägeln mich in den Untergang schubsen.

»So viel, wie du brauchst«, presse ich im Fieberwahn ihrer Existenz hervor. »So viel, wie du willst.«

»Ich will dich.« Sie schluckt so schwer, dass ich es unter meinen Fingern spüre. »Jetzt.«

»Geht mir scheißähnlich, Bambi.«

Ich beuge mich wieder zu ihr hinunter, um sie zu küssen, als die Tür aufgerissen wird. Sofort zucken unsere Körper auseinander, und ich lasse sie wie von der Tarantel gestochen herunter. Zel klaubt nach ihrer Jacke, während meine Tasche durch den Aufschwung der Tür gegen die Wand gerammt wird.

»Sorry, ich –« Der Satz findet ein abruptes Ende, als Felix realisiert, wer vor ihm steht.

Fuck, fuck, *fuck*.

Aus dem Augenwinkel sehe ich, wie Zel sich gegen die Wand drückt, als könne sie sich dadurch in Luft auflösen oder sich vor Felix' verwirrtem Gesichtsausdruck verstecken. Aber nichts kann diese fatale Situation rückgängig machen, also stehen wir zu dritt in diesem engen Raum und starren uns an.

»Was zum Fick?«, sagt Felix atemlos. »Ich wusste es. Ich habe es geahnt.«

»Fe-«, setzt Zel mit gebrochener Stimme an, während bei mir die Alarmglocken läuten.

Er schüttelt jedoch den Kopf und zwingt sich ein Lächeln auf, das die Augen nicht erreicht. »Ich lass euch zwei allein, dann könnt ihr euer *Ding* fortführen, und ich störe nicht.«

»Herr Müller«, sage ich, aber er hört mir längst nicht mehr zu. »Das ist keine Situation, die Sie mitbekommen sollten oder die nach außen getragen werden muss.«

Ich könnte mich nach meiner Aussage direkt ohrfeigen, weil sie die Situation nicht besser macht. Wir sind auf die Gnade eines Mitte Zwanzigjährigen angewiesen, der scharf auf Zelal ist.

»Was meinen Sie genau?« Die Pause, die er einlegt, ist theatralisch. Sie spannt uns unnötig auf die Folter, obwohl er *genau* weiß, was ich meine. »Dass Sie mit einer Studentin, für deren Bildung Sie verantwortlich sind, in einer öffentlichen Toilette eines staatlichen Instituts rummachen?«

»Bleib-«

Ich komme nicht einmal bis zum Ende des ersten Wortes, bevor er weiterredet. »Aber das ist nichts Neues, oder? Dasselbe passiert bestimmt auch an der Uni. Ist sie überhaupt die Erste? Oder machen Sie das mit jeder, die Sie attraktiv finden?«

Ungeduldig fahre ich mir durch die Haare und möchte ihm die Leviten lesen. Was fällt ihm ein, eine Meinung zu dieser Situation zu haben? Sie betrifft ihn nicht.

»Passen Sie auf, wie Sie mit mir sprechen. Ich bin nach wie vor Ihr Dozent«, zische ich und gehe einen Schritt auf ihn zu, was ihn merklich irritiert. »Sie echauffieren sich über eine Situation, die Sie erstens gar nichts angeht und die zweitens nicht verboten ist.«

Bevor ich den letzten Teil ausgesprochen habe, fühle ich mich schon dreckig. Wie ein paraphiler Mann, der seine Anziehung zu einer Teenagerin wegargumentieren möchte. *Sie ist achtzehn, also ist das legal.* Bei diesem Gedanken könnte ich mich direkt unter die heiße Dusche stellen und dort verweilen, bis mein Körper den Siedepunkt erreicht. So meine ich das nicht.

Felix hat uns vielleicht in flagranti erwischt, aber das bedeutet nicht, dass hier etwas nicht mit rechten Dingen zugeht. Diese Beziehung ist erlaubt. Sie sieht zwar scheiße aus, vor allem mit all den Umständen, die ich vergeblich versuche unter einen Hut zu bekommen, aber nichts ist falsch an ihr.

Felix nickt betont langsam. »Okay.«

Mein erster Impuls ist, ihm damit zu drohen, ihn im Seminar durchfallen zu lassen. Jedoch ist genau das illegal. Die eine Sache, die man mir ankreiden könnte.

»Wir sehen uns am kommenden Montag und zu allen anderen Seminarterminen. Und ich hoffe, dass ich nur dort etwas von Ihnen höre und mir durch das Institut ansonsten nichts zu Ohren kommt«, sage ich streng. Dass ich bluffe und keine Ahnung habe, was ich machen soll, versuche ich, mir nicht anmerken zu lassen. Vielleicht greift das kleine bisschen Autorität, das ich habe, und er macht uns keine Probleme.

Die kann ich mir überhaupt nicht leisten.

»Bis nächste Woche dann.« Seine Tonlage ist nicht interpretierbar – sein Gesicht völlig ausdruckslos.

Ich habe keinen verfickten Schimmer, was er vorhat.

FÜNFUNDDREISSIG | SIH Û PÊNC

Zelal

Ich bin eingefroren. Zur Salzsäule erstarrt. Die Herkunft der Redewendung habe ich mal während der Recherche für eine Hausarbeit gelernt. Sie ist angelehnt an eine biblische Geschichte, in der die Frau eines Propheten durch Gottes Bestrafung in eine Salzsäule verwandelt wird. Weil sie es wagte, beim Verlassen der zerstörten Stadt Sodom einen Blick zurückzuwerfen.

Weil sie etwas Verbotenes tat.

So wie Levi und ich.

»Zel.« Seine Stimme ist weit entfernt. Ich bin allein, irgendwo vor dieser niedergebrannten Stadt, zu der ich nicht schauen darf. »Scheiße.«

Ich hätte auf mein Bauchgefühl hören sollen. Von Anfang an war mir klar, dass ich diese Beziehung nie hätte eingehen dürfen. Nicht nur wegen meiner Vergangenheit, sondern wegen meiner Zukunft. Ich verbaue mir alles selbst. Ich bin meine eigene Feindin.

Mit einem sanften Ruck holen mich Levis Finger in die Realität. Sie umfassen mein Kinn und zeichnen langsame Kreise auf meine Haut.

»Er ist weg«, beteuert er, als könne der Fakt das Passierte ungeschehen machen. »Geht es dir gut?«

Mir ist schlecht, die Angst frisst ein Loch in meine Brust, und ich muss alles daransetzen, nicht in Schnappatmung zu verfallen.

»Nein«, gebe ich zu. »Dir?«

Er atmet tief durch. »Nein, Scheiße, nein.«

Normalerweise ist er ruhig und überlegt. Verfällt keiner Angst und kann sich zusammenreißen, während das Gegenüber sich zu verlieren droht. Jetzt ist ihm die Panik ins Gesicht geätzt.

»Levi …« Ich umgreife seine Hände. »Alles wird gut werden. Nichts wird passieren. Das lasse ich nicht zu.«

Was will ich tun, wenn Felix zum Dekan geht und es meldet? Ich kann nicht dafür sorgen, dass ich nicht aus seinem Seminar gezogen werde, um am Ende die Leistungspunkte woanders erbringen zu müssen. Dass sich das nicht ins nächste Semester zieht, wo ich doch die Masterarbeit schreiben und arbeiten wollte, damit ich mir im Praxissemester das Leben leisten kann. Genauso wenig kann ich dafür sorgen, dass Levi möglicherweise nicht suspendiert wird.

Er schüttelt den Kopf, als könne er damit die Erinnerungen abschütteln. »Und wie genau willst du das anstellen?«

Meine Ohren pfeifen laut, ich höre ihn kaum. Träume ich? Ich wünschte. Ich wünschte, all das wäre nichts als ein schlechter Scherz. Trotzdem lege ich die Hände um sein Gesicht, damit er ruhiger wird.

»Ich weiß ... ich weiß es nicht, aber ich werde dafür sorgen, dass Felix nichts sagt, versprochen.« Ich stolpere über meine Worte und zwinge mir ein Lächeln auf. »Wir sind befreundet, ich werde das klären.«

Levi könnte es sowieso nicht, ich muss mich darum kümmern.

»Warum hast du die Tür nicht abgeschlossen?« Die Frage sollte ich nicht gegen ihn richten, weil ich den Schlüssel genauso gut hätte umdrehen können.

Er beißt sich auf die Lippe, schaut zur nun abgeschlossenen Badtür und wieder zu mir. »Es tut mir leid.«

In seinen Augen stürmt es wie in meinem Innersten. Er nutzt normalerweise seine Arroganz als Schutzschild, weil man bei ihm nur genau genug hinschauen muss, um seine Gefühle und Gedanken zu erkennen. Er trägt sie ungewollt auf dem Gesicht zur Schau. Die Verunsicherung, die sich in seinen zusammengezogenen Brauen und den nach unten gebogenen Lippen verbirgt, bricht mir das Herz.

»Ich rede mit Felix«, wispere ich, da meine Stimme sonst brechen würde. »Ich rede mit ihm.«

»Es tut mir leid, Bambi. Verdammt leid.« Die Wärme, die er ausstrahlt, ist beruhigend in einer Situation, in der ich unter anderen Umständen längst kollabiert wäre.

»Was, wenn er nicht auf mich hört? Dann bekomme ich meine Punkte nicht und –« Jetzt bricht der Damm, den ich mühselig aufgebaut habe. Die Tränen, die sich seit dem Gespräch mit meiner Mutter angestaut haben.

Ich bin auf mich allein gestellt. Ich habe niemanden, der mich ein weiteres Semester durchfüttert und mir unter die Arme greift. Ich bin die einzige Person, die mich versorgen kann. Ein weiteres Halbjahr kann ich mir nicht leisten. Wenn ich die Creditpoints für Levis Seminar nicht bekomme, weiß ich nicht, wie ich nächstes Semester genug Geld verdienen soll.

»Das lasse ich nicht zu«, sagt er und zwingt meinen Blick zu sich. »Das würde ich niemals zulassen, verstanden?«

Ich atme tief ein und nicke. Als die in meinen Augen brennenden Tränen sich vereinzelt lösen, streicht er mit den Daumen über meine Wangenknochen.

»Das würde ich *niemals* zulassen, Zel. Niemals«, wiederholt er.

Ich kann nichts tun, außer auf die in Flammen stehende Stadt zu schauen, die die sonst stürmischen Augen Levis in einem warnenden Rot entfacht.

* * *

Ich bin nie im Gebäude, in dem die Masterstudierenden ihre Englischkurse haben. Es liegt weit von meinem entfernt, und ich muss extra mit der Straßenbahn herfahren. Heute bleibt mir jedoch nichts anderes übrig.

Die ersten Studierenden verlassen den großen Vorlesungssaal, während ich unweit der Türen auf ein bestimmtes Gesicht warte. Ein markantes, mit harschen Zügen und starken Augenbrauen.

Felix.

Er kommt allein aus dem Raum geschlendert und macht auf dem Absatz kehrt, als er mich sieht. Das hält mich nicht davon ab, ihm nachzurennen. Ich muss das klären, sonst kann ich keine weitere Nacht schlafen. Allein gestern war eine Tortur. Ich saß in der Küche und habe nur schwer mein Essen herunterbekommen. Talhah dachte, es läge an seinen Kochkünsten.

»Warte!«, schreie ich Felix unverfroren hinterher. »Warte doch!«

Ich packe ihn am Ärmel, sodass er stehen bleibt und sich zu mir umdreht.

»Was willst du?«, giftet er mich an, aber das könnte mir nicht egaler sein.

»Hast du eine Minute Zeit?« Der Flur füllt sich mit Menschen, die in ihre nächsten Vorlesungen und Seminare eilen wollen, während wir mittendrin stehen.

»Von mir aus.«

Meine Hand, noch immer im Stoff seiner Jacke, zieht ihn in die Nähe einer Wand, damit wir den anderen nicht im Weg stehen und in Ruhe reden können.

»Wegen …« Ich stecke mir die Haare hinters Ohr und weiche seinem Blick aus. »Wegen der Sache mit Levi …«

Felix rollt mit den Augen und kreuzt ungeduldig die Arme vor der Brust. »Spuck es aus.«

Ich beiße mir auf die Lippe, bevor ich wieder ansetze. »Du sagst es doch niemandem, oder?«

»Was?«, fragt er, als wüsste er nicht ganz genau, was ich meine. »Dass du was mit deinem Professor am Laufen hast?«

»Er ist kein Professor, und ich …« Meine Stimme wird leiser, während meine Wangen heißer werden. »Bitte erzähl niemandem, was du gesehen hast. Ich könnte meine Punkte nicht angerechnet bekommen, auch wenn solche Beziehungen nicht verboten sind.«

Sie sind nur ungern gesehen.

Er schnaubt. »Oh, hört sich nach den Konsequenzen deiner Taten an, nicht?«

Ich habe keine Geduld für seine Spielchen.

»Du hast mich bedrängt, falls du dich daran erinnerst«, zische ich, was ihm das selbstgefällige Lächeln von den Lippen wischt. »Wir sind nicht ausschließlich Kommilitonen, sondern auch Kollegen. Wenn der Dekan davon erfährt, dann kannst du deinen Job loswerden. Willst du das?«

Für eine lange Zeit ist es still zwischen uns. Der Flur wird immer leerer, und das schlechte Gewissen in mir größer. Ich möchte seit dem Geschehnis nichts mehr mit ihm zu tun haben, aber er zwingt mich regelrecht, darüber zu sprechen.

»Ich werde niemandem etwas sagen«, murmelt er, bevor er auf seine Schuhe starrt. »Du weißt, dass mir das alles leidtut.«

»Sich zu entschuldigen, reicht manchmal einfach nicht.«

Mit diesen Worten mache ich auf dem Absatz kehrt, um das gottverdammte Englischgebäude zu verlassen. Ich will Felix nie wieder sehen. Am liebsten würde ich ihm auch im Institut aus dem Weg gehen, aber da das nicht funktionieren wird, muss ich mit seiner Existenz klarkommen. Wenigstens hat er kein großes Problem aus der Sache gemacht. Das hätte mir den letzten Nerv geraubt. Einen Nerv, den ich längst überstrapaziert habe.

»Zelal?«

Ich halte in meiner Bewegung inne und drehe mich in die Richtung, aus der die Stimme kommt. Saf steht mit fragender Miene unweit von mir und hat dicke Bücher gegen ihre Brust gedrückt.

»Hey.«

»Was machst du hier?« Sie kommt auf mich zu, woraufhin ich sie ungelenk in eine Umarmung ziehe.

Schulterzuckend antworte ich: »Ich musste was mit Felix klären.«

Sie zieht eine Augenbraue hoch. »So dringend, dass du ihm nach der ersten Vorlesung aufgelauert hast? Alles okay?«

»Jap, total.« Mein Lächeln ist aufgezwungen, aber die Wahrheit kann ich ihr nicht beichten, solange sie vom Rest nichts weiß. Irgendwann wird mich dieser Fakt einholen, bis dahin werde ich jedoch meinen Mund halten.

»Er hat nichts Komisches gesagt, oder?« Sie schaut sich um, als könne er uns hören, weswegen ich sie anlächle. Ich möchte nicht, dass sie sich unnötig Sorgen macht.

»Ach nein, nichts Schlimmes, ehrlich. Ich musste ihn etwas wegen einer Aufgabe für Herrn Jakab fragen. Die soll heute fertig werden, deswegen.«

»Hmmm, okay.«

Sie glaubt mir nicht.

»Hast du Lust auf einen Kaffee?«, frage ich deswegen unschuldig. Vielleicht kann sie mir von ihrem Date erzählen. Dann verliert sie sich darin und vergisst meine Situation.

Danach kann ich zu Levi und ihm die frohe Botschaft überbringen. Und mich in seine Arme fallen lassen, ohne mich beobachtet zu fühlen. Die letzten Tage waren komisch, weil wir beide nicht wussten, was Felix vorhat.

Jetzt steht uns nichts mehr im Weg.

SECHSUNDDREISSIG | SIH Û ŞEŞ

Zelal

Liebe war nicht echt für mich. Sie glich mehr einer Fiktion, geboren aus der Hoffnung, nicht allein sein zu müssen. Nie war sie allumfassend schön, sondern geheim, unbeständig, nervenaufreibend. Schmetterlinge wertete ich immer als Zeichen dafür, die richtige Entscheidung getroffen zu haben. Sie schwirrten zu jeder Tageszeit in meinem Magen umher. Sogar wenn ich neben dem Mann einschlafen wollte, den ich dachte zu lieben.

Jetzt weiß ich, dass Liebe sich nicht wie ein konstantes Unter-Strom-Stehen anfühlen sollte, sondern wie eine Stille, in die man sich fallen lassen möchte. Die man nach einem stressigen Tag nicht abwarten kann, weil sie einen in den Schlaf wiegt.

»Ich muss das Paper heute rausschicken, also falls du die Bibliografie fertig machen könntest, wäre das perfekt«, murmelt Levi, während er, ohne aufzublicken, weiter auf seiner Tastatur tippt.

»Klar, mache ich.« Der Arbeitslaptop ist schwer auf meinem Schoß, weil er wahrscheinlich älter als ich ist, aber das stört mich nicht. Das Word-Dokument mit dem Abriss seiner kommenden Forschungsarbeit hat er mit mir geteilt, damit ich die zitierte Literatur am Ende einfügen kann.

»Danke, Bambi.«

Bei dem Kosenamen kann ich das verliebte Lächeln nicht unterdrücken und ziehe meine Beine an, um mich hinter dem Bildschirm zu verstecken. Wie kann ein Mann mich so von sich überzeugen, wenn ich mich die letzten Jahre vor jeglichen romantischen Beziehungen gefürchtet habe? Ich habe versucht, mein zerbrechliches Herz zu schützen, und jetzt werde ich das Gefühl nicht los, dass es in keinen Händen sicherer wäre als in seinen. Niemand hätte mehr Acht und Respekt vor etwas, das einmal zu viel zersplittert wurde.

»Gehen wir danach essen?«, frage ich und sichere mir damit Levis volle Aufmerksamkeit.

Er dreht sich zu mir und stützt das Kinn auf seiner Hand ab, während er mich anschaut. »Was immer du willst. Hast du Hunger?«

»Ein bisschen.« Die Uhr verrät mir, dass ich eine weitere halbe Stunde arbeiten muss, aber Levi ist wahrscheinlich bis spätabends im Büro eingesperrt.

»Ich kann uns was bestellen? Vor neun komme ich hier nicht raus.« Er sieht selbst überfordert aus. Seine Haare sind durcheinander, die Krawatte hängt bei den Jacken, und – ganz untypisch unprofessionell für ihn – drei Knöpfe seines Hemdes sind offen, sodass seine Halskette hervorblitzt.

»Brauchst du nicht«, sage ich kopfschüttelnd.

»*Künefe* schulde ich dir auch.« Er drückt sich vom Tisch ab und holt sein Handy hervor. »Wenn du Lust auf ein halbes Date hast, kannst du gern hierbleiben.«

Zu Hause wartet niemand anderes als Socke auf mich. Atlas ist im Lesekreis, Talhah bei Evren, und Yousef wollte zu einer Kunstausstellung. Mit Levi in seinem Büro zu sitzen und ihm beim Arbeiten zuzuschauen, ist definitiv die beste Option.

»Falls du mir eine Pizza bestellst, überzeugst du mich vielleicht«, sage ich, während ich es mir im Sessel gemütlich mache. Die Schuhe habe ich längst ausgezogen, und die Beine lasse ich jetzt von der Armlehne baumeln.

Levi taxiert mich kurz, bevor er sich wieder seinem Handy zuwendet. »Was für eine Pizza wünscht sich die Dame denn?« Sein kurzes Mundwinkelzucken löst ein Grinsen bei mir aus.

»Eine Käsepizza mit so vielen Champignons, dass es fast schon obszön ist«, sage ich lachend, woraufhin er den Kopf schüttelt.

»Werde das genau so in das Textfeld schreiben, damit du Bescheid weißt.«

»Ich bitte darum!«, antworte ich. »Die tun *nie* genug drauf.«

Er lacht. »Ich werde es extra betonen, versprochen.«

Levi macht seine Arbeit sehr gut und sorgfältig. Das bedeutet zwar, dass seine Forschungsqualität hoch ist, dafür kämpfe ich mich jedoch durch Hunderte Fußnoten und Vermerke, die alle mit ihren richtigen Quellen in das ellenlange Literaturverzeichnis müssen. Letzte Woche habe ich mich nur damit beschäftigt und bin noch immer nicht fertig. Da die wissenschaftliche Arbeit diesmal an zwei Reviewende geht, die der letzte Schritt vor der Veröffentlichung in einem riesigen Geschichtsjournal sind, müssen wir uns extra Mühe geben.

»So … in einer halben Stunde bekommen wir eine Gemüsepizza und eine mit so vielen Pilzen, dass der Kartonboden durchbrechen könnte.«

Ich verziehe das Gesicht. »Meine Hoffnung ist sehr gering, weil die immer geizig sind, aber ich bin gespannt.«

Levi steht von seinem Platz auf. »Ich habe es wirklich nett betont«, beteuert er, bleibt neben mir stehen und drückt mir einen Kuss auf den Scheitel. »Läuft alles gut?«

Ich drehe mich leicht, damit ich in sein Gesicht blicken kann, er aber schaut konzentriert auf den Laptop. »Ja, nur zitierst und vermerkst du mir zu viel in den Fußnoten. Kannst du für einen Moment ein schlechter Forscher sein? Würde mir die Arbeit echt erleichtern.«

Sein Gesicht hellt sich auf. »Fürs nächste Mal merke ich es mir.«

»Bitte! Weil das hier nicht zumutbar ist. Vor allem für die Frau, in die du dich anscheinend verliebst.«

Endlich richtet er die schieferblauen Augen auf mich. Zum ersten Mal kann ich sie nicht wirklich lesen, was Aufregung in mir auslöst. Aufregung, weil ich Angst vor Ablehnung habe.

»Du hast recht«, sagt er heiter. »Aber das ist mein Kink.«

»Wa… was?«

»Intelligente Frauen, die hart arbeiten.« Er zeigt auf den Laptop und dann auf mich. »Das hier dient im Grunde meinem Vergnügen.«

Ich nicke betont langsam, hoffe, dass er mir die Röte nicht anmerkt, denn meine Wangen werden unglaublich heiß. »Ach so. Deswegen hast du kommentarlos meine Pizzawünsche angenommen? Ist das meine Bezahlung fürs Befriedigen deiner Vorlieben?«

Er zieht zischend die Luft ein, und ich bin mir sicher, dass er mir jeden Gedanken vom Gesicht ablesen kann. Jeden schamlosen Wunsch, der viel zu schnell durch meinen Kopf rast. »So einfach bist du doch nicht zufriedenzustellen, oder, Bambi?«

Mein Hirn friert ein. Ich weiß nicht, was ich antworten soll. Ob ich überhaupt antworten *kann*. Also schüttle ich unbeholfen den Kopf, woraufhin sich Levi endlich zu mir herunterbeugt und mein Gesicht mit kühlen Fingern umgreift.

»Darf ich?«

»Ja«, krächze ich und schließe die Augen.

Seine Lippen liegen schwer auf meinen. Das stundenlange Zusammensitzen und -arbeiten entlädt sich in einer Dringlichkeit, die Levi sonst zu maskieren weiß. Die Aufregung von vorhin verpufft und macht Platz für hochdosiertes Glück, das durch meine Adern schießt. Eine mir unbekannte, längst verloren geglaubte Lust durchzuckt mich, was mich aus dem Konzept bringt. Das letzte Mal, dass sich mein Körper vor meinem gesunden Menschenverstand eingeschaltet hat, ist lange her. Aber jetzt, mit Levis Hand an meinem Kiefer und der anderen am Bund meines Pullovers, weiß ich, dass ich mit meinen Wünschen und Gefühlen bei ihm sicher bin.

Er beugt sich tiefer zu mir, seine Hand wandert von meinem Gesicht zu meiner Halsbeuge, und er drückt mich enger an sich. Seine Finger spielen mit dem Saum meines Oberteils, bevor sie die Haut auf meinem Bauch streicheln.

»Ist das okay?«, fragt er atemlos, nachdem er sich für einen Moment von mir wegdrückt.

Ich antworte nicht, sondern ziehe ihn an seinem Hemd wieder an mich und lege meine Hand auf seine, um sie vollends gegen meine warme Haut zu drücken. Uns trennt der dicke Stoff, aber das stört mich nicht. Ich brauche nicht mehr. Das hier ist genug, damit der Fluchtgedanke keinen Platz in mir findet.

Er streichelt meine Haut, küsst mich inniger, erlaubt seinen Fingern, weiter nach oben zu wandern. Ich wünschte, wir wären nicht an der Uni, nicht in seinem Büro, das wir nicht abschließen können, ohne Aufmerksamkeit zu erwecken.

Der Vorfall mit Felix vor zwei Wochen hätte uns eines Besseren belehren sollen. Wir sollten Vorsicht walten lassen, zurückhaltender mit unseren Berührungen, Blicken und Wünschen sein. Aber wenn er in meiner Nähe ist, dann fällt es mir schwer, einen klaren Gedanken zu fassen. Rationale Entscheidungen sind plötzlich banal. Und seine Lippen auf meinen verdammt echt …

Ein Klopfen sorgt dafür, dass wir auseinanderspringen. Levis Blick ist für einen Moment gehetzt.

»Du … du machst das Literaturverzeichnis, und ich kümmere mich … kümmere mich um die Person.« Er fährt sich durch das Haar und über den Mund, um meinen Lippenstift wegzuwischen. Ich richte mich auf, versuche vergeblich, mich auf den Laptop zu konzentrieren, dessen Bildschirm sich längst verdunkelt hat.

Levi räuspert sich und glättet das Hemd, an dem man nicht erkennt, dass er vor Sekunden über mich gebeugt war. Während er mit Kraft die Tür aufschwingt, bin ich auf die Person gespannt, die uns kurz vor Feierabend stört.

»Cecil, hi«, sagt Levi überrascht und zwingt sich ein Lächeln ins Gesicht. »Was machst du noch hier?«

»Ein paar aus dem Institut wollen etwas trinken gehen, und da wollte ich dich fragen, ob du auch Lust hättest?« Sie hört sich nervös an. Ich kann es ihr nicht verübeln. Levis Präsenz fordert einen gewissen Raum und Respekt ein, was verunsichernd und anziehend zugleich ist.

»Theoretisch sehr gern, aber …« Er zieht scharf die Luft ein. »Ich habe eine Paperabgabe, die ich schaffen muss. Frau Korkmaz macht schon Überstunden, um mir auszuhelfen.« Er öffnet die Tür weiter, sodass Cecil zu mir schauen kann.

Ich fühle mich entblößt, als könnte sie meine Sorge erkennen. Um meine Angst zu übermalen, winke ich ihr zu. Ich darf nicht auffallen, nicht komisch wirken. »Er sperrt mich hier ein. Unfreiwillig«, sage ich sarkastisch, woraufhin sie lacht.

Sie hebt kapitulierend die Hände. »Okay, dann lasse ich euch arbeiten.«

Levi nickt kurz, bevor er die Tür schließt. Sein Lächeln verliert an Professionalität, nachdem er zu mir schaut. Es hat etwas Kindliches an sich, das auch mich zum Grinsen bringt.

»Mein armes siebenundzwanzigjähriges Herz hält diese Geheimniskrämerei nicht aus«, sagt er in einem Atemzug, mit der Schulter gegen die geschlossene Tür gelehnt. Die Muskeln in seinen Armen werden deutlich, als er sie kreuzt, was dafür sorgt, dass ich mich noch weniger konzentrieren kann.

»Du machst dafür viel zu viel Sport. Dein Herz ist wahrscheinlich in einem besseren Zustand als meins. Mein einziger Sport ist der Gang von meinem Zimmer zum Kühlschrank und zurück.«

Er drückt sich vom Holz ab und geht wieder auf seinen Schreibtisch zu. »Du überschätzt, wie viel Cardio ich mache.«

»Was für Sport machst du denn?«

»Krafttraining und ab und zu Schwimmen.« Er kaut kurz auf seiner Unterlippe, als überlege er, ob er die nächsten Worte sagen soll oder nicht. »Also falls du noch mal getragen werden willst, ist das kein Problem, Bambi.«

»Bitte nicht. Ich will mich nie wieder so krass betrinken, die folgenden zwei Tage waren schrecklich.« Allein die Erinnerung löst Übelkeit in mir aus.

»Ich trage dich auch so, dafür musst du dir keinen hinter die Binde kippen«, antwortet er belustigt.

Bei den Worten muss ich lachen und würde ihn am liebsten wieder zu mir ziehen, aber die Arbeit wartet.

Und wir haben noch genug Zeit, um uns verstohlene Küsse zuzuwerfen. So viel Zeit.

SIEBENUNDDREISSIG | SIH Û HEFT

Zelal

»Manchmal ist Aufgeben doch eine Option«, seufzt Saf und klappt wütend ihren Laptop zu.

Seit einer halben Stunde versuchen wir, uns zu konzentrieren, während wir auf unsere Computer starren. Wir befinden uns schließlich in der Bibliothek, in der man kurz vor Weihnachten produktiv sein *muss*, weil es jeder andere um einen herum ist. Das Memo haben wir anscheinend nicht bekommen, da wir es beide nicht hinkriegen, auch nur einen Satz zu tippen.

»Wir schaffen das. Das sind nicht unsere ersten Hausarbeiten.« Das Gutzusprechen funktioniert mäßig. Hausarbeiten sind jedes Mal eine Qual. Sie sind komplizierter als Klausuren, für die man einmal lernen muss, ehe man es überstanden hat. Hier sitzt man für Wochen dran, um am Ende knapp zu bestehen. Das simple Exposé, das ich zu meiner Hausarbeit für Levis Kurs schreiben muss, zehrt seit Tagen an meinen Nerven, aber ich muss es Ende dieser Woche abgeben, damit ich vor den Weihnachtsferien eine Einschätzung bekomme.

Saf schmollt, bevor sie die Hände vor dem Gesicht zusammenschlägt. »Ja, aber die schwerste! Ich blicke gar nicht durch.«

Die meiste Zeit bin ich froh, dass Englisch nicht mein Erstfach ist. Die Linguistik hört sich in Erzählungen schon so schwierig an, dass ich mich verkriechen möchte. Der Kurdisch-Kurs, den ich neuerdings belegt habe, um meine Muttersprache zu lernen, ist anstrengend genug. Und da muss ich kein tiefgehendes Verständnis von Grammatik oder der Entwicklungsgeschichte haben wie in einem Sprachstudium.

»Wir schaffen das, es führt kein Weg dran vorbei.« Die letzten Klausuren und Hausarbeiten vor der Masterarbeit will ich endlich hinter mich bringen. Das ist das Ziel. Ab nächstem Semester nicht mehr in der Universität auftauchen, sondern arbeiten und an der Abschlussarbeit schreiben.

Manchmal kann ich mir gar nicht vorstellen, mit der Universität fertig zu sein, weil sie lange mein Leben eingenommen hat. Ganze fünfeinhalb Jahre, wenn ich den Master bestanden habe. Die Anfänge meiner Zwanziger. Danach wirklich zu arbeiten und für junge Menschen verantwortlich zu sein, macht mir Angst. Doch bis dahin dauert es noch.

Plötzlich vibriert mein Handy so laut, dass ich mir sicher bin, dass andere Studierende zu uns schauen.

Levi: Bist du über Weihnachten in Berlin?

Nach Hause werde ich nicht gehen, nicht nach der Funkstille mit meiner Familie, die mir gelegen kommt. Ich will nicht mehr mit meinen Eltern sprechen. Sie nicht mehr sehen. Meine Schwester hat endlich gewonnen und das bekommen, was sie seit Ewigkeiten wollte. Ihren Nummer-eins-Status.

Zelal: Ja, du?

Levi: Scheint so, als wäre das mein Glücksjahr, Bambi. Ich bin auch hier. Lust, die Zeit zusammen zu verbringen? Unverbindlich, natürlich. Ein Nicht-Weihnachten-Weihnachten.

Bei der Nachricht kann ich die aufkeimende Freude gar nicht unterdrücken und tippe so schnell, wie ich es mir für die Hausarbeit wünschen würde.

Zelal: Voll gern! Unverbindlich, natürlich.

Muss ich ihm jetzt ein Geburtstags- oder Weihnachtsgeschenk machen? Er hat zwar gesagt, dass es unverbindlich sei, aber gar keins wäre auch unschön. Dass er früher Geschenke für beide Feierlichkeiten gleichzeitig bekommen hat, ist schade genug.

Ich überlege mir etwas.

»Warum grinst du *so*?«

»Wie?« Sofort blicke ich von meinem Handy auf.

Saf fuchtelt mit ihrer Hand vor meinem Gesicht herum. »Na … als hättest du einen Sechser im Lotto.«

Ich presse meine Lippen zu einem Strich zusammen. »Stimmt doch gar nicht.«

»Mhmmm … und ich bin der Weihnachtsmann.« Sie legt ungläubig den Kopf schief. »Mit wem schreibst du?«

Ich zucke mit den Schultern. »Mit niemandem.« Atlas weiß es schon, ich kann es keiner weiteren Person erzählen. Auch wenn ich mit niemandem mehr darüber reden möchte als mit Saf. Sie ist meine bessere Hälfte, meine Schwester. Die Antithese zum Sprichwort *Blut ist dicker als Wasser.*

»Ich tue mal so, als würde ich es dir glauben.« Das Lächeln, das sie aufsetzt, ist gewollt falsch.

»Danke.« Ich *kann* es ihr nicht erzählen, aber ich bin ihr unendlich dankbar, dass sie nicht versucht, es aus mir herauszuquetschen.

So bald wie möglich wird sie alles erfahren. Jedes kleinste Detail, jedes Herzklopfen und jeden Gedanken. Bis dahin hoffe ich, dass sie nicht sauer auf mich sein wird.

»Wie läuft es mit der Kunststudentin?«, frage ich, was sie grinsen lässt.

»O mein Gott, Zela!«, kreischt sie fast und hält sich daraufhin schnell den Mund zu, um sich zu beruhigen. »Sie ist unendlich gut zu mir! Einfach lieb. Wir haben uns über ihre Kunst unterhalten, die ganz nebenbei atemberaubend ist.«

Sie kramt in Lichtgeschwindigkeit ihr Handy hervor, das sie mir vor die Nase hält. Mir blickt eine hübsche Frau mit den grünsten Augen entgegen, die ich je gesehen habe. Ihr blondiertes Haar hat abgehackte Stufen, und ihre Ohren sind gepiercter als Safs und meine, was schier unmöglich ist.

»Sie ist wunderschön.«

Saf seufzt verliebt. »Oder?«

»Voll dein Typ.« Wir hatten immer unsere Probleme, Menschen zu finden, die uns bedingungslos lieben und die wir genauso zurücklieben können. Aber es gibt keinen Menschen, den man einfacher ins Herz schließt als Safiya. Sie zeigt ihr wahres Ich voller Stolz mit jedem Wort, das ihre Lippen verlässt, in ihrem fröhlichen Gesicht, wenn man einen besonderen Meilenstein erreicht, durch liebevoll gebackene Kekse während der Klausurenphase.

»Wir treffen uns in zwei Tagen noch mal«, sagt sie kichernd, wodurch mein Herz vor Freude platzen könnte. »Ich glaube, es wird ernst.«

»Ich hoffe, sie macht dich zum glücklichsten Menschen überhaupt.«

Sie steckt sich die vorderen Twists hinters Ohr und bleibt dabei an den bunten Bändern hängen, die sie um ihr Haar gewickelt hat. Auf der Suche nach einer Antwort wird ihr Ausdruck sanft. Wir sind mittlerweile lange genug befreundet, dass ich mir denken kann, was ihr im Kopf herumschwirrt.

»Irgendwann …« Saf legt die Hand auf meine und drückt sie beschwichtigend. Mir ist augenblicklich zum Weinen zumute, obwohl ich keinen Grund dafür habe.

»Ich weiß«, flüstere ich. *Irgendwann wirst du auch glücklich werden. Jemanden finden.* Obwohl das natürlich nicht das einzige Ziel im Leben sein sollte. Man ist viel mehr als die Person, die man liebt, mit der man sich das Leben teilt. Aber Saf weiß genauso gut, wie schlimm die Ehe meiner Eltern ist und weshalb es mir schwerfällt, zu vertrauen. Wie schön eine Beziehung wäre, die die Verunsicherung, die meine Eltern hinterlassen haben, zunichtemacht. Sie niederbrennt mit all der Angst, die wie eine Narbe meine Seele verunstaltet.

ACHTUNDDREISSIG | SIH Û HEŞT

Levi

Die Sache mit versteckten Liebelein ist, dass sie in der Theorie schön sind. Sich nach der Person zu sehnen, vor anderen mit ihr zu reden, als hätte deine Hand nicht vor einer halben Stunde mit ihrem Haar gespielt, als hätte sie dir nicht unsagbare Dinge ins Ohr geflüstert, kurz bevor ihr für den Tag getrennte Wege gehen musstet. Jeder Moment ist mit einer Spannung geladen, die man endlich ineinander loswerden möchte. Es ist wie das verdammte Vorspiel, das jede darauffolgende Berührung hungriger und explosiver macht.

In der realen Welt ist es jedoch einfach frustrierend.

»Hast du schon das Paper abgeschickt?«, fragt Jana abwesend, während sie auf irgendwelchen Knöpfen des Druckers herumdrückt.

Ich klemme mir meinen Ordner mit den vorläufigen Exposés aus dem Masterseminar, in dem auch Zels abgeheftet ist, unter den Arm. »Die zweite Reviewerin hat sich bei mir gemeldet.«

Ihr Blick schnellt augenblicklich zu mir. »Oh?«

»Sie fand es – ich zitiere – ›sehr solide für das erste Paper nach dem Doktor‹.« Ich kann den Stolz, der in meiner Stimme mitschwingt, nicht überspielen. Das hat einen guten Grund: Die Reviewenden, die sich die wissenschaftliche Arbeit anschauen und am Ende entscheiden, ob sie in dieser Fassung im Magazin veröffentlicht werden kann, sind hart. Vor allem das zweite Paar Augen. Umso schöner, dass ich nur Kleinigkeiten anpassen muss und nicht von vorne anfangen kann.

Jana nickt anerkennend. »Wow, Levi, das ist eine respektable Leistung.«

»Danke.«

Ihre Worte ersticken meinen Stolz im Keim. Mit solch einer Kraft, dass ich weinen könnte. Jana hat schon gelehrt, als ich als Bachelorstudent durch die Flure geirrt bin. Ein Einführungsseminar hatte ich bei ihr. Nach dem Master hat sie mir eine Doktorandenstelle angeboten und war diesmal maßgeblich dafür verantwortlich, dass ich diesen Job bekommen habe.

Ich wünschte nur, ihre Anerkennung wäre etwas, das meine Mutter spüren könnte. Das Einzige, was sie sagen wird, ist, dass sie sich etwas anderes für mich erhofft hat. Seitdem Clara in Deutschland ist, hat sie mich für meine Entscheidungen verurteilt. Obwohl ihr die Umstände klar sind. Umstände, die mir seit Zel nicht weniger in den Kram passen könnten …

»Hast du mit Zelal wegen ihrer Masterarbeit gesprochen? Sie hatte mich zwar darum gebeten, sie zu betreuen, aber es scheint so, als würdet ihr euch gut verstehen.« Jana dreht sich zu mir um und drückt sich die ausgedruckten Arbeitsblätter gegen die Brust. »Vielleicht schreibt sie lieber bei dir?«

Ihre Stimme rutscht eine Oktave höher, und ihr Grinsen wird gefährlich. Ahnt sie etwas, oder will sie nur nett sein?

Ich fahre mir durch das Haar und lege die andere Hand auf den Rücken des Ordners. »Ganz flüchtig haben wir darüber gesprochen, aber ich glaube, die Entscheidung muss sie selbst noch treffen.«

Wir haben uns immer Mühe gegeben, nicht aufzufallen, Abstand zu halten, über universitäre Themen zu sprechen, wenn wir außerhalb des Büros waren. *Niemand* weiß etwas. Außer Felix. Allein bei diesem Gedanken köchelt die Wut in mir. Seitdem Zel mit ihm gesprochen hat, habe ich ihn nicht im Institut gesehen. Die zwei Mal, die wir uns gegenüberstanden, hat er kurz genickt und ist danach regelrecht vor mir geflohen.

Jana seufzt. »Sie ist ein viel zu nettes Mädchen, das nicht Nein sagen kann. Wenn sie sie lieber bei dir schreiben möchte, dann sag mir Bescheid, und ich rede mit ihr. Selbst wird sie sich nicht trauen, abzusagen.«

Ein viel zu nettes Mädchen, das nicht Nein sagen kann. Wenn Jana wüsste, wie tief dieser Satz mich trifft, wäre er ihr nicht so leicht über die Lippen gegangen. Dabei dringt er in meine Brust ein wie ein gezielt abgefeuerter Schuss – ohrenbetäubend laut und fatal.

Ich zwinge mir blinzelnd ein Lächeln auf. »Werde ich machen.«

»Sehr gut!«, sagt sie. »Deine Willkommensfeier wurde in den Januar verschoben, hast du das mitbekommen?«

Mein Herz setzt für eine Sekunde aus, aber ich versuche, mir nichts anmerken zu lassen. »Ja, voll schade. Ich hatte mich darauf gefreut. Aber so können wir das Ende der Vorlesungszeit feiern.«

Ich habe um eine Verschiebung beim Dekan gebeten, weil ich noch nicht zulassen kann, dass meine Realität auf Zelal trifft.

Jana drückt sich an mir vorbei und klopft mir leicht gegen die Schulter, bevor sie den engen Raum verlässt. Die Luft wird augenblicklich dünner. Ich kämpfe um jeden Atemzug, meine Lungen brennen, und der Ordner ist auf einmal tonnenschwer. Alles ist verschoben, und nichts steht mehr am richtigen Platz.

Ich habe Scheiße gebaut. Ich habe mit Zel verdammt große Scheiße gebaut, und ich bin viel zu egoistisch, um es ungeschehen zu machen. Etwas an der Situation zu ändern, würde bedeuten, sie loszulassen. Anders kann ich es nicht besser machen. Von jetzt an wird es schlimmer werden. Die Welle meiner Taten wächst von Tag zu Tag, und es gibt keinen Weg, *niemandem* wehzutun. Irgendjemand wird ertrinken. Und ich lasse es zu, weil ich mir nicht anders zu helfen weiß. Weil ich Zelal nicht gehen lassen *kann*.

Der Boden ist nicht mehr eben, ich verliere meine Balance, muss mich an den riesigen Druckern festhalten, um nicht zurückzustolpern.

Mein Mund trocknet aus, jeder Atemzug ist kläglich, und meine Lügen ziehen sich wie ein Strick um meinen Hals zu.

Durch die Nase einatmen, aus dem Mund ausatmen. Dazwischen den Atem für wenige Sekunden halten. Das ist die erste Panikattacke meines Lebens. Die erste. Warum passiert sie ausgerechnet an meinem Scheißarbeitsplatz?

Fuck.

Der Ordner fällt auf den dreckigen Teppich, und mir kommt allein beim Gedanken, selbst dort zu landen, die Galle hoch. Wann wurde der zuletzt gereinigt? Wahrscheinlich nie. Mein Herz rast so stark, dass ich mir sicher bin, dass ich einen Herzinfarkt habe. Ich darf nicht zusammenklappen. Dann sitze ich in der nächsten Sekunde wirklich auf diesem ekelhaften Boden.

Verfickt noch mal, reiß dich zusammen!

»Levi.«

Bevor ich die Stimme einer Person zuordnen kann, liegen zarte Hände auf meinen Schultern, um mich zu stabilisieren.

»Levi, ist alles okay?«

Ihre Worte wehen zu mir, umspielen mein Gesicht und fühlen sich an wie die erste Sommerbrise auf meiner viel zu erhitzten Haut.

»Zel«, raune ich und fahre mir über die Augen, um meinen Blick zu klären.

Sie hat ihre Brauen zusammengezogen. Würden ihre Hände nicht auf mir liegen, würde sie über ihren Ringfingernagel fahren. Der Eyeliner kräuselt sich wegen ihres Blicks, und der dunkle Lippenstift ist über ihren Amorbogen gemalt, als versuche sie, ihn zu verstecken. Dabei ist er einer meiner liebsten Dinge an ihr. Nach ihren großen Augen, dem hellen Lachen und Grinsen. Der geschmückten Nase und den Haaren. Ihrer harten Arbeitsmoral und dem Intellekt, den sie nicht wie ich wie ein Schild um den wunderschönen Hals trägt. Ihrer direkten Art, die mich nicht mehr überraschen sollte, aber es weiterhin tut. Ihrer Schüchternheit, die sie in den richtigen Momenten ablegen kann. Dem unerschütterlichen Glauben an das Gute. Viele würden es Naivität nennen, ich bin der festen Überzeugung, es ist die Liebe für das Leben, die sie nicht verlassen hat.

Alles. *Alles* ist schön an ihr. Atemberaubend.

Und ich bin scheißverliebt, weiß nichts mit mir anzufangen, wenn sie mir in die Augen schaut. Wenn sie mich küsst. Wenn sie lediglich meinen Namen sagt. Ich bin verloren.

In der richtigen Person zur unpassendsten Zeit.

»Geht es dir gut?«, flüstert sie und nimmt mein Gesicht in ihre Hände. »Was ist passiert, *dilemin*?«

Sie hat sich vor ein paar Wochen dazu entschieden, einen Kurdisch-Kurs zu belegen, und mich nach einem Kosenamen gefragt. Ich sollte einen kurdischen aussuchen, dessen Bedeutung sie im Laufe des Kurses lernen wird. Als kleiner Antrieb, weiterzumachen. *Mein Herz.* Es heißt *mein Herz.* Manchmal habe ich Angst, dass er ihr peinlich sein wird, aber ich fand ihn so niedlich, dass ich keinen anderen auswählen wollte.

»Alles bestens«, presse ich hervor, dabei unterdrücke ich die immensen Schuldgefühle, die drohen mich zu ersticken. »Mir ist plötzlich extrem warm geworden.«

Zel legt den Kopf schief und zieht die Augenbrauen enger zusammen. »Sicher?«

»Sicher, Bambi.« Ich zwinge mir ein Lächeln auf. Meine Finger finden ihren Weg zu ihren, die mein Gesicht umfassen. »Mir geht es gut. Ich muss nur schnell den Benotungsbogen ausdrucken, und dann können wir ins Seminar.«

»Okay.« Vorsichtig lässt sie mich los und geht auf Sicherheitsabstand. So wie sie eben in diesen Raum geplatzt ist, könnte es auch jede andere Person tun.

Ich hebe den Ordner vom Boden auf, bevor ich das erste Blatt rausnehme, um es zu kopieren. Die Exposés sind zwar nicht benotet, aber ich muss die Kritik in die Benotungstabelle eintragen, damit am Ende niemand nach einer Hausarbeitseinsicht fragt, um die ich mich nicht kümmern möchte.

»Hast du schon meins gelesen?«, fragt sie leise.

Ich lege schnell das Papier ins richtige Fach, bevor ich mich zu ihr drehe. »Ja, habe ich.«

»Wie … wie war es?« Die Vorsicht in ihrer Stimme ist rührend. Die leichte Unsicherheit, die mitschwingt, könnte nicht unbegründeter sein, weil sie eine der Besten im Kurs ist.

Ich zucke mit den Schultern, um sie zu necken. »Dein Ansatz, die Existenz des Neokolonialismus mit gestohlenen Artefakten in französischen Staatsmuseen zu erklären, war sehr … einfach.«

Ihr Gesichtsausdruck verhärtet sich, aber sie sagt nichts, sondern schaut mich weiter erwartungsvoll an.

»Ich mochte die Verbindung, die du zur Flucht und Migration aus Nordafrika gezogen hast.«

Ihre Haltung wird lockerer.

»Ich bin auf dein Fazit darüber gespannt, dass neokoloniale und rassistische Praktiken aufrechterhalten werden und die Progressivität, die die französische Regierung mit der Rückgabe von Artefakten versucht zu symbolisieren, nicht mehr als eine Farce ist. Deine Argumentation wird bestimmt interessant, Bambi.«

»Danke«, murmelt sie und streicht sich ein paar lose blaue Strähnen hinter die Ohren. Beim Anblick ihrer geröteten Wangen wird für ein paar Sekunden jegliche Sauerstoffzufuhr in mein Hirn unterbrochen, sodass ich sie nur anstarren kann. »Wollen wir los?«

»Ja«, antworte ich schnell. »Sofort.«

Mit eiligen Bewegungen greife ich in das Druckfach und hole die kopierten Seiten hervor. Heute sind zum ersten Mal Gruppenarbeiten dran, damit ich in Ruhe die Kritiken übertragen kann.

Zelal geht aus dem Raum und wartet auf mich, während ich die Blätter organisiere, um mit mir zusammen in den Seminarraum zu gehen.

»Treffen wir uns heute Abend?« Sie hat die Hände tief in die Jackentaschen geschoben und stolpert so stark über ihre Worte, dass ich mir sicher bin, dass sie Angst hat, gehört zu werden.

»Du wolltest uns *künefe* machen, oder nicht? Das lasse ich mir nicht entgehen.« Ich schaue über meine Schulter, was unnötig ist. Wir verlassen den ruhigen Büroflur und verschwinden unter den Studierenden, die ihre nächste Veranstaltung aufsuchen.

»O ja! Hab das total vergessen.«

»Wie bitte?«, empöre ich mich und drücke den Ordner fester gegen meine Brust.

»Sorry«, sagt sie kichernd. Ich glaube, ich würde alles tun, um dieses ungezwungene Lachen auf Dauerschleife zu hören. »Hast du die Zutaten da?«

Im Seminarraum ist niemand, sodass wir ungestört weiterreden können. Mit genügend Abstand. »Ich hole sie nach der Arbeit.«

»Dann komme ich, wenn ich hier fertig bin.«

Sie hat länger Uni, wegen irgendeines Blockseminars, deswegen gehen wir den Abend ruhig an, auch wenn ich sie abends wieder bei der WG absetzen muss. Ich möchte nichts lieber, als dass sie die Nacht bei mir verbringt, aber das geht heute nicht, also musste eine Notlüge her. *Seminarausflug mit Heller* – ich könnte kotzen.

»Ich freu mich schon, Bambi.« Meine Ledertasche und den Ordner stelle ich auf dem Pult ab.

Die ersten Studierenden trudeln ein, weswegen sie mir ein knappes Mundwinkelanheben schenkt, bevor sie sich auf einen der freien Stühle in der Mitte setzt. Weit genug weg, dass ihre Existenz allein mich nicht ablenkt, aber so nah, dass ich sie sehe. Weil mein Blick *immer* nach ihr sucht.

NEUNUNDDREISSIG | SIH Û NEH

Zelal

»Dein Wasserhahn funktioniert wieder, oder?«, frage ich Levi, der die benötigten Zutaten aus dem Kühlschrank ausräumt.

Er zieht den Kopf ein. »Was?«

»Na, der Wasserhahn.« Ich zeige auf die Spüle vor mir, während ich den Zucker aus der Einkaufstüte fische. »Hast du mir letztens nicht gesagt, dass du mit dem Rohr rumexperimentiert hattest und dass dadurch das Wasser nicht lief?«

Seine Augen werden groß, als würde der Groschen fallen. »Oh … ja, Scheiße, stimmt. Sorry. Ja, das Wasser funktioniert wieder.«

Langsam setze ich den Zucker und das Engelshaar auf dem Tresen ab. Ich bin keine misstrauische Person, das war ich nie. Levi hat es wahrscheinlich wirklich vergessen, weil es Wochen her ist.

»Okay, super«, sage ich mit Leichtigkeit. »Dann mache ich mal den Sirup.«

Der Zuckersirup für *künefe* ist supereinfach. Man setzt einen Teil Wasser und eineinhalb Teile Zucker auf, bringt das Ganze zum Kochen und mischt am Ende etwas Zitronensaft unter. Auf das Abkühlen zu warten, ist der schwierigste Part.

Als ich den Herd endlich ausstellen kann, hat Levi Wasser aufgesetzt, um uns Tee zu machen. Bis die Zucker-Wasser-Mischung die richtige Temperatur hat, wollen wir es uns im Wohnzimmer gemütlich machen.

»Auf welchen Tee hast du Lust?«, fragt er mich. »Auf jeden Fall keinen Ingwer.«

Bei diesen Worten wird mir warm ums Herz. »Kamille, wenn das in Ordnung ist.«

»Warum sollte das nicht in Ordnung sein?« Er zwinkert mir zu, bevor er weiterspricht. »Exzellente Wahl, Bambi.«

Levi beißt sich konzentriert auf die Lippe, als er sich zu einem Schrank streckt, um die Teebox hervorzuholen. Das Tattoo auf seiner Hüfte wird für eine Millisekunde sichtbar, was Hitzewallungen in mir auslöst. Jede seiner über den Abend verteilten flüchtigen Berührungen brennen auf meiner Haut.

»Du kannst schon mal rein. Das hier dauert nicht lang.« Der Wasserkocher schaltet sich ab, nachdem Levi die Beutel in die Tassen drapiert hat.

Sein Ordnungsfimmel ist in der ganzen Wohnung bemerkbar. Mein Zimmer ist nicht mal an den besten Tagen so sauber und ordentlich. Kein Staubkorn verirrt sich auf den dunklen Couchtisch oder die schwarzen Regale. Mal sehen, wie es wird, wenn ich die Weihnachtstage hier verbringe. Ob er mir hinterherputzt oder die Socken, die ich nachts achtlos im Schlaf ausziehe, neben dem Bett liegen lässt?

Ich freue mich darauf, endlich eine Auszeit zu haben und ungestört Zeit mit ihm verbringen zu können. Ihn zu küssen, wann ich will, ohne dass uns die Umstände, seine Arbeit oder meine Kurse uns ersticken. Die konstante Angst, die Zurückhaltung und das fünfzehn Quadratmeter große Büro sind mittlerweile einengend. Ich möchte mich fallen lassen, unachtsam und euphorisch, weil Levi mich auffangen wird. Er schenkt mir längst verloren geglaubtes Vertrauen, das ich mit ihm aufblühen sehen möchte.

An der Universität hat er die Mauern um sich hochgezogen, durch die man nicht an den echten Levi hinter dem Doktortitel kommt. Ob er jeden letzten Ziegelstein niederreißen wird, damit wir uns ohne Hindernisse gegenüberstehen? Das ist alles, was ich möchte. *Ihn* kennenlernen, mit all seinen Sorgen und Macken.

Ich weiß, dass ein paar Tage dafür nicht genug sind, aber sie sind ein Anfang, den ich mir seit Oktober wünsche.

»Das letzte Mal, als ich hier war, ist mir das gar nicht aufgefallen«, sage ich und zeige auf die kleine Kamera in der Ecke über seinem Wohnzimmerregal.

»Das letzte Mal, als du hier warst, warst du auch sturzbesoffen, wenn ich mich recht entsinne.« Der Sarkasmus ist nicht zu überhören, aber ich ignoriere ihn und lasse mich tiefer in das Sofa sinken. »Das sind Securitykameras, die eingeschaltet werden, wenn ich mal nicht da bin oder schlafe. Dann leuchtet ein kleines Licht rötlich. Für die Versicherung, falls eingebrochen werden sollte.«

Er kommt ins Wohnzimmer und reicht mir eine Tasse.

Ich nicke beeindruckt. »Wow, okay. So viel in der Wohnung, das es wert ist, gestohlen zu werden?«

»Eine sanierte Eigentumswohnung im Prenzlberg im zweiten Stock wäre kein schlechtes Ziel.« Levi schlürft an seinem Tee. »Hier sind viele alte Sachen meines Vaters, die einen sentimentalen Wert haben. Ich möchte extra vorsichtig sein.«

Bei diesen Worten verengt sich meine Brust. Ich umklammere meine Tasse wie einen Rettungsring, der mich vor meinen eigenen tosenden Gefühlen, der aufbrausenden Wut und der Trauergischt rettet. »Wie war er so?«

Levis Augen werden groß, und er räuspert sich. »Mein Vater?«, fragt er überrascht, woraufhin ich nicke. Er versteift sich, ähnlich wie ich.

»Du musst nicht darüber reden, wenn du nicht willst«, füge ich schnell hinzu. Ich wollte ihn nicht in eine unangenehme Situation bringen.

»Doch, doch …« Er spielt mit dem Etikett des Teebeutels. »Es ist einfach lange her, dass ich gefragt wurde.« Für einen Moment ist er leise, bevor er weiterspricht. »Er hatte immer hohe Erwartungen an einen. Konnte gar nicht loben oder seinen Stolz ausdrücken. Aber er hat darauf beharrt, dass man das tut, was einem viel bedeutet. Und das *gut*. Während meine Mutter gehasst hat, dass ich Geschichte studiere, wollte er nur, dass ich meinen Job richtig mache. Er war kein Mann halber Sachen.«

»Ah, verstanden. Deswegen gehst du einem in deinem Seminar so auf den Geist.«

»Ich erhalte den Anspruch aufrecht, den mein Vater an mich hatte.« Levi grinst schief und beugt sich leicht zu mir. »Das ist anscheinend das Einzige, was mir von ihm geblieben ist, das nicht irgendwo auf einem Regalbrett verstaubt.«

Ich muss an meinem Tee nippen, weil ich nicht weiß, wie ich darauf reagieren soll. Er hat es in einem derart federleichten Ton gesagt, dass man glatt denken könnte, er redet über einen Freund, der weggezogen ist, und nicht über seinen toten Vater.

»Was … ich …« Das nervöse Lachen bricht unwillkürlich aus mir hervor. »Scheiße, entschuldige. Ich bin nicht gut im Trösten.«

Levi legt einen Arm um meine Schultern und zieht mich zu sich. »Du brauchst mich nicht zu trösten, Zel. Mir geht es gut. Ich habe es verarbeitet. Manchmal sticht es nur.«

»Ich glaube, der Stich ist eine bittersüße Erinnerung, dass er dir etwas bedeutet hat. Viel besser, als nichts zu spüren.« Mein Vater könnte tot umfallen, und ich würde einfach weitermachen. Meine Zukunftspläne existieren unabhängig von meiner Familie. Ich müsste sie nie wieder sehen, und es wäre in Ordnung. Außer meine Mutter. Der Gedanke an sie zerbricht in seine Einzelteile, pikst unangenehm. Wäre es besser gewesen, sie hätte meinen Vater nach ihrem Seitensprung verlassen? War sie mir das nicht spätestens dann schuldig, als sie realisiert hat, dass er mich nie wie Ena lieben wird? Wut mischt sich unter die Trauer. Ich werde auch über sie hinwegkommen.

»Anders würde ich es nicht haben wollen. Nichts mehr bei dem Gedanken an ihn zu spüren, würde bedeuten, dass ich abgeschlossen habe. Und das möchte ich nicht. Ich will mich an ihn erinnern können, auch wenn es wehtut.«

Ich lasse den Kopf gegen seine Schulter fallen. »Manchmal lohnt es sich, für die, die man liebt, Schmerzen auszuhalten.«

»Das Wichtigste ist, Menschen zu finden, für die man mit einem Lächeln auf den Lippen bluten würde«, flüstert er und drückt mich enger an sich. »Du bist es wert, Zel.«

Diese kleine Geste löst eine ganz neue Welle an Emotionen aus, mit denen ich nicht gerechnet habe. Freude, weil er mich in diesem Moment nicht allein lässt. Trauer, weil ich diese Menschen selbst finden musste und sie nicht von Anfang da waren. Ich habe den größten Teil meines Lebens damit verbracht, mich mir selbst gegenüber hochzureden. Mir weiszumachen, dass ich okay bin. Als letztes Gefühl ist da *Liebe*. Kakaowarm, tröstlich und endlich greifbar.

»Sag so was nicht und erwarte, dass ich mich nicht in dich verliebe«, wiederhole ich seine Worte.

Seine Augen hellen sich auf, und kleine Lachfalten bilden sich um sie herum. »Im Gegenteil. Ich *erwarte*, dass du in mich verliebt bist, weil ich es bin. Ich habe mich komplett in dir verloren, *dilemin*.«

»Hey, das ist dein Kosename!«, sage ich gespielt wütend, was ihn zum Lachen bringt.

»Scheint so, als müsstest du mich küssen, damit ich den Mund halte.« Er fährt mit den Fingern über mein Gesicht und steckt mir die Haare hinters Ohr. *»Dilemin, dilemin, dilemin, dil-«*

Ich drücke die Lippen gegen seine, was er augenblicklich erwidert. Er zieht mich näher an sich, während sich seine rechte Hand in meine Haare gräbt. Sein bekannter Geruch umhüllt mich und löst eine wohlige Wärme aus, die ich sonst nirgendwo spüre. Wenn ich könnte, würde ich den Rest meines Lebens damit verbringen, ihn zu küssen. Seinen Mund auf meinem Körper zu spüren, bis ich nicht mehr unterscheiden kann, wo ich anfange und er endet.

Ich habe mich in Levi verliebt und bereue es kein bisschen.

* * *

»Du bist wirklich das größte Arschloch, das diese wundervolle Erde besetzen darf«, meckert Atlas, als er in die Küche eilt und die Tupperdose aus meiner Hand reißt.

»Auch schön, dich zu sehen«, antworte ich verwirrt und lehne mich gegen die Küchentheke. »Was habe ich diesmal getan?«

»Du hast für jemand anderen *künefe* gemacht und mir den kalten Rest gebracht!«

Ich hebe wie eine tadelnde Mutter den Zeigefinger, aber ich bin mir sicher, dass er nichts anderes ernst nehmen würde. »*Euch*. Ich habe es *euch* mitgebracht.«

Atlas ignoriert meine Worte, drückt sich an mir vorbei, um in der Besteckschublade herumzukramen. »Das reicht nur für mich.«

»Dann mache ich die Tage was für die WG und –«

Sein höhnisches Lachen unterbricht mich abrupt. »Du willst, seitdem du hier eingezogen bist, *künefe* machen. Wir haben mehrmals die Zutaten gekauft und es am Ende dann selbst zubereitet. Darauf gespannt, wie deine preisgekrönte Süßspeise schmeckt.«

Er ist so dramatisch.

»Niemand hat das Dessert preisgekrönt, Saf hat *ein* Mal erzählt, wie gut es schmeckt, und ihr habt das aufgebauscht!«, sage ich augenrollend. »Ich kann nichts für eure unerfüllten Erwartungen.«

Mit den fahrigen Bewegungen eines verhungernden Tieres öffnet Atlas die Dose und gabelt sich Unmengen an *künefe* auf, sodass der Sirup über sein ganzes Shirt tropft.

»Wenn das gut schmeckt, dann wirst du aus der WG geschmissen. Weil es eine Straftat sein sollte, uns so etwas vorzuenthalten, während du es für jemand anderen zubereitest, den du erst seit Kurzem kennst.«

Er kann sich glücklich schätzen, dass er überhaupt etwas abbekommt. Müsste Levi morgen nicht früh aus dem Haus, dann wäre ich bei ihm geblieben, und wir hätten das Dessert selbst verputzt. Er muss einen Seminarausflug von Heller begleiten, weil die Erstsemester dafür bekannt sind, die Füße nicht stillhalten zu können. Da wollte ich ihm morgens nicht im Weg stehen. Mich allein in der Wohnung zu lassen, während er um kurz vor sechs aus dem Haus ist, wäre komisch. So weit ist unsere Beziehung noch nicht.

Ich kreuze die Arme vor der Brust. »Warst du nicht heute auf dem Weihnachtsmarkt und hast Tausende Bilder von unterschiedlichem Essen in den Gruppenchat geschickt?« Angefangen bei Lángos über Churros zu Popcorn und Zuckerwatte. Irgendwann bin ich nicht mehr mitgekommen.

»Ich gehe regelmäßig ins Fitnessstudio, Zel. Ich *muss* essen.« Er schenkt mir einen abschätzigen Blick. »Das kannst du mit deinen Nudelarmen sowieso nicht verstehen.«

»Hey!«

»Ich sage es dir aus reiner Herzensgüte, damit es dich nicht verletzt, wenn du es von jemand anderem hörst«, sagt er mit vollem Mund, weswegen ich ihm gegen den Oberarm schlagen möchte.

»Schmeckt es wenigstens?«

»Und wie!« Er verdreht genüsslich die Augen, was mein Gemüt besänftigt. Aber nur ein klitzekleines bisschen. »Das sogar kalt. Das heißt, du musst es wirklich bald für die WG machen.«

»Werde ich, versprochen.«

Erst muss ich mich jedoch in meinem Zimmer verbarrikadieren, an der Hausarbeit weitertippen und das Geschenk für Levi zu Ende stricken. Zu Weihnachten habe ich ihm ein kleines gekauft, also soll das zu seinem Geburtstag sentimentaler werden. Meine Angst, dass er das Selbstgemachte nicht schön finden wird, holt mich manchmal ein. In solchen Momenten erinnere ich mich daran, dass er *nicht* mein Vater ist. Er ist die letzte Person, die mich deswegen schelten würde.

Jedes Mal, wenn ich in seinem Büro stricke oder von einem neuen Projekt erzähle, ist er begeistert.

Das sieht wundervoll aus, Zel.

Du bist richtig schnell, wow, ich verstehe gar nicht, wie du das schaffst.

Tun dir die Finger nicht weh, Bambi?

Ich liebe die Farbe und das Muster.

»Noch hier?«, holt mich Atlas wieder zurück in die Küche, die von dem Licht der Dunstabzugshaube erleuchtet wird.

Ich verziehe die Lippen zu einem Lächeln. »Ja, entschuldige. Ich muss mich an meine Hausarbeit setzen. Die Uni hat mich total eingenommen.«

Atlas hat längst das *künefe* aufgegessen, ohne dabei an Talhah oder Yousef zu denken. »Ich muss auch lernen und habe exakt gar keinen Block.« Er stellt die Dose in die Spüle und verschwindet trotz seiner Worte aus der Küche.

Ich sollte das Gleiche tun und in mein Zimmer gehen, um produktiv zu sein. Aber ich werde das Gefühl von Levis gleißenden Blicken auf mir nicht los. Seine geflüsterten Worte zwischen den hitzigen Küssen, seine Finger, die auf Erkundungstour waren, aber nie die Grenzen überschritten haben, die er sich selbst gesetzt hat. Manchmal habe ich den Eindruck, er denkt, dass ich in seinen Händen zerbrechen könnte. Aber so ist es nicht. Er begehrt mich, und zum ersten Mal, seitdem ich siebzehn bin, ekelt mich dieser Gedanke nicht an.

VIERZIG | ÇIL

Zelal

Sogar Atlas fährt über Weihnachten nach Hause. Zu seinem Vater, den er eigentlich nicht sehen möchte. Anscheinend hat er ihn wochenlang gebeten, zu kommen. Weil wir irgendwo immer die Kinder bleiben werden, die nach der Liebe ihrer Familie suchen, hat er zugestimmt. Nach den Feiertagen wird er viel zu erzählen haben.

Die Wohnung leer und still zu erleben, ist beinahe gruselig. Normalerweise hört man jemanden, der seine Musik zu laut aufdreht, der mitten im Flur telefoniert, oder das Rumoren in der Küche. Irgendjemand ist *immer* zu Hause.

Ich bin froh, dass ich nicht allein sein werde, sondern Schutz in Levis Wohnung finde. Den schwarzen Schal habe ich schon in eine hübsche Geschenktüte mit einem Dutzend seiner Lieblingskorrekturstifte eingepackt. Dadurch sollte er mir während der Klausurphase nicht damit in den Ohren liegen, dass er nicht genug habe. Als Weihnachtsgeschenk bin ich nach unserem Date zum Planetarium gefahren und habe etwas Kleines mitgenommen.

Ich hoffe, es wird ihm gefallen. Wenn nicht, werden es komische Tage. Aber warum sollte es ihm nicht gefallen? Er wäre niemand, der mir das ins Gesicht sagen würde, wenn es so sein sollte. Vielleicht würde er mich aufziehen, aber auf liebevolle Art. Bei seinem Humor fühle ich mich nie komisch oder minderwertig.

Als ich das letzte Flurlicht gelöscht habe, flitze ich noch mal in die Küche, um zu schauen, ob der Herd auch wirklich ausgeschaltet ist, und verlasse erst dann die Wohnung. Mein kleiner Handgepäckkoffer fühlt sich übertrieben an, aber wenn ich mehr als einen Tag irgendwo bleibe, muss ich tausend Dinge mitbringen. Diese in einem Rucksack und zwei Jutebeuteln zu Levis Wohnung zu schleppen, wäre schlimmer gewesen.

Die Kälte draußen erinnert mich daran, dass der Winter in Berlin längst überhandgenommen hat. Das wenige Grün hat sich verabschiedet, und der Boden ist von Frost bedeckt. Die ersten Bewohnenden sind schon vor dem Eingang ausgerutscht, nachdem Yousef vergessen hatte, in der Woche Salz zu streuen, in der es unsere Aufgabe gewesen wäre.

Ich bereite mich mental auf die Peinlichkeit vor, in einem hübschen Festtagskleid diesen Koffer hinter mir her in die U-Bahn zu ziehen, als ein altbekanntes Auto auf den Parkplatz abbiegt. Levi hält direkt vor mir. Er steigt mit solch einer Geschwindigkeit aus, dass ich mir nicht sicher bin, ob der Motor überhaupt schon abgestellt ist.

»Hey.« Sein Gesicht hellt sich auf, als er vor mir stehen bleibt. »Ich dachte, ich hol dich ab, nachdem du über eine Kulturtasche geredet hast, die schwerer als der Mond ist.«

Der Wind zerrt an meiner Jacke, aber die eisige Kälte ist in seiner Anwesenheit ein mickriger Versuch, mich in der Realität zu verankern.

»Du hättest nicht kommen müssen«, sage ich schwach, aber kann die Wärme in mir nicht unterdrücken.

Er schaut zwischen mir und dem Gepäck hin und her. »So, wie du geredet hast, dachte ich, dass du mit drei riesigen Koffern vor mir stehen würdest.«

»Ich … entschuldige … das wäre echt übertrieben gewesen, oder? Ich habe übertrieben. Sorry. Ich meine, ein kleiner Koffer ist … Du … du hättest nicht wegen so was herfahren müssen … das«, sprudelt es aus mir heraus, was Levi unterbindet, indem er sich leicht zu mir beugt.

»Hey, hey, hey«, wispert er, sein Ausdruck ähnlich hell wie zuvor. »Das ist kein Grund, dich zu entschuldigen. Es ist okay. Ich bin gern hergefahren. Für dich immer, Bambi. Immer.«

Ich muss mehrmals blinzeln, bis ich seine Worte verarbeitet habe. Er ist nicht herablassend, macht sich nicht über die Situation lustig oder ist genervt. »Danke.«

Ein spitzbübisches Grinsen breitet sich auf seinen Lippen aus, und er nimmt meine Hände in seine. »Fürs Protokoll: Ich hätte dich auch mit drei riesigen Koffern abgeholt und nichts hinterfragt. Wenn du einen Kulturbeutel brauchst, der schwerer als der Mond ist, dann hieve ich den in den Kofferraum. Ohne Fragen.«

Ich lasse die Stirn gegen seine Brust fallen. »Ich …« *Ich liebe dich.* »Danke.« Es fühlt sich falsch an, diese Worte zu sagen, wenn ich mir nicht hundertprozentig sicher bin, dass er das Gleiche empfindet. *Sag so was nicht und erwarte, dass ich mich nicht in dich verliebe.* Das bedeutet nicht, dass er verliebt ist, oder? Also *wirklich* verliebt? Noch nicht? Danach hat er diese Worte kein weiteres Mal in den Mund genommen und es auch nicht erwähnt, als ich das Gleiche gesagt habe. Vielleicht war es auch eine Aussage ausgelöst durch die Umstände, den Moment. Ich traue mich nicht, es auszusprechen und voreilig etwas kaputtzumachen.

Er lässt meine Hände los und umfasst mit beiden meinen Kopf, um mich näher an sich zu ziehen. »Kein Grund, dich zu bedanken, Zel.«

Das Letzte, was ich will, ist, diese Umarmung zu verlassen. Es ist mir egal, dass sein Auto mitten auf dem Parkplatz steht und anderen den Weg versperrt. Dass jeder Mensch zu Hause ist und wir Heiligabend haben. Da ich kein bisschen kochen kann, hat Levi mir versprochen, dass er das übernimmt. Anscheinend ist er sehr gut darin, aber das ist er in allem, wenn man ihn fragt.

»Wollen wir los?« Die Eiseskälte ist nicht mehr zu ignorieren. »Ich möchte in meinem hübschen Kleid herumstolzieren und so tun, als wäre es nicht todtraurig, dass wir unser Nicht-Weihnachten-Weihnachten feiern, statt bei unseren Familien zu sein.«

Das entlockt Levi ein Lachen, bevor er sich von mir löst und eine Kopfbewegung in Richtung des Autos macht. »Das Essen wartet.«

Das muss er mir nicht zweimal sagen. Ich eile auf den Beifahrersitz, während Levi mein Gepäck in den Kofferraum räumt. Keine Minute später sitzt er auf dem Fahrersitz.

»Soll ich mich auch schick machen? Ich dachte, wir ruhen uns in gemütlicher Kleidung aus und genießen das Essen, während wir einen Film schauen.«

»Das haben wir doch besprochen!«, beschwere ich mich, während er ausparkt. »Wir tun so, als wäre wirklich Weihnachten, damit wir nicht realisieren, wie erbärmlich es eigentlich ist.«

»Wenn du mich fragst, ist das überhaupt nicht erbärmlich«, murmelt er und legt vorsichtig seine Hand auf meinen Oberschenkel. Ich lege meine über seine, um ihm zu versichern, dass es okay ist. »Das sind die erste Weihnacht und der erste Geburtstag, an denen ich nicht durcharbeiten oder sie mit meiner toxischen Mutter verbringen muss.«

»Du hast recht«, gebe ich zu. »Wir können es uns auch gemütlich machen, *dilemin*.«

»Nein, nein, nein. Ich habe unter deiner Jacke gesehen, dass du dich herausgeputzt hast. Ich muss dich im hübschen Kleid sehen.«

Mein Herz könnte vor Freude platzen. Für jemanden, der nie genug war, immer unperfekt, voller Potenzial, das nicht ausgeschöpft wurde, sind Levis Worte eine willkommene Abwechslung. Als könnte ein Secondhandkleid, das ich in Talhahs Lieblingsladen gefunden habe, eine Prinzessin aus mir machen.

Die Straßen sind leerer als sonst, weil jeder versucht, das Abendessen auf den Tisch zu bekommen. Dadurch zieht Berlin in einem gleichmäßigen Rhythmus an uns vorbei, während mich die chronische Angst verlässt, die meine stetige Begleiterin ist. Die jeden meiner Gedanken in ein unkenntliches Blau verfärbt, mich jede Entscheidung hinterfragen lässt.

Neben Levi dürfen sie in einem mädchenhaften Pink erstrahlen, wenn ich möchte. Oder in dem Orange, das mir meiner Mutter zufolge nie gestanden hat. Alles, solange ich glücklich bin.

»Was gibt es zu essen?«, frage ich, als wir auf seine Straße abbiegen.

Er fährt auf den kleinen Stellplatz, der zusammen mit dem großen Innenhofgarten anscheinend nachträglich gebaut wurde. »Wirst du gleich sehen.«

»Ein Tipp?«, frage ich schmollend.

Jede Wohnung hat ihren eigenen Parkplatz, und heute sind alle voll, außer die zwei, die Levi gehören. Was sich im oberen Stockwerk seiner Wohnung befindet, hat er mir noch immer nicht gezeigt. *Die alte Wohnung meiner Eltern.*

»Ich habe mein Bestes gegeben«, sagt er unsicher. »Reicht das?«

Ich rümpfe die Nase. »Das ist kein guter Hinweis.«

»Du siehst es gleich«, versucht er, mich zu besänftigen. »Wenn es nicht gut sein sollte, können wir was bestellen.«

Nie habe ich ihn zögerlicher erlebt.

»Es wird toll werden, da bin ich mir sicher!«, beschwichtige ich ihn und steige aus dem Auto, weil ich es wirklich nicht erwarten kann. Es wird auf jeden Fall etwas Pflanzliches sein. Vielleicht hat er vegane Ente gefunden und hat Angst, dass ich sie nicht mag?

»Es ist okay, wenn du gleich alles zurücknehmen musst.«

Er folgt mir, holt den Koffer raus und geht auf den Eingang zu. Die meisten Fenster sind hell erleuchtet. Hinter den zurückgezogenen Gardinen sieht man Familien, die von einer Ecke der Wohnung in die nächste rennen. Töpfe und Teller in den Händen. Unruhige Babys auf den Hüften. Alle festlich gekleidet. Kinder sind entweder zu klein, um von hier sichtbar zu sein, oder sitzen schon am Weihnachtsbaum und starren gebannt die Geschenke an.

»Werde ich bestimmt nicht«, sage ich.

Die Treppen, die er mich an Halloween hochtragen musste, kann ich heute selbst erklimmen. Ich sehne mich jedoch nach seinen Armen, in die ich mich bedenkenlos fallen lassen darf. Die mich schützen, mich in Sicherheit wiegen und mir das Gefühl vermitteln, dass alles in Ordnung ist. Keine Welle, die mich unter sich begraben wird, keine Monster, die sich nachts in meinem Schrank verstecken, sondern er. Nur er.

Die Wohnung ist warm, der Kamin unter den Regalen knistert, und leise Musik tönt von seinem Plattenspieler. Das Deckenlicht hat er ausgeschaltet, sodass die Stehleuchten im Wohnzimmer den Raum gedimmt erhellen. Ein kleiner Weihnachtsbaum findet seinen Platz neben dem Sofa. Dafür, dass er Angst hatte, dass mir sein Essen nicht schmecken könnte, riecht es ungemein gut.

Levi stellt den Koffer hinter die Tür und ist so schnell aus seinen Schuhen und dem Mantel geschlüpft, dass ich es erst mitbekomme, als er an mir vorbei zur Kücheninsel geht.

Ich streife meine Jacke von den Schultern und hänge sie an die Garderobe. »Ist es okay, wenn ich kurz im Bad verschwinde?«

Er hebt einen Deckel nach dem anderen, erleuchtet von dem spärlichen Licht der Dunstabzugshaube. »Natürlich. Fühl dich wie zu Hause, Bambi.«

Ich rolle den Koffer hinter mir zum großen Bad, um mein Make-up aufzufrischen und die hübschen Stilettos anzuziehen, die ich extra sauber gemacht habe, damit ich sie in der Wohnung tragen kann. Sie passen perfekt zu dem Outfit, weil ich das Schickmachen für heute *wirklich* ernst genommen habe. Meine sonst mehrlagige dunkle Kleidung habe ich zu Hause gelassen und stattdessen ein mitternachtsblaues Satinkleid angezogen. Es passt zu den gefärbten Strähnen meiner Haare. Lediglich mein schwarzer Lippenstift ist an den Mundwinkeln verschmiert, weswegen ich ihn nachziehe. Mein Kulturbeutel ist durch das Shampoo und die Tausenden Pflegemittel für blondiertes Haar tonnenschwer. Die beigen Schuhe mit dünnen Riemen um die Knöchel machen mich ein ganzes Stück größer.

Ich stelle den Koffer im Schlafzimmer ab, bevor ich wieder in die offene Küche trete, in der er am Werkeln ist. Er schneidet Orangen in dünne Scheiben und summt zur Musik.

»Hey«, mache ich leise auf mich aufmerksam.

»Hi«, sagt er erstickt und lässt den Blick quälend langsam von meinem Gesicht über mein Outfit wandern und wieder zurück. »Dreh dich für mich, Bambi.«

»Wa-as?«

Er lehnt sich gegen den hüfthohen Tresen und macht eine kreisende Bewegung mit dem Zeigefinger. »Dreh dich. Ich will das Outfit in voller Pracht sehen.«

Ich beiße mir auf die Lippe, bevor ich seiner Bitte nachkomme.

Er pfeift und schüttelt ungläubig den Kopf. »Wow. Du siehst … nein, du *bist* atemberaubend.«

»Danke.« Mir wird ganz warm im Gesicht, weshalb ich mit den Ringen an meinen Fingern spiele.

»Einzigartig, strahlend, wunderschön«, zählt er unbeirrt weiter auf, was mich dazu zwingt, ihn anzuschauen.

Er lächelt breit und umfasst meine kurze Vordersträhne, um sie um seinen Finger zu wickeln. »Unvergleichlich.«

»Es ist ein billiges Kleid«, murmle ich.

»Okay.« Seine Hand streicht über meine Wangenknochen zu meinem Kinn, das er leicht anhebt. »Dann ist das Kleid bedeutungslos in meiner Interpretation. *Du* bist atemberaubend, einzig-«

Bevor er den Satz beenden kann, lege ich meine Lippen auf seine. Schmecke die Orange, von der er gegessen haben muss, und das Feuer, das schon viel zu lange in uns lodert. Es ist glühend heiß und rauchig auf meinen Lippen, deren Farbe wieder verschmiert, aber das ist mir egal.

Levi zieht mich an der Taille näher zu sich, lässt die Hände hochwandern, bis er genug Stoff findet, in dem er sich festkrallen kann. Als würde ich mich in Luft auflösen, wenn er es nicht täte.

Es gibt keinen Ort, keinen Zeitpunkt, keinen Menschen, bei dem ich mich so vollkommen unvollkommen, aber akzeptiert fühlen könnte wie bei ihm. Dieser Moment, der zwischen zwei Sekunden passt, zieht sich unendlich in die Länge und fügt all meine zerbrochenen Einzelteile zu einem Ganzen zusammen.

Nicht jeder Mensch ist mit bösen Intentionen hinter mir her. Manche wollen mich in meinem Marathonlauf stoppen, um mir zu zeigen, dass ich aufatmen darf. Dass die Welt nicht böse ist, wie ich immer vermutet hatte. Dass es sich lohnt, zu lieben. Und vor allem geliebt zu werden. Es muss nicht immer wehtun, nicht hässlich enden. Jemanden an sich ranzulassen, schmerzt nicht zwingend.

Levi lässt von meinen Lippen ab, wandert an meinem Kiefer entlang zum Hals und drückt kurze Küsse gegen meine bereits erhitzte Haut, die dadurch nur noch heißer brennt.

Irgendetwas brodelt im Hintergrund auf dem Herd, aber wir beide sind viel zu sehr aufeinander konzentriert. Seine Hand liebkost die andere Seite meines Halses, während ich meine über seine Brust wandern lasse. Er findet die empfindliche Stelle unter meinem Ohr und verweilt dort so lange, bis ich das kurze Wimmern nicht mehr unterdrücken kann.

»Oh, fuck«, murmelt Levi und entfernt sich von mir, weswegen ich die Augen öffne. »Ich glaube, ich will meinen Nachtisch vorziehen. Was hältst du davon, Bambi?«

Sein Daumen malt Kreise über meinen Hals. Er ist mir verdammt nahe, wodurch ich mich kein bisschen konzentrieren kann.

»Klar, wenn du das willst. Die Orangen dann? Oder was gibt es?«

Seine Mundwinkel zucken, und er legt den Kopf schief, als wolle er mich wieder küssen, doch er stoppt wenige Millimeter vor meinen Lippen. »Dich. Ich meine dich.«

Ich muss mehrmals blinzeln, bevor ich überhaupt reagieren kann. »Mich?«

Er nickt langsam, sein Blick trennt sich von meinen Augen und fixiert meine Lippen, die sich mit schwarzen Schlieren auf seinen verewigt haben. »Nur, wenn du willst.«

Es ist lange her, dass ich *wollte*. Dass ich mehr wollte als die bloße Vorstellung von Intimität. In der Fantasie kann man sich jede Person und Situation wunderschön malen. Jede Berührung als perfekt wahrnehmen, nicht grabschend, langweilig oder übergriffig. Sobald es jedoch zu *echter* körperlicher Nähe kommt, friere ich ein. Natürlich habe ich es trotzdem vermisst – wie viele erwachsene Personen. Der wenige Sex, den ich im Bachelor hatte, war mein Versuch, vergangene Erfahrungen unter neuen zu ersticken. Keine Gefühle, keine emotionale Annäherung, kein wirkliches Wollen war involviert. Ich habe alles darangesetzt, Liebe nicht zuzulassen, weil ich nicht verletzlich sein wollte. Nicht schon wieder.

Doch jetzt, mit Levis Fingern, die meinen Körper keusch über dem Schlüsselbein erkunden, erwacht eine längst vergrabene Sehnsucht in mir. Eine Sehnsucht nach Nähe, Liebe, Berührungen, bei denen ich nicht desinteressiert mit den Schultern zucke oder mich vor Ekel schüttle. Deren Erinnerungen mir seit Langem zum ersten Mal die Hitze in die Wangen treiben.

Eine Sehnsucht nach *ihm*.

»Ja«, presse ich hervor.

Er hebt eine Augenbraue. »Ja?«

»Ja, ich will.« Ich nicke, um mich und ihn zu überzeugen. »Ich will dich.«

Levi nimmt mich bei der Hand, dreht im Vorbeigehen irgendetwas am Herd aus und zieht mich auf dem Sofa auf seinen Schoß. Mein Kleid reicht bis zur Mitte meiner Oberschenkel und rutscht durch die Position automatisch höher.

»Du bist unbeschreiblich schön«, flüstert er immer wieder wie ein Mantra, während er meine Haare zurückstreicht. »Schöner ist nur dein Kopf, habe ich dir das je gesagt? Deine Ideen, deine Einstellung … ich könnte dir stundenlang zuhören und mich keine Sekunde langweilen.«

»Ist das deine Art von Dirty Talk, Jakab?«, frage ich schmunzelnd. »Wenn ja, nehme ich die Komplimente dankend an, aber muss zugeben, dass du mich nicht heiß machst.«

Er lacht auf. »Entschuldige, ich bin eingerostet.«

Fragend ziehe ich die Augenbrauen hoch und lege meine Hände auf seine Schultern. »Du auch?« Der Gedanke, dass es ihm ähnlich geht, ist beruhigend. Vielleicht stelle ich mich nicht allein ungeschickt an. Vielleicht mache ich mich nicht allein verletzlich.

»Ein bisschen.« Levi umgreift meine Hüften, drückt mich eng an sich und *das* löst ein altbekanntes Kribbeln tief in mir aus. »Das Leben als Doktorand und derzeit als Postdoc kann ganz schnell sehr einsam und eintönig werden.«

»Wird das jetzt wie bei komischen Teenagern, die sich noch erkunden?«, frage ich belustigt.

»Ich denke, es ist wie Fahrradfahren.« Seine Hände wandern meine Seiten hoch, verweilen an den dünnen Trägern des Kleides. »Man verlernt es nicht.«

Er schaut mich fragend an, und ich nicke. Egal was er vorhat, ich vertraue ihm. Vorsichtig streift er die Träger von meinen Armen und küsst meine Schulter.

»Mit dir wäre komisch auch in Ordnung«, sage ich heiser.

Ich nehme sein Gesicht in die Hände, weshalb er sich von mir löst. Passend zur Festzeit hat er sich herausgeputzt und sich glatt rasiert, sodass die Schönheit seines Gesichts zur Geltung kommt. Die sturmblauen Augen sind auf mich konzentriert, als warte er auf meine nächste Bewegung.

»Ich war bei meinem Vorstellungsgespräch mit dir unfassbar aufgeregt, weil ich dich und deine Art verdammt attraktiv fand«, flüstere ich, was ihm ein schiefes Grinsen auf die Lippen zaubert. »Du hast mich mit deinem Sarkasmus aus dem Konzept gebracht. Ich war der Überzeugung, dass ich die Stelle nicht mehr bekommen werde.«

»Du hattest mich in dem Moment überzeugt, als du gesagt hast, dass ich Rassismusforschung betreiben möchte.« Er küsst meine Nasenspitze. »Deine toughe Art zwingt mich seither in die Knie.«

Bei den Worten drücke ich meinen Mund auf seinen. Ich liebe seine Komplimente. Seine Aufmerksamkeit, die nicht allein meinem Äußeren gilt, einer irgendwann schwindenden Hülle, sondern *mir*. Meinem Inneren, das ich zu oft hinter meterdicken Mauern verstecke.

Ich beuge mich über ihn, komme ihm näher, bis er seinen Kopf so weit in den Nacken legt, dass ich mit den Armen den Sofarücken streife. Seine Hand wandert langsam über meinen Bauch, und ich nehme sie, um sie höher zu ziehen. Eine Sekunde zögert er, sodass ich mich kurz von ihm löse und nicke. Wenn ich an meinen Ängsten festhalte, stehe ich mir selbst im Weg.

»Bitte«, flüstere ich, woraufhin er schnell nickt und mich wieder küsst.

Levi umfasst sanft meine Brust, während er mit seiner anderen Hand meine darüberlegt, sodass ich immer die Kontrolle habe. Ich kann entscheiden, wie lang, wie fest und wo er mich berührt.

Seine Lippen trennen sich hektisch von meinen und wandern zu meinem Dekolleté. Ich drücke meine Hand, die auf seiner liegt, fester, sodass seine Finger mich richtig berühren. Sie fahren über den Stoff und spielen mit meinem Ausschnitt, bis er realisiert, dass ich keinen BH trage. Er hält in seiner Bewegung inne und schaut mich mit halb geschlossenen Augen an.

»Du bist hier gepierct?«, raunt er und streicht mit seinem Daumen über meine empfindliche Haut.

Ich beiße mir auf die Lippe und nicke. »Hat unheimlich wehgetan, und bei der zweiten Brust dachte ich, dass ich umkippe.«

Als könnte er meine Worte nicht ertragen, schließt er die Augen, lässt den Kopf gegen das Sofa fallen und gleitet nach vorn. Ich rutsche auf seinem Schoß hin und her, um wieder eine gemütliche Position zu finden. Sofort packt mich Levi an den Hüften.

»Hör auf, Bambi«, presst er gequält hervor, die Augen noch immer geschlossen. »Ich habe anderes mit dir vor.«

Perplex ziehe ich die Augenbrauen zusammen. »Ach ja?«

Er schluckt so schwer, dass sein Adamsapfel hüpft, bevor er sich aufrichtet und mir ins Gesicht schaut. »Ich habe gesagt, dass ich *mein* Dessert vorziehe.«

Ich werde aus seinen Worten nicht schlauer. »Okay?«

»Okay.« Er beißt sich auf die Lippe. »Setzt du dich auf mein Gesicht?«

Seine Worte haben einen derart süßlich-beiläufigen Unterton, dass ich mir nicht sicher bin, ob ich mich verhört habe. Er hätte genauso gut nach einem Lollipop oder der Morgenzeitung fragen können.

»W-wie bitte?« Sogar über diese zwei Worte stolpere ich.

Levi scheint das nicht zu stören. »Das Leben ist zu kurz, um den Nachtisch zuletzt zu essen, und ich will, dass du immer die Kontrolle hast. Das ist ein Kompromiss.«

Ich führe mich wie jemand auf, der keinen blassen Schimmer von Sex hat. Aber bei den Erfahrungen, die ich gemacht habe, war ich oft allein auf meinen Partner fokussiert. Als Jugendliche habe ich mich von allem überzeugen lassen und nie meine eigenen Bedürfnisse kommuniziert. Später war der wenige Sex in Ordnung, aber nicht … gut, weil es mir nie um Befriedigung ging, sondern ums Vergessen.

»Du musst nicht –«

Er unterbricht mich. »Ich möchte, wenn du möchtest, Bambi.«

Ich weiß nicht, was unerträglicher ist – die Kaminhitze in meinem Rücken oder die Hitze, die in mir lodert.

»Ja.« Ich nicke, weswegen er lächelnd den Kopf wieder zurückfallen lässt. »Aber ich muss mich dafür nicht … nicht auf dein Gesicht …« Mir sollte das nicht unangenehm sein, gegen die Scham kann ich trotzdem wenig tun. »Ich vertraue dir und möchte die Kontrolle und Verantwortung loslassen.«

Levi zieht mich sanft an meinem Hals zu sich und küsst mich. »Wenn du nicht mehr willst, egal warum, kannst du – nein, du *sollst* – abbrechen, verstanden?«

Ich nicke und küsse ihn zurück. »Okay.«

Er drückt mich auf die Couch und zieht eins der Kissen hervor, das er unter meinen Rücken schiebt. »Wir wollen nicht, dass es für dich ungemütlich ist. Und dass ich Schürfwunden am Kinn kriege.«

Levis Lachen löst die Anspannung in mir. Weil es jedoch nicht so einfach ist, die Kontrolle abzugeben, beobachte ich jede seiner Bewegungen. Wie er sich durchs Haar fährt, seinen Hoodie auszieht und ihn unachtsam auf den Boden wirft. Wie das enge Shirt jeden einzelnen Muskel und die Tattoos in Szene setzt. Vor allem Letzteres entgeht mir nicht.

Dieser Anblick allein würde mir reichen.

»Du musst nicht, wenn du keine Lust mehr haben solltest«, murmle ich. »Die paar Mal waren … nach einer Minute rum, und ich habe nichts gespürt.«

Levis Blick ist entsetzt. »Wenn du nichts merkst und es dir nicht gefällt, höre ich sofort auf. Aber falls doch, sind wir beide in dieser Situation, bis ich mein Gesicht nicht mehr spüre oder du kommst.«

Die ersten Tränen der Nacht könnten in keiner ungünstigeren Situation in meinen Augen brennen. »Danke«, flüstere ich.

»Bambi …«, sagt er und beugt sich über mich, bis sein Gesicht nur wenige Zentimeter von meinem entfernt ist. Er gräbt die Hand in den Sofarücken, um mich nicht unter sich zu begraben. »Ist alles okay?«

»Ja.« Ich fahre über meine Wangen und zwinge mir ein Lächeln auf. »Ich bin nur dankbar, deswegen. Danke, dass du so bist, wie du bist.«

Er lässt die Augenbrauen sinken und zieht sie stattdessen zusammen, als könnte er meinen Schmerz spüren. »Es tut mir leid, Zel.« Seine Lippen sind warm, als sie auf meinen landen, aber er zieht sie viel zu schnell zurück. *»Ez ji te hezdikim.«*

Meine Erinnerungen verblassen, lassen mich aufatmen, während die Welt um mich immer schmaler wird, bis Levi und ich allein in ihr sind. Bis ich nichts anderes als seine sturmblauen Augen sehe, die vor Zuneigung überquellen. Die mir versprechen, mich niemals so zu verletzen wie die Menschen vor ihm. *Ich liebe dich.*

»Mein Herz gehört dir, *dilemin.*« Er beugt sich herunter, küsst mich, meine Wangen, meinen Hals, mein Dekolleté. Meine Arme werden endlich von den Trägern befreit, und Levi drückt seine Lippen gegen meine Brust, während ich versuche, den Saum seines Shirts zu finden, um es ihm auszuziehen. Damit ich nicht von der Couch falle und den Teppich küsse, stabilisiere ich meinen Körper mit dem rechten Bein, das ich auf dem Boden aufstelle.

Er löst sich von mir, sodass ich das Oberteil von seinem Körper zerren kann. Nun schmückt alleinig die dünne Silberkette seinen Hals. In einer flüssigen Bewegung rutscht er zurück und umgreift meinen linken Knöchel. Die Schuhe sind plötzlich schwer, doch das scheint ihn nicht zu interessieren, als er meinen Fuß auf seiner Schulter platziert, mein Schienbein streichelt und Küsse auf meinem Bein verteilt.

»Du bist so schön, so verdammt schön«, flüstert er immer wieder, bis er sich weit genug runtergebeugt hat, dass er auf dem Bauch liegt und mein ganzes Bein über seinem Rücken drapiert ist.

Als er seine Lippen auf die Innenseite meines Oberschenkels drückt, muss ich die Augen schließen. Ich kann seine Lippen nicht mehr genau verorten, spüre nur, wie sie meine Haut befeuchten und eine Gänsehaut auslösen, gegen die die Wärme des Kamins keine Abhilfe schafft.

»Ich schiebe dein Kleid hoch, okay?«, fragt er mit belegter Stimme.

Als Antwort hebe ich meine Hüften, damit der Stoff ihm nicht im Weg ist. Zu mehr bin ich nicht imstande.

»Oh, fuck.«

Seine Lippen bewegen sich zur Kuhle zwischen meinem Schambein und Oberschenkel, und auf einmal kann ich mir nicht mehr vorstellen, vorher nichts gespürt zu haben. Diese kleine Berührung verewigt sich, als hätte er sie mir eingebrannt. Ich balle meine Hände zu Fäusten, um kein komisches Geräusch von mir zu geben.

»Ich liebe dich«, wiederholt Levi mit gesenkter Stimme, was mein Herz höherschlagen lässt.

Seine Finger sind kalt, als sie über meine nackte Haut fahren und an meinem Slip zum Stehen kommen. Er macht sich nicht mal die Mühe, ihn mir auszuziehen. Zu langwierig, zu mühselig, zu irrelevant. Er zieht ihn zur Seite und ist mir plötzlich so nahe wie noch nie. Die Luft, die er durch sein Seufzen ausstößt, streift meine erhitzte Haut.

»Wann immer du willst, beendest du die Sache«, sagt er, bevor er mich berührt.

Ich realisiere versetzt, was passiert – mein Körper ist mir Sekunden voraus. Das innerliche Brennen und Zusammenziehen geschehen so schnell, dass ich den Mund öffne, aber nichts kommt heraus. Lediglich meine Fäuste lösen sich und graben sich automatisch in sein Haar.

Levi ist kein Mann, der herumdruckst, mich absichtlich reizt, bis ich nach Erlösung flehe. Er hat ein Ziel und sucht den Pfad, der es ihm erlaubt, es am schnellsten zu erreichen. Typisch Akademiker.

»Wie tickst du, Bambi?«, fragt er atemlos, als er sich für einen kurzen Moment von mir löst.

Ich muss mehrmals blinzeln, bevor ich ihn erkenne. Er schaut mich erwartungsvoll an, während er in der gleichen Position verharrt. »Was?«

»Was …« Seine Finger, die meine Oberschenkel an Ort und Stelle gehalten haben, finden ihren Weg zu meiner Mitte. Ich muss alles daransetzen, mich auf die Worte, nicht auf seine Berührungen zu konzentrieren. »… turnt dich an?«

»Ich …« Seine Finger umkreisen meinen empfindlichsten Punkt. Ich verliere den verfluchten Faden. »Was?«, wiederhole ich.

»Magst du es, dominant zu sein?« Seine Bewegungen werden schneller. »Die Kontrolle komplett abzugeben?« Ich kann mich verdammt noch mal nicht konzentrieren. »Oder beides?« Die Lichtquelle hinter Levi dreht sich. »Willst du degradiert werden?«

Als er mit dem Finger in mich eindringt, lasse ich den Kopf zurückfallen und schließe die Augen. *Zu viel.* Alles ist viel zu viel. Ich weiß nicht mehr, wo ich ende und er anfängt.

»Oder wirst du gern für deine Leistung gelobt?«

Meine Oberschenkel schließen sich abrupt. Levi flucht leise, als er sie auseinanderdrückt, um Luft zu bekommen. »Das ist es«, schnaubt er. »Du machst das so gut, Bambi. Dass du dich fallen lässt und mir dein Vertrauen schenkst, ist unglaublich stark von dir.«

Seine Bewegungen werden schneller, während er sich aufsetzt, um mir näher zu sein. Mein Bein, das über seiner Schulter lag, plumpst aufs Sofa, aber das interessiert uns beide herzlich wenig. Ich stütze mich auf meinen Unterarmen ab, in der Hoffnung, ihm ins Gesicht schauen zu können, sofern sie nicht unter mir nachgeben.

»Ich weiß nicht, was schöner ist: dein Vertrauen, dein Wimmern, wie eindeutig dir das hier gefällt«, flüstert er schnell.

Alles in mir zieht sich zu einem kleinen festen Knoten zusammen, der darauf wartet, entzweigerissen zu werden. Kein hektisches Einatmen seinerseits, keine Schweißperle, die meinen Körper hinabrinnt, entgeht mir. Meine Sinne sind so scharf gestellt wie noch nie. Das Zittern durchzuckt mich wie ein Blitz, und die Spannung in meinen Muskeln liegt irgendwo zwischen Schmerz und Vergnügen.

Ich lasse den Kopf hilflos in den Nacken fallen, was Levi als Chance sieht, sich zu mir zu beugen und seine Lippen gegen meinen Hals zu drücken.

»Du nimmst mich so perfekt, Bambi«, wispert er. »*Du* bist perfekt, unglaublich atemberaubend.«

Das ist der Moment, in dem ich auseinanderbreche, mich loslöse und meine Unterarme ihren Dienst versagen. Sofort fängt mich Levi auf, zieht mich zu sich. Seine Berührungen werden langsamer, kommen aber nicht zum Stillstand, erlauben es mir nicht, von meinem Hoch herunterzukommen.

Der Knoten in mir platzt und löst meine Anspannung auf die schönste Weise. Ich vergrabe das Gesicht in seiner Halsbeuge, spüre Tränen der Überforderung in meinen Augenwinkeln, weil ich nicht weiß, was ich mit meinem Körper anstellen soll. Er fühlt sich wie Wackelpudding an, der von Levi zusammengehalten wird.

»Mein Gesicht ist nicht taub«, flüstert er mit heiterem Unterton in mein Ohr, was mir ein kurzes Auflachen entlockt. Mehr bekomme ich nicht hin. »Das ging schneller als gedacht.«

Ich umarme ihn, Levi umarmt mich zurück. Er zieht mich auf seinen Schoß und streicht über meinen Rücken, fasst meine Haare zusammen, die komplett durcheinander sein müssen.

»Du bist wunderschön«, wiederholt er gewiss zum hundertsten Mal heute Abend, aber das ist mir egal, ich genieße es. Mich darüber zu freuen und Verletzlichkeit zuzulassen, fällt mir neben ihm unheimlich leicht.

»Ich liebe dich.« Meine Stimme ist kratzig und mein Hals trocken. »Kannst du mir Wasser bringen?« Ich bin der festen Überzeugung, dass ich mich für die nächsten Minuten keinen Zentimeter bewegen kann.

»Natürlich.« Er gibt mir einen Kuss auf die Stirn und setzt mich vorsichtig auf das Sofa. »Ich liebe dich auch.«

Während er in der Küche verschwindet, ziehe ich mir die Träger über den Oberkörper und richte das Kleid. Meine Aufmerksamkeit wird von der altbekannten Kamera über dem Regal angezogen. Diesmal ist sie nicht wie immer dunkel, sondern ein kleiner roter Punkt leuchtet.

»Levi?«, rufe ich nach ihm.

Er kommt mit einem Glas ins Wohnzimmer und reicht es mir. »Ja?«

Ich zeige auf die Kamera, und sein Blick folgt verwirrt meiner Hand. »Warum leuchtet sie?«

Für eine Sekunde ist er still. »Komisch. Ist wohl angesprungen.« Er klopft seine Hosentaschen ab und zieht die Augenbrauen zusammen. »Ich hole mal mein Handy, warte hier.«

Mein Herz schlägt mir bis zum Hals. Warum nimmt sie auf, obwohl sie sonst nur angeschaltet ist, wenn Levi aus dem Haus ist oder schläft?

Mit dem Smartphone in der Hand setzt er sich neben mich und öffnet eine App. »Normalerweise wird die Kamera durch Bewegung getriggert, aber ich schalte die Funktion eigentlich immer aus, wenn ich tagsüber zu Hause bin.«

Er scrollt durch diverse Dateien, bis er bei der aktuellsten angekommen ist. Mir ist der Durst vergangen.

»Die letzten zehn Minuten wurden aufgenommen … vielleicht ist das ein Bug?« Verwirrt kratzt er sich am Kinn und löscht das Video eilig. »Ich werde bei der Firma nachhaken, ob schon mal ein ähnliches Problem aufgetreten ist, aber bis dahin ist es gelöscht.«

Ich zwinge mich, etwas zu trinken, werde aber das Unwohlsein nicht los.

* * *

»Eins, zwei, drei …« Endlich schlägt es null Uhr. »Alles Gute zum Geburtstag!«, kreische ich und falle Levi um den Hals.

»Eigentlich bin ich morgens um acht geboren«, korrigiert er mich. »Du gratulierst mir zu früh.«

Ich rolle mit den Augen. »Du bist ein Spielverderber.«

Nachdem wir geduscht und uns umgezogen hatten, konnte ich das Essen gar nicht mehr abwarten. Levi hat beinahe schüchtern einen der Töpfe geöffnet, um mir zu zeigen, dass er kurdisches *biryani* gekocht hat, ein Gericht, das zu festlichen Anlässen beliebt ist. Ich habe zwei Teller gegessen und mich dabei nie wohler gefühlt.

»Jetzt zeig mir das Geschenk«, bettelt er wie ein Kind.

Ich reiche ihm die braune Tüte. »Okay, das ist dein Geburtstagsgeschenk, und hier …« Der kleine Umschlag in meiner Hand wird schwerer. »… ist das Weihnachtsgeschenk.«

»Wir haben doch gesagt, dass wir uns nichts zu Weihnachten schenken.«

»Ich lasse es mir nicht entgehen, dich zu beiden Anlässen zu beschenken, wenn du dir genau das als Kind gewünscht hast.« Der Kamin ist wieder mit Holz gefüttert worden, bevor wir uns in Decken eingewickelt davorgesetzt haben. »Los, schau es dir an.«

Kopfschüttelnd öffnet Levi die Tüte und holt den Schal hervor. »Zel …«

»Der ist selbst gemacht!«, platzt es aus mir heraus. »Ich habe sogar mit cremefarbener Wolle deine Initialen reingestrickt.«

Er lässt den Schal durch seine Hände gleiten, bis er am anderen Ende ankommt, wo über drei Maschenreihen ein L und ein J zu erkennen sind.

»Du hättest das nicht machen müssen«, murmelt er.

»Er passt perfekt zu deinem Mantel, und damit hast du etwas, das dich an mich erinnert.« Der Parkettboden eignet sich perfekt, um zu ihm zu rutschen und meinen Arm um seine Schultern zu legen. Die Decke fällt von meinem Rücken, doch er nimmt mich einfach unter seine.

»Danke, Bambi«, flüstert er und gibt mir einen kurzen Kuss.

»Und die Stifte sind dafür da, damit du mir nicht mehr auf die Nerven gehst.«

Er kramt in der Tüte herum und fängt an, zu lachen, als er die Packung zwischen die Finger bekommt. »Du erleichterst mir die Klausurphase. Danke.«

»Wir sind nicht fertig.« Ich reiche ihm den Umschlag. »Frohe Weihnachten.«

Nachdem er ihn geöffnet hat, schaut er mich so lange an, dass ich mir sicher bin, etwas im Gesicht zu haben. »Du bist unglaublich.«

Der kleine Gutschein mit dem Aufdruck eines Nachthimmels fällt heraus.

»Eine Jahreskarte für das Planetarium, damit wir zusammen die Steinbockkonstellation ausfindig machen können.«

»Ich dachte, wir glauben nicht an Sternzeichen«, sagt er leise.

»Tun wir auch nicht.« Meine Wörter hören sich nicht überzeugt an, aber das ist mir egal. Mit Levi in die Sterne zu schauen und so zu tun, als wären Schicksal und Serendipität real, macht das Leben erträglicher. Beinahe schön.

»Ich habe etwas Kleines für dich.« Er greift in das Regal neben dem Kamin und holt ein sauber eingepacktes Geschenk hervor.

Ich lasse die Schultern sinken. »Ich dachte, wir schenken uns nichts?«

»Das dachte ich auch.« Er zeigt anschuldigend auf den Schal und den Gutschein. »Nun mach deins auf.«

Wahrscheinlich würde er es vorsichtig öffnen, ohne das Papier einzureißen, aber so bin ich nicht. Ich habe das Geschenkpapier völlig geschreddert, bis ich die erste kleine Packung in den Händen halte.

»Handschuhe?«, frage ich.

»Ich habe gelesen, dass zu viel Stricken und Häkeln Arthrose in den Händen auslösen kann, deswegen soll man Kompressionshandschuhe anziehen.« Er rümpft die Nase. »Auch wenn sie nicht allzu hübsch sind.«

»Danke.« Ich lehne mich gegen seine Schulter und greife zur schweren Packung. Es ist ein Kit voller bunter Haarfarben. Meine Familie ist gegen alles, was aus der Reihe tanzt. Als ich mir mit fünfzehn gewünscht habe, meine Haare färben zu dürfen, ist meine Mutter von einer Blondierung ausgegangen. Die pinken Strähnen haben zu Hause den dritten Weltkrieg ausgelöst. Keine drei Stunden später habe ich sie überfärbt.

»Damit du immer die Qual der Wahl hast.«

»Was hältst du von Lila?«, frage ich.

Er zieht mich näher an sich. »Hört sich perfekt an, Bambi.«

EINUNDVIERZIG | ÇIL Û YEK

Zelal

Die Weihnachtsferien waren viel zu lang und gleichzeitig zu kurz. Das Lernen für die Veranstaltungen und die Hausarbeit für Levis Kurs haben mir den letzten Nerv geraubt.

»Du siehst unausgeschlafen aus«, kommentiert Levi die Tatsache, dass ich auf dem Boden seines Büros liege. Er hat den Teppich wieder einmal tiefengereinigt, sodass er besser riecht als ich.

»Liegt unter anderem an der Abgabe für dich.«

Er bleibt abrupt neben mir stehen und setzt die Ledertasche hinter meinem Kopf ab. »Zehn Creditpoints bekommt bei mir niemand einfach so, Korkmaz. Das soll einem viel abverlangen. Schön, dass es sich anfühlt, als würdest du dir die Leistungspunkte *verdienen*.«

Ich ziehe die Augenbrauen zusammen, aber halte die genervte Miene nicht lange genug aufrecht, weil er den Schal anhat, den ich ihm gestrickt habe.

»Freust du dich auf morgen Abend?«, lenke ich vom Thema ab.

»Es wird toll«, sagt er trocken und schält sich aus dem Mantel. »Mit dem ganzen Institut zu verkehren und so tun, als würde es mir gefallen, wenn ich über mein Privatleben ausgefragt werde. Kann mir nichts Besseres vorstellen.«

Ich drehe mich auf die Seite, um ihn zu betrachten. Er hängt den Schal und seine Jacke an den Haken und setzt sich seufzend in den Lesesessel.

»Alle feiern, dass du jetzt im Team bist!«, versuche ich, ihn aufzuheitern. »Außerdem bin ich auch da und rette dich aus nervigen Unterhaltungen.«

»Versprochen?«, fragt er und fährt sich über den Kiefer.

Ich setze mich auf und schenke ihm mein breitestes Grinsen. »Ehrenwort.«

Er will etwas sagen, wird jedoch von einem Klopfen unterbrochen, das mich augenblicklich aufspringen lässt. Wir tun nichts Verbotenes, trotzdem rast mein Herz wie auf Knopfdruck.

Levi steht auf, geht auf seinen Schreibtisch zu und drückt auf dem Weg dorthin kurz meine Hand. »Setz dich. Alles ist gut.«

Ich nehme seinen vorherigen Platz ein, reiße meinen Rucksack auf und hole den Arbeitslaptop hervor, um wenigstens den Eindruck zu erwecken, ich würde arbeiten und nicht meine freien Stunden in diesem Büro verbringen.

»Komm rein!«, ruft Levi, der einen Stift zwischen den Fingern dreht.

Ich habe jeden erwartet – Jana, irgendeinen Professor, vielleicht sogar Studierende, die ihn wegen der Hausarbeit etwas fragen wollen –, aber nicht Herrn Ziegler, den Dekan unserer Fakultät. Ein hagerer älterer Mann, der nur zu den Semesterreden zu sehen ist und sonst in seinem Büro verschwindet.

»Markus«, sagt Levi und steht auf, um ihm die Hand zu reichen. »Was verschafft mir das Vergnügen?«

Das Lachen des Dekans ist schallend. »Ach, Levi. Es wird Zeit, dass ich vorbeischaue und mich umhöre, wie es dir geht, damit du mir morgen nicht aus heiterem Himmel erzählst, wie tragisch doch alles für dich ist.«

Ziegler lässt seinen Blick durch das Büro streifen, als würde er betrachten, was Levi daraus gemacht hat. Dabei bleibt er für einen Moment fragend an mir hängen.

Ich setze mich aufrecht hin, straffe die Schultern und zwinge mir ein Lächeln auf, weil ich nicht weiß, was von mir erwartet wird.

»Äh … das ist meine studentische Hilfskraft Frau Korkmaz«, erklärt Levi schnell. »Und ich habe mich sehr gut eingelebt. Danke, dass du trotzdem nachschauen wolltest.«

Der Dekan nickt mir zu und dreht sich wieder zu Levi, der noch immer nervös mit seinem Stift spielt. »Das hört sich gut an.« Er atmet laut auf, während mein Herz nicht aufhört, gegen meine Brust zu schmettern. »Und bringst du morgen deine Frau mit?«

Ich hatte zwar nie Interesse an Physik, aber ich weiß, dass Zeit relativ ist. Im Flugzeug vergehen die Sekunden langsamer. Zwar nicht genug, damit man es bemerkt, aber dennoch dehnen sie sich in den Wolken aus. Meine Zeit wird nicht langsamer – sie kommt quietschend zum Stillstand.

Und bringst du morgen deine Frau mit? Und bringst du morgen deine Frau *mit? Deine Frau.*

In meinen Ohren klingelt es schrill, und mein Griff um den Laptop wird fester. Ich habe mich verhört. Ich *muss* mich verhört haben. Das kann nicht sein. Das kann nicht wahr sein.

Nein, nein, *nein.*

»Levi?«, fragt Dekan Ziegler. Seine Stimme ist leise, verzerrt, weit weg. Ich bin völlig allein in meinem Schmerz, der mit einem Knall einsetzt. Eine Wunde, die meine Brust aufreißt. Gift, das sich zielsicher durch meine Venen kämpft.

»Äh … ich … ich weiß nicht«, sagt Levi.

Mir ist so schlecht, dass ich den beiden Männern vor die Füße kotzen könnte.

»Sie soll kommen! Alle anderen bringen auch ihre Partner und Partnerinnen mit. Außerdem ist sie doch mit dem Psychologieinstitut für eine Postdoktorandenstelle im Gespräch, nicht?«

Entweder bekommt Ziegler meinen Zustand nicht mit, oder es ist ihm schlicht egal. Vielleicht maskiere ich meinen Schmerz auch besser als gedacht. *Das kann nicht wahr sein.*

»Du hast im Vorstellungsgespräch erwähnt, dass sie häufig auf Konferenzen ist, da ist es doch bestimmt eine schöne Abwechslung, wenn du sie mitbringst. Als Date.« Er lacht über seinen unlustigen Witz, und ich bin mir mittlerweile sicher: Ich werde mich jeden Moment übergeben.

Mechanisch packe ich meine Tasche zusammen und will aus dem Büro rennen.

»Frau Korkmaz«, sagt Levi verzweifelt. »Bleiben Sie kurz hier? Wir müssen über die Forschungsarbeit reden.«

Das ist eine glatte Lüge. Er will mir etwas anderes sagen: *Bitte bleib, lass es mich dir erklären.* Wenn ich eine Sekunde länger in diesem Raum stehe, werde ich jedoch zusammenbrechen. Aber ich kann nicht gehen, ohne den Dekan misstrauisch zu machen. Das würde meine Leistungspunkte in Gefahr bringen, also schlucke ich den bitteren Geschmack des Ekels herunter und kralle meine Finger in den Stoff des Sessels.

»Dann halte ich euch nicht länger auf«, wirft Ziegler ein, als würde meine Welt nicht auseinanderfallen. »Wir sehen uns morgen. Nimm deine Frau auf jeden Fall mit.«

Levi nickt ihm zu. »Bis morgen«, antwortet er schwach.

»Frau Korkmaz.« Ziegler presst die Lippen aufeinander, woraufhin ich ein leises »Tschüss« von mir gebe, das gebrochen klingen muss.

Levi bekommt nicht einmal mit, dass der Dekan die Tür hinter sich schließt, so gebannt starrt er mich an.

Er hat eine *Frau.* Levi ist verheiratet. Er ist in einer Ehe und hat mir gesagt, dass er mich liebt. Hat mich geküsst, mich zu sich eingeladen und mit mir *geschlafen.*

»Zel …« Er braucht nicht mehr zu sagen, damit die Tränen wie zwei Bäche über meine Wangen rinnen. »Es ist nicht … das hört sich klischeehaft an, aber es ist nicht so, wie du denkst.«

Ich vergrabe das Gesicht in den Händen und ersticke an meinem Schluchzen. Mein Herz schlägt unnachgiebig weiter, obwohl ich mich wie erstarrt fühle. Als hätte meine Welt angehalten und der Rest würde sich unbekümmert weiterdrehen.

Dass Levi mir näher kommt, merke ich erst, als seine Finger meinen Arm berühren. Ich zucke zusammen.

»Fass mich nicht an«, flehe ich, woraufhin er sich abrupt zurückzieht.

Meine Hände sind innerhalb von Sekunden klatschnass, weshalb ich sie an der Hose abwische. Ich bin wieder siebzehn und mit dem Mann zusammen, der der Albtraum meines Lebens war. Seine Frau hat ihre Finger tief in meinen Haaren und zieht an ihnen, reißt ganze Klumpen aus. Ihre Ohrfeige brennt auf meiner Wange. Die Tränen sorgen danach für ein unangenehmes Ziepen auf den empfindlichen Stellen. Ich muss würgen.

»Wie heißt sie?«

»Das ist nicht –«

»Wie heißt sie?!«, kreische ich.

»Cla… Clara.«

»Es tut mir leid«, flüstere ich. »Es tut mir leid. Es tut mir leid. Es tut mir leid. Es –« Die Luft wird dünner und dünner, bis nichts mehr für mich übrig ist. Bis ich nur noch japsend auf den Teppich starren kann. »Bitte sag ihr, dass es mir leidtut. Ich wollte das nicht. Ich hätte das nicht erlaubt, wenn … wenn … Ich bin ein schlechter Mensch.«

»Verfickte Scheiße, Zel!«, schreit Levi, fasst mich aber nicht an. »Du bist kein schlechter Mensch. Wenn, dann bin ich es!«

Ich kann nicht aufhören, zu weinen. Hat er mit mir in dem Bett geschlafen, in dem sie normalerweise nächtigt? War das Wasserproblem eine Lüge, weil sie von ihren zig Konferenzen wieder zu Hause war? Hat er all ihre Sachen weggeräumt, wenn ich da war? Das Stockwerk, das ich nie betreten durfte … ist das ihres?

»Warum?«, frage ich mit brüchiger Stimme.

Wie konnte er das zulassen, nachdem ich ihm meine Vergangenheit anvertraut habe? Nachdem ich von *ihm* erzählt habe. Wie hat er mich zu sich ziehen und mir ins Ohr flüstern können, dass ich sicher bei ihm bin, wenn er doch das gleiche Monster ist, vor dem ich seit Jahren fliehe?

»Es ist kompliziert«, flüstert er. »Das sollte nicht *so* rauskommen. Natürlich wollte ich das nicht vor dir geheim halten, aber ich liebe sie nicht. Nicht –«

Ich atme tief durch und tue das, was ich von ihm gelernt habe: Grenzen setzen. »Ich kann das nicht, Levi. Ich kann dir nicht zuhören. Mir wird schlecht dabei.«

Mit zittrigen Händen greife ich nach meiner Tasche und hieve mich aus dem Sessel, in dem ich etliche Stunden verbracht habe. Das Büro, das immer nach Tabak-Vanille riecht, ist nicht mehr wohlig warm, sondern höhnisch. Nicht nur die Luft wird dünner, sondern der Raum enger. Ich könnte jeden Moment ersticken.

»Ich gehe jetzt«, sage ich mehr zu mir als zu ihm.

Levis blaue Augen gleichen einem unergründlichen Meer, dessen Ebbe mich in fälschlicher Sicherheit gewiegt hat und dessen starke Wellen mich nun unter sich begraben.

»Lass es mich erklären. Es ist … ich liebe sie nicht, nicht *so*, aber –«

Ich schüttle den Kopf, bis mir schwindlig ist. »Nein, ich kann mir das nicht antun. Ich kann mir das Gleiche nicht zum zweiten Mal antun.«

Die Tränen kennen kein Halten mehr, auch als ich das Büro verlasse, laufen mir die Beweise meiner Fehler übers Gesicht. Die Angst, dass andere es sehen könnten, verblasst neben der nackten Scham, die meinen ganzen Körper vereinnahmt.

Warum mache ich immer und immer wieder den gleichen Fehler? Warum lerne ich nicht aus den vorherigen? Egal wie sehr ich mich bemühe, es scheint, als wäre ich gestraft mit Männern, die ihr eigenes Wohl über meine Menschlichkeit stellen.

Ich bin nichts als ein schöner Körper, den man ausnutzen kann. Ob dabei ganze Leben in Brand gesetzt werden, ist bedeutungslos. Ich bin bedeutungslos – für sie.

* * *

Mit tränenüberströmtem Gesicht auf Saf zu warten, ist nichts Neues für mich. Es ist unbedeutend, *was* in meinem Leben passiert, sie ist die einzige Person, vor der ich über all meine Gefühle reden kann. Obwohl ich die letzten Monate über viel zu viel geheim gehalten habe. Sie und meine WG sind alles, was ich habe.

Saf öffnet vorsichtig die Tür, als könnte jede kleinste Bewegung mich brechen. »Was ist passiert, Maus?«

Ich erzähle ihr *alles*. Jedes Detail, mit dem ich sie nicht belasten wollte, weil sie zwar meine beste Freundin ist, aber nicht mein immerwährender Kummerkasten. Sie ist die Schwester, die mir verwehrt blieb. Die Ena nie war.

Irgendwann zwischen der Sache mit meinem Vater und Levis Betrug habe ich mich in ihren Schoß gelegt und wie ein Schlosshund geweint.

»Hast du in letzter Zeit *geatmet*?«, fragt sie mich, als ich zu einem japsenden Stopp komme. »Was ist bitte alles passiert?«

»Das Leben einer Dreiundzwanzigjährigen?«, versuche ich, die Stimmung aufzulockern, aber es bringt nichts. Sie ist gedrückt, und das Fenster zu kippen, hat nichts gebracht, außer dass uns kalt ist.

»Eher fünf Leben oder so, weil … was zur Hölle?«, sagt Saf überrumpelt und fährt über meine Augen, um die Tränen wegzuwischen. »Es tut mir leid, dass du da allein durchmusstest und nicht das Gefühl hattest, es mir erzählen zu können.«

»Wegen Levi … ich wollte das geheim halten. Das hätte ich nicht gekonnt, wenn ich dir das mit meinem Vater erzählt hätte, und … alles hat aufeinander aufgebaut …«

Ich habe niemandem etwas erzählt, weil ich Levis Wünsche respektieren wollte. Und er hatte nichts Besseres zu tun, als auf meinen Gefühlen herumzutrampeln. Mich tief zu schneiden und verwundet zurückzulassen.

»Was für ein Arschloch.« Saf schnaubt aufgebracht. »Wie kann man irgendjemandem so etwas antun, aber vor allem dir?«

»Meinst du meinen Vater oder Levi?«, pruste ich los.

»Beide.«

Ich glaube, ich verliere auch das letzte bisschen Halt, denn mittlerweile erscheint mir alles witzig. So sehr, dass ich mich vor Lachen zusammenkauern muss und mein Bauch wehtut. Mein Leben *kann* nicht wahr sein. Diese Situationen hintereinander können nicht die Realität sein, in der ich lebe. Das muss ein ausgeklügelter Witz sein. Denn wenn es einen Gott geben sollte, würde er doch niemandem so etwas Grausames antun.

»Zelal … atme«, flüstert Saf und zieht mich an meinen Schultern in eine Sitzposition.

Ich lache, weine, schnappe gleichzeitig nach Luft. Aber nichts hilft gegen diesen Schmerz tief in meiner Brust. Durch Druck so stark zusammengepresst, dass er einem unzerstörbaren Diamanten gleicht.

Ich werde das Gefühl nicht los, dass ich ihn für immer mit mir herumtragen werde.

»Er hat gesagt, er liebt sie nicht, und ich … und ich … und ich …« Saf hält mein Gesicht in ihren Händen und atmet langsam ein und aus, was ich ihr nachmache. »Und ich habe mich dreckig gefühlt. Ausgenutzt. Es hat mich an …« Ich kann es nicht aussprechen, weil Saf nichts von *ihm* weiß. Weil ich meine Vergangenheit hinter mir gelassen habe, nicht erlauben wollte, dass mein Ex je wieder Raum in meinem Leben einnimmt.

Es ist mir egal, ob Levi seine Ehefrau liebt oder nicht. Er hätte das mit ihr klären müssen, bevor er sich an mich ranmacht. Wer einmal fremdgeht, wird es wieder tun.

»Es tut weh, Saf«, flüstere ich und verfalle dem nächsten Heulkrampf. »Es *brennt.*«

Ich dachte, ich kann Levi mein zerbrochenes Herz anvertrauen. Er hat es mir wieder und wieder versichert, aber jetzt liegt es zersplittert auf dem Boden – erneut. Seine Worte waren nur leere Versprechungen, losgelöst von ihrer Bedeutung, Schwere und Konsequenz.

»Ich weiß, Maus, ich weiß.« Saf zwingt sich blinzelnd ein Lächeln auf, das augenblicklich zerbröckelt. Ihre Haut hat sonst einen goldenen Unterton, der mit der Sonne um die Wette strahlt, aber gerade sieht sie fahl aus. Als hätte meine Geschichte ihrem Inneren das Licht gestohlen.

»Warum tut Levi mir das an? Habe ich das verdient?«, flehe ich nach einer Antwort, die ich nie bekommen werde.

»Nein, niemals.« Sie kommt mir näher, bis ihre Nasenspitze meine berührt. »Du verdienst das absolut nicht.«

Meine Brust zieht sich so eng zusammen, dass meine Rippen drohen, zu brechen. Mit der zur Faust geballten Hand reibe ich gegen sie, als könnte das mein Herz zum Schlagen bringen. Es hilft nicht. Der

Schmerz vergeht nicht, sondern ätzt sich in mich, auf der Mission, unheilbare Spuren zu hinterlassen.

»Ich kann morgen nicht auf diese Feier.«

»Du musst«, sagt Saf scharf. »Wenn du wegbleibst, wird man sich fragen, warum.«

»Nein, ich –«

»Zelal!« Sie lässt mein Gesicht los und rüttelt an meinen Schultern. »Hinter eurem Rücken wird schon geredet. Niemand weiß etwas Konkretes, aber jeder sagt, dass ihr euch doch so gut versteht und du definitiv länger als die acht Stunden pro Woche in seinem Büro bist. Wenn du morgen nicht auftauchst, dann ahnt der verdammte Dekan was. Willst du das?«

»Ich –«

»Willst du das?«, schreit sie und holt mich damit aus meiner Panik.

Ich schüttle vehement den Kopf. »Nein, nein, ich will das nicht.«

»Dann wirst du anwesend sein und gute Miene zum bösen Spiel machen. Als wäre nichts, verstanden? Danach musst du ihn nie wieder sehen.«

ZWEIUNDVIERZIG | ÇIL Û DU

Zelal

Meine Mascara ist so oft verlaufen, dass mir Saf am Ende eine wasserfeste gegeben hat. Halbwegs lebendig und mit einem unscheinbaren Outfit stehe ich im Konferenzraum und lausche den Unterhaltungen, möchte aber nur verschwinden.

Jedes Wort, jedes Lachen und jede Bewegung erscheinen neben all meinen Problemen unglaublich banal. Mir ein Lächeln aufzuzwingen, fällt mir dadurch nicht schwer, denn diese Situation ist beinahe witzig.

»Du schaffst das«, flüstert Saf und reicht mir alkoholfreien Sekt. Ich hätte nichts gegen echten Fusel – hochprozentig und brennend.

Meinen Missmut versuche ich mit einem glücklichen Ton zu überdecken. »Ich hoffe es.«

Die meisten Lehrenden sind schon da, sogar der Dekan unterhält sich mit Jana über etwas, das ich von der anderen Seite des Raumes aus nicht verstehe. Cecil hat es sich zwischen den studentischen Hilfskräften gemütlich gemacht und hört Felix zu, der von seiner Masterarbeit erzählt.

»Das wird.« Saf klopft mir auf die Schulter, und ich nicke, mehr, um mich selbst zu überzeugen.

Doch jegliche Selbstsicherheit schwindet, als Levi durch die Tür kommt, im Schlepptau eine Frau, die ich nur als grazil beschreiben kann, denn nichts anderes würde ihr gerecht werden. Sie ist schlank, hat aalglatte braune Haare, die adrett hinter ihre Ohren geschoben sind und wahrscheinlich mit Spangen und Haarspray an Ort und Stelle gehalten werden. Feine Gesichtszüge, die von einem Hauch von Rouge, Wimperntusche und einem unauffälligen Lippenstift geküsst werden. Keine Piercings, lediglich Perlenohrringe, die bei jeder Bewegung aufblitzen. Und ein furchtbar schwerer Diamant am rechten Ringfinger.

Sie ist alles, was ich nicht bin. Nie sein werde. Nie sein *kann.*

»Der Mann der Stunde!«, sagt Jana, und alle klatschen. Mir fällt es schwer, weshalb meine Hände viel zu spät und lasch gegeneinanderschlagen.

Levi nickt bescheiden, und ich muss unwillkürlich an unser gestriges Gespräch denken, was sticht. *Ich liebe sie nicht.* Wenn er es nicht tut, warum hält er ihre Hand und schaut nicht einmal in meine Richtung, als könnte uns das verraten? Als würde ein Blick zu mir jedem zeigen, wie verletzlich ich mich ihm gegenüber gemacht habe. Wie sehr es wehgetan hat, die Wahrheit zu erfahren. Wie sehr es immer noch schmerzt. Ich glaube, ich werde den Abend nicht aushalten. Alles war okay, bis er gekommen ist.

»So schön, Sie alle kennenzulernen.« Claras Akzent ist das Erste, was ich raushöre, aber ich kann ihn nicht einordnen. Spanisch vielleicht? Ich bin mir nicht sicher. Ihr perfektes Lächeln mit den noch perfekteren Zähnen lenkt mich ab.

»Wow«, sagt Saf.

Wir denken uns das Gleiche. Clara und ich könnten nicht unterschiedlicher sein. War ich Levis Versuch, aus seinem Leben auszubrechen? Sind das seine Tattoos vielleicht auch?

»Levi hält sich bedeckt, was sein Privatleben angeht«, setzt der Dekan an. »Da dachten wir, dass du vielleicht nur erfunden bist. Er redet nicht viel über dich.«

Ich wünschte, Ziegler hätte recht und sie wäre eine Notlüge, damit Levi weniger Steuern zahlen muss oder so. Doch Clara ist real und wäre wahrscheinlich genauso verletzt wie ich, wenn sie wüsste, was zwischen uns passiert ist.

»Ich muss es ihr sagen«, flüstere ich Saf zu, deren Augen riesig werden.

»Nein, das wirst du nicht«, zischt sie. »Bist du lebensmüde?«

»Ich kann nicht zulassen, dass sie genauso verletzt wird wie ich.« Diesmal habe ich die Chance, meine Geschichte selbst zu schreiben. »Sie verdient es, Bescheid zu wissen.«

»Ja, aber erst nachdem du deine Leistungspunkte hast, Zelal. Willst du im schlimmsten Fall ein Semester länger studieren oder zurück zu deinen Eltern, weil du dir das Leben hier nicht mehr leisten kannst?«

Das ist das Letzte, was ich möchte, aber noch weniger kann ich zulassen, dass ihr das gleiche Schicksal widerfährt wie der Frau meines Ex-Freundes. Sie war gemein zu mir, aber auch nur, weil sie verzweifelt war. Ich kann nicht hinnehmen, dass Clara sich so fühlt.

»Okay, nachdem ich die Note bekommen habe.« Wäre ich nicht auf die Creditpoints angewiesen, würde ich mich von Levis Kurs abmelden und seine Untaten in diesem Raum herausposaunen. Wie er mich in eine Decke vermeintlicher Sicherheit gehüllt hat, um mich am Ende im tiefsten Winter stehen zu lassen.

»Wer ist deine Hilfskraft, Schatz?«, fragt Clara begeistert und schaut über die Angestellten, bis sie an Saf und mir hängen bleibt. »Du hast so oft Spätschichten geschoben, da habe ich mich die ganze Zeit gefragt, wer die intelligente junge Frau ist, die dir voller Tatendrang zur Seite steht.«

Ihre Stimme trieft vor Gift. Der Tod, den es bringt, ist leise und schleichend, nicht wie eine zuschnappende Schlange, sondern wie eine Ehefrau, die jedes zweite Abendessen ihres Mannes mit geringen Mengen an Blausäure versetzt.

Oder ich bilde es mir ein, weil *ich* Angst vor ihr habe. Was, wenn sie es in meinen Augen sehen kann? Die Mätresse ihres Mannes, die schamlos auf seiner Willkommensfeier erscheint.

Levi räuspert sich und zeigt auf mich. »Frau Korkmaz.« Er kann mir nicht einmal ins Gesicht schauen. Den Mut hat er nicht. Seine Aufmerksamkeit liegt auf seiner freien Hand, weil die andere Claras umfasst.

Seine Frau ruft mich mit einer Armbewegung zu sich. »Komm her.«

Mir ist schlecht. Saf zuckt unauffällig mit den Schultern und schubst mich leicht in die Richtung der beiden. Es gibt kein Entkommen. Wenn ich mich weigere, mit Clara zu reden, wird es komisch aufgenommen werden. Ich muss nur noch heute überstehen.

Also durchquere ich den halben Raum und habe dabei das Gefühl, alle Augen wären auf mich gerichtet. Cecil unterhält sich nach wie vor mit den Hilfskräften, Jana hat sich von Ziegler abgeseilt und redet mit Heller. Der Dekan, Levi und Clara stehen beisammen.

»Hi.« Allein bei dieser Silbe zittert meine Stimme, aber ich versuche, mir nichts anmerken zu lassen.

Clara checkt mich mit ernster Miene ab, bevor verspätet ein erzwungenes Lächeln auf ihren Lippen erscheint, das meilenweit von ihren Augen entfernt ist. »Schön, dich kennenzulernen, Zel.«

Woher kennt sie meinen Spitznamen? Mein Blick huscht hilflos zu Levi, dessen Geruch die altbekannte Reaktion in meinem Körper auslöst, als hätte dieser nicht verstanden, dass ich ihn nicht mehr lieben darf.

Levi sieht für den Bruchteil einer Sekunde genauso verwirrt aus, bevor er sich besinnt und zum Dekan schaut.

»Die Freude ist ganz meinerseits«, krächze ich und räuspere mich. Scheiße, das wird nicht gut enden.

Claras Lächeln wird breiter – eine Löwin, die sich bereit macht, sich auf ihre Beute zu stürzen. »Wie hattest du eure Zusammenarbeit noch mal beschrieben?« Sie schaut zu Levi hoch, der sie trotz ihrer Stilettos um ein gutes Stück überragt.

»Ich weiß nicht, ob –«

»Wie hast du die Zusammenarbeit beschrieben, Schatz?«, fragt sie bestimmter. Die Stimmung kippt, und unsere kleine Gruppe bemerkt den Umschwung.

Der Dekan kratzt sich am Kinn, schon dabei, mit den Augen einen Ausweg zu suchen. »Hab dich doch nicht so«, funkt er dazwischen. »*Happy wife, happy life* sagt man doch bei euch in den Staaten. Lass deine arme Frau nicht hängen.«

Clara lacht auf und nickt begeistert. »Also, Levi?«

»Ohne Frau Korkmaz wäre meine Arbeit nur halb so schnell fertig, sie bekommt ihren Kopf nicht von den wichtigen Texten gehoben«, murmelt er.

Uns beiden ist klar, dass er niemanden überzeugt. Dass ihm die Situation genauso unangenehm ist wie mir. Wir sind wie zwei Amateure, die in eine High-Production-Netflix-Show gesteckt wurden: Keiner von uns kann auch nur ansatzweise seinen Part spielen.

Für einen Moment ist die Luft elektrisch geladen, als würde alles gleich hochgehen. Ich weiß nicht, was genau mir den ausschlaggebenden Hinweis gibt. Claras Züge, die jegliche geschauspielerte Freude verlieren, Levis lautes Ausatmen oder das nervöse Lachen des Dekans. Vielleicht auch ein Zusammenspiel von allem.

Nichts kann mich auf Claras Antwort vorbereiten, trotzdem setze ich ein Pokerface auf, das ich nicht verlieren darf.

»Oh«, macht sie überrascht und schaut zwischen uns hin und her. »So wie du den Kopf nicht zwischen ihren Beinen hochkriegst?«

Für mehrere Sekunden, die sich wie Minuten anfühlen, ist es mucksmäuschenstill. Sogar das angeregte Gespräch zwischen den Hilfskräften wird unterbrochen.

»Clara, was …« Levi bekommt den Satz nicht raus.

Sie schürzt die Lippen. »Warst das etwa nicht du an Weihnachten mit ihr auf dem Sofa, als ich meine Familie besuchen war? Du hattest mir gesagt, du hättest viel zu erledigen, nicht? Jetzt weiß ich, was oder, besser gesagt, *wen* du zu tun hattest.«

Eine mir bekannte Panik durchflutet mich so schnell, dass ich verlerne, zu atmen, und drohe an der restlichen Luft in meinen Lungen zu ersticken. Der Sauerstoff verteilt sich gleißend durch meine Adern, kommt brennend in allen Organen an. Das Licht des Konferenzraums ist plötzlich zu hell, die Stille viel zu laut. Scheiße, ich werde mein Bewusstsein verlieren.

»Äh …« Zieglers Ohrenspitzen sind knallrot, und er kann niemandem von uns in die Augen schauen.

Der ganze Raum ist totenstill, jedes Augenpaar auf uns gerichtet. Hat Clara derart laut geredet? Die Panik untergräbt mein Einschätzungsvermögen. Ich muss hier raus.

»Clara!«, zischt Levi und fährt sich unbeholfen durch das Haar. »Du weißt, dass das –«

»Nein, ich weiß gar nichts.«

»E-es t-tut mir l-leid«, flüstere ich. Jede Silbe verheddert sich mit der nächsten. »Es tut mir leid. Hätte ich es gewusst, ich hätte mich niemals darauf eingelassen. So bin ich nicht.«

Ich weiß nicht, was peinlicher ist – dieses Gespräch vor dem ganzen Institut zu führen oder mich unbeholfen zu erklären.

Sie verzieht angeekelt das Gesicht. »Ja, genau. Das sagt jeder Seitensprung, der eine Ehe zerstört. Schämst du dich kein bisschen?«

Seitensprung. Ich bin nichts weiter als das. Ein kleiner Zeitvertreib. Die zweite Wahl. Eine Person, die irgendwelche Fantasien erfüllt. Wahrscheinlich hätte ich mich von Levi für alles begeistern lassen können, von dem seine Frau nichts hören möchte. Er hätte mich bis in alle Ewigkeit ausnutzen dürfen, und ich hätte zugestimmt. Weil er der erste Mann ist, dem ich je auf diese Art vertraut habe.

»Clara!«, spuckt Levi ihren Namen beinahe aus. »Wir beide wissen, dass du lügst. Hör auf, Zel in die verdammte Enge zu treiben.«

»Vielleicht können wir das Gespräch in privatere Räumlichkeiten verlegen?«, schlägt Jana heiser vor, woraufhin ich nicke.

Ich muss weg.

»Mein Büro.« Levi zeigt zur Tür, bevor er sich an die Menschen wendet, die nicht aufhören können, uns anzustarren. »Entschuldigt den Aufruhr. Ich habe Wein mitgebracht, der im Flur steht. Bedient euch bitte.«

Clara ist die Erste, die den Konferenzsaal verlässt – stolzierend und mit gestrafften Schultern. Ich will ihn auch verlassen, jedoch nicht in Levis Büro gehen, sondern nach Hause. Aber ich bin seiner Frau eine Entschuldigung schuldig, egal wie sehr sie mich hasst. Ich würde mich genauso verabscheuen, wäre ich an ihrer Stelle.

»Du musst nicht«, ruft Saf mir zu. »Du musst dir das nicht antun.«

Ich schenke ihr ein schiefes Lächeln, weil ich mehr nicht auf die Kette kriege, bevor ich aus dem Raum trete. Ich muss nicht, aber ich *sollte*. Wenn ich mich von meinen Taten reinwaschen will, muss ich mich Clara stellen. Und Levi. Sein Name sticht wie ein Messer in der Brust.

»Es tut mir leid«, flüstert er mir zu, als er die Tür hinter sich zuzieht.

»Komm mir nicht zu nahe.«

Er könnte mich auf Knien um Vergebung anbetteln, und ich würde ihm kein Wort glauben. Nicht, nachdem er mir *wissend* all das angetan hat. Nachdem ich ihm meine Geheimnisse anvertraut habe, hätte er den Schlussstrich ziehen können. Es hätte wehgetan, keine Frage, aber es wäre niemals so schlimm gewesen wie jetzt. Ich müsste nicht einer Frau in die Augen schauen, die mich angewidert beobachtet.

Das geordnete Regal, der saubere Schreibtisch und der Haken, den er selbst angebracht hat, sind mir bekannt. In der Universität habe ich in den letzten Monaten die meiste Zeit hier verbracht. Clara schaut sich um und weiß nicht, wo sie Platz nehmen soll. Schließlich bleibt sie unbeholfen vor den großen Fenstern stehen, die uns vor dem Schneesturm schützen, der Berlin eingeholt hat.

»Dein Scheißtheaterstück eben … Was hast du dir dabei gedacht?«, brüllt Levi in dem Moment, als die Tür hinter uns zufällt. »Wir beide wissen, dass es dich einen Scheiß zu interessieren hat, was ich mit wem tue, verdammt!«

Clara reckt das Kinn und kreuzt die Arme vor der Brust. Sie ist ähnlich wie ich den Tränen nahe. Warum ist Levi so beschissen zu ihr? Was sie abgezogen hat, war völlig unprofessionell, aber sie ist eine verletzte Frau. Ich weiß nicht, ob ich anders reagiert hätte, stünde mir die Person gegenüber, mit der mein Mann mich betrogen hat.

»Entschuldige.« Meine Stimme bricht, was mich nicht davon abhält, weiterzusprechen. »Das macht es nicht besser, aber –«

Levi schnaubt trocken. »Du hast keinen Grund, dich zu entschuldigen, Zel.«

Seine Worte schüren das Feuer meiner Wut. »Nur weil es dir anscheinend egal ist, was unsere Taten mit deiner Frau angestellt haben, heißt das nicht, dass es auch mir nichts bedeutet!«

Levi fährt sich hektisch übers Gesicht und stützt sich danach mit beiden Händen am Schreibtisch ab. Seine Brust hebt und senkt sich schnell, und er murmelt etwas Unverständliches. Ich habe ihn nie aufgebrachter erlebt.

»Sie ist oder, besser gesagt, *war* meine beste Freundin!«, schreit er und zeigt auf Clara, die die Lippen aufeinanderpresst. »Wir haben uns im Doktor-Programm an der Brown kennengelernt. Als wir den Abschluss hatten, wollte ich zurück nach Deutschland, und sie hat nach einer Stelle in den USA Ausschau gehalten. Hast du was gefunden?«

»Nein«, sagt sie zittrig.

Ich bin genauso schlau wie vorher. Was passiert hier? Ist sie die Freundin, die mehr als eine Freundschaft von ihm wollte? Das muss sie sein …

»Sie wollte nicht zurück in ihre Heimat, weil ihre Jobaussichten verdammt miserabel waren. Also habe ich ihr angeboten, mit nach Deutschland zu kommen.« Er schüttelt den Kopf, als er auf sie zugeht. »Du bist auf das Angebot *angesprungen*. Ich habe mir nichts dabei gedacht, warum auch? Schließlich bist du meine beste Freundin, ohne die ich die letzten Jahre im PhD nicht überlebt hätte, oder?«

Er bleibt direkt neben ihr stehen, aber sie schaut nicht auf, sondern hat den Blick auf die Tür gerichtet. »Was haben wir dann gemacht, um dir die Einreise zu erleichtern? Damit du ohne Probleme deine Niederlassung bekommst, mit der du dir einen Job suchen kannst?«, fragt er, aber sie reagiert nicht. »Wir haben uns nach dem Abschluss ein paar Tage in Vegas gegönnt, uns bis in den Filmriss besoffen. Und *geheiratet*. Nicht aus Liebe, sondern um Vater Staat zu verarschen. Mit wem geht das besser als mit deinem besten Freund, der dich in- und auswendig kennt?«

Das ist der Moment, in dem sie zerbricht. Ihre Fassade bröckelt, die gerade Haltung sackt zusammen, und die ersten Tränen fließen über ihr makelloses Gesicht. »Für dich war es nie aus Liebe, und das ist okay. Aber denkst du, ich wäre hierhergekommen, wenn ich mir nicht erhofft hätte, dass sich das ändert? In ein Land, dessen Sprache, Kultur und Menschen mir völlig fremd sind? Wo ich mich komplett neu einleben musste?«, sagt sie auf Englisch.

Ich möchte mich begraben, raus aus diesem Raum mit Problemen, die mich nichts angehen. Levi hatte recht, er liebt sie nicht. Nicht, wie man die eigene Ehefrau lieben sollte. Aber das ändert nichts an seinen Lügen.

»Ich habe dir von Anfang an klargemacht, dass das für mich nichts weiter als platonische Liebe ist«, sagt er. »Es tut mir leid, dass du es nicht als solche empfinden konntest und dass ich dir Hoffnungen gemacht habe, aber ich habe *immer* meine strikten Grenzen eingehalten und von dir lediglich gewollt, dass du sie respektierst.«

»Du kannst das nicht erwarten, wenn ich verzweifelt bei meiner Familie bin und sehe, wie sie … du …« Weiter kommt sie nicht, weil Levi einen Schritt auf sie zugeht.

»Was zum Fick hast du dir dabei gedacht, uns über die Kameras zu *stalken*?«, unterbricht er sie.

»Stalken? Ich habe nicht … gestalkt! Ich wollte nur kurz schauen, was … was … und dann …« Weiter kommt sie nicht, ihre Tränen machen ihr einen Strich durch die Rechnung.

Ich muss die Augen schließen, damit der Raum nicht mehr verschwimmt. Sie hat uns gesehen. Hat mich beobachtet. Sind das hochtechnische Kameras, die sogar Geräusche aufnehmen können? Hat sie unsere Gespräche gehört? Wie er all die Sachen gesagt hat, die sich rötlich auf meinen Wangen verewigt haben? Mir dreht sich der Magen um.

»Was hätte ich tun sollen, als du konstant an deinem Handy warst, um mit ihr zu telefonieren?« Sie räuspert sich, versucht, durchzuatmen und sich die Haare zu richten. Die Fassade wiederaufzubauen und in die Offensive zu wechseln. »Zel hier, Zel da … Bambi? Ist das dein Ernst?«

Levi kommt ihr so nahe, dass sie den Kopf in den Nacken legen muss, um in sein wutverzerrtes Gesicht zu schauen. »Wir haben abgemacht, dass wir uns nicht in das Privatleben des jeweils anderen einmischen! Das war die verdammte Regel, Clara.«

»Ich kann das nicht mehr«, presse ich hervor. »Das scheint eine Unterhaltung zu sein, die mich nicht betrifft.«

Levi weicht die Wut aus dem Gesicht, und seine Haltung wird lockerer, als er sich mir zuwendet. »Bambi –«

»Bitte nenn mich nicht so.« Ich gehe auf die Tür zu und drehe mich ein letztes Mal zu ihm. »Nenn mich nie wieder so.«

DREIUNDVIERZIG | ÇIL Û SÊ

Zelal

Ich habe die E-Mail erwartet, trotzdem könnte ich beim Lesen losweinen.

> Sehr geehrte Frau Korkmaz,
>
> hiermit werden Sie wegen Interessenkonflikten aus dem Seminar »Einfluss von Kolonialismus auf europäische Kunst (Neuzeit)« von Dr. Levi Jakab entfernt. Die benoteten Leistungspunkte können nicht zu Ihren Noten verbucht werden, da der Verdacht besteht, dass eine unfaire Benotung stattfinden könnte.
>
> Einspruch kann zwei Wochen nach Erhalt des angehängten Schreibens eingelegt werden.
>
> Mit freundlichen Grüßen
> Dekan Markus Ziegler

Das Schreiben ist der gleiche Text, zusätzlich wird lediglich aufgeführt, was sie uns unterstellen. *Vermutung einer außeruniversitären Beziehung, die die Benotung der Studierenden positiv beeinflussen könnte, unabhängig ihrer Leistung.*

Levi und ich hätten Jahre zusammen sein können, und er würde mir niemals eine Note geben, die ich nicht verdiene. Dafür ist er viel zu stolz. Und ein fürchterlich guter Dozent. Egal wie sehr mich seine Taten verletzt haben, seine Kompetenz kann ich nicht leugnen. Das macht diesen elenden Zustand jedoch keinen Deut besser.

»Du erfrierst hier gleich«, sagt Kiara, weshalb ich mein Handy schnell in meine Schürze stecke und nach dem Krug Cold Brew greife, der im Kühlraum steht.

»Soll ich an die Kasse oder mich lieber um die Getränke kümmern?«, frage ich und blinzle die Tränen weg, die in meinen Augenwinkeln stechen.

»Getränke.«

Ich könnte vor Dankbarkeit auf die Knie fallen. Zwar ist die Bar stressiger, dafür kann ich mich aufs Kaffeezubereiten konzentrieren und meinen Gedanken entfliehen.

Diese Mail bestätigt, dass ich im kommenden Semester nicht nur die Masterarbeit schreiben und arbeiten werde, sondern weitere Veranstaltungen belegen muss, damit ich genügend Punkte habe, um den Abschluss zu machen. Dadurch fällt das Teilzeitarbeiten weg, was bedeutet, dass ich wahrscheinlich nicht genug Geld verdienen werde, um mich während meines Praxissemesters über Wasser zu halten.

Und das heißt, dass ich zurück nach Dortmund muss. Meine Eltern anbetteln darf, bei ihnen einzuziehen und mein Praxissemester dort zu absolvieren. Meinem Vater begegnen muss, damit er sagen kann, dass er es besser wusste, obwohl ich mich mental längst von ihm verabschiedet habe.

»Meinst du, ich könnte ein paar mehr Stunden die Woche arbeiten?«, frage ich Kiara, als wir zusammen hinter die Theke treten.

»Bestimmt. Frag mal beim Chef nach«, antwortet sie.

Seit dem Willkommensabend vor drei Wochen bin ich nicht mehr im Institut aufgekreuzt, was niemand kommentiert hat. Nachdem Atlas drei Stunden auf mich eingeredet hatte, habe ich Jana für die Masterarbeitsbetreuung anfragen können, und sie hat zu meiner Überraschung gesagt, dass ihr Angebot weiterhin steht. Ich dachte, sie würde mich hassen, aber sie hat Saf und mir sogar erlaubt, Arbeitsplätze zu tauschen, sodass ich nun Jana als studentische Hilfskraft aushelfe. Levi hat Saf bis jetzt nicht in sein Büro gelassen, sondern per Mail irgendwelche erdichteten Aufgaben geschickt, damit sie ihre Stunden abarbeitet.

Einmal war Jana im Café und wollte sich mit mir unterhalten. Die

Scham hat mich zerfressen. Wie sollte ich ihr in die Augen schauen, während sie davon ausgeht, dass Levi und Clara eine *echte* Ehe führen und keine Scheinehe, die seiner besten Freundin aushelfen soll? Aber sie hat nicht lockergelassen und mich vorsichtig angelächelt, als hätte sie mir längst verziehen, also habe ich mich darauf eingelassen.

Du bist nicht die erste Studentin, die eine ähnliche Beziehung anfängt.

Du kannst nichts dafür, in deinem Alter ist man leicht zu begeistern.

Fühl dich nicht schlecht.

Es ist nicht deine Schuld.

In dem Moment konnte ich ihren Worten keinen Glauben schenken, aber jetzt weiß ich, dass sie recht hat. Hätte ich es besser gewusst, wäre ich beim ersten Anflug von Gefühlen abgehauen. Sie überhaupt zuzulassen, hat mich Anstrengung gekostet. Meine Mauern wieder aufzubauen, schmerzt unglaublich. Manchmal frage ich mich, ob ich je wieder Nähe erlauben kann, oder ob ich immer Angst vor Bindungen haben werde. Sogar die vermeintlich schönen, glaubwürdigen und liebenden sind am Ende betrügerisch.

Kiara legt die ersten Bestellungen neben mich, und ich mache einen Latte nach dem anderen, während sich die Begegnungen mit Levi in Dauerschleife in meinen Gedanken abspielen. Ich untersuche jede Möglichkeit, ob ich es hätte ahnen können, hätte ich auf Hinweise geachtet. Und natürlich auch die schönen Momente, die ich nicht aus meinen Erinnerungen verbannen kann.

Seine akzeptierende Art. Seine sturmblauen Augen, die den Eindruck machten, als sähen sie allein mich. Die Arroganz, die sogar in seinem Sarkasmus mitschwingt. Sein bedingungsloser Respekt mir gegenüber.

In das habe ich mich verliebt: seine *Bedingungslosigkeit*. Er brauchte keine Gründe, um Grenzen zu akzeptieren, sich anzupassen und mir Raum zu geben, in dem ich atmen konnte. In dem ich *ich* sein durfte.

Ich streiche mir die lila Strähnen aus dem Gesicht, die ich mir als Überraschung für ihn gefärbt hatte. Saf hatte keine Zeit, mir beim Überfärben zu helfen. Jetzt sind sie Erinnerungen an einen Schmerz, den ich kein weiteres Mal aushalten würde.

Bedingungslosigkeit ist das, was mein Herz sich wünscht, Sicherheit ist das, was mein Gehirn braucht. Und ich habe *nichts* von beidem.

* * *

»Keine Widerrede!«, sagt Atlas, als er mich in die Küche zerrt, in der bereits die anderen Jungs warten.

»Okay.« Verwirrt ziehe ich die Augenbrauen zusammen. »Was habt ihr vor?«

Yousef schiebt mir wortlos eine weiße Plastiktüte entgegen, die ich vorsichtig annehme. Da könnte alles drin sein. Ich rechne auch mit allem, aber nicht mit dem Inhalt, der mich erwartet, nachdem ich den Knoten löse. *Künefe*-Zutaten. Bei dem Anblick könnte ich losflennen. Am liebsten möchte ich es nie wieder zubereiten. Nie wieder für irgendjemanden.

»Es wird Zeit, dein Können unter Beweis zu stellen«, sagt Talhah. »Keine großen Worte mehr, sondern Taten, Korkmaz.«

»Bin der gleichen Meinung«, stöhnt Yousef. »Endlich kannst du uns dein berühmtes *künefe* zeigen, statt nur darüber zu reden. Wir helfen auch.«

Atlas weiß, dass ich mich von Levi getrennt habe. Warum, habe ich ihm nicht erzählt, aber er hat meine Tränen, die Lustlosigkeit und Trauer gesehen. Die anderen auch, obwohl sie nicht wussten, was los war … ist. Seit drei Wochen laufe ich rum, als würde die Welt untergehen. In der ersten war es so schlimm, dass mich Atlas unter die Dusche zwingen musste.

»Ich bin todmüde«, sage ich schniefend. »Das Café war heute brechend voll und …« Künefe *habe ich zuletzt mit Levi gemacht.* Ich will mich in mein Bett verkriechen und nie wieder auftauchen. Mich in meinem Herzschmerz suhlen, denn ich vermisse ihn. Egal wie oft ich mir sage, dass es besser ist, möchte ich nichts mehr als ihn bei mir wissen. Es fiel mir schwer genug, seine letzte Nachricht auf meiner Mailbox zu ignorieren. Es war die einzige, die ich von ihm bekommen habe, weil er mich nicht ›bedrängen‹ wollte.

»Okay«, sagt Atlas sanft und drückt meine Hand. »Geh du dich ausruhen, wir machen das *künefe* und schauen zusammen in meinem Zimmer einen Film, in Ordnung?«

Ich nicke. »Das hört sich gut an.«

Er zieht mich in eine seitliche Umarmung und gibt mir einen Kuss auf die Schläfe, der dafür sorgt, dass ich in Tränen ausbreche.

VIERUNDVIERZIG | ÇIL Û ÇAR

Levi

Die Vorbereitung auf dieses Gespräch hat mich mehr Nerven gekostet als die Verteidigung meiner Doktorarbeit. Den Termin zu vereinbaren, war eine Tortur an sich. Tausendmal musste ich Ziegler erklären, dass ich über das Geschehene reden möchte, und er hat immer wieder abgewunken. *Ist doch nicht nötig, Levi, lass uns kein Fass aufmachen.*

Ich *will* ein Fass aufmachen. Mir ist das viel zu wichtig, um es nicht zu tun. Erst Zelal in die Scheiße reiten und sie dann dort alleinlassen kann ich nicht. Es darf nicht sein, dass sie die Einzige ist, die die Konsequenzen trägt. Wenn ich doch derjenige bin, der es nicht hinbekommen hat, sein Leben auf die Reihe zu kriegen, bevor ich mich auf sie eingelassen habe.

Der Streit mit dem Prüfungsamt hat nichts gebracht. Sie haben mir abermals gesagt, dass sie weder die Punkte noch die Note eintragen können, also musste ich mich an Ziegler wenden.

Ich klopfe gegen das schwere Holz der Tür und werde mit einem dumpfen »Ja?« hereingebeten.

Das Büro ist im Gegensatz zu meinem eine ganze Wohnung. Geräumig, hell und vollgestellt. Bücher stapeln sich vor einem überquellenden Regal. Das Sofa hat Flecken über den Rücken hinweg, die an Kaffee erinnern. Am liebsten würde ich wieder umdrehen.

Ziegler sitzt hinter seinem Schreibtisch, auf dem Dutzende Tassen thronen, und wischt hektisch über den Tisch, bis er eine Brille findet und sie das Nasenbein hochschiebt.

»Ach, du bist es.« Er zeigt auf den Stuhl vor dem Schreibtisch. »Setz dich.«

»Danke, dass du Zeit für mich gefunden hast«, sage ich mit einem aufgezwungenen Lächeln. Ich habe zwei Wochen auf diesen Termin gewartet, aber freundlich zu sein, hilft mir vielleicht später.

Er macht eine wegwerfende Handbewegung. »Für unseren jüngsten Dozierenden doch immer.« Seine Stimme ist so einnehmend, dass sie in meinen Ohren schrillt. »Also, wie kann ich dir behilflich sein?«

Ich räuspere mich und rutsche im Stuhl herum, bis ich mich besinne. *Sei das Selbstvertrauen selbst, Levi.* »Zelal Korkmaz.«

Er verdreht seufzend die Augen, bevor er sich zurücklehnt. »Wir haben doch darüber geredet, mein Junge. Fehler passieren. Kein Grund, das breitzutreten.«

»Es geht mir nicht um den … den Fehler.« Zel ist alles andere als das. »Sondern den Umgang damit. Ich bin ein genauso großer Teil der Sache und komme ungeschoren davon, während sie darunter leidet. Das ist nicht in Ordnung.«

Markus' Augenbrauen schießen in die Höhe. »Was erwartest du? Dass wir dich wegen einer Liebelei suspendieren?«

Ich muss alles daransetzen, nicht zu schreien. »Nein. Weil ihr das nach dem Hochschulgesetz eh nicht könnt. Ich möchte, dass Zelal ihre benoteten Punkte gutgeschrieben bekommt.«

»Schau.« Ziegler faltet seine Hände vor der Brust, als würden wir uns übers Wetter unterhalten. »Jede lehrende Person hat mal ihre Affären. Das ist Teil des Berufs. Studierende springen darauf an, weil sie Autoritätspersonen anhimmeln. Aber das ist kein Grund, die Spielregeln zu ändern.«

»Was?«, spucke ich perplex aus.

Er lässt den Blick durch den Raum wandern, bis er mich gleichgültig anschaut. »Denkst du, du bist der erste Dozierende, der sich, obwohl er vergeben ist, in einer Beziehung mit einer Studierenden wiedergefunden hat? Hunderte sitzen über das Semester hinweg vor einem, natürlich möchte man … probieren, nicht? Wir Männer sind visuelle Wesen.«

Mir fehlen selten die Worte, aber ich bin sprachlos. Wenn ich den Mund öffne, wird nichts als Luft rauskommen. Was zur Hölle gibt dieser Mann von sich?

Als ich nichts sage, spricht Markus unbekümmert weiter: »Ich bin die letzte Person, die dir da etwas vorwirft, ehrlich. Tu in deiner Freizeit, was du willst. Frau Korkmaz sieht aus, als wäre sie eher für *ausgefallenen* Spaß zu haben als deine Frau. Ich kann verstehen, dass du fasziniert warst. Aber komm nicht in mein Büro und verlang, dass ich das Prozedere für dich ändere, weil mir keine Woche später deine ganzen Studierenden die Tür einrennen werden. Sie zerreißen sich jetzt schon das Maul über euch und werden, ohne mit der Wimper zu zucken, auf unfaire Benotung plädieren, weil ihnen deine Bewertung nicht in den Kram passt.«

»Aber –«

»Dann muss ich härtere Maßnahmen ergreifen, und das wollen wir beide nicht, oder?« Er schnalzt mit der Zunge. »Dich zu suspendieren, würde unser Kollegium in Aufruhr versetzen.«

»Weil es hieße, dass die Taten von Dozierenden Konsequenzen haben?«, frage ich spitz, was ihm nicht gefällt.

Er fährt sich seufzend übers Gesicht, bevor er sich zu mir lehnt. »Hör mir zu, Levi. Ich kann nichts gegen solche Beziehungen tun, sie sind völlig legal. Ob Dozierende sich dafür entscheiden, Studierende zu vögeln, ist außerhalb meiner Entscheidungsmacht. Das Einzige, was ich tun kann, ist für Ordnung sorgen. Und dein …« – für eine Sekunde mustert er mich abschätzig – »Schlamassel ist scheiße gelaufen, als deine Frau sich entschieden hat, es zu *meiner* Sache zu machen, indem sie es herumposaunt hat. Die Situation betrifft momentan nur unser Institut. Wenn ich Frau Korkmaz durchwinke, dann wird die Fakultät an meine Tür klopfen, und siehe da, der Präsident will mir Fragen stellen. Und entschuldige, für eine dahergelaufene Masterstudentin tue ich mir diese Kopfschmerzen nicht an.«

Mich durchzuckt der Drang, diesem Mann über den Tisch hinweg an die Gurgel zu springen. Wie kann er in einem kurzen Gespräch Zelal so dermaßen entmenschlichen und objektifizieren, während er seine ach so tollen Dozierenden in Schutz nimmt, die wahrscheinlich zum Großteil vor Jahren in Rente hätten gehen sollen? Wie kann man in weiblichen Studierenden nicht mehr als hübsche Attrappen sehen, die allein mit ihrer Existenz die Lehrenden reizen? Wie kann man in das Aussehen einer Frau ihre sexuellen Vorlieben hineininterpretieren? Oder meine daraus schließen?

Was zur Hölle?

»Markus, das geht nicht«, sage ich gefasst. »Ich akzeptiere diesen Zustand nicht. Es mag sein, dass sich viele Dozierende durch ihre Veranstaltungen schlafen und junge, beeinflussbare Studierende für sich ausnutzen, aber das ist hier garantiert nicht der Fall. Ich werde nicht zulassen, dass Zelal das ausbaden muss. Können wir keinen Kompromiss finden?«

»O Gott«, stöhnt er genervt. »Das war keine einmalige Sache?«

»Nein.« Ich fahre mir durch das Haar, starre auf die Tassen, um ihm nicht ins Gesicht schauen zu müssen. »Clara und ich lassen uns scheiden.«

Das war schon lange überfällig, Zelal war der letzte Tropfen. Wir beide wussten, dass nicht einmal die Scheinehe funktionieren kann, während ich sie strikt als platonische Freundin gesehen habe. Sie hat etliche Male versucht, etwas zu initiieren, und ich war froh, wenn sie in ihrem Stockwerk verschwunden ist und ich aufatmen konnte. In den letzten Monaten ist unsere Freundschaft auf der Strecke geblieben. Die Dynamik hat sich in dem Moment geändert, in dem wir uns das Jawort gegeben haben, und ich war zu tief drin, um umzudrehen. Ihre Versuche, in Deutschland eine Ehe zu leben, haben unsere Regel – jeder führt sein eigenes Leben – komplett über Bord geworfen.

Mir hätte das bereits in den USA klar sein sollen, aber ich habe meine rosarote Brille nicht absetzen wollen, weil ich Clara nicht als meine beste Freundin verlieren wollte. Wir sind durch dick und dünn gegangen. Ohne sie hätte ich wahrscheinlich meinen Doktor nicht geschafft. Sie war die Person, die für mich da war, als mein Vater verstarb. Sie ist wie eine Schwester für mich, der ich helfen wollte, als sie mit tränenüberströmtem Gesicht vor meiner Tür stand und erzählt hat, dass ihr Student Visa abläuft und sie jeden Moment abgeschoben werden könnte. Das Letzte, was sie wollte, ist, zurück in ihre Heimat zu fliegen. Was hätte ich tun sollen?

»Läuft noch was zwischen euch?«, fragt Markus, und ich schüttle den Kopf. *Ich wünschte.* »Okay … lass mich schauen, was sich machen lässt, einverstanden?«

Der Stein, der mir vom Herzen fällt, könnte nicht größer sein. Ich habe das Gefühl, dass ich seit Wochen zum ersten Mal richtig durchatmen kann. Zelal hat sich komplett zurückgezogen, und ich habe mir konstant Sorgen gemacht, wie es ihr geht. Jana ist zu mir gekommen, um mir zu erzählen, dass sie mit ihr geredet hat. Als sie meinte, dass Zel in einem miserablen Zustand sei, musste ich mich zusammenreißen, um nicht völlig aufgelöst vor ihr zu weinen. Das Schuldgefühl hat sich wie heißes Öl über meine Haut ergossen. Ich war gezwungen, Jana die *echte* Situation zu erklären. Sie hat mich wie einen kleinen Jungen angesehen, der zum wiederholten Mal beim Klauen erwischt wurde – vorwurfsvoll und mitleidig zugleich.

»Ja, bitte, alles«, flehe ich. »Kann nicht jemand anderes aus dem Institut die Arbeit lesen und benoten? Wenn er oder sie Zelal die gleiche oder eine bessere Note geben sollte, dann kann sie die Note und Creditpoints erhalten. Da wird doch klar, dass ich sie niemals besser als meine anderen Studierenden benotet hätte.«

Das habe ich auch nicht. Ich habe ihr nicht einmal geholfen, als sie über die Winterferien die meiste Zeit bei mir war, weil es unfair gewesen wäre. Ich bin in sie verliebt, da möchte ich noch eher, dass sie sich anstrengt und alles gibt. Weil ich das Beste für sie will. Weil ich weiß, dass sie es kann.

Markus wendet sich von mir ab und tippt an seinem Computer, bevor er mir antwortet. »Okay, fein. Ich schreibe mal eine Rundmail und frage das an. *Falls* jemand zustimmt, müsst ihr beide jedoch schriftlich bestätigen, dass ihr euch nicht abgesprochen habt. Dann kann ich das an meine Bürotür tackern und hoffen, dass mir deine Studierenden nicht die Bude einrennen.«

FÜNFUNDVIERZIG | ÇÎL Û PÊNC

Zelal

In den Semesterferien will ich so wenig wie möglich an die Uni. Im Sommer hat man die Ausrede, dass man mit Freunden unterwegs ist, die Tage in Parks und der Sonne verplempert, aber im Winter sitzt man meist in der stickigen Wohnung. Ich hocke in meinem Zimmer und stricke, statt an meiner Masterarbeit zu werkeln. Die Hoffnung ist, das Loch mitten in meinem Herzen mit Wolle zu füllen, was mäßig funktioniert. Ich weine nicht mehr jeden Tag, aber dafür mindestens einmal die Woche.

Weil ich Levi vermisse, vor allem, seitdem mir Jana beiläufig erzählt hat, dass er sich scheiden lässt. Ich wünschte nur, er hätte von Anfang an mit offenen Karten gespielt. Wahrscheinlich wäre ich ihm trotzdem nicht verfallen, aber irgendwann nach dem Master, in ferner Zukunft hätten wir zueinandergefunden, ohne diesen Bruch.

Nicht einmal die Bibliothek kann mich dazu bringen, mich zu konzentrieren. Ich kann nicht aufhören, über die letzten Monate nachzudenken. Sie waren die schönsten und grausamsten zugleich. Ich glaube, ich habe mich nie mehr selbst akzeptieren oder erfolgreicher für mich einstehen können. Wie man Gefühle und Instinkte interpretiert, habe ich gelernt, um im Gegenzug mit dem größten Schmerz seit Langem konfrontiert zu sein.

»Ablenkung«, flüstere ich mir zu und öffne meinen Laptop. Vielleicht hat Jana mir schon eine Mail zu dem Exposé meiner Masterarbeit geschickt.

Mir wird eine Benachrichtigung von meiner universitären E-Mail-Adresse angezeigt – der Absender ist das Prüfungsamt mit dem Betreff ›Änderung des Prüfungsstatus‹. Stehen schon die ersten meiner Klausurnoten? Das kann nicht sein, ich habe sie erst vor Kurzem geschrieben.

Der Link führt mich zu einem ganz anderen Modul. Geschichte der Neuzeit. Ich klicke blitzartig auf den Unterpunkt und lande bei Levis Kurs, neben dem ›bestanden‹ steht. Alle zehn Leistungspunkte sind angerechnet, und ich habe eine 1,0 für die Hausarbeit bekommen.

Das kann nicht stimmen. Erstens habe ich Einspruch eingelegt, als die erste Mail bei mir ankam, und das Prüfungsamt hat mich direkt abgewimmelt. Zweitens würde Levi mir *niemals* die Bestnote geben. Er hat konsequent etwas zu bemängeln.

Ich muss zu ihm. Auch wenn es nur um die Besprechung dieser Note geht. Was ist passiert? Ich brauche Antworten. Wie kann es sein, dass der Dekan seine Meinung geändert hat? Das täte er niemals, weil er Levi in Ordnung findet. Irgendetwas Großes muss passiert sein.

Die Therapeutin, die ich seit der ganzen Sache besuche – und selbst zahlen muss, um später verbeamtet werden zu können –, hat die letzten Wochen eigentlich von nichts anderem als meiner Vergangenheit und Levi gehört. Und sie hat kein einziges Mal angeekelt das Gesicht verzogen oder mir meine Fehler vorgehalten, sondern Verständnis gezeigt. Mir erklärt, dass ich weder von meiner Familie noch meinen Beziehungen definiert werde, sondern meinen eigenen Weg gehen und meinen Instinkten vertrauen kann.

Die Wut auf Levi ist in den ersten Tagen verschwunden, jetzt sind an ihrer Stelle völliges Unverständnis und Trauer. Wir sind zu dem Schluss gekommen, dass ich lernen muss, mit diesen Gefühlen umzugehen, oder das Gespräch mit ihm aufsuchen kann, um alle Karten auf den Tisch zu legen. Beides sind richtige Entscheidungen, die ich treffen darf.

Meine Sachen landen so schnell im Korb, dass ich nicht merke, wie ich die Treppen zu den Spinden hinunterrenne, alles in meine Tasche packe und aus der Bibliothek eile. Mein Weg führt mich direkt in das Institut, das ich schon lange versucht habe zu umgehen. Diesmal spaziere ich mit voller Selbstsicherheit und Neugier hinein. Ich muss erfahren, was passiert ist. Ich muss das Gespräch aufsuchen, um Levi ein für alle Mal hinter mir zu lassen.

Das Selbstbewusstsein schrumpft jedoch zu einem Nichts, als ich vor dem siebten Büro stehen bleibe. Jenes, das ich Anfang des Semesters ausgeräumt habe, als mir nicht klar war, was mir bevorstehen würde. Was sich alles in den kommenden Monaten ändern würde. Wie sehr *ich* mich ändern würde.

Ich atme mehrmals durch, bevor ich zaghaft gegen die Tür klopfe. Sein »Herein« ist altbekannt und einladend, nicht einschüchternd wie beim Vorstellungsgespräch, bei dem ich dachte, zu sterben.

Als ich die Tür aufdrücke, ist er starr auf den Laptop konzentriert. Wie er dasitzt, die Schultern gestrafft und voller Autorität, ist nicht neu. Ganz im Gegenteil, es heißt mich willkommen. Trotzdem kann ich die kindliche Aufregung nicht abschütteln.

»Wie kann ich –« Levi stoppt, nachdem er sich in seinem Stuhl zu mir gedreht hat. Seine schieferblauen Augen werden groß, und er klappt den Laptop zu. »Zel … Zelal?«

Ich zwinge mir ein kurzes Lächeln auf. »Hi.«

»Was … warum …« Er hält inne, als könnte er nicht glauben, dass ich vor ihm stehe. »Wie kann ich helfen … falls du Hilfe brauchst?«

Das vermisse ich am meisten an ihm. Seinen immerwährenden Wunsch, mir unter die Arme zu greifen, damit ich nicht falle, mir aber genug Freiraum zu lassen, um mich selbst zu finden.

»Meine Note und Leistungspunkte wurden aus dem Nichts verbucht«, sage ich, wodurch sich sein Gesicht aufhellt.

»Ah, sehr gut.« Er nickt langsam und greift nach einem roten Stift, mit dem er spielt. »Bist du zufrieden?«

Ich beiße mir auf die Lippe und gehe einen Schritt auf ihn zu. Vor der Tür zu stehen, als würde ich jeden Moment abhauen, sorgt für eine angespanntere Stimmung.

»Total.«

Er beobachtet meine Bewegung, bevor er auf den Stuhl vor seinem Schreibtisch zeigt. »Setz dich ruhig, falls du das möchtest.«

»Die Note kam nicht von dir.« Ich gehe auf die Einladung ein, weil der vertraute Tabak-Vanille-Geruch mich wie eine warme Decke ummantelt. Ich habe ihn vermisst.

Levi schmunzelt. »Das ist eine geschmacklose Unterstellung.«

»Du vergibst keine 1,0, weil es deiner Meinung nach immer etwas zu verbessern gibt, vor allem in Hausarbeiten«, sage ich amüsiert, was ihm ein Schnauben entlockt. »Keine Unterstellung, sondern eine Feststellung.«

»Touché«, murmelt er.

»Wie habe ich die Punkte nachträglich bekommen?«

»Ich habe mit Ziegler gesprochen, er hat einen Zweitkorrektor arrangiert, der meine Benotung nicht kannte und zu seiner eigenen gekommen ist. Sie durfte nicht schlechter als meine sein, damit das Prüfungsamt eine Bevorzugung ausschließen konnte«, erklärt er.

Ein kleines Lächeln kann ich nicht unterdrücken. »Was hattest du mir gegeben?«

Er legt den Kopf schief – das gleiche Lächeln flackert kurz in seinem Gesicht auf. »Ist das relevant?«

»Für mich schon, ja.«

»Okay.« Er seufzt. »1,7.«

»Wie bitte?«, empöre ich mich, was ihn zum Lachen bringt.

»Ich habe schlicht Besseres von dir erwartet.«

Mir steht der Mund offen. »Du hast mich konstant abgelenkt! Es war ein Kampf, die Hausarbeit bei dir zu Hause zu schreiben.«

Er sagt nichts, lässt seinen Blick über mein Gesicht wandern. Die Belustigung in seinen Zügen verebbt, wodurch sich die Schwere der eigentlichen Situation auf meine zerbrechliche Brust legt. Trotzdem schaut er nicht weg, sondern hält mich mit den intensiven Augen fest.

»Ich habe endlich herausgefunden, was *dilemin* bedeutet«, flüstere ich.

»Ja?«, fragt er genauso leise, genauso unsicher.

»Mhm.« Ich kann seinem traurigen Blick nicht mehr standhalten. Als bereue er jedes falsche Wort, jede verletzende Tat mir gegenüber. Reue macht jedoch nichts ungeschehen. »Mein Herz.«

Die Fensterscheiben sind trotz der vielen Regentage auf Hochglanz poliert und erlauben eine perfekte Aussicht auf die Schneeflocken, die gemächlich den nahe gelegenen Park einhüllen. Es würde mich nicht überraschen, wenn Levi sie eigenhändig geputzt hätte.

»Sorry, ich war sehr kitschig.«

»Nein, überhaupt nicht. Wäre die Situation eine andere, hätte ich es liebenswert gefunden.«

Er rutscht auf seinem Stuhl herum. »Wie siehst du es jetzt?«

Die Tränen fließen, bevor ich sie aufhalten kann. Aber Emotionen sind menschlich und in solch einer Situation unaufhaltbar. Ich darf sie zeigen, und niemand kann mir das vorhalten, hat meine Therapeutin mir klargemacht. »Als fiese Erinnerung daran, was hätte sein können, wäre nicht alles aus dem Ruder gelaufen.«

»Du –«

»Ich hasse dich für das, was du mir angetan hast«, schreie ich, um meiner Stimme Kraft zu geben. Mit schnellen Bewegungen wische ich über meine Wangen, weil ich nicht mehr weinen möchte, obwohl der Schmerz und vor allem das Vermissen verdammt tief sitzen.

Levis Augen glitzern gefährlich, als ich ihn wieder anschaue. »Das ist berechtigt«, sagt er heiser.

»Ich verabscheue es, dass es … dass es Wochen her ist und ich einfach nicht … einfach nicht aufhören kann, zu flennen«, schluchze ich. »So was habe ich nicht verdient!«

Seine Mundwinkel sind nach unten gezogen, während er den Kopf schüttelt. »Nein, das hast du überhaupt nicht.«

»Ich hasse es, dass du mir eine Liebe gezeigt hast, von der ich sicher war, dass ich sie nicht verdiene, um sie mir am Ende auf die brutalste Weise wegzunehmen und meine Angst zu bestätigen.« Ich verliere jeglichen Willen, mich zusammenzureißen. Die Tränen lassen Levis Gesicht verschwimmen.

»Wenn es etwas in meinem Leben gibt, das ich ungeschehen machen würde, dann diese Situation. Das musst du mir glauben, Zel.« Er hört sich genauso gebrochen an wie ich.

»Ich hasse es, dass ich deine Spitznamen für mich vermisse und jetzt jedes Mal zusammenzucke, wenn mich Atlas Zel nennt, obwohl er es bereits *vor* dir getan hat!«

Mit den Ärmeln meines Pullis tupfe ich die Tränen weg und erkenne, dass Levis Wangen ebenfalls nass sind. »Es gibt dafür keine Entschuldigung.«

»Ich vermisse *dich* so sehr«, gebe ich zu, weil es die Wahrheit ist.

Die Nächte, die ich mit ihm verbracht habe, waren die ruhigsten meines Lebens. Die Tage, die mit ihm gefüllt waren, waren perfekt. Neben ihm vergaß ich alles, was mich verletzt hat. Ich war der Überzeugung, nur genug gute Erinnerungen schaffen zu müssen, um die schlimmen zu verbannen.

»Kein Tag, keine Stunde, keine Minute vergeht, ohne dass ich mir Sorgen um dich mache. Es raubt mir die Luft zum Atmen, dass ich dich verletzt habe. Das war das Letzte, was ich je wollte.« Levi steht von seinem Stuhl auf und setzt sich mir gegenüber. »Ich sehne mich jede gottverdammte Sekunde nach dir.«

»Warum hast du mir das dann angetan?«, wispere ich.

Er kratzt sich am Kiefer und holt mehrmals Luft, bevor er spricht. »Weil ich gehofft habe, dass ich es irgendwie hinkriege, alles zu kitten, bevor du davon erfährst. Wie hätte ich dir meine Situation erklären können, ohne dass du augenblicklich die Reißleine gezogen hättest?« Seine Finger berühren vorsichtig mein Knie, was ich zulasse. »Das sind selbstsüchtige Gründe, ich weiß. Deswegen gibt es nichts, was das wiedergutmacht. Ich kann dir nur abermals sagen, wie leid es mir tut.«

Ich lasse meine Finger zu seinen wandern, bis mein kleiner Finger seinen Zeigefinger berührt. Keine Schmetterlinge, keine Bauchschmerzen. Die wunderschön vertraute Ruhe hüllt mich ein wie ein Wiegenlied.

So verharren wir für eine ganze Weile.

»Ich habe gehört, dass ihr euch entschieden habt, getrennte Wege zu gehen?«

Levi bewegt seinen Finger vorsichtig, um meinen zu streicheln, wodurch ich wieder anfangen könnte, zu weinen. »Ich habe mir ein Hotel genommen, bis sie fertig gepackt hat.«

Ich schniefe. »Seid ihr weiter befreundet?«

Levi stoppt in seiner Bewegung. »Ehrlicherweise war die Freundschaft schon rum, als sie an unserem Abschlusstag versucht hat, mit mir zu schlafen. Ich habe daran festgehalten, weil sie die einzige Person war, die mir zur Seite stand, nachdem mein Vater verstorben war.« Er streichelt erneut meinen Finger. »Ich habe immer versucht, die Freundschaft aufrechtzuerhalten, aber wenn man für alle Menschen um sich herum eine Ehe schauspielern muss, sickert das natürlich ins Privatleben. Unsere ganze Dynamik ist nach dem Jawort aus den Fugen geraten.«

»Wird sie es verkraften?« Die Ehe war ihre einzige Sicherheit in einem völlig fremden Land. Trotz ihrer harschen Art mir gegenüber tut sie mir leid. So ein Schicksal wünsche ich niemandem.

»Sie hat die Stelle im Psychologieinstitut bekommen, direkt mit unbefristetem Vertrag, und ich stehe vorerst weiterhin in ihren Unterlagen, obwohl wir uns offiziell scheiden lassen.« Levi schnalzt mit der Zunge. »Sie wird sich ohne Probleme ein Leben hier aufbauen können.«

»Das ist gut.«

»*Du* bist viel zu gut«, flüstert er und fährt in kreisenden Bewegungen über meinen Handrücken. »Sie hat dich vor dem ganzen Institut blamiert, und du willst, dass es ihr gut geht, während andere sie verflucht hätten.«

Ich zucke mit den Schultern. »Sie war verletzt. Ich nehme es ihr nicht übel.«

Vielleicht hat Atlas damit recht, dass Hass zwar klar definiert ist, aber ich habe damit recht, dass er einen ausbrennt. Ich habe gelernt, loszulassen, Freude in den kleinen Dingen des Lebens zu finden und wieder zu vertrauen, weil es einfach ist, zu verabscheuen und sich abzukapseln. Schwerer ist es, sich wiederholt anderen zu öffnen, obwohl die Welt unglaublich grausam ist. Anderen zu vertrauen, wenngleich es dafür keinen Grund mehr gibt.

Jeder macht Fehler. Ich habe genug begangen, und trotzdem sehen mich die Menschen als *gut* an. Hätte ich mir selbst keine zweite Chance gegeben, wäre ich heute nicht dort, wo ich bin. Solange man lernt, verdient man zweite und dritte Anläufe, weil das Leben schon streng genug mit einem ist.

»Hättest du Lust, irgendwann mal einen Kaffee zu trinken?«, fragt Levi vorsichtig. »Uns noch mal neu kennenzulernen? Außerhalb dieser Uni, dieses Flurs, dieser Räume und weit weg von gegenseitiger Verantwortung?«

Ich beiße mir auf die Lippe und nicke vorsichtig. »Das hört sich nach einem besseren Start an, aber ich brauche Zeit.«

»Das ist verdammt okay, Bambi.«

Beim Klang des Kosenamens kann ich mein Lächeln nicht länger unterdrücken. »Du musst mir *alles* erklären. Ich will das nicht einfach abhaken und so tun, als würden wir uns komplett neu kennenlernen. Ich muss dir vertrauen können.«

Er nickt schnell. »Alles, alles, was du willst. Ich möchte dir auf Augenhöhe und komplett ehrlich begegnen, weil du nichts anderes verdienst.«

ENDE | DAWÎ

DANKSAGUNG

Trusting ist anders als *Staying*, weil es das erste Buch ist, das ich nicht nur für mich, sondern auch für Lesende geschrieben habe. Band 1 ist im stillen Kämmerlein, mit Selbstzweifeln und Angst entstanden, sodass ich das Buch unsicher in die Welt gelassen habe. Bei Band 2 plagen mich zwar andere Ängste, aber ich spüre auch unglaublichen Stolz, dass ich meinen Schreibprozess so anpassen konnte, wie es für ein Verlagsbuch nötig ist.

Es hat einen Own-Voice-Anteil, denn Zels Entfernung zu ihren kurdischen Wurzeln ist eine, die ich mit ihr teile. Die Sexualisierung von Teenager*innen ist etwas, von dem vor allem viele weiblich gelesenen Menschen berichten können. Der Spruch, dass die Türkei doch zwei geile Dinge biete – Essen und Frauen –, wurde mir von einem Mitstudenten in der Nacht reingedrückt, als wir unseren Bachelorabschluss feierten … nachdem wir monatelang unter dem gleichen Betreuer die Bachelorarbeit schrieben und er mit mir währenddessen kein einziges Wort wechseln konnte. Dieses Buch ist persönlich, und ich habe gelernt, dass das okay ist.

Deswegen geht ein riesiger Dank an die Menschen raus, die mir erlaubt haben, es so zu schreiben, wie ich es schreiben *musste*. Vor allem wegen des Plot Twists, bei dem ich sowohl meine Agentin als auch Lektorin bat, mir bitte bis zum Ende zuzuhören, bevor sie Nein sagten. Danke, dass ihr meine Vision gesehen habt und ich Levi so fehlerhaft schreiben konnte, wie es Menschen eben sind. Wie meine Charaktere häufig sind. Danke, dass ich ein so wichtiges Thema wie Grooming aufgreifen durfte, denn viele junge Frauen erleben es und realisieren meist erst Jahre später, in was sie eigentlich hineingeraten sind. Es ist nienienienie eure Schuld. ♥

Kathrin, dein Vertrauen in mich und das, was ich erreichen möchte, ist unermesslich. Du verstehst mein Ziel und setzt dich immer dafür ein, weil dir diverse Stimmen unglaublich wichtig sind. Ich hoffe, du weißt, wie viel Hoffnung deine Arbeit anderen BIPoC-Kreativen macht. Zwar wiederhole ich mich, aber ich hätte mir keine bessere Agentin vorstellen können, keinen saferen Space, in dem ich weiß, dass ich das kreieren darf, was ich will. Ich freue mich auf das gemeinsame Taylor-Swift-Konzert.

Das Gleiche gilt für meine Lektorin Kerstin, die mich und diese Reihe übernommen hat, während *Staying* entstanden ist. Die Arbeit mit dir ist offen und von gegenseitigem Verständnis geprägt. Wegen dir und deines Wunschs, mich als Autorin einzubinden, durfte ich diese Bücher bei jedem Schritt begleiten. Auch wenn es manchmal viele Mails und Gespräche bedeutet hat. Ich danke dir für die Geduld, die du für mich übrig hast.

Während Kerstin das Projektmanagement dieses Buchs übernommen hat, ist Larissa mit Scharfsinn und der Liebe zu guten Texten an diesen hier herangegangen. Und hat dabei – wieder einmal – etwas so viel Tolleres aus ihm gemacht.

Die Person, die dieses Projekt in der Erstversion wie ein Baby betreut hat, als ich nicht weiterwusste und am liebsten alles umgeschmissen hätte, war niemand Geringeres als Julia Pauss. (Wie fühlt es sich an, dass ich dich mit Vornamen und Nachnamen ™ erwähne, damit Menschen dich googeln und deine tollen Bücher kaufen?). Liebste Jules, ohne dich wäre dieses Buch wahrscheinlich nur halb so cool, weil du mich in meinen lebensmüden Entscheidungen unterstützt. Jede Unsicherheit schmilzt in deiner Anwesenheit. Ich glaube, es gibt niemanden, der Zelal und Levi mehr liebt als du – nicht mal ich, wahrscheinlich. Du wusstest, was ich mit den zweien erreichen wollte, was dieses Buch bezwecken sollte, und hast lauthals »Jap, steh ich hinter, auch wenn es scheiße wehtun wird« geschrien. Ich weiß nicht, ob das daran liegt, dass wir beide in der universitären Sphäre ertrinken oder uns die eine Hirnzelle teilen. Egal was es ist, ich möchte dich nicht missen. Danke, dass du existierst und ich die Ehre hatte, dich kennenzulernen.

Danke an Emy, Ju, Marie, Anika und Carina, ich glaube, ohne euch hätte ich längst das Handtuch geworfen, weil ich nicht wüsste, wen ich sonst mit meinen Fragen nerven darf. Die Buchbranche ist komplizierter als erwartet – hätte niemals gedacht, dass ich einen mentalen Zusammenbruch wegen Druckfahnen und Online-Druckereien haben würde.

Ein ganz großer Dank geht an meine wundervollen Testleserinnen raus, die vor allen anderen *Trusting* gelesen, mich für den Plot Twist gehasst und für die Charaktere geliebt haben. Friederike, Leah, Etrûş und Leila – ihr seid toll und eine unglaubliche Bereicherung für meinen Schreibprozess, bei dem ich am Ende den Wald vor lauter Bäumen nicht sehe.

Danke an den Carlsen Verlag, der mich bei meinen Ideen unterstützt. Ich weiß, dass solche Bücher ein Risiko mit sich tragen, solche Themen Mut brauchen, um Platz in einem Buch zu finden. Wegen euch hat jemand kurdisch Migrantisiertes eine Stimme bekommen, die sonst immer unterdrückt wird. Eure Arbeit ist unglaublich wertvoll. Danke, dass wir zusammen das Sprachrohr für so viele Menschen sein können.

TRIGGERWARNUNG

Diese Geschichte enthält folgende sensitive Themen:

Alkoholmissbrauch

Grooming

Sexuelle Übergriffigkeit

Emotionaler Missbrauch innerhalb der Familie

Körperliche Übergriffigkeit

Darstellung von Panikattacken

Rassismus

Slutshaming

LEAVING

Was The Hardest Part

ERSCHEINT IM SOMMER 2024

Rabia Doğan

Leaving Was The Hardest Part (Hardest Part 3)

Ca. 448 Seiten, 13,5 x 21,5 cm

Ab 16 Jahren

€ (D) 14,00

ISBN 978-3-551-58536-3

ICH HÖRE TAUSEND WORTE IN DEINER STILLE

Rabia Doğan
STAYING WAS THE HARDEST PART
Klappenbroschur
384 Seiten
ISBN 978-3-551-58534-9
Auch als E-Book erhältlich

NACHDEM EVRENS BRUDER vor fünf Jahren verschwunden ist, verfällt sie nach und nach in ein Schweigen – die Ärzte diagnostizieren ihr Mutismus. Die Stille ertränkt nicht nur ihren Wunsch, Medizin zu studieren, sondern auch die Verbindungen zu allen Menschen, die ihr nahestehen und ihr begegnen. Talhah, der ihr viel zu häufig über den Weg läuft, lässt sich von Evrens Mauern jedoch nicht beirren. Dabei trägt er selbst eine Geschichte von Flucht und Verlust in sich, die ihm jegliche Stabilität hätte nehmen müssen – dennoch ist er der erste sichere Grund, den Evren unter ihren Füßen spürt.

WWW.CARLSEN.DE

CARLSEN

Entdecke unsere New Adult Romance

Dieses Werk wurde vermittelt durch die Literarische Agentur Thomas Schlück GmbH, 30161 Hannover.

Lektorat: Larissa Bendl
Umschlaggestaltung: ZERO Werbeagentur, München
Umschlagabbildung: Collage unter Verwendung von Motiven von shutterstock.com / © FLORABELA / © mexrix / © rom-anni
Innenklappen-Illustration: Atiye Bayram
Satz: Pinkuin Satz und Datentechnik, Berlin
Produktionsmanagement: Gunta Lauck
Litho: Margit Dittes Media, Hamburg
ISBN 978-3-551-58535-6